姊妹校會議序

漢語文化學是淡江大學中文系近幾年的發展重點之一。當初由周彥文、盧國屏兩位教授提出相關的構想，而後便逐步付諸實現。二〇〇〇年五月，我們首先舉辦了「第九屆社會與文化國際學術研討會——漢語文化學」做爲推動研究的第一步，並獲得了國內外學者的充分了解與支持。根據這樣的發展方式，我們緊接著在二〇〇一年六月，舉辦「第一屆淡江大學姊妹校漢語文化學學術會議」，展開第二波的推動與努力。

本次會議的特色，除了繼續延伸漢語文化學的相關研究之外，我們特別重視結合國際漢學界的研究成果，尤其以淡江大學的姊妹校爲推展的核心。此中之用心十分明確，我們一方面充分貫徹淡江大學國際化的建校方針，一方面也要實際地整合國際漢學界的研究成果。除了此次會議的論文之外，我們也同時推動「中華民國漢語文化學學會」的籌備工作，相信在本論文集正式出版的同時，也正是學會正式成立的時候。有了二屆會議的基礎，加上淡江大學中文系以及中華民國漢語文化學學會的學術機構，我們推動漢語文化學的努力已然有了初步的成果。當然，這些努力都只是開端，第二屆的「淡江大學姊妹校漢語文化學學術會議」業已由盧國屏教授籌備，預計在明年十月左右召開，顯示出我們永續推動的信念與決心。

除了研究的推動之外，我們也積極爲漢語文化學教學的創新尋求種種的可能。還記得是在六月下旬的一個傍晚，我邀集了龔鵬程、周志文、周彥文、盧國屏，兄弟五人在領事館餐廳，面對靜默的觀音山，俯視滾滾的淡水河，暢談彼此的教學理想與主張，也激發出不少創意與可行之道，可望在日後的課程改革中逐步實施。値得特別一提的是，盧國屏教授在廣納多方意見之後，近日也提出設立「漢語文化學暨古籍文獻學研究所」的構想，以整合淡江現有的研究人力與成果。我想，這是十分有意義的建議，應可在下學年的系務會議中徵詢系上同仁的意見，以做爲實際籌備的參考。

淡江中文系自二〇〇〇年獲選爲淡江大學重點系所以來，一年內我們的學術活動十分密集。一連串的學術會議、國外學人短期研究、短期講學、專題演講，在在顯示出淡江中文系旺盛的企圖心與驚人的活動力。在此我要感謝學校的支持、學界的肯定，以及本系同仁、同學的共同努力。在接下來的一年裡，學術活動在量上會更多，在質上也求愈精，並且將大步邁向大陸、邁向世界。我們將逐步實現眞正的國際化，密集地出訪國外各大學及研究機構，以實際行動爲淡江大學在國際漢學界之地位而努力，也爲世界漢學的國際交流合作而努力。我要重申的是，這些理想與努力都不只是可想像的，而且是可實現的，淡江中文的可愛就在其不僅理解、詮釋，更具頑強的鬥志與全新的創造力。

最後，我要再次感謝與會的學者，尤其感謝籌備此次會議的盧國屏教授，沒有國屏兄的努力與付出，今天不會有如此豐碩的成果。同時，讓我向曾守正教授、黃麗卿老師、吳春枝助理、吳淑菁助理，以及所有協助會務的研究生及大學部同學，致上最深的謝忱。我只想說，因爲有你們，在淡江眞好！

高柏園，序於淡江中文系

二〇〇一年八月十四日

序

「漢語文化學」是近年來臺灣新興的漢語語言學研究領域，這個學科領域的提出與推廣，是來自淡江大學中國文學系的幾位語言學學者的構想與集思，筆者忝爲其中成員。首先，我們在淡江大學的「漢學資源中心」下成立了「漢語文化學研究室」，作爲學術研究的基地；去歲八月，我系高柏園主任、周彥文教授，與我幾經商議，又決定向校方申請「漢語文化暨文獻資源研究所」的設立，以提昇研究及教育層次，如順利通過審核，將可於2003年招生。此外我們積極籌備中的「中華民國漢語文化學學會」這個國際性的學術團體，將作爲學術推廣、普及；結合研究力量、經費的單位；目前我們已經通過內政部的審查，即將在今年度會正式成立。

近兩年來，淡江大學中文系、漢語文化學研究室、中華民國漢語文化學學會籌備處等三個單位，已經先後分設主題舉辦過幾次小型研討會，及學術講演；另外並舉辦大型的國際學術討論會，分別是2000年「第九屆社會與文化——漢語文化學國際學術研討會」、及此次2001年「淡江大學第一屆全球姊妹校漢語文化學學術研討會」。我們廣邀了包括中國、日本、韓國、美洲國家、歐洲國家、甚至非洲地區的漢學專家們齊聚一堂，共同爲漢語文化學的研究投注心力。值得一提的是這兩次會議的所有論文，已經由臺灣專業的漢學出版社「學生書局」出版了論文集，而在學生書局出版的叢刊之中，也有了「漢語文化學」這個專號，代表了學術界及學術出版界對這個新興研究領域的重視與支持，使我們的努力也有了初步的開花結果。

大體而言，「漢語文化學」是以漢語理論語言學、應用語言學的理論爲指導原則、將漢語文獻及各種漢語資源作爲研究題材、而以文化議題爲研究目標及方向。我們認爲自古至今以漢語所構成的各種文獻資料，均大量蘊含、承載著兼具縱向、橫向、廣度、深度的文化內涵。過去的漢學研究，是不斷的以文化研究傳承爲職志，但從語言的角度深入探討重整文化議題，卻經常爲人所忽略，而漢語竟又是承載中國文化最基本的元素。因此透過各式漢語文獻、將文化研究置於漢語研究的環境中，作最直接的聯繫，是「漢語文化學」積極的學術理想。

我們除了期盼這個領域的持續發展之外，更希望藉這次的盛會請全球的漢語專家們給我們珍貴的批評與指導，然後穩重的向21世紀邁進。因爲，新的世紀已然來到，世界次序及觀念面臨重整之際，文化的研究、反省；漢文化的新面貌；漢語應用的新未來等等，更是「漢語文化學」關注的焦點。因此我們又更將研究時代、範疇、領域擴大，以當代的、生活的、社會的、應用的材料與議題，作爲「漢語文化」的研究目標與理想。以期漢學的研究成果能有實際發揮的效用，符合新世紀人類的需要，而不再只是一般人印象中談古論古之資的舊學問而已。

此次的學術盛宴雖已過去，但高主任柏園、周教授彥文、韓教授耀隆、崔教授成宗、曾教授守正、黃教授麗卿等系上老師，是我一路走來的良師益友；春枝、淑菁、惠鳳、宜靜是令我系驕傲、他系忌妒的好助理；許多研究生如薛榕婷、張罡茂、張瑋儀等也都給我及會務很多的協助。諸位的鼓勵與指導，都令我深切感動，筆墨難以形容。前面所提及包括學術單位的建構、學術系統的規劃，以及學術活動的舉辦等等，都將是未來我仍堅持與努力的方向，希望能報答各位於萬一。

最後，美國加州大學石教授（Dr.Richard H Shek）、澳洲新南威爾斯大學Kowallis教授、馬拉威大學Mtenje教授、韓國漢陽大學崔亨旭教授！猶記得去歲淡水河邊的午夜碳烤與論學乎？酒酣耳熱、不知東方既白之美，我輩共同經歷。爾等今宵酒醒何處？是長堤之美也好、是雪黎暮靄也罷，抑或是非洲部落星月之夜、漢江漁火黃昏；諸位，莫忘淡江中文好！

淡江大學中文系　教授　盧國屏　謹序

二〇〇二年三月三十一日

與世界接軌—漢語文化學—

目　錄

姊妹校會議序-- 高柏園 ---------I
序 --- 盧國屏 -------III
多元文化時代與比較文學研究 ---------------------------- 曹順慶 -------- 1
論老莊思想中的否定語式 -------------------------------- 高柏園 -------17
從日本京都中國學的「時代區分論」說「時代」
的文化意義-- 連清吉 -------35
論甲骨文字形的位置經營 -------------------------------- 朱歧祥 -------51
中古漢語自稱詞的幾個特徵 ---------------------------- 井上一之 -------69
Transformation in the *Shanhaijing* ----------- Alison R. Marshall -------87
漢語否定範疇的語義分析 -------------------------------- 戴耀晶 ----- 103
論佛經中的「睡覺」 ------------------------------------ 竺家寧 ----- 121
傳入韓國的梁啓超著作及其對舊韓末小說界的
影響 -- 崔亨旭 ----- 137
戲曲文學裏的語言現象 ---------------------------------- 王永炳 ----- 167
文學名詞用語之解釋與省思——臺灣、美國、大陸
辭書裏的「世紀末、唯美主義、頹廢」 ------- 陳大道 ----- 191

Attitude Towards Authority in Journey to the West -- Richard Shek ----- 241
略論漢語文化學的系統架構與研究展望 --------------- 盧國屏 ----- 261
Naming the Other: an overview on philological mentalities in China during its early encounter with the world -- Thomas Zimmer ----- 273
Lu Xun's Han Linguistic Project: the use of wenyan to create an 'authentic' Han vocabulary for literary terminology in his early essays------------------- Jon Eugene von Kowallis ----- 289
Chichewa Verb Structure and the Assignment of Tone -- Al Mtenje ----- 313
韓國的漢語教學概況 -- 林淑珠 ----- 341
The Parts of Speech in the Course of Chinese Grammar for Students of the Oriental Department ------ Sergiy Kostenko ----- 369
傳統與現代之間——論傳統文獻與現代方言的聯繫以「內外轉」爲例 -- 程俊源 ----- 377
Contrastive Rhetoric in Chinese and English -- Andy Kirkpatrick ----- 421
從詞彙的親疏關係探討語法結構及其在漢語教學上的應用 -- 張皓得 ----- 447
唐蘭古文字研究方法初論 ----------------------------------- 孫劍秋 ----- 481
緯書中「五帝受命圖」佚文考釋------------------------ 黃復山 ----- 491

籤詩研究及其社會文化意涵
--------------------------------張罡茂 王曉雯 黃慧鳳 薛榕婷 ----- 545
淡水福佑宮籤詩研究 --------------------許蔓玲 蔡佳芳 黃雅雯 ----- 595

多元文化時代與比較文學研究

曹順慶*

壹、歐洲文化一元化到全球文化多元化

在20世紀下半葉乃至世紀之交的世界文化語境中，傳統的比較文學學科理論遭遇到強有力的挑戰。根本問題是：從法國學派到美國學派乃至到中國比較文學界「以西釋中」的比較闡釋法，它們建構比較文學學科理論的邏輯根據乃是出於一種整體主義一元化的理論預設，而這種理論預設在知識論上實質是歐洲中心主義的產物。

以美國學派的「平行研究」爲例。

「平行研究」（Parallel study）之區別於法國學派「國際文學關係史」的歷史考索，在於它力圖對不同國別、民族之間的文學現象進行毫無影響關係的客觀論述和對比（Contrast）。然而我們知道，在邏輯上任何對比（Contrastive）或比較（Comparative）之所以能夠展開，是因爲被「比較」的雙方或多方屬於同一邏輯領域。在同

* 四川聯合大學文學院院長。

一邏輯論域中，被「比較」的雙方無論是相異還是相同，都共同從屬於一個更普遍的邏輯範疇。換言之，涵蓋相異現象的普遍性、共性意識是「平行研究」能夠建立的前提。而這樣的普遍性、共性在「平行研究」的理論預設中是事先被確定了的，這就是美國學派比較文學研究的核心概念：文學性。

「文學性」在「平行研究」中的地位一如它在西方結構主義文論和新批評文論中的地位：它既是整個文學理論得以展開的分類學基石，又是文學理論批評（含比較研究）的最終的學科目標。文學理論的任務一言以蔽之，就是對文學性展開探索。在「平行研究」中，「文學性」的地域化擴張被詮釋爲「世界文學」或「總體文學」，在文論比較中，「文學性」的跨族際、跨文化擴張被詮釋爲「總體文論」（General literarytheory）或所謂「世界詩學」。於是，融構世界性文學理論的信念在相當長一個時期內成爲繼法國學派之後中西比較文學界普遍的學科信念。

問題是：「文學」、「文學性」、「文學理論」、「詩學」等等，是歐洲文化的傳統分類學概念，它的分類、邏輯內涵以及理論意向背靠著自古希臘以來歐洲文化的全部傳統並與該文化傳統中整個西方文學發展的歷史相適應。由此，它可以有效地闡釋西方文學。但是，它能否有效地闡釋非歐洲傳統的異質文化及文學？從歐洲文化傳統演化而確立的文學研究目標能否合法地跳躍、上升爲跨文化、跨中西的世界文學研究的目標？我們看到，自十九世紀下半葉西學東漸以來，西學知識譜系對中國傳統知識體系的全面替換已產生了大量的以西方文學觀念爲標準對中國文學現象的切割、整形，對中國傳統文論的分解、扭曲和過度詮釋。中國現代文論的失語症已成爲西方中心主義消解文化異質性的鐵證。

20世紀後期，對歐洲中心主義的批判首先從西方文化內部異軍突起。60年代，西方掀起旨在摧毀「元敘事」、普遍主義的「解構」思潮。德里達從語言、意義、知識三者的內在關係摧毀邏各斯中心主義的元知識論設。按德里達的描述，知識是由語言的意義來承擔的，而意義並非先驗絕對的給予物，它在變動不居的語言符號之相互指涉的關係之中，因此，意義是流動的、不穩定的。邏各斯中心主義所確認的那個不變的「客觀世界」以及由邏輯理念所構成的「眞理世界」不過是語言建構的產物。由於意義的不穩定性，決定了所有知識的相對性和歷史性，沒有一個「終極所指」或永恆穩固的「中心」可以保證任何知識可以成爲元知識或眞理之聲。德里達解構邏各斯中心主義的功績在於：他內在地論證了邏各斯中心主義的不可靠和元知識論設在邏輯上的不可能。福科進一步將對知識歷史性的關注推進到對知識與權力關係的考察。他的知識譜系學（genealogy）著力考察各種知識話語的歷史形成：知識是經過一套什麼樣的機制運作而認定爲「知識」的。通過對一些「局部知識」的歷史發掘，而非對所謂「人類知識進化」的整體主義的考察，福科發現所謂人類的知識積累實際是由無數的「知識斷層」或一套套各自獨立的「話語」累積而成，它並不是一個統一整體的有機進化物。而在這個累積的過程中，確定知識的等級、中心、規則、標準和程序的眞正力量是「權力」，今天西方文明的知識大廈是由各種歷史力量穿行較量的結果。由此，現代西學所確立的「科學」和普遍性理性霸權不過是某種歷史力量的普遍化表徵，與其它知識樣式相比較，它並不具有先天的優位性和對所謂「普遍眞理」的獨家壟斷。福科的功績在於，他從知識與權力的關係入手論證了知識的歷史性。由於含科學在內的所有知識話語都是歷史的並受歷史力量的內在支配和制約，因而沒有一種知識可以超逸歷史、獨霸普遍性而成爲元知識。

後殖民主義將解構主義對邏各斯中心主義元敘事的批判推進到東西文化即異質文化之間。賽伊德、霍米·巴巴、斯皮瓦克等人對「東方主義」、「後殖民主義」的論述深刻揭示了邏各斯中心主義元知識論的歐洲中心主義實質。在賽伊德等人看來，解構主義對邏各斯中心主義的批判尚不徹底，它只是實現了在知識的自在領域對邏各斯中心主義的解構，而未能揭示邏各斯中心主義元敘事所隱含的歐洲中心主義文化擴張的帝國主義邏輯。這種邏輯經由如下步驟實現對異質文化的「殖民化」：首先，它將發源於歐洲的地域性知識型態視爲元知識、普遍知識、標準知識，從而以自身爲標準實現對東方知識或非西方知識的合法性的剝奪。通過這種元敘事，西方知識與非西方知識的等級秩序被確定下來：相對於西方的「科學知識」，東方的知識總是「原始的」、「前科學的」、「神秘的」、「野蠻的」。進而，知識的等級意味著文化的等級。西方文化與非西方文化的關係被改變爲文明與愚昧、先進與落後、普遍和特殊的關係。在這種文明等級論的視野之下，西方文化以自身爲標準虛構了一個神秘、愚昧、他者化的東方。再進一步，西方文化與東方文化的關係改寫爲拯救者與被拯救者的關係：西方的方向被視爲歷史發展的必然走向，東方的進步被改寫爲西方論。於是，向西方學習就是東方自身的文明化和合法化。我們看到，在殖民時代，歐洲中心主義的普遍主義預設實際上爲西方資本主義的殖民政策和文化擴張充當了合法性基礎，而在後殖民時代，它又爲跨國資本主義的全球性壟斷承擔著辯護人角色。全球化，即所謂世界經濟一體化，從另一個角度看，可以說是歐洲中心主義在當代世界總體資本主義進程中的文化結果，它是近代以來資本主義現代性危機的總暴露。後殖民主義文化批評的努力是要揭露歐洲中心主義的元敘事與現代資本主義強大一體化力量之間的共謀關係。

20世紀80年代以來，隨著冷戰時代的結束，地域性衝突與文化衝突上升爲世界性的衝突。亨廷頓的「文化衝突」論是代表西方學界內部對該衝突所作出的警示與回應。根本的問題是：文化衝突和地域性衝突蘊含著歐洲中心主義背景下文化多元化的呼聲。站在不同文化平等對話的立場上考量文化衝突，當然不是要論證衝突的合法性，而是要提請人們注意：文化衝突上升爲世界性衝突，表明文化多元化的呼聲已成爲不可遏止的世界性潮流。在當代的世界性背景中，所謂「文化多元化」，實質是對歐洲中心主義的解構，而在知識論上，解構歐洲中心主義，就是要解構以西學爲背景的元敘事預設。在現實力量的對比中，解構歐洲中心主義，實質是對當代世界壟斷性的一體化、中心化力量的分解和抗拒。在整個世界業已西化的狀態中，唯有通過這樣的解構，歐洲中心主義的現代性病毒才有可能被遏止或減少。傳統的第三世界批評、後殖民主義批評、少數民族文化批評乃至女權主義批評、大眾文化批評等等，在總體上都可以看作是「文化多元化」潮流的不同的聲音。

貳、全球化與本土化：文化異質性的訴求

全球化背景下的文化多元化涉及一對最基本的矛盾，即全球化

的普遍化趨勢與多元化的地域化、本土化趨勢。我們看到，以西化爲實質的全球化是以犧牲弱勢文化的民族性與本土性特徵爲代價的。以20世紀中國文論爲例。20世紀中國文論的發展進程基本上是一個追求西化，即追求所謂「科學的文學理論」、普遍化文論的進程。這一進程的不斷強化，即是用西方文論對中國傳統文論的全面替換，它不但造成了中國傳統文論言說方式在當代文論中的退場，更造成了中國現代文論民族特徵和本土性的全面喪失。到今天，不僅中國現代文論的基本言述空間是西學的，而且在幾乎整個社會文化的知識言述中，均已形成了西學言述對傳統言述方式的全面取代。由於西學言述的知識針對性是背靠西方文化傳統而形成的，因此，造成了現代中國文論與本土生活世界的疏離。聯繫到政治、文化、經濟和知識生產西化的方方面面，文論之由追求全球化、普遍性而喪失民族性和本土性顯然不是孤立的，並且還不能算是「重災區」。但在冷戰時代，全球化與本土化或民族性之間的衝突被意識型態衝突所掩蓋。正如亨廷頓所指出，社會主義與資本主義的衝突不過是西方文明內部的衝突。無論是自由資本主義的社會理想，還是共產主義的社會藍圖，都共出於西方文明內部對歷史發展邏輯的預測與領會。換言之，文化普遍化與民族性訴求之間的矛盾伴隨著整個世界的現代化歷程，它困擾人類已有數世紀之久，對世界文化而言，它並不是一個新問題，只是由於冷戰時代的結束，它才以空前緊迫的方式凸現出來。20世紀80年代以來，一方面是各民族國家的經濟和文化日益全球化，另一方面是各種尋求自主性的社會運動的興起。諸如加拿大的魁北克獨立運動，前南斯拉夫的分裂和種族戰爭，前蘇聯的解體以及被分裂爲若干民族國家而進行的爭取民族自決權的運動，諸如民族國家內部的女權主義、少數民族對性別特性、民族特性的強調和同性戀群體對權力的爭取等等，所有這些衝突的性質都可以看作是文化性的。誠如阿帕杜拉（Arjun Appadurai）所說：「今天，全球互動的中心問題是文化同質化與異質化之間的緊張關係。」❶

「同質化」，即全球化與普遍化、「異質化」，即追求民族性、本土性和維護文化特性的權利。如前所述，關鍵是，「同質化」的實質是以犧牲「異質性」爲代價的，因此，對抗全球化的統治力量必須站在文化平等的立場上訴求異質文化的特殊權利。就此而言，諸如女權主義、文化多元主義、民族主義、後殖民主義等作爲當代世界文化爭論的重要領域，其實可以看作是一些「解放運動」（哈貝馬斯語），這些文化討論的基本努力是要把處於弱勢的文化和社會邊緣群體從不平等的現狀中解放出來。從學理上看，文化異質性的訴求包含如下理據：首先在文化立場上，它具有文化相對主義的立場。異質文化之所以需要維護自身的自主性，是因爲不管是弱勢文化還是強勢文化，在權利上都是平等的，沒有一種文化有高於其他文化的優位性。因此，也沒有一種文化可以爲其他文化立法，並以自身爲評判其它文化優劣的標準。由此衍生出的對強勢文化的反抗意味著它不是爲強調自身高於其它文化而申訴自己的特殊性，只是在歐洲中心主義或男權中心已成一種普遍性統治力量的背景下對文化間平等地位的追求。本土化、民族性或弱勢文化的異質性之所以

❶ Arjun Appadurai: "Disjuncture and Difference in the Global Culture Economy",Public Culture, Vol.2 Spring 1990,p.5.

是「特殊的」，只是因爲歐洲中心主義已成爲「全球化」或「普遍性」的同義語，而作爲全球化普遍性力量的歐洲文化原本只不過是文化之一種。在此我們看到，要將現代資本主義的自由主義價值觀，即「權利平等」的自然法則貫穿到底，實質上意謂著歐洲中心主義的文化一元論的解構。其次，文化「異質性」的訴求包含著對民族文化「本眞性」（authenticity）的先驗理解或觀念建構。「平等」作爲主體之間權利關係的基本表達是定位在個體和個體之間的，這一關係的邏輯確認基於對個體人格獨特性的邏輯確認：每一個個體都是獨特自足的，它即是自身的目的，它以自我的統一性、獨一無二性而先天地具有行使自由意志的權利。民族之所以具有自主權（這是現代民族國家建立的法理根據），是因爲民族已經被理解爲一個不可分割的整體。民族文化被理解爲這個獨特整體的獨特性之所在：尊重一個民族的自主權，就是尊重一個民族的文化特性。因此，民族文化特性的訴求基於民族權利的要求，而民族權利的要求基於「平等」的人權原則。但是，民族並不等於個體的人，民族只是由眾多個體而組成的群體。這裏，對「民族」對個體的要求是：它要像個人忠實於自己那樣，忠實於自己民族的文化。民族文化特性在此是對相異於其它民族文化的群體共通性和其有機統一性的抽繹和建構。文化異質性的訴求經由這樣的建構和學理轉換而要求自身的生存權和發言權。

亨廷頓（Samuel P. Huntington）在〈文明的衝突？〉一文中說：「新世界的衝突根源，將不在側重於意識型態或經濟，而文化將是截然分割人類和引起衝突的主要根源。在世界事務中，民族國家仍會舉足輕重，但全球政治的主要衝突將發生在不同文化的族群之間。文明的衝突將左右全球政治，文明之間的斷層線將成爲未來的戰鬥線。」❷亨廷頓的預測未必會成爲現實，但文化異質性及其權利的訴求的確已上升爲當代世界的主要衝突。

參、跨文化對話的當代意義

不同文化之間的交流與對話實際上從未停息，但是，不同文化之間的跨文化對話可能從來沒有像今天這樣成爲關涉世界和平與發展大計的核心問題。關鍵是，在文化多元化與文明自主性已成爲一種普遍共識的今天，自由主義和西方文明的普遍主義預測無法被認同爲一種「普遍價值」，而只能被看作是一種假借普遍主義形式的特殊的文化價值。一當西方文明的普遍主義神話被戮破，以此爲基礎的現代世界的文化秩序就將被改寫：這是自殖民主義時代以來，西方文明所遭遇的最爲嚴重的現代性危機。

在西化即爲現代化的時代，自由主義的價值觀被視爲一種普遍主義價值。世界文化秩序的建構是以這種普遍主義的信仰爲基礎的。這種信仰認爲：自由主義可以提供一個價值中立的基礎，讓所有來自不同文化背景的人都可以在此基礎上交往和共存。這種理想化的普遍主義價值觀一直是現代世界秩序建構的合法性基礎。在自由主義價值觀被相信並被理解爲就是「普遍價值」的時代，人們以自由主義來確立世界交往和共存的原則，並用以「無差別地」評判世界文化的關係。問題的複雜性在於，按照這種觀點，我們必須作

---

❷ 《21世紀》1993年10月號，頁9。

出一些區分，例如公共領域和私人領域之分，政治和宗教之分，以便把那些引起爭議的差異和分歧安置在一個與政治無關的領域去進行「中立的」評判和處理。而拉什迪（Salman Rushdre）的《撒旦詩篇》事件證明：這種觀點是完全錯誤的。正如查爾斯·泰勒（Charles Taylor）所指出，「對於主流伊斯蘭教來說，根本不存在我們西方自由社會實行的政教分離的問題。自由主義並不能爲所有的文化提供可能的交往基礎，它只是某一種文化的政治表述，與其它文化是完全不相容的。另外，正如許多穆斯林都清楚地了解的，西方自由主義與其說是一種碰巧爲自由派知識份子所奉行的世俗的後宗教世界觀，不如說是基督教有機會發展的結果——至少從穆斯林占優勢的意見來看是這樣的。教會與國家的分離可以追溯到基督教文明的誕生之日……。」❸如果說爲自由主義所認定的「普遍價值」只是某種特殊文化的政治表述，那就意味著適用於具有不同文化傳統的民族、國家之間的秩序規則需另尋「普遍性」根據。顯而易見的是，不同文化、民族之間的秩序規則不能從某一民族或某種文化的價值系統來單方面推演出來。在西方中心主義已成爲一種「普遍主義」的現代中，需要反抗的正是這種借普遍主義形式而以西方文化爲標準的對其它文化的強制性壓抑。規則的單方面推演，意味著對其它文化自主性的剝奪和其它文化對西方文化標準的被迫接受。由此，所謂「尊重不同文化的個性」，就不單單是一個態度和情感的問題，更重要的是一個不同文化間對話和共處的規則合法性問題。合法的

❸ 查爾斯·泰勒：〈承認的政治〉，《文化與公共性》（三聯書店，1988年版），頁320。

規則應該是：它不是來源於某種自我認定的「普遍主義」的推演，而是從不同文化對話的共識中產生。由於不同文化之間對規則合法性的理解背靠著自身的傳統，它們之間具有根深蒂固的異質性和不可通約性，因此，「認同危機」成爲現代性的根本性危機。女權主義、後殖民主義和新種族主義、文化相對論等等都可以看作是在「歐洲中心主義」的解構中對文化規則合法性問題的新的思考和追問。

在此，有兩種立場值得注意。一種可以稱之爲保守主義的新自由主義立場。這種立場以約翰·羅爾斯和尤根·哈貝馬斯爲代表。這種立場企圖在不改變自由主義的普遍主義預設的前提下，對傳統自然法作陳述性修改，以適應全球化時代的多元文化的紛爭。羅爾斯的「萬民法」和哈貝馬斯的「程序正義」論都是這種理論的產物。羅爾斯從「原初狀態」（Original Position）推演民族間、文化群體之間的法理規則更是一種典型的規範性推論。❹正如他自己已經意識到的，他據以推導所謂「政治主義」的「原初狀態」僅僅是從西方文化的傳統觀念中抽繹而來。對於一個沒有自然法信念、政教高度統一的民族，「原初狀態」根本就不可能、也不應該成爲社會正義的根據。對伊斯蘭教或佛教占統治地位的文化，也許是信仰狀態而不是「原初狀態」才是社會正義的根據。關鍵是，站在族際平等、文化對話的立場看，自由主義的普遍主義立場在程序上是不合法的，它所確認的規則不是文化間平等對話的產物，而是先行設定普遍性的規範推演，而當代世界文化衝突的緣起正是要置疑和推翻這種普遍性預設本身。因此，沿新自由主義的思路並不會化解當前越

❹ 參見羅爾斯：《正義論》（中國社會科學出版社1988年版）。

演越烈的文化衝突，而是要加重不同文化之間衝突力量的對壘。

另一種是極端的文化相對主義立場。學理上的文化相對主義可以解構主義、後現代主義爲代表。由於後現代主義將一切知識、經驗歷史化，因而排除了共在經驗的普遍性基礎。對德里達、福科等人而言，經驗的共在之域是不存在的，存在的只是歷史狀態中的個體經驗和個體經驗的相互交叉。他人作爲不可入的「他者」，根本上是相異的，差異性而不是共通性成爲歷史經驗的本質。由於極端地強調差異性，不同文化之間的不可通約性和個體間經驗的相異性被絕對化。而沿此路數，必將走向「文化無優劣論」和「差異即合理」的極端相對主義立場。在文化衝突成爲世界性衝突，在種族紛爭頻頻爆發和「文化衝突論」大行其道的當代世界，文化相對主義將阻隔文化交流的和平共處之路，使在共識基礎重建世界文化新秩序的目標成爲不可能。

因此，解構「歐洲中心主義」的普遍主義預設並不意味著差異的極端化。承認全球化時代各民族、各文化的共在性基礎，承認在此基礎之上相互對話、尋求共識的可能性，並進而在共識中確立新的普遍性規則，是關涉世界和平與發展的必經之路。這就是跨文化對話的當代意義。

肆、比較文學學科的三個階段

隨著西方文化研究的推進，東方比較文學研究凸起。東方比較文學在比較文學研究領域以跨文化研究而具有世界性意義，它打破了傳統比較文學僅在同質文化中比較研究文學的界限，將比較文學研究推進至跨異質文化的比較。跨文化比較研究以中國大陸曹順慶等人的「比較文學中國學派」的理論爲代表，它既是中國學派者力圖克服傳統比較文學學科理論危機的產物，又是在多元文化時代比較文學學科發展的必然要求。1995年初，曹順慶在《中國比較文學》等刊物發表的〈比較文學中國學派基本理論特徵及其方法體系初探〉、〈跨越第三堵牆：創建比較文學中國學派理論體系〉等論文可以看作是「比較文學中國學派」學科理論成型的標誌。

「比較文學中國學派」直接呼籲跨文化對話，它的理論背景緣起於比較文學學科理論的第三次危機。

所謂「比較文學的第三次危機」，是指自美國學派「平行研究」以來比較文學學科理論無法適應多元文化時代而產生的危機。事實上，「無論是法國學派或美國學派，都沒有面臨跨越巨大文化差異的挑戰，他們同屬於古希臘—羅馬文化之樹所生長起來的歐洲文化圈。」「正如葉維廉所說，『事實上，在歐美系統的比較文學裏，……是單一的文化體系』。因此，文化模式問題、跨文化問題、『在早期以歐美文學爲核心的比較文學裡是不甚注意的。』」「作爲現當代世界的中心文化，他們對中國等第三世界的邊緣文化並不很在意。」❺他們以「類比」、「綜合」及「跨學科」匯通等方法構築起「平行研究」的大廈，但是，他們的學科目標是以「世界文學」爲理想的總體文學理論（General literary theory）的建構。這裡有兩個問題無法迴避：

---

❺ 曹順慶：〈比較文學中國學派基本理論特徵及其方法體系初探〉，《中國比較文學》1995年第一期，頁9。

其一，學科目標和學科手段的矛盾。根本問題是：當缺少了中國及整個東方，其所謂「世界文學」或總體的文學性如何可能是「總體的」或「世界的」？美國學派由此面臨學理邏輯上的兩難：如果缺失東方，它便無由通達世界性；而如果要追求世界性，它將修改自己學科設定的邊界，從跨學科、跨國界向跨文化遷徙，而這樣做，必將改變自己對中國、對東方的拒絕、誤讀或輕視。一當將「比較」的視野開放至東、西文化或跨文化之間，所謂「比較」的學理邏輯便決定了跨文化研究勢在必行。

其二，學術規則對跨文化研究的不適應。此所謂「學術規則」是廣義的學科建構規則和文化交往規則，它包括學科目標、對話規則、知識體系建構以及學術話語等，在所有這些背後還有一個更根本的東西，即文化立場。

先說文化立場。顯然，既然是跨異質文化的比較，比較的立場就不能是單從某一種文化立場出發，例如從西方文化立場出發或從東方文化立場看待被「比較」的對方——這樣的「比較」將不是比較，而是站在某種文化立場上對相異文化的理解和闡釋。所謂「東方主義」、「妖魔化的中國」等對東方形象的扭曲正是這種單向立場「闡釋」、「理解」的產物。站在單一的文化立場上，無論是將對方理想化還是妖魔化，歸根到底，還原於學術背景上都是一個文化立場的問題。我們看到，文化立場之於比較文學不只是一個道德情感和政治傾向問題，它根本上關涉比較文學學科在跨文化界域中是否可能。如果「比較」褪變爲單向的理解和闡釋，那不同文化間的比較研究就喪失了必要性，比較也就不成其爲雙向對等的比較研究。由於迄今爲止超越東西文化的「第三者」的立場，即跨越異質文化的普遍性立場並未在學術範式上建立起來，異質文化之間的比較研究實質上是一種對話，一種不同文化立場之間的對話。這並不是說，任何一個從事異質文化間比較文學研究的研究者都必須代表自己民族的文化立場說話，而是說，只有「對話」立場所確認的交互主體性和平等性原則方能夠保證異質文化所進行的比較是雙方對等的，因而也才能夠保證比較文學學科所要求的「客觀性」和學術性。

美國學派的「平行研究」顯然不具有「對話」的視野，它所確認的學科目標（「世界文學」）依據西學傳統對「文學」、「文學性」、「詩性」的領會和規定。對美國學派而言，「比較」並不是一場文化間的對話，而是以西方「詩學」的眼光對各種文學經驗及其理論表述的發掘。在這種預先確定了「文學性」、「詩性」爲何物的發掘中，實際上已經先行確定了「比較文學」之規範性陳述的邏輯指向和意義標準。在此，「世界文學」的達成以不是異質文化間雙向比較和對話的產物，而是不同文化向西方文化的同質性化歸。進而，由於文化立場與學科目標不能適應多元文化時代的跨文化比較研究，美國學派所確立的一系列基本概念、方法以及由這些概念、方法所確立的學術規則、學術話語均暴露出其局限性。它所確認的「綜合」、「類比」、「跨學科」等研究方法在同一文化圈的比較研究中有極大的用武之地，然而在跨文化研究中，由於相異文化中的文體分類、學科分類即不相同，乃至文學現象呈現出全然不同的邊界歸屬，這些研究方法已很難成爲比較文學研究的核心方法。相反，對不同文化中文學經驗和文論思想的異質性的考察將成爲跨文化比較文學研究的重心。更重要的是，美國學派的學術話語是典型的承續歐洲文化傳統的話語，它的語式構成、基本語彙來自西方詩學傳統，像中國、印度等具有悠久歷史文化傳統的一些基本的文論概念，比如氣、韻、味、境界等，幾乎沒有進入美國學派的語彙。由此決定了美國學派的平行研究無法處理異質的文學經驗和詩學傳統。顯而易見，中國傳統的文學現象，比如古典詩詞的質地、特點和「詩性」是與傳統文論同質的，離開了氣、韻、味、境界、形神等等，我們很難對傳統詩歌的「詩性」經驗作出說明，而氣、韻、味、境界、形神等與新批評對語言的意義分析和形式分析幾乎南轅而北轍，他們是不可通約的。

實際上，「比較文學中國學派」一經提出，它就意味著一種跨文化的比較視野。近百年中西遭遇的歷史決定了中國人的生存經驗具有天然的跨文化特性。而在文化多元化時代，積極倡導中國學派，意味著單向引進西學歷史的結束。正向亨廷頓所預計的，在當代世界圖景中，由於歐洲中心主義的解體，「非西方文明不再是西方殖民主義下的歷史客體，而是像西方一樣，成爲推動、塑造歷史的力量。」❻具體到比較文學，多元化時代要求在跨文化對話背景中重新確立學科目標、學術話語和學術規則，確立一種能適應多元文化時代比較文學研究所需要的複雜、靈活的開放性、交融性的學術範式和學科理念。

❻ 轉引自汪暉、陳燕谷編：《文化與公共性·導論》（三聯書店，1998年版），頁28。

論老莊思想中的否定語式

高柏園*

壹、問題的提出

肯定與否定乃是所有語言的基本表達型態，中國語文如此，非中國語文亦然，本文在此所要討論之老莊思想中的否定語式，並不是就文法問題加以討論，而較重在語用問題的討論。❶易言之，本文並不在討論語式的文法結構，而在檢討對否定語式的使用問題。之所以要討論如此之語用問題，乃是因為在中國文化的主流：儒、釋、道三教中，佛教與道家便是十分善用且常用否定語式以表達其特有之思想理趣。例如在佛教，龍樹菩薩的《中論》中所提出之「八不中道」便是十分明顯的例子。其通過對生滅、常斷、一異、來去之自性不可得，而顯一切法空之勝義，《中論·觀因緣品》云：

---

* 淡江大學中國文學系教授。

❶ 參見何秀煌：《記號學導論》（台北：水牛出版社，民國81年11月版），其中有關語意、語用、語法之說明。

不生亦不滅，不常亦不斷，不一亦不異，不來亦不去。能說是因緣，善滅諸戲論，我稽首禮佛，諸說中第一。

此中以不生不滅等否定方式加以論述，正是中觀的特色所在。唯此否定並非目的，而眞正目的乃在突顯不可說之諸法實相——「空」。相對於此，以老子莊子爲主的道家亦顯此否定描述之精神。例如無、無爲、離形去知等，此中皆以否定性之動詞爲主，展開其理論之表述。因此，對否定語式之討論正是揭露中國哲學精神的要務之一。

當吾人說佛教與道家皆善用否定之語式展示其論說，此只是明其然，而其間之所以然仍未見說明也。易言之，此種否定語式之使用單就其語言意義而言，其未必較肯定語式更具價值上之優先性。否定語式僅僅只是否定語式，此中分析不出其較肯定語式更有價值或更具邏輯之優先性也。尤有進者，若吾人之否定乃是相對肯定而有，則在時間的發生上，否定語式反較肯定語式爲晚出也。果如此，則吾人之所以選擇否定語式即必有其所以如此選擇之理由，能掌握此理由方能了解使用否定語式之使用者之用心，亦即才能在語用的角度下說明否定語式之特殊意義也。總之，語文表式相對於使用者而言乃是被決定的，而使用者必有其所以使用之理由，吾人唯有充分掌握此中語用之因素，方能準確掌握此種否定表述之用心及其價值。現在，我們暫且以勞思光先生論老莊思想爲例，說明此中之問題發展。

勞思光先生在其大著《中國哲學史》中論及老莊思想時，有以下幾個重點與本文密切相關。首先，勞先生指出：

> 老子論自我境界時，否定之語多而肯定之語少；但觀其所否定之各境，亦可據哲學之設準而測定其肯定之所在。❷

接著，勞先生分別指出老子對德性我、認知我、形軀我之否定，最後肯定一情意我之存在。此中，很明顯是由否定中逼顯出一肯定之對象，唯此被肯定之對象既是經由否定而逼出，是以其內容便缺乏積極之肯定，此其所以有文化否定論之說。勞先生謂：

> 至此，老子所肯定之自我境界已可證爲「情意我」。自我駐於此境以觀萬象及道之運行，於是乃成純觀賞之自我。此一面生出藝術精神，一面爲其文化之否定論之支柱。關於情意我之肯定，及對其他自我境界之否定，在莊子中論解尤明。蓋道家至莊子而大成，先後之殊正見成熟之程度有異。❸

勞先生無論是討論老子或莊子，皆是由否定之方式證成一肯定情意我之結論，並以此而另證文化否定論之立場。尤有進者，勞先生更謂老子在論及主體境界之時，有一根本性之內在糾結，其謂：

> 此義就嚴格哲學觀點而言，不能不謂老子之主體境界有一根本性之內在糾結。蓋經驗界對經驗主體而立；經驗界中主客對峙，此主體不能具超經驗主體之自由。故子路謂：孔子知「道知不行」（此就論語，微子材料說），唯「行其義」，晨門之譏，徒見晨門之惑，蓋經驗界之成敗無礙化成之主體自

❷ 勞思光：《中國哲學史》（一）（台北：三民書局股份有限公司，民國70年1月版），頁249。

❸ 同註❷，頁252。

> 由；主體自由亦不能於成事中見之。釋迦參無上義而不廢飲食，徒眾背去，祇見徒眾之庸劣；蓋經驗界之形軀不表捨離之主體自由；主體自由亦不能在不食中見之。老子獨不然，既見「道」而證主體自由，便欲使此主體自由反射入經驗主體中，欲由超越義之自由轉化出經驗義之支配力。此乃根本混淆二界；於是由「無為」生出其實用之主張。而其學之末流遂有陰謀之事；甚至漢以後言長生之道教，亦托老子為宗師，蓋亦非無故。❹

依勞先生對老莊之理解，其推論出以上之困結亦是可有之論，然而以上之推論乃是相應其理解而成立，今吾人若依他解，則以上之困結亦可隨之消解，此亦即本文所欲證成者。簡言之，如果吾人能清楚地掌握老莊思想對其表述之決定，也就是一消極義、治療義之性格對表述形式之決定，即可合理消解勞先生之質疑。

貳、面對「周文疲弊」的二種態度

本節在說明老莊思想性格對其表述方式之決定時，主要之根據有二：其一是牟宗三先生的先秦諸子的周文疲弊之回應說，其二是袁保新先生以「文化治療學」解老子說。牟先生在《中國哲學十九講》一書中，以「周文疲弊」做為先秦諸子共同面對之課題，同時指出先秦諸子之異同，亦即在其回應「周文疲弊」態度之異同上。

---

❹ 同註❷，頁243-244。

❺就此而言，儒家乃是就周文的正面意義加以入手，孔子之夢周公，以「郁郁乎文哉，吾從周」爲職志，皆是在肯定周文禮樂之正面價値下而後對周文加以理論之深化，由是而有「人而不仁，如禮何？人而不仁，如樂何？」之論，此亦即是要以仁心做爲禮樂形式之基礎，亦可以仁心而做爲損益禮樂形式之基礎或根據也。正因爲儒家之態度一開始便是一積極而肯定之精神，是以其表述之方式與內容，亦多爲積極而肯定的。例如孔子要求顏回的克己復禮，對宰我三年之喪的不安之指點，孟子對良知本心的存養擴充，直至政治之推恩，無一不是由積極義與肯定義入手。相對而言，道家則重在對周文「疲弊」之負面影響加以反省，所反省之內容既是負面的，是以其一開始即採取一否定與消極之態度，易言之，亦即偏向一治療之態度，而其所治療之對象爲周文化，是以袁保新教授謂之爲一「文化治療學」。❻所謂治療乃是就一已有之對象使其遠離病痛而回歸正道之謂也，此並非取消對象，此所謂「除病而不除法」。由此可知，老莊思想正因爲是一種治療學，老子較顯文化治療，而莊子則更重心靈治療也。因此，其重心不在重構一新的文化或價値體系，而重在就已有之文化或價値體系加以治療，使其歸於正位。重心既不在重構，是以其肯定性表述之義不顯，而相對其治療義，其否定之語式正足以去病以顯治療之義。

若以上之論能成立，則吾人便可明確地指出決定老莊否定式表

---

❺ 參見牟宗三：《中國哲學十九講》（台北：臺灣學生書局，民國72年10月版），第三講〈中國哲學之重點及先秦諸子之起源問題〉。

❻ 參見袁保新：《老子哲學之詮釋與重建》（台北：文津出版社，民國80年9月版），頁192。

述的決定因素，或更正確地說是語用的因素，此即是一種文化治療及心靈治療之要求，由是而決定其採取否定表式之原因也。因此，勞思光先生謂老子在論述自我之時否定詞較多，此只是知其然，而其否定詞之所以如此多，其原因端在其消極性、否定性之治療學性格使然。同時，勞先生認爲老莊對德性我、認知我、形軀我皆採取一否定之態度，並由此逼出對情意我之肯定，此義亦可回應如下：顯然，如果老莊之思想性格乃是一治療學，則此中對德性我、認知我、形軀我之「否定」應該只是一種方便或策略，亦即是通過對其偏失之否定，而證成其積極性之內容也。同時，不止是德性我、認知我、形軀我可能有偏失，即使情意我亦然，是以此中之治療並無理由自外於情意我，因此，當然也可以對情意我加以「否定」。對自我之治療如此，對文化之治療亦是如此，我們不認爲老莊是文化否定論者，因爲否定文化只是取消問題而不是解決問題，眞正解決文化問題，應是保住文化而又能去其病，此當是文化治療學之精神所在。至於老子由主體的無爲是否會越位地導出經驗的支配力量，所謂「由『無爲』生出其實用之主張」，筆者認爲仍然要由治療義加以理解。蓋所謂無爲並非對爲的否定或取消，而只是對「爲」的治療，能無人爲之干擾扭曲，便能提供對象自我實現之可能，由是而謂「無不爲」，此無不爲亦即是一治療義之成全，並非積極之創生或支配也。由此看來，勞思光先生在詮釋老莊思想時最主要的不相應之處，並不在其對老莊文獻之分析，而根本在分析所預設之態度上。更明確地說，勞先生似乎是以一知識探問之角度處理老莊之思想，從而對其重生命實踐及文化治療之性格，較少予以正面之探討與發揮也。

參、否定表述的策略性、超越性、必要性與獨立性

一如前論，老莊思想中的否定表述，其根本精神乃是由於回應「周文疲弊」而起，並以消極義及否定義之表述方式來完成其治療學之特色與要求。而對此否定表述，吾人可由四義加以說明，此即策略性、超越性、必要性及獨立性，以下請即分明以例子說明之。

一、策略性

勞思光先生在論及老子做爲文化否定論者時，最明顯的舉證，便是老子〈三十八章〉及〈八十章〉之文：

> ……故失道而後德，失德而後仁，失仁而後義，失義而後禮。夫禮者，忠信之薄而亂之首……是以大丈夫處其厚而不居其薄……。故去彼取此。（〈三十八章〉）
>
> 小國寡民，使民有什伯之器聲相聞，民老死不相往來。而不用，使民重死而不遠徙；雖有舟輿，無所乘之；雖有甲兵，無所陳之；使民復結繩而用之。甘其食，美其服，安其居。樂其俗。鄰國相望，雞犬之聲相聞，民老死不相往來。（〈八十章〉）

勞先生對〈三十八章〉之說明如下：

> 此段語意甚欠精嚴。但其顯然無疑之義則有二；其一是：「道，

> 德，仁，義，禮」五者爲一步步下降之系列；而下降至「禮」時則爲墮落之極致——觀以「忠信之薄而亂之首」釋「禮」之地位，即可見。其二是：「大丈夫」應反此下降之序而上歸於道；即「不居其薄」及下文「去彼取此」之義。如此，則「仁，義，禮」等，在老子眼中皆爲守道者所不取。其否定態度已極明顯。❼

勞先生此說並非錯誤，然而我們卻不必然止於此。如果我們細觀《老子》此文乃是以一條件系列所構成，而在最高層者是道，則一切問題其實並不在禮，而根本在道上。若能有道，則德、仁、義、禮，無一不活潑起來，一切忠信之薄與亂之首亦可當下消除。由此看來，老子的確是對仁義禮展開了十分明顯的批判，但是批判的目的並不是否定，而是一種另類的證成，也就是由道，而使德、仁、義、禮重新回到合理的地位。果如此，則我們可以說此章之否定其實是一種治療的策略，是通過策略而完成治療。

再觀勞先生對「小國寡民」之詮釋：

> 此段即老子政治理想之表述，爲人所熟知。老子蓋視國家之發展爲不必要者。其故云何？蓋老子所肯定之主體僅是駐於無爲之境而利用「反」之規律以支配萬物者；主體本身不是一實現價值之主體，自亦不能肯定文化之價值。國家生活既不能視爲有價值之活動，自無須發展。小國寡民之主張，乃「無爲」觀念之必然產物。❽

---

❼ 同註❷，頁250。

❽ 同註❷，頁248。

當我們以文化否定論理解老莊思想時最大的困難有二：第一，我們無法安頓老莊思想與一切的人間社會之共存，因爲所有的人間社會都無法避免文明、文化的內容，因此否定文化無疑是否定人間世，也關閉了人與世間的共存可能。第二，文化與罪惡或許有關，但是文化畢竟不等於罪惡，因此，對人間罪惡之否定，並不等同於對人間文化的否定。當我們不再以文化否定論來看待老莊時，小國寡民便不必以寫實之觀點觀之，而可以一象徵之意義加以理解。易言之，小國寡民正是針對工商社會慾望高漲、宰制獨大的治療，由是而能去除文明之病，而重新在道術之下相安相忘，如莊子所謂「人相忘於道術」者也。其實，否定語式的這種策略性，牟宗三先生論之甚詳：

> 道家說「絕聖棄智」、「絕仁棄義」，並不是站在存有層上對聖、智、仁、義予以否定，這樣了解是不公平的。這個「絕」、「棄」、「絕聖棄智」、「絕仁棄義」、「絕學無憂」，字面上看，好像是否定聖、智、仁、義、學，這樣了解是不公平的，這樣了解，顯得道家太大膽了。否定聖智仁義，豈不是大惡？這眞是異端了！但這樣了解是不公平的。如何來做一個恰當的了解呢？道家不是從存有層否定聖、智、仁、義，而是從作用層上來否定。「絕」、「棄」是作用層上的否定字眼，不是實有層上的否定。儒家是實有層上的肯定，所以有What的問題，道家沒有這個問題，所以也不從實有層上來說「絕」、「棄」。道家不從實有層上說「絕」、「棄」，那麼是不是從實有層正面上來肯定聖、智、仁、義呢？也不

是。所以我們可以說，道家對聖、智、仁、義，既不是原則上肯定，也不是原則上否定。從實有層上正面肯定或否定，就是原則上肯定或否定。道家沒這個問題，那就是說道家沒有What的問題。❾

依牟先生，對聖智仁義的否定如果是一種本質的否定，這樣理解道家對道家而言並不公平。因爲聖智仁義既是一正面之價值，則對此價值之否定豈不是使道家落入一種價值的否定論，進而落入一種野蠻的反人文主義立場？此義又與法家之反人文思想何異？❿尤有進者，我們若直接就文獻而言，則「禮者忠信之薄而亂之首」乃是一條件系列的結果，也就是由失道而導致之結果，這並非禮之本質所在。當我們一旦取消了「失道」的前提，自然也就可以合理地取消「禮之否定」的結論，進而也就保住了禮的正面作用與價值，此所謂「作用的保存」也。⓫既然此中之否定只是爲保存仁義禮之作用與價值，是以此否定自身並無意義，其意義只是一種治療的策略運用罷了。若依牟先生的話來說，就是道家乃是一種重「作用」、How的哲學。所謂作用亦正是一種方法或策略，它並不預設任何終極之立場，而是通過無的方式，來完成一切立場並使其避免衝突與異化。因此，策略、作用、How，三者便是一體的三面了。「如何

---

❾ 同註❺，頁133。

❿ 參見唐君毅：《中國人文精神之發展》（台北：臺灣學生書局，民國77年8月版），頁16-19。

⓫ 參見牟宗三：《才性與玄理》（台北：臺灣學生書局，民國64年11月版），頁163。

以最好的方式把它體現出來，這便是How的問題」⓬，這也就是策略性的問題。

二、超越性

一如前論，道家思想之採取否定語式加以表達，乃是一種重作用、重How的策略運用。策略只是一種方法，它並不預設任何終極之內容，因此，策略之所以能成立，不僅是其不預設任何終極之內容，更在其超越一切終極性內容，由是才能安頓一切終極性內容也，此亦正是莊子〈齊物論〉之精神。蓋齊物並非建立一標準以求萬物之齊，而正是展現一無之超越性，由是而安頓一切物之原來面目也。牟先生謂：「道家對聖、智、仁、義，既不是原則上肯定，也不是原則上否定。」⓭這不是要強調道家的另有堅持，而是要凸顯道家的超越性，也就是無性。此無性並不重在空無一物之義，而重在無執超越之義，唯其能顯此超越性，才不會落入任何定見，也才能方便策略地安頓一切之作用與價值也。關於此義，我們可以在《莊子》書中找到進一步的佐證。《莊子．山木》：

> 莊子行於山中，見大木，枝葉茂盛，伐木者止其旁而不取也。問其故，曰：「無所可用。」莊子曰：「此木以不材得終其天年。」夫子出於山，舍於故人之家。故人喜，命豎子殺雁而烹之。豎子請曰：「其一能鳴，其一不能鳴，請奚殺？」主人曰：「殺不能鳴者。」明日，弟子問於莊子曰：「昨日

⓬ 同註❺，頁135。

⓭ 同註❺，頁133。

> 山中之木，以不材得終其天年；今主人之雁，以不材死；先生將何處？」莊子笑曰：「周將處乎材與不材之間。材與不材之間，似之而非也，故未免乎累；一上一下，以和爲量，浮遊乎萬物之祖；物物而不物於物，則胡可得而累邪！

關於材與不材之間，成玄英〈疏〉云：

> 言材者有爲也，不材者無爲也。之間，中道也。雖復離彼二偏，處玆中一，既未遣中，亦猶人不能理於人，雁不能同於雁，故似道而非眞道，猶有斯患累也。

又，

> 夫乘玄道至德而浮遊於世者，則不如此也。既遣二偏，又忘中一，則能虛通而浮遊於代爾。⓮

即就〈山木〉而言，無論材與不材都是莊子所否定的，其否定材與不材固然有其特殊之背景，如一者以不材而終其天年，由是而否定材；另一則以不材而見殺，是以否定不材，而學生亦正以此二者間之矛盾相詰於莊子。然其否定之眞精神則無二致，此即對邊見之破斥，而在此破斥之同時顯一超越、無執之精神。易言之，此中之否定當然是策略，其目的並不對材與不材之否定或肯定，而重在對材與不材之超越也。此莊子謂「周將處乎材與不材之間」，此中之「材與不材之間」並非在材與不材之間更另覓一同層次之存在以

⓮ 參見郭慶藩輯：《莊子集釋》（台北：河洛圖書出版社，民國69年8月版），頁668。

爲安頓之所在，而是重在超越此材與不材之上而顯一無爲之自由也。唯此「之間」畢竟易遭誤解，是以莊子又謂「材與不材之間，似之而非也，故未免乎累」，此正是指出超越性之異質性與介於材與不材之間的同質性之「似之而非」的可能也。於是莊子更以「乘夫道德而浮遊」說之，意在指稱此超越性之無執也。此義既明，則成疏之文亦可謂善解，蓋「之間，中道也」，是離二邊之超越，此中之「似是而非」是即「處前一中，既未遣中」之謂，也即是仍落在同質處打轉而未見超越性也。直至「既遣二偏，又忘中一，則能虛通而浮遊於代爾」，正是超越性的眞實寫照。由此看來，材與不材之間，有用與無用之間，並非如多值邏輯相對於二值邏輯而另有所說，而根本在顯一超越性之意義。更明確地說，此中問題並非是語法問題，而應該是語用問題，由語用之策略性，而顯語意之超越性也。

三、必要性

以否定語式爲策略，由是而顯一超越之自由心靈，此種否定語式之存在是必要的嗎？我們是否可以單以肯定語式表達呢？筆者以爲，此種否定語式之策略性及超越性之存在乃是有其必要性的。首先，我們可以說就人之存在而言，人乃是以肯定語式開始，而後始能有對象加以否定。易言之，吾人之否定並非面向空無，而是朝向種種存在而展開。因此，否定語式之必然性，正是建立在肯定語式之先在性上，凡是有肯定語式，皆可有其否定語式與之相對也。其次，我們雖然可就肯定語式的先在性而證成否定語式之必然性，然而此只是形式上之必然，未必表示此否定語式自身之價値何在也。

針對此，我們必須從肯定語式反省起。簡單地說，凡言說必依概念，凡概念必有其界定以爲性質之確定及封限，是以凡依概念而有所說，勢必同時承擔其相對而起之種種封限，今欲對此封限加以反省、超越，便是通過對此肯定語式之否定，以達到治療之效果。易言之，我們正是利用否定語式來治療肯定語式可能帶來之封限與誤解也。由此看來，否定語式不僅只是在語法上做爲肯定語式之否定，而更可因語用態度之差異，而有治療之效果與價值。此時否定語式之必要性便不僅是形式上的必然，而且更是價值上的必要，由是也可間接佐證否定語式價值之所在。觀《老子·首章》以「道可道，非常道，名可名，非常名」，對可道、可言加以反省批判，亦正可反證此否定語式之必要性及重要性也。

四、獨立性

一如前論，如果我們說否定語式之存在及價值乃是相對肯定語式而存在，如道家乃是相應於儒家周文之仁義禮而有，則道家思想自身似乎僅爲一依他起之附庸，本身缺乏獨立存在之價值，此即可說否定語式及其思想乃是不具獨立性之存在。

關於此，筆者以爲，否定語式之依肯定語式而存在誠爲可有之論，然而這樣的前提也僅能證成否定語式的後起，卻不必能證成否定語式的依他性與非獨立性。蓋一否定語式相應於肯定語式而存在之後，其自身即可有其自身發展之邏輯而可獨立發展，不必再依肯定語式而存在也。易言之，否定語式就其歷史義與發生義而言，誠然是後起的，但是一旦存在便可獨立存在，不必處處依他。此中否定語式之理乃是淵然默存於天地間，唯是藉事而顯理罷了，此發生之依他，不必是本質之依他；此事之依他，不必是理之依他也。當然，吾人亦可設問，若否定語式相對之肯定語式不存在，則此否定語式亦不存在，此不證明否定語式之不具獨立性嗎？此問在邏輯上合理，但在存在上則可不必回答，因爲人畢竟是活在一已存在之歷史文化之中，是活在一已存在之肯定語式之中，是以吾人固然可在理上設想一無肯定語式之世界，然此畢竟只是設想，其就存在而言畢竟只是戲論，是以吾人可以存而不論。

肆、幾個關鍵概念之定位

若以上所論無誤，則老莊思想中之許多關鍵概念，皆可依此義而獲定位，試各舉老莊思想之例以明之。

> 爲學日益，爲道日損，損之又損，以至於無爲，無爲而無不爲。（《老子·四十八章》）
>
> 上德無爲而無不爲。（《老子·三十八章》）
>
> 道常無爲而無不爲，王侯若能守之，萬物將自化。（《老子·三十七章》）
>
> 爲無爲，則無不治。（《老子·三章》）

依引文，無爲乃是由損之又損而至，而此損顯然爲一工夫修養，是以此無爲當亦是相應於此修養而有之境界，在此境界下乃能安頓一切，此所謂「無爲而無不爲」。唯此境界之內容又果爲何呢？簡單地說是「無」，更引申地說，則是一種無執的境界，亦即文前所言之超越性，據此超越性乃能安頓一切而無不爲也。果如此，則無爲不僅是對人爲之否定，而更是對人爲的一種保存，此所謂無不爲也。今損之又損之主體爲人，是以上德之人當可表現此無爲而無不爲之治療義，而此境界之客觀即是道，是由聖人之「上德無爲而無不爲」，推論出「道常無爲而無不爲」，此牟宗三先生所謂境界型態也。⓯依此，則勞思光先生將「無爲而無不爲」理解爲支配世界，便是在基本預設上遠離了否定語式的治療義、策略義與超越義，由是而使老子與權謀之術相近矣。⓰

再觀《莊子·逍遙遊》：

> 若夫乘天地之正，而御六氣之辯，以遊無窮者，彼且惡乎待哉！故曰：「至人無己，神人無功，聖人無名」。

「彼且惡乎待哉」正是無待，亦即是對「待」之否定，而至人、神人、聖人無他，亦即對己、功、名之否定也。依此，「逍遙」亦應以一消極之否定義加以理解，亦即是對待、己、功、名之否定、遮撥而後顯之自由境界。同時，亦唯在此自由境界中，始能眞正保存己、功、名之價值。至於〈齊物論〉子綦曰：「夫吹萬不同，而使其自己也，咸其自取，怒者其誰邪！」此吹萬不同仍只是一「無爲」之否定語式的表現也，去除一切人爲造作，是而能使萬物使其自己，而畢竟無怒者，無人爲也。是以齊物者，不齊之齊也，回歸物之在其自己，亦是否定語式之策略運用也。同理，吾人亦可謂〈養生主〉之養生，亦是不養之養，無爲而已！

⓯ 參同註⓫及註❺，論及老子部份。

⓰ 參同註❷，頁244-245。

伍、結　論

本文的主要目標，在討論老莊思想中否定語式之諸多意義及其發展。此中，我們由對勞思光先生之詮釋開始反省，並說明語言表式的被決定性，以及其決定者乃是一語用層次而非語法或語意層次。其次，我們根據周文疲弊及文化治療學之觀念，說明此中語用提出之背景與根據。再其次，我們分別由策略性、超越性、必要性及獨立性，說明否定語式的諸多特質，並依此重新定位老莊思想中的某些關鍵概念。總之，否定語式可論者尚多，例如中國佛教的天台宗、禪宗，皆有相當之理論開展，此文暫以老莊思想爲核心做一初步之展示，尚祈　學者方家不吝賜正。

從日本京都中國學的「時代區分論」說「時代」的文化意義

連清吉*

摘　要

東京大學雖然有江户幕府官學以朱子學爲正統的學問傳統，但是明治以迄戰前，以東京大學爲中心的東京學界幾乎成爲政治的附庸，眞正能代表日本學術研究眞髓的是京都的中國學。1906年京都大學創立文科大學，狩野直喜爲中國文學教授，翌年，内藤湖南聘任爲東洋史講師，開啓京都中國學研究的端緒。一般而言，京都的中國學是以清朝考據學爲基底的科學實證之學。狩野

* 日本長崎大學環境科學部副教授。

直喜繼承太田錦城、海保漁村、島田篁村的考證學，潛心於清代乾嘉的學術與清朝的制度。內藤湖南則是遠紹章學誠、錢大昕的學問宗尚，以史學的角度綜觀中國的學術發展。其實京都學派的學問性格，特別是內藤湖南的學問，不純然只是考證而已；是在目錄學的基礎上進行旁徵博引、精詳考證，而建立通貫宏觀的歷史識見。又由於京都、即日本古文化之所在的學術環境與江戶中期以來考證風氣的傳承，「學問與趣味兼容並蓄而渾然融合的研究，才能眞正地理解中國文化」，則是京都學者的爲學理念。故京都中國學的學問可以說是以科學實證爲學問方法的經史文化之學。

本文擬探究代表京都中國學之內藤湖南的中國歷史時代區分、武內義雄的中國思想史分期、吉川幸次郎的中國文學史分期的論述，說明「時代」於文化發展上的意義。

關鍵詞　螺旋循環史觀　宋代是中國的近世說　時代是人文現象的綜合

前言：「時代」一詞的意義

一般所謂秦漢唐宋，只不過意味著改朝換代，「時代」一詞只不過代表著王朝的更替而已。但是只從政治的觀點來說明「時代」的意義，進而從事時代區分，到底正確與否，則有深入探究的必要。如「唐宋」始終被視爲一個固有名詞，在中國文學史上代表古文興盛的時代，而在歷史的分期，則歸屬於中世。但是從唐到宋的社會結構、思想文化等事象都產生了極大的變化，未必能結合唐與宋而成爲同一的時代。換句話說，「時代」一詞不只是意味著朝代的交替，而是包含著社會、文化等人文意義，至於時代的區分也是在社會、文化等人文現象發生變化的認識上而成立的。日本近代中國學界首先從社會轉型、思想文化等人文現象的流變探究中國歷史的時代分期的是京都中國學雙璧之一的內藤湖南。

1906年京都大學創立文科大學，狩野直喜爲中國文學教授，翌年，內藤湖南聘任東洋史講師，開啓京都中國學研究的端緒。一般而言，京都的中國學是以清朝考據學爲基底的科學實證之學。其實京都學派的學問性格，特別是內藤湖南的學問，不純然只是考證而已；內藤湖南是遠紹章學誠、錢大昕的學問宗尙，以史學的角度綜觀中國的學術發展。其學問是在目錄學的基礎上進行旁徵博引、精詳考證，而建立通貫宏觀的歷史識見。又由於京都、即日本古文化之所在的學術環境與江戶中期以來考證風氣的傳承，「學問與趣味兼容並蓄而渾然融合的研究，才能眞正地理解中國文化」，則是其爲學的理念。故以內藤湖南爲代表的京都中國學的學問可以說是以科學實證爲學問方法的經史文化之學。

本文擬探究代表京都中國學之內藤湖南的中國歷史時代區分、武內義雄的中國思想史分期、吉川幸次郎的中國文學史分期的論述，說明「時代」於文化發展上的意義。

壹、內藤湖南的中國歷史時代區分

螺旋循環狀的文化發展論是內藤湖南區分中國歷史的主要根據。所謂「螺旋狀循環」是說歷史文化的發源中心向外緣周邊地區伸展的正向運動與外緣周邊地區向發源中心復歸之逆向運動的反復循環現象。內藤湖南以爲歷史的演進與文化的發展既不是直線式的，也不是圓環式的，而是螺旋狀循環式的。就中國歷史的發展而言，三代到西晉是中國文化向外擴張的時代；五胡十六國到唐代中葉，則是周邊各民族逐漸強大，其勢力漸次地威脅到中原。到了唐末五代，外族的勢力達到頂點。宋元明清以迄現代則是中心向周邊與周邊向中心的反復循環。❶

內藤湖南以爲中國歷史上發生了二次政治、社會、文化等人文現象的轉換期，而形成上古、中世、近世的三時代。其在《支那上古史》的〈緒言〉❷中說：

第一期　上古　開闢（太古）至東漢中葉

中國文化形成、充實而向外部擴張的時代。

第一過渡期　東漢中葉至西晉

中國文化停止向外擴張的時代。

第二期　中世　五胡十六國至唐中葉

---

❶ 見〈日本文化とは何ぞや（その二）〉（《日本文化史研究》（上），頁25-32，東京：講談社學術文庫76，1987年3月）。

❷ 參〈概括的唐宋時代觀〉（《東洋文化史研究》，頁111-119，《內藤湖南全集》第八卷所收，東京：筑摩書房1969年8月）。

帝國大學文科大學支那哲學史，大正12年(1923)4月，聘任東北帝國大學法文學部支那哲學史教授。昭和3年(1928)4月，以《老子原始》獲得京都大學文學博士。昭和17年5月兼任帝國學士院會員，20年4月任命宮內省御用掛，21年5月自東北大學退休，24年3月辭退宮內省職位，35年11月獲文化功勞之表彰，39年11月頒授二等旭日重光勳章。所著《老子原始》《諸子概論》《論語の研究》《易と中庸の研究》等書編纂成《武內義雄全集》十卷，於1978、9年，由角川書店出版。金谷治稱武內義雄是日本樹立中國思想史方法的第一人。

武內義雄授業於狩野直喜與內藤湖南，以清朝考證學與目錄學爲學問的基礎，於嚴密的校勘與正確訓詁之上，進行辨章學術，考竟源流的研究，又繼承富永仲基、內藤湖南的「加上」學說，以原典批判的觀點展開古典文獻，特別是先秦諸子的考證，開啓日本近代中國學於諸子研究之先聲。其門下金谷治與再傳弟子町田三郎先生發揚其學問，建立東北大學中國哲學史研究爲當代日本諸子學研究之重鎮的地位。❹

有關中國思想史的發展，武內義雄在所著的《中國思想史·敘說》❺指出，中國思想的變遷可分爲三期：

---

❹ 武內義雄之學術生平，參〈先學を語る—武內義雄博士—〉（《東方學》第五十八輯，1979年7月，其後收入《東方學回想》5，頁187-211，東京：刀水書房，2000年4月），金谷治〈誼卿武內義雄先生の學問〉（《懷德》27號，1966年），金谷治〈武內義雄〉（《東洋學の系譜》頁249-259，東京：大修館書店，1992年11月）。

❺ 見武內義雄：《中國思想史》，頁1-3，東京：岩波全書，1936年5月。

第一期　上世期　春秋末年以迄東漢末年（西元前552年孔子誕生到西元183東漢滅亡）

以漢武帝的時代爲界線，而分別爲前期的諸子時代和後期的經學時代。

本土思想的全幅表現。

第二期　中世期　三國初期至唐玄宗末年（西元184年－755年）

儒釋道鼎立的時代。

外來思想的傳入與融合。

第三期　近世期　唐玄宗以後至現代（西元755年－　）

近世又分爲四個時代，即中唐到五代的宋學準備時代，北宋初到南宋末年的宋學時代，元代爲過渡而明朝爲中心的時代，清朝則是考證學全盛時代。

復興本土思想文化的自覺，與外來思想文化的抗衡。

武內義雄以爲中國古代思想濫觴於孔子，故其所謂中國思想史的「上世」是始於孔子，而在「上世」的735年間又由於思想的發展與學問中心意識的轉移，自戰國以迄漢景帝是百家爭鳴的諸子時代；漢武帝尊崇儒術，儒家經典所在的《五經》成爲學問的中心，故漢武帝以後的「上世」是經學時代。至於「上世」與「中世」的分際則是本土思想文化受外來思想文化之影響的有無。武內義雄中國的「上世」思想雖然有「諸子時代」與「經學時代」的區別，但都是產生於中國本土的思想學說而無外來思想的色彩。至於「中世」大約550年間的思想推移則是波瀾起伏，其初，經學雖然持續被研究，但是支配當時思潮的則是老莊哲學，故有以老莊思想解釋儒家經典的現象。同時後漢傳入的佛教與老莊思想結合，逐漸受到中國知識階層的理解而普及於民間，老莊思想也受到佛教的刺激而促成「道教」的確立。到了隋唐之際的「中世」後半，則形成儒釋道鼎立的現象。入唐之來，雖有《五經正義》的編纂與王室之信奉道教，但是當時一流的學者、思想家大抵都是佛教的信徒。

在長達一千二百年的「近世」中，不但政治上有異族入主中原的衝擊，在思想上也有力挽佛老狂瀾而維繫儒家正統思想文化之新儒家的興起，清朝以後，由於政治的專制乃產生純然學術研究的考證學。武內義雄說：因爲佛教風靡於中國各階層，乃造成知識份子的傳統思想文化的自覺，發展出具有思想體系的宋明新儒學，用以對抗於哲理深遠而又有思想架構的佛教。清朝考證學雖未必有深奧的思想內涵，其旁博而嚴謹，以精確地解釋文獻的學問性格，乃合乎近代以實證爲究極之學問方法。就中日思想文化傳播而言，宋明理學是江戶時代（1603－1867）學術思想的主流，清朝考證學是日本近代中國學研究方法論的基礎，二者各有其時代性的意義。

參、吉川幸次郎的中國文學史分期

吉川幸次郎（1904－1980）出生於神戶。大正12年（1923）4月，入學京都帝國大學文學部。昭和3年（1928）2月，隨狩野直喜往赴中國而留學北京，6年2月，旅遊江南，其間，嘗造訪黃侃、張元濟等人，4月歸國，受聘東方文化學院京都研究所（今京都大學人文科學研究所）所員。22年（1947）4月，以《元雜劇研究》獲得文學博士，6月就任京都帝國大學文學部中國語學中國文學教授。26年1

月任日本學術會議會員，39年1月任日本藝術院會員。42年（1967）3月退休，翌年3月，自編《吉川幸次郎全集》二十卷，4月起，由筑摩書房逐月刊行一卷❻。44年5月獲法國學士院頒授Stanislas Julian賞，11月獲文化功勞之表彰，46年（1971）1月獲贈朝日賞，49年4月頒授二等旭日重光勳章。

吉川幸次郎是研究杜甫的權威，日本近代以來研究中國文學的大家，這是周所皆知的事，然而具有通古今之變的史觀，運用清朝考證學與歐洲東方學術研究的方法論，分析東西方於中國文學研究的優劣長短，以嚴密的考證與細緻的賞析，重新評述既有的研究成果，開拓新的研究領域，則是其成就一家之言而獲得法國學士院表彰於東方學術有卓越貢獻之榮譽的所在。❼

---

❻ 《吉川幸次郎全集》二十卷於昭和45年（1970）全部刊行，48年至51年又刊行《增補吉川幸次郎全集》二十四卷。平成7年（1995）至8年4月，弟子興膳宏又編纂《吉川幸次郎遺稿集》三卷、《吉川幸次郎講演集》一卷，平成9年（1997）10月起，再出版《決定版吉川幸次郎全集》二十八卷，皆由筑摩書房刊行。有關吉川幸次郎的學術生平，參桑原武夫、興膳宏等編《吉川幸次郎》（東京：筑摩書房，1982年3月），〈先學を語る—吉川幸次郎博士—〉（東京：《東方學》第七十四輯，1987年7月，其後收入《東方學回想》5，頁147-173，東京：刀水書房，2000年4月）。

❼ 吉川幸次郎於〈中國文學研究史—明治から昭和のはじめまで、前野直彬氏と共に〉與〈日本の中國文學研究〉指出：明治前期是中國文學的受容時期，明治後期是評釋時期，大正至昭和初年則是翻譯時期。再就研究的取向而言，明治時代大抵以西洋的方法論進行分析性的研究，大正年間則重視新領域、新資料與目錄學的研究，所謂「新領域」是指戲曲小說文學，新資料是敦煌文物而目錄學則是日本宮內省、內閣及藩府、寺院、私人文庫之書物的研究。昭和初期則重視語學與現代文學的研究。綜觀明治以來的中國文學的研究，則有偏重戲曲小說現代文學與資料萬能、語學萬能主義的缺失。故文學內容本質的研究與修辭藝術的鑑賞，乃是戰後日本於中

有關中國文學發展歷史的分期，吉川幸次郎大抵根據其師內藤湖南的主張而稍有差異，其以爲中國文學的發展可分爲四個時期。❽

第一期　周朝初期以迄秦帝國（西元前十二世紀到西元前三世紀的一千年間）

前文學史時期。

第二期　漢朝至唐代中葉（西元前二世紀到西元八世紀的一千年間）

抒情詩或美文時期。

第三期　唐代中葉以後至清末（西元八世紀後半到二十世紀初的一千年間）

散文時期。

第四期　相應於「辛亥革命」之「文學革命」以後

語體文時期。

吉川幸次郎以爲中國文學第一期的「場域」是在黃河流域，其文學體裁，除《詩經》是表現感情的韻文之外，大底是以組織國家方法之政治性或論述個人、學派思想內容之論理性中心。換句話說，

國文學研究的新取向。（二篇論文皆收入《吉川幸次郎全集》第十七卷，頁389-420，東京：筑摩書房，1969年3月）。

❽ 見〈中國文學の四時期〉（此文原收於1966年5月新潮社出版的《世界文學小辭典》，其後又收入《中國文學入門》頁101-108，東京：講談社學術文庫，1976年6月）。吉川幸次郎有關中國文學史的分期，又見於〈中國文學史敘說〉（《吉川幸次郎遺稿集》第二卷，頁3-23，東京：筑摩書房，1996年2月），除第一期止於漢武帝外，其餘大抵相同。據筧文生《吉川幸次郎遺稿集第二卷·解說》指出〈中國文學史敘說〉是吉川幸次郎的手稿，唯不明其執筆的時間，或爲自東方研究所轉任京都帝國大學教授（1947年）時，所準備的講稿。

當時士人的政治、論理的意識較爲強烈，因此語言的表現也以生存法則與人生的現實爲多，而人的感情、玄思或唯美追求的價值則是次元的存在。至於《楚辭》之以韻文的文體與比興的手法抒發豐富的感情，而爲後世美文的典型，或由於《楚辭》是產生於長江流域的緣故。

第二期的文學是以感情抒發爲主，而表現的方式則是有韻律的辭賦詩歌。吉川幸次郎以爲由於文學不再是政治的附庸而有語言美感與個人感情的表現，故有獨立的價值而成爲構築文明的基本要素。至於東晉以後，文明的中心轉移到長江流域，歌詠山水田園與自然風景的詩文也成爲中國文學的主要題材之一，與三國西晉的宮廷貴族的浪漫文學輝映成色。到了八世紀前半的盛唐，由於詩人的感性與思想的飛躍，又把握自然的象徵以爲自由詩語的表現，形成中國詩歌的黃金時代。

第三期是散文的時代，即使是韻律的詩歌也有散文化的傾向。漢唐以來雖然有《史記》、《漢書》歷史散文的傳統，但是吉川幸次郎以爲第二期的千年間依然是以四六駢儷之文爲主，尙未有以散文爲典型的意識。在第三期的文學中，最值得注意的是雜劇、小說等虛構文學的產生。起源於庶民娛樂的講唱，經過潤飾而形成口語講唱之口白並存的雜劇與散文詩歌兼蓄的小說。第四期的文學則是受到西洋文明的影響，產生以虛構文學爲主流與語體文爲通行文體的變革。

結語：「時代」於文化發展上的意義

內藤湖南、武內義雄、吉川幸次郎三人於中國歷史的分期是大同小異，大抵是從文化史發展的觀點，將中國歷史區分爲古代、中世、近世三個時期。就政治史、社會史的發展來看，中國的古代是封建時代，以在天子之下，地方有藩政諸侯存在的形態遂行其政治的運作。中世則是郡縣時代，君王是天下的共主，地方由中央政府派遣的官吏來統治，但是政治的權力大抵掌握在豪族貴族之手，諸侯世襲雖然不存在，官位卻是世襲的，從社會史角度來看，門第家世是貴族與庶民區別的判準。中國近世是庶民的時代，由於科舉取士，權位的獲得大抵由於個人的才學與家世門第無關，因此世襲貴族到了宋代完全沒落，天子的權威也因而強大，形成君主獨裁，支配天下的時代。就經濟的發展而言，上古是農業時代，中世以後是貨幣經濟的時代，唯中世前半的納稅是以貨物爲主，唐代中葉兩稅制度以後，才以貨幣代替貨物，宋代紙幣出現以後，貨幣經濟更爲發達。再者由於都市商業的發達，庶民逐漸取得於社會的市民權，此與貴族於宋代沒落的現象相爲表裏。再就儒家思想學術的流衍來看，在戰國時代，百家爭鳴，儒家尙未取得主導的地位，到了漢武帝以後，則以五經爲中心而展開經傳注釋的學問。北宋以來，爲了對抗佛老而開展出系統化的新儒學，至於清朝考證、辨僞、輯逸的興起，朝廷的文化政策固然是主要原因之一，而正確地詮釋古典的內容或恢復文獻的舊觀，未嘗不是考證學者的文化自覺，再就結果而言，亦有以實證學問方法而突破舊有注疏傳承的意義在焉。若以文學是作者在表現生活與感情的觀點，考察中國文學的發展，上古是文學前史的時代，因爲此時的文學作品是以傳達思想意識爲主的，作者未必有發揮文字語言之藝術功能的意識。中世以後，文人有文學爲語言藝術與具有抒發情感之價值的自覺，唯中世是詩的時代，散文有詩化的現象，近世以後則是散文的時代，詩有散文化的傾向。❾

以文化史的發展區分中國歷史的觀點，考察「時代」的意義，則「時代」一詞有在時間與空間的交錯中形成的文化現象之意義。至於時代區分則是呈現文化在歷史流衍中的傳承與開展。即所謂「時代」，不只是政權更迭轉移的象徵而是政治、社會、經濟、思想、學術等人文現象的綜合體。從政治史、社會史、經濟史、思想史、學術史的角度進行總合性的探討，才能清楚地說明歷史流衍中的「時代」的特徵，正確地把握「時代」的文化意義。換句話說「時代」包含著時間與空間的兩層意義，「時代的空間」意味著文化的形成，而「時代的時間」則有文化突破的意義。至於文化突破所象徵意義，未必是前所未有的創造而是批判性繼承的創新。岡田武彥先生說：從歷史的觀點思考時代的發展，大抵可分別爲前代的繼承發展與對前代的批判反省的兩個類型。❿譬如絢爛的三彩是唐代文化的代表，

---

❾ 以文化史的觀點區分中國歷史，進而論述中國各個時代的文化特色，是參採吉川幸次郎〈中國文學史敍說〉（《吉川幸次郎遺稿集》第二卷，頁3-23，東京：筑摩書房，1996年2月）的說法。

❿ 岡田武彥先生：《王陽明小傳·序文》，頁1-20，東京：明德出版社，1995年12月。

而純白青白的創造則是宋代的象徵。超越華美的外觀而重視素樸沈潛之內在精神是宋代知識分子於文化意識上的突破。至於內藤湖南於〈近世支那の文化生活〉⓫所論述的：「文化生活經過長期的發展以後，其產生復歸自然的呼聲乃是必然的結果。唐代以前庭園等建築都以人工彫琢爲極致；到了宋代，天子的宮苑也取自然的逸趣，建築或採民家質樸的風味。繪畫上則山水的自然之美尤勝於樓閣之危聳華麗。至於養身之道，唐代以前常以藥石作爲強身；宋代以後則重視全身的滋養，甚至有主張自然的回復體力以治病者。文明發展的同時，自然破壞也伴隨而來，因此宋代以後或有意識性地提出資源保護的法律。特別是元、滿入主中國，與急迫地中國化的同時，過度文化生活的反動，即回歸自然的意識亦應運而生。如清朝維護森林，保護野生人參的法律或可反映對於環保的意識」，亦可以說明「時代」是具有文化繼承性創新之突破的意義。因此，在中國的歷史空間裏，所謂時代區分，固然有時代差異的各別意義，卻更是歷史流衍中文化突破的意識。故時代的區分並不只是以朝代交替爲根據，社會制度的變遷、文化內涵的差異所具有意義，才是其重要的因素。換句話說，所謂「時代」，乃包含著政治交替、社會變遷和文化發展等人文現象的意義。

⓫ 收載於《內藤湖南全集》第八卷，頁120-139，東京：筑摩書房，1969年8月。

論甲骨文字形的位置經營

朱歧祥*

摘　要

本論文通盤整理殷墟甲骨文3526個字形的結構，歸納獨體、二體、三體、四體、五體等形構的特色，並評估文字發生時的基本字體、文字流變中由殷商而兩周而秦篆間的變化。透過本文對於甲文作一較科學的分析整理，讓我們對中國文字有一較正確的認識。

關鍵詞　甲骨文　獨體　二體　三體　四體　五體　位置經營

甲骨文是一批十分成熟的文字，主要出土於河南安陽的殷墟，代表盤庚遷殷以迄帝辛滅亡的273年間殷人的通用字。如果用後來

*　靜宜大學中文系教授。

漢人的六書加以歸類，甲骨文已經充份掌握有象形、指事、會意、形聲四種造字方法和假借的用字法。根據姚孝遂先生主編的《殷墟甲骨刻辭類纂》整理出的甲骨文字字形總表，共收有殷商甲骨文3556字，其中剔除了屬於合文和異文的字例，總計獨立的甲骨文字3526個❶。我們全面將這3526個甲文的構形逐一歸類，作一比較精確的統計如下表：

	字　數	百　分　比
屬於獨體	1040字	29.50%
屬於兩個結體	2106字	59.73%
屬於三個結體	333字	9.44%
屬於四個結體	41字	1.16%
屬於五個結體以上	6字	0.17%

本文表列的數據，由於難免具個人對字形分析理解上的分歧，和統計甲文總量無法完全周延，只能提供一相對的量的參考。基本上，殷商甲骨文造字是以二體的組合爲主，佔全數的六成，獨體的形式居次，約佔全數的三成。換言之，甲文中接近九成是以簡單的獨體和二體的形式表達。殷人造字，明顯的傾向於筆畫簡易的線條組合，

❶ 甲骨文的合文，有屬於獨體的，如（一牛）、（三牛）、（子京）、（二十）、（三十）、（四十）、（五十）；有屬於二體的，如（三牡）、（四牡）、（六牡）、（射鹿）、（寅尹）、（石甲）、（登人），有屬於三體的，如（牝牡）、（沉小宰）、（小臣牆）等，代表二個以至三個的語言，與一般一形表一音一義的獨立字形不同，宜分開討論。

繁雜超過三體的字形只佔約一成左右。由此可見，甲文已遠離文字草創時期運用複雜圖繪表意的階段，六成的甲文屬於二體，亦在在說明會意、形聲的二體併合方式已經是非常熟練。相對應拙文〈甲骨字表〉❷的統計數字，《甲骨文編》中屬於形意字佔了近八成，形聲字佔了約二成的比率，推知殷商文字主要是屬於會意造字的一個階段。

壹、獨　體

甲文屬獨體的共1040字，佔全數甲文的三分一，包括傳統的象形、指事二類。細目可區分爲六：

	字數	百分比	字　　例
1.純粹獨體	499個	48.02%	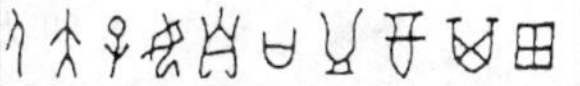
2.變形獨體	33個	3.14%	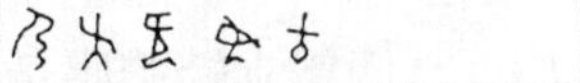
3.不可分割的繁體	336個	32.32%	
4.完整圖象	17個	1.62%	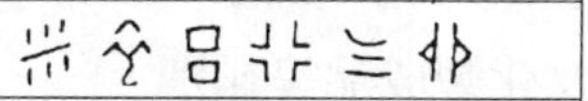
5.抽象符號	10個	1.01%	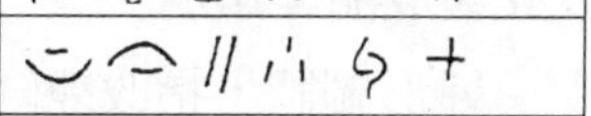
6.獨體+虛畫	145個		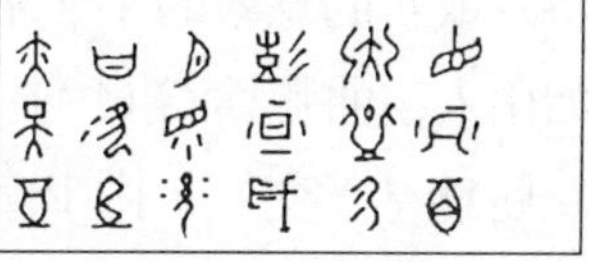
（6a）虛畫表抽象符號	84	8.11%	
（6b）虛畫表具體符號	31	2.94%	
（6c）虛畫表區別符號	30	2.84%	

❷ 文見法國社會科學院東亞語言所主辦的紀念甲骨文發現百年國際學術研討會，1999年。

純粹獨體，指單一的實象結體，一般都呈方正形。漢字屬於方塊字的特色在殷商時期明顯已經確立。其中亦有個別形體稍作修長，如、、、、是。純粹獨體基本上都屬象形字，近取諸身，遠取諸物，約佔全部獨體的一半。這一類字應該是大部份甲文的字源所在。如按其下有衍生其他部屬字的部首觀念言，純粹獨體中屬於部首的有141字：

人大卪女子目臣耳自口龠止又首白由示帝日月辰云雨申土山火阜水屮木禾來燎桼希夒牛羊犬馬兕象廌昆虎虍麑麇鹿隹鳥魚龍它巳萬龜卣翌角貝心亯京㐭宀丙商戶田盧西齒骨匚石亘永戈毋戌我刀夸辛不矢畀㚔弓皿酉鼎鬲爵皀豆壴其畢网凡宁井南歺庚亞工彔中冊叀帚𠂤㫃單爿乂冉方舟車幺橐糸升豸乍文王玉朋力危屯肉兮用卜

以上141個獨立結體應是殷商時期最早發生和使用的一批基本字，包括人體、天象、自然、祭祀、禽獸、建築、兵器、農漁獵用具及文化製成品等類別。

變形獨體，指改變純粹獨體的常態形狀或位置，從而轉生出某特定或新的意義的字。字數不多，只有33個，都不是常見的字例。如由人字曲腿爲（尸）、伏身爲（勹），由大字側首爲（矢）、交腿爲（交），由卪字張口爲（欠）、舉手爲（丮），由女字反手爲（奴），由子字倒身爲（去）等是。變形獨體的發生，理論上都源出純粹獨體之後。

不可分割的繁體，亦屬於一獨立完整的個體，其中的部件較純粹獨體繁雜，但在形體上從來沒有分書的現象，故仍應視爲獨體。

吾人不能就楷定和後出的書體把它們歸到合體。如人雙手持牛尾揮舞的（舞），爲一整體以示意的字，不能析作从大从二木；又如強調腳趾的（企）、首上具冠飾的（竟）和（美）、具髮鞭的（奚）、強調口中伸舌的（舌）、插示陷阱的（告）等，都是不能用會意的角度強分爲二個不同的獨立結體來看的。這一類字出現的量甚多，僅次於純粹獨體。它們理論上亦發生於純粹獨體字之後。

完整圖象，這一類字的部件雖分開書寫，但字義的理解始終爲完整不可分的概念，故應視作一整體來處理。如（行）象十字衢道形，不能拆爲彳亍二字；（宮）屬相連的宮室形，並非二獨立的口字；（衣）象衣服襟領的全形，不能理解爲上下二部件。同時，它們在甲文中都可作爲部首，有從屬的字，如形之於衛、衎、衍、衒，衣之於初、依、裘等是。完整圖象的圖畫味道濃厚，這種造字方法在成熟的殷商文字中已漸遭淘汰，僅有17字，約佔獨體中的百分一強。

抽象符號，即以硬性規定的筆畫表達抽象觀念的字。它們不具任何實意的性質，一般都屬所謂指事字。如：上、下、彡、小和一、七、十等數目字。由於造字和約定使用上的困難，這類字的字數不多，只有十個，佔全數百分一。

獨體附加虛畫一類的字，總計145個，佔所有獨體十分一強。這些字理論上都出於純粹獨體之後，按虛畫的性質又可分作三類：（a）虛畫屬表達抽象觀念的符號。如（亦）示人的腋下、（曰）指口中所出語言、（刃）點出刀鋒利所在、（省）強調目注視的地方。（b）虛畫代表具體的實物。如（尿）示尿液、（次）

示口水、（身）鉤出腹部、（豭）示生殖器、（暈）示日光、（血）示血水。(c)虛畫是區別性的符號。如（奠）之與（酉）、（周）之與（田）、（日）之與（丁）。這些虛點和短橫都不兼具任何實意，它只有作爲與形近的字相互分別的功能。以上三類中又以第一類表抽象概念的虛畫最爲普遍。

甲骨文獨體以象形爲主，取象的實形都是比較固定和約定的共相。當文字在獨體的時候，字形的保守性強，與他字的分別相對的比較清楚，一獨體與他獨體間的形構不容易發生混淆的情形。唯文字處於繁體或作爲部件偏旁時，相對其保守性減弱，字形往往爲形近較淺易的符號所取代或混同。如（口）本屬張口形，伸舌的（舌）字即從象咀巴的口，但相對看（缶）、（吉）、（會）、（𦣻）、（霝）等字亦从口，但與張口形的口意完全無涉。又如（月）、（肉）本爲二字，但觀察日月並出的（明）字从月，相對於置肉於砧板的（俎）和投肉於阱中的字，肉和月在偏旁明顯相混。又如（火）、（山）本爲二字，但以火焚人的（烄）从火卻作山形，重山的（岳）从山卻作火形，山與火在偏旁都因形近而混。又如暮字从日作、作，星字作，星形與日形相混。又如貯字从貝作，又作，貝心在偏旁因形近而混。又如（曾）、（盧）均象容器形，字形與从田相混。又如（吳）象蜈蚣形，字下半與大字相混。因此，吾人檢視文字的本形本義時，必須直接就該字最早的獨體及其文例上觀察，而不能單純據處於偏旁的形體分析，以免流於形近的附會。當然，利用篆書或晚出的字形來逆推字的原始形義，恐怕就更加危險了。

貳、二 體

甲文由二體組合成字的共有2106個，是所有甲文字形中的最大宗，佔全數百分之六十。可見二體併合為主要的造字模式。二體中或均屬意符，或一意符一音符，其中音符亦有兼表意的功能。二體的構形由位置可區分為左右式、上下式、內外式和主副（或斜角）式四種。它們出現的字量統計如下表：

	字 數	百分比	字 例
左右式	977字	46.2%	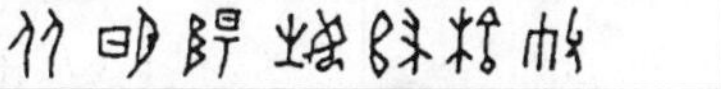
上下式	604字	28.5%	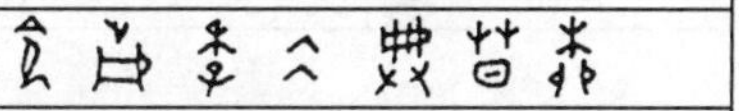
內外式	415字	19.6%	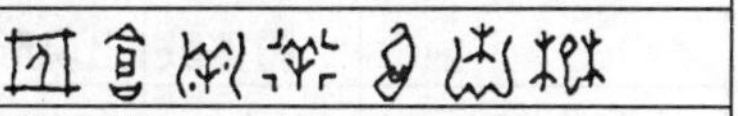
主副／斜角式	120字	5.7%	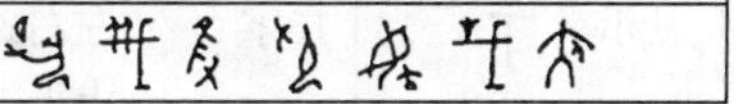

二體中以左右式對稱出現最為頻繁，幾佔二體字的一半。左右併合的造字方式奠定了日後漢字常態造字的形式。左右式的組合，有會意的關係，如从字示二人緊密相隨；有形音的關係，如梌字从木余聲。形構書寫正反不拘。左右式除個別特定的據形表意，二體組合的位置需要固定不變外，一般二體相向、背向亦大致不拘。左右式有自由轉換作上下式或內外式，如祈字作又作，弜 字作又作。

殷人造字有方正即美觀的自覺。二體構形與要求整體的方正緊密有關。其中屬於修長形的部件如下表的攴、阜、水、示、女、人、馬、豕等字，在二體的組合中多作左右式的對稱併接，以冀達到方正的目標。如：

	二體整數	出現形式	出現字數	百分比	字　例
从攴（）殳（）	23字	左右式	23字	100%	

	二體整數	出現形式	出現字數	百分比	字　例
从阜（）	23字	左右式	23字	100%	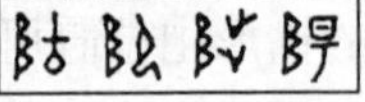

	二體整數	出現形式	出現字數	百分比	字　例
从水（）	56字	左右式	45字	80.4%	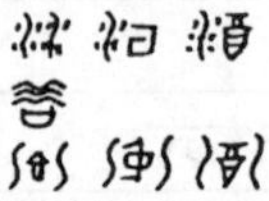
		上下式	1字	1.8%	
		內外式	10字	17.8%	

	二體整數	出現形式	出現字數	百分比	字　例
从示（）	10字	左右式	8字	80%	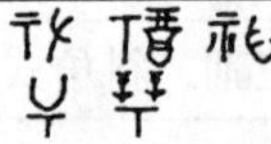
		上下式	2字	20%	

	二體整數	出現形式	出現字數	百分比	字　例
从女（）	122字	左右式	107字	87.7%	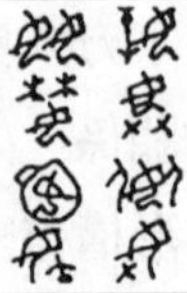
		上下式	8字	6.6%	
		內外式	5字	4.1%	
		主副式	2字	1.6%	

	二體整數	出現形式	出現字數	百分比	字　例
从人（）	113字	左右式	77字	68.1%	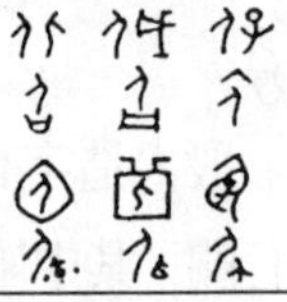
		上下式	16字	14.1%	
		內外式	9字	8%	
		主副式	11字	9.8%	

	二體整數	出現形式	出現字數	百分比	字　　例
从馬（）	16字	左右式 內外式	15字 1字	93.8% 6.2%	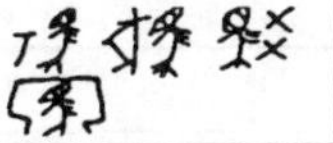

	二體整數	出現形式	出現字數	百分比	字　　例
从豕（）	18字	左右式 上下式 內外式	11字 6字 1字	61.1% 33.3% 5.6%	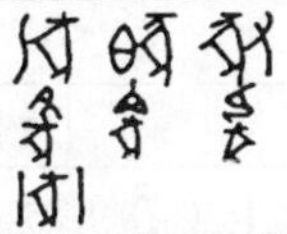

	二體整數	出現形式	出現字數	百分比	字　　例
从戶（）	6字	左右式	6字	100%	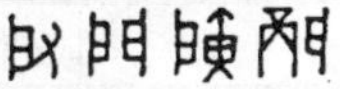

	二體整數	出現形式	出現字數	百分比	字　　例
从覃（）	5字	左右式	5字	100%	

屬於方正形的部件，如下表的止、口、雨、土、心、火等字，多作上下式的組合。文字結構如無法達到方正的要求，則取長而捨寬，這與一般由上而下的成行書寫習慣有關。如：

	二體整數	出現形式	出現字數	百分比	字　　例
从止（）	83字	左右式 上下式 內外式	11字 63字 9字	13.3% 75.9% 10.8%	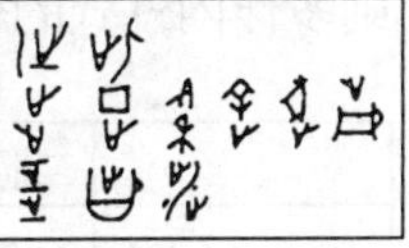

	二體整數	出現形式	出現字數	百分比	字　　例
从口（）	55字	左右式 上下式	5字 41字	9.1% 74.5%	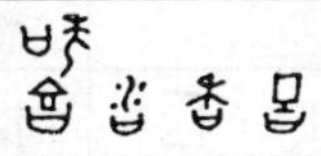

		內外式 主副式	8字 1字	14.5% 1.8%	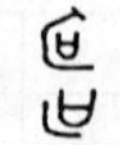

	二體整數	出現形式	出現字數	百分比	字　　例
从雨（）	23字	上下式	23字	100%	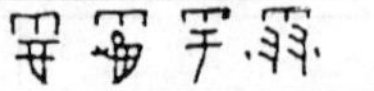

	二體整數	出現形式	出現字數	百分比	字　　例
从土（）	5字	左右式 上下式	1字 4字	20% 80%	

	二體整數	出現形式	出現字數	百分比	字　　例
从心（）	11字	左右式 上下式	1字 10字	9.1% 90.9%	

	二體整數	出現形式	出現字數	百分比	字　　例
从火/山(/)	32字	左右式 上下式 內外式	3字 26字 3字	9.4% 81.3% 9.4%	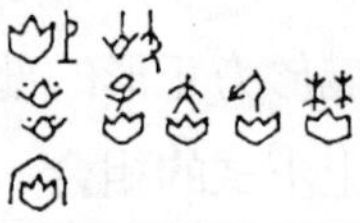

屬於中空形的部件，如下表的宀、匚、行、門、石、皿、衣等字，則多作內外式的組合，明顯有緊密方正的構形要求。如：

	二體整數	出現形式	出現字數	百分比	字　　例
从宀（）	58字	內外式	58字	100%	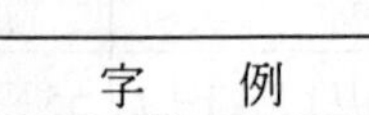

	二體整數	出現形式	出現字數	百分比	字　　例
从匚（）	3字	內外式	3字	100%	

	二體整數	出現形式	出現字數	百分比	字例
从行（）	17字	內外式	17字	100%	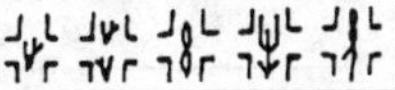

	二體整數	出現形式	出現字數	百分比	字例
从石（）	21字	左右式	2字	9.5%	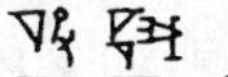
		內外式	19字	90.5%	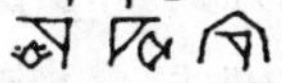

	二體整數	出現形式	出現字數	百分比	字例
从皿（）	41字	左右式	6字	14.6%	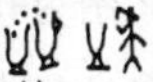
		上下式	1字	2.4%	
		內外式	34字	82.9%	

	二體整數	出現形式	出現字數	百分比	字例
从衣（）	13字	左右式	4字	30.8%	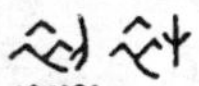
		上下式	2字	15.4%	
		內外式	7字	53.8%	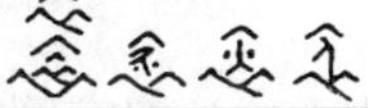

	二體整數	出現形式	出現字數	百分比	字例
从門（）	10字	上下式	1字	10%	
		內外式	9字	90%	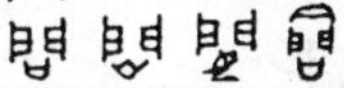

站在文字流變的角度看，二體的組合由甲文過渡到金文，以迄形體較固定的篆體，基本上是朝左右式的組合發展。然而，對比甲金文和篆體的構形，發見甲文和金文間的差異不大，可是金文和篆體間卻有頗大比率的異同。如上引从口的字，甲文屬上下式佔74.5%，左右式佔9.1%，內外式佔14.5%，顯見以上下式的構形最爲普遍。相對於《金文編》口部中二體的共收23字，其位置經營仍以上下式

爲主。金文从口的統計如下表：

上下式	14字	60.9%	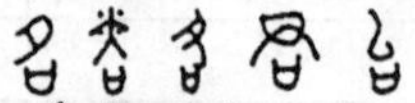
左右式	5字	21.7%	
內外式	3字	13%	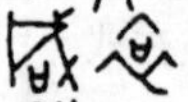
主副式	1字	4.4%	

以迄《說文解字》口部共收篆文二體88字，其位置經營卻以左右式居多。篆文从口的統計如下表：

上下式	22字	25%	吞含名吾吉各
左右式	61字	69.3%	吻呱噾咀味啞吠
內外式	5字	5.7%	問咸哀咼局

由上述从口字例演變看，二體屬左右式的字形在殷商的不到一成，兩周時稍增至二成多，但到秦代則暴增接近七成；相對的上下式的字形由殷商的超過七成，至兩周稍下降至六成，直至秦代則只見二成半。

又如上引从心的部件，甲文屬左右式的佔9.1%，上下式則佔90.9%，可見上下式的寫法最爲普及。相對於《金文編》心部的二體共收36字，其位置經營仍以上下式爲主，金文从心的統計如下表：

上下式	31字	86.1%	息悳念忞忎忘盜
左右式	3字	8.3%	忨惕
內外式	2字	5.6%	慶悹

其中左右式三字的忨、只見於中山國器，愓字只見用於蔡國器，並不普遍。屬中原三晉的趙器中，卻見愓字作上下式的⿱昜心的構形。再對照《說文》心部屬二體的共收105字，構形轉以左右式爲大宗，篆體从心的統計如下表：

上下式	28字	26.7%	息志中忞想念悲
左右式	74字	70.5%	性愷忻惟愐怢怕恥
內外式	3字	2.9%	⿲辛心辛悶

由上述心旁字例的流變，見二體作左右式的字形在殷商時不到一成，過渡到兩周時期仍維持在一成左右，變化並不大，及至秦代才大幅的躍升至七成多；相對的上下式的字形由殷商的九成，過渡至兩周仍高達八成，到秦一統文字則驟降爲二成六。

以上从口、从心二部件組合的流變，見文字構形由殷商甲文以至兩周金文間的形體位置相約，無論在質或量上變化並不大，反而由兩周入秦卻有十分顯著的更革。漢字字形書寫習慣的改變，關鍵期宜在春秋戰國的各自發展以至秦的刻意統合之間。

參、三　體

甲文中三體的組合共333字。字的構形表現得十分混亂不一致。大約可分作七類如下表：

	字　數	百分比	字　　例
1.左一右二式 	96字	28.8%	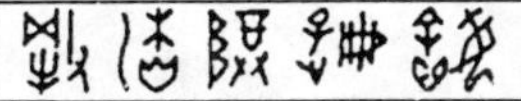

2.並列式	59字	17.7%	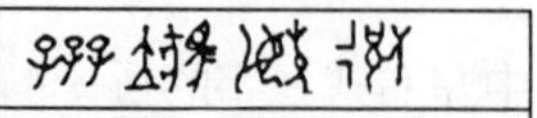
3.垂直式	58字	17.4%	
4.上一下二式	53字	15.9%	
5.上二下一式	31字	9.3%	
6.內外式（I）	31字	9.3%	
7.內外式（II）	5字	1.5%	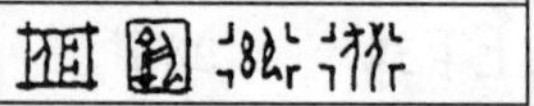

三體構形仍以兼顧方正爲原則，其中以左右排列、一單二雙的組合最多，約佔全數三體的三分之一。字形正反不拘。一般屬修長的意類部件多作左右式的結合，如下表的女、攴、水、阜、彳等偏旁是：

	三體整數	出現形式	出現字數	百分比	字　　例
从女( )	10字	左一右二式 並列式 垂直式 上一下二式	7字 1字 1字 1字	70% 10% 10% 10%	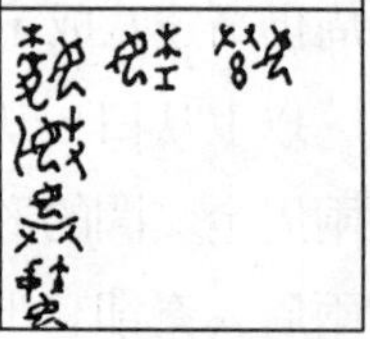

	三體整數	出現形式	出現字數	百分比	字　　例
从攴( )	4字	左一右二式 並列式	3字 1字	75% 25%	

	三體整數	出現形式	出現字數	百分比	字　　例
从水( )	17字	左一右二式 並列式 內外式	13字 3字 1字	76.5% 17.6% 5.9%	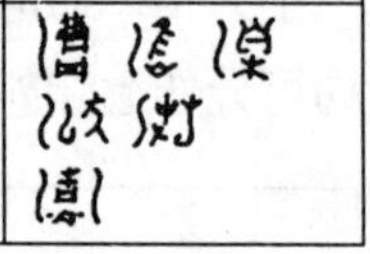

	三體整數	出現形式	出現字數	百分比	字　例
从阜()	6字	左一右二式 並列式 上一下二式	4字 1字 1字	66.6% 16.7% 16.7%	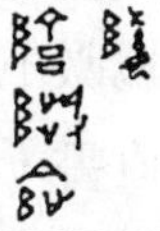

	三體整數	出現形式	出現字數	百分比	字　例
从彳()	14字	左一右二式 並列式	9字 5字	64.3% 35.7%	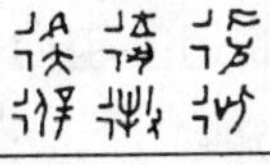

屬方形的部件則多處於整字的下方，以求平齊緊密的視覺效果。如：

	三體整數	出現形式	出現字數	百分比	字例
从山()/火()	6字	上二下一式 上一下二式 垂直式	3字 1字 2字	50% 16.7% 33.3%	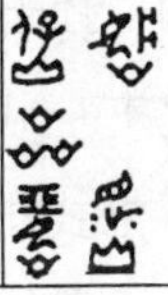

屬中空的部件則多取內外式或上一下二式的結合。如：

	三體整數	出現形式	出現字數	百分比	字　例
从行(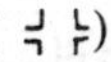)	12字	內外式（Ⅰ） 內外式（Ⅱ）	10字 2字	83.3% 16.7%	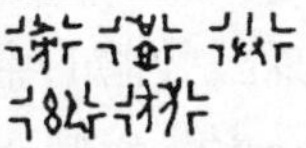

	三體整數	出現形式	出現字數	百分比	字　例
从宀()	37字	上一下二式 垂直式	27字 10字	73% 27%	

三體中顯得字寬的並列式和顯得字長的垂直式的量相同，都約佔二成，爲數不少。這現象很值得注意。因爲甲文的書寫方式並不全然屬於直書，因此過寬的字形仍然被容許，唯可見已非常見的字例。對比內外式（I）和內外式（II）看，夾在中間的部件明顯呈現上下排列的遠多於左右排列的形式，可見方正緊密的要求是殷商主流的造字趨向。字形的佈局如能取得方正平齊，則不會選擇過寬的狀況。

此外，上一下二式的字量遠多於上二下一式，見殷人對字形審美標準已經有以重心在下的傾向。甲文的三結體應已由倒三角形過渡到正三角形的寫法，且漸趨穩定。觀察三體中三部件全同的字共12個，其中三部件並行的有：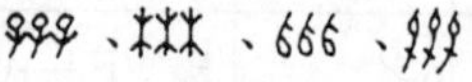 四形，佔28.6%，上二下一式排列的有： 四形，亦佔28.6%，上一下二式排列的有：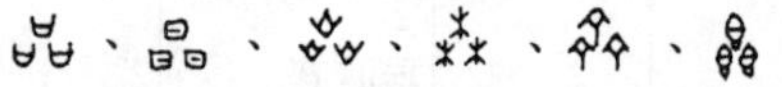 六形，佔42.9%。由量的統計和森、品的字形互見，可見這種三疊體的字約半數已屬於上一下二的構形。然而，唯獨屬於動物類的犇、豩、轟字則仍保持上二下一的倒三角形排列，卻是比較一致的。

這種三疊體字形在兩周時期仍處於混雜的狀態。如《金文編》收錄三疊體的金文共九字，其中齊字有三形，姦、品字有二形，合計13形。它們的構形位置如下表：

並行式	4字	30.8%	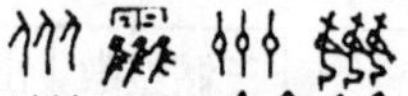
上二下一式	5字	38.5%	
上一下二式	4字	30.8%	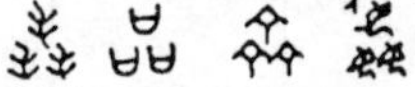

金文中屬動物類的䲜、猋、䯂諸字仍作倒三角形的組合，唯霍字所从的三隹已作並行式的突破。三疊體字形由殷商過渡到兩周，在質量上的變化並不大，及至秦一統後的篆文，以上諸三疊體始固定的更易爲上一下二的構形。這種正三角形的組合遂成定制，一直延用至今。

肆、四 體

甲文由四部件組合成字的共44字，佔全部字數的百分一，爲數不多，而且都不是當時的常用字。可見殷人造字已經有盡量避免筆畫繁雜的客觀要求。由字形流變觀察，絕大多數四體的字入兩周後即消失不見。

四體位置的經營，如屬四部件相同或兩兩對應的，一般都作正方的疊體形式出現，如：、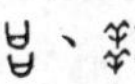、、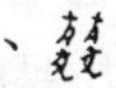，或儘可能作方形的組合，如：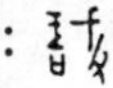、、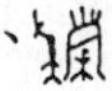、。有儘量利用內外式的中空部份拼合成方形的，如从宀、衣、凵、口等偏旁的：

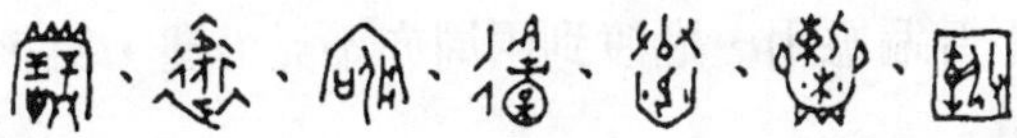

或運用一修長的部件拼合三個成一堆的較小部件，亦可達到較方正的效果。如从殳的、从彳的、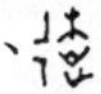、从人的、从冊的。

四體的構形如無法結合成方正形，取長捨寬恐怕是一大致的規則。如：

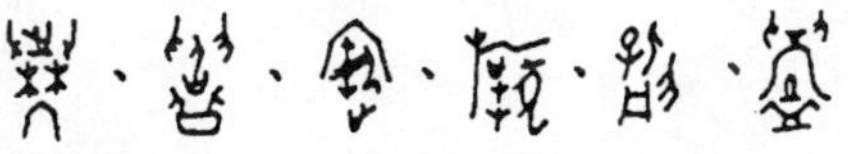

由眾多字例中見有四部件垂直取其長而絕不見四部件並列取其寬的現象，顯然，過於橫寬的字形並非殷人造字或書寫所樂於接受的。

同時，如四結體中具有二個修長的部件，雖然明顯的有呈現過寬的寫法，但在緊密結體的訴求作前提，字形仍盡可能保有方正的味道。如：

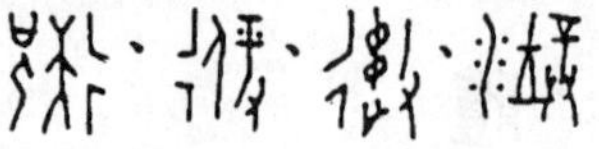

伍、五　體

甲文字形超過四部件的，只有6字，佔全數三千五百多字中的百分之0.17，為數極少。可見殷人為求書寫和辨認的方便，並沒有採用繁筆的字形。五體字形一般仍以方正緊密為基本要求，但由於部件的繁雜而被迫有拉長的現象。如：

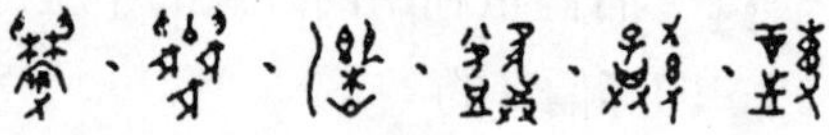

這些字在殷商時本不普遍應用，過渡到兩周亦不見沿襲，應該是因過繁而遭淘汰的一類。

中古漢語自稱詞的幾個特徵

井上一之*

摘　要

本文試圖從語用學的視角展示中古漢語的人稱體系（以自稱詞爲主）概貌，並且通過跟現代漢語及日語的比較認清它的幾個特徵，即第一，人稱代詞（我、吾、余、予、朕）的使用頻率不高。第二，就使用方法的方面來說，可以看出親屬稱謂的特殊用法。第三，人稱詞的選擇和使用不但跟社會因素有關係，而且跟心理因素也有關係。中古漢語人稱詞，是繼承上古漢語而發展到獨特的情形，一方面跟現代漢語有共同之處，另一方面不同。從漢語語法史來看，這種語言事實值得我們深入探討。

---

* 日本中央學院大學法學部副教授。

關鍵詞　人稱代詞　人稱詞　自稱詞　語用學　虛構用法　心理因素

壹

兩個人進行對話時，自然發生人稱（person）的區別。即說話人屬於第一人稱，對面聽話人屬於第二人稱，這以外的人或物屬於第三人稱。這時說話人用什麼詞來表示自己，用什麼詞來表示聽話人，是令人感興趣的問題。一般來說，英語的對話用人稱代名詞來區別開人稱來。說話人自稱爲I，稱聽話人爲you。自從《馬氏文通》以來，基本上借用印歐語系語法的體系和概念的漢語語法家也一般認爲說話人自稱用我、吾、余等第一人稱代詞，稱呼聽話人用你、汝、爾等第二人稱代詞。其實人稱現象並不如此簡單。例如：

She said to her son，"Mummy'll do it for you"。

她說，「乖乖，咱們聽話！」

如上英語的例句中，"Mummy"指的是說話人。她自稱爲媽媽，不用「我」稱呼。還有現代漢語的例句，「咱們」的指示對象只是聽話人，說話人不包括在內，但她卻不用「你」，而用第一人稱代詞。

由此可知，人不必老用人稱代詞進行對話，也不必嚴格地遵守語法規律。筆者認爲，既然人稱用語在實際會話上是最常用的基本詞類，就總是離不開語言使用的方面（主要是使用者和使用環境）。因此要對漢語人稱現象加以分析，不但從句法學（syntax）來看，而且應該從語用學（pragmatics）的角度來考察。

現在我們對古代漢語人稱問題進行研究，嘗試利用語用學上的分類概念，即人稱詞。這是表示人稱的詞類的泛稱，當然人稱代詞也包括在內，由以下三種成分構成。說話人自稱用的詞叫做自稱詞（terms of self-reference），用來稱呼聽話人的叫做對稱詞（terms of address），用來指第三者的叫做他稱詞❶。

本文擬用這個概念來觀察一下古代漢語人稱詞體系的概貌，並且闡明它具有什麼特徵。但是古代漢語時間太長，有關資料也很多，目前進行全面的討論有困難，所以這裡探討的對象姑且以中古漢語（Ancient Chinese。從六朝到隋唐時期的漢語）的自稱詞爲主，作爲今後研究的開端。

貳

首先我們要看中古漢語自稱詞大概有什麼詞。關於這個問題，筆者對五種文獻資料……《語林》、（東晉，裴啓）、《世說新語》（宋，劉義慶）、《幽明錄》（同左）、《洛陽伽藍記》（北魏，楊衒之）、《遊仙窟》（初唐，張鷟）……進行了簡單的統計調查。其會話文中（詩歌等韻文除外），說話人用來自稱的詞及以及使用頻率如下表：

❶ 「人稱詞」、「自稱詞」、「對稱詞」、「他稱詞」這些概念和名字都依據鈴木（1982）的看法。關於現在漢語的自稱詞，可參看大西（1992），陳福輝（1997）。

詞項及使用頻率 ＼ 文獻	語林	世說新語	幽明錄	洛陽伽藍記	遊仙窟
我	12	149	99	26	0
吾	15	57	27	10	0
余	0	2	5	0	0
予	0	1	0	0	1
朕	3	3	4	8	0
孤	1	4	0	0	0
臣	7	29	2	11	0
僕	0	7	12	1	3
下官	0	9	0	2	8
新婦	0	5	0	0	8
兒	0	0	0	0	17
貧道	0	2	0	1	0
民	0	5	1	0	0
人	7	42	2	0	0
身	1	10	2	0	0
姓名	4	21	0	0	0
其他稱謂	貧士（1） 小兒（1）	弟子（3）， 微臣（2）， 己（2）， 寡人（1）， 宿士（1）， 賤民（1）， 老子（1）， 是（1），	老臣（2）， 妾（1）， 女郎（1）， 某（1）， 老夫（1）， 老子（1）， 都尉（1）， 阿儂（1），	老臣（1） 王天女（1）	

		妾（1）， 小人（1）， 老兄（1）， 丈夫（1）， 婦人（1）	己（1）		

從這調查結果中，我們可以看出的中古漢語自稱詞的第一個特徵是，第一人稱代詞的使用頻率並不高。王力（1989）認為，古代漢語的第一人稱代詞有兩種系統，一種是ng系：我、吾、卬。另一種是d系：余、予、台、朕。這些代詞早就用於甲骨文、金文，只起表示說話人作用，所以可以說是純粹的人稱代詞。與此相反，「臣」、「僕」、「妾」等詞本是一般名詞，後來只是借用為謙稱的而已。特別是「民」這個詞語，一般被用為名詞，不可算是人稱專用語。因此我們認為「我」等代詞與「臣」等人稱詞性質不同，不可同樣看待。

就《世說新語》而言，被使用的人稱代詞有「我」、「吾」、「余」、「予」、「朕」等五種，其中最多見的是「我」（149例）。它在該書的自稱詞全體上占了的百分比是41%。假如再加其他代詞，所有的人稱代詞的使用頻率一共有212例，占有全體的58%。這數量與現代漢語比起來，還算多嗎？

大西（1992）曾經對現代的一本小說中的自稱詞使用頻率作過全面的調查❷。其結果是「我」的使用最多，占有94.2%（還有「咱」

❷ 大西（1992）就《渴望》（鄭萬隆/李曉明撰，北京十月文藝出版社）進行了自稱詞使用頻率的統計調查。

「人家」等代詞）。這可能反映現代中國人會話的實際情況。與此相比，《世說新語》中第一人稱代詞的使用頻率應該說很低。最多的是《幽明錄》，有82%，但是這也不如現在漢語多用「我」。甚至於《遊仙窟》一書中完全不用「我」，人稱代詞只有「予」1例。

這個語言事實自然會引起我們的興趣。不管中古漢語和現代漢語均有「我」這個第一人稱代詞，但是關於使用頻率，兩者之間爲何有較爲大的差別？筆者認爲，這個問題主要是與中國古代社會的禮貌觀念有關係。關於禮貌與人稱代詞之關係，王力（1989）早就有發言如下：

> 漢族自古就認爲用人稱代詞稱呼尊輩或平輩是一種沒有禮貌的行爲。自稱爲「余」、「我」之類也是不客氣的。因此古人對於稱呼有一種禮貌式，就是不用人稱代詞，而用名詞。

眾所周知，先秦（《孟子》〈盡心下〉）以來，漢族對稱呼的意識很強烈，寫到稱呼使用的記錄在六朝也時時可見❸。雖然大部份都關於「爾」「汝」等第二人稱代詞的記事，沒有關於「我」的，但是很容易想像對於第一人稱代詞使用也有過和第二人稱代詞同樣的限制（由於指示的性質比較間接，當然使用限制比第二人稱代詞要輕微些），因爲古代漢語中自稱詞的種類非常多。光上表所舉的，第一人稱代詞以外的自稱詞（人稱名詞）一共就有33種。要是當時社會上沒有對稱「我」的忌諱意識，並不需要這麼多名稱。自稱詞如此發達很可

---

❸ 參看《世說新語》〈方正〉20，〈雅量〉12，〈惑溺〉6，《南齊書》卷四六。

能是忌諱用「我」的意識所產生的。實際上，忌諱用第一人稱代詞的這種意識，不但在古代漢語，而且在日語裡也可以看出。

一般認爲日語的第一人稱代名詞多得很。如ワタシ・ワタクシ（私）、ボク（僕）、ワシ（儂）、オレ（俺）、ウチ（内）、ショウセイ（小生）、セッシャ（拙者）、ミドモ（身共）、ソレガシ（某）、ヨ（余）、ワガハイ（我輩）、ワラワ（妾）等等。看起來這些詞語是人稱代名詞，其實不是純粹的代名詞，而是名詞，嚴格來說，是人稱名詞。日語自古固有的人稱代名詞就是ア（レ）或者ワ（レ）。但是後來這個人稱代名詞很少用，只是在「オレ」、「ワレワレ」等詞語中可見其痕跡而已。關於第一人稱代名詞後退的原因，日語史學者認爲，日語裡用代名詞直接自稱的話，對對方不禮貌，日本人考慮到社會儀禮，不敢使用第一人稱代名詞了。反過來，如用名詞的話，可以間接地指示說話人自己了。這就不犯禮貌。結果日語自稱詞越來越多，其體系越來越複雜。上面所舉的例子大部份都不是自古固有的代名詞，而是後世從漢語裡借過來的自稱詞，也是代替「ア」的。

但是雖然忌諱使用第一人稱代詞的社會意識有共同之處，然而中古漢語的情形與日語不完全一致。日語的第一人稱代名詞「ア」已經消滅，只有「ワレ」仍然用於書面，但不用於口頭。就中古漢語而言，基本上忌諱使用人稱代詞，但「我」的使用頻率占有全自稱詞的50%以上。這樣的差異當然不可忽視。總而言之，從第一人稱代詞的使用觀點來看，可以說中古漢語位於現代漢語與日語之間。

參

從語言運用方面來考察中古漢語自稱詞，我們還發現在那裡含有引人注目的用法，即親屬稱謂的虛構性用法。一般來說，在會話上親屬稱謂作對稱詞❹，用來稱呼自己的親屬。兒子稱母親爲「媽媽」，弟稱兄爲「哥哥」。但是有時候它的使用範圍擴大，可適用於非親屬間。如孩子用「叔叔」稱呼一個中年男人，一個女人用「大嫂」稱呼年紀跟自己相仿的婦人。這種現象除了現代漢語以外，在其他語言裡也比較普遍可見。以非親屬爲親屬，是一種虛構，所以我們把這種用法叫做虛構性用法（fictive use）。

但是這種用法多見於對稱詞，少見於自稱詞。就是中古漢語來說，我們可以看出自稱詞的虛構性用法。這裡暫且試舉兩個例子，一個是「新婦」，另一個是「弟」。

「新婦」這個自稱詞，《世說新語》中5見，《遊仙窟》中8見，另外六朝小說裡多見。由此可知，它從六朝一直使用到唐代。這個詞語本義是指「新嫁之婦」。如：

> (1)王公淵娶諸葛誕女。入室，言語始交，王謂婦曰，「新婦神色卑下。殊不似公休。」（《世說新語》〈賢媛〉9）

王廣（字，公淵）剛剛和諸葛誕女兒結婚，而從稱呼她爲「新婦」。但是不知何時開始，這「新」的意思虛化，只表示「婦」（已婚的女

---

❹ 現代漢語親屬稱謂的用法可參看Chao Yuen Ren（1956）。

子）的意思了。如：

(2)姑引其手而祝之曰，「吾新婦之將亡也，言當化爲鳥而尾白」《太平廣記》卷一〇一所引《續玄怪錄》）

不管女子是新嫁的還是早嫁的，姑都可以稱呼她爲「新婦」。這裡「新婦」是兒媳婦的意思。

以上（1）以「新婦」爲對稱詞，（2）爲他稱詞。另外還可以用作自稱詞。下面都是《世說新語》中例句。

(3)王渾與婦鍾氏共坐，見武子從庭過，渾欣然謂婦曰，「生兒如此，足慰人意。」婦笑曰「，若使新婦得配參軍，生兒故可不啻如此。」（〈調排〉8）

(4)王平子年十四五，見王夷甫妻郭氏貪欲，・・・郭大怒，謂平子曰，「昔夫人臨終，以小郎囑新婦，不以新婦囑小郎。」（〈規箴〉10）

(5)林道人詣謝公，東陽時始總角，……與林公講論，遂至相苦。母王夫人在壁後聽之，……因自出云，「新婦少遭家難，一生所寄，唯在此兒。」因流涕包兒以歸。（〈文學〉39）

（3）是鍾氏對丈夫（王渾）自稱爲「新婦」。（4）是郭氏對丈夫的弟弟王澄（字，平子）自稱爲「新婦」。這兩例句裡「新婦」都是親屬之間用的，所以沒有問題。但是（5）是王夫人對林道人（支遁）自稱的。當然王夫人和支遁沒有親戚關係。我們把這個問題怎麼解釋好呢？有的學者認爲，泛稱已婚婦女爲「新婦」❺。然而用

❺ 參看江藍生（1998）。蔡鏡浩（1990）也說，「新婦是稱一般的婦人」。

作婦女泛稱的例子不太多見。至少在六朝時代，親屬之間用的例子比泛稱要多。而且即使「新婦」有時可用爲婦女泛稱，問題在於它怎麼成爲泛稱。

關於這個問題，筆者認爲，「新婦」本是親屬稱謂，就是相關概念。表示「新嫁之婦」的這個稱謂本來對姑（婆婆）、舅（公公）或者舅姑以上的世代而言，不對夫而言（例（2）最説明這一點）。換句話說，一個婦女自稱爲「新婦」時，她以舅姑爲基準而自己決定自己的稱呼了，例（3）和（4）裡，說話人都自稱爲「新婦」理由是因爲說話人以舅姑爲基準而願意面對自己的親屬強調自己的身分。但是例（5）不是親屬之間的對話，不需要以舅姑爲基準，也不需要使用親屬稱謂。筆者認爲這很可能是虛構性用法。就是說，王夫人暫時以支遁爲自己的舅而用「新婦」稱呼自己。不然的話，我們不能解釋例（3）（4）和（5）同時出現的現象（不是因時代而變化）。王夫人爲了孩子要向支遁哀求饒命，這時她自稱爲「新婦」（不是「妾」），就可以襯託她對支遁的敬意、期待及親密感。雖然以非親屬的對方爲自己的舅姑是一種虛構，但是由於虛構 ，所有的已婚婦女對年紀比她大的男人可以用來自稱。唐代《遊仙窟》裡，五嫂對她不熟的張文成自稱爲「新婦」也算是一個例子。

另一個親屬稱謂是「弟」。這個稱謂對兄而言，無須贅言。中古漢語裡這詞也可作自稱詞。如：

> (6)（王）僧綽嘗謂中書侍郎蔡興宗曰，「弟名位應與新建齊，超至今日，蓋由姻戚所致也。」（《宋書》卷七一，王僧綽傳）

(7)江湛同侍坐，出閤，謂（王）僧綽曰，「卿向言，將不太傷切直。」僧綽曰，「弟亦恨君不直」。（同上）

(6)是王僧綽對蔡興宗自稱「弟」，(7)是對江湛自稱爲「弟」。實際上，蔡興宗和江湛都不是王僧綽的哥哥。他這裡把非親屬的對方暫時假定爲自己的兄而已。這可能是爲了對於聽話人表達謙虛之意。無論如何，這就是虛構。關於自稱爲「弟」，我們就可以想到中國人自古把兄弟的稱謂適用於別人，把兄弟關係擴張到社會上的事實。例如，《禮記》〈曲禮上〉云，「年長以倍，則父事之，十年以長，則兄事之。」尤其是任俠喜愛結成義兄弟。因此對蔡興宗和江湛來說，非親屬的王僧綽用「弟」自稱時，也不會感到很奇怪。

但是跟現代漢語比起來，這種自稱有可以注意的問題。大西（1994）主張，弟弟平時稱呼姐姐爲「姐姐」，所以姐姐對弟弟可以自稱爲「姐姐」。而對弟弟，姐姐可以稱呼「弟弟」，但是對姐姐（長輩），弟弟卻不能自稱爲「弟弟」。這就是說，按照現代漢語的一般規則，對晚輩可以用「媽、爸、姐、哥」自稱，反而對長輩卻不可用「兒子、妹妹、弟弟」自稱❻。雖然這種原則還有必要去加以深入仔細的調查檢討，但至少可以說，在口語裡哥哥自稱爲「哥哥」比弟弟自稱爲「弟弟」多得多。

就親屬謂的虛構性用法來說，不只是中古漢語，連現在漢語裡也普遍可見。例如，叔叔、老娘、大哥、大嫂等等。還有日語裡也

---

❻ 陳福輝（1997）裡有對長輩用「兒子」自稱的例句；「俺看新聞聯播，知道咱家鄉乾旱了。也不知道你們現在怎麼了。兒十分掛念。」引用者說，這個「兒」屬於書面語（信），在特殊的場面才可用。

可見很多事例❼。但是就使用規律來說，用指晚輩的自稱詞稱呼自己的現象，在現代漢語裡不多見，至於日語完全沒有。因此我們從這個事實中可以看出中古漢語自稱詞的一個特徵。

肆

最後我們來考察一下自稱詞的使用條件。關於古代漢語自稱詞，漢語語法家從社會關係的角度來探討，一直把它與禮貌結合起來了。有些語法書把人稱代詞以外的人稱詞分爲尊稱和謙稱，各種自稱詞收入謙稱。的確，自稱詞的大部分跟禮貌有關，用爲謙稱的自稱詞很多。例如，「臣」只對天子而用，連「寡人」也對臣下表示謙虛，都是「我」的禮貌式。

但是所有的自稱詞不必是謙稱。有些詞跟說話聽話兩之間存在的社會關係（如地位高低、年紀大小、關係親疏等）無關，也並不考慮到禮貌。就中古漢語來說，影響自稱詞使用和選擇的因素，不僅是社會因素，而且是心理因素。這裡僅僅以「人」一例爲考察的材料。

「人」本是無定代詞（有人叫做他稱詞，或者旁稱），指別人。一般指示我（或者咱們）以外的第三者。因此《論語》〈學而〉云，「子曰，不患人之不己知，患不知人也。」但是有時說話人可用來自稱。如：

(8)嵇、阮、山、劉在竹林酣飲，王戎後往。（阮）步兵曰，「俗物已復來敗人意。」王笑曰，「卿輩意，亦復可敗邪。」

❼ 參看鈴木（1973）158頁-160頁。

（《世說新語》〈排調〉4）

這裡「人」不是第三者的意思，而指示說話人自己（阮籍）。呂叔湘(1985)對指示對象變化的這種現象已經給予了有說服力的解釋。按照他的看法，「人」大率指你我以外的人，但也可以拿「你」做主體，指你以外的別人，那麼「我」也在內。就是說，只要以聽話人爲基準（即主體），說話人就可以自稱爲「人」。實際上，作爲自稱詞的「人」在六朝時代多見。例子最多的還是《世說新語》❽，全書中一共有42個例子。由此可見，「人」作自稱詞不太特殊。

從說話人與聽話人之關係來看這42個「人」，我們發現到那有可注意的事。請看下例：

(9)謝太傅問子侄姪，「子弟亦何預人事，而正欲使其佳。」（〈言語〉92）

(10)顧司空未知名，詣王丞相。……（顧）因同坐曰，「昔每聞元公道公協贊中宗，保全江表，體小不安，令人喘息」。（〈言語〉33）

(11)王司州嘗乘雪往王螭許。……（司州）持其臂曰，「汝詎復足與老兄計。」螭撥其手曰，「冷如鬼手馨，彊來捉人臂！」（〈忿狷〉3）

例（9）是謝安對子侄自稱爲「人」，是在親屬之間，尊長用之於卑幼的例子。反過來，例（10）是顧和對王導等同座用「人」自稱

❽ 筆者曾經就《世說新語》中「人」的使用條件和選擇基準作過較爲細緻的調查分析。參看井上（1998）。

的例子。關於社會地位，當然顧和比王導他們要低，所以這算是卑幼用「人」於尊長的例子。例（11）也是卑幼（王螭）施之於尊長（王胡之）的例子，因爲王胡之自稱爲「老兄」。據此言之，不管聽話人卑幼還是尊長，都可以使用「人」。社會地位高下，或者年齡大小並不影響到「人」的使用。那麼「人」的使用條件是什麼？說話人在什麼情況下可以自稱「人」？

《世說新語》中42個例子有特徵。它跟使用者的心理有關係。也就是說，「人」的使用環境可分爲兩種心理。一種是讚歎、感動、喜悅等肯定性心情。另一種是憤怒、怨恨、不滿等否定性心情。讚歎等心理有21個例，憤怒等心理有18個例，全42個例的大部分都集中在這兩種心理。由此可見，只有說話人感到憤怒，或者佩服人家，才能選擇「人」來自稱。這還可以說，最影響「人」的使用就是心理因素。所以「人」起的作用是表示說話人的心情。

這樣跟使用者的心理有關的自稱詞，除了「人」以外，還有一些❾。而且現代漢語的自稱詞「人家」以及日語的自稱詞「人」也可見同樣的性質。香坂（1997）關於平話類作品中人稱代詞提出了很重要的看法。他說，漢語本來就是感情表達貧弱的語言。現代漢語語氣助詞變得豐富，表達情感的副詞也多起來，塡補了這一方面的不足。但是平話時代的文學語言，這一方面手段還不充分，因此人稱代詞的分別使用，可能是作爲補充這種欠缺的一種方法。

---

❾ 例如，自稱自己的姓名，「身」等也跟使用者的心理有關係。關於姓名，可參見呂叔湘（1985）41頁-45頁。關於「身」，可參看許世瑛（1963）9頁-15頁。

當然這種看法可適用於古代漢語自稱詞。要考察古代漢語人稱詞的問題，有必要考慮到使用者的心理因素。

伍

我們對中古漢語自稱詞的特徵得到了一些簡單的了解。就人稱代詞的使用頻率來說，中古漢語在於現代漢語與日語之間。就運用方法來說，在有的部分它跟現在漢語及日語不同。就使用條件來說，三種語言都有心理因素影響使用的自稱詞。當然這只是初步考察，我們還有課題要研究。比如說，第一人稱代詞在很豐富的自稱詞體系裡起了什麼作用？親屬稱謂的虛構性用法有什麼樣的使用規律？對於自稱詞的選擇與使用，社會因素和心理因素有什麼關係？等等。

無論如何，我們應該就上古至近代的自稱詞進行全面的調查。然後從語言事實中可以看出語言與社會之關係，以及漢語文化的特點。

參考書目

(東晉)裴啓撰,(近人)周楞伽注:《裴啓語林》(文化藝術出版社,1988年)

(六朝·宋)劉義慶撰,(近人)余嘉錫箋:《世說新語箋疏》(上海古籍出版社,1933年)

(六朝·宋)劉義慶撰(近人)鄭晚晴注:《幽明錄》(文化藝術出版社,1988年)

(北魏)楊衒之撰,(近人)周祖謨校釋:《洛陽伽藍記校釋》(上海書店出版社,2000年)

(唐)張鷟撰,(近人)川島校點:《遊仙窟》(北新書局,1929年)

Chao Yuen Ren:〈Chinese Terms of Address〉《Language》vol.32,no.1,Linguistic Society of America(1956年)

許世瑛:〈世說新語中第一身稱詞研究〉《淡江學報》第二期(私立淡江文理學院,1963年)

鈴木孝夫:《語言和文化》(岩波書店,1973年)

鈴木孝夫:〈自稱詞和對稱詞之比較〉,《日英語比較講座⑤文化和社會》(大修館書店,1982年)

呂叔湘:《近代漢語指代詞》(學林出版社,1985年)

江藍生:《魏晉南北朝小說詞語匯釋》(語文出版社,1988年)

王力:《漢語語法史》第四章(商務印書館,1989年)

蔡鏡浩:《魏晉南北朝詞語例釋》(江蘇古籍出版社,1990年)

大西智之:〈中國語的自稱詞〉《中國語學》一五九號,(日本中國

語學會，1992年）

大西智之：〈親屬稱謂詞的自稱用法芻議〉，《世界漢語教學》四期（總第三〇期，1994年）

陳福輝：〈現代中國語的自稱詞〉《中國語學》二四四號（日本中國語學會，1997年）

香坂順一：《白話語匯研究》（2）吾·汝之類，江藍生·白維國譯（中華書局，1997年）

井上一之：〈世說新語中「人」的自稱詞用法〉，《中國詩文論叢》一七號（早稻田大學，1998年）

Transformation in the *Shanhaijing*[*]

Alison R. Marshall[**]

When the author of a text is known, it gives the reader a point of reference, a sense of who the audience for that text is, and possibly even a school to which the text belongs. Without an idea of who wrote the text, these things become tenuous at best. The *Shanhaijing* is one such work with unknown authorship, audience, school and even debated meaning. It is a complex text, superficially describing the landscape of ancient China and perhaps the people who inhabited it while symbolically seeming to tell of the practices and experiences of religious ecstatics in Chinese antiquity.

In this paper, I examine the *Shanhaijing* through the theme of transformation, focussing on excerpts that depict female and youthful

* This paper has benefitted from the helpful comments of many people, including Julia Ching, Richard John Lynn, Graham Sanders, Gao Boyuan, Cao Shunqing, Richard Shek, Thomas Zimmer, Wong Lingling, Wang Chi, and graduate students at National Cheng-kung University, Tainan.

** Assistant Professor, Religion Department, Brandon University, Canada religious ecstatics as snake-like beings who appear to dance, perform divinations, take spirit journeys and possibly go into trance. These female ecstatics contrast with ecstatics more commonly known as *wu* who perform healing and search for immortality elixirs in the text and do not appear to be directly associated with snakes. How does one reconcile the variation between the styles in which ecstatics are depicted? One possible explanation is that the different depictions may have been motivated by a desire to express the experience of possession, communicating the way ecstatics may have believed they appeared during possession. Possibly, the absence of detail about the *wu*'s performance was meant to show that the *wu* was not possessed when he or she healed or looked for immortality elixirs.

It is not only in the written text that the theme of transformation informs the way in which individual appearance and movement are captured in the written text. Illustrations accompanying the written text may also be seen as another layer of transformation, offering the reader a glimpse or snapshot of how some of the individuals appeared in everyday life.

Although it is generally agreed that the *Shanhaijing* is a work of unknown authorship, some scholars, such as Lu Xun, have suggested that it may have been the work of ecstatics, religious functionaries who appear in other texts, and who often share the same names, such as the *wu* (Yuan, introduction, 1). What if ecstatics had written the text employing their own style of writing to convey the importance of transformation in ecstatic performance? They may have used human hybrid appearances such as snakes (and many other creatures) to express that an individual was possessed by a spirit or was taking a spirit journey.

Exploring the question of possible authorship by ecstatics, this paper focusses on the use of hybrid images, such as the human-snake.

Defining the religious ecstatic

Since the middle of the 20th century, the Chinese character *wu* has been defined as shaman—the English word 'shaman' being derived from a central Siberian tribe's Tungusic word 'saman', meaning an individual who is changed during a religious experience. Previous to this time, scholars for the most part tended to use the Chinese romanized term for the character. While it was harder for someone who was not proficient in the language to understand what the term meant it did help to differentiate between one religious functionary such as the *zhu* or priest and the *wu* or ecstatic functionary (one who is known to become possessed by the deity during trance and take spirit journeys). In addition to blurring the distinctions between different religious roles, the term 'shaman' was a name that identified religious functionaries in the Siberian geographical region and not in North America or China and Taiwan, etc., as the term is used today. Here, I also make distinctions between the different types of religious functionaries. There are female and youthful ecstatics depicted with snakes performing rain rituals and acting as impersonators of the dead who are distinguished from ecstatics called the *wu* who heal and search for immortality elixirs but who are not depicted as outwardly different.

Based on Ioan Lewis's seminal work *Ecstatic Religion*, I propose that the term "ecstatic" be used to identify the *wu*, and other female and youthful religious performers. An ecstatic is a religious person whose consciousness is transformed during religious performance and who describes the experience as spirit possession and/or as a spirit journey to the spirit world. This transformation of consciousness refers to a trance in which ecstatics communicate with deities, perform healing, speak in the voices of others or practice self-mortification and divination. An ecstatic is also one who transforms his or her consciousness through dance, which may be in some instances religious and in other instances theatrical. In both instances, the movement of dance stirs the performer to exaltation and joy, even to exhilaration that accompanies ecstasy.

Outer appearances as symbolic of inner spiritual transformation

Transformation of appearance as a theme, which seems to dominate much of the *Shanhaijing*, is also a common theme in other early Chinese texts, most notably the *Zhuangzi*. While I do not mean to imply that the *Zhuangzi* was written by ecstatics rather than Zhuang Zhou, I do believe that the way in which the *Zhuangzi* employs depictions of outer appearance to symbolize inner religious transformation is similar to the *Shanhaijing*. In the *Zhuangzi*, there are fish, animals, birds and human beings, for example, who exhibit transformed outer appearances, and some religious ecstatics who offer opinions to explain why their own appearances have been transformed.

In Chinese antiquity, those who were deformed, blind and generally imperfect were often ecstatics because of their unusual appearances (Katô Jôken 1980: 108–109; 1955: 1–48). Evidence shows that this continues today, with those who have lost the use of a limb, for example, becoming ecstatics. Some might argue that these people with physical deformities chose to become ecstatics because of the way they looked. However, the reverse might be true. Initially, when these individuals became ecstatics they may have looked like everyone else. Their transformed outer appearances could have been the result of a later religious experience that changed them physically and identified their connection with the divine.

There are examples in the *Zhuangzi* where religious ecstatics explain the religious cause of their altered physical appearance. One such example is Master Yü who becomes ill and as a result becomes a hunchback—a sign that he is a religious ecstatic. He attributes the cause of his transformed appearance as a hunchback not to his illness but to Heaven (*Zhuangzi, juan* 3.8b). Another religious ecstatic named Zi-qi of the South Wall undergoes bodily transformation during a religious trance in which his breathing changes and to his friend he seems far away. He explains to his friend why he appears to him with a 'body like a withered tree and a mind like dead ashes' (*Zhuangzi, juan* 1.1a).

Both Zi-qi and Master Yü provide glimpses of religious ecstatics who believe that a deity or religious experience physically changed the way they appeared to others. Clearly, at least in the *Zhuangzi*, outer appearance reflects something more than deformity: it is symbolic of individuals who as a result of a religious experience have been transformed in some meaningful way. When they explain to the reader why they appear the way they do, they are testifying to their belief in the power of the divine and offering, as proof of this power, their appearances. Moreover, in the *Zhuangzi* both of these individuals' outer appearances are signs that they have not only been divinely transformed; they have also been blessed with divine knowledge. Although I believe that the *Zhuangzi* and *Shanhaijing* are texts sharing different authorship, the ways in which each employs descriptions of the outer body are similar. In the *Zhuangzi* those who appear to be different are religious ecstatics who have divine knowledge, and in the *Shanhaijing* those who appear to be different are able to enter trance and take spirit journeys in order to cause rain and wind, and possibly even to heal.

He Guanzhou, analyzing the *Shanhaijing* in terms of six categories of transformation, notes how the creatures described in the text are ordinary ones altered in some meaningful way. Difference is created by the addition or subtraction of limbs. They are also different because the location of limbs has been changed, and a few of these animals are different because they have been spiritually endowed. His analysis of the elements of transformation can be used to explain how the text uses descriptions of the body to reflect inner transformation.

Yuan Ke, a Chinese scholar of myth and expert on the *Shanhaijing*, seems to concur, remarking that the physical description of female religious ecstatics, who have snake bodies and human faces, is significant because it implies a spiritual attitude. The outer appearance describes how an individual has the spiritual countenance of otherworldly creatures (Yuan 221). Certainly He Guanzhou and Yuan Ke thought that the appearances of individuals, depicted both by the text and pictures in the *Shanhaijing*, were spiritually transformed in some way. Here, I take He Guanzhou and Yuan Ke's comments one step further and propose that the physical change of these individuals (often resulting in a symbolic snake-like appearance) could have been because of snake worship and possession by a snake spirit. Moreover, it may have been the way that religious ecstatics in the *Shanhaijing*, like Master Yü and Zi-qi of the *Zhuangzi*, used the text to express to outsiders the authenticity of their experiences.

Snake-like bodies and female ecstatics

Female ecstatics in the *Shanhaijing* sometimes appear clothed in dark green robes and are depicted with green and red snakes suspended from their ears or clutched in their hands. Some scholars studying the many references to the colour of snakes and the colour of robes of ecstatics in the *Shanhaijing* conclude that these female ecstatics were performing rain rituals, with the colours red and green signifying the times of year during which the ritual was performed (Loewe 1987; Dragan 1993). I would add that these references are valuable to the study of Chinese ecstatic religion because they demonstrate that religious functionaries in Chinese antiquity were not mere ritual bureaucrats like ecstatics called the *wu* in the *Zhouli*.

In the *Zhouli* ecstatics named *wu* are defined by their rank or lack of rank, and roles within the state bureaucracy (*Zhouli zhengyi*, volume 1, *juan* 32.28 and volume 2, *juan* 50.53-4, 50.57, 50.60–1). The text rarely suggests that ecstatics are individuals who become possessed by spirits, twirl or move during dance, or journey to the realm of the spirits. In sharp contrast to the *Zhouli*, a text that may have been written as a model for the state bureaucracy, the *Shanhaijing* contains a wealth of information about religious performance. The individuals depicted in the *Shanhaijing* have changed into robes, picked up divining rods and started to dance—all indications that they were actively engaged in the performance of rituals at the time the text was written.

One of the first references to female ecstatics in the *Shanhaijing* hints at the rain ritual. Here, two female spirits create windstorms and rainstorms every time they enter and emerge from the river. The two goddesses are often interpreted as Xiang Jun and Xiang Furen— the famous wives of Shun, the legendary sage king. Appropriating northern Chinese mythology, commentaries add that Shun's two wives drowned after being swept up into the river during a rainstorm. On the same mountain where the goddesses live are strange spirits who resemble humans adorned with snakes in their ears and have hands clutching snakes (Yuan 176).

Unfortunately, there is no explanation of why windstorms and rainstorms are linked to the two female spirits's journeys into and out of the water. Similarly, there is no explanation of the implied link between the two women and the strange spirits who appear as snake hybrids. As later references show, however, the depiction of female spirits here as those who take spirit journeys and appear with snakes in their ears and hands is consistent with later passages in the text. Their transformed outer appearances are the result of a journey into and out of the water that causes wind and rain. Perhaps, these women believed that during the trance they had journeyed under the water, entered the spirit world, and become transformed. During this experience, they acquired the ability to change the weather, emerging from the water with appearances as proof that a change had taken place.

Wu Xian, the name of a famous ecstatic who appears in many classical texts, including the *Zhouli (Zhouli zhengyi*, volume 2, *juan*

48.85–6) is also an important figure in the *Shanhaijing*, as one of 10 healers (Yuan 301–2) and as the name of a country where female ecstatics are possessed by snakes. Wu Xian and the other *wu* of the *Shanhaijing* are described differently than the female ecstatics and youthful ecstatics and do not appear to dance, hold snakes, wear costumes or have snakes adorning their bodies in any way. In fact, very little detail is given in the text to develop the appearance of the *wu* in the two passages where they revive the dead and search for immortality elixirs on mountains (Yuan 301 and 396).

I do not mean to imply, however, that there is no connection between the *wu* and female and youthful ecstatics in the *Shanhaijing*. There are hints throughout the text that the *wu* is also associated with snakes. The most salient examples are those in which female ecstatics perform in Wu Xian's country. As well, a few mountains in the *Shanhaijing* are called Snake Wu, associating the *wu* with snakes and a snake cult (Yuan 175, 305, and 461).

In the country that takes Wu Xian's name, female ecstatics hold snakes: "Wu Xian's country is to the north of Nuchou. In the right hand they hold a green snake, in the left hand they hold a red snake and on Dengbao mountain is where the group of *wu* ascend and descend巫咸國在女丑北，右手操青蛇左手操赤蛇在登葆山群巫所從上下也 (Yuan 219)". Akin to many other references in the *Shanhaijing*, the passage begins with an introduction to the geographical place that the people inhabit followed by a description of individual outer appearances.

The passage is elliptical, omitting details such as the identity of the individuals who hold the green and red snakes and the relationship they have with Wu Xian and the other *wu*. Because these ecstatics of

Nuchou live in a place called Wu Xian's country, the reader assumes there is a relationship and the end of the excerpt suggests that the Nuchou may have something to do with the *wu*, who climb Dengbao mountain, and as Guo Pu (276-324) notes, find immortality elixirs. In this instance, initially the Women of Nuchou display a changed outer appearance, holding red and green snakes in each hand. A preceding passage suggests that the Nuchou are performing a dance in which the left hand is moved to a position in front the face. This motion is repeated in a later passage in the *Shanhaijing*—this time depicting the Women of Nuchou with sleeves (and not hands) concealing their faces.

Two other female ecstatics live in a mysterious place called the Country of Women located to the north of Wu Xian (Yuan 220). The Country of Women is near a place where individuals live a minimum of 800 years. The latter part of the passage provides important details about what these women look like. They appear to be snake-human hybrids who have ". . . human faces, serpent bodies and tails encircling their heads人面蛇身尾交首(Yuan 221)". Although the excerpt describes the women as having human faces, it omits any specific details of their faces, and moreover, offers that their heads are covered with tails, likely the tails of snakes, making these creatures more snake than human. The proximity of the Country of Women to a place where people live a long time, suggests that their appearances are in some way related to rituals performed in connection with the immortality cult.

Rain Master Concubine is another female ecstatic in the *Shanhaijing* who holds snakes and whose name links her with the role of performing rain rituals. Like those living in the Country of Women, she also resides in the north: "Rain Master Concubine resides to the north. She is a black person, holding a snake in each hand, and in her left ear there is a green snake and in her right ear there is a red snake雨師妾在其北，其爲人黑，兩手各操一蛇，左耳有青蛇，右耳有赤蛇（Yuan 263）"。Much detail is given to create an image of the Rain Master Concubine, who appears to be very comfortable with snakes. She is a strange looking creature, wearing green and red snakes as earrings, suggesting that she as well as the other female ecstatics described in the text may have performed rain rituals associated with the worship of a snake deity. Guo Pu's commentary on the passage adds that the name Rain Master was another name for Pingyi—a deity linked to rain rituals in Chinese antiquity. In view of Guo Pu's comments, it seems likely that the Rain Master Concubine's snake-like hybrid appearance was intended to reflect her expertise in summoning rain.

Another group of female ecstatics called the Women of Nuchou mentioned earlier re-appear in a later section. Here, they live on Dragon mountain that is also near Wu Xian's country:

In the midst of the great wilderness there is Dragon mountain, where the sun and moon enter. There are three marshes called the Three Muddies, upon which the Gunwu feeds. There are people wearing green, who conceal their faces with their sleeves, called the impersonators of Nuchou大荒之中，有龍山，日月所入。有三澤水，名曰三淖，昆吾之所食也。有人衣青，以袂蔽面，名曰女丑之尸（Yuan 400）。

In reading the passage there is the suggestion that these women are in motion and that the writer is conveying the outer appearance of these women, possibly in dance formation, at one moment in time.

Once more, the women of Nuchou are depicted with arms raised to prevent others from seeing their faces. Unlike the previous example where the women of Nuchou raise their left hands to cover their faces, even these details are missing and the reader may only envision how a phantom sleeve and the generous folds of material hide the faces of the women behind it. Certainly, the writer of the passage could have described the outer appearance of these women differently to show the entire face and the sleeve in a different position at another moment in time. But the choice of outer appearance in this passage like the one discussed previously adds mystery to the women. Possibly the writer wanted to emphasize how the importance of outer appearance was symbolic of the inner transformation that was needed for these women to perform as impersonators of the dead. The women's arms had to be moved to the position in front of their faces in order to effect the transformation of their identities from ordinary women to impersonators of the dead. Here, the choice of external appearance and omission of details about the face and body of these women is consistent with other previous examples of ecstatics in the *Shanhaijing* and may be signs used by the writer to convey a shift in the identity of the female performers during possession.

Another ambiguous reference to a female ecstatic may be found in a passage about a woman named Red River Woman Offering—her name indicating her religious function: "There is Zhong mountain where there is a woman dressed in green robes and named Red River Woman Offering有鍾山者。有女子衣青衣，名曰赤水女子獻 (Yuan 434)?"。In this passage, the reader is only given the most superficial knowledge of the woman's appearance in a green robe worn during a ritual offering. Here the outer appearance is linked to the religious function with the green robe being a costume worn by snake hybrids performing rain rituals in other parts of the text. The emphasis on costume and de-emphasis on personal attributes seems consistent with other excerpts and perhaps was meant to indicate that during spirit possession, the female ecstatic's individual characteristics were displaced by the deity's. In these last few examples, female ecstatics appear in costumes, with snakes coiled around their heads, snakes dangling from their ears, green and red snakes grasped by each hand—images suggesting that these females not only have snakes visible on the outside of their bodies but possibly more snakes invisible and possessing and empowering them from within.

Ecstatics who take a spirit journey

In a further example about an outwardly different individual, the link between outer and inner transformation becomes clearer, and this time it is light in addition to snakes that marks the ecstatic as inwardly transformed. Here, the individual is a youth (because of his name with the character *er*) living in the area of Fufu mountain: "The Spirit Yu Er lives there. His appearance is that of a human body, a body holding two snakes and whenever he roams in the river depths there are rays of light where he submerges and surfaces神于兒居之，狀人身而身操兩蛇，常遊于江淵，出入有光 (Yuan 176)"。

In this passage, the youth named Spirit Yu Er like the female ecstatics is adorned with snakes. Unlike the female ecstatics these snakes are not held in human hands but rather they appear to be coming out of the body of the youth. As if explaining why this youth might be possessed by two snakes jutting out from his body, the anecdote finishes by noting that when the spirit youth roams or takes a spirit journey, rays of light mark his or her path through the water. These rays of light also appear to shine out from within the body of the youth, as manifestations of an inner transformation creating a magnificent wake of light when the youth moves through the body. It would seem that the two descriptions of the youth's body are related to the youth's spirit journey. When the youth enters the water with snakes possessing him, there are the resulting rays of light that shine out of the water at the points where he submerges and surfaces. The manner in which the text describes his appearance conveys that the movement during the spirit journey ostensibly creates the light.

In total, the text contains three other references to individuals who roam in the river depths producing rays of light where they submerge and surface. Only one of these references includes an individual with a human body (and a dragon head), and the others include a human headed and non-human hybrid. These could be references to spirit journeys resembling other Chinese accounts evincing how religious ecstatics glowed when they became possessed or took spirit journeys. For instance, in "Lord in the Clouds" of the *Nine Songs*, one of several rituals songs linked to ecstatic performance in southern China, the ecstatic glows when she becomes possessed by the deity. In the song, the description of the *ling* (*ling* being the Chu name for an ecstatic) changes from being a description of the outer body to a description of the *ling*'s inner radiance that shines outward. This changed appearance points to the onset of trance.

Conclusion:

In conclusion, one cannot say definitively who wrote the *Shanhaijing*. But in this paper I have tried to develop a thesis that ecstatics themselves may have had a role in the authorship. The repeated images of hybrid creatures such as human-snakes suggest a motif of transformation as I have discussed. This motif of transformation infuses the manner in which the text frames female and youthful ecstatics in motion with snakes, symbolizing the divine and what the experience of possession might have been like for the ecstatic.

Works Cited

Chuci. SBBY edition.

Dragan, Raymond A. "The Dragon in Early Imperial China." Ph.D. Dissertation, University of Toronto, 1993.

He Guanzhou. *"Shanhaijing zai kexueshang zhi pipan ji zuozhe zhi shidai kao." Yanjing xuebao* 7 (1930).

Katô Jôken. *"Fushuku kô." Tôkyô Shina gakuhô* 1 (June 1955): 1-48.

Katô Jôken. *Chûgoku kodai bunka no kenkyû*. Tôkyô: Nishô Gakusha Daigaku Shuppanbu, 1980.

Lewis, I.M. *Ecstatic Religion: An Anthropological Study of Spirit Possession and Shamanism*. 1971. Reprint, Great Britain: Hazell, 1978.

Loewe, Michael. "The Cult of the Dragon and the Invocation for Rain." In Charles Le Blanc and Susan Blader, eds., *Chinese ideas about nature and society: Studies in honour of Derk Bodde*. Hong Kong: Hong Kong University Press, 1987: 195-213.

Sun Yirang (1848–1908), com. *Zhouli zhengyi*. 2 Volumes. Reprint, Jingdu: Zhongwen, 1991.

Yuan Ke, ed. *Shanhaijing jiaozhu*. Taipei: Liren, 1982.

Zhuangzi. SBBY edition.

漢語否定範疇的語義分析

戴耀晶*

摘　要

本文從語義分析的角度探討漢語的否定表達的具體內容。論文認爲，(一)否定是非常普遍的語言現象。(二)否定是矛盾語義關係在語言中的表現。(三)否定可以分爲質的否定和量的否定。質的否定是否認事物質的規定性，語義含義是「無」；量的否定是否認事物數量上的規定性，語義含義是「少於」。(四)否定和肯定都是斷言，但在語義確定性方面存在差別。肯定斷言規定了事物的確定含義，否定斷言只是排除了事物某方面的內容，並沒有確定事物的性質。(五)否定表達在漢語中是有標記的形式。(六)否定的語義量向大確定，向小不確定，

*　大陸復旦大學中文系教授。

與肯定語義量的確定方向相反。㈦現代漢語中有兩個主要的否定標記「不」和「沒」，二者在對意願性、時間性、靜態性、變化性、事物性等語義內容的否定方面有明顯的不同。

關鍵詞　否定　語義分析　確定性　有標記

壹、引言：否定是非常普遍的語言現象

語言是信息的載體，傳達信息可以使用肯定的方法，如「林教授明天去美國」，也可以使用否定的方法，如「林教授明天不去美國」。肯定的方法傳達確定的內容，是語言交際的基本形式。否定的方法傳達對確定內容的否認，在語言交際中使用得非常普遍。

例如，近年來上海市政府倡導建立文明城市，提出幾條市民行爲規範，其中家喻戶曉的是「七不」，並編成了歌曲在電視臺廣播電臺播出。「七不」是從否定角度提出七個方面的文明行爲要求。即：不隨地吐痰，不亂扔垃圾，不損壞公物，不破壞綠化，不亂穿馬路，不在公共場所吸煙，不說粗話髒話。「七不」的提倡對上海的城市文明建設起到了良好的作用。

又如，二十世紀初期中國的許多知識份子提倡新文化，當時有一篇出名的文章叫《偶像破壞論》。內容是從十個方面刻劃偶像：一聲不做，二目無光，三餐不吃，四肢無力，五官不全，六親不認，七竅不通，八面威風，九九（久久）不動，十（實）是無用。除第八點外，其他九個方面的都是運用否定詞語「不」或「無」來描繪偶

像的，結論是要破壞偶像。當然，傳統思想的學說應該有所繼承，不應全盤否定。

再如，我國先秦時期三位著名的學者李聃、孔丘、孫武，他們創立的學說博大精深，影響久遠。代表他們學術思想的三部著作《老子》、《論語》、《孫子》，開頭的句子使用的都是否定形式，但採用了三種不同的表達方式。

道家思想的創始人李聃在《老子》一書的開頭寫道：「道可道，非常道；名可名，非常名。」老子的哲學有人概括爲「無爲無不爲」，用的也是否定形式。《老子》一書充滿矛盾辯證法，否定句的使用頻率相當高。

有意思的是，與老子哲學思想很不相同的儒家思想創始人孔子，記載他言行觀點的《論語》一書的開頭也是運用否定表達形式：「學而時習之，不亦說乎！有朋自遠方來，不亦樂乎！人不知而不慍，不亦君子乎！」

而先秦最著名的軍事理論家孫武，在談兵法的《孫子》一書中也運用了否定句來開頭：「兵者，國之大事，死生之地，存亡之道，不可不察也。」。

三位偉大的哲人都用否定形式的句子來展開論述他們的學說。《老子》用的是「非常道」，一個否定詞，表達否定的意思。《論語》用的是「不亦說乎」，一個否定詞加上反問語氣，表達強化了的肯定意思。《孫子》用的是「不可不察也」，兩個否定詞連用，表達的也是強化了的肯定意思。

這些情況說明，否定是非常普遍的語言現象，否定表達在人們的言語活動中有獨到的作用。下面主要討論現代漢語中否定表達的語義問題。

貳、否定是矛盾語義關係的表現

什爲是否定？德國哲學家、近代形式邏輯的開創者弗雷格說：「每個思想都有一個與自己相矛盾的思想。」兩個矛盾思想之間的關係就是否定語義關係。語言中通常用一個否定標記詞來表達。例如：

(1) a.牡丹花紅嗎？　　紅 ------不紅　（顏色關係的全部）

b.孔明認識二喬嗎？　　認識------不認識　（認識關係的全部）

c.鄧樹芝能來嗎？　　能來------不能來（可能關係的全部）

d.楊貴妃當時死了嗎？　　死了------沒死　（生命意義的全部）

是非問句的兩種回答（是、非）構成了矛盾關係，二者在語義互爲否定，但在形式上有否定標記（如：不、沒）的才是否定表達。

語言中表達矛盾語義關係有兩種手段。一種是運用矛盾反義詞（男性/女性），一種是運用否定標記（男性/非男性），後者更爲普遍，並且具有矛盾關係的形式標記否定詞。

參、質的否定和量的否定

質的否定是否認事物的存在或者否認事件的發生，即否定性質上的規定性。語義含義是「無」。例如：

(2) a.林寒沒弟弟。　（否定事物的存在）

b.曾玉屛沒喝酒。　（否定事件的發生）

量的否定是否認事物或者事件在數量上的規定性，語義含義是「少於」。例如：

(3) a.林寒沒三個弟弟。 (否定事物的數量)

b.曾玉屏沒喝三杯酒。 (否定事件中包含的數量成分)

量的否定有時在實際應用中也會產生「多於」的含義，但必須是有標記的，是在語境中產生的語用意義。試比較：

(4) a.劉鶯很聰明嗎？

b.------不，劉鶯不聰明。 (否定質，無)

c.------不，劉鶯不很聰明。 (否定量，少於)

d.------不，劉鶯非常聰明。 (否定量，多於)

上述答句中的「不，劉鶯非常聰明」是違反量的否定的基本語義的，回答態度是否定，回答內容卻是肯定，句子的適宜性存在問題。要使句子成立，通常要加上指出表意重心的「是」標記，通過否定量（很）和肯定量（非常）的對比，實現語境中的特殊含義。即：

(5) ------不，劉鶯不是很聰明，是非常聰明。

量的否定通常句子中帶有表示事物數目或者事件程度、頻度含義的詞語，如「三個、三杯、很、非常」等。（在可分等級的語義序列詞語中，也可以作量級分析。如：溫—熱—火熱。）

肆、否定的確定性問題

肯定是對事物的斷言（assertion），否定也是對事物的斷言，因爲二者都可以用於回答疑問句提出的問題，提供確定的信息。例如對明代著名小說《金瓶梅》的作者，學術界有各種考證意見，形成一個可能性的集合（set）。假定這個集合中有四個成員〔a.李開先；b.王世貞；c.趙南星；d.薛應旗〕，對問句有肯定和否定兩種回答，二者在語義確定性方面的含義並不相同。試比較：

(6) a.《金瓶梅》的作者蘭陵笑笑生是誰？

b1. ------蘭陵笑笑生是李開先（a）。

含義：不是王世貞（-b）；而且不是趙南星（-c）；而且不是薛應旗（-d）。（否定聯言支）

b2. ------蘭陵笑笑生不是李開先（-a）。

含義：是王世貞（b）；或者是趙南星（c）；或者是薛應旗（d）。（肯定選言支）

可見，肯定和否定在語義的確定性方面有明顯的差別。肯定表達的斷言內容是確定的，它直接規定了所指的事物，排除了其他事物，可作性質定義。否定表達的斷言內容是不確定的，它並沒有直接規定所指的事物，只是排除了某一其他事物，只可作操作性定義。從上例中的否定回答「蘭陵笑笑生不是李開先」中，並不能確定得出作者是誰，因爲這個回答排除了事物〔a〕，確定的是〔b，c，d〕三者的選言，在確定性方面存在著三種可能。如果要表達與肯定回答同樣的確定含義，必須否定該集合四個成員中的三個。即：

(7) a.-----蘭陵笑笑生不是王世貞（-b）。

b.-----蘭陵笑笑生不是趙南星（-c）。

c.-----蘭陵笑笑生不是薛應旗（-d）。

含義：蘭陵笑笑生是李開先（a）。

可見，從話語內容的確定性語義方面來分析，肯定表達比否定表達更爲直接和明確，否定表達則較爲間接和曲折。再舉數例：

(8) a.前面的那個影子是人。（肯定句，所指物件的內容確定）

b.前面的那個影子不是老虎。/狼/樹樁。（否定句，所指物件的內容不確定）

(9) a.三角形是三條直線圍成的圖形。（性質定義，規定法）

b.三角形不是梯形，不是圓形，不是長方形……（操作性定義，排除法）

從詞語的語義特徵來分析，也可看出肯定和否定在確定性方面的區別。假定「婦女」有三項語義特徵【人、女性、成年】，試比較下列肯定句和否定句的語義。例如：

(10) 肯定	否定
a. 那是一個婦女。	b. 那不是一個婦女。
a1.那是一個人。（不是牛）	b1.那不是一個人。（是牛）
a2.那是一個女性。（不是男性）	b2.那不是一個女性。（是男性）
a3.那是一個成年。（不是女孩）	b3.那不是一個成年。（是女孩）

肯定句a在語義上同時蘊涵a1，a2，a3，這說明肯定「婦女」，就肯定了婦女所具有的三項語義特徵的內容。比較否定句b，在語義上並不必然同時蘊涵b1，b2，b3，這說明否定「婦女」，並不能否定婦女所具有的三項語義特徵的內容，通常只是否定其中某項語義特徵的內容（b2），這項內容就是該詞語的基本語義特徵，也可以稱作無標記語義特徵（unmarked semantic feature）。當然，如果在實際話語中提供更多的語境信息，否定句b可以包含b1和b3的語義，因爲[人]和[成年]也是「婦女」一詞的語義特徵。從否定角度來

考察，詞語的各項語義特徵地位並不一樣。例如在對比句中：

⑾ a.那不是一個婦女，那是一頭牛。

b.那不是一個婦女，那是一個女孩。

這說明，在對詞語作語義特徵分析時，肯定句和否定句在語義確定性方面的表現也不相同，二者表現出不平行性。肯定句中，詞語的各項語義特徵表現爲共存性；否定句中，詞語的各項語義特徵表現爲層次性。

由上分析可知，肯定一個思想就是確定該思想的內容。否定一個思想是排除不屬於該思想的內容，但是並沒有確定該思想的內容。肯定和否定在確定性方面有差異。

（有一個數據對比似乎也反映了肯定和否定在語義確定性方面的差異。地名是人類文化意義的沈積，它的含義是確定的。《中國地名語源詞典》共收5906個地名條目，用肯定形式作地名的5900條，用否定形式的僅6條，二者之比是「5900：6」。否定形式的6條均用「無」字。即：江蘇無錫，山東無棣，安徽無爲，河北無極，陝西無定河，雲南無量山。）

伍、否定表達是有標記的

肯定和否定是一對概念，確認事物的存在和/或事件的眞實性用肯定表達，否認事物和/或事件的眞實性用否定表達。在現代漢語中，如果將「是」、「有」等看作肯定標記，將「不」、「沒」等看作否定標記，將沒有這些標記的句子看作零標記。可以通過三者的比較分析，來探討肯定表達和否定表達在標記性方面的差異。試比較：

⑿

肯定標記	否定標記	零標記
a1.林靜如是四川人。	a2.林靜如不是四川人。	a3.林靜如四川人。
b1.馬燕有三個弟弟。	b2.馬燕沒有三個弟弟。	b3.馬燕三個弟弟。
c1.昨天是中秋節。	c2.昨天不是中秋節。	c3.昨天中秋節。
d1.楊蝶是在寫小說。	d2.楊蝶不是在寫小說。	d3.楊蝶在寫小說。
e1.馮小華是很開放。	e2.馮小華不是很開放。	e3.馮小華很開放。
含義：肯定	含義：否定	含義：肯定

上述例句中的第一列用「是」和「有」形成肯定表達，第二列用「不」和「沒」形成否定表達。第三列是零標記形式，肯定標記和否定標記都不用，得到的是肯定句還是否定句呢？答案是肯定句。在漢語的實際運用中，大量的肯定句都不用「是」、「有」等標記，在作語義分析時可以不把它們當作專有的肯定標記詞。而漢語的否定表達必須有「不」、「沒」等標記，否則不能傳達出否定的語義。因此，零標記可以分析?是肯定表達式，否定標記形成否定表達式。例如：

⒀

零標記	否定標記
a1.鍾鳳鳴明天去廣州。	a1.鍾鳳鳴明天不去廣州。（不）
b1.下午舉行記者招待會。	b1.下午不舉行記者招待會。（不）
c1.交易所前面圍了一大群人。	c1.交易所前面沒圍一大群人。（沒）
d1.有線體育台買了新設備。	d1.有線體育台沒買新設備。（沒）

否定表達要用否定標記，否定標記往往依存於表示確定事物或確定事件的詞語上面。確定的事物就是肯定，因此否定可以理解是依附於事物的派生概念。因爲沒有事物，否定就沒有對象；而沒有否定，事物依然可以存在。

根據上面的分析，可以作這樣的概括，漢語的肯定表達是無標記的，漢語的否定表達是有標記的。

陸、否定語義量的方向

否定句中的語義量與肯定句中的語義量表現爲相反方向，即否定的語義量向大確定，而肯定的語義量向小確定。例如：

⒁ a1.歐陽倩借來了三本書。

a2.歐陽倩沒借來三本書。

b1.李小潔這個學期長了五公分。

b2.李小潔這個學期沒長五公分。

分析上述句子，肯定句a1「歐陽倩借來了三本書」在語義上蘊涵著「借來了兩本書，借來了一本書」，但是並不蘊涵「借來了四本書，借來了五本書……」。而否定句a2「歐陽倩沒借來三本書」在語義上蘊涵著「沒借來四本書，沒借來五本書……」，但是並不蘊涵「沒借來兩本書，沒借來一本書」。

由此可以概括出否定與肯定在語義量的方向上有不同的性質：肯定句的語義量向小蘊涵，向大不蘊涵；否定句的語義量向大蘊涵，向小不蘊涵。

由於否定具有向大確定的性質，因此可以通過對最小量的否定，來達到對全稱量的否定。最小的自然數是「一」，所以，在否定句中，最小數「一」的語義有時可以分析爲「全部」或者「任何」。例如：

⒂ a.林大爺昨天沒唱一首歌。（語義向大確定：沒唱任何歌）

b.林大爺昨天沒唱三首歌。（語義向小不確定：不否認唱了兩首歌）

如果將帶「一」的詞語放在句首，則強化了否定的任指含義，形成了現代漢語中表示否定意義的特殊結構：「一……也不／沒」。例如」：

⒃ a.高校長一分鐘也不休息。　（比較：*四分鐘也不休息）

b.前天的比賽他一個球也沒進。（比較：*三個球也沒進）

c.方海平近來一場電影也不看。（比較：*兩場電影也不看）

柒、否定標記「不」和「沒」的比較

現代漢語最常用的兩個否定標記是「不」和「沒」。（此外還有「別、非、無」等。）「不」和「沒」都可以用於動詞或者形容詞前面，「沒」還可以用於名詞前面表示否定意義。二者的主要區別有：

一、意願性。二者出現在動作動詞前面時，「不」表示主體的否定意願，「沒」表示對客觀內容的否定。試比較：

(17)　不　　　　　沒

a1.歐陽虹上個月不來上班。　a2.歐陽虹上個月沒來上班。

b1.錢守仁今天晚上不回家。　b2.錢守仁今天晚上沒回家。

當句子中的謂語動詞不是主體可控的動作動詞，或者動詞的主體不具備意願能力時，「不」表示靜態的否定語義，不含意願性，而相應的帶「沒」的句子則要受到較多的語義限制。二者在使用上不平行。例如：

(18)　不　　　　　沒

a1.姜顯平不喜歡新來的上司。　a2.*姜顯平沒喜歡新來的上司。

〔比較：*姜顯平不喜歡上他。　姜顯平沒喜歡上他。〕

b1.林凡的試驗田不長雜草。　b2.林凡的試驗田沒長雜草。

〔比較：林凡的試驗田不讓參觀。　林凡的試驗田沒讓參觀。〕

c1.馮亦奇不是她要找的人。　c2. *馮亦奇沒是她要找的人。

〔比較：*馮亦奇不有很多股票。　馮亦奇沒有很多股票。〕

分析上述句子，例（a）中的「喜歡」是靜態動詞，否定時用「不」，不能用「沒」。後面帶了表示結果的「上」以後，情況正好相反，句子否定時用「沒」，不能用「不」。例（b）中的「試驗田」作句子陳述的主體，不具備意願能力，否定時用「不」或者用「沒」都可以，但是「不」仍然帶有說話人賦予主體的意願傾向。換成意願性較強的動詞「讓」，二者的差異也較強。例（c）是對判斷詞「是」的否定，用「不」，不能用「沒」。而對屬有詞「有」的否定正好相反，只能用「沒」，不能用「不」。

二、時間性。相對參照時間而言，「不」可以表示過去、現在、未來，具有泛時性。而「沒」主要用於參照時間的過去，具有先時性。試比較：

(19) 不 沒

a1.蔣承平小時候不上學。 a2.蔣承平小時候沒上學。

（過去）

b1.汪阿姨下個月不參加培訓。 b2.*汪阿姨下個月沒參加培訓。

（未來）

c1.孫繼德上午不練三人舞。 c2.孫繼德上午沒練三人舞。

（現在）

分析上述句子，例（a）中的「小時候」指過去時間，句子表示否定時可以用「不」，也可以用「沒」。例（b）中的「下個月」是未來時間，句子表示否定時可以用「不」，但是不能用「沒」。例（c）中的「上午」指現在時間，從否定形式上看，用「不」或者用「沒」都可以。但是由於「沒」的語義限制，用「沒」的句子在時間意義上傾向於指上午的結束點（「上午」已過去），用「不」的句子在語義則傾向於指上午的開始點（「上午」未結束）。這是由於否定標記在語義系統中的含義分工造成的區別。

所以在現代漢語中，如果句子裏沒有具體的時間指示，帶「沒」的句子語義都指對過去事件的否定，在時間語義上不向未來延伸。帶「不」的句子中對事件的否定具有泛時性，在時間語義上它可以向未來延伸。試比較：

(20) 不 沒

a1.同學們不看這種電影。 a2.同學們沒看這種電影。

b1.陸總的孩子不參加野營活動。 b2.陸總的孩子沒參加野營活動。

c1.顏喜貴不批准他的請求。 c2.顏喜貴沒批准他的請求。

d1.長江輪不懸掛公司標誌。 d2.長江輪沒懸掛公司標誌。

e1.李小雲不賣水貨。 e2.李小雲沒賣水貨。

如果要表示「一貫如此」的時間意義，現代漢語使用副詞「從來」，形成兩種否定格式：「從來不V」，「從來沒V（過）」。試比較：

(21) 從來不V 從來沒V（過）

a1.同學們從來不看這種電影。 a2.同學們從來沒看過這種電影。

b1.陸總的孩子從來不參加野營活動。 b2.陸總的孩子從來沒參加過野營活動。

c1.顏喜貴從來不批准他的請求。 c2.顏喜貴從來沒批准過他的請求。

d1.長江輪從來不懸掛公司標誌。 d2.長江輪從來沒懸掛過公司標誌。

e1.李小雲從來不賣水貨。 e2.李小雲從來沒賣過水貨。

副詞「從來」與「不」配合使用構成否定表達時，在時間語義上可以向未來延伸，即「從來不看這種電影」語義上有「將來也如此」的含義，因此不能帶經歷體標記「過」，在現代漢語中「*從來不看過」是不合格的形式。而「沒」與副詞「從來」配合使用表示否定時，時間意義上通常不向將來延伸，即「從來沒看（過）這種電影」語義上並沒有「將來也如此」的含義。在實際話語中，帶上經歷體標記「過」為常見形式。這是由「沒」的時間含義是對過去的否定決定的。

三、靜態性。「不」可與靜態動詞配合使用，「沒」不與靜態動詞配合使用。現代漢語的非動作動詞如判斷詞、能願詞、關係動詞、心理動詞等，都是用「不」來否定，一般不能用「沒」來否定。例如：

⑵ 不	沒
a1.馬青不是一個好丈夫。	a2.*馬青沒是一個好丈夫。
b1.丁小魯不會反對這種事。	b2.*丁小魯沒會反對這種事。
c1.這家商場不屬於煙草公司。	c2.*這家商場沒屬於煙草公司。
d1.劉美萍不願意跳舞。	d2.*劉美萍沒願意跳舞。

上述句子中，例（a）中的「是」是判斷詞，例（b）中的「會」是能願詞，例（c）中的「屬於」是關係動詞，例（d）中的「願意」是心理動詞，這些詞語共同的語義特徵是靜態性（state）。在現代漢語裏，表示靜態性的詞語用「不」來否定，不能用「沒」進行否定。

四、變化性。形容詞表示事物的性質或者狀態，對形容詞進行否定時，「沒」與「不」的語義也有所不同。「沒」否認的是事物性質或者狀態的變化，「不」否認的是事物性質或者狀態本身。試比較：

⒇ 不	沒
a1.潘師傅一直不胖。	a2.潘師傅一直沒胖。
b1.走廊上那盞電燈不亮。	b2.走廊上那盞電燈沒亮。
c1.于經理的辦公桌不乾淨。	c2.*于經理的辦公桌沒乾淨。

分析上述句子，例（a）中的「不胖」在語義上指的是潘師傅不具備「胖」的性質，是對靜態關係的否定；「沒胖」在語義上指的是潘師傅沒發生「胖」的變化，是對動態關係的否定。例（b）中的「不亮」否定的也是靜態性質，而「沒亮」否定的則是動態變化。例（c）中的「不乾淨」否定靜態性質，「沒乾淨」在漢語中不成立，如果要表示動態變化，需要加上其他成分。如「屋子沒乾淨幾天，又髒了」，表達對比的語義。

五、事物性。「沒」可以否定名詞性成分表示的事物，也可以否定動詞性成分表示的事件，「不」則一般只否定事件。試比較：

(24)

不	沒
a1.*這家商店不大電冰箱。	a2.這家商店沒大電冰箱。
b1.*餘麗嵐不什麼主意。	b2.餘麗嵐沒什麼主意。
c1.*今天晚上不特殊情況。	c2.今天晚上沒特殊情況。

在否定事物時，「沒」是對存在的否定，即對「有」的否定，含義是〔不＋有〕。在否定事件時，「沒」是對現實性的否定，即對「了」的否定，含義是〔不＋了〕。而現代漢語中的「不」是純粹的否定標記。

由上分析可知，現代漢語中的「不」是純粹的否定標記，「沒」表示否定時兼有否認事物存在或者否認事件現實性的含義。在時間語義上，「不」具有泛時性；「沒」具有歷時性，只用于對現實事件的否定，不向未來時間延伸。「不」修飾動作動詞時表示主體意願的否定，「沒」表示對客觀情況的否定。與靜態動詞配合使用時，「不」表示靜態否定，「沒」表示對變化的否定。「不」和「沒」在現代漢語否定系統中的語義分工有明顯差異。

參考書目

弗雷格　1918　否定，《弗雷格哲學論著選輯》，王路譯，商務印書館，1994年。

葉斯泊森　1924《語法哲學》，何勇等譯，語文出版社，1988年。

呂叔湘　1985　肯定·否定·疑問，《中國語文》第4期。

陳　平　1985　英漢否定結構對比研究，《現代語言學研究——理論、方法與事實》，重慶出版社，1991年。

王　還　1988　關於怎麼教「不、沒、了、過」，《世界漢語教學》第4期。

馬慶株　1988　自主動詞和非自主動詞，《中國語言學報》第3期。

饒長溶　1988「不」偏指前項的現象，《語法研究和探索》（四），北京大學出版社。

文　煉　1990　語言單位的對立與不對稱現象，《語言教學與研究》第4期。

錢敏汝　1990　否定載體「不」的語義……語法考察，《中國語文》第1期。

石毓智　1992　《肯定與否定的對稱與不對稱》，臺灣學生書局。

徐　傑　李英哲　1993　焦點和兩個非線性語法範疇：「否定」、「疑問」，《中國語文》第2期。

沈　家　1993　「語用否定」考察，《中國語文》第5期。

史爲樂主編　1995　《中國地名語源詞典》，上海辭書出版社。

徐烈炯　1995　《語義學》修訂本，語文出版社。

張伯江　1996　否定的強化，《漢語學習》第1期。

戴耀晶　1997　《現代漢語時體系統研究》，浙江教育出版社。

沈　家　1999　《不對稱和標記論》，江西教育出版社。

戴耀晶　2000　試論現代漢語的否定範疇，《語言教學與研究》第3期。

Kempson, R. 1977 Semantic Theory. Cambridge University Press.

Lyons, J. 1977 Semantics II. Cambridge University Press.

Mey, J. 1993 Pragmatics: An Introduction. Blackwell Publishers.

論佛經中的「睡覺」

竺家寧*

摘要

孫玉文（「睡覺」音義源流研究）（《文史哲學報》第50期，民88.06）曾經論及睡爲「睡」，坐寐也。打瞌睡，打盹之意。「寢」才是臥睡。南北朝睡由「打瞌睡」變爲「睡覺」。「醒」上古已出現，但《說文》未收。意爲「醉除也」。晚唐始取代「覺」的功能。元明「醒」完全取代「覺」。「覺」的「睡醒」一義逐步消失。現代「睡覺」爲動賓式。「覺」爲名詞。從北宋始「睡覺」指「入眠」（而非醒來）。王力認爲「睡覺」與「忘記」屬於對立詞素，後來「覺」義被磨損掉。徐時儀〈「睡覺」詞義演變深探〉（收入《中國語學研究》開篇第十

* 國立中正大學中文系教授兼系主任，暨中文所所長。

九期，1999，12好文出版社，東京）認爲「睡覺」是漢語中一個比較特殊的語音現象，現有的詞義演變理論對其詞義形成過程尚不能做出較爲確切的解釋。《玄應音義》卷九説：「覺」，寐也。謂眠後覺也。「睡」的本義是「坐著打瞌睡」，《説文、目部》説：「睡，坐寐也。從目，睡」。直至晚唐五代，「睡覺」一直作爲詞組，表「睡醒」的意思，尚未凝固成詞。具體使用過程中「覺」漸演變爲補充「睡」的語意，成爲動補結構，其詞義也漸由實變虛。隨著「覺」表示「睡眠」的名詞和「睡」、「覺」的動量語詞義的產生，至柔明時，「睡覺」這一詞組中的「覺」，表「睡醒」的詞義已大致消失，虛化爲構成表示「睡眠」義的並列複音詞的一種語法功能上的補足構詞成份，從而凝固成一個偏義複音詞。「睡覺」由並列結構的詞組演變爲動賓結構的複音詞，其詞義既有「組合同化」，又有偏義虛化，這是漢語中的一個有趣的語言現象。

根據我們的研究，這個詞產生的時代很早，佛經當中就已經普遍使用。例如：此不善馬，何故默然，飲氣而行，若初去時，如是鳴喚，彼時即應聞其聲響諸人睡覺我今亦應，不見如此大苦惱事，此不善馬，假使箭射穿穴其身，或以杖殺，鷹不合出行向山林。（一九〇佛本行集經）

時彼魁膾所執持刀猶如青蓮，而語之言，此刀斬汝，雖有和上何所能爲，求哀和上舉聲大哭，我今歸依和上，即從睡覺驚怖禮和上足，願和上解我違和上語言，我本愚痴欲捨佛禁，聽我出家我不抱怨亦不用正。（二〇一大莊嚴論經）懃精進一心除世間貪憂，以不可得故，復次須菩提，菩薩摩訶薩若來若去，視瞻一心屈申俯仰，服僧伽梨執持衣，飲食臥息坐立睡覺，語默入出禪定，亦常一心。（二二三摩訶般若波羅蜜經）

本文對佛經中這個詞的詞義和語法功能進行共時的描寫，希望透過這個詞的瞭解，有助於漢語構詞法的研究。

關鍵詞　睡覺　詞彙學　佛經　古代漢語　中國語言學

壹、前　言

「睡覺」這個詞是現代漢語當中的常用詞，每個人都會用，每個人也都了解是什麼意思，表面看起來似乎沒有什麼值得研究的價值。然而，我們若思考它的語源問題，問題就變的複雜起來。首先是音讀的問題，「覺」有ㄐㄧㄠˋ、ㄐㄩㄝˊ二讀，前者來自於《廣韻》去聲效韻「古孝切」一讀，意思是「睡覺」；後者來自於《廣韻》入聲覺韻「古岳切」一讀，意思是「曉也、大也、明也、寤也、知也」。這兩個音是同源分化的呢？還是兩個截然不同的詞呢？其次，在語意方面，「睡覺」的「覺」字和「感覺」的「覺」字是否有引伸關係？如果有，意義上又是如何從「感覺」的「覺」發展成爲「睡覺」的「覺」字呢？事實上這個課題已經有幾位學者注意到，並撰文討論過。徐時儀〈「睡覺」詞義演變蠡探〉（收入《中國語學研究》開篇第十九期，1999.12，好文出版社，東京）認爲「睡覺」是漢語中一個比較特殊的語言現象，現有的詞義演變理論對其詞義形成過程尚不能做出較爲確切的解釋。他舉出《玄應音義》卷九說：「覺」，寐也。謂眠後覺也。「睡」的本義是「坐著打瞌睡」，《說文、目部》說：「睡，坐寐也。從目，垂」。直至晚唐五代，「睡覺」一直作爲詞組，表「睡醒」的意思，尙未凝固成詞。具體使用過程中「覺」漸演變爲補充「睡」的語意，成爲動補結構，其詞義也漸由實變虛。隨著「覺」表示「睡眠」的名詞和「睡一覺」的動量詞詞義的產生，至宋明時，「睡覺」這一詞組中「覺」表「睡醒」的詞義已大致消失，虛化爲構成表示「睡眠」義的並列複音詞的一種語法功能上的補足構詞成份，從而凝固成一個偏義複音詞。「睡覺」由並列結構的詞組演變爲動賓結構的複音詞，其詞義既有「組合同化」，又有偏義虛化，這是漢語中的一個有趣的語言現象。孫玉文（「睡覺」音義源流研究）（《文史哲學報》第50期，民88.06）曾經論及「睡，坐寐也」。打瞌睡，打盹之意。「寢」才是臥睡。南北朝「睡」由「打瞌睡」變爲「睡覺」。「醒」上古已出現，但《說文》未收。意爲「醉除也」。晚唐始取代「覺」的功能。元明「醒」完全取代「覺」。「覺」的「睡醒」一義逐步消失。現代「睡覺」爲動賓式。「覺」爲名詞。從北宋始，「睡覺」指「入眠」（而非醒來）。王力認爲「睡覺」與「忘記」屬於對立詞素，後來「覺」義被磨損掉。

本文嘗試對這些問題提出一些看法，希望得到同道先進的批評指正。

貳、「覺」字音讀的問題

「覺」字在《詩經》裡曾用爲韻腳：（見王風兔爰第二章）

有兔爰爰，雉黎于罦（罦上從网）。

我生之初，尚無造。（造，《廣韻》有上、去兩讀）

我生之後，逢此百憂。

尚寐無覺。（毛傳：覺，寤也）

這首詩的四個韻腳字屬於段玉裁的第三部字。也就是「幽部」。另外，《左傳》哀公二十一年也用到這個韻腳，和「皋、蹈、憂」相押。段玉裁特別指出「告、皋、蹈、孚」等聲符的形聲字「古本音」都屬於「幽部」。由此看來，「覺」字都只和非入聲的「幽部」字一起押韻。說明「覺」字原本應該只有一個念法。並未有區分爲兩讀的跡象。而這個單一的念法應該是個入聲，帶有〔-k〕韻尾。其他非入聲的「幽部」字依照高本漢、董同龢的上古擬音，帶有〔-g〕韻尾。它們的主要元音又都是〔o〕，因此，上述的押韻就是〔-og〕和〔-ok〕相協。韻尾都是舌根塞音。

「覺」字《廣韻》雖然分爲兩讀，但無論是去聲效韻，或入聲覺韻，它們都一樣屬於見母開口二等字。郭錫良《漢字古音手冊》「覺」字無論是去聲效韻，或入聲覺韻，上古也都歸之於「見母覺部（即幽部的入聲）」，上古擬音也完全相同。那麼，爲什麼《廣韻》

會有兩個念法呢？這是中古殊聲別義的結果。因爲「覺」字的意義和用法分化了，於是聲音也跟著產生相應的分化，變成去、入兩讀，去入兩調的來源十分密切，聲韻學者對於去入在上古同源的現象已經有很多的討論。中古的這種殊聲別義，後來再演變爲韻母的差異。中古是〔kau〕和〔kok〕的不同，現代是ㄐㄧㄠˋ和ㄐㄩㄝˊ的不同。這種聲音上的分化完全可以從音理上得到合理的解釋：

1.上古〔kok〕，中古主要元音的發音，開口度逐漸增大（國際音標寫作缺口的〔o〕），於是，在韻書裡便和二等的江韻字相配，次於「東、冬、鍾」之後（韻書的排列原則是依照音近的關係，「東、冬、鍾、江」的主要元音開口度依次加大）。之後，這個入聲的「覺」字隨著「宕江合攝」（見宋元等韻圖，例如《四聲等子》，但這項變化可能很早就已經發生了，今天閩南話的「江、覺」一系字主要元音是〔a〕），主要元音的發音，開口度繼續增大，變成〔kak〕韻母，然後失落塞音韻尾，留下韻尾〔u〕的痕跡，變成〔kau〕韻母（這樣的念法，《廣韻》就收入了效韻中），再後，韻母依循「二等開口牙喉音」的演化模式，洪音轉成了細音，變成〔kiau〕韻母，最後，聲母發生顎化作用，終於變成今天ㄐㄧㄠˋ的念法。

2.另外一條演化的途徑是中古入聲覺韻，變成〔kiau〕韻母後，韻尾〔u〕失落，影響介音變成撮口呼，然後主要元音被這個撮口呼的〔y〕同化，由〔a〕舌位升高成〔e〕，最後，聲母發生顎化作用，終於變成今天ㄐㄩㄝˊ的念法。

參、「睡覺」一詞的出現

「睡覺」這個詞最早是在佛經中出現的。例如：

1.彼貪恚慢疑心二十一法，共十大地，及懈怠等十法。謂懈怠無明，不信逸掉睡覺，觀無慚無愧。欲三見一滅者。欲邪見見取戒取。彼相應心二十法共生。（1552雜阿毘曇心論11卷〔劉宋　僧伽跋摩等譯〕）

2.那提迦。我復見比丘住空閑處。搖身坐睡。見已。作是念。今此比丘於睡覺寤。不定得定。定心者得解脫。是故。那提迦。我不喜如是比丘住空閑處。（99雜阿含經50卷〔劉宋 求那跋陀羅譯〕）

這是劉宋時代的譯經，時當第五世紀（420-479）。但是北朝的譯經在第四世紀就已經出現「睡覺」一詞。例如：

1.因起瞋恚生無量苦。如是廣為說欲不淨。彼時迦藍浮王睡覺不見諸婦人。彼作是念。咄此為災。誰將諸婦人去。彼拔刀已往詣山間。（1547鞞婆沙論14卷〔符秦　僧伽跋澄譯〕）350-394年

2.屈申俯仰服僧伽梨執持衣鉢。飲食臥息坐立睡覺語默入禪出禪亦常一心。如是須菩提。菩薩摩訶薩行般若波羅蜜。（1509大智度論100卷〔後秦　鳩摩羅什譯〕）384-417年

3.入遊戲眾。爾時其人。自知我入。猶如睡覺。即生天上。是名第十中陰有也。是名四天下中陰有也。（721正法念處經70卷〔元魏　瞿曇般若流支譯〕）386-534年

4.諸餘染污心心數法。彼是何耶。除念餘九大地八煩惱大地睡覺觀眠時心。無慚無愧應隨相說。非邪方便非邪念相應者。（1546

阿毘曇毘婆沙論60卷〔北涼 浮陀跋摩共道泰等譯〕）397-439年

孫玉文（「睡覺」音義源流研究）認爲「睡覺」的「覺」應讀去或入，學者意見不同。但由《花間集》、《全宋詞》的押韻，都與去聲ㄐㄧㄠˋ押。可證中古「睡覺」的覺應讀去聲。我們還可以舉出更早的證據。根據唐代慧琳《一切經音義》：

1.「寤寐」：上音悟，《毛詩傳》曰：寤，覺也。《蒼頡篇》云：睡覺而有言曰寤。

2.「八十四者惺」：音星。或作醒。睡覺也。迷得悟也。

3.「驚覺」：下交效反，又如字，作角。《考聲》云：覺，睡覺。

4.「覺悟」：交教反。睡覺也。覺亦悟也。下吾故反，俗字也。《蒼頡篇》云：覺而有言曰寤，謂說夢中一事也。

5.「睡寤」：上垂淚反，眠也。下音悟，睡覺也。

6.「覺寤」：上音挍，下音悟。《考聲》云：睡覺也。《集訓》云：眠寤也。《說文》：覺寤也。

這六條都出現連文，其中有三條注音，都念作去聲調。

「覺」字詞義的分工當由「睡覺」一詞產生開始。上古念入聲的「覺」字在「睡覺」一詞中變讀成了去聲調。時空背景在第四世紀的北方。由上述唐代慧琳《一切經音義》的資料，可知「睡覺」一詞中的「覺」字從一開始就念去聲的。這種殊聲別義的詞義分工也就是後來《廣韻》所記載的「古孝切」意思是「睡覺」，「古岳切」意思是「曉也、大也、明也、寤也、知也」。

肆、「睡覺」的詞義

我們今天所說所用的「睡覺」一詞，是一個動賓結構。因此，我們還可以說「睡一個覺」。可是，在最初的時候，「睡覺」的內部結構並不是這樣的。慧琳《一切經音義》所謂「寤，覺也。睡覺而有言曰寤。」、「惺或作醒。睡覺也。迷得悟也。」、「驚覺，覺，睡覺。」、「覺悟，睡覺也。覺亦悟也」、「睡寤，睡覺也。」、「覺寤，睡覺也。」當中的「覺」自是「覺悟」的意思，所以，當時「睡覺」一詞是「睡醒」的意思。我們按照現在的習慣，像這樣的意義，會把他唸成「睡ㄐㄩㄝˊ」。可是慧琳《一切經音義》明明是把他注音爲去聲的念法，相當於我們今天的ㄐ一ㄠˋ一讀。

下面我們再看看第三世紀以後的佛經語言如何使用「睡覺」一詞。佛經基本的意義作「睡醒」講。其搭配狀況有下面幾類：（括弧裏的數字是大正藏的經號）

1.「睡覺已」，表示「醒來之後」

時迦嘍嗏聞彼優波迦嘍嗏頭如是語已。便即睡眠。其彼優波迦嘍嗏頭。尋食毒華。迦嘍嗏頭。既睡覺已。咳噦氣出。於是即覺有此毒氣。而告彼頭。（190）

房舍衣服悉皆相稱。謂於晝日經無量時不眠不寢受諸安樂。從睡覺已乃知是夢。而能明記所見之事。善財童子亦復如是。（279）

悉皆相稱。謂於晝日。經無量時。不眠不寢。受諸安樂。悉皆具足一切自在。從睡覺已。乃知是夢。遠離一切安樂等想。亦無時

節長短之相。而能明記所見之事。（293）

如生盲人夢見美色。手足面目形容姝麗。便於夢中生大愛悅。及睡覺已冥無所見夜盡晝明人眾聚會。盲者遂說夢中樂事。（347）

彼睡眠時。其母即爲多殺諸虫或至千數。斷其命已置其左右周匝圍繞。復置口邊皆成大聚。彼睡覺已食彼諸虫潤身飽滿。還得安隱尋復睡眠經七日夜。（485）

彼母復於七日夜中殺百千虫。置其口邊而爲大聚。彼睡覺已。食彼虫聚而猶未盡。即見其母更殺諸虫。持來聚集更爲一聚。（485）

大王當知。譬如男子於眠夢中。見與人間端正美女。共爲稠密。既睡覺已。憶彼夢中所見美女。大王於意云何。於眠夢中人間美女。是實有不。（577）

亦不依止南西北方四維上下。至命終時意識將滅。所作之業皆悉現前。譬如男子從睡覺已。憶彼夢中所見美女影像皆現如是。（577）

彼月輪內又見丈夫放大光明普照一切。此四天下所有眾生見斯光者。生大歡喜踊躍無量皆受快樂。爾時迦葉婆羅門睡覺已。念所夢事心喜生疑。此何因緣竟有何事。於先現此未曾有相。昔所未聞如我夢見。（837）

生大歡喜踊躍無量皆受快樂。爾時迦葉婆羅門睡覺已。念所夢事心喜生疑。此何因緣竟有何事。於先現此未曾有相。昔所未聞如我夢見。（837）

春夏冬使其子常遊戲其中五欲娛樂。時童子於五欲中極自娛樂已。疲極眠睡。眠睡覺已。即觀第一殿。又見諸妓人所執樂器縱橫狼藉。更相荷枕頭髮蓬亂。卻臥鼾睡齘齒寱語。（1428）

爲同一身。我若食已彼亦得飽。即便食之。後時非法睡覺已。見法有異復聞香氣。（1450）

佛言。大王。譬如世間若男若女夢中或見可愛園林或可愛山。或見可愛人眾闤闠。及睡覺已都無所有。大王。又如眾果樹林莖幹枝葉。（1635）

在上面這些例子中，「睡覺」都用作時間詞，表示後面一個動作發生前是處於睡眠狀態。「睡覺已」指的是「睡醒之後…」。而「睡覺已」前面往往又有「既、從、及」等表示時間的介詞或副詞爲引介。構成一個表時間的片語或詞組。

2.「睡覺」與「忽」連用

譬如石女人　夢已忽生子

捧對方歡樂　尋又見其亡

悲哀不自勝　忽然從睡覺

不見有其子　初生及後終（681）

汝等諸人。我昨夜夢。見諸變怪。如前所說。我見如是不祥夢已。甚大恐怖。身心不安。以是生疑。忽然睡覺。我應不久必失此處。（190）

行疾如風爾時彼諸羅刹女輩。聞彼馬王哀愍之聲。復聞走聲狀如猛風。忽從睡覺。覓彼商人。悉皆不見。處處觀看。（190）

於爾時。與梵德宮。相去不遠。其梵德王。在於樓閣。取納清涼。晝日眠著小時睡覺。忽聞彼人染著五欲作婬歌聲。時王聞已。即復起發自本欲心。（190）

時優波伽。作是念已。舉聲叫哭。時梵德王。聞此哭聲。忽然睡覺。覺已問彼優波伽言。汝今云何作此大聲。（190）

這一類在描寫驚醒的狀況，「忽然」一詞表示意料之外。通常會跟另外一個造成驚醒的動作相搭配。例如「哭聲」、「恐怖」、「悲哀」、「走聲」等。

3.「睡覺」與「夢」連用

生大歡喜踊躍無量皆受快樂。爾時迦葉婆羅門睡覺已。念所夢事心喜生疑。此何因緣竟有何事。於先現此未曾有相。昔所未聞如我夢見。（837）

一切病苦悉皆消散。無敢違越。此人亦無王賊水火。惡毒刀杖之所侵害。睡覺安隱常見善夢。行住坐臥無違害事得延壽命。（985）

我今此相不久之間。當得阿耨多羅三藐三菩提無上之智。爾時耶輪陀羅。即從睡覺。便爲菩薩說其八夢。菩薩爾時。恐耶輪陀羅情生憂惱。方便爲解此夢。令得歡悅。（1450）

這是說「睡醒」之後，回憶夢境。

伍、結　論

綜合上面三類例子，在佛經當中，雖然「睡覺」的出現頻率很高，但是在構詞上，還不能算是一個單一的詞。仍然是個詞組。因爲它仍然表示兩個可以分析的概念，就是「睡」和「覺」。前一個字指「睡眠」，後一個字指「醒覺」。上述學者指出，「覺」的「醒來」義消失，轉變爲「眠」的意思，使這個詞從並列結構變成動賓結構，這是從北宋開始的。這種現象既可以說是一種偏義的演變，正如王力所舉的「忘記」一樣，也可以說是一種「覺」字詞義的轉化。但是，「睡覺」的演變，最特殊的地方還不是詞義方面，而是這個詞的內部詞法結構，從動詞並列式轉為動賓式，因此，我們今天才可以說成「睡一個覺」。

最後再把「睡覺」的演化歸納成一表如下：

語音上：

「覺」　（入聲）→覺悟→（語音分化）→（入聲）覺悟
→（去聲）睡覺

意義上：

「睡覺」　睡醒→睡眠

構詞上：

「睡覺」　詞組→複合詞
「睡覺」　並列式→動賓式

本文對佛經中這個詞的語音、詞義和語法功能進行了共時的描寫，希望透過這個詞語的瞭解，有助於漢語構詞法的研究。其中疏略不足的地方，尚乞同道先進不吝指教。

參考書目

【引用佛經書目】（前面的數字是大正藏的經號）
99 雜阿含經（50卷）【劉宋　求那跋陀羅譯】
130佛說給孤長者女得度因緣經（3卷）【宋　施護譯】
190佛本行集經（60卷）【隋　闍那崛多譯】
201大莊嚴論經（15卷）【後秦　鳩摩羅什譯】
223摩訶般若波羅蜜經（27卷）【後秦　鳩摩羅什譯】
279大方廣佛華嚴經（80卷）【唐　實叉難陀譯】
293大方廣佛華嚴經（40卷）【唐　般若譯】
320父子合集經（20卷）【宋　日稱等譯】
347大乘顯識經（2卷）【唐　地婆訶羅譯】
485無所有菩薩經（4卷）【隋　闍那崛多等譯】
489佛說除蓋障菩薩所問經（20卷）【宋　法護等譯】
577佛說大乘流轉諸有經（1卷）【唐　義淨譯】
593佛爲勝光天子說王法經（1卷）【唐　義淨譯】
601佛爲娑伽羅龍王所說大乘經（1卷）【宋　施護譯】
628佛說未曾有正法經（6卷）【宋　法天譯】
665金光明最勝王經（10卷）【唐　義淨譯】
672大乘入楞伽經（7卷）【唐　實叉難陀譯】
681大乘密嚴經（3卷）【唐　地婆訶羅譯】
682大乘密嚴經（3卷）【唐　不空譯】
721正法念處經（70卷）【元魏　瞿曇般若流支譯】386-534

837佛說出生菩提心經（1卷）【隋　闍那崛多譯】
982佛母大孔雀明王經（3卷）【唐 不空譯】
984孔雀王咒經（2卷）【梁　僧伽婆羅譯】
985佛說大孔雀咒王經（3卷）【唐　義淨譯】
1341大威德陀羅尼經（20卷）【隋　闍那崛多譯】
1428四分律（60卷）【姚秦　佛陀耶舍共竺佛念等譯】384-417
1435十誦律（61卷）【後秦　弗若多羅共羅什譯】384-417
1442根本說一切有部毘奈耶（50卷）【唐　義淨譯】
1447根本說一切有部毘奈耶皮革事（2卷）【唐　義淨譯】
1448根本說一切有部毘奈耶藥事（18卷）【唐　義淨譯】
1450根本說一切有部毘奈耶破僧事（20卷）【唐　義淨譯】
1451根本說一切有部毘奈耶雜事（40卷）【唐　義淨譯】
1509大智度論（100卷）【後秦　鳩摩羅什譯】384-417
1545阿毘達磨大毘婆沙論（200卷）【唐　玄奘譯】
1546阿毘曇毘婆沙論（60卷）【北涼　浮陀跋摩共道泰等譯】397-439
1547鞞婆沙論（1,卷）【符秦　僧伽跋澄譯】350-394
1552雜阿毘曇心論（11卷）【劉宋　僧伽跋摩等譯】
1554入阿毘達磨論（2卷）【唐　玄奘譯】
1558阿毘達磨俱舍論（30卷）【唐　玄奘譯】
1591成唯識寶生論（5卷）【唐　義淨譯】
1635大乘寶要義論（10卷）【宋　法護等譯】
1671福蓋正行所集經（12卷）【宋　日稱等譯】

傳入韓國的梁啓超著作及其對舊韓末小說界的影響

崔亨旭*

摘　要

梁啓超是中國近代傑出的思想家和文人。他的文學主張及作品不僅對當時中國的文學革新運動做出了重大貢獻，而且他的很多著作自十九世紀末至二十世紀初（大韓帝國末期）被介紹到韓國以後，也引起了重大影響。本文擬先考察當時傳入韓國的梁啓超的著作，接著探討他的著作對韓國小說界的影響，從而重新評價梁啓超在韓中近代比較文學史上的地位和意義。

* 韓國漢陽大學中文科助教授。

壹、緒　言

眾所周知，韓中兩國之間有著密切而悠久的文化交流傳統。尤其中國多彩多姿的文學作品和思想文化，對韓國產生了不可估計的影響。以漢字所撰述的學術文章和文學作品，傳入韓國後往往引起了韓國人的巨大關心，促進了韓國古代文學和文化的發展。

可是，此種在文化全般的交流，到了十九世紀西方及日本科學文明進兩國來以後，即臨時開始停止。但在此種古代向現代的過渡時期，兩國之間的交流尚未能完全斷絕，却繼續進行了古近代最後一次的重要交流，此一重要交流，即爲以梁啓超（1873-1929）等維新派啓蒙主義思想家爲中心，對大韓帝國末期❶的韓國文學及文化全般產生重要影響的。

梁啓超爲中國近代最傑出的思想家和文人。他的政論及文學作品不僅對當時中國的政治，社會及文學改良運動作出了重大貢獻，而且當時被介紹到韓國後，亦引起了強烈的反響和積極的影響。於是，本文擬先考察舊韓末時期傳入韓國的梁啓超著作，然後以小說觀念及其有關作品爲中心，探討梁啓超對韓國小說方面的影響。

---

❶ 主要指從乙巳保護條約（1905）到庚戌國恥即韓日合邦條約（1910）的期間，以下略稱舊韓末。

貳、舊韓末傳入韓國的梁啓超著作

據說，梁啓超首次被介紹到韓國是在一八九七年初他在擔任《時務報》（1896.7-1898.5）主筆時。❷

具體言之，此年二月十五日，韓國《大朝鮮獨立協會會報》第二號刊登了一篇題爲〈淸國形勢의（的）可憐〉❸的文章，其中敘述中國志士梁啓超憤怒現實而著述《波蘭亡國史》，並介紹其愛國政治思想的片段。當時韓國的諸多知識分子爲獨立協會會員，故他們大概通過該報開始認識梁啓超。

梁啓超於一八九八年戊戌政變失敗之後流亡日本，此年十月於横濱創辦《淸議報》（1898.11-1901.1）。該報在「廣民智，振民氣」的旗幟之下，成爲梁啓超等人宣傳維新啓蒙主義思想的陣地。他通過該報不僅廣泛介紹西方學術思想及科學文明，且亦發表〈譯印政治小說序〉（1898.12）等闡述自己小說觀的文章。

此《淸議報》在中國當地風靡一世，韓國報界亦關注該報並作介紹。❹不僅如此，由於該報在韓國漢城和仁川市售販，置有普及所，❺爲懂漢字的韓國知識分子所閱讀，因此可說當時韓國

---

❷ 葉乾坤，《梁啓超와舊韓末 文學》（漢城，法典出版社，1980），p. 117。

❸ 〈淸國情勢와 可憐〉，《大朝鮮獨立協會會報》第二號（1897.2），pp.146-147。（漢城，亞細亞文化社，1978，影印本。）

❹ 參見李在銑，《韓國開化期小説研究》（漢城，一潮閣，1972），p.150。

❺ 當時韓日之間的郵便往來已較方便，而且據1899年12月21日字《淸議

讀者大概亦粗知梁啓超政治、社會及文學思想。

梁啓超自一九〇一年滯留美國一年半後，再返日本發行《新民叢報》（1902.1-1907.10），該報亦傳入韓國爲一般人所閱讀。他在該報上發表了翻譯小說《十五小豪傑》（1902.2-8）及《刦灰夢傳奇》（1902.2），《新羅馬傳奇》（1902.6-10）等戲曲，讀者即通過這些作品亦可窺見梁啓超對小說和戲曲等通俗文學的見解。

梁啓超於一九〇二年創設廣智書局，刊行了歷史、科學及文學方面的著作，這些書籍大概亦不難傳入韓國。許多韓國文人嗜讀《飲冰室文集》等梁啓超著作，受其影響極深。因爲當時韓國將國權遭剝奪，臨滅亡之境，許多愛國文人深深感受危機意識，在此種情況之下極爲同感中國改良主義維新派領導人物梁啓超等的思想。並且，當時韓國愛國知識分子大多懂漢文，可以通過用漢文所著或翻譯的書籍及報刊，開始接受西方文明思想，其中梁啓超的著作最具有影響力。

於是，韓國學者和文人時常介紹而讚賞梁啓超，陸續翻譯其著作。例如，當時韓國著名文人黃玹在其《梅泉野錄》中說：

> 康有爲廣東人，與其徒梁啓超，力倡新學，及事敗，有爲逃英倫，啓超逃日本，啓超時年二十八，天才絕異，文章奇博，在日本著清議報，以刺貶當世。著飲冰室集數千言，其議論縱橫瑰偉，力翻成案，風行五洲，讀者吐

報》第五號，在韓國已置有京城的「漢城新報館」和仁川的「怡泰號」普及所。（參見註❷所揭書，pp.118-119。）

舌。❻

曾與梁啓超在日本有過交往的洪弼周在自己翻譯的《冰集節略》〈變法通議序〉中亦說：

> 清儒梁啓超號飲冰室，今東洋維新之第一人指也。蓋其議論宏博辯肆，出入古今通貫東西，剖細之精細則透入毛孔，範圍之宏大則包括天壤，要皆切中時宜，洵可謂經世之指南也。……獨韓清兩國，文軌本同流弊亦同，其矮救之道，又不得不同。❼

當時筆名爲爲中叟的在日留學生於《太極學報》第五號（1908.9）中發表的〈讀梁啓超著朝鮮亡國史略〉裏說：

> 梁啓超氏支那人也。往在甲辰著述朝鮮亡國史略一部，傳布萬國公眼，故想我國一般同胞亦已概見。嗚呼！梁氏雖外國人對朝鮮亡國若是哀慟之。……（梁啓超氏는 支那人也리 往在甲辰에 朝鮮亡國史略一部를 著述하야 萬國公眼에 傳布하얏스니 我一般同胞도 想已概見하얏스리로다。嗚呼라 梁氏雖外國人이라도 朝鮮亡國에 對하야 若是히 哀慟之하야……）❽

---

❻ 黄玹，《梅泉野錄》卷三，黄玹全集下，漢城，亞細亞文化社，1978，p.258。

❼ 《大韓協會報》第二號（1906. 5.25），pp.25-27。（漢城，亞細亞文化社，1976，影印本。）

❽ 再引自李光麟，《韓國開化思想研究》（漢城，一潮閣，1979），p. 263。

可見韓國知識分子主要讀了梁啓超《飲冰室文集》等著作，積極活用於啓迪韓國人培養愛國思想。

舊韓末時期紹介梁啓超思想或翻譯其著作的韓國文人，大多屬於主張「開化、自強」的愛國啓蒙主義者，主要有申采浩、朴殷植、張志淵、安昌浩、洪弼周等人。其中，最具有代表性的人物即爲申采浩（1880-1936），他以歷史學家和民族主義獨立運動家，樹立了獨特而有系統的思想體系，對於近現代韓國的學術及文學方面作出了重大貢獻。在此，我們必須要提及的就是，在他思想的幾個知識背景當中，西方社會進化論和啓蒙思想即爲透過梁啓超的著作學習攝取的。❾

當時梁啓超的著作大概以①原書②轉載於報刊③譯成韓文④拔萃要旨或意譯的四種形態而傳入韓國。❿其中，譯成韓文或韓漢混用文的著作大概最多流傳至今，而且對一般民衆產生較重大影響。玆今簡單地介紹一下主要譯成韓文或韓漢文混用文的梁啓超著作如下表：

---

❾ 參見愼鏞廈，〈舊韓末申采浩的思想與梁啓超的著書〉，《韓國學報》第十期（臺北，1991），p.169。

❿ 參見註❷所揭書，p.127。

表1　載於報刊的論著

著作名	譯者	登刊報名	登刊日期	原載
教育政策私議	張志淵	大韓自強會報	1906.10	新民叢報
學校總論	朴殷植	西友	1907.1~4	時務報
愛國論第一	朴殷植	西友	1907.1	清議報
論學會	李甲述	西友	1907.3	時務報
理財說	金成喜	大韓自強會會報	1907.4~6	時務報
論幼學	朴殷植	西友	1907.5~9	時務報
保教가非所以尊孔子	黃杜憲	大同日報	1907.9	新民叢報
變法通議序	洪弼杜	大韓協會會報	1906.5	時務報
世界最小民主國	玄采	幼年必讀	1907.7	飲冰室文集
政治學說	李沂	湖南學報	1908.7~1909.3	清議報·新民叢報
論毅力	冰集	西北學會月報	1909.3~4	新民叢報
霍布士學說第一	李春世	畿湖興學會月報	1909.1~5	清議報
國民十大元氣	洪弼周	大韓協會報	1909.3	清議報
支那梁啓超新民說	李鍾冕	嶠南教育會雜誌	1909.4	新民叢報

表2　全文翻譯及拔萃翻譯的單行本

著作名	譯者	出版社	出版日期	原載
清國戊戌政變記	玄采（閔泳煥序）	學部	1900.9	時務報
越南亡國史	玄采	普成社	1906.11（初版） 1907.5（再版）	飲冰室專集
〃	周時經	博文書館	1907.10（初版） 1908.3（再版） 1908.6（三版）	〃
〃	李相益		1907.12	〃
羅蘭夫人傳	不明	博文書館	大韓每日申報連載 1907.8（初版） 1908.7（再版）	新民叢報
伊太利建國三傑傳	申采浩（張志淵序）	廣學書鋪	1907.7	新民叢報
〃	周時經	博文書館	1908.6	〃
飲冰室自由書	全恒基	塔印社	1908.4	清議報·新民叢報
中國魂	張志淵	石寶鋪	1908.5	清議報·時務報
匈牙利愛國家噶蘇士傳	李輔相	中央書館 博文書館	1908.4	新民叢報
生計學說	李豊鎬	石文館	1908	新民叢報
十五小豪傑	閔濬鎬	東洋書院	1912.2	新民叢報

另一方面，梁啓超在當時韓中兩國同樣面臨西方及日本帝國主義侵略的現實之下，深感同病相憐，哀痛韓國將淪爲殖民地，進而分析其原因，要作爲一種教訓。梁啓超所著的有關韓國詩文，大多反映如上述的內容，例如〈朝鮮亡國史略〉（1904）、〈日本之朝鮮〉（1905）、〈嗚呼韓國！嗚呼韓皇！嗚呼韓民！〉（1907）、〈日韓合併問題〉、〈朝鮮哀詞五律二十四首〉、〈日本併呑朝鮮記〉、〈朝鮮滅亡之原因〉（以上1910）、〈麗韓十家文抄序〉（1915）等，由此可說梁啓超對韓國關懷亦影響到當時韓國文人特別重視他的思想。

但是，由於一九一〇年《國恥》之後日帝將梁啓超著作列爲禁書，結果韓國文人介紹和翻譯梁啓超著作的工作，以及在其影響之下創作政治小說之風，都明顯地減少了。

參、對舊韓末小説界的影響

在梁啓超的著作當中，可窺見其小說觀念的主要有《變法通義》〈論幼學〉（1896-1897），〈蒙學報演義報合敘〉（1897），〈譯印政治小說序〉（1898），《自由書》〈傳播文明三利器〉（1899），〈中國唯一之文學報新小說〉（1902），〈論小說與群治之關係〉（1902），〈告小說家〉（1915）等文章。此外，他在《淸議報》上發表翻譯政治小說《佳人奇遇》（1898）之後，陸續積極發表許多翻譯或創作的政治小說，如《經國美談》（1899）、《世界末日記》、《十五小豪傑》（以上翻譯作品，1902）及《新中國未來記》（1902）、《羅蘭夫人傳》（1902）、《伊太利建國三傑傳》（1902）、《匈牙利愛國者噶蘇士傳》（1902）、《越南亡國史》（1905，以上創作品）等等，梁啓超往往通過這些小說，闡述了其小說觀。並且一九〇三年十月開始在《新小說》設置〈小說叢話〉專欄，使他自己及近代中國知識分子專門發表所謂「小說話」之類的有關見解。

總之，在梁啓超著作中的文學思想被介紹到韓國，對舊韓末文學逐漸產生不容忽視的影響，尤其對小說方面的影響可說極爲重大，⓫於是茲今仔細地探討梁啓超對舊韓末小說界的影響。

3.1 對小說觀的影響

梁啓超在《新小說》發刊辭〈論小說與群治之關係〉一文中，正式提出所謂「小說界革命」口號，確立了其小說理論體系。他在該文的開端部明確地闡明：

> 欲維新一國之民，不可不先新一國之小說。⓬

他在以其「新民」爲核心的啓蒙教育思想之基礎上，將小說與國家的近代化密切聯係，從而抬高了小說的地位。

具體而言，梁啓超首先提出如上的大命題之後，接着論述小說在文學和政治、社會等許多方面可以發揮其不可思議的影響力、進而主張小說的改革即能決定那些方面的改革。他說：

⓫ 對詩歌方面亦作影響，但不如小說。

⓬ 〈論小說與群治之關係〉，《飲冰室文集》之十，p.6.（《飲冰室合集》，北京，中華書局，1994，影印本）。以下《飲冰室文集》簡稱《文集》，《飲冰室專集》簡稱《專集》。

> 故欲新道德，必新小說，欲新宗教，必新小說，欲新政治，必新小說，欲新風俗，必新小說，欲新學藝，必新小說，乃至欲新人心，欲新人格，必新小說。何以故？小說有不可思議之力支配人道故。⓭

可知他的小說觀即出自於當時政治、社會改良的啓蒙要求。

一般來講，小說在古代中國一直不登大雅之堂，未能進入正統文學的範疇內。此種情況即與歷代統治階級未能認識小說對政治、社會的功能很有關係。受中國儒家文化和文學傳統的韓國文人對小說的觀點，亦與中國大致相同。到了舊韓末西歐及日本帝國主義侵略韓國之際，隨着梁啓超的著作傳入韓國，其以愛國啓蒙爲中心的小說革新論亦在韓國小說界迅速傳播，從而產生了重大影響。現在從幾點具體討論梁啓超對當時韓國小說觀念變化的影響如下。

3.1.1 小說的吸引力

舊韓末時期韓國的著名文人和啓蒙思想家申采浩認爲，歷來小說雖往往敗壞政治、社會的教化，但與經史比起，却更多受一般民衆的愛好。然後以此種認識爲出發點，進一步論述小說因何吸引人的問題。他說：

> 莊人正士臨莊嚴之關頭，以天然正大之面目談心性事物之奧理，說古今興亡之歷史時，在其傍能環聽者不過一幾個

⓭ 〈論小說與群治之關係〉，《文集》之十，p.6。

有文識者，且由此可啓發多少間知識，但轉移其氣質，從而難使惡者善、兇者順。……以俚談俗語所記之小說則不然，一切婦孺走卒皆酷嗜，若其思潮稍奇，筆力稍雄，百人傍觀百人喝采，千人傍聽千人喝采。……（莊人正士가 莊嚴한 皐比에 臨하여 天然正大한 面目으로 心性事物의 奧理를談하여 古今興亡의 歷史를 說함에는 其傍에서 環聽할 者 一幾個有文識者에 不過할뿐더러 且此로 由하여 多少間 知識은 啓하더라도 其氣質을 轉移하여 惡者를 善케하고 兇者를 順케하기는 難할지오。……彼俚談俗語로選出한 小說冊子는 不然하여 一切 婦孺走卒의 酷嗜하는 배인데 萬一 其思潮가 稍奇하여 筆力이 稍雄하면 百人이 傍觀에 百人이 喝采하며 千人이 傍觀에 千人이 喝采하되。……）⓮

所以在申采浩看來，小說能左右社會的大趨向。

在此，所謂小說的吸引力即爲梁啓超所說的「小說的不可思議之力」之一。具體言之，梁啓超在〈論小說與群治之關係〉中，認爲「小說的不可思議之力」大分爲吸引力和影響力（作用力），然後先對吸引力問題加以說明：

人類之普通性，何以嗜他書不如其嗜小說?答者必曰：以其淺而易解故，以其樂而多趣故。是固然。雖然，未足以

⓮ 〈近今國文小說著者의注意〉，《丹齋申采浩全集》下（漢城，螢雪出版社，1977，改訂版），p.17。

> 盡其情也。文之淺而易解者，不必小說，尋常婦孺之函札，官樣之文牘，亦非有艱深難讀者存也?不寧惟是。彼高才贍學之士，能讀墳典索邱，能注蟲魚草木，彼其視淵古之文，與平易之文，應無所擇，而何以獨嗜小說?是第一說有所未盡也。……小說之爲體，其易入人也既如彼，其爲用之易感人也又如此，故人類之普通性，嗜他文終不如其嗜小說。⓯

又曾在〈譯印政治小說序〉中論述過此點，他說：

> 曰僅識字之人，有不讀經，無有不讀小說者，故六經不能教，當以小說教之，正史不能入，當以小說入之，語錄不能諭，當以小說諭之，律例不能治，當以小說治之，天下通人少，愚人多，深於文學少，而粗識之無之人多，六經雖美，不通其義，不識其字，則如明珠夜投，按劍而怒矣。⓰

總之，梁啓超認爲小說即爲具有「易入人」此一重要特點的最上等文學，而且此一特點即起因於人類的普遍性。由此可見，梁啓超的見解與申采浩所說的「具有轉移人心的即爲小說」的主張，基本上一致的。

3.1.2 小說的影響力

⓯ 〈論小說與群治之關係〉，《文集》之十，pp.6-8。

⓰ 《文集》之三，p.34。

梁啓超認爲，除「易入人」的吸引力外，小說亦具有「易感人」的影響力。此即爲小說對讀者加以作用的另外一種「不可思議之力」。並且梁啓超將此一小說的影響力再分爲「薰、浸、刺、提」四種對讀者的作用力。他在〈論小說與群治之關係〉中說：

> 人之讀一小說也，不知不覺之間，而眼識爲之迷漾，而腦筋爲之搖颺，而神經爲之營注；今日變一二焉；明日變一二焉；剎那剎那，相斷相續；久之而此小說之境界，遂入其靈臺而據之，成爲一特別之原質之種子。有此種子故，他日又更有所觸所受者，旦旦而熏之，種子愈盛，而又以之熏他人，故此種子遂可以徧世界，一切器世間有情世間之所以成所以住，皆此爲因緣也。浸也者，入而與之俱化者也。人之讀一小說也，往往既終卷後數日或數旬而終不能釋然，讀《紅樓》竟者，必有餘戀有餘悲，讀《水滸》竟者，必有餘快有餘怒，何也？浸之力使然也。等是佳作也，而其卷帙愈繁事實愈多者，則其浸人也亦愈甚；如酒焉，作十日飲，則作百日醉。我佛從菩提樹下起，便說若大一部《華嚴》，正以此也。刺也者，刺激之義也。熏浸之力利用漸，刺之力利用頓。熏浸之力，在使感受者不覺；刺之力，在使感受者驟覺。刺也者，能入于一剎那頃，忽起異感而不能自制者也。我本藹然和也，乃讀林沖雪天三限，武松飛雲浦一厄，何以忽然髮指？我本愉然樂也，乃讀晴雯出大觀園，黛玉死瀟湘館，何以忽然淚流？我本肅然莊也，乃讀實甫之《琴心》、《酬

簡》，東塘之《眠香》、《訪翠》，何以忽然情動？若是者，皆所謂刺激也。大抵腦筋愈敏之人，則其受刺激力也愈速且劇。而要之必以其書所含刺激力之大小？比例。禪宗之一棒一喝，皆利用此刺激力以度人者也。此力之？用也，文字不如語言。然語言力所被，不能廣不能久也，於是不得不乞靈于文字。在文字中，則文言不如其俗語，莊論不如其寓言。故具此力最多者，非小說末由。凡讀小說者，必常若自化其身焉，入於書中，而爲其書之主人翁。讀《野叟曝言》者，必自擬文素臣。讀《石頭記》者，必自擬賈寶玉。讀《花月痕》者，必自擬韓荷生若韋痴珠。讀《梁山泊》者，必自擬黑施風若花和尚。雖讀者自辯其無是心焉，吾不信也。夫既化其身以入書中矣，則當其讀此書時，此身已非我有，截然去此界以入於彼界，……文字移人，至此而極。然則吾書中主人翁華盛頓，則讀者將化身爲華盛頓，主人翁而拿破崙，則讀者將化身爲拿破崙，主人翁而釋迦、孔子，則讀者將化身爲釋迦、孔子，有斷然也。⓱

簡單而言，「薰」指小說對讀者的感染效應；「浸」指小說對讀者的審美作用；「刺」指小說的審美力量；「提」指小說中的人物形象對讀者的教育、啓迪作用，⓲亦可說各即爲在空間概念上

⓱ 《文集》之十，pp.7-8。

⓲ 參見金柄珉、吳紹釚，〈梁啓超與朝鮮近代小說〉，《延邊大學學報》（1992.4），p.268。

的感化力；在時間概念上的感化力；能一時發揮的刺激力；使讀者能超脫自我而達到思想感情的昇華。

韓國文人亦注意到此種小說對讀者的影響力問題。例如，申采浩在其〈近今國文小說著者의注意〉中說：

> 甚至其精神魂魄移入紙上，讀悲悽之事，不覺淚之滂沱；讀壯快之事，不禁氣之噴湧，其薰陶浸染既久，自然其德性亦被感化，故曰，社會之大趨向是國文小說之所定也（甚至 其精神魂魄이 紙上에 移하여 悲悽한 事를 讀함에 淚의滂沱를 不覺하며 壯快한 事를 讀함에 氣의 噴湧을 不禁 하고 其薰陶浸染의 旣久에 自然 其德性도 感化를 被하리니 故로 曰 社會의 大趨向은 國文小說의 定하는 배라함이 니라。）⓳

可見申采浩的觀點基本上與梁啓超一致，他在極力贊同梁啓超啓蒙主義小說功利觀的立場上，從審美心理的角度分析小說的藝術特性時，亦同樣强調小說中的人物形象對讀者產生空間、時間上的感染效應，從而提出了「小說具有能移情的特殊力量所在」。⓴

3.1.3 小說對政治、社會的支配力

大體而言，梁啓超通過對小說之吸引力和影響力的分析，窮究小說與政治、社會的關係，進而追求使此兩者的關係更密切。

⓳ 同註⓮。

⓴ 參見註⓲所揭論文，p.269。

此爲他小說界革命論的發展方向，其實梁啓超創辦《新小說》之目的和〈論小說與群治之關係〉之結論均即爲調小說對政治、社會的支配力。於是他在〈中國唯一之文學報新小說〉中說：

> 本報宗旨，專在借小說家言，以發起國民政治思想，激勵其愛國精神。㉑

在〈論小說與群治之關係〉中，亦說：

> 故今日欲改良群治，必自小說界革命始；欲新民，必自新小說始。㉒

可知梁啓超認爲小說界革命的本質即爲啓發政治思想、鼓勵愛國精神，進而改良社會，「新民」，此即爲所謂「改良群治」。

當然我們不可否認梁啓超爲了實現啓蒙目的而過分強調小說的功能及作用，甚至主張過去中國小說即爲群治腐敗及思想落後的總根源。㉓但因政治、社會的改革不可能只由小說的改革而完成，故梁啓超的說法確實有點偏激的傾向。雖然如此，在此更重要的是，由於此一觀念符合當時啓蒙運動時期的現實要求，結果開始提高小說的社會、文學地位。

不僅如此，梁啓超的此種小說觀傳入到已面臨亡國之危的韓國，自然引起了比中國更強烈的反響。例如舊韓末時期的著名文

㉑ 〈中國唯一之文學報新小說〉，陳平原、夏曉虹編，《二十世紀中國小說理論資料》一卷，p.41。

㉒ 《文集》之十，p.10。

㉓ 參見〈論小說與群治之關係〉，《文集》之十，pp.8-9。

人和啓蒙思想家申采浩、朴殷植、張志淵、洪弼周等人，爲積極接受梁啓超的見解，進而更多地談到了小說對政治、社會所起的作用。

其中，首先朴殷植在自己翻譯的《瑞士建國誌》序文中指出：

> 夫小說者也，感人最易，入人最深，對風俗階級和教化程度關係甚鉅。故泰西哲學家有言，入其國問何種小說盛行，可以觀其國之人心風俗和政治思想如何也，善哉！（夫小說者 感人이 最易□고 入人이 最深□야風俗階級과 教化程度에 關係가 甚鉅□지라 故로 泰西哲學家가 有言□되 其國에 入□야 其小說의 何種이 盛行□ 것을 問□면 可히 其國의 人心風俗과 政治思想이 如何□것을 觀□리라 □엿스니 善哉하라。）㉔

朴殷植像梁啓超一樣，不僅爲著名歷史學者，而且亦爲文學作家和翻譯家，當時活躍於《皇城新聞》及《西友》等報刊。並且，他所譯的此篇小說即爲政治小說，其序文的宗旨即強調小說對政治、社會的教化作用。具體言之，朴殷植以歐洲和日本在政治、社會改革上的成功爲主要論據，主張小說爲能作政治改革及國民覺醒的關鍵。此種觀點和論據即在梁啓超的〈譯印政治小說序〉中更明顯地看得到。梁啓超說：

> 在昔歐洲各國變革之始，其魁儒碩學，仁人志士，往往

㉔ 朴殷植，《瑞士建國誌》，漢城，大韓每日申報社，1907（《朴殷植全書》，檀國大學東洋學研究所，1975）

以其身之所經歷，及胸中所懷，政治之議論，一寄之於小說。於彼中綴學之子，黌塾之暇，手之口之，下而兵丁，而市儈，而農氓，而工匠，而車夫馬卒，而婦女，而童孺，靡不手之口之。往往每一書出，而全國之議論之一變，彼美、英、德、法、奧、意、日本各國政界之日進，則政治小說爲功最高焉。㉕

朴殷植積極接受梁啓超的思想，曾翻譯〈愛國論第一〉、〈論幼學〉、〈學校總論〉等文章，亦翻譯和創作了政治小說，同時借爲此種活動闡述了與梁啓超同樣的小說觀。

其次，申采浩亦在其〈近今國文小說著者의 注意〉中說：

具有能轉移人心之能力者即爲小說，然則豈能忽視小說矣。若萎靡淫蕩的小說多，則其國民亦受此感化；俠情慷慨的小說多，則其國民亦受此感化，故西儒所云小說國民之魂誠然矣。（人心轉移하는 能力을 具한 者는 小說이是니 然則 小說을 是豈易視할 배인가 萎靡淫蕩的 小說이 多하면 其國民도 此의 感化를 受할지요 俠情慷慨的 小說이 多하면 其國民도 此의 感化를 受할지니 西儒의 云한바 小說은 國民의 魂이라함은 誠然하도다。）㉖

可見申采浩的此段話亦即受到梁啓超〈譯印政治小說序〉中有關見解的影響。

㉕ 《文集》之三，pp.34-35。

㉖ 同註⑲。

3.1.4　對舊小說及其作家的批判

梁啓超既然極爲重視小說對政治改良、社會教化方面的功能和作用，即對未備此種力量的中國舊小說加以極烈的批判。就是說他一方面強調小說對政治、社會的影響力，因此要打破傳統小說觀念，進而極力提高小說的社會地位。另一方面，與此同時，斷然批評中國舊社會的腐敗和落後即起因於未免「誨淫誨盜」的舊小說。此種見解可見於從〈論幼學〉到〈論小說與群治之關係〉的有關他闡述其小說觀的幾篇文章裏。他在〈論幼學〉中說：

> 誨盜誨淫，不出二者，故天下之風氣，魚爛於此間而莫或知。㉗

在〈譯印政治小說序〉中說：

> 中土小說，雖列之於九流，然自虞初以來，佳制蓋鮮，述英雄則規書水滸，道男女則步武紅樓。綜其大較，不出誨淫誨盜兩端，陳陳相因，塗塗遞附，故大方之家，每不屑道焉。㉘

此種看法最後發展到「中國小說即爲群治腐敗及思想落後的總根源」㉙的極端論理。

當然我們不能完全同意他一律叱責所有中國小說的看法。因

㉗　《文集》之一，p.54。

㉘　《文集》之三，p.34。

㉙　同註㉓。

爲他的主張基本上弄顚倒所謂生活與藝術之關係即存在與意識之先後關係，㉚而且他甚至批評《水滸傳》、《紅樓夢》亦屬於「誨淫誨盜」，確爲不全面的評價。但因其小說界革命本從政治、社會教化上的需要出發，從而確立其理論系統，並且所謂「破壞主義」亦包括在他主要思想之內，㉛故可說此種見解在當時他的立場上即爲順理發展的結果。

梁啓超在如上述的認識上，還認爲中國舊小說充滿着惡劣思想和行爲，此起因於歷來小說作家的資質問題。他說：

> 漢唐以後，學者拘文牽義，困於破碎之訓詁，鶩於玄渺之心性，而於人情事理切實之迹，毫不措意，於是反鄙小說爲不足道。……小說之終不可廢，而所謂好學深思之君子，吐棄不肯從事，則儇薄無行者，從而篡其統。於是小說家言遂至毒天下，中國人心風俗之敗壞，未始不坐是。……取方領矩步之徒所不屑道者，集精力而從事焉。㉜

又說：

> 嗚呼！小說之陷溺人羣，乃至如是，乃至如是！大聖鴻哲數萬言諄誨而不足者，華士坊賈一二書敗懷而有餘。

㉚ 參見夏曉虹，《傳世與覺世——梁啓超的文學道路》（上海，上海人民出版社，1991），pp.19-20。

㉛ 破壞主義指爲了建立新事物務必破壞舊事物，蓋梁啓超的此一思想即從日本明治維新時期的政治思想受到直接影響（參見梁啓超，《自由書》〈破壞主義〉，1899.10.25，《清議報》第30冊，《專集》之二，p.25.）。

㉜ 〈中國唯一之文學報新小說〉，註㉑所揭書，p.41。

> 斯事既愈爲大雅君子所不屑道，則愈不得不歸於華士坊賈之手。而其性質其位置，又如空氣然，如菽粟然，爲一社會中不可得避不可得屏之物，於是華士坊賈，遂至握一國主權而操縱之矣。㉝

可知梁啓超先指出小說作家水平的問題，然後大力提倡領導階級的知識分子要積極從事小說創作。

韓國文人亦深感韓國舊小說的病弊，論述如梁啓超同樣的見解。例如朴殷植說：

> 我韓庶無由來小說之善本，國人所著不過《九雲夢》、《南征記》數種，自支那而來有者《西廂記》、《玉麟夢》、《剪燈新話》和《水滸誌》。國文小說祇有所謂《蕭大成傳》、《蘇學士傳》、《張風雲傳》、《淑英娘子傳》種類，盛行閭巷之間，俱匹夫匹婦之菽粟茶飯，是皆荒誕無稽，淫靡不經，適足蕩了人心，敗壞風俗，因此可說對政教和世道爲害不淺。（我韓은 由來小說의 善本이 無□야 國人所著 九雲夢과 南征記 數種에 不過□고 自支那而來有者 西廂記와 玉麟夢과 剪燈新話와 水滸誌이오 國文小說은 所謂 蕭大成傳이니 蘇學士傳이니 張風雲傳이니 淑英娘子傳이니□ 種類가 閭巷之間에 盛行□야 匹夫匹婦의 菽粟茶飯을 俱□니 是 皆荒誕無稽□고 淫靡不經□아 適足히 人心을 蕩了□고

㉝ 〈論小說與群治之關係〉，《文集》之十，pp.9-10。

風俗을 壞□야 政教와 世道에 關□야 爲害不淺□지라。)㉞

他認爲在過去韓國民間，中國小說・韓國人所著的漢文小說及韓文小說都極爲盛行，但卻都不免「荒誕無稽，淫靡不經」，即敗壞人心風俗和政教、世道。

申采浩亦說：

在韓國傳來之小說，太半屬於桑園溥上之淫談和崇佛乞福之怪話，此亦敗壞人心風俗之一端……（韓國에 傳來하는 小說이 太半桑園溥上의 淫談과 崇佛乞福의 怪話라 此亦人心風俗을 敗壞케하는 一端이니 ……）㉟

可見他亦批評韓國舊小說對社會作出不良的影響。於是申采浩、朴殷植等許多文人即闡述基礎於愛國啓蒙主義的小說公利論，同時亦親自從事小說創作及翻譯工作。

3.2　對小說創作及翻譯的影響

如上文所述，梁啓超抬高小說的文學、社會地位，強調小說的政治、社會教化功能，要求小說本身該革新的觀念，在當時中國已迅速傳播，引起強烈的反響，從而使許多文人學士從事小說的創作及翻譯，結果形成了空前的小說繁榮局面。

在韓國既然以舊韓末開化派知識分子爲中心積極接受梁啓超的小說論及有關作品，亦曾出現小說創作和翻譯極盛的局面。茲

㉞　同註㉔。

㉟　同註⑭。

今簡單地考察如下。

舊韓末在韓國創作或翻譯的小說，就形式而言，大體上可分爲傳記體和對話體，就內容而言，可分爲歷史傳記小說類和政治小說類，作品的主題大部分以鼓勵愛國、獨立、自由、冒險精神等㊱能對讀者作出教育、啓迪作用的爲主。

如本文第二章所考察，梁啓超的小說作品即大部分屬於歷史傳記小說和政治小說的翻譯和創作。他曾翻譯許多外國政治小說，而且還倣效那些外國小說，亦創作了許多歷史傳記及政治小說。並且我們已顯而明知梁啓超除小說理論方面外，在小說創作和翻譯方面亦直接影響到韓國。就是說，當時韓國文人即不僅翻譯梁啓超所著的作品，而且將他翻譯的西方及日本小說重譯成韓文出版。翻譯情況可參考〈表2〉。

翻譯梁啓超的創作及翻譯作品之外，在其影響之下，韓國文人亦曾翻譯了其他許多西方及日本政治小說，主要有《鐵世界》、《海上王》、《伊太利少年》、《比斯麥傳》、《華盛頓傳》、《彼得大帝》、《瑞士建國誌》、《羅賓遜漂流記》、《經國美談》、《雪中梅》等等。

不僅如此，韓國文人亦創作了許多歷史傳記和政治小說。玆今列爲其主要作品，有申采浩的《聖雄李舜臣》、《東國巨傑崔道統》、《乙支文德》，朴殷植的《金庾信傳》，禹基善的《姜邯贊傳》，李海潮的《自由鍾》，安國善的《禽獸錄》等，蓋這些作品在體裁、人物形象及英雄主義內容等方面深受梁啓超的影

㊱ 參見註❷所揭書，p.160。

響。

另一方面，這些翻譯和創作小說用漢文體、漢韓文混用體和純韓文體著述，值得一提的是，一些文人開始提唱用純韓文寫新小說。具體而言，到舊韓末時期，韓國文人仍愛用漢文著述，漢文屬於知識分子的專有物。但因本文所述的小說革新之目的即爲愛國啓蒙，其對象應當爲一般民衆，故爲了實現啓蒙教育目的，主張用大多數國民較易了解的韓漢文作翻譯或創作是理所當然的。

關於此一問題，申采浩曾在〈近今國文小說著者의 注意〉中仔細論述，㊲他所說的「俚談俗語」所著述之小說即指國文小說。又魯益亨（?）㊳在周時經所譯的《越南亡國史》序文中說：

> 越南亡國之歷史可當作爲我國之警戒，但玆今國人無論貴賤和男女老皆知此事，纔能當作一大警戒，能察覺時勢之深，從而想到我們在此種患難中如何保存生命。於是，爲使不懂漢文者亦皆能讀此事，本書館如此以純國文翻譯而傳播。（월남이 망□ 긔는 우리의게 극히 경계될만□ 일이라 그러나 이제 우리 나라 사람들이 물론 귀천남녀로쇼□고 다 이런 일을 알아야 크게 경계되며 시세의 크고 깁흔 실을 라 우리가 다엇더케□여야 이환란속에서 명을 보젼□지 각이 나리라 이점으로 한문을 모르는 이들도 이 일을 다 보게□라고 우리 셔관에서 이 치 슌국문으로 번역□여 젼파

㊲ 參考註⑭引用文。

㊳ 只傳韓文名字「노익형（No Ik-Hyung）」。

ㅁ노라。）㊴

就韓國人來講，純韓文才是最接近於「俚談俗語」的文體，因而用韓文所撰述的「國文小說」即能多提高啓蒙、教育效果。其實，此種倡導韓文小說的主張，追根溯源，亦與梁啓超的影響分不開。因爲梁啓超亦曾主張用俚言俗語的口語翻譯或創作小說，同時親自實踐此一主張。

肆、結　語

韓中兩國的文化交流，到十九世紀末西方科學文明進東方來以後臨時開始停止，但在二十世紀初兩國同樣面臨混亂和變革交叉的時代，其交流尙未能完全斷絕，再度繼承了古代的傳統，此時之交流卽以嚴復、康有爲、梁啓超等近代中國思想家對舊韓末時期韓國開化派知識分子產生重大影響爲主要內容。其中梁啓超的影響最重要，許多韓國文人在面臨亡國之危的現實之下，卽主要讀梁啓超著作介紹解說的西方學術思想樹立了民族主義和啓蒙主義等思想，尤其就文學一方面而言，可說梁啓超的新小說理論及其作品推動舊韓末韓國小說界的發展。

由本文第二章所考察的資料可知，梁啓超所辦理的《清議報》、《新民叢報》、《新小說》等報刊和《飮冰室文集》等著書不難傳入韓國，並通過這些著作，其思想對韓國政治、社會及

㊴ 周時經譯，《월남망국（越南亡國史）》（漢城，博文書院，1908，三版），p.3。

文學方面逐漸作出了不容忽視的貢獻。

接着，由本文第三章的研究可知，隨着梁啓超著作傳入韓國活躍，特別其小說界革命論直接或間接地被介紹，刺激而促進了韓國新小說理論的形成和作品翻譯及創作。具體而言，首先梁啓超的小說觀直接影響了韓國文人的小說功利主張。以申采浩等開化派思想家爲代表的韓國文人在亡國之際，比中國更需要能鼓勵愛國精神的啓蒙主義小說論，梁啓超的小說界革命論卽極爲符合此種現實要求。不僅如此，當時在韓國出現歷史傳記小說和政治小說等新小說之極盛局面，追根遡源，亦與梁啓超的理論和作品有密切關係。

一般認爲舊韓末時期韓國接受西方文明的主要渠道爲日本，韓國新小說發生的情況亦卽如此。但從本文的研究看，不管梁啓超原先受到日本的影響，韓國文人主動接受梁啓超的影響，結果舊韓末韓國小說不僅以梁啓超爲媒介接受西方和日本的影響，又接受了梁啓超本身的影響。蓋此起因於兩國漫長的交流傳統，當時兩國舊小說界仍然同樣處於落後狀態，同病相憐的現實情況，梁啓超同情韓國即將滅亡而共歆悲憤，他與韓國開化派文人在身分及想法上較相似等種種原因。總而言之，梁啓超對二十世紀韓國小說發展的影響實爲深大，此在至今連續進行的兩國文化交流上具有不容忽視的重要意義和價值。

參考書目

（1） 中文資料

梁啓超，《飲冰室合集》，中華書局，1994，北京。（中華書局1936年版 影印本）

丁文江，《梁任公先生年譜長編初稿》，世界書局，1988，臺北。

賴光林，《梁啓超與近代報業》，臺灣商務印書館，1980，臺北。

李國俊，《梁啓超著述繫年》，復旦大學出版社，1986，上海。

宋文明，《梁啓超的思想》，水牛出版社，1991，臺北。

連燕堂，《梁啓超與晚清文學革命》，漓江出版社，1991，桂林。

夏曉虹，《覺世與傳世—梁啓超的文學道路》，上海人民出版社，1991，上海。

易新鼎，《梁啓超和中國學術思想史》，中州古籍出版社，1992，鄭州。

郭延禮，《中國近代文學發展史》，山東教育出版社，1993，濟南。

黃　霖，《近代文學批評史》，上海古籍出版社，1993，上海。

章亞昕，《近代文學觀念流變》，漓江出版社，1991，桂林。

阿　英編，《晚淸戲曲小說目》，上海文藝聯合出版社，1955，上海。

阿　英編，《晚淸文學叢鈔小說戲曲研究卷》，新文豈出版社，1989，臺北。

陳平原、夏曉虹編，《二十世紀中國小說理論資料》第一卷（1897-1916），北京大學出版社，1989，北京。

林明德，《晚清小說研究》，聯經出版事業公司，1988，臺北。

康來新，《晚清小說理論研究》，大安出版社，1990，臺北。

袁　進，《中國小說的近代變革》，中國社會科學出版社，1992，北京。

林明德，《梁啓超與晚清文學運動》，政治大學 博士論文，1989，臺北。

黃錦珠，《晚清小說觀念之轉變》，臺灣大學 博士論文，1992，臺北。

邱茂生，《晚清小說理論發展試論》，文化大學 碩士論文，1987，臺北。

《中國近代文學論文集》（1919-1949）概論詩文卷，中國社會科學出版社，1988，北京。

《中國近代文學論文集》（1949-1979）小說卷，中國社會科學出版社，1983，北京。

愼鏞廈，〈舊韓末申采浩的思想與梁啓超的著書〉《韓國學報》第十期，1991，臺北。

金柄珉、吳紹釚，〈梁啓超與朝鮮近代小說〉，延邊大學學報，1992，延邊。

（2）韓文資料

申采浩，《丹齋申采浩全集》下，螢雪出版社，1977，改訂版，漢城。

朴殷植，《瑞士建國誌》，大韓每日申報社，1907。（《朴殷植全書》，檀國大學 東洋學研究所，1975，漢城）

黃 玹，《梅泉野錄》卷三，黃玹全集下，亞細亞文化社，1978，漢城。

李在銑，《韓國開化期小說研究》，一潮閣，1972，漢城。

李光麟，《韓國開化思想研究》，一潮閣，1979，漢城。

葉乾坤，《梁啓超와 舊韓末 文學》，法典出版社，1980，漢城。（高麗大學 博士論文）

《大朝鮮獨立協會會報》第二號，1897。（亞細亞文化社，1978，影印本，漢城）

《大韓協會報》第二號，1906。（亞細亞文化社，1976，影印本，漢城）

戲曲文學裏的語言現象

王永炳*

摘要

在文學史上，元明戲曲與唐宋詩詞都享有崇高的地位。但就創作難度而言，戲曲要比詩詞高。戲曲匯集眾流，舉凡詩詞歌賦、經史子集、方言俚語，無不兼容並包，可說是集各種文學體裁之大成。就閱讀方面而言，也比詩詞來得難。雖說劇作家運用了許多新鮮特殊的語言，描寫特定場景人物，聲形如見，可是在閱讀時，往往在字詞語句之間，出現一些特殊字眼，不經見的詞彙，有些文句中又夾雜著一些少數民族的語詞，再加上劇作家運用語言技巧也與其他文體的作家們有別，無形中妨礙了人們對劇本的理解與欣賞，有

* 新加坡南洋理工大學中文系副教授。

些人更把閱讀戲曲視爲畏途。這是很可惜的。因此，本論文決定從戲曲語言中的造語用字現象入手，以求一窺戲曲文學的造語用字現象。

關鍵詞　戲曲　戲曲文學　語言現象　疊字　象聲詞　少數民族語言

壹、前　言

在中國文學史上，元明戲曲雖說與唐詩宋詞鼎足而三，但從受讀者歡迎程度上看，戲曲往往忝陪末席。文人往往視閱讀戲曲爲畏途，原因無他，主要是難於突破戲曲的語言關。因爲戲曲中常出現一些特殊字眼，少見的詞彙，曲詞中又夾雜著一些少數民族的語詞，再加上劇作家運用語言技巧也與其他文體的作家有別，造成閱讀上的困難。例如，關漢卿《鄧夫人苦痛哭存孝雜劇》第一折有一段文字：

> 米罕整斤吞，抹鄰不會騎，弩門並速門，弓箭怎的射。撒因答剌孫，見了搶著吃。喝的莎塔八。跌倒就是睡。若說我姓名，家將不能記。一對忽剌孩，都是狗養的。❶

讀者讀到這段文字，可能對每個字都懂，就是不知所云。讀者除了對有如以上的蒙古語難於理解外，還有大量出現在戲曲裏的方言熟

---

❶ 此例中的蒙古語如米罕（肉），抹鄰（馬），弩門（弓），速門（箭），撒因（好），答剌孫（酒），莎塔八（酒醉），忽剌孩（強盜）。

語也令人感到困惑不解，以及宋元時代有些詞語語素的倒置，稍一不慎，往往會產生誤解。

戲曲文學裏既存在著如此難題，也就難怪讀者選讀詩詞者多，對戲曲文學則少人問津。這種情形在大學講堂上亦是如此，選修詩詞者多，修讀戲曲文學則寥若晨星。如果不設法改變這種現象，戲曲文學的這塊語言與文化寶藏只好永遠藏之名山了，這是極其可惜的。

貳、語言現象

戲曲是代言體，因此，語言成為戲曲在案頭上閱讀或演出的最主要的根據。所謂代言體便是劇中人物要以第一人稱的口吻向觀眾或讀者演示故事。詩歌可以「首句標其目，卒章顯其志。」❷小說、散文可以隨時插入議論章節，戲劇卻不允許作家出面，直接評價所描寫的人與事。劇中人物所說的話，只能是符合人物性格的話，而不能是劇作家本身的話。李笠翁說：「代此一人立言，先宜代此一人立心」，❸人物的一言一行，都是內心的吐露，因此劇作家首要把握劇中人物的心曲隱微。此外，戲曲是一種高度綜合的藝術。孔尚任在《桃花扇小引》中說：

> 傳奇雖小道，凡詩、賦、詞、曲、四六、小說家，無所不備。至於摹寫鬚眉，點染景物，乃兼畫苑矣。

---

❷ 白居易：《新樂府序》，見《白居易集》卷三（北京：中華書局，1979）。

❸ 李笠翁：《閒情偶寄·賓白第四》卷之三。

孔尚任這段話，準確地概括了戲曲文學對其他各種文學兼容並包的特性。但是，凡此種種，都不外爲塑造劇中人物形像而服務。劇情的開展，人物形像的塑造都離不開語言。戲曲語言有非常明顯的獨特性。沈堯說：

> 從詩經、楚辭、漢魏樂府，到唐詩、元曲，中國詩歌有著悠久而深厚的傳統。古人說，詞是詩之變，曲是詞之變，作爲詩歌體裁之一的戲曲，不僅接受了我國詩歌悠久而深厚的傳統，而且在詩歌與戲曲、歌舞的融合中，形成了自己的表現方法和表現形式。戲曲語言也在詩歌與戲劇的融合中，形成了自己的獨特個性。因此，可以這麼說，戲曲語言是按照戲劇藝術的需要，從日常口語提煉成的戲曲舞台上的詩。❹

戲曲語言的基本形式雖繼承了古典詩歌的賦、比、興傳統，但戲曲語言畢竟是舞台語言，而非一般詩歌的文學語言。爲了使戲曲的語言便於演出，必須做到一、語求肖似，二、語須本色，三、聲務鏗鏘。或者我們可以這麼說戲曲語言除了具有詩詞的特點如典雅、蘊藉之外，還不避粗俗、淺顯、纖巧、新奇等特點。戲曲劇本是由曲文、賓白和科諢組成，有說有唱，屬於講唱文學範疇。一般上，講唱文學具有通俗文學的特點如：群眾性、口頭性和流動性。戲曲語言的運用與詩詞有很大的不同。周德清在《中原音韻》爲詞曲定下「造語用字」規則，在「造語」方面：

> 可作—樂府語，經史語，天下通語

❹ 《戲曲與戲曲文學論稿》（北京：中國戲劇出版社，1986）。

> 不可作—俗語，蠻語，謔語，嗑語，市語，方語（各處鄉談也），書生語（書之紙上，詳解方曉，歌則莫知所云），譏誚語（諷刺古有之，不可直述，托一景托一物可也），全句語，拘肆語，張打油語，雙聲疊韻語，六字三韻語，語病，語澀，語粗，語嫩❺。

在「用字」方面：

> 切不可用——生硬字　太文字　太俗字　襯墊字

明人王驥德在《曲律》卷三提出「曲禁」四十則，其中關於「造字用字」的忌諱如：

> 陳腐（不新采），生造（不現成），俚俗（不文雅），蹇澀（不順溜），粗鄙（不細膩），錯亂（無次序），蹈襲（忌用舊曲語意。若成語，不妨），沾脣（不脫口），拗嗓（平仄不順），方言（他方人不曉），語病（聲不雅），太文語（不當行），太晦語（費解脫），經史語，學究語（頭巾氣），書生語（時文氣），重字多，襯字多。

但是，令人感到有趣的是，周王二氏所定的規則，幾全給古典戲劇作家打破了。除了「可作」部分不談外，「不可作」部分可說全派上用場。由於這些特點，帶來了戲曲語言上的新變和文字上的混亂現象，在造語用字上獨樹一幟。

---

❺ 周德清：《〈中原音韻正語作詞起例〉·中原音韻》，見《中國古典戲曲論著集成》冊一，頁231-234。

基本上，劇作家在造語用字上有如下的幾種現象：

一、文字上的混亂現象

（一）同音異體字

民間有些口語詞本無定字，劇作家隨手拈來一同音或音近的字以代，這是常有的事。再加上抄本、刻本又極簡陋，錯誤很多，字體隨意書寫，往往一個詞有好多種寫法。例如：巴臂，又寫作把臂、把背、巴鼻、靶鼻、芭壁和巴避。大古，也寫作大故、待古、特古、特故、特骨、大都、待都、大綱、大剛。等等。這表明了戲曲語言在這方面重字音而不重字形的現象。

（二）同體異義字

戲曲語言中也常見這種同體異義字，如：

1.雨兒乍歇，向晚風如漂洌，那聞得衰抑蟬鳴悽切。（《董西廂》卷六）—「那」即「哪」。

2.我堪恨這寺中僧，難消我心上火，則被他偌肥胖那風魔，倒瞞了我。（《忍字記》·4）—「那」即「那」（個）。

3.懨懨瘦損，早是傷神，那値殘春。（《西廂記》·2·1）—「那」即「奈」。

4.向著個客館空床，獨宿有梅花紙帳：那寂寞，那悽涼，那悲愴，雁杳魚沉兩渺茫，冷落吳江。（《玉壺春》·2）—「那」即「又」。

5.踏踏的忙那步。（《哭存孝·4》）—「那」即「挪」。

6.周舍，你爭甚麼那？你的便是我的，我的就是你的。（《救風塵》·3）—「那」是語尾助詞。

二、生動活潑的三字格特殊用語

劇作家爲了使語言生動活潑，增添語趣，運用了不少三字組成的特殊用語：恰便是、恁時節、一弄兒、沒來由、猛可裏、爭些兒、胡盧提、乍合兒、便好道、不枉了、常言道、赤緊的、道不得、陡恁的、好沒生、既不沙、可不的、落可便、沒揣的、那搭兒、自古道……等等。

有些三字格特殊用語有提示作用，如劇中人物往往要說出一段熟語如諺語或成語時，便以三字詞帶頭（但若用在句中，未必有提示作用），意在引用過去的社會經驗，以指導或警惕現時的行動。例如：

《碧挑花》·2：「常言道：心病從來無藥醫。」

《獨角牛》·2：「一了說：明槍好躲，暗箭難防。」

三、表現情態的語助詞

曲文也有表現情態的語助詞，如唱詞中的：也波、也那、也麼；句尾的也羅、也波哥、也麼哥等。這些語助詞，專爲歌詞調子而用，使聽者有迂迴頓挫的感覺，並沒有文字上的意義，但卻顯現出口語的活潑生動。

《殺狗勸夫》·2：「【叨叨令】兀的不凍殺人也麼哥！兀的不凍殺人也麼哥！」

四、突破局限的疊字

在古典戲劇中，疊字之多，眞是罄竹難書。古典戲劇作家，在師法前人的基礎上，不泥陳跡，大膽創新，別開生面，獨具特色，使劇作既繼承古代迭詞形式的優點又突破傳統書面的局限。例如膾炙人口的《長生殿·彈詞》：

> 恰正好嘔嘔啞啞《霓裳》歌舞，不提防扑扑突突漁陽戰鼓。剷地裏出出律律紛紛攘攘奏邊書。急得個上上下下都無措。早則是喧喧嗾嗾、驚驚遽遽、倉倉卒卒、挨挨拶拶出延秋西路，鑾輿後攜著個嬌嬌滴滴貴妃同去。又只見密密匝匝的兵，惡惡狠狠的語，鬧鬧炒炒、轟轟劃劃四下喳呼，生逼散恩恩愛愛、疼疼熱熱帝王夫婦。霎時間畫就了這一幅慘慘淒淒絕代佳人絕命圖。

這是作者洪昇依據《貨郎旦》【六轉】創制出來的，至今演唱不絕。他運用了三十四對疊字寫唐明皇帶楊貴妃倉皇出逃時的喧鬧逼勒、驚慌失措情境。刻劃具體生動，令人驚嘆不已。

戲曲中的疊字可分六種形式：

（一）AAA(A)式

《漢宮秋》·3：「他他他，傷心辭漢主；我我我，攜手上河梁。」

《氣英布》·3：「直殺的馬前急留古魯亂滾滾死死死死人頭。」

（二）AA式

1.疊字形容詞修飾名詞，作定語。

《琵琶記》·28：「畫不出他望孩兒的睜睜兩眸。」

2.疊字作謂語，特別是主謂詞組裏的謂語。

《梧桐雨》·4：「玉漏迢迢，才是初更報。」

3.疊字形容詞做補語，一般都帶語氣助詞「的」。

《東堂老》·楔子：「兩手搦的緊緊的。」

4.疊字量詞

《望江亭》·1：「氣吁的片片飛花紛似雨。」

5.疊字副詞，作狀語。

《梧桐雨》·4：「不住的頻頻叫。」

（三）ABB式

戲曲語言的各類疊字中，以ABB式所佔的比例最大。ABB式中的A，可以是形容詞性的如暗昏昏、白森森等，可以是名詞性的如風蕭蕭、月澄澄等，也可以是動詞性的如笑微微、戰兢兢等。ABB式又可分成三類：一是A＋BB，例子如上；一是AB＋B，例如沸騰＋騰＝沸騰騰；一是BB＋A，例如悠悠路等。

ABB式的運用範圍大致有這幾個方面：

1.描寫狀態的，例如：毛聳聳、風習習。

2.摹寫事物顏色的，例如：紅灼灼、黑洞洞、黃干干、白鄧鄧、青森森、綠澄澄。

3.摹寫事物氣味的，例如：香噴噴、酸溜溜。

4.描寫事物性質的，例如：熱烘烘、硬邦邦。

5.描繪動作行爲和活動狀態的，例如：慢騰騰、笑微微。

（四）AABB式

戲曲語言中的AABB式疊字並不爲某一類詞所專有，它是由以下各類詞性語素重疊而成：

花花草草、言言語語（名詞性語素重疊）

偷偷摸摸、嘮嘮叨叨（動詞性語素重疊）

層層密密、冷冷清清（形容詞性語素重疊）

萬萬千千、三三兩兩（數量詞性語素重疊）

（五）ABAB式

主要爲雙音節詞的重疊，例如：照覷照覷、撒和撒和、奈何奈何。

（六）A—A式

A—A式是動詞的重疊形式，如：覷一覷、指一指、摟一摟、拈一拈。

五、靈活奇絕的象聲詞

古典戲劇的劇本，爲了在演出時能使聽得懂，劇作家無論是在曲文還是賓白方面，都大量採用民間口語詞來造語。因此，劇本中保留了眾多的象聲詞，正可反映了當時的語言運用的實際情況。

象聲詞的構詞方式，有以下幾個情況：

（一）單音節A式

單音節A式象聲詞只代表一種單純的聲音。在充當定語或狀語時，都帶著「的」。如：

《調風月》·3：「呼的關上櫳門，鋪的吹滅殘燈。」

（二）AA式

如：支支、刷刷、呀呀、踏踏、巴巴、嘖嘖，等等。

《梧桐雨》·4：「刷刷似食葉春蠶散滿箔。」

《綠牡丹》·17：「人前嘖嘖誇新制。」

（三）AAA式

如：忽忽忽、勿勿勿、扑扑扑、嗤嗤嗤、吸吸吸，等等。

《繡襦記》·31：「鑼兒鍚鍚，鼓兒咚咚咚，板兒喳喳，笛兒支支支。」

此例第一第三句爲AA式，第二第四句爲AAA式，顯示出節奏感。或者，獨立成一串聲音，這叫象聲的獨立成份。它的功能是使語言更豐富多彩，準確鮮明。象聲詞作獨立成份時不帶「的」字，它是通過記錄聲音來表示動作。如：

《村堂樂》·2：「慢慢的走，赤赤赤！」

《東堂老》·2：「【三煞】你回窯去，勿勿勿，少不得風雪酷寒亭。」

（四）AB式

這類象聲詞是由兩個不同的音節構成的，如：扑騰、撲通、丁東、咿啞、七擦、磕扑、必剝等。

（五）ABB式的。

如：不騰騰、赤力力、各琅琅、扑碌碌、疏剌剌等。

（六）ABC式。

如：滴溜扑、吉玎鐺、可磕擦等。

（七）AABB式。

這類象聲詞的格式是AB式的重疊方式，由AB兩個音節分別重疊後組成。如：蕭蕭瑟瑟、嘔嘔啞啞、叮叮噹噹、刮刮匝匝等。

（八）ABAB式。

這是AB式的重疊格式之一，是AB式所表現的聲音週而復始地重現。如：磕扑磕扑、支楞支楞、古魯古魯等。

（九）ABBC式。

這類象聲詞的聲韻結構很特殊，它是在ABB式後再加一個與B同韻的音節。如：撲通通冬、骨魯魯忽、疏剌剌刷、廝琅琅湯等。

（十）AABC式。

這類例子罕見，如：婆婆沒索。

（十一）ABCD式。

如：必丟匹搭、劈溜扑刺、吸裏忽刺、希留合刺、伊哩烏蘆等。

（十二）ABAC式。

如：七留七力、七留七林、出留出律等。

（十三）其他形式。

戲曲語言中還有一些不定式的象聲詞，如：海海滴溜溜、哩也波，哩也羅。這種聲音別有用意，如：

《西廂記》·3·2：「小姐罵我都是假，書中之意，著我今夜花園裏來，和他『哩也波，哩也羅』哩。」

這種聲音寓含如此這般的意思，以暗示男女間的交合。王季思注《西廂記》云：「張炎《詞源·謳曲旨要》：哩羅蓋歌曲結處腔聲。此處則男女合歡之諱詞也。」吳曉鈴注《西廂記》云：「『哩也波，哩也羅』，有音無義。猶如現在用『那個』代替說不出的話一樣。」❻

這種不定式的象聲詞所表達的意義並不一定局限於一定的格式內，而是隨著劇情需要自然發揮。

六、夾雜使用的少數民族語言

中國古典戲劇中，除了有大量北方漢族的方言俗語外，還有一

---

❻ 見顧學頡·王學奇：《元曲釋詞》第二冊，頁331。

部分蒙古語、女眞語、契丹語。漢語及少數民族語言在文學作品中同時出現，甚至在舞台上同時運用，這在中國文學史上是史無前例的。金元時代，不少漢人學會了常用的女眞族、蒙古族及其他少數民族的語言。他們不僅在生活上運用，甚至在爲婦孺老幼都能聽懂的戲劇中運用。王驥德說：

> 金章宗時，漸爲北詞，如世所傳《董解元西廂記》者，其聲猶未純也。入元而益漫衍，制擲調比聲，北曲遂擅勝一代，顧未免滯於弦索，且多帶胡語。❼

同樣的，在金元時代，很多少數民族的人民也學會了漢語。在《許奉使行程錄》可見到如下的記事：

> 自黃龍府六十里至托撒董寨，府爲契丹強盛時，擒獲異國人則遷徙散處於此，南有渤海，……顧此地雜諸國人語言不通，則各爲漢語以證方能辨之。❽

由此不難想像，當時漢族與少數民族在語言之間的相互影響與交流相當普遍。

由元明戲劇中可以看出，這些爲當時各族人民熟悉的少數民族語詞，就是人民群眾現實生活中的語言，經作家精心採用入劇後，便成爲本色當行的戲劇語言。這些語言在反映現實生活、塑造人物形像、表達作者的思想感情或以資笑謔諸方面，都起了重要的作用。

---

❼ 王驥德：《〈論曲源第一〉·曲律》，頁30。

❽ 太田辰夫：《漢語史通考》，頁198。

現存的元明戲劇中，蒙古語是少數民族語言中運用最多的語言。有些劇作家擔心聽讀者不了解蒙古語，甚至通過劇中人物把蒙古語給解釋出來，如《桃源景》中：

(淨云) 打剌蘇額薛悟。
(旦云) 他說什麼？
(末云) 酒也不曾吃。

劇作家通過「末」把「淨」所說的蒙古語給說了出來：酒(打剌蘇)不曾(額薛)吃(悟)，確是煞費苦心。

對於元明戲劇中的少數民族語言早有人主意並加以解釋，但爲書不多，且有錯誤，較後面世的《元明戲曲中的蒙古語》，是目前所讀到較爲可靠收錄最多的蒙古語專書。至今依然有部分的語言無法譯解。如：

《幽閨記》·3：「【金字經】骨都兒哪應咖哩，者麼打麼撒嘛呢，哧嘛打麼呢，嘰羅也赤吉哩，撒麼呢撒哩，吉麼呢撒哩，吉麼赤南無應咖哩。

想這是一段經文，但不知作何解釋。

從戲曲作品裏，可以看出：由於蒙古語詞被大量地廣泛地運用到漢語中，因此有些蒙古語詞在當時是耳熟能詳的。但隨著歷史大發展，在漢語內部發展規律的支配下，不少蒙古語詞特別是口語詞卻遭受被淘汰的命運；同時，蒙古語也與時並進，近古時代的語詞也變得生疏而不可理解了。另一種情況是有些少數民族語詞，由於有較強的生命力，逐代使用，甚至在漢語詞彙裏鞏固下來，如：站、把式（勢）、搭鑊、褡褳、哈叭、胡拉蓋、胡同❾等。

七、當行本色的方言口語詞

戲曲中運用方言口語詞之多，也是其他文學作品難望其項背。因爲戲劇描寫人生，人世間的種種都可在戲劇中得到反映，所以，爲了劇情與語境的需要，作爲戲劇語言必須做到明白如話、語求肖似、動作性強以及聲務鏗鏘這幾方面。這些方言口語詞爲戲曲文學增添了無限光彩，但也造成閱讀上的困難。市面上現有不少工具書可以幫助解讀古典戲劇作品，問題還是存在，原因是工具書在方言口語詞方面的解釋還不是很理想。白化文與趙匡華在《也談關於元代劇曲詞語的研究》說：「到現代北方語言，特別是北京土話的詞語中去搜尋」❿張永綿在《元曲語言研究述略》中也提出通過「方言今證」方法解讀戲曲語言中的方言口語詞。這都是很有成效的方法，可惜從事這方面探討的並不多，可能是懂地方方言的學者人數有限。我曾嘗試根據今日閩南、潮汕及海南方言口語去解讀戲曲中

---

❾ 「站」即漢語「驛」，但自從南宋時代蒙古語的「站」進入漢語，就普遍運用至今，而「驛」尚留存於日本語中。「把式」原是漢語「博士」，被蒙古人借用爲「把式」，意即「師父」，後來又被漢語搬回來，這就是「把式」，意思是擅長某種手藝的人。「搭鑊」即襖子或皮襖，原是蒙古與女眞共通詞語。「褡褳」也作「搭連」、「搭褳」，裝東西的長口袋。「哈叭」也作「哈巴兒」，玩賞狗。「胡拉蓋」出自蒙古語「忽剌孩」，但語意已由蒙古語的「賊」轉爲漢語的「騙子」。「胡同」，意爲水井，後轉爲街巷。

❿ 見《古典文學論叢》第二輯（齊魯書社，1981），頁374-390。

的方言口語詞，有些果然解得通。這裏試舉幾個例子以證。⓫從而也可見到劇作家運用語言的情形。

早起

《救風塵》·3：「哦，早起杭州散了，趕到陝西，客火裏吃酒，我不與了大姐一分飯來。」

《戲曲語詞匯釋》把「早起」解作「從前」，《近代漢語詞典》解作「早先，先前」，都不妥。但是，用閩南話解釋，「早起」就是「早上、早晨」的意思。

落解粥

《陳州糶米》·3：「一日三頓，則吃那落解粥。……我這一頓落解粥，走不到五里地面，肚里飢了。」

「落解粥」，《戲曲詞語匯釋》解爲「舊時文人考試落第後回家，只能煮些薄粥吃，叫落解粥。」這是望文生義。所謂「落解粥」，是又稀又爛的粥。潮汕方言的「落解糜」正與此語詞相合。閩南人、海南人也如此說。

杯

《合汗衫》·2：「我那徐州東嶽岳廟至靈至聖，有個玉杯珓兒，擲個上上大吉。」

⓫ 我曾以〈活躍於閩南、潮汕、海南人方言口語詞中的元雜劇口語詞〉爲題在北京師範大學古籍所主辦的「國際元代文化學術研討會」上宣讀，1998年9月16日。

「杯」，是用兩塊竹片或木片，甚至兩個貝殼製成的占卜用具，祝禱後望天擲地，看它俯仰的情況，以定吉凶。一俯一仰爲「聖杯」，主上上大吉；兩片皆仰，指神不同意；兩片皆俯，主凶。今星馬一帶華人尚有此俗。潮汕人稱「杯」爲pue，海南音爲bui，閩南音爲bue。從而可見，戲曲語言裏保存了豐富的民俗語詞。

惡水

《秋胡戲妻》·2：（正旦）妾身梅英是也。自從秋胡去了，又不覺十年光景；我與家人擔好水換惡水，養活著俺奶奶。

「惡水」，《詞曲詞語匯釋》解釋爲「污水」，誤。實際上應是「泔水」。所謂「泔水」，根據《現代漢語詞典》的解釋：「掏米、洗菜鍋琬等用個的水。有的地區叫潲水。」廣韻：「潲，豕食。」往時，豬吃人的食物是人吃剩的有臭味的餒魚敗肉飯菜汁水。潮汕話、廈門話稱之爲「潘」p'un，海南話叫做fen。有關「潘」字的解釋，由來已久，語見《左傳·哀公十四年》：「陳氏方睦，使疾，而遺之潘沐，……」杜預注：「潘，米汁，可以沐頭。」

這種「惡水」裡有剩菜剩飯，主要留給家畜吃用，但窮苦人家也常從中選取一些可吃的來吃用，所以《秋胡戲妻》裡梅英擔好水換取的實際上市雜有殘菜剩飯的泔（潘）水，而不是「污水」。通過民間語言的解釋，這個語詞的意義便很清楚了。換言之，戲曲作家運用了極其豐富的民間口語詞進行創作，是極爲常見的現象。

八、興到筆隨的引用手法

文學作品講究創作，言必己出，但戲曲文學卻不如此，它大量引用熟語（包括成語、歇後語、諺語與慣用語）、經史詩詞與典故，而且做到興到筆隨，收發自如，毫無掉書袋的毛病。這確是戲曲語言的一大特色。

（一）引用熟語

戲曲中所引用的熟語，在量上是其他文學體裁作品所不及，在質上也經過錘煉改裝，不同於本來面目。「除了偶爾遷就聲韻稍有倒置改字之外，幾乎一概存眞，其中十之八九，到今天我們民間口語仍在流行。」⑫我曾收錄了古典戲劇文學中的成語共1753條，其中約有1500條至今仍活躍於現代漢語中。⑬

（二）引用詩詞

戲曲中引用詩詞之處，比比皆是。令人深感欽佩的是劇作家自然引用或化用現成詩詞，而無斧鑿痕跡。例如：

> 《單刀會》·4：「【新水令】大江東去浪千疊，引著這數十人駕著這小舟一葉。……【駐馬聽】水湧山疊，年少周郎何處也？不覺的灰飛煙滅，可憐黃蓋轉傷嗟。破曹的檣櫓一

---

⑫ 張敬：《清徽學術論文集》（臺灣：華正書局，1993），頁95。

⑬ 王永炳：《中國古典戲劇語言研究》（臺灣：學生書局，2000），頁293-316。

時絕，鏖兵的江水猶熱，好教我情慘切！（云：這也不是江水，）二十年流不盡的英雄血。」

化用蘇軾《念奴嬌・赤壁懷古》詞句。這蛻化出來的曲文，所引發的激情並不亞於原詞，其中奧妙就在於作者把人物性格的刻劃完全交融在環境的描寫裏，形成了一個情境相生的獨特的藝術境界。

劇作家所引用的多是名詞名詩，又用得恰切妥當，妙合無痕，所以曉暢易懂，流利自然。

（三）引用經史

戲曲中所引用經史的範圍甚廣，舉凡著名的經典史書諸子，都能巧妙地引入曲文之中。如：

《拜月亭》・11：「【玉芙蓉】（生）胸中書富五車，筆下句高千古。鎮朝經暮史，寐晚興夙。」

「學富無車」引自《莊子》；「寐晚興夙」化引自《詩・小雅》。

《牡丹亭》・31：「（眾）北門臥護要耆英。（外）恨少胸中十萬兵。」

前句引自《新唐書・裴度傳》，後句引自《宋人軼事彙編》卷八。

（四）引用典故

使事用典是劇作家所運用的一個重要藝術手法。有的用一個典故，如：

《牡丹亭》·55「（旦）聽的是東窗事發。」

「東窗事發」也作「東窗事犯」。元孔文卿有《東窗事犯》雜劇。此典故指秦檜夫婦於東窗下密謀殺害岳飛事，爲人所揭發。後以「東窗事發」喻陰謀敗露。

有的運用多個典故描寫人情物態，如：

《殺狗勸夫》·2：「似這雪啊教買臣懶負薪，似這雪啊教韓信怎乞食？似這雪啊鄭孔目怎生迭配？晉孫康難點檢書集。似這雪啊韓退之藍關外馬不前，孟浩然霸陵橋驢怎騎？似這雪啊教凍蘇秦走投無計，王子猷也索訪戴空回，似這雪啊漢袁安高臥竟日柴門閉，呂蒙正潑盡寒壚一夜灰。教窮漢每不死何爲？」

此例一連用上十個典故，精彩萬分。全是有名的人物與故事。劇作家不僅點出所提到的人名，而且扼要地舉出有關事由，毫無隱晦之處。同時，十個典故所要表達的含意一致，便是劇作家最後點出的：「教窮漢每不死何爲？」明確地總結了上述典故的含意，的確令人嘆爲觀止。此例用典如此繁複，如此顯豁直露，如此大量排比人名事由，在詩詞中是絕無僅有的，但這卻正是古典戲劇語言運用的特點。

參、結　語

戲曲文學裏的語言現象，要說的還有許多，但限於本文篇幅，只能大要地加以概述。從文中可見到戲曲文學語言是那麼的豐富多彩、新鮮活跳；在表現形式上，卻是那麼跳蕩不拘，在造語用字上，無論是引用經史詩詞，口語熟語，還是夾雜著方言、少數民族語言，都是一片渾成的，不露斧鑿痕跡。

雖然如此，要讓眾多人們領略戲曲文學語言的美，一些工作還必須持續做下去。市面上雖有不少解釋戲曲語言的工具書，但對浩瀚的曲海依然不夠用，同時，前人在訓詁、校勘、考證等方面做出了不少貢獻，但其中有的對民間通俗文學不夠重視，沒有認眞對待，再加上對方言語詞的認識較弱，解釋口語詞時就會以訛傳訛，或者望文生義。至於少數民族語言方面，還須與精於這方面的語言專家共同努力，或能解決目前一些尙懸而未決的語言問題。

參考書目

王永炳：《中國古典戲劇語言運用研究》，（臺灣：學生書局，2000）。

黃麗貞：《金元北曲詞語匯釋》，（臺灣：國家出版社，1997）。

張　敬：《清徽學術論文集》，（臺灣：華正書局，1993）。

王季思：《玉輪軒曲論新編》，（北京：中國戲劇出版社，1983）。

中國戲曲研究院編：《中國古典戲曲論著集成》，（北京：中國戲劇出版社，1982）。

顧學頡・王學奇：《元曲釋詞》（全四冊）（北京：中國社會科學出版社，1990）。

太田辰夫：《漢語通史考》（重慶：重慶出版社，1991）。

文學名詞用語之解釋與省思
——臺灣、美國、大陸辭書裏的「世紀末、唯美主義、頹廢」

陳大道*

摘　要

「世紀末」一詞，近來在報章傳媒上出現頻率頗高。有些文章因爲把「世紀末」視作時間的界定——西元紀元每100週年之前的一段時間，所以文章內容與「時間」相關。這種題目與內容的配合方式看起來理所當然，不足爲奇，但是，一般辭典不把「世紀末」解釋爲每一百年的週期性循環，而是「與十九世紀末相關的事」。這樣的

*　淡江大學中國文學系助理教授。

解釋方式，因爲辭典將「世紀末」當作 fin-de-siècle 的中文翻譯詞。英文裡的 fin-de-siècle 原來是一個法文字，從文學研究的角度而言，在「世紀末」的十九世紀晚期，法、英等國產生了唯美主義運動(Aesthetic Movement)，提倡及參與這個運動之人以「爲藝術而藝術」(Art for Art's Sake)爲口號，自稱「頹廢者」(decadents)。

近來吹起的世紀末唯美主義風潮，在我們生活周遭的小說、戲劇、電影等各方面，抹上一層頹廢的色彩。因此，本文除了「世紀末」以外，將「唯美主義」以及「頹廢」，一併列入檢索的名單之內。

本文發現，臺灣、大陸、美國三地辭典在解釋「世紀末」「唯美主義」「頹廢」這三個翻譯語上有相同與不同之處。這種差異現象，耐人尋味。本文更進一步蒐集國內外十五本以上編輯嚴謹的辭典，結果發現在不同文化環境之中，解釋專有名詞的態度也會有所不同。這樣的結果，使得吾人深深感觸到知識交流的重要性。

Abstract

This paper studies the meaning of the word, fin-de-siècle, which is commonly used in Taiwan lately, and those of the two words, aestheticism and decadents, which usually come along with fin-de-siècle. Instead of tracing the French origin of fin-de-siècle, which refers to the aestheticism movement taking place toward the end of the 19th century, this paper collects the dictionary definitions of the three words both form Chinese and English dictionaries and encyclopedias.

Fifteen well-known dictionaries from Taiwan, PRC and USA have been looked upon including two professional dictionaries, *Dictionary of Art* published by the Grove Books and *A Dictionary of Literary Terms* by the Longman. By paralleling the three words' definitions from these dictionaries, not only the meanings of the words but also the different editorial attitudes of these dictionaries become clear. For example, some dictionaries say that the aestheticism movement started in France and was followed by French Symbolism, some state that this word indicates the Arts and Crafts Movement taking place in England in the second half of the 19th century.

It is not common to see the three words appear together in one dictionary, apart from the Taiwanese dictionaries: *Zhongwen Dacidian*《中文大辭典》 *Mingyang Baikedacidian*《名揚百科大辭典》, and three USA dictionaries: *Academic American Encyclopedia, Lexicon Universal Encyclopedia, Grolier International Encyclopedia*. Although these three encyclopedias have almost identical contents and the first issue of them published more than a century behind those of *Britannia Encyclopaedia (BE)* and *Americana Encyclopedia (AE)*, they show their definitions of fin-de-siècle, neither does *BE* nor *AE*.

The situation that a member of the decadent can be named differently in Chinese translation may confuse some readers, such as Stéphane Mallarmé who is called 瑪拉爾 or 瑪拉美 or 馬拉梅. Nevertheless the most popular writer has only one Chinese name, such as Oscar Wilde whose Chinese name is 王爾德. In addition, the commercialized Chinese version of the western words, such as 披薩 meaning pizza, 摩陀車 meaning motorcycle and 瑪丹娜 the female singer Madonna, can hardly confuse the Chinese people in Taiwan.

前　言

目前在臺灣的日常生活用語中，有許多是翻譯成中文的西方外來語，例如「披薩」—pizza、「漢堡」—hamburger、「摩陀車」—motorcycle、「奧力多」糖—oligo.（oligosaccarides）等。除了可數的名詞之外，也有許多抽象名詞，例如「摩登」—modern、「存在主義」—existentialism、「現代主義」—modernism、「後現代主義」—postmodernism等等。如果可數名詞所指的事物是一種商品，而且有業主在該商品問世時大作廣告，那麼，不待學校教育，這個外來語很容易就深植人心。換言之，大眾傳媒已經代替學校，完成了一項教育工作。相對於傳媒的強力促銷，抽象名詞一方面受限其看不見、摸不著的特性，不容易讓民眾將其牢牢記住，再方面也缺乏商業性，難以在廣告中出現，所以不易在人們的腦海裡留下印象。因此，在文章的一角偶爾出現的抽象名詞，每每會讓讀者有挫折感，如果一篇文章大量引用抽象名詞，又不將其仔細解釋，那麼，吾人只能將其歸類於「專業」類，束之高閣。

然而，學術研究的趣味性之一，在於「追根究底」；峰迴路轉之後，終於柳暗花明、豁然開朗。以中國的三墳五典爲例，經過歷代各朝的「注」、「疏」與「集解」工作之後，世人才有瞭解其內容的管道。同理而言，在現代社會中出現的外來抽象名詞，也是需要對其加以「註釋」，才有被大眾瞭解以及接受的可能。瞭解外來語詞的最簡單快速方式，應該是從翻閱相關辭典以及「百科全書」——以下將其通稱爲「辭書」著手。

目前在國內常見得的名詞「世紀末」，是本文首先要探討的外來名詞。依照字面解釋，「世紀末」意謂西元紀元每100週年之前的一段時間。這種對「世紀末」的認知，被國內許多文章直接引用，而這些文章的內容也與「時間」相關。但是，翻閱本地中文辭書，吾人會發現一般辭書不把「世紀末」解釋爲每一百年的週期性循環，而是「與十九世紀末相關的事」。辭書這樣的解釋，因爲「世紀末」被當作 fin-de-siècle的中文翻譯詞。英文裡的fin-de-siècle 原來是一個法文字，從文學研究的角度而言，在「世紀末」的十九世紀晚期，法、英等國產生了唯美主義運動(Aesthetic Movement)，提倡及參與這個運動之人以「爲藝術而藝術」(Art for Art's Sake)爲口號，自稱「頹廢者」(decadents)。

近幾年來，在跨越廿、廿一世紀的時刻，各地吹起一種復古的世紀末唯美主義風潮。受到世紀末流行時尙影響，我們生活周遭的小說、戲劇、電影等各方面，或多或少抹上一層頹廢的色彩。

因爲「世紀末」與「唯美主義」以及「頹廢」三個名詞的相關性密切，本文將三者一併列入檢索的名單。本文發現，臺灣、大陸、美國三地的辭典在解釋「世紀末」「唯美主義」「頹廢」這三個名詞上雖然大至相同，卻也有相異之處。這種差異現象，耐人尋味。本文更進一步蒐集國內外十五本以上編輯嚴謹的辭書，結果發現在不同文化環境之中，解釋專有名詞的態度也會有所不同。這樣的結果，使得吾人深深感觸到知識交流的重要性。

壹、辭書的編纂

從便於攜帶的小辭典，到巨型的百科全書，辭書在內容方面有很大的差距。每一部辭書，尤其是大型的巨著，在序文部分都會詳細陳述該書製作態度的嚴謹，尤其是大型辭書在編纂人員名單上所列舉人名，個個是一時俊彥，都具備有高等學經歷。辭書是治學時最基本的工具書，因此，辭書的編纂是一項非常慎重的工作。

「世紀末」「唯美主義」「頹廢」，是現代社會中出現的三個名詞。從字面看來，吾人已經可以掌握其中大概的意思，不過，為了尋求更深入的瞭解，檢閱辭書是必要的工作。因為，這些名詞是晚近才被翻譯成中文的外來語，吾人略過以蒐集中國古典資料為主的辭典——如《辭源》等，而從包羅西方資訊的《辭海》開始查閱。

《辭海》在民國25年即已編纂出書，可以稱得上是中國最早期的新式辭典之一。❶國民政府播遷來臺以後，陸續有大型、乃至巨型的辭書出版。除了民國71年臺灣中華書局有新版《辭海》刊行之外，本文所蒐集的辭書巨著，還包括民國51年文化大學（前身為中國文化學院）出版的《中文大辭典》，民國71年臺灣商務印書館《重編國語辭典》，民國73年名揚出版社的《名揚百科大辭典》，以及民國74年三民書局出版的《大辭典》。

臺灣翻譯出版的兩部英語世界著名百科全書——《簡明大英百科全書中文版》以及《大美百科全書中文版》，亦是本文所參考對象。前者於民國七十七年臺灣中華書局出版，係參照民國七十四年（1985）大陸翻譯的美國出版品《簡明大不列顛百科全書》成書，可謂開兩岸學術研究合作先河的例子之一。❷相對於《大英百科》

---

❶ 《辭海·序文》，《辭海》（臺北：臺灣中華書局，民71）。

❷ 熊鈍生《簡明大英百科全書中文版·序言》云：「……眾所周知，英文原版「大英百科全書」(Encyclopaedia Britannica)迄今已有二百餘年輝煌歷史，為享譽全世界最具權威而富有學術性之百科全書，世人每以能閱讀此書而增長一己之學識與智慧為榮，該全書早已印行多種文字之版本以應付大多數國家讀者之需要。……吾人就純學術立場所敦聘之專家學者，曾對此書

的取經中國大陸，民國七十九年光復書局出版的《大美百科全書中文版》，就強調其獨家性與本土性。❸因爲這兩部百科全書的英文版每一年都有更新，本文將該二部中文版百科全書與1999年英文原文版對照，發現現今的版本有稍微增加一些內容，更易不大。

本文還參閱了民國八十年代以來的臺灣與大陸合作出版，在臺灣發行的辭書。包括臺灣百川書局與大陸合作出版的《中國文學大辭典》，以及明山出版社發行的《大華百科全書》。前者雖然名爲「中國文學」但並不限於中國古典文學，也有討論現代文學的部分，所以也被本文引用。後者依據大陸《中國小百科全書》爲藍本，因爲該書內容與大陸出版的《中國大百科全書》內容頗爲類似，因此

大陸版試作評估，咸認爲動員中國大陸五百餘位優秀學者及翻譯工作者從事譯述，其基本態度爲忠於原著，保持大英百科固有之優秀傳統風格——公正、客觀、權威，將西方文化之精華，呈現於國人眼前，尤其窮五年餘之功力，成此鉅構，洵屬難能可貴，殊堪尊崇。……。」《簡明大英百科全書中文版》（臺北：臺灣中華書局，民77），頁1。

❸ 林春輝《大美百科全書中文版·爲「大美百科全書」序》云：「……在經過長達八年的愼選與評估，我們終於決定以《美國百科全書》(*Encyclopedia Americana*)爲藍本，重新編撰一套眞正適合中國人、合於世界潮流的《大美百科全書》。《美國百科全書》成書迄今，將近一百六十年，是美國第一套百科全書，全套共三十巨冊，收錄辭條五萬餘則，計三千萬餘言；由於全書架構分明、內容詳盡、敘述清晰，是世人所公認使用最廣泛、閱讀人口最多的百科全書。本公司數度與該書原出版公司美國葛羅里國際公司商洽，並相互預作出版環境考察，經三年往返，終於在民國七十七年四月二十八日與該公司遠東區總裁Mr.Keen簽訂合約，正式取得《大美百科全書》國際中文版獨家版權。並於同年五月展開編撰工程，改編時，除保留原書特色外，同時強化本土資料的援引，……。」《大美百科全書中文版》（臺北：光復書局，民79），頁1。

本文直接參考《大百科全書》而未採用《大華百科全書》。

在大陸出版的辭典方面，本文主要參考的著作除了《中國大百科全書》以外，還包括《漢語大辭典》《中國百科大辭典》。並對照與臺灣作品關係密切的大陸版《中國文學大辭典》以及《簡明大不列顛百科全書》。

在英文辭典方面，本文參考的辭典包括有一般性的朗文(Longman)書局在香港出版的《英英、英漢辭典》，以及專業性文學辭典，包括朗文出版的《文學名詞辭典》(*A Dictionary of Literary Terms*)，美國樹叢書局(Grove)出版的《藝術辭典》（*The Dictionary of Art*）。此外，在百科全書方面，本文查閱了《簡明大英百科全書中文版》與《大美百科全書中文版》的原著——前者是*Britannia Encyclopaedia* 後者是*Americana Encyclopedia*，以及*Academic American, Grolier International Encyclopedia, Lexicon Universal Encyclopedia.*

貳、「世紀末」、「唯美運動」與「頹廢派」的名詞解釋

辭書對於「世紀末」、「唯美運動」與「頹廢派」三個名詞的解釋，有的詳細、有的簡略、有些則將其省卻。篇幅多的辭書不見得對此三名詞的解釋比較詳細，解釋的詳細與否與該辭書本身的性質有關。以下依次以臺灣、大陸、美國三地的辭書內對此三名詞的解釋作比較。

一、臺灣辭書

因爲這三個名詞係外來翻譯語，所以編輯群比較偏向國際性的、專業的辭書，會有較多的資訊。在國內以署名梁實秋「總審定」的《名揚百科大辭典》對於這三個名詞的解釋最爲詳盡。至於以蒐羅之廣，傲視國內辭典《中文大辭典》，對此三個名詞都有介紹，但是解釋內容方面，仍不如《名揚百科大辭典》來得多。而與《名揚百科大辭典》篇幅相當，亦是三大本的《大辭典》與《辭海》，缺少對「頹廢」派的解釋，對於「世紀末」、「唯美運動」二詞著墨不如前者爲多。此外，《重編國語辭典》則有「世紀末」與「頹廢」派的解釋。

二、大陸辭書

本文蒐集到的大陸方面巨型辭書，沒有任何一部作品同時包括此三個名詞：《漢語大辭典》缺少對「頹廢」派的解釋，《中國大百科全書》缺少對「世紀末」的解釋，《中國文學大辭典》僅對「唯美主義」有解釋，《中國百科大辭典》則三個名詞皆闕如。

三、美國辭書

歷史悠久的《大英百科全書》與《大美百科全書》兩者皆缺少對「世紀末」的解釋，《大美》對於「唯美主義」運動的解釋亦闕如。

晚近出版的*Academic American Encyclopedia, Lexicon Universal Encyclopedia, Grolier International Encyclopedia*三部百科全書則完全

包含「世紀末」、「唯美運動」與「頹廢派」三個名詞的解釋。有趣的是，這三部作品雖然書名不同，但編輯群幾乎完全相同，內容亦大同小異。❹因爲這一系列的百科全書沒有中文版，所以本人直接將其內容譯爲中文。*Academic American Encyclopedia*是這三部作品最早出現的，本文將其譯爲「美國學術百科全書」。

專業辭書應該算得上是資料最豐富的來源之一。本文發現美國樹叢書局(Grove)出版的巨著《藝術辭典》（*The Dictionary of Art*）❺，對於「唯美運動」與「頹廢派」的解釋，非常詳盡。不過《藝術辭典》並沒有解釋fin-de-siècle「世紀末」。

以下將各辭書的解釋列表整理，其中以百科全書對於這三個名詞的解釋最詳盡，佔得篇幅也最多。至於專業的《藝術辭典》與《文學名詞辭典》，因爲內容太多，故不列入比較，而是直接在下一節的文章中引用。以下將各辭典對於「世紀末」、「唯美運動」與「頹廢派」三個名詞的解釋，臚列於後。

---

❹ 三部百科全書以*Academic American Encyclopedia*刊行於1980最早，其次是*Lexicon Universal Encyclopedia*於1990，然後是*Grolier International Encyclopedia*於1994。後二者在首頁都有說明其與第一部爲同一作品，但最後由*Grolier*出版的百科全書並未提到*Lexicon Universal Encyclopedia*。同樣一部作品有三種書名更是讓人匪夷所思。如果是因爲後出者較前者有更多的內容，那麼依照《大英百科全書》與《大美百科全書》方式，是以發行「年鑑」作爲補充之用，而不是採用更換出版社、更換書名的方式。

❺ 《藝術辭典》爲美國GROVE書店1996年出版的巨型工具書，曾獲得多項出版獎項。請查閱《藝術辭典》（*The Dictionary of Art*）網站，http://www.grovereference.com/TDA, 民90年2月。

	世紀末	唯美主義	頹廢
辭海	世紀末 指十九世紀末期，因當時社會變更劇烈，人心浮動不安，達於極點，故有世紀末之稱。	唯美主義 (Aestheticism)一稱耽美主義，文藝上之一派。主張盡其發展個性，離絕社會，隱於藝術之宮或象牙之塔中，積極求強烈之歡樂，冀得新感覺與新刺激，以充實其精神生活之內部，即所謂爲藝術而藝術者也。西元十九世紀中葉以後，盛行於英，斯文本、莫理斯爲此派之創始者，王爾德爲此派之代表人物。	（無）
中文大辭典	同上	同上	頹廢派（Decadents）十九世紀法國文藝界之一派，以蒲特雷爲始祖，瑪拉爾、麥魏倫諸人屬之。蔑視常道，排斥宗教科學，而欲以個人之想像力直揭自然之秘奧。其於描寫

			方面，大致與象徵派相同。感情憂鬱，耽於幻想，故稱之爲頹廢派。
大辭典	世紀末 原指十九世紀末期的「歐」「美」社會，當時資本主義高漲，貧富懸殊，社會動亂，人心不安，社會的希望似乎隨著世紀的結束而結束。後遂引申指沒落絕望而傾向頹廢的時代。	唯美主義(Aestheticism)文藝中的一派。唯美主義的特色是以美作爲人生的中心，而厭棄物質的思潮，蔑視一般的社會道德，此種唯美派在四、五十年以前盛行於「英國」，「斯文本」(Swinburne)與「莫理斯」(Morris)是該派的始祖；但在實際生活與作品上最能代表該派的，當推「王爾德」。「王爾德」稱：「審美比道德尤高，乃屬於更靈之世界者，所以美之鑑識爲吾人所欲達到之最高點，即以色彩之感覺而論，與正邪之念比較，在個性發展	（無）

		上，更有重大之意義。」此即該派的根本主張。	
重編國語辭典	世紀末 一個世紀的末期，本指十九世紀而言，因當時社會變革劇烈，人心浮動不安，到了極點，固有世紀末之稱，後用以指沒落的時代，世紀末的普遍傾向是絕望而追求刺激。	（無）	頹廢派 1（美術）西方藝術作品，以衰頹、墮落為特徵的一派。 2（西文）指十九世紀末、二十世紀初的一群英法作家，主張藝術高於自然，最高尚的「美」是顯現在即將死亡或頹萎的事物中，抨擊當時普通為人接受的道德、倫理和社會標準。
名揚百科大辭典	世紀末 (Fin de Siécle)此術語通常指的是19世紀的最後10年。1890年代是歐洲文藝思想的過渡時期，文人和藝術家有意放棄傳統觀念，建立新技巧，尋求新素材。當時的文藝風格有3大特徵：頹廢，如王爾德；寫實主	唯美主義 (Aestheticism) 19世紀源於法國後擴及全歐的文學藝術運動。與歷史上其他時代之唯美傾向或特徵不同者在於：這個運動主張生活應當藝術化，藝術與社會、政治、道德無涉。因此康德的「沒有目的的目	頹廢 (Decadence) 文學術語。文學史和文學批評上用來稱呼緊接在文學盛世之後的文學衰落期。試以唐詩的發展為例，素有初、盛、中、晚四階段之說；晚唐標示了唐代詩歌盛世的結束，故可稱其為唐詩之頹廢期。一般

	義或「現實意識」，如吉興和蕭伯納，這是對於傷感作風的反動；激進而帶有革命色彩的種種運動，企圖解脫傳統的社會道德規範，如「新女性」居然敢騎自行車上街或要求參政。此術語如用於指文學作品，通常取其頹廢之意。參閱「頹廢」條。	的」之藝術觀，便成了「爲藝術而藝術」的中心思想。瑪拉美、波得萊爾、王爾德的作品均以唯美著稱。他們跟前拉斐爾學派關係密切，此派之名家有羅塞邱和司溫本。愛倫坡所謂「爲寫詩而寫詩」固屬之，濟慈的「美即是眞」更成了名言。李商隱可能是我國文學史上最講究唯美的詩人。曹植的《洛神賦》則是我國唯美主義發軔期的代表作。	而論，頹廢期的文學風格有流於唯美的傾向。維吉爾、賀瑞絲、奧維德之後的拉丁文學，或莎士比之後的英國戲劇，無不如此。狹義而言，此術語係只19世紀興起於法國的文學運動，強調文藝的自主功能，厭棄中產階級庸俗的文藝口味，認爲人工的修飾勝於自然本貌，追求感官的效果。波特萊爾的《惡之華》被當時的青年奉爲圭臬，1886年更有《頹廢雜誌》(Le Decadent)之發行。王爾德是英國頹廢作家的代表。參閱「唯美主義」、「世紀末」條。
漢語大辭典	世紀末　專指十九世紀末期的社會。當時，一方面技術迅速進步；另方面	唯美主義　十九世紀末流行於歐洲的資產階級文藝思潮。主張「爲藝術	（無）

	各種矛盾日益尖銳，社會劇烈動盪，潛伏著危機。因用以指社會的沒落階段。魯迅《三閑集·皇漢醫學》：「革命底批評家或云：與其看世紀末的凡索引會沒奈何之言，不如上觀任何民族開國時文字，証以此事，是頗有一理的。」瞿秋白《亂彈·世紀末的悲哀》：「時代也是有主人的：對於有些人這是世紀末；對於另外一些人這也許是世紀初—黃金時代的開始呢。」	而藝術」，反對文藝的社會教育作用，美化資產階級個人主義的頹廢生活。魯迅《花邊文學·批評家的批評家》：「譬如一個編輯者是唯美主義者罷，他盡可以自說並無定見，單在書籍評論上，就足夠玩把戲。」老舍《駱駝祥子》七：「他自居爲『社會主義者』，同時也是個唯美主義者，很受了維廉·莫利司一點兒影響。」	
中國文學大辭典	（無）（臺灣版有收錄臺灣出版的三部作品簡介：朱天文《世紀末的華麗》、蔡秀女《世紀末享樂主義》、孟樊·林燿德編《世紀末偏航》）	唯美主義文學的介紹和影響　現代文學思潮。唯美主義是曾對中國現代文學產生過一定影響的一種文藝思潮。「五四」前後，它隨西方各種文學思	（無）

		潮一起進入中國，並受到注意。《新青年》從1915年起譯載了英國唯美主義作家王爾德的數部劇作。陳獨秀在《歐洲文藝史譚》中稱王爾德與易卜生、屠格涅夫、梅特林克爲近代「四大代表作家」。創造社較注重介紹王爾德的文學思想，曾在《創造》季刊創刊號上，譯載了他的被稱爲唯美主義宣言的《杜蓮格來的序文》。茅盾曾認爲王爾德的思想「和現代精神相反」（《新文學研究者的責任和努力》），但他主編的《小說月報》12卷5期，仍刊載過《王爾德評傳》和王爾德的劇本。聞一多則推崇被唯美主義先驅的英國詩	

		人濟慈，指出：「我們主張以美爲藝術之核心者定不能不崇拜東方之義山，西方之濟慈」（1922年11月26日致梁實秋）。周作人還在《日本近三十年文學之發達》中，介紹過日本文學中的「藝術的藝術派」和「唯美派」。 唯美主義對現代文學的影響主要是夾雜在浪漫主義思潮中的。創造社在強調表現自我內心要求時，曾提出「除去一切功利的打算，專求文學的全（Perfection）與美（Beauty）」（成仿吾《新文學之使命》），葉靈風描寫性心理的小說，則明顯地表現了享樂思想。彌灑社也標榜「無目的、無藝術觀」（見《彌	

		灑》第2期扉頁），它同淺草社一起被魯迅稱爲「爲藝術而藝術」的社團（《中國新文學系·小說二集·導言》）。田漢早期曾「迷戀過脫離現實的唯美主義」（田漢《我所認識的十月革命》），他的《南歸》等作品在浪漫氣息中顯出奇離和纏綿，欲求把人生美化。現代文學中受唯美主義影響較深的是新月派。他們宣稱「完美的形體是完美的精神唯一的表現」（徐志摩《詩刊弁言》）。早期的聞一多唯美主義傾向較突出，他說：「我主張的是純藝術的藝術」，「我的詩若能有所補益於人類，那是我無心的動作」（1923年3	

		月22日致梁實秋）。在《劍匣》中，他描寫了昏死在在劍匣光彩中的快樂。他對格律詩形式的嚴格追求，一定程度上體現了他對於「藝術最高的目的，是要達到『純形』（Pure form）的境地」（《戲劇的歧路》）這一思想的實踐。 唯美主義傾向雖然在一定程度上起著反對「文以載道」舊觀念，探索藝術規律的作用，但帶有脫離現實的消極性，在中國現代文學中缺乏生長的土壤，20年代末後便逐漸趨於衰弱。	
中國百科大辭典	（無）	（無）	（無）
中國大百科全書	（無）	唯美主義19世紀末流行於歐洲的一種文藝思潮。這種思潮主張「爲藝術而藝術」，強調超然	頹廢主義 或稱頹廢派，源自拉丁文Decadential，本亦是墮落、頹廢。頹廢主義是19世紀下

		於生活的所謂純粹的美，顛倒藝術和社會生活的關係，一味追求藝術技巧和形式美。唯美主義的興起是對資本主義工業社會的功利哲學、市儈習氣和庸俗作風的反抗，它受18世紀康德的美學的影響。康德把美區分爲自由美和附庸美，強調審美活動的獨立性和無利害感，並力圖調和審美標準與道德、功利以及愉快之間的矛盾。康德的美學思想曾在德國的歌德、席勒，英國的柯爾律治、佩特等人的作品中得到闡發。 唯美主義的倡導者是法國浪漫主義詩人戈蒂耶。他發揮關於「自由美」的思想，提出「爲藝術而藝術」的口	半葉歐洲的資產階級知識份子對資本主義社會表示不滿而又無力反抗所產生的苦悶徬徨情緒在文藝領域中的反映。最早表現在法國詩人波特萊爾和象徵主義者馬拉梅等人的創作中，因而後人往往視象徵主義與頹廢主義爲一體。 頹廢主義的思想基礎是主觀唯心主義、非理性主義。頹廢主義者這名稱最先在1880年用來稱呼一群放浪的法國青年詩人。魏爾蘭於1886年創辦《頹廢者》雜誌，欣然接受了這個稱號。頹廢主義者不滿文藝對現實生活作自然主義的摹寫，主張「爲藝術而藝術」，認爲文學藝術不應受生活

		號；強調藝術的永久性，聲稱藝術本身就是目的，任何以藝術以外的觀點對於藝術創作都是有害的；標榜文藝脫離社會，文藝不受道德規範的約束，提倡純粹美，追求抽象的藝術效果。這種藝術觀點後來在英國作家王爾德的作品以及畫家比亞茲萊爲《黃色雜誌》所作的插圖中得到全面的體現。英國文藝理論家佩特更使之系統化。王爾德認爲，不是藝術反映生活，而是生活模仿藝術。現實社會是醜惡的，只有「美」才有永恆的價值。藝術家不應帶有功利主義的目的，也不應受道德的約束；藝術家的個性不應受到壓抑。	目的和道德的約束，片面強調藝術的超功利性，否定文藝的社會作用，否定理性認識對文藝的作用，宣揚悲觀、頹廢的情緒，特別是從病態的或變態的人類情感中以及與死亡、恐怖有關的主題中去尋求創作靈感。 頹廢主義在稍後的英國唯美主義運動中有進一步的發展。王爾德的《道林·格雷的肖像》中的主人公煩躁不安，精神混亂，道德敗壞，是世紀末頹廢主義者的典型寫照。19世紀末歐洲各文藝流派的藝術家和作家在哲學和美學思想上與頹廢主義同出一源，他們的作品大多具有頹廢傾向，所以頹廢派文藝又稱世

		唯美主義的繪畫發展了一種抽象的形式美，提倡培養精細的藝術敏感性。這對20世紀的工藝美術產生了決定性的影響。 唯美主義在藝術上開拓了各種美的領域，例如從怪誕、頹廢、醜態、乖戾等現象中提取美，從而擴大了藝術表現的範圍和能力。然而唯美主義片面強調美的無利害感和美的超功利，導致否定藝術的功利性和社會作用，宣揚「藝術」至上、純粹形式主義，走上耽樂主義和反理性主義的道路。因此，唯美主義的文學藝術大多帶有頹廢傾向，成爲頹廢主義文藝的一個組成部分。	紀末文藝。 頹廢主義傾向在第一、二次世界大戰以後流行的各現代藝術流派，如表現主義、未來主義、超現實主義、存在主義中，也都有不同程度、不同形式的表現。然而現代派並不等同於頹廢派。

大英百科全書	（無）	Aestheticism唯美主義運動19世紀後期在歐洲興起的運動，這個運動的學說是藝術只為本身之美而存在。這個運動是為了反對當時功利主義的社會哲學，以及工業時代的醜惡和市儈作風而開始的。唯美主義的哲學基礎是康德在18世紀時奠定的。康德主張審美的標準應不受道德、功利和快樂觀念的影響。歌德、蒂克(J.L.Tieck)以及英國的柯爾雷基(Samuel Taylor Coleridge)和喀萊爾(Thomas Carlyle)發揮了這一觀點。在法國，斯塔爾(Staël)夫人、戈蒂埃(Théophile Gautier)和哲學家庫辛	Decadent 頹廢派法語作DÉCADENT。19世紀末詩人，尤其是法國象徵派詩人，及同時代的英國晚期唯美主義詩人都屬於頹廢派。兩派均渴望文藝能擺脫現實生活的苛求，兩派中一些成員在道德品行上的放蕩擴大了「頹廢」一詞的涵義，該詞幾乎是「世紀末」的同義語。在法國魏爾蘭(Paul Verlaine)欣然接受「頹廢」這個詞。1886-1889年間，巴茹(Anatole Baju)創辦的『頹廢』詩刊問世，魏爾蘭就是投稿者之一。法國頹廢派聲稱波特萊爾是他們的啓發者，蘭波(Arthur

		(Victor Cousin)普及了這個運動。庫辛還在1818年創造了「爲藝術而藝術」(l'art pour l'art)這句成語。 在英國，先拉斐爾派(Pre-Raphaelite Brotherhood)的藝術家們從1848年開始撒下了唯美主義的種子。羅塞蒂(Dante Gabriel Rossetti)、柏恩—瓊斯(Edward Burne-jones)、斯文本恩(Algernon Charles Swinburne)的作品通過有意識的中世紀風格表現了對於理想美的熱望，是唯美主義的代表作。王爾德(Oscar Wilde)和裴特爾(Walter Pater)的著作以及比爾茲利(Aubrey Beardsley)	Rimbaud)、馬拉梅(Stéphane Mallarmé)和科比埃爾(Tristan Corbiére)是他們的同仁。英國頹廢派詩人包括19世紀90年代的西蒙斯(Arthur Symons)、王爾德等。❼ Decadentismo 頹廢主義 義大利文藝運動，其名稱來自19世紀最後10年興起的一批頹廢派作家。該運動的作家（沒有在這種情況下的內聚力）對實證主義的反應一般是個別地強調本能、非理性、潛意識，並以個人和科學的理性主義，以及人的全部的重要性相對立。該運動

		的繪畫也表現了對唯美主義運動的態度。畫家惠斯勒(James Mcneill Whistler)將這一運動培養優美的感受性的理想發展到最高點。 唯美主義運動注意的是藝術的形式美。這個運動促進了弗賴 (Roger Fry)和貝倫森(Bernard Berenson)的成熟的藝術批評。唯美主義運動和法國象徵主義運動關係密切，促進了工藝美術運動，並且通過對20世紀藝術決定性的影響，倡導了新藝術派。❻	的作家有福加札羅(Antonio Fogazzaro)、帕斯科里 (Giovanni Pascoli)、鄧南遮(Gabriele D'Annunzio)、斯韋沃(Italo Svevo)等，他們在風格和哲學觀點上相去懸殊，但都力圖以高度主觀性來表現社會和世界。20世紀初，評論家克羅齊(Benedetto Croce)抨擊了這個運動。第二次世界大戰後，這一運動略有恢復，到了60年代，在馬克思主義評論家薩利納里(Carlo Salinari)的抨擊下，又趨於沒落。
簡明大不列顛百科全書	（無）	同上。（代表人物只有中文譯名，沒有原文）	同上。（代表人物只有中文譯名，沒有原文，60年代改

			爲70年代，應該是前者採民國紀元）
大美百科全書	（無）	（無）	DECADENTS 頹廢派 一八八〇年代一群法國作家高傲地採用此名稱，以斷言他們對新工業社會唯物主義的蔑視。「象徵派」也適用於這個團體。 十九世紀中葉，相互衝突的信念在歐洲社會中造成目的和方向的整體性迷失；批判的理性取代了信仰；人和文明新的諷刺觀點經常引起意志的神經麻痺。哲學家盧梭 (Jean-Jacques Rousseau)所描繪的破碎和不平衡的「高貴野人」，似乎都變成了完整和健全的文明人。 許多法國作家似

			乎沈溺於最乖張的新潮流，他們追求活躍、充滿活力的生活，在自然力的馴服上筋疲力盡。他們同時批判唯物主義的生活。他們傾向對眞美、夢境、視界和詩的象徵性表達，以對抗物質世界。他們找尋許多隱處發展他們的作品，並思考藝術家、鑑賞家內心世界的物理、心理、和哲學的展現，他們研究波特萊爾(Charles Baudelaire)的詩，他的詩集《惡之華》(1857)第一次展現研究人類罪惡之泉和純粹形式辛苦創造上頹廢的美感。 首先接受「頹廢派」標記的是昇華

			詩人馬拉梅(Stéphane Mallarmé)的追隨者，馬拉梅是《牧神午後序曲》(1876)詩集的作者。頹廢派最著名的包括：魏蘭(Paul Verlaine)、拉弗格(Jules Laforgue)、于斯曼(Joris Karl Huysmans)、科比埃爾(Tristan Corbiére)、克羅(Carles Cros)、維利耶(Villiers de L'Iske-Adam)、維爾哈倫(Émile Verhaeren)及盧維(Pierre Louÿs)。
Academic American Encyclopedia（美國學術百科全書）；Lexicon Universal	fin de siécle世紀末 世紀末是一個有頹廢意涵的名詞。尤其指得是19世紀晚期特定的藝術與文學作品形式。在英國這種特定形式的	Aestheticism 唯美主義 唯美主義是一個結合文學與藝術的運動，特別蓬勃發展於進入十九世紀末期的英法兩國。這個運動的理	Decadence 頹廢 這個名稱通常不是很嚴肅的被用來形容品行、道德、或美學方面的沈淪。從文學史來看，這個名詞特別指得是

Encyclopedia	代表包括1894-97年的《黃色雜誌》(*The Yellow Book*)、比爾茲利(Aubrey Beardsley)的繪畫、王爾德1893年作品沙樂美(*Salomé*)與1891年《道林・格雷的肖像》(*The Picture of Dorian Gray*)，以及道生(Ernest Dowson)的*Cynara*。在法國這種形式包括羅特列克 Henri de Toulouse-Lautrec的繪畫，魏爾蘭(Paul Verlaine)的"Langueur," 馬拉梅(Stéphane Mallarmé)的"Hérodiade"(1869), 于斯曼(Joris Karl Huysmans)的《逆流》*A Rebours* (1884), 與孟德斯	論基礎，是把美的強烈認知—「爲藝術而藝術」視爲最高目標，在這個理論之下的美，乃是獨立於社會、政治、與道德考量之外。對於唯美主義者而言，生活本身必須過得像一件藝術品。 美學的基本概念，是來自德國的浪漫主義(Romanticism)的作家與哲學家—特別是康德(Kant)。在法國，班傑明・康士坦(Benjamin Constant)被認爲是首先於1804年提出爲藝術而藝術(*l'art por l'art*)一詞的之人，戈蒂埃(Théophile Gautier)更進一步在1835年他的小說	唯美主義與象徵主義—十九世紀末期，流行於法國與英國，特色是不受道德拘束的善感、用乖張的感官與異國意象，以及對於「爲藝術而藝術」理念的信仰。在法國，這個思潮的剛領主要展現於《頹廢雜誌》(*Le Decadent*)、波特萊爾與魏爾蘭的詩作、以及于斯曼1884年的小說《逆流》(*A Rebours*, 英譯本書名*Against the Grain*)，後者帶出一種流行：飽足與疲倦感的表現，以及偶而伴隨著對宗教確定性方面的渴望與禁慾主義。在英國，唯美主義有詩人道生、西蒙斯，以及王爾德戲

	鳩伯爵 (Count Robert de Montesquiou-Fezensac) 誇張的肖像畫。Alfred Eng-strom ❽	*Mademoiselle de Maupin* 的序言之中，說明唯美主義的概念。美國作家愛倫坡(Edgar Allan Poe)也影響了法國的唯美主義運動。這個運動的中心意向，以波特萊爾的詩作—特別是他1857年的詩集《惡之華》(*Les Fleurs du mal*)爲代表，並且影響了後起的法國象徵派 (Symbolism)作家與畫家的作品。 　　英國唯美主義的發展，可追溯到濟慈 (Keats) 的詩作、羅素金 (John Ruskin) 與佩特 (Walter Pater)的文學評論、以及如前拉菲爾兄弟會(Prepaphaelites)的成員例如羅塞蒂(Dante	劇《沙樂美》的提倡。這些作家頻頻在《黃色雜誌》上發表作品，該雜誌也刊行比爾茲利畫作。❿

		Gabriel Rossetti)等的詩作與畫作。佩特在他1873年的作品《文藝復興研究》(*Studies in the History of the Renaissance*) 下了結論說：在一個上帝不存在的世界，價值展現在感覺強烈的時刻。他鼓勵他的讀者「像硬寶石一般的火焰燃燒去吧」，以及去擁抱「對於爲藝術而藝術的愛」。佩特的觀念對於王爾德以及葉芝(W.B. Yeats)發起的詩韻社(Rhymer Club)的詩人們特別有影響。畫家例如惠斯勒 (James Mcneill Whistler)等人，立刻放棄表象主義(representationalism)，轉向於純粹外	

		觀與顏色的抽象藝術。在1890年代期間被提升的唯美主義情緒，逐漸的被更為乖張與華麗的形式—頹廢派所取代。❾	
Grolier International Encyclopedia	（同上，在『羅特列克Henri de Toulouse-Lautrec的繪畫』之後，改為）…以及于斯曼(Joris Karl Huysmans)的《逆流》*Against the Grain* (1922英譯1884法文原著)。維也納是最接近與世紀末意念的城市，因為維也納文化在這個時候舉世聞名—吸引世人注意的代表者包括弗洛依德(Sigmund Freud)、荀白克(Arnold Schoenberg)、脫離運動(Secession	同上	同上

	Movement)以及霍夫曼斯塔（Hugo Von Hofmannsthal。⓫		

❻ 以上出自民國77（1988）年臺灣中文版《大英百科全書》。其主要內容與十年以後1998年版的《大英百科全書》*Encyclopeadia Britannica*差別不大。可是最後一段，從「唯美主義運動注意的是藝術的形式美。這個運動促進了唯美主義運動和法國象徵主義運動關係密切，促進了工藝美術運動，並且通過對20世紀藝術決定性的影響，倡導了新藝術派。」有所增加，可被譯爲「現代美學主義批評者包括威廉·莫瑞斯(William Morris)與約翰·儒斯欽(John Ruskin)以及俄國的托爾斯泰。托爾斯泰質疑脫離道德的文藝的價值所在。然而，美學主義運動將重心放在正式的藝文美學，同樣也成就了弗賴 (Roger Fry)和貝倫森(Bernard Berenson)的藝術批評。這個運動與法國象徵主義的關係密切，促進了工藝美術運動，並且通過對20世紀藝術決定性的影響，倡導了新藝術派。」1998年版的《大英百科全書》*Encyclopeadia Britannica*, **Aestheticism** 云："Aestheticism movement in Europe in the late 19th century that centred on the doctrine that art exists for the sake of its beauty alone. The movement began in reaction to prevailing utilitarian social philosophies and to what was perceived as the ugliness and Philistinism of the industrial age. Its philosophical foundations were laid in the 18th century by Immanuel Kant, who postulated the autonomy of aesthetic standards from morality, utility, or pleasure. This idea was amplified by J.W. von Goethe, J.L. Tieck, and others in Germany and by Samuel Taylor Coleridge and Thomas Carlyle in England. The movement was popularized in France by Madame de Staël, Théophile Gautier, and the philosopher Victor Cousin, who coined the phrase *l'art pour l'art* ("art for art's sake") in 1818. In England, the artists of the Pre-Raphaelite Brotherhood, from 1848, had sown the seeds of Aestheticism, and the work of Dante Gabriel Rossetti, Edward Burne-Jones, and Algernon

aestheticism in the preface to his novel *Mademoisetie de Maupin* (1835). Tile works of the American writer Edgar Allan Poe also influenced the French movement. The notion was central to the poetry of Charles Baudelaire, particularly in his *Les Fleurs du mal (The Flowers of Evil,* 1857), and influenced the later writers and painters of French Symbolism. Aestheticism in England can be traced to the poetry of Keats, the criticism of John Ruskin and Walter Pater, and the paintings and poetry of such Pre-Raphaelites as Dante Gabriel Rossetti. Pater concluded in his *Studies in the History of the Renaissance* (1873) that, in a world without God, value lies in moments of intense sensation. He urged his readers "to burn always with this hard gem-like flame" and embrace "the love of art for art's sake." Pater's ideas particularly influenced Oscar Wilde and the poets of the Rhymers Club founded by W. B". Yeats. Such painters as James McNeill Whistler rapidly moved away from representationalism and toward an abstract art of pure form and color. During the 1890s the elevated sentiments of aestheticism were gradually superseded by the more perverse and flamboyant style called Decadence. Herbert Sussman"

❿ 原文云：“**decadence** The term *decadence* is often loosely used to describe a decline of moral, ethical, or artistic standards. In literary history it specifically applies to Aestheticism and Symbolism - late-19th-century movements in France and England that were marked by their amoral sentiments, use of perversely sensual or exotic imagery, and a belief in the notion of art for art's sake. In France the movement's credo was echoed in the journal *Le Decadent* (l866-89), in the poetry of Charles Baudelaire and Paul Verlaine, and in J. K. Hyusman's novel *A Rebours.* (1884; trans. as *Against the Grain*). which helped create a vogue for expressions of satiety and weariness, sometimes accompanied by a longing for religious certainty and asceticism. In England aestheticism was cultivated by the poets Ernest Dowson and Arthur Symons and by Oscar Wilde in his play *Salome* (1893). These writers were frequent contributors to *the Yellow Book* (1fi94-97) a periodical that published the drawing of Aubrey Beardsley"

參、解釋內容的異同現象

「世紀末」、「唯美主義」、「頹廢」（又作「頹廢派」）三個名詞的密切關連性，在很多辭書中都有提及。《名揚百科大辭典》「頹廢」條末，有「參閱『唯美主義』、『世紀末』條」一段文字。《大英百科全書》對於「頹廢派」（decadent）一詞的解釋，也標明該詞與「頹廢」及「世紀末」的關連性

朗文書局出版的《文學名詞辭典》云，「唯美主義」在高舉「爲藝術而藝術」大纛的同時，犧牲了傳統禮法與道德，「頹廢」因而產生。云：

> 「爲藝術而藝術」是唯美主義的口號。文藝被視爲是最高的人類成就，接下來文藝也不是爲了道德、政治、教誨、實用的目的。文藝存在的目的僅僅是爲了其本身的美。文藝僅能從美學的標準來評價之。…… 一些晚出的極端唯美主義理論，尤其是那些視生命與藝術對峙的理論，被加以強調，於是誕生出頹廢運動。⑫

---

⑪ 原文："……and J. K. Huysmans's novel *Against the Grain* (1884; Eng. trans., 1922). Vienna is the city most closely associated with the notions implied by the phrase *fin de siécle,* however, because Viennese culture achieved particular international renown at that time—as exemplified by Sigmund Freud, Arnold Schoenberg, the Secession Movement, and Hugo von Hofmannsthal."

⑫ 原文云: ""Art for art's sake" was the catch-phrase of Aestheticism. Art is

在所有解釋之中，問題最大不同點在於對「唯美主義」運動的定義：一種說法強調「唯美主義運動」在藝術品方面的特色，一種是從文學角度來看這個運動。因爲定義的不同，依照前者的說法，「唯美運動」起源於英國，依後者的說法，則起源於法國。其中，《藝術辭典》，偏向英國，而大部分的辭書以及《文學名詞辭典》，都是偏向法國。《藝術辭典》〈唯美主義運動〉項，視「唯美主義運動」一詞與「藝術與工藝運動」(Arts and Crafts Movement)相同，該書並且指出，在法國發生的「爲藝術而藝術」文學運動，影響到英國美術品之創作。云：

> （唯美主義運動）是指從1870年代到1880年代，發生在英國而後擴展到美國的純藝術、裝飾藝術、與建築藝術的運動。不同於庸俗主義下的藝術品與設計樣式，這個運動的特質在於對於「美」的崇拜，以及強調藝術品本身所發出的純粹滿足之感。在繪畫方面，這個運動有一種對於藝術自主性——「爲藝術而藝術」的認知。這種的認知，是來自於1860年由法國傳入英國的文學運動。⓭

---

viewed as the supreme human achievement, and it should be subservient to no moral, political, didactic or practical purpose: its purpose is to exist solely for the sake of its own beauty. It can be judged only by aesthetic criteria.…… During the later phase of Aestheticism some of its more extreme tents, in particular the notion that life was opposed to art, were exaggerated, giving rise to the movement called decadence. " Martin Gray, *A Dictionary of Literary Terms*, (Longman: Singapore), 1994, p.11.

⓭ 原文："(Aesthetic Movement) Term used to describe a movement of the 1870s

可是，「唯美主義運動」一詞，在《文學名詞辭典》裡，就全然指得是文學運動。云：

> (唯美主義運動) 是指包括文學運動在內的一個歐洲的文藝運動。這個強調藝術本身自足性與最高價值的運動，在十九世紀的後半葉特別興盛。…… 唯美主義自發性的主要代表人物包括法國的戈蒂耶(Gauiter)、波特萊爾(Baudelaire)、福樓拜(Flaubert)、馬拉梅(Mallarmé)、于斯曼(Huysmans)，美國的愛倫坡(Poe) ——他提出「為作詩而作詩」(the poem for the poem's sake)。英國的佩特(Pater)、王爾德(Wilde)、道生(Dowson)、約翰遜(Lionel Johnson)、西蒙斯(Symons)諸人採用了許多美學研究的基本論點，英國的藤尼森(Tennyson)、莫理斯(Morris)、史文朋(Swinburne)亦受到影響。⓮

---

and 1880s that manifested itself in the fine and decorative arts and architecture in Britain and Subsequently in the USA. Reacting to what was seen as evidence of philistinism in art and design, it was characterized by the culf of the beauteful and an emphasis on the sheer pleasure to be derived from it. In painting there was a belief in the autonomy of art, the concept of ART FOR ART'S SAKE, which originated in France as a literary movement and was introduced into Britain around 1860."

⓮ 原文云: "(the Aesthetic Movement) A European movement in the arts, including literature, flourishing in the second half of the nineteenth century, which stressed the paramount value and self-sufficiency of art.……The main exponents of Aestheticism as a self-conscious movement were the French (Gauiter, baudelaire, Flaubert, Mallarmé, Huysmans). In America, Poe propounded a theory of 'the poem for the poem's sake' ('The Poetic

相較於辭書，專業性「論文」的內容更爲詳盡。李季育〈十九世紀末歐洲的「藝術與工藝運動」〉並沒有談論到文人與工匠的互動，只是單純的由從藝術品製造的角度切入這個議題，呈現當時社會對工業革命以後大量生產的工業產品的不滿，云：

> 十九世紀末歐洲「藝術與工藝運動(Arts and Crafts Movement)」的起源地是在西元1850年代的英國，剛開始是來自於羅素(J.J.Rouseau)對工業製品的不滿，於是極力鼓吹教導大眾手工製作的方法。此外對民族工藝品的崇尚以及對中世紀工匠技藝傳承方法的憧憬，亦是促成此運動發生的原因之一。⑮

總之，從作家方面來看，「唯美運動」是法國詩人起帶頭作用，從工藝品而言，「唯美運動」是從英國發難，二者都是對工業革命以後的社會而興。

除了英、法兩國之外，1990年代出版的百科全書，也加入了中歐的奧地利。屬於《美國學術百科全書》*Academic American Encyclopedia*系統的《葛羅里百科全書》*Grolier International Encyclopedia*，指出「維也納是最接近與世紀末意念的城市，因爲維也納文化在這個時候舉世聞名——吸引世人注意的代表者包括弗

Principle', 1850), and in Britain, Pater, Wilde, Dowson, Lionel Johnson, Symons adopted many elements of the aesthetic approach; Tennyson, Morris and Swinburne were also influenced." *A Dictionary of Literary Terms*, p.11.

⑮ 李季育：〈十九世紀末歐洲的「藝術與工藝運動」〉，《歷史文物月刊》，8卷6期，民87年6月，頁32。

洛依德、荀白克、脫離運動以及霍夫曼斯塔」。

除了「唯美主義」有二派說之外，「頹廢」一詞在臺灣、美國、大陸三方面辭書中，也出現比較不同的解讀方式。仔細反省這些解讀方式，竟然與當地的政治立場有互相呼應之處。大陸的《大百科全書》視「頹廢」是反抗「資本主義」而興，云：「頹廢主義是19世紀下半葉歐洲的資產階級知識份子對資本主義社會表示不滿而又無力反抗所產生的苦悶徬徨情緒在文藝領域中的反映。」《大美百科全書》則認爲「頹廢」是對「唯物主義」的反抗，並強調頹廢派求新求變的特性，有「一八八〇年代一群法國作家高傲地採用此名稱，以斷言他們對新工業社會唯物主義的蔑視」以及「許多法國作家似乎沈溺於最乖張的新潮流，他們追求活躍、充滿活力的生活，在自然力的馴服上筋疲力盡。他們同時批判唯物主義的生活。」的解釋。臺灣的《名洋百科大辭典》既不利用「頹廢」批判「資本主義」，也不利用它來譴責「唯物主義」，而是寄情於純文學之中，企圖在中國古典文學與「感官」追求中尋找答案，有「晚唐標示了唐代詩歌盛世的結束，故可稱其爲唐詩之頹廢期」以及「一般而論，頹廢期的文學風格有流於唯美的傾向。……強調文藝的自主功能，厭棄中產階級庸俗的文藝口味，認爲人工的修飾勝於自然本貌，追求感官的效果。」的解釋。

此外，1998年出版的《大英百科全書》在Decadant項下增加了法國作家于斯曼，以及英國的道生、約翰遜、詩韻社會員與《黃色雜誌》的投稿者。這些新資料是民國七十七年版該書《中文版》所沒有的。⑯可見，九十年代《大英百科》的編輯群，對以上這些作家的肯定。

整體而言，臺灣、大陸、美國三地對於十九世紀在歐洲產生的這股文藝運動，有不同的解釋態度。臺灣辭書對於偏向於對西方文化潮流的介紹，其中《名揚百科大辭典》用幾乎相等的篇幅介紹三者，並指出其相關性，《重編國語辭典》言簡意賅的指出「頹廢派」包括「藝術品」與「文學」兩方面，以上兩個例子可以看得出臺灣編者在處理這個問題上的細心。

大陸辭書則看重這股西潮對於中國文壇的影響。例如《漢語大辭典》在解釋「世紀末」與「唯美主義」時，就引述了魯迅的作品。此外，在大陸的辭書中，會增加「爲人生的文學」與「爲藝術的文學」的兩個名詞解釋。這兩個名詞，顯然自「爲藝術而藝術」(Art for Art's Sake)的西方名詞脫胎換骨而來，在經過二、三〇年代中國作家的反省思考之後，成爲了有中國特色的文學名詞。遺憾的是，大陸辭書習慣引用二、三〇年代的左傾作家與作品來解釋名詞的方式，不容易被臺灣讀者吸收接受，因爲臺灣曾經禁止魯迅以降的左派文學在本地流通，現代雖已開放，但臺灣文化界對於介紹他們的作品的興趣仍然不高，臺灣的中學課本裡介紹的五四新文藝作家，仍然是以臺灣本地熟悉的「胡適」、「周作人」、「徐志摩」、「朱自清」、「梁實秋」、「郁達夫」等人的少數作品爲主。

知名的美國百科全書對於「世紀末」、「唯美主義」與「頹廢」三個相關名詞的解釋，不見得特別有系統。例如《大美百科全書》

---

⑯ 詳見註❼。

既沒有「世紀末」(fin-de-siecle)也不提「唯美主義運動」(Aestheticism Movement)。不過，該書對於「美學(Aesthetics)」一題，卻呈現高度興趣：仔細的介紹西方美學的思想內容、派別與流變，成爲該書的一個特色。此外，在臺灣與大陸的辭書之中，出現頻繁的世紀末(fin-de-siécle)，沒有出現在《大美》、《大英》或《藝術辭典》等大辭書之中，卻可以在晚近出版的《美國學術百科全書》系列，以及中等篇幅的英文字典中出現，例如朗文書局1988年出版的辭典。⓱這是種現象是否透露英語系辭書企圖擺脫法語文化的影響，則不屬於本文探討的範圍之內。

《大美百科全書》、《大英百科全書》以及專業的《藝術辭典》等，都不會忽視「工業革命」以來的工業社會，是這股十九世紀末的運動的幕後推手。《藝術辭典》指出頹廢派興起的原因，在於藝文界對「工業革命」的抗議。因爲，工業革命重視生產與消費的結果，使得傳統藝文界的地位大不如前。云：

> 被形容爲頹廢(decadence)的任性叛逆個人或團體，之所以反叛現實社會與藝術規範的目的，是爲了引人注意。他們可能以不是進步而是退步的方式，展現叛逆。十九世紀末發生在文學與藝術界的唯美運動，意圖以手工藝術創作的『純』的特質，來匡正工業革命以後，藝文界地位日益降低的現

⓱ 《朗文英英、英漢辭典》將fin-de-siècle解釋爲「十九世紀末的」。(香港：朗文），1988年，頁526。

象。⓲

《藝術辭典》認爲「頹廢派」的目標在於以唯美的，原始的、性的、晦暗的作品，將人們的注意力從工業革命後的新產品，拉回到手工創作的藝文作品本身。《藝術辭典》的這種解釋方法，具有一般的普遍性。吾人亦可因此而推想得知，如果作品以僅僅以回到「子宮」的創作心態，刻意描寫生命誕生的前奏曲，那麼「頹廢派」就與色情文學沒有差別。除了「性」之外，極端的頹廢派甚至鼓勵吸食毒品，以求體驗美感的結果。因此，頹廢派招致許多負面的評價。例如，《文學與主題辭典》(*A Dictionary of Literary and Thematic Terms*)用諷刺的語氣解釋「頹廢派」，云：

> 爲了達到獨特的藝術視野，藝術家應該嘗試新的體驗，包括出軌的性經驗與吸毒。⓳

《藝術辭典》一派對「唯美主義」的解釋，涵蓋的範圍包括文學與藝術，而藝術又包括繪畫、建築等各種科別。以如此之廣泛的態度看待「唯美主義」運動，乃因爲「工業革命」影響深遠之故：

⓲ 原文云："The term also indicates the willful rejection of contemporary social and artistic norms by rebellious individuals or groups seeking to bring attention to themselves or to their causes. Such rejection can be retrogressive; the Arts and Crafts Movements sought to reverse the apparent decline in the arts caused by the Industrial Revolution by going back to the 'pure' work of the individual artisan." Jane Turner (ed.), *The Dictionary of Art*, (N.Y.: Grove, 1996), p. 595.

⓳ 原文："……the artist should experience with new sensations, including sexual deviation and drug use, all in the name of achieving a distinctive artistic vision." Edward Quinn, *A Dictionary of Literary and Thematic Terms*, (N.Y.: Facts on File), 2000, p. 78.

工業革命以後大量生產的工業產品，嚴重打擊傳統的手工業，而工業革命所培養出的中產階級新寵兒，也使得傳統的藝文界發現自己受到忽視。所以，傳統手工藝的製造者、畫家等，以及藝文界人士，都參與了十九世紀晚期的「唯美主義運動」(Aesthetic Movement)。換言之，文人爲主的「唯美主義運動」與工匠爲主的「藝術與工藝運動」(Arts and Crafts Movement)，彼此之間有共通性。

結論——辭書的編纂與文化的反省

幾部編輯嚴謹的大型辭書，在名詞解釋之後都有附上負責解釋該名詞之人的姓名，如原版的《大英》與《大美》百科全書、大陸《大百科全書》以及臺灣大陸合編的《中國文學大辭典》等。整體看來，臺灣、美國與大陸的辭書編者，在處理這三個主要出現在十九世紀末西方世界的名詞，有不同的態度。臺灣的態度保守、重陳述少議論；大陸方面夾議夾序、重意識型態強；美國一方面顯得開放自由，一方面意識型態也很強。

以臺灣辭書爲例，「世紀末」與「唯美主義」二詞，在頗負盛名的《辭海》《中文大辭典》《大辭典》三部巨書內的解釋相同性之高，讓人驚訝。《大辭典》則是根據以上的解釋推衍而成，相異之處有限。至於署名「教育部重編國語辭典編輯委員會」編輯的《重編國語辭典》除了「世紀末」的解釋與前三者相似之外，它沒有收錄爭議性比較高的「唯美主義」，卻是利用「頹廢派」一詞解釋西方的文學運動，頗見編者用心。

在臺灣的辭書之中，以《名揚百科全書》對這三個名詞解釋，最爲獨特。梁實秋在爲該書作的〈序〉云：

> 這部辭典每一名詞均由專人撰寫，不是剪貼，不是抄襲，所以在編輯過程中具有近於創作之意味。

比較每部辭書〈序文〉所敘述的成書過程，以及每部辭書列出具代表性的學者群。則臺灣《名揚》這種特立獨行的方式，獨樹一幟。

相對於臺灣的「整齊性」，美國的辭書對於fin-de-siècle（世紀末）、Aesthetic Movement（唯美主義運動），decadents（頹廢者）的解釋就有不同的解讀方式。美國發行具有代表性的《大美百科全書》與《大英百科全書》，其解釋內容差異性極大。這種各自表述的自由開放解釋方式，還可以從其他方向獲得證明——例如二者對「idealism」的解釋極爲不同的結果，甚至影響到該字的中文譯音，《大美中文版》將其譯爲「觀念論」，《大英中文版》則譯「唯心主義」。至於《大美》不解釋來自法文的「世紀末」以及具爭議性的「唯美主義」，卻給予「頹廢派」相當程度的積極評價，這個現象是否可以說是反映出「顛覆傳統」乃是所謂的美國精神之一，值得吾人深思。

在中國大陸的辭書方面，吾人可以感受到編者一方面敘述，一方面批判的寫作方式。大陸學者在敘述時以「墨家」磨頂放踵精神，所蒐集的眾多資料，令人敬佩，然而，本文對其嚴守「道德」本位與「農家」精神—用「反資本主義」與「反頹廢」的意識型態，將問題拉回原點—持保留態度，認爲有進一步討論的空間。

除了大範圍的編輯方向不同以外，人名譯音的不統一的情況，也是處處可見。除了Oscar Wilde被譯爲「王爾德」沒有什麼爭議，其他著名作家例如法國Théophile Gautier有時被譯爲「戈蒂埃」有時被譯爲「戈蒂耶」、Stéphane Mallarmé有「瑪拉爾」「瑪拉美」「馬拉梅」、Charles Baudelaire有「波得萊爾」、「波特萊爾」等不同譯名。在英國作家方面，Algernon Charles Swinburne有「斯文本恩」「斯文本」「史文朋」、Walter Pater有「裴特爾」「佩特」等譯名。名氣不及以上諸人者，偶一出現，所造成的混淆會更大。對中國人而言，姓名的一字之差，就是另外一人，這種法則，顯然不適用翻譯而來的姓名。不過，在媒體強烈宣傳下的姓名，就沒有這些問題，例如「瑪丹娜」是女歌手Madonna譯名，不會有人將他與「麥當勞」—MacDonald混淆，雖然發音方面極爲相近。

Attitude Towards Authority in Journey to the West

Richard Shek*

Abstract

The Ming-Ch'ing period in late imperial China is known for the autocratic rule of its emperors. These Chinese rulers were accorded the highest esteem and most servile obedience. They were revered as sages. At least that was what the state would have preferred. In actuality, however, many of these rulers were objects of scorn and mockery in the popular mind, in part perhaps because of their personal character flaws and other shortcomings. The classic novel Journey to the West provides a window through which the

* Professor of Humanities & Religious Studies, California State University, Sacramento

popular attitude towards authority and authority figures can be viewed. Through an examination of the portrayal of such characters as the Jade Emperor, the Buddha, the pilgrim Tripitaka, the various human and demon kings, as well as the central figure Monkey himself, this paper attempts to show the disdain and contempt with which the author (or series of authors)regarded these authority figures.

Keywords Hsi-yu chi Wu Ch'eng-en Hu Shih Jade Emperor Buddha Kuan-yin Tripitaka Monkey Pigsy Sha Monk

The Ming-Ch'ing period in late imperial China is known for the autocratic rule of its emperors. These Chinese rulers were accorded the highest esteem and most servile obedience. They were revered as sages, inviolable in their stature and unchallenged in their authority. At least that was the view the state had tried to maintain. In actuality, however, many of the rulers were objects of scorn and mockery in the popular mind, in part perhaps because of their personal character flaws and other shortcomings. The classic novel *Journey to the West* provides a window through which the popular attitude towards authority and authority figures can be viewed. The picture is an unflattering one. Almost all the authority figures, from the Jade Emperor and the Buddha, to the monster kings and human rulers, are portrayed with contempt and reservation. Their lofty status and illustrious titles notwithstanding, they are invariably depicted as wretched individuals, inept figures, and outright hypocrites. It is a most noteworthy contrast between the state and official version of authority and its popular counterpart.

Though the *Journey to the West* has antecedent versions and prototypes that predate the sixteenth century, it is commonly agreed that the novel assumes its present form by the middle or second half of that century. While debates are still continuing over the authorship of the hundred-chapter novel, the general understanding that Wu Ch'eng-en (ca. 1506-1582) had a hand in its final formulation remains unshaken. There are, however, profound disagreements among critics and commentators of the novel regarding its nature and message. At one extreme, Hu Shih gleefully dismisses it as "a book of good humor, profound nonsense, good-natured satire, and delightful entertainment."❶At the other extreme, Mainland Chinese scholars generally regard the novel as a serious political work, laden with revolutionary implications. They see it as an indictment against the corrupt and oppressive Ming state.❷ Most other literary commentators view the work as a creative gem, filled with myth, comedy, allegory, and irony. Without taking sides on the question of the novel's meaning, I would like to focus on what the novel reveals as the widespread perception of rulership and authority. In this connection, I agree with C.T. Hsia when he contends that the novel records "many shrewd observations on Chinese bureaucracy, but they strike us as the quintessence of folk wisdom rather than pointed satire of contemporary events."❸

---

❶ See his "Introduction to the American Edition," in Arthur Waley, tr., *Monkey* (New York: Free Press, 1955), p. 5.

❷ *Hsi-yu-chi yen-chiu lun-wen chi* (Peking: 1957).

❸ C.T. Hsia, *The Classic Chinese Novel* (New York: Columbia University Press, 1968), p. 139.

The Jade Emperor

It is truly amazing to observe how much of this long narrative of one hundred chapters contains this "folk wisdom" about rulership and authority in general. Let me begin with the portrayal of the Jade Emperor in this novel. The Jade Emperor is the heavenly counterpart to the human emperor, thus his depiction sets the tone for our understanding of the commonly shared view of rulership in the sixteenth century. As sovereign of the celestial realm, the Jade Emperor is in charge of the heavenly bureaucracy. At the same time, he enjoys unspeakable luxury and prestige. He rides on "a chariot drawn by eight colorful phoenixes and covered by a canopy adorned with nine luminous jewels." His cortege is "accompanied by the sound of wondrous songs and melodies, chanted by a vast celestial choir."❹

That he should enjoy such an exalted status is because "he began practising religion when he was very young, and he has gone through the bitter experience of one thousand, seven hundred and fifty kalpas, with each kalpa lasting a hundred and twenty nine thousand, six hundred years."❺ The Jade Emperor thus occupies his present position through longevity and seniority, not by talent and capability.

Throughout the novel he is consistently portrayed as taking no initiative in dealing with problems. Whatever his ministers recommend,

---

❹ Yu, Vol. I, chp. 7, p. 175. Unless otherwise indicated, all citations from the novel hereafter will be taken from Anthony Yu's translation. They will follow the format: Volume/Chapter/Page.

❺ Yu, I/7/172.

he follows. This is particularly true in his several confrontations with Monkey. Each time it is either the Long-Life Spirit of the Planet Venus, or the Bodhisattva Kuan-yin, who makes suggestions for dealing with the impudent challenger.

The Jade Emperor's more serious flaw, however, is his inability and perhaps unwillingness to use talent. It is a constant complaint of Monkey's when he realizes that despite his magical prowess and martial valor, which few in heaven can match, he is only given a lowly position as supervisor at the heavenly stables. The Jade Emperor's penchant for reliance on mediocrity and suppression of the able is manifested most glaringly in his treatment of his nephew, the Immortal Master of Illustrious Sagacity, Erh-lang. Erh-lang is summoned by the Jade Emperor upon the recommendation of the Bodhisattva Kuan-yin (strange that the Jade Emperor does not think of using his gallant nephew right from the beginning) to capture the rebellious Monkey, who has wreaked havoc in heaven and has defeated every celestial general sent to suppress him. Promises are made to Erh-lang that "following your success will be lofty elevation and abundant reward."❻ Yet when Erh-lang does manage to capture Monkey, a feat unparalleled by any of the Jade Emperor's own generals, he is rewarded with a miserly hundred gold blossoms, a hundred bottles of imperial wine, a hundred pellets of elixirs, and other treasures, which he is told to share with his lieutenants!❼ No mention is made of any promotion, so the Illustrious Sage returns to the mouth of the River of Libations, there to continue to enjoy the incense

❻ Yu, I/6/156.

❼ Yu, I/7/167.

and oblations offered to him from the Region below. There is no invitation to the later great banquet for peace in heaven, no partaking of the dragon livers, phoenix marrow, juices of jade, and immortal peaches served to the invited guests, and no attendance at the song and dance entertainment put on by the Queen Mother's divine maidens either. By contrast, the Jade Emperor's far less capable generals and heavenly deities are treated sumptuously to this celebration of victory over the rebel Monkey King, a victory made only possible by the slighted Erh-lang. This disparity in treatment underscores the Jade Emperor's failure to recognize and reward talent, and at the same time his inclination to favor mediocrity.❽

Even more unflattering is the novel's depiction of the Jade Emperor's unreasonable wrath and brutality in meting out punishments to his subordinates. His rule in heaven is so despotic and arbitrarily harsh that it makes one wonder why anybody should want to go to heaven at all! The experiences of the Tang monk's (Tripitaka's) three disciple-companions are noteworthy. The Sha monk (Sandy), for example, has this story to tell:❾

I am the Curtain-raising Marshal who waits upon the phoenix chariot of the Jade Emperor at the Divine Mist Hall. Because I carelessly broke a crystal cup at one of the festivals of Immortal Peaches, the Jade Emperor gave me eight hundred lashes, banished me to the Region Below, and changed me into my present shape. Every seventh

---

❽ This entire discussion of the Jade Emperor's less than honorable treatment of his nephew is largely inspired by Sa Meng-wu, *Hsi-yu chi yü Chung-kuo ku-tai cheng-chih* (Taipei: San-min shu-chü, 1986), pp. 41-54.

❾ Yu, I/8/189-90.

day he sends a flying sword to stab my chest and sides more than a hundred times before it leaves me. Hence my present wretchedness! Moreover, the hunger and cold are unbearable, and I am driven every few days to come out of the waves and find a traveller for food.

That such a minor mistake of accidentally breaking a crystal cup should invite such a severe punishment is no glowing description of the Jade Emperor's magnanimity. Similarly, Chu Pa-chieh (Pigsy) also suffers harsh sanctions at the hands of the Jade Emperor. Here is his story:[10]

I was originally the Marshal of the heavenly Reeds in the Heavenly River. Because I got drunk and dallied with the Goddess of the Moon, the Jade Emperor had me beaten with a mallet two thousand times and banished me to the world of dust.

Heaven is indeed a joyless place when showing one's love for the opposite sex is a crime punishable by merciless beatings and subsequent banishment. Finally, the Dragon Prince who is transformed into Tripitaka's mount to make the pilgrimage more bearable also relates an account of excessive penalty meted out by the Jade Emperor:[11]

I am the son of Ao-chün, the Dragon King of the Western Ocean. Because I inadvertently set fire to the palace and burned some of the pearls in it, my father the king memorialized to the heavenly court and charged me with grave disobedience. The Jade Emperor hung me in the sky and gave me three hundred lashes, and I shall be executed in a few days.

---

[10] Yu, I/8/192.

[11] Yu, I/8/194.

From these accounts the picture of a harsh, obdurate, and irrationally wrathful ruler emerges. By any measure of justice the punishments he imposes on his subjects will be considered cruel and unusual. The infractions involved simply do not merit the penalties imposed.

The Jade Emperor's stern treatment of the minor figures in his bureaucracy is to be contrasted with his leniency for and protectiveness of those who are higher in rank and therefore closer to him. His leniency is even extended to the pets and servants of these prominent deities. There are two major groups of monsters and fiends the pilgrims encounter on their way to obtain the scriptures. The first group comprises of terrestrial spirits of all shapes and sizes who, in their attempt to gain immortality, scheme to have a bite of Tripitaka's flesh. They are invariably killed by Monkey and the other disciples after their plots have been foiled. The other group is made up of escaped pets and wayward servants of prominent celestials who, once their plans to eat Tripitaka are thwarted, are invariably spared their lives because their masters will intervene on their behalf, to the great chagrin of Monkey. Despite the gravity of the crimes they have perpetrated against the pilgrims and other innocent civilian victims, their masters matter-of-factly reclaim them without apology or compensation. No punishment for these errant individuals is mentioned. Examples of this latter group abound throughout the novel. The following is by no means a complete list:

Chps.20-21: The Yellow Wind monster is originally a rodent at the foot of the Tathagata's Spirit Mountain.

Chps.28-31: The Yellow Robe monster is Revati, the Wood-Wolf Star, one of the twenty-eight constellations.

Chps. 32-35: The Great Kings Golden Horn and Silver Horn are Lao-tzu's two youthful attendants.

Chps. 36-39: The usurper at the Black Rooster Kingdom is the Green-haired lion of the Buddha Manjusri.

Chps. 47-49: The Great King of Miraculous Power is the goldfish in the Bodhisattva Kuan-yin's lotus pond.

Chps. 50-52: The Great King One-horn Buffalo is the green buffalo ridden by Lao-tzu.

Chps. 65-66: The Great King Yellow Brows is the youth striking the sonorous stones for the Maitreya Buddha.

Chps. 69-71: The monster Jupiter's Rival is the Bodhisattva Kuan-yin's golden- haired wolf.

Chps. 74-77: The three monsters of Green-haired Lion, Yellow-tusked Elephant, and Great Eagle-roc belong respectively to the Buddhas Manjusri, Visabhadra, and Tathagata.

Chps. 78-79: The royal father-in-law at the Bhiksu Kingdom is the white deer of the Aged Star of South Pole.

Chps. 88-90: The Nine Numina Primal Sage is the nine-headed lion of the Salvific Celestial Honored One of the Great Monad.

Chps. 93-95: The princess of the Kingdom of India is the jade hare of the Star Lord of Supreme Yin.

Every one of the above-listed monsters receives nothing more than a slap on the wrist when their respective masters intercede to shield them from Monkey's cudgel. Such leniency makes the Jade Emperor's sternness to others all the more ridiculous. The double standard applied here cannot be more obvious. As a ruler, therefore, the Jade Emperor is far from ideal.

The Buddha

Though not an emperor himself, the Tathagata Buddha is certainly a ruler of sorts and a figure of enormous authority in the novel *Journey to the West*. If there were a bifurcation between church and state in heaven, the Tathagata Buddha could be considered the head of religious authority while the Jade Emperor would be the lord of civil authority. After all, when the celestial civil (and military) government fails to tame Monkey, it is the Buddha who succeeds in subduing the rebel challenger. The reader might therefore expect him him to be the most saintly exemplar of virtue and the enlightened "pope" who views every phenomenon with equanimity and detachment. He would be the paragon of rulership, providing the model of fairness, justice, and impartiality. One is thus quite caught by surprise to see what portrayal is given to the Tathagata, particularly towards the very end of the novel.

After the pilgrims have endured and survived the various ordeals of their long journey, they finally arrive at the Tathagata's Thunderclap Monastery. They are taken to the treasure loft and shown the sutras they are supposed to take back to China. Then, rather unexpectedly, the following scene unfolds:⓬

After Ananda and Kasyapa (two principal disciples of the Tathagata) had shown all the titles to the Tang monk,they said to him, "Sage monk,

⓬ Yu, IV/98/390.

having come all this distance from the Land of the East, what sort of small gifts have you brought for us? Take them out quickly! We'll be pleased to hand over the scriptures to you."

On hearing this, Tripitaka said, "Because of the great distance, your disciple, Hsuan-tsang, has not been able to make such preparation."

"How nice! How nice!" said the two Honored Ones, snickering, "If we imparted the scriptures to you gratis, our posterity (how can supposedly celibate monks have posterity?) would starve to death!"

When Pilgrim (Monkey) saw them fidgeting and fussing, refusing to hand over the scriptures, he could not refrain from yelling, "Master, let's go tell Tathagata about this! Let's make him come himself and hand over the scriptures to old Monkey!"

After this initial wrangling, the scriptures are delivered, and the pilgrims proceed to head back to China, only to discover that the sutras handed over by the two disciples of Tathagata are blank scrolls without any words! They immediately turn back to the Monastery, prepared to report to the Buddha the fraud and extortion attempt of his disciples. After listening to their complaint, the Tathagata responds with a speech that is most astounding:⓭

> "Stop shouting!" said the Buddhist Patriarch with a chuckle. "I knew already that the two of them would ask you for a little present. After all, the holy scriptures are not to be given lightly, nor are they to be received gratis. Some time ago, in fact, a few of our sage priests went down the mountain and recited these scriptures in the house of one Elder Chao in the Kingdom of

⓭ Yu, IV/98/393.

> Sravasti, so that the living in his family would all be protected from harm and the deceased redeemed from perdition. For all that service they managed to charge him only three pecks and three pints of rice. I told them that they had made far too cheap a sale and that their posterity would have no money to spend. Since you people came with empty hands to acquire scriptures, blank texts were handed over to you. But these blank texts are true, wordless scriptures, and they are just as good as those with words. However, those creatures in your Land of the East are so foolish and unenlightened that I have no choice but to impart to you now the texts with words."

Here the Tathagata Buddha is given the most unflattering depiction. Not only does he condone and abet the crimes of his disciples, he actually provides a rationalization and justification for their extortion. He even chastises them for selling themselves short on prior services rendered, and offers a disingenuous explanation that the blank scrolls are just as good as the written ones. He expects and allows graft and deceit. His two disciples face no punishment, not even a reprimand. His willingness to overlook the transgressions of his underlings is what breeds those infractions in the first place. After the second group of sutras has been transferred to the pilgrims, Ananda succeeds in getting Tripitaka's alms bowl as gift, thereby completing the irony.

Tripitaka

Similarly, Tripitaka is a ruler figure in the novel even though he is not an emperor. He is, after all, head of the pilgrimage and master of all his disciple-companions. He is supposedly the paragon of saintliness, with an unperturbed mind. Instead, he inspires no veneration and exudes nothing that even remotely resembles leadership, courage, or heroism. He is always the first to get discouraged when confronted with a difficulty. Peevish and humorless, he cries at the smallest hint of trouble. His susceptibility to tears is a constant irritation for his disciples, especially Monkey. One incident suffices to illustrate Tripitaka's weak character. One day early in the pilgrimage, Tripitaka's horse is swallowed by a monster. Visibly shaken,he has the following exchange with Monkey:⓮

> "If it has been eaten," said Tripitaka, "how am I to proceed? Pity me! How can I walk through those thousand hills and ten thousand waters?" As he spoke, tears began to fall like rain. When Pilgrim (Monkey) saw him crying, he was infuriated and began to shout, "Master, stop behaving like a namby-pamby! Sit here! Just sit here! Let old Monkey find that creature and ask him to give us back our horse. That'll be the end of the matter." Clutching at him, Tripitaka said, "Disciple, where do you have to go to find him? Wouldn't I be hurt if he should

⓮ Yu, I/15/316.

appear from somewhere after you are gone? How would it be then if both man and horse shall perish?" At these words, Pilgrim became even more enraged. Bellowing like thunder he said, "You are a weakling! Truly a weakling! You want a horse to ride on, and yet you won't let me go. You want to sit here and grow old, watching our bags?"

Besides being weak in character, Tripitaka is also selfish. When troubles occur, he is worried about his own safety without showing any concern for his disciples. Sometimes this sanctimonious monk goes totally out of bounds in his attempt to preserve himself. Once Monkey kills two bandits who attempt to rob the group. Tripitaka has his disciples bury the two corpses and build a mound. He then prays to the dead bandits to console their souls. Part of his prayer runs:⓯

By the rod of Pilgrim
you two lost your own lives.
I pity your corpses exposed.
I cover you with moundfuls of dirt.
I break bamboo for candles.
Though lightless,
They mean well.
I take stones for offerings.
Though tasteless,
They are sincere.
If you should protest at the Hall of Darkness

⓯ Yu, III/56/94-95.

And dig up the past
Remember that his (Monkey's) name is Sun
And my name is Chen.
A wrong has its wrongdoer,
And a debt its creditor.
Please don't accuse this scripture seeker!

Tripitaka's greatest flaw as a ruler or leader is his partiality to the indolent but sweet-talking Pigsy, often at the expense of Monkey. Repeatedly Monkey complains that his master is overly protective of Pigsy and covers up his faults for him. Worse still, Pigsy often uses his favored position to goad Tripitaka into punishing Monkey. And almost every time Tripitaka obliges. The episode with the "White-bone Lady" in chapter 27 is typical. Like other monsters, the White-bone Lady wants to take a bite of Tripitaka to ensure her own immortality. Taking advantage of Monkey's temporary absence, she assumes the appearance of a beautiful maiden and offers Tripitaka a fragrant pot of rice. Monkey, returning just in time, recognizes her true identity and kills her transformation with one blow of his rod. Tripitaka is upset with Monkey's rash behavior, but the latter defends his action by pointing out that the food the monster offers is nothing more than maggots and ugly toads. Whereupon Pigsy begins to fan the fire:[16]

Master, this woman, come to think of it, happens to be a farm girl of this area. Because she had to take some lunch to the fields, she met us on the way. How could she be deemed a monster? That rod of Older Brother is quite heavy, you know. He came back and wanted to try his

[16] Yu, II/27/23-24.

hand on her, not anticipating that one blow would kill her. He's afraid that you might recite that so-called Tight-fillet Spell, and that's why he's using some sort of magic to hoodwink you...

Sure enough. Tripitaka gets the idea and recites the Spell to cause Monkey great pain. On a second time the monster approaches the group in the form of an old woman. Recognizing the monster again, Monkey strikes at her new transformation and kills it too. This time, Tripitaka not only recites the Spell, he threatens to disown Monkey. When Monkey demurs, Pigsy chimes in with his inciting remarks again:⑰

> Master, he wants you to divide up the luggage with him! You think he wants to go back empty-handed after following you as a monk all this time? Why don't you see whether you have any old shirt or tattered hat in your wrap there and give him a couple of pieces.

Finally, on a third time, the White-bone demon changes into an old man looking for the young maiden and the old woman. Again Monkey sees through the outward appearance and kills the monster for good this time. Seeing the skeletal remains of the demon, Tripitaka is ready to believe his eldest disciple when Pigsy sows more discord between the two:⑱

> Master, his hand's heavy and his rod's vicious. He has beaten someone to death, but, fearing your recital, he deliberately

---

⑰ Yu, II/27/26.

⑱ Yu, II/27/29.

changed her into something like this just to befuddle you.

This time, Monkey not only suffers the pain of the Spell, but is dismissed and sent away by Tripitaka, whose gullibility and credulity are fully revealed here.

Earthly Kings

If Tripitaka fails as a ruler and leader, the human kings in the novel do not fare any better. The King of Cart-slow Kingdom is described as a dim-witted man who places his total trust in some Taoist charlatans. He is so much under their sway that he persecutes all their adversaries and allows himself to be manipulated by them.[19] The King of Scarlet-purple Kingdom is so infatuated with his imperial consort that when she is taken captive by a monster, he takes ill and stops holding court for a long time.[20] Again, the King of Bhiksu is so obsessed with his search for immortality and sexual prowess that he allows the killing of one thousand one hundred and eleven young boys in order to obtain their hearts to refine the elixir. Even Tripitaka is moved to remark, "Ah, befuddled king! So you grew ill on account of your incontinence and debauchery. But how could you take the lives of so many innocent boys?"[21] It takes little reminder that all these kings have their real-life counterparts in sixteenth century Ming China. *Journey to the West* merely uses examples of imperial conduct with which the populace were

[19] Yu, II/46.

[20] Yu, III/68.

[21] Yu, IV/78/43.

all too familiar.

Concluding Remarks

If the portrayal of rulership is generally so negative in the novel, are there no good and exemplary models of ruler at all in this work? There is one, and he is Monkey. Monkey becomes ruler not by hereditary succession or usurpation, but by sheer demonstration of ability. Only he has the courage and the heroic bent to leap through that waterfall to find a perfect settlement place for the monkey band. His acquisition of power is through a fair, open, even consensual process. Once becoming king, he shows no favoritism or partiality. Instead, he takes good care of his subordinates, always having their interests in mind, and shares with them whatever he enjoys. After he removes his own name from the ledger of death in the underworld, thereby assuring his own immortality, he does not forget to do the same for the other monkeys.[22] Similarly, when he has tasted the celestial wine at the festival of Immortal Peaches, he makes sure that his fellow monkeys can also partake of this longevity-giving drink.[23] He inspires loyalty without coercion, and his subordinates remain faithful to him no matter how long he has been absent.

Monkey firmly believes that kingly power must be earned, not inherited. Only the best and the most powerful should occupy that position, which is open to challenge at all times. In his own challenge

[22] Yu, I/3/111.

[23] Yu, I/5/143.

to the Jade Emperor, Monkey declares boldly: "King may follow king in the reign of man," and "many are the turns of kingship."[24] This is certainly a radical view of how rulership should be acquired.

The *Journey to the West* is thus a most interesting source to examine the sixteenth century Chinese perception of rulership and authority. Most of the flawed rulers in the novel manifest the same traits and failings of their flesh-and-blood counterparts in the Ming court. All the self-indulgence, partiality, egocentrism, capriciousness, rapacity, condonation of underlings, and gullibility to sycophants so characteristic of the sixteenth century Ming emperors are re-created with delightful humor and authenticity in the novel. But what is so instructive of this perception of rulership is the expectation of its existence as an axiomatic aspect of Chinese culture and civilization. No matter how wretched and despicable are the individual occupants of the throne, the institution itself is not under attack. In other words, the image of the individual rulers might be tarnished, yet the office they represent remains sacrosanct. Despite the widespread disaffection with certain rulers, there is no recommendation or valiant call to abolish emperorship itself. This is perhaps the most notable aspect of the commonly held view of rulership.

---

[24] Yu, I/7/172.

Bibliography

C.T. Hsia, *The Classic Chinese Novel* (New York: Columbia University Press, 1968)

Lo P'an, *Ssu-shuo lun-ts'ung* (Taipei: Tung-ta t'u-shu, 1986)

Liu Yin-po, *Hsi-yu chi fa-wei* (Taipei: Wen-chin ch'u-pan, 1995)

Andrew Plaks, *The Four Masterworks of the Ming Novel* (Princeton: Princeton University Press, 1987)

Sa Meng-wu, *Hsi-yu chi yü Chung-kuo ku-tai cheng-chih* (Taipei: San-min shu-chü, 1986)

Arthur Waley, tr., *Monkey* (New York: Free Press, 1955)

Anthony Yu, tr. and ed., *The Journey to the West* 4 vols. (Chicago: University of Chicago Press, 1977-1983)

Hsi-yu chi lun-wen chi (Peking: 1957)

略論漢語文化學的系統架構與研究展望

盧國屏*

摘　要

「漢語文化學」，是淡江大學中文系近年來所積極推動的語言研究新領域。這個領域期望借助漢語研究的理論，針對各種文獻資料，做文化系統的詮釋與建構。但是推動一個學術方向並非易事，包括學術領域的定義範疇、理論與研究方法的體系，及學術界的支持與認同等，都是同等重要的。

本文中探討了「語言文化學」的概念、語言學科的多元本質、臺灣漢語研究及教學的省思、漢語文化學的學術輪廓等內容，目的就在爲前述的問題作討論與準備。基於傳統漢語研究與教學在本地似乎遇見瓶頸的情況下，我們

* 淡江大學中國文學系教授。

希望能走出一條活潑且足資應用與的新路。企盼各方賢達，有以教之。

關鍵詞　語言　漢語　文化　文獻　人文精神

壹、語言文化與語言決定論

暫且不論中國傳統語言文獻中，透過大量語言資料所承載及反映出來的文化內涵有多少。近代學者在論及語言與文化關係時，經常是追溯且植基於二十世紀初美國人類語言學家E·Sapir B. L. Whorf所提出的「語言相關理論」，此理論又稱之爲「語言決定論」。該理論注重語言和社會文化之間的聯繫，其中語言決定思維、語言決定文化等的結論，都是引發近代語言文化連結研究的主要課題。

Sapir 認爲語言不只是交際和思維的輔助工具，更是人們形成世界觀的基礎；Whorf 更將此理論進一步系統化，強調客觀世界只能給予我們一些雜亂無章、川流不息的印象，只有語言系統中可能存在的語法範疇和語義分類才能使它們條理化，這種條理化使操不同語言的人所理解的客觀現實不同。所以特定的語言迫使人們接受特定的世界觀，並決定人們的思維規範和行爲準則，而不同語言的民族，其邏輯也不相同。

Sapir 和 Whorf 師生二人依照這樣的理論體系，綜合運用了「語言學」和「文化人類學」的理論和方法，建立了百年來影響深遠的西方「人類文化語言學」的學科體系。其理論系統和研究方法，和我們要討論及提倡的「漢語文化學」，其實有若干理想與做法上之相通。

雖然西方對上述理論，歷來也有一些不同的看法：

其一：雖然人類在認識世界時有主觀成分，尤其對客觀世界的認識用語言形式固定下來時更是如此，但這種主觀成分不是語言所固有的，而是來源於各個不同民族的社會現實，是不同民族的文化特質決定了語言形式，而不是相反。其二：雖然語言是與思維密切結合在一起的，但語言本身畢竟是音義結合的符號系統，它有自己特殊的結構規律和特徵，與思維不是同一事物。語言能有效地幫助思維並在一定程度上影響思維方式，但不能決定思維。例如當代語言學及認知科學專家Steven·Pinker在其新作「The Language Instinct－How the Mind Creates Language」一書中便說：「著名的語言決定論就是說：人的思想受到他的語言的類別影響，而弱勢的語言相對論（Linguistic relativity）則說，語言的不同引起使用者在思想上的不同，這就是Sapir－Whorf hypothesis（沙皮爾－吳爾夫假設）。」這些他大學時代所唸的差不多都還給老師的人，可以趕快背誦出當年所學的記憶：不同地方的人，對顏色的分類有不同的分法；印地安的霍比人對時間觀念的不同；愛斯基摩人對雪的形容詞有十多個。這些背後的含義是很沉重的：他表示眞實世界的類別不是建立在這個世界上，而是建立在人的文化上。但是這是錯的，這種把思想和語言畫上等號的想法，就是所謂的「大眾的無稽之談（Conren Tional）」。

其實雙方的這些理論差異，至少在前引的這些意見中，個人看不出二者應有之對立，而只是研究目的及研究導向之不同而已。Sapir將語言之研究，導向了社會與文化之分析，而認知心裡學者Steven則導向了思想與具象爲認知之根源，並非語言。既然反對者之意見與「人類文化語言學」之研究範疇、導向是有差異的，那麼相對的意見正好也提供我們一些探討語言文化關係時的另類思考。至少近代「人類文化語言學」的學科體系，活絡了百年來語言和文化聯結的相關研究，是一個不爭的事實。我們要建立當代「漢語文化學」的系統架構，這是一個可以借鑑的方向。

貳、語言科學的多元本質與交緣特性

很少有哪個科學能像語言科學一般，將其觸角深入四面八方，和其它的學科發生密切聯繫，並且對許多學科產生深刻的影響。要了解它的這些能力，必先了解語言學的性質與特點：一是它的多元本質、二是它的交緣特性。

語言是一門多元性的學科，它在人類所創立的整個科學體系中佔有相當重要的地位。它的研究範圍十分寬廣，不只書面語，也包括口語；不只古代語言，也包括現代語言；不只研究一種語言，是研究世界所有的語言，研究它們之間的共同性問題；不僅要宏觀的研究語言的整體，還要微觀其內部結構；不僅研究共同語，還要研究語言的各種變體。因此，語言擁有一個十分廣闊的研究領域，在這個領域內包含著一個個的分支學科，構成一個豐富多彩的語言學體系，而這還只是提及了理論語言學的層面而已。至於應用語言學部分，便是其交緣特性的具體展現。所謂應用，指應用語言學的知識、理論，來解決其它科學領域的各種問題的語言學分支學科。因爲這種能力，使得語言學派生出許許多多的邊緣學科，而又相互聯結與影響。所謂「交緣」即此意涵，這一特點，使語言學在很大程度上具有了橫向科學的特色。

上述的兩個特點，其實從語言學各分支學科的分布與構成體系中，就可以明顯體現：

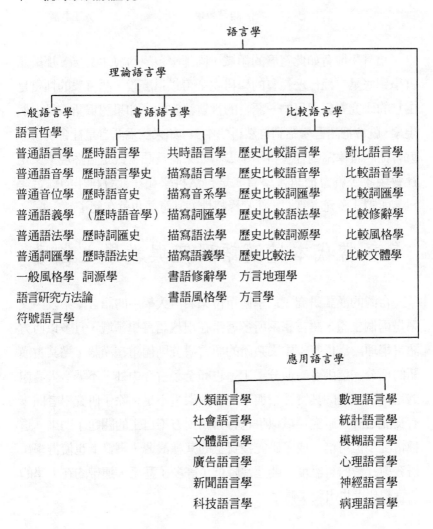

- 語言學
  - 理論語言學
    - 一般語言學
      - 語言哲學
      - 普通語言學
      - 普通語音學
      - 普通音位學
      - 普通語義學
      - 普通語法學
      - 普通詞匯學
      - 一般風格學
      - 語言研究方法論
      - 符號語言學
    - 書語語言學
      - 歷時語言學
        - 歷時語言學史
        - 歷時語音史
        - （歷時語音學）
        - 歷時詞匯史
        - 歷時語法史
        - 詞源學
      - 共時語言學
        - 描寫語言學
        - 描寫音系學
        - 描寫詞匯學
        - 描寫語法學
        - 描寫語義學
        - 書語修辭學
        - 書語風格學
    - 比較語言學
      - 歷史比較語言學
        - 歷史比較語音學
        - 歷史比較詞匯學
        - 歷史比較語法學
        - 歷史比較詞源學
        - 歷史比較法
        - 方言地理學
        - 方言學
      - 對比語言學
        - 比較語音學
        - 比較詞匯學
        - 比較修辭學
        - 比較風格學
        - 比較文體學
  - 應用語言學
    - 人類語言學
    - 社會語言學
    - 文體語言學
    - 廣告語言學
    - 新聞語言學
    - 科技語言學
    - 數理語言學
    - 統計語言學
    - 模糊語言學
    - 心理語言學
    - 神經語言學
    - 病理語言學

文藝語言學	實驗語言學
詞律學	工程語言學
詞典學	機器翻譯
語言教學	人工智能

語言學擁有如此寬廣的領域，同那麼多學科發生交接，那麼語言學到底是一種什麼性質的學科呢？可以這麼說，語言學的性質是由它的研究對象與目的－語言的性質決定的。如果認爲語言是自然現象，就會把語言學歸到自然科學中去；如果認爲語言是社會現象，就會把語言學歸到社會科學中去；如果認爲語言既是自然現象又是社會現象，就會把語言學看成是自然科學和在社會科學的綜合學科。所謂「多元本質」、「交緣特性」其意義也就在此了。

參、當代本地漢語研究與教學之省思

台灣的漢語研究，以學術單位來看，大學中的語言學系及中文系是兩個主體。語言學系所多著重在現代語言學領域，且多以西方語言學理論爲根基；中文系所的語言研究則偏重在漢語，尤其古漢語的部分。這兩者看似分了工，也顧全了古今中外，不過令人憂慮的是，二者之間其實往來與互補性都嚴重不足。除了研究學者間少有交流之外，研究領域似乎也各自爲對方不自主的關起了門來。這種情況不但可惜，成了研究投資上的某種浪費，事實上也使得學術研究對社會的貢獻度、關連性降低了許多；甚至，連帶的在大學的語音教學上也出現了偏差。

以各大學中文系爲例，數十年來在給學生的語言訓練上，多以「文字學」、「聲韻學」、「訓詁學」三門課程爲主，另外能開出一些相關與輔助學科的，已屬難能，例如「語音學」、「文法學」、「修辭學」等等。其實這三門的漢語課程設計，本身是有其廣度、深度乃至理想性的。意欲在漢字字形基礎上，上溯漢語古音研究，進而導入語義訓解的廣度中，使學生在掌握漢語形音義之本質後，能進入古文獻的語文資料中去，進而順利閱讀與深入闡釋內容。而對漢語有進一步興趣的學生，在進入研究所後，通常也循著既有基礎，進入了古漢語、漢字的研究體系中來。於是過去數十年來，漢語研究的學者在漢字系統上、古音歷史上、訓詁理論上，其實質量都有著很好的成果，對於漢語理論科學有著莫大貢獻。

不過當數十年過去了，我們看到的學校與學術研究現象是：學生的興趣減低了，投入漢語研究的研究生少了，當然後續的師資與研究，質未必減弱，但量的確是少了。這其中是課程的設計、教學的內容與重心、抑或是學科本身出了問題？都值得我們深思。

首先，必要的澄清是：學科本身並沒有足以疑慮與動搖的問題。文字學、聲韻學、訓詁學之內涵，的確是以漢語文獻資料爲學習研究對象的人，所該有之訓練，而其本身也是三門有系統條理的獨立學科。問題在於，課堂上之訓練，通常過於著重其理論性，而降低甚至是缺少了實際應用的部分。例如「聲韻學」，在語音學體系中是屬於與語音層面的基礎理論科學；又若以「古漢語音韻學」而言，又屬於歷時語音學的一環。中文系的訓練與研究，古文獻是一個比例甚重的對象，歷時語音學不可謂不重要。但往往我們給了學生一個斷代時空的語音系統後，再也沒有時間與機會或課程去告訴他們語音系統的意義、及能應用於當代的語言知識時，學生早已深陷「古聲母」、「古韻母」系統而如墜五里霧中；再當他執起中學語文教程後，依然不知如何看待「救援」與「罰鍰」的「援」與「鍰」有何差異，更遑論體會語言與人類社會、文化的關係。

又例如「訓詁學」，其實是一門具體而微、有絕佳「中國理論與應用語言學」本質的優秀課程。它可以從古漢語理論，延伸至整體的語言學理論，例如語音、詞彙、語法等；它也可以從經義訓解，延伸至當代文化詮釋上來，如新興詞彙的社會分析，或新興語言模式中之符號應用。（如網路語言、廣告語言之分析）因此個人認爲這是中文系學生最可以和當代社會銜接的學科之一。但可惜的是，課程上的訓練，多數囿於制式教材，持著上好的語言理論，研究上好的經典文獻，而學生仍常墜於五里霧中。當他們進入了社會，對於語言詞彙的專業敏感度，與社會中非漢語專業人士的淺薄竟也無異。

我們不能苛求學生與師長輩，因爲我們其實都被某種規範式的訓練與思考，阻斷了創新與改革的新思維與自發能力。這個改革不可以是學科本身，而其實是研究方向該有的調整。基本上，問題在於「文字學」、「聲韻學」、「訓詁學」的教學中，我們都過於偏重其理論部分而忽視了最能表現現實生活、社會脈動、文化意識的一種形式，而這些部分便是應用語言學的觸角最能深入之處。如果我們只給學生理論，卻無法令其操作應用，走入社會去發揮，那麼他對這些理論排斥甚至陌生，也是不足爲奇的。因此課程內容的設計、教學領域的擴大、研究觸角的社會性、即時性與當代性，恐怕都是我們在面對時代丕變時所該設想的了。

肆、語言與文化互動具人文精神的研究領域——漢語文化學

一、方向的提出

語言學系統既包含有理論與應用兩部分，而當代漢語研究與教學又偏重於理論層面，其所造成的負面影響已如前述，那麼將研究領域向應用語言學部分移動，以取得平衡、解決困境實是必要之途。而我們的建議，便是「漢語文化學」這個最能展現語言與文化互動、最具人文精神的語言研究新方向。

二、學術源流

「漢語文化學」作爲一門科學，必然有其所以成立之條件，不過此處倒須先做個學術淵源上的澄清及說明，那就是「漢語文化學」其實不是一門新興學科!就中國語言學來說，將語言與文化作爲一個體系來研究，其實早已展開，那就是「訓詁」。訓詁是中國古代語言研究的起源，但它的本質卻是紮實的、文化性的經典闡釋。蓋春秋戰國時期，一來，諸侯割據，王權旁落；二來，學術繁榮，百家爭鳴，促使新思維出現，也造就了許多典籍的完成。但是，春秋以後，雅言的政治與語文功效，因著王權削弱，而擋不住以方言土音爲主的新興政治勢力，造成了語文因「時有古今，地有南北。」而產生了巨大差異。當春秋以下，各種文化歷經了大變革，有志之士急欲整合、創新之際，語文竟成了最大的障礙。於是文化的發展，

便須以語文的專業理論與現代闡釋爲前提，而這就是訓詁。

當時，孔子爲了這些典籍，創立學校、編輯整理文化資料，刪定了六經。而要掌握這些經典的文化內涵，就必須如孔子所說：「熟知其故」，這個「故」既指「故事」而言，更指「故訓」。傳統訓詁在此環境下，成爲古代歷史文化及其語言演繹的統一力量，爲中國語言文字學的開端，奠定了一個文化闡釋型的語文訓詁的架構，《春秋三傳》如此，《爾雅》、《說文》如此，《周易十翼》、《管子牧民解》、《立政九敗解》、《韓非子解老》、《喻老》，也都可以是這個角度下的訓詁。

這種傳統訓詁所奠定的語文研究模式，使中國古代語言學在往後兩千年的發展中，以逐漸成型的解釋方式，從事文化闡釋工作；而在積極闡釋的過程中也掌握了漢語文問題的本質，豐富了漢語文的系統理論建立。這種語文與文化互動、具人文精神的研究型態，傳統訓詁如此，現代漢語研究更應是如此。而我們也很願意將這個源流與理想的研究型態，在今日的漢語研究中承繼下來，並且付出創新的心力，這便是「漢語文化學」。

三、學科成立之條件

古今中外任何一門學科之成立，必得符合以下四項標準：一，要有專門的研究對象、二，要有明確的研究目的、三，要有科學的研究方法、四，要形成符合研究對象的自身客觀規律的理論體系。

「漢語文化學」在過去傳統語言文化研究的基礎及後人的努力下，上述四個條件的成立，早已無庸置疑。它以漢語及中國文化爲研究對象；目的在展現其個別的系統精華及整合後的新視野；它有古今漢語研究理論與方法做後盾，並吸納文化學科的各項分支領域與觀點；而漢語言、文化數千年以來穩定流動的規律性與一脈相承的特質，又正是「漢語文化學」所要積極表達與參與的部分。

四、學科系統與架構

其實簡而言之，「漢語文化學」的內涵便是探討語言與文化的表層與深層結構。了解了語言與文化關係，便也掌握了這門學科的系統架構與理想所在。因此我們願意將前文所論語言與文化之關係，再總結如下：

將語言和文化作為一個議題，其實就是關注特定社會集團的文化特徵和語言特徵之間的關係。文化是社會物質文明和精神文明的總和，包括所有具有社會價值的人類活動的方式及產物。它標示著人的社會發展程度，是一定社會生活的結晶。文化發展具有歷史繼承性，它使任何一種新文化的產生都以過去的文化為基礎，並使全部文化朝著一個確定的方向不斷豐富和發展。一定的文化必定依存於相應的社會生活基礎，因此社會的不同歷史時期，不同民族劃分，不同階級構成，不同區域分布等，都使社會文化相應的帶有時代、民族、階級、地域等特徵。在現實生活中，文化的這些基本特徵表現為每一種社會環境中都有其特定的文化素質，如風格、風俗、時尚、禮儀、遊戲、等生活方式，以及思想、道德、宗教、藝術、制度等方面的傳統。語言則是特定社會集團的成員來傳遞訊息的交際工具。語言作為民族文化的一部份，同時又是反應民族文化的主要形式，表現出文化的民族特徵。尤其是語言中的語義系統，是該社會集團成員把握、認識世界的集中反映。因此，特定的文化與特定的語言之間，有著密切深刻的歷史和現實的內在聯繫。

「漢語文化學」的研究主體，便希望在爲語言與文化間的這個聯繫解密，不論古代文化、古代語言、現代文化、現代語言，都是這個學科所要關注的。總結本文所論，絕無意將一切問題的解決歸之於「漢語文化學」，或將今後漢語言研究的榮寵也歸之於它。只是當我們誠心的檢討與反思之後，體會它是一條適合當代語言研究所走的一個方向，遂將之提出以求教諸君。企盼海內外博學，有以教之。

Naming the Other: an overview on philological mentalities in China during its early encounter with the world

Professor, Thomas Zimmer*

Abstract

Through the process of naming one can learn a lot about the otherwise hidden motives in approaching the word. Many of the names already found in Chinese Zhou texts for specific peoples became in time generic terms for "barbarians". Terms like "hu", "fan" etc. have influenced the Chinese language since early time. Together with descriptions of outward appearances, skin colour etc. Chinese language

* Assistant Professor at the Chinese Dept, University of Bonn, Germany

> followed different tracks in naming foreign people through derogatory terms as well as through transcription of their original ethnonym. Apart from these aspects the paper will also mention another important approach towards the other in Chinese language, which can be exemplified through the use of loan words.

Words are conceived as a means to an end. Ultimately, this tends to be practical. The ancient Chinese generally had a keen perception that categories set up by language (particularly moral and administrative categories) have an important function in organizing and regulating public and private human behaviour. The setting up of such code of speaking was called *zhengming* 正名・In ancient China though the predominant concern was not the relation between names and objects, but between names and behaviour, between what one says and how one performs. Philosophically speaking — or, to be more precise logically — Xunzi's essay on the "Right Use of Names" is the most coherent and sustained discursive survey of the problems of logic that has come down from ancient Chinese times. Xunzi viewed linguistic conventions as a historical phenomenon and as a social institution. He distinguished between those conventions introduced by decree (legal terminology of the Shang court/administrative terminology of the Zhou court) and the miscellaneous terms (*sanming*散名) which he also saw as fixed by the kings, but where the kings based themselves on various local customs. Names according to Xunzi, possessed the important function of making communication possible: "Using these names, people from distant regions and of different habits could communicate with each other (*tong*

通)." ❶Xunzi's interest in language and logic was primarily social: he thought that by managing the names (*zhiming*制名) the ruler could ensure that names were fixed and realities distinguished correspondingly. The aim of the institution and managing of names, then, was bringing unity and proper organization to the people. Sorting out reality by means of names was subsidiary to that. Xunzi thought that the correct managing of names would lead to a regulated discourse where everybody, through speech and action, would articulate the principles inculcated through the managing of names, through the correct use of names.❷ One of the most crucial points in Xunzi's argumentation about the purpose of names is that of discrimination between things that are the same and those that are different. Another question closely conntected with this was that names have their reference not inherently but by convention: "Names are not inherently appropriate (*guyi* 固宜). We give names by establishing a convention. When the convention is settled and a habit is formed, we call a name appropriate and we call it inappropriate when it is at variance with the convention. Names do not inherently have a corresponding reality (*ming wu gu shi*名無固實). It is by convention that we give names to realities. When the convention is settled and a habit is formed, we speak of a name of reality." ❸

There could be much said about the problem of names in connection with philosophy and logic, but this is not my purpose today. Instead I

---

❶ See the translation of *Xunzi* by Burton Watson: *Hsün Tzu*. Basic Writings, New York: Columbia UP 1963, p.139.

❷ See Joseph Needham: *Science and Civilization in China*, vol. 7, part I: *Language and Logic*, by Christoph Harbsmeier, Cambridge: Cambridge UP 1998, p.322.

❸ Watson: *Hsün Tzu*, p. 144.

would like to look at the topic from the linguistic side. Linguistically speaking the process of naming the other as I use it in this paper can be understood as being part of the science of onomasiology.❹ When this "other", as I want to see it here has to to with the foreign, then a lot of other aspects have to be considered. Loanwords for example play an important role in the evolution of language and show how a people is dealing with new concepts, ideas and material things. For each new object, be it physically or intellectually, there has to be found a new lexical form in a language.❺ As far as China is concerned now there were three times in which the Chinese imported words and expressions from other languages on a large scale. Translation of Buddhist canons since the Eastern Han to the Song dynasty brought into Chinese hundreds of new words, many of them having been part of basic vocabulary since then, such as *shijie* 世界 "world" and *yishi* ·意識 "consciousness". The Jesuit misionaries in the late Ming and early Qing dynasty, in addition to their religious activities, introduced modern Western learning to the imperial court and the literati. Works they wrote or translated in Chinese included a large number of titles in astronomy, mathematics as well as in humanities and social sciences. They coined words like *jihe*幾何 "geometry" and *diqiu* 地球 "earth", which have been in common use since that period. The past 150 years surpassed any previous period in terms of the volume and scope of influx of new

---

❹ Here to be seen in a broader perspective than just the traditional aspects of onomasiology as the way of calling and discribing things in lexicololgical research.

❺ For details concerning the loan words in modern Chinese see the article LAI ZHIJIN / THOMAS ZIMMER: "Das Lehnwort in Chinesischen" (The loanword in Chinese), in: Orientierungen 1/1993, pp.96-105.

concepts and expressions from other languages into Chinese. Between 1811 and 1911, 2.291 titles were translated and published. Before 1900, most of the books on Western learning were translated directly from English, French, German, and other European languages, whereas after 1900 more were translated via Japanese. In contrast to the late Ming and early Qing time, most of the works translated during this period were in the fields of social sciences and humanities, reflecting the growing recognition of the need to initiate reform in political, social, and economic institutions and in the prevailing traditional values in ethics and ideology.❻ Since the modes of transference, i.e. the way of transfering information of one language into another language are more or less the same for loan words and the process of naming as described beneath I will list them up here shortly.❼ In the group of loan translations the foreign term is translated in a literal way, with a morpheme-for-morpheme match between the two languages, for example *mi-yue*蜜月 - honeymoon; *lan-qiu* 籃球 - Basketball. The specific elements of semantic translation are that a new Chinese word is coined using indigenous morphemes in a way that attempts to capture the most characteristic feature of the foreign concept. The literal meaning of

❻ See Ping Chen:*Modern Chinese. History and Socilolinguistics*, Cambridge UP 1999. pp.100-1.

❼ These are very gerneal categories, fitting mainly into the system of dealing with European languages. For the special way of exchanging loan words between Japan and China see for example Wolfgang Lippert: *Entstehung und Funktion einiger chinesischer marxistischer Termini. Der lexikalisch-begriffliche Aspekt der Rezeption des Marxismus in Japan und China* (Origin and function of some marxist terms in Chinese language. The lexical aspect of adoption of Marxism in Japan and China), Wiesbaden: Franz Steiner 1979.

the Chinese words may not match that of the original, for example in *qi-che*汽車 - car; *daziji*打字機 - typewriter. The important group of phonetic transcriptions stands for words which are directly borrowed from the source languages, with Chinese characters used to simulate their original pronounciation, for ex. *shafa* 沙發 - sofa, *mada*馬達 - motor. Next, there exists a juxtaposition of semantic translation and phonetic transcription when a Chinese morpheme is added to the transliterated word to indicate the semantic category, for example *balei-wu*芭蕾舞- (-dance) ballet; *che-tai*車胎 (car-) tire. Last then, there is a combination of semantic translation and phonetic transcription again, the specifics of which are the following: while matching the sound of the original word as in transliteration, the combination of the characters also has its own semantic meaning, for example *lei-da*雷達 - radar; *wei-ta-ming*維他命 - vitamin.❽

The remarks made above clearly refer to the process of language shaping development through the contact with other people. But this is still not what I want to explain today when speaking of "naming the other" as mentioned in the title. I first would like to specify my topic a bit more clearly. During the last few years I have been occupied with some research on the problem of distance and the concept of space in traditional Chinese thinking. The scope of literature used for this project reached from the works of traditional Chinese philosophy to fictional titles of the Ming and Qing novels. Only quite recently I started to feel the necessity not only to deal with the more speculative accounts as they appear in philosophy and fictional literature, but to have a closer look at

❽ See Ping Chen: *Modern Chinese*, pp. 103-4.

the more factual reports on China's encounter with other people, and see how the problem is dealt with in historical sources. Again, the problem of what kind of material one used best arose, and after checking this I became convinced that sections of the Chinese dynasty histories (mainly the chapters concerned with "biographies" [*liezhuan*列傳]) offered a rich amount of information. Due to their long tradition dating back in time more than 2000 years the dynasty histories give a very comprehensive account, although they tend to be mostly concerned with the official attitudes. To get a broader vision one would have to consider also the travel accounts appearing after the introduction of Buddhism into China, for example.

After I started to work myself through the texts I began to notice that the question of names and the process of naming might be of some importance: What makes the other / the foreigner a foreigner and what's the basis for his name? Are the names created through translation of the self descriptions by the foreigners (endonym) or are they creations by the Chinese historians (exonym)? If then the given names are exonyms, what is the reason for their creation, how "ideological" is their contents, and what do they reveal about a specific world view?

This last question is important because the creation of ethnonyms is different from the shaping of names in literature. In a novel like the *Dream of Red Chambers*（Hongloumeng紅樓夢）for example, a name normally has anumber of connotations mostly derived from homonyms or near-homonyms, highlightning characters, objects, plot, theme, and setting along with its literal meaning. In addition, through the innuendos of names, the act of artistic creation is at times elucidated, human nature probed, prevalent social conventions castigated, and the author's own point of view articulated. ❾ Texts with historical contents and ethnographic information lack this sort of playfulness.❿ Naming in the context of history and ethnography is happening on a more subconsciousness level. As we know from works in early Western linguistics, the symptom function of signs in a language is an important trigger of connotative meanings. As the linguist Karl Bühler has shown in his book on *The Theory of Language* (1934) and John Lyons confirmed this afterwards in his work on *Semantics* (1980) the expression is a symptom of what is present in the speaker's mind.⓫

In ethnology the question of different peoples names is a field of research on its own. Very often, the names of other peoples are either the only or the first thing known about nations which have disappeared or aren't known already. As far as China is concerned now there existed an early layer of designations for the "foreign" and the "other". These designations were grouped around concepts of the *huaxia*華夏 as the inhabitants of the so called "middle

---

❾ See MICHAEL YANG: "Naming in *Hongloumeng*", in: CLEAR, December 1996(vol. 18),p.100.

❿ Concerning the ethnonyms for China's minorities some titles have been published in China during the last decade. In the West Wolfram Eberhard did some early research work on this topic. See WOLFRAM EBERHARD: "Place-names in Medieval China. A Preliminary Note", in: WOLFRAM EBERHARD: *Settlement and Social Change in Asia*, Hongkong : Hongkong UP 1967, pp.130-35. Some information still can be found in PAUL PELLIOT: *Notes on Marco Polo*, Paris: Imprimerie Nationale. Librairie Adrien-Maisonneuve 1959.

⓫ See Fang Weigui: "*Yi, Yang, Xi* und *Wai*. Zum Gebrauch und begriffsgeschichtlichen Wandel des Chinesischen im 19. Jahrhundert"(On the terms Yi, Yang, Xi, and Wai),in: Orientierungen 1/2000,p.15.

kingdom" or "central states" *Zhongguo* 中國 and the other peoples around this kingdom. In a first attempt for definition one would have to speak of these designations as Han ethnonyms for the non-Han. Again one has to keep in mind that ethnic consciousness as it is understood today was a rather late phenomenon in Chinese history and the formation of the Chinese (or rather, Huaxia) evolved over millenia with contributions from many different peoples and tribes. In direct contrast to the findings of archaeology and historical genetics, according to the Zhou and Han interpretation of history (the orthodoxy until the 20th century), the peoples outside the heartland areas of the Xia, Shang, and Zhou were regarded as one or other form of non-settled, nomadic, warlike barbarian or savage, in bipolar contrast to the qualities of the Zhou (later the Han), who saw themselves as settled, civilized, moral, and peaceful. Needless to say, the non-Huaxia were considered to have contributed little or nothing to the genesis of Chinese civilization. They were regarded as potential if not actual enemies and scorned for their uncouth ways. Yet barbarians and savages, it was felt, if they submitted and studied, could become civilized (sinicized) and eventually accepted into the Huaxia melting pot. Just as the Huaxia organized themselves hierarchically, so too they saw the rest of the world as a hierarchy: Huaxia; barbarians; animals. The Huaxia lived in the *Jiuzhou*九州(the nine continents), they were surrounded by the *Sihai*四海 (the four seas), the dwelling place of the barbarians who in turn were surrounded by the *Bahuang* 八荒(the endless wastes). Within the category "barbarian" different degrees were recognized according to level of subjugation, proximity, and sinicization.⓬

The earliest terms for barbarians included collective terms such as the *siyi*四夷 of (from the place where they lived) the *sihai*. The *siyi* were the Dong Yi 東夷, Bei Di 北狄, Xi Rong 西戎, and Nan Man 南蠻. Most of this ethnonyms became generics for barbarian and were also often used in combination. (e.g. *Rongdi* 戎狄, *Yidi* 夷狄). The early dictionary *Erya* 爾雅 (section "Explanation on topography", *shidi*釋地), defines *sihai* in the following way: "The nine Yi, eight Di, seven Rong, and six Man are called the four seas." So, one of the meanings of *sihai* was the place where the barbarians lived, hence by extension, the barbarians. The expression "all between the four seas" (*sihai zhinei* 四海之內) was used as a synonym for *Zhongguo.*

Many of the names found in Zhou texts for specific barbarian peoples became in time generic terms for "barbarian": Yi, Man etc. None of these generics has influenced the Chinese language as much as *hu* (basic meaning is dewlap, hence beard, hence the bearded ones, hence barbarians, hence foreigners). A memory of the strange (barbarous) ways in which the non-Han spoke is reflected in the many expressions beginning with *hu*胡: *hushuo* 胡說 (drivel), *huchou* 胡臭 (body odor) etc. In comparison, another term for "foreign" — *fan* 番 —sounds more neutral, for example *fanbang* 番邦 (foreign countries), *zhufan* 諸蕃 (foreigners) etc. From the Han, *hu* was used in the names of many foodstuffs imported from foreign countries, especially from the Western

---

⓬ There is a god overview in PING-TI HO: "In Defense of Sinicization: A Rebuttal of Evelyn Rawski's 'Reenvisioning the Qing' ", in: JAS 57.1(1998), pp.123-55. As an introduction see also ENDYMION WILKINSON: *Chinese History. A Manual*, Cambridge/Mass.:Harvard UP 2000, pp.709-10.

Regions. From the Ming, *fan* was also used in the same way, especially for foodstuffs imported through the southern seaports. *Fan* continued to serve as a general term for foreign as long as Guangzhou was the main gateway for new products, but in the 19th century it was replaced by *yang* 洋 or *xi* 西, the more modern terms preferred in Shanghai.

Derogatory terms for naming the barbarians were also common. The usual practice was to use words such as slave (*nu* 奴), devil (*gui* 鬼), caitiff (*lu*虜), or robber (*zei*賊) linked to the old generic terms *hu*, *yi*, *man*, and *fan*. Thus the chief enemy of the Qin and Han empires, the Xiongnu, were called *Xiongnu* 匈奴 .

As mentioned above, there were of course different ways and strategies of naming as one can see for example in connection with the toponyms.⓭ To identify the ethnonyms, personal names and toponyms of Non-Han tribes and peoples outside of what later became China, the ideal would be to know the pronounciation both in the original language and of the characters used for the transcription into Chinese. Unfortunately, there are usually insuffient records to reconstruct most of the non-Han languages, but at least for the Chinese, it is possible using handbooks on historical phonology.

Considering the phonetic transcriptions as one method to shape names first, one has to keep in mind further, that in most cases no exact statements can be made on the original language in which the phrase was coined because a lot of languages were used in the nowadays Central

⓭ A still very useful dictionary for the study of this question is Feng Chengjun's *Placenames of the Western Territories* (Xiyu diming), published 1930, here the edition Peking: Zhonghua shuju 1982 was used.

Asian territories south of the Tianshan, for example Sanscrit, Pracrit, Turkish, Persian, Tocharian, Sogdian etc. This uncertainty of lingual origin is perhaps one of the reasons for the semantic vagueness of place names one encounters again and again. Where one would idealistically expect one signification for one Chinese term, very often it's the other way around, i.e. there are lot of significations for the one phonetic transcription into Chinese. One of the very popular examples is "Fulin" 拂菻 as it appears in the *Xin Tangshu.* In this *New History of the Tang Dynasty* "Fulin" clearly indicates the capital of the Byzantian Empire, i.e. Constantinopolis, but phonetically it may be connected with the Persian "Farang" (which itself seems to be a derivation of the term for "Franken"), such meaning the European population at the east coast of the Mediterranian.⓮ Although one would suspect that this vagueness is a special quality of the phonetic transcription there are other examples as well. We don't know who inventend the term "Da Qin" 大秦 or who used it for the first time.⓯ "Da Qin" literally means "Great Qin" or "Greater Qin" is a term found in the *Hou Hanshu* (History of the Later Han), the *Jinshu* (History of the Jin) and a lot of other dynasty histories and was normally understood to be a term for the Roman Empire. "Da Qin" can be definitely seen as a Chinese expression. Although we don't know about early contacts between the two empires, merchants and travellers might very well have brought some knowledge about the Roman Empire to

⓮ See FENG CHENGJUN'S *Placenames of the Western Territories*, p. 21/27.

⓯ Most of the studies on this question rely on the dynastic histories. See for example HOMER H. DUBS: *A Roman City in Ancient China*, London: The China Society 1957.

China, which again used "Great Qin" to compare Rome with the first empire after the unification by Qin Shihuang. But "Rome" again is a fuzzy term, because it's not clear whether the West Roman or the East Roman Empire is indicated. Other terms often used together with "Da Qin" as "Hai xi" 海西 – literally "West of the ocean" or "Western Ocean" – or "Lijian" 藜軒－a phonetic transcription—indicate that a much broader region might be concerned such as the old town of Alexandria or the nowadays Syria.[16] The term in question was used in this connection in the *Liangshu* (History of the Liang).

Another common feature of place names, other nations and peoples is the shading and evolution of semantic meaning. The expression for "India" in Chinese seems to have been coined after the river called "Sindhu" which is the Indus we know today. Originating from this name the phonetic transcription "Shendu" 身毒is already found in such early works as Sima Qians *Records of the Historian* (Shiji, 1. century B.C.) and the *Hanshu* (History of the Han). But the phonetic transcription used here is far from neutral, because the two characters clearly indicate a pejorative meaning, i.e. "body poison". Of course this lacks proof, but it may very well have to do with the introduction of Buddhism from India into China since the first century A.D. that the original negative term "Shendu" was replaced by other terms with a more positive meaning. Although one would have to take phonetic evolution also into account (meaning that the new term can be a hybrid form of phonetical and semantic parts), it's striking that in the later

---

[16] Ibd., p. 79f. See also Xinru Liu: *Ancient India and Ancient China. Trade and Religious Exchanges AD 1-600*, Delhi etc.:Oxford UP 1988, note p. 55.

Annals such as *Hou Hanshu*, *Jinshu, Xin Tangshu* up to *Songshi* and even further the term "Tianzhu" 天竺(Heavenly Zhu clan, "Zhu" here would indicate the phonetic part of the transcription for India) together with "Xiandou" 賢豆(Holy bean, again "dou" is the phonetic part). Apart from this kind of phonetic transcription we find the totally different transcription "Poluomen" 婆羅門for India since the time of the Tang dynasty, this being a hybrid form of the term for the Indian monk nobility, the "Brahmana".⑰ In comparison to phonetic transcriptions which might change in their writing, the meaning of a surcumscription by a given name or a loan translation can also change, depending on the cultural influences. During the Mongolian rule over China and other big parts of central Asia in the 12./13. century there must have been connection with the islamic world in the West. In the *Yuanshi* (History of the Yuan Dynasty) we find the terms "Tianfang" 天房(Heavenly Chamber) and "Tiantang" 天堂(Heavenly Hall) for the holy islamic town Mekka. Since the character for *tian* was also used for Taoism, the Buddhist and the Christian religion, "Tianfang" later on was a used together with the phonetic transcription "Mojia" 默伽 for Mekka like in the *Mingshi* in order to discriminate between the terms and not to get them mixed up.

The praxis of naming was ruled by another feature of the Chinese language. Chinese words in the past even more than nowadays tended to be monosyllabic. Words with two syllables were fairly rare and used mostly in the spoken language or in the written form of *baihua* which had been influenced by the actual spoken language and the older form of

---

⑰ Ibd., p. 35/86.

the written norm, the *guwen*. Words with more than three syllables have to be seen as an utter exception. Phonetic transcriptions of course don't care about the number of syllables preferred. If one rules out the hybrid forms and abbreviations there existed only one other variety of name giving, i.e. invention on the basis of some supposed characteristic features of the nation or people in question. Let's see the following example to make this clear. In ancient times there existed a country in the Himalaya region called " Suvarnagotra " . The phonetic transcription for this in Chinese was蘇跋那具怛羅a monster-word of six syllables. It's not quite sure what function women played in this country and if there existed a form of the matriachat, but supposedly it was an important one, because in the *Suishi* (History of the Sui dynasty) "Suvarnagotra" was surcumsribed as "The Country of Women" (Nüguo女國) and in the *Xin Tangshu* (New History of the Tang) it was put even more specifically "The Eastern Country of Women" (Dong nüguo東女國).⑱ In some cases the names for other nations and peoples sound unconvincing and don't seem to contain any geographical fact at all, and partly they are of phantastic origin. The "Country of western night" (Xi yeguo西夜國) mentioned in the *Hanshu* is neither described more clearly nor can it be brought in connection with a real existing country. Other toponyms like the frequently mentioned "Weak water ocean" (Ruoshui弱水) stem from an early mythological travel book in China, i.e. the *Classic of Mountains and Seas* (Shanhaijing山海經).

Of course, these are only very preliminary remarks. In a first careful conclusion one could say that even through naming the other, the foreign

---

⑱ Ibd., p. 89.

is nothing foreign per se and becomes part of one's individual or one's nation self if put into language. The other is a construction and has to correspondend with one's own world view.

Lu Xun's Han Linguistic Project: the use of wenyan to create an 'authentic' Han vocabulary for literary terminology in his early essays

Dr. Jon Eugene von Kowallis*

Abstract

During the period of his Lehrjahre in Japan (1902-1909) ,Lu Xun studied Japanese and German, acquiring some more English and a bit of Russian. He also read widely in Western literature in Japanese

* Senior Lecturer in Chinese literature and cultural studies, University of New South Wales, Australia

translation. In 1906 he dropped out of medical school to pursue a career in literature.The first major undertaking in this was a series of wenyan essays on comparative cultures,literature and intellectual history ,in which he developed a style of composition ingluenced by Zhang Binglin （1868-1936）.The present paper examines two categories of vocabulary used in these early essays and argues that Lu Xun was attempting to create not only an archaistic style of composition but also a culturalistically “authentic” Han vocabulary for literary criticism whish would hark back to China’s ancient roots.

During the late-Qing era Lu Xun 魯迅(Zhou Shuren周樹人, 1881-1936), who would later become known as the "Father of Modern Chinese Literature" went on a Qing dynasty government scholarship to study abroad in Japan. For the first two years of that period, beginning in 1902, he pursued an intensive course in the Japanese language at the Kobun Institute in Tokyo. Later he began medical studies in Sendai (1904), but dropped out a year and a half later, according to his own well-known testimony in the 1922 preface to Nahan吶喊 (Outcry), because of a newsreel-type slide show he had been shown after one of his classes, which depicted a Chinese man being beheaded by Japanese soldiers on Chinese soil in Manchuria during the Russo-Japanese War (1904-5). The young Lu Xun was appalled at the listless reaction of a crowd of Chinese spectators, some of whom had come to take in the execution as spectacle. Recalling his feelings as a youth, as he wrote in a famous 1922 preface:

這一學年沒有完畢，我已經到了東京了，因為從那一回以後，我便覺得醫學並非一件緊要事，凡是愚弱的國民，即使體格如何健全，如何茁壯，也只能做毫無意義的示眾的材料和看客，病死多少是不必以為不幸的。所以我們的第一要著，是在改變他們的精神，而善於改變精神的是，我那時以為當然要推文藝，於是想提倡文藝運動了。（魯迅全集(1981)1:416-7）

Before the term was over I had left Tokyo, because this slide convinced me that medical science was not so important after all. The people of a weak and backward country, however strong and healthy they might be, could only serve to be made examples of or witnesses to such futile spectacles; and it was not necessarily deplorable if many of them died of illness. The most important thing, therefore, was to change their spirit; and since at that time I felt that literature was the best means to this end, I decided to promote a literary movement.❶

Arriving back in Tokyo in 1906, Lu Xun joined forces with Xu Shoushang, later to become professor of Chinese at National Taiwan University, and others, including his brother Zhou Zuoren, to promote a literary movement.

Among his own contributions to that movement were a series of critical essays in which he outlines his views on Chinese and Western literature, philosophy and intellectual history. There are five or six of

❶ Lu Xun, Selected Works 4 vols. (Foreign Languages Press, 1980) 1:35. Chinese text in Lu Xun quanji [Complete works of Lu Xun] (Beijing: Renmin wenxue chubanshe, 1981), 1:416-417.

these, most notably Moluo shi li shuo摩羅詩力說(On the power of Mara poetry); Wenhua pianzhi lun文化偏至論 (Concerning imbalanced cultural development); Po e'sheng lun 破惡聲論 (Toward a refutation of insidious voices); Ren zhi lishi 人之歷史 (The history of man); and Kexue shi jiaopian 科學史教篇 (Lessons from the history of science), written for their abortive literary journal Xin sheng新生(Vita Nova) but published in Henan河南（1908）, a magazine brought out by Chinese students in Japan with a domestic circulation as well.

In terms of content these essays are especially important from the point of view of Lu Xun's intellectual development. Although a number of the views he expresses therein were naturally destined to change with time, the consistency he maintained well into his prime and, in fact, throughout his final period is remarkable. Moreover, in terms of length and detail, there are no other essays in which Lu Xun directly states his own personal positions so freely and unabashedly. One must keep in mind that the essays of his mature period were mostly short polemical pieces, satiric feuilletons, in which he lashes out at his political opponents, but is himself often concealed by the smoke and mirrors of rhetorical posturing required by the admixture of censorship and the polemics of the times.

Secondly, although much of the material in the early essays was in fact derived from other sources,❷ the way in which Lu Xun selected,

---

❷ For a detailed study, see Kitaoka Masako北剛正子. Mara shi riki setsu zaigenko noto摩羅詩力說材源(Notes on the sources for "On the Power of Mara Poetry") originally run in the Japanese journal Yasoo野草[Wild grasses], nos. 9-30, October 1972 to August 1982, published by the Chuugoku bungei kenkyuukai. A partial Chinese translation of this material by He Naiying何乃英 appears in the volume Beigang Zhengzi北剛正子(i.e. Kitaoka Masako), Moluo shi li shuo translated and re-arranged the information in accordance with his own views and advocacies is, in and of itself, both significant and indicative of the strength of his original contributions to intellectual discourse among Chinese intellectuals at the time.❸

The classical style in which these wenyan文言 essays were written was influenced by that of the anti-Manchu philologist Zhang Binglin章炳麟 (hao Taiyan太炎, 1868-1936), under whom Lu Xun studied in Tokyo at the time. Zhang could be said to have been attempting to rid the Chinese language of what he considered to be Manchu influence by returning to the language of the Han, Wei and Six Dynasties period, in other words, to purify written Chinese by "restoring" it to a "native" form, just as he hoped to "restore" China to native rule and cleanse it of Manchu cultural influence, but the focus of this purification was to be a linguistic as well as a political one, for Zhang well understood what Foucault would later see as the connection between language and power and was determined to re-balance that relationship in favor of the Han Chinese, however realistic or un- that attempt may have been. The present paper will examine formal aspects of Lu Xun's newly-created wenyan prose style, focusing on vocabulary. These will be divided into two broad categories: 1) innovative and characteristic items and 2) most frequently occurring items.

---

caiyuan, kao [A study of the sources used in Lu Xun's essay "On the Power of Mara Poetry"] Beijing: Beijing shifan daxue chubanshe, 1983. iv, 233 pps.

❸ See Maruo Tsuneki丸尾常喜, et al., comp., Rojin bungen goi sakuin魯迅文言語彙索引 [An index to Lu Xun's wenyan vocabulary] from the series Tooyoogaku Bungen Sentaa Sokan #36 (Tokyo: Tookyoo daigaku tooyoo bunka kenkyuu jo, 1981), p. v.

Category 1

Aside from the consciously archaic ring of his diction, the most salient features of this style are the vibrant and compelling words and images Lu Xun employed in these essays of cultural and literary criticism. Some of the most notable examples follow.

From the 1907 essay Ren zhi lishi (The history of man):

Shanzhuo覘灼Lu Xun begins the essay with the graphic term shan3zhuo2 - lit. "sparked," "kindled" - using it in his opening sentence: Jinhua zhi shuo, shanzhuo yu Xila zhizhe Dele進化之說覘灼於希臘智者德黎 (The theory of evolution was sparked off by the Greek philosopher Thales...). The characters for this compound both contain the fire radical, making the term both aurally and visually suggestive. In Lu Xun quanji魯迅全集

Bingpan冰泮 In the same essay he employs the term bing1pan4 in the phrase群疑冰泮・大閟犁然qun yi bingpan, da bi liran (the doubts of the masses melted away and the greatest secrets were made clear). The term originates in the Lushu section of the Shiji史記 where it is employed literally as a description of the natural phenomena of seasonal change, but here Lu Xun employs it as an evocative metaphor in an abstract sense. See LXQJ 1:8.

From the 1907 essay Moluo shi li shuo (On the power of Mara poetry):

Xinsheng心聲 - "voices of the heart". Normally this term refers simply to words or language, especially when emotionally charged eg.

the Taiwan polemical article of the 1970s yige xiao shimin de xinsheng 一個小市民的心聲 (the plea of a petty urbanite), but Lu Xun applies it to the language of literature, particularly poetic creation. As he deftly and movingly employs the term at the outset of the nine-part essay:

> 蓋人文之遺留後世者，最有力莫如心聲。古民神思，接天然之閟宮，冥契萬有，與之靈會，道其能道，爰為詩歌。其聲度時劫而入人心，不與緘口同絕；且益漫衍，視其種人。遞文事式微，則種人之運命亦盡，群生輟響，榮華收光；（魯迅全集1:63）
>
> No greater or more powerfully written legacy avails itself to man than the voice of his own inner heart. The imaginings of primitive man were all largely in connection with the mysteries of Nature and, being so much a part of it, our early ancestors had achieved an innately spiritual communion with Nature, which, when verbalized as well as possible, gave rise to [the earliest] songs and poems. Such voices can endure for aeons, traveling across time and space to pluck the heart-strings of listeners in another age, though the mouths of the race that spoke them once have long since fallen silent. But when the literary life of a people begins to slacken, their fate draws near a close, their collective voices trail off into silence, and all their glories and achievements quickly tarnish.

See: Mara, part I, in LXQJ 1:63. The term is used 3 times in Mara and 5 in Po e'sheng lun.

Wenzhang文章 - lit. "writings; essays; prose". Lu Xun uses this term throughout the early essays to mean "literature" or belles lettres. The first usage occurs in Mara I, LXQJ 1:63. There are a total of 21 occurrences in Mara, as opposed to wen ming 文明, which occurs only 4 times in Mara, an essay about literature, but 23 times in Wenhua pianzhi lun, an essay about what Lu Xun saw as imbalanced or problematic cultural developments (materialism, militarism and xenophobia) in both China and the West, and 7 in Po e'sheng lun, an essay with similar concerns. Wenshi 文事 (literary affairs) is also used 4 times in Mara to refer to literature,but nowhere else,the Meiji neologism wenxue / bungaku 文學 is not used at all.

Yingguo影國 - "shadow nations". This is a term borrowed from a Ming source❹ in which it referred to a client state but used by Lu Xun to describe ancient civilizations which have declined to the extent that they become "shadows of their former selves", hence I suspect that the metaphor is akin to the English.

> 凡負令譽史初，開文化之曙色，而今日轉為影國者，無不如斯。（魯迅全集1:63）
>
> And it was thus that so many lands illustrious in their early histories and hosts to the dawn of civilization itself have nowadays turned into shadows of their former selves.

❹ Yang Shen楊愼, Yilin fa shan藝林伐山, juan 3 uses the term: "The latter Liang 後梁 [dynasty] became a yingguo to the Northern Wei北魏." Here it means "client state" or appendage (fuyong附庸). See Hanyu da cidian [Great dictionary of the Chinese language], 12 vols. (1986), 3:1134-5.

Mara, I, LXQJ 1:63 (used only once).

Shensi神思 - lit. "divine thoughts" (from the idea of a muse?), meaning imagination. Originally this referred to a state of mind or a mental state; in modern Chinese there is the term shensi buding神思不定, meaning "to be distracted", but Lu Xun uses it exclusively for the imagination and its creative powers, which he champions in Mara.❺ 古民神思，接天然之閟宮，冥契萬有，與之靈會，道其能道，爰爲詩歌。（魯迅全集 1 : 63） "The imaginings of primitive man (gumin shensi) were all largely in connection with the mysteries of Nature and, being so much a part of it, our early ancestors had achieved an innately spiritual communion with Nature, which, when verbalized as well as possible, gave rise to [the earliest] songs and poems." Mara, I, in LXQJ 1:63. Used 10 times in Mara (total of 16 in the early essays).

Dichuang地囪 - lit. "window in the earth" (a volcano) - in Mara, II, LXQJ l:66

> 平和爲物，不見於人間。其強謂之平和者，不過戰事方已或未始之時，外狀若寧，暗流仍伏，時劫一會。動作始矣。故觀之天然，則和風拂林，甘雨潤物，似無不以降福祉於人世，然烈火在下，出爲地囪，一旦偾興，萬有同坏。

Peace and harmony ,as suvstantive entities,are not manifest in the human order.What people insist on calling"peace" is but a series of interludes between wars.When on the surface all appears calm, an

❺ Zhao Ruihong趙瑞蕻, Lu Xun "Moluo shi li shuo": zhushi jinyi jieshuo魯迅《摩羅詩力說》注釋・今譯・解說 (Tianjin: Tianjin renmin chubanshe, 1982), p. 21; HYCD, p. 608.

undercurrent is still present which,at a certain moment nad with the right combination of factors,will commence to set the entire process in motion again.There are parallels to this in the natural world as well. The gentle breezes caress the trees and sweet rains nuture living things,as if all were designed to confer joy and felicity upon the human world,yet raging fires exist below the surface that may any day erupt as thorgh they were a window to the very center of the earth, destroying everything within their path.（LXQJ1：66）

This appears to be a term coined by Lu Xun, possibly influenced by his 1903 abridged translation of Jules Verne's science fiction novel Journey to the Center of the Earth (Didi lüxing地底旅行),published in seralized form in the journal Zhejiang chao（chekiang tide）in 1906, in which a volcano is the door through which the protagonists enter the earth. This is indicative of one of the themes of Lu Xun's formative period, the idea that science fiction might stimulate the imagination and interest his compatriots in technology and invention.

Xingjie性解 - "genius" (lit. "the [individual] nature liberated") -- first introduced into Chinese by Yan Fu in Tianyan lun天演論 (his Chinese adaptation of Huxley's Evolution and Ethics), generally rejected in favor of tiancai天才 (lit. "heaven-[given] talent") but embraced by Lu Xun in Mara because it fit so squarely into his notion of the importance of the liberation of the creative energies and potential of the individual for the future of China. See Mara, II, in LXQJ 1:68, where he opines:

> 中國之治，理想在不攖，而意顯於前說。有人攖人，或有人得攖者，為帝大禁，其意在保位，使子獨王千萬世，無有底止，故性解(Genius)之出，必竭全力死之；有人攖我，或有

能攖人者，為民大禁，其意在安生，寧蜷伏墮落而惡進取，故性解之出，亦必竭全力死之。柏拉圖建神思之邦，謂詩人亂治，當放域外；雖國之美污，意之高下有不同，而實出於一。（魯迅全集1:68）

In Chinese politics, curtailing "disruption" (ying - see below) has always been the ideal, but for reasons quite different from the aforesaid [notion that a return to high antiquity would bring the world back to the state of "great harmony"]. Anyone with the capacity to disrupt others or anyone with a marked susceptibility to such "disruptions" would be suppressed by our emperors. This was done out of fear that disruption might somehow threaten the throne and the emperor's right to secure the line of succession for generations to come as the exclusive domain of his own offspring. So whenever genius appeared, every possible effort was expended to destroy it. By the same token, the people themselves also suppressed anyone who disrupted them or had the potential to disrupt others. After all, they too valued their tranquility, preferring to curl up and atrophy because they detested the notion of having to go out and strive for anything. Thus when genius appeared, the people would expend their every effort to destroy it. [Similarly], when Plato formulated his ideal state, he said that poets would incite turmoil and should be exiled from its borders. Though nations [such as China and Plato's Republic] may be qualitatively different, their methods of governance actually stem from one and the same impetus.

Xingjie is used twice in Mara, once in Po e'sheng lun and once in his preface to Yuwai xiaoshuom域外小說.

Ying攖 (to touch, disrupt, provoke, disturb). This term is derived from Mengzi孟子, Jin xin盡心, xia下, where Mencius says: "Ye you zhong zhu hu, hu fu yu, mo zhi gan ying野有眾逐虎，虎負，莫之敢攖" (When a crowd is chasing a tiger in the wilds, if the tiger gets his back to a bend in mountainous terrain, none dare touch him). Lu Xun uses the term in an extended meaning, defining poets as the "disturbers of men's hearts" (gai shiren zhe, ying ren xin zhe ye蓋詩人者，攖人心者也). Mara II, LXQJ 1:68.

> 尼(Fr. Nietzsche)不惡野人，謂中有新力，言亦確不可移。蓋文明之朕，固孕於蠻荒，野人狉獉其形，而隱曜即伏於內。（魯迅全集1:64）

Pi zhen 狉獉- "groveling [through the brush in search of food]" -- descriptive of the simian motions of primitive humans, in which the young Lu Xun tells his readers that Nietzsche saw "an inner-light (i.e. potential for greatness) concealed within". Originates in the line cao mu zhenzhen, lu zhu pipi from Liu Zongyuan's Fengjian lun. Used in Mara I, LXQJ 1:64.

> 尼佉（Fr.Nietzsche）不惡野人，謂中有新力，言亦確鑿不可移。蓋文明之朕，固孕于蠻荒，野人狉獉其形，而隱曜即伏于內。（魯迅全集 1:64）

Zhen dan震旦- ("China" - from the Sanskrit -- Cinisthaanaa, probably derived from the sound of the name of the Qin dynasty, as is the English term China). Lu Xun employs this term from early Buddhist sutras once in Mara I (LXQJ 1:64):

> 若震旦而逸斯列，則人生大戩，無逾於此。何以故？英人加勒爾(Th. Carlyle)曰，得昭明之聲，洋洋乎歌心意而生者，為國民之首義。意太利分崩矣，然實一統也，彼生但丁(Dante Alighieri)彼有意語，大俄羅斯之札爾，有兵刃炮火，政治之上，能轄大區，行大業。然奈何無聲？中或有大物，而其為大也喑。（中略）迨兵刃炮火，無不腐蝕，而但丁之聲依然。有但丁者統一，而無聲兆之俄人，終支離而已。（魯迅全集1:64）

Then there are Iran and Egypt, both of which faltered in mid-course and plummeted down like a rope that snaps in a well-shaft. Resplendent of old, their civilizations are bleak and desolate at present. If China (Zhendan) manages to elude their fate, that will surely rank among the most fortuitous ❻ occurrences in all of human experience. Wherefore say I this? The English historian Carlyle once observed:

The first priority of any people ought to be the acquisition of an illustrious voice that surges forth to sing the messages of its heart. Though Italy was once divided and collapsed, she could yet remain one, for the fact she had produced a Dante gave a

---

❻ Dajian大戩 ("fortuitous") is from the Sui shu隋書, Yinyue zhi音樂志・下 (Treatise on Music), xia.

> language to her cause. The Tsar of All the Russias maintains vast stores of weaponry and munitions, holds sway over an enormous domain and wields the weight of empire. Yet to what avail are all these things against the silence there? There may be great things in Russia, but their greatness is muted. ...When the Tsar's weapons and cannon have all rusted away, the voice of Dante will live on. The people who possess a Dante are united, but the Russians, so long as they are bereft of any portent of a voice, have no future save for dissolution.❼

He noticeably avoids then widely-used the Japanese term for china Shina 支那(Chin. Zhina) throughout the essays.

---

❼ As translated directly from the Chinese text. Cf. Thomas Carlyle, On Heroes, Hero-worship & the Heroic in History: Six Lectures (Boston: D.C. Heath, 1913), p. 128. From the lecture entitled "The Hero as Poet: Dante and Shakespeare."Lu Xun has condensed and reworded this quotation. The original reads: "Yes, truly, it is a great thing for a Nation that it get an articulate voice; that it produce a man who will speak-forth melodiously what the heart of it means! Italy, for example, poor Italy lies dismembered, scattered asunder, not appearing in any protocol or treaty as a unity at all; yet the noble Italy is actually one: Italy produced its Dante; Italy can speak! The Czar of all the Russias, he is strong, with so many bayonets, Cossacks and cannons, and does a great feat in keeping such a tract of Earth politically together; but he cannot yet speak. Something great in him, but it is a dumb greatness. He has had no voice of genius, to be heard of all men and times. He must learn to speak. He is a great dumb monster hitherto. His cannons and Cossacks will all have rusted into nonentity, while that Dante's voice is still audible. The Nation that has a Dante is bound together as no dumb Russia can be. -- We must here end what we had to say of the Hero-Poet. "
Obviously Lu Xun's rendering is a stylistic improvement, at least in terms of the stylistic standards of classical Chinese prose, which value conciseness.

Lu Xun adopts a number of terms from the Chu ci楚詞 remove line under characters [Elegies of Chu],such as xiuneng修能(outstanding cultivation/talents)[8] in LXQJ 1:69; suigu邃古(high antiquity)[9], chachi侘傺(disappointed, dejected),[10] and as well as the four-character phrase gaoqiu wunü高丘無女([on] a high hillock with no maiden / company -- i.e. isolated, alienated), which he separates (LXQJ 1:69).[11] This reflects his early interest in the Chu ci,[12] an imagery and vocabulary which he

---

[8] From the Lisao離騷 (Encountering sorrow): "Fen wu ji you ci nei mei xi, you chong zhi yi xiuneng紛吾既有此內美兮，又重之以修能" (Many are the inner-beauties that I posses, and further compliment these with talents).

[9] From Tianwen天問 (The heavenly questions): "Suigu zhi chu, shui chuan dao zhi邃古之初，誰傳道之？" (At the beginning of high antiquity, who spread the way to them?).

[10] In Mara, II. From the Lisao.

[11] From the Lisao離騷 (Encountering sorrow). Lu Xun has: "Fan gu gao qiu, ai qi wu nü" (Looking back on the lofty hills, he grieved that he had no maiden), see Mara I.

[12] Xu Shoushang writes: "At the Kobun Institute, Lu Xun had already begun to buy a considerable number of Japanese-language books, which he kept in the drawers of his desk, such as the poetry of Byron, a biography of Nietzsche, and works on Greek and Roman mythology. I noticed that amid these new books there was a traditionally-bound edition of the Lisao, which had been printed in Japan. When he left for Sendai to study medicine he gave it to me and I felt it was a bit remarkable. This is one of the impressions I have of him from that early period. He once told me that: The Lisao was a masterpiece of personal narrative and indirect satire; and that the Tian wen [Heavenly questions] were the ultimate source of China's myth and legends." See "Qu Yuan he Lu Xun" (Lu Xun and Qu Yuan) in Xu Shoushang, Wang you Lu Xun yinxiang ji亡友魯迅印象記 [Impressions of my late friend Lu Xun] (Beijing: Renmin wenxue chubanshe, 1955), p. 5.

continued to use in his classical-style poetry well into the 1930s.⓭

He also borrows vocabulary from Zhuangzi莊子in Wenhua pianzhi lun (On imbalanced cultural development) availing himself of such evocative terms as: diao gui吊詭(from the chapter Qi wu lun齊物論- On Making Things Equal), meaning "strange" or "totally unusual".⓮ But Lu Xun employs this in a positive sense in Wenhua pianzhi lun writing:

> 個人一語，入中國未三四年，號稱識時之士，多引以為大詬，苟被其謚，與民賊同。意者未遑深知明察，而迷誤為害人利己之義也歟？夷考其實，至不然矣。而十九世紀末之重個人，則吊詭殊恒，尤不能與往者比論。（魯迅全集 1:50）
>
> The term ge'ren個人 or "individual" entered China only within the last few years, but has already fast become the butt of ridicule and debasement by those among our scholars who are purported to understand the world and keep abreast of the times. Anyone identified by them [as a spokesman for the cause of the individual] is most inevitably crowned with an epithet like public enemy. Have not the critics been misled by their own hasty conclusions and fundamental failure to come to a real

⓭ See Jon Kowallis, The Lyrical Lu Xun莊子集解 (Honolulu: University of Hawaii Press, 1996).

⓮ Wang Xianqian's Zhuangzi jijie莊子集解 [Collected commentaries on Zhuangzi] glosses it in accordance with Lu Deming's Tang-era Jingdian shiwen 經典釋文 [Annotations to the classics]: diao should be read di and means "totally" (zhi至), gui means "different" (yi異). I am indebted to Angela Shek-hing Castro, "Four Early Essays of Lu Hsün" (M. Phil., London: 1968), p. 109 passim for several of the above examples, although my interpretation of the terms may differ.

> understanding of the concept of the individual into misconstruing it as some sort of attempt at glorifying the search for personal gain at the expense of innocent victims? A dispassionate examination will most certainly lead to conclusions of an entirely different nature.
>
> The late nineteenth-century notion of the importance of the individual was unique and atypical弔詭 (diaogui); it should not be conceived in terms of previous examples. (LXQJ, 1:50).

Another example is the phrase ju yu xu拘于虛 (lit. "limited to a hole", i.e. by one's own narrow views) from Zhuangzi's Qiu shui pian秋水篇 (On Autumn Floods), where the ancient philosophical text reads: "A frog at the bottom of a well has not the wherewithal to speak of the ocean, since its view is limited to the little round disk of empty sky it sees above the well." Lu Xun deftly employs the phrase in a similar way, but brings it into an entirely new context in Wenhua pianzhi lun when he writes:

> 其后有顯理伊勃生（Henrik Ibsen）見于文界，瑰才卓識，以契開迦爾之詮譯者稱。其所著書，往往反社會民主之傾向，精力旁注，則無間習慣信仰道德，苟有拘于虛而偏至者，無不加之抵排。（魯迅全集 1:51）
>
> Subsequently, Henrik Ibsen appeared on the literary scene with extraordinary gifts and penetrating insight, and [made himself] known as the [dramatic] interpreter of Kierkegaard. Many of his works were written to oppose the social-democratic movement. He also devoted much space and effort in his

writing to attacking convention, faith, and morality whenever they imposed limiting and imbalanced perspectives. (LXQJ, 1:51)

From Zhuangzi he also derives the term yao'e夭閼 (to hinder, hold back) in Mara II.⑮

Although the above are just a few of the most striking examples, we can see that Lu Xun was concerned, from early on, with building a "new" vocabulary for Chinese literary criticism based on a type of guwen古文 that pre-dated the Qing empire and harked back to nativist roots, but that could also be employed to describe contemporary realities and new ideas with a resonance that neither baihua白話 or the watered-down wenyan of the xinmin ti possessed.

Category 2

Next I will list, by order of frequency, a the most often-used terms that in the early essays:

Ziyou自由、自繇 (freedom; liberty). In terms of frequency of use, ⑯ the most often used term in Lu Xun's early essays is ziyou (freedom),

⑮ Taken from Xiaoyao you逍遙遊 (Free and easy wandering). See also Guo Moruo's郭沫若 article Zhuangzi yu Lu Xun莊子與魯迅 (1940).

⑯ Here I am basing my own count and that in the meticulous Rojin bungen goi sakuin魯迅文言語彙索引 [Index to Lu Xun's wenyan vocabulary], compiled by Maruo Tsuneki丸尾常喜, et al. (op.cit.), but I have chosen to eliminate several words from their tabulation of most-frequently occurring terms because these words occur almost exclusively in one essay, eg. Kexue科學 (science) occurs a total of 55 times, but 39 of these are in one instructional essay about science Kexue shi jiao pian [Lessons from the history of science]. Meishu美術 (art or fine art) occurs a total of 40 times, but 36 of these are in the which occurs a total of 49 times, ten of which use the older form of you 繇, which occurs in Shuowen說文 and would have been favored by Zhang Binglin. There are 5 occurrences of the latter in "Mara" and 4 in Po e'sheng lun. Mara also uses it in ziyou zhuyi自繇主義 (liberalism). "Mara" contains 29 uses of the newer you and Wenhua pianzhi lun has 8; Po e'sheng lun has only 2.

Jingshen精神 (spirit, intellect, Geist) occurs 40 times, with an additional occurrence in the compound jingshenjie (realm of the spirit; 5 times) and jingshen shenghuo (spiritual/intellectual life, 2 times in "On Imbalanced Cultural Development"), giving an actual total of 47 occurrences.

Renlei人類 (humankind) occurs a total of 45 times and renjian人間 24 times, sometimes in the Chinese sense of the human realm/human society and sometimes used in the Japanese sense of "human beings".

Shehui社會 (society) occurs 43 times, by contrast with the older term sheji 社稷 (lit. "the alters of the gods of the soil and grain"), which Lu Xun uses only once in Po e'sheng lun.

Shen神 (god, deity), occurs a total of 34 times (28 in "On Mara Poetry"), but much of this has to do with an examination of the story of Cain and Abel, both in the Old Testament and in Byron, and of Milton's "Paradise Lost".

Wenming文明 (civilization) occurs 41 times, plus 2 more times in wenming guo (civilized country) in Zhongguo dizhi lüelun (A brief treatise on China's geography).

---

governmental-policy essay Ni bobu meishu yijian shu擬播布美術意見書 [Suggestions for the dissemination of aesthetic knowledge].

Shiren詩人 (poet) occurs a total of 42 times, 38 in "Mara" alone).

These aside, the next group of most frequently used words include: Shengwu生物 (living beings/organisms) 30 + 8 additional compounds, total of 38.

Guomin國民 (citizen) 22 + 3 additional compounds, total 23.

Tianxia天下 (all-under-heaven/the empire/world) 31 occurrences.

Wuzhi物質 (material/materialism) 19 + 10 additional compounds, such as wuzhi zhuyi, total 29.

Rensheng人生 (life/human life) 29 occurrences.

Wenzhang文章 (essay/writings/literature) 27, 21 of these are in "Mara" alone, where it is predominantly used to mean "literature".

Jinhua進化 (evolution) 21 + 5 additional compounds, such as jinhua lun, totalling 26 usages.

Daode道德 (virtue/morality), 23 times.

Renjian人間 (humanity; humankind; human society) 23 times + 2 additional uses (as renjian shi), totalling 25 times.

Zongjiao宗教 (religion) 24 times.

Renxin人心 (the human heart) 21 times.

Shensi神思 (imaginings/imagination) 18 times + 3 additional compounds, totalling 21 times.

Lixiang理想 (ideal) 17 + 1.

Sili思理 (modes of thought) 13 occurrences.

Xiwang希望 (hope) 15 occurrences.

Yingxiong英雄 (hero/heroine) 10 + 1 additional.

Geren個人 (individual) 17 occurrences.

Sadan撒旦 (satan; the devil) 14 + 1 additional compounds sadan shiren撒旦詩人 (satanic poet). All occurrences are in "Mara", totalling

15. "Satanic" poet is derived from Southey's epithet for Byron. Lu Xun uses the term to mean rebel poet, taking Satan to be the first great benefactor to mankind (Mara, section 3).

Sixiang思想 (thought) 22 + 2 additional compounds, total 24.

From the above, although it is clear that late 19th century neologisms predominate, many of which were derived from the Japanese, he still frequently employs the old term tianxia. If the vocabulary gives an idea of his principal concerns, then it is remarkable how much the traditional preoccupations of the Confucian scholar (humanity, virtue and morality), are still there.

To a certain extent Lu Xun's belief that China could be saved by liberating the genius of the individual is new, but it is also indicative of a preoccupation with the self-cultivation of the individual, which is essentially Confucian. In that sense Lu Xun represents a continuum more than a radical break with his predecessors. As he put it in the conclusion of Wenhua pianzhi lun:

> 然歐美之強，莫不以是炫天下者，則根柢在人，而此特現象之末，本原深而難見，榮華昭而易識也。是故將生存兩間，角逐列國是務，其首在立人，人立而後凡事舉；若其道術，乃必尊個性而張精神。假不如是，槁喪且不俟夫一世。夫中國在昔，本尚物質而疾天才矣，先王之澤，日以殄絕。（魯迅全集1:56-7）

> The strength of Europe and America dazzles the entire world, but its root lies with their people; all those other things are only external manifestations of phenomena, the origins of which are

deep and not so easily seen, while their glorious fruitions are clear and obvious to everyone. For this reason, if we wish to survive in the world and compete against the various powers, the primary task will lie in how we go about nurturing a responsible citizenry.⑰ When that goal is accomplished, all things will be possible. To bring this about, we shall have to respect individuality and foster the growth of intellectual and spiritual powers. Failure to do this will lead us to wither and atrophy within a generation. China in the past has basically valued material and distrusted genius. And so it was that the bounties bequeathed us by our former kings were exhausted with each passing day... (LXQJ 1:56-7)

As it becomes apparent from the aforementioned vocabulary, imagery and concepts, as well as the direct statements of the author in the early essays, Lu Xun's agenda was not so much to destroy the best things in China's traditional culture, as to draw on them. He himself articulates this in Wenhua pianzhi lun:

> 誠若為今立計，所當稽求既往，相度方來，掊物質而張靈明，任個人而排眾數。人既發揚踔厲矣，則邦國亦以興起。（魯迅全集　1:46）

---

⑰ liren立人, lit. "to establish the people." Fudan University scholar Gao Yuanbao 郜元寶 argues in his book Lu Xun liu jiang 魯迅六講[Six lectures on Lu Xun] (Shanghai: Sanlian shudian, 2000), p. 5 that the term liren in Lu Xun's early essays is not derived from the influence of Western political thought, but rather "purely Chinese" (chunzheng de Hanyu純正的漢語) and is inextricably related to the neo-Confucian concept lixin立心 ("to establish the mind").

Just as the achievements of the present are all linked to vestiges of the past, every civilization must operate daily amid a constant flux of minor currents and divergent trends. Since these may at times run counter to the major tides in past tradition, uneven development is inevitable in the course of cultural change. If we truly intend to form a master plan for our present undertakings, the past should be examined as a gauge by which to calculate the future. We should repudiate material[istic trends] and stress the development of the native intelligence of the human mind, relying on the [potential of the] individual and dismissing [the relevance of] sheer numbers. Once people are enlightened and their capabilities brought into full play, the nation shall surely thrive... (LXQJ 1:46)

外之既不後于世界之思潮，內之仍弗失固有之血脈，取今復古，別立新宗，人生意義，致之深邃，則國人之自覺至，個性張，沙聚之邦，由是轉為人國。人國既建，乃始雄厲無前，屹然獨見于天下，更何有于膚淺凡庸之事物哉？（魯迅全集1:56）

...externally speaking, prevent ourselves from trailing behind the rest of the world in terms of intellectual developments while, internally speaking, remaining in touch with the pulse of our cultural heritage.⑱ This drawing on the new and revitalizing the

⑱ Guyou zhi xuemai固有之血脈, lit. "the original/indigenous blood vessels" [of our culture].

> old should serve to establish a new frame of reference -- one that will enable people to achieve a more profound understanding of the significance of life and lead them to achieve the self-awareness so critical in the development of the sort of individual potential required for the transformation of this "country of loose sand" into a nation of human beings. When a nation of human beings is established [in China], we will become capable of mighty and unprecedented achievements, elevating us to a position of dignity and respect in the world such that we will no longer need to be obsessed with mediocre and superficial concerns.⑲ (LXQJ 1:56)

In summation, I think it is fair to conclude that Lu Xun's linguistic project was two-fold, on the one hand he wanted to strengthen the Chinese language and thereby enrichen and broaden intellectual discourse through building a new vocabulary, on the other, he sought to bring about a continuum between the old and the new by drawing on ancient roots for this vocabulary as well as incorporating the 19th century Meiji neologisms that were au-courant in the writings of the xin min ti at the time.

---

⑲ All translations from Moluo shi li shuo (On the power of Mara poetry) and Wenhua pianzhi lun (On imbalanced cultural development) are taken from my forthcoming book Warriors of the Spirit: four turn-of-the-century wenyan essays by Lu Xun (U.C. Berkeley: East Asian Monographs series).

Chichewa Verb Structure and the Assignment of Tone

Al Mtenje*

Abstract

Most of the languages south of the Sahara desert in Africa, just like Chinese, are tone languages in which pitch contrasts perform both grammatical and semantic functions.

In this paper, I present a sketch of the tone system of one such a language, namely Chichewa, which is the main language of Malawi in Central Africa.

I demonstrate that morphologically determined tone assignment processes account for complex facts in the language. The discussion also makes cross-linguistic

* Professor of Linguistics and research center director , University of Malawi, Malawi

references to related issues in Chinese.

Keywords High Tone Alignment Domains Extrametricality

1.0 Introduction

Many studies on Bantu tonology (cf. Mtenje 1986, 1987, 1993 Odden 1988, 1996, 1998, 1999, Goldsmith 1986, Kanerva 1990, Ngunga 1997, Hyman & Mtenje 1994, 1999 for instance) have provided conclusive evidence to show that:

i. Verbs in Bantu languages are lexically categorized as either low-toned or high-toned.

ii. High tones in Bantu Verbs may be triggered by morphological factors like the presence of tense, object and aspectual/mood markers besides lexical specification and tone spreading rules.

iii The application of various tone shifting rules sometimes obliterates the precise nature of the underlying system of a language.

In this paper, I argue for a reconsideration of the treatment of some aspects of Chichewa tonology. Specifically, I show the following:

1. That the characterization of the rule of High Tone Spreading (HTS) ought to be stated in terms of the notion of extrametricality.
2. That although the placement of high tones in specific

positions on the Chichewa verb stem is morphological, the locations on which the high tones are realized may be phonologically characterized through the theory of domains and alignment.

3. That the "pile up" effect of high tones at the edges of verb stems in Chichewa high tone verbs can be accounted for in terms of high tone pruning.
4. That the overriding of lexical high tones by grammatically assigned high tones in Chichewa verbs can be equally accounted for in terms of the macro-stem domain.

The paper is organized as follows:
Section 2.0 presents preliminaries on Chichewa tonology focusing on morphologically assigned high tones and some common tone rules of the language. It also discusses alternative analyses of the conditions required for the application of High Tone Spreading, the phonological characterization of high tone assignment operations and the realization of multiple high tones on the edges of verb stems. Section 3.0 presents concluding remarks.

2.0 Preliminaries on Chichewa Tonology

Chichewa is a Bantu language spoken mainly in Malawi and also in Zambia, Zimbabwe and Mozambique where it is known as Chinyanja. Guthrie (1967-71) has classified it as belonging to the N.30 Zone.

Like with most other Bantu languages, Chichewa is a tone language in which verbs can be underlyingly low-toned on all syllables or can bear a high tone. This is illustrated in (5) below where the acute accent "́" symbolizes a high tone and low tones are left unmarked. The final vowel "a" appearing at the end of the roots is a verbalizer typically found in Bantu languages.

(5) (i) <u>Low Tone Verbs</u>

iph-a - "kill"
meny-a - "hit'
thandiz-a - "help"
vundikir-a - "cover"
fotokoz-a - "explain"

(ii) <u>High Tone Verbs</u>

pez-á - "find"
namiz-á - "deceive"
thamang-á - "run"
khululuk-á - "pardon"

As can be seen from the data in (5), verb roots are either toneless (i.e. they do not have a high tone on any of their syllables) or may bear only one high tone which always appears on the final vowel of the verb stem as seen in (5ii).

Note that the verb "ipha" (kill) in (5i) comes from a monosyllabic root (-ph-) but acquires an epenthetic vowel /i/ which is epenthesized in front of all monosyllabic verb roots in the language to meet the bisylabicity condition on word minimality imposed by most Bantu languages (cf. Kanerva 1990, Kulemeka 1993 a, b).

2.1 The Structure of the Chichewa Verb

The Chichewa verbal structure follows the complex agglutinative nature of Bantu languages where a verb root is optionally followed by one or more derivational suffixes which are then terminated by the final vowel –a- or –e- depending on the mood of the verb. This typically represents the constituent referred to as "the Stem" in Bantu which acts as a domain for a number of linguistically significant processes such as vowel harmony, reduplication, argument structure changing morphology (lexical derivation), bare verb stem imperatives, synthetic nominalization, deverbal ideophones etc (cf. Mchombo 1993, 1998, 2000; Mtenje 1985, 1986; Mugane 1997; Ngunga 1997; Sadler and Spencer 1998; Kulemeka 1996, 1997).

The verb stem allows for the prefixation of a number of morpho-syntactic elements such as negative, subject, object and aspectual/mood markers. The full agglutinative structure of the Chichewa verb is illustrated below in (6).

(6) Neg – Sm – Neg – Tm – Asp – OM – VR – EXT - FV
Si – ti – sa – ku – ka – mu – on – ets – a
– e

(Neg = negative marker; SM = Subject Marker; TM =tense marker;Asp = aspect; OM = Object marker; VR = Verb root; Ext = extension; FV = final vowel)

The categorial status and the constituency of the elements of the elements which occur to the left of the verb root in (6) have been the subject of considerable theoretical debate in the Bantu literature. While there is a general agreement among scholars that the verb unit in Bantu is not a flat structure but that it is a hierarchically organized branching unit, there has been some controversy over the precise nature of the branching and the resulting constituent structure.

For instance, in a study of the morphological and phonological organization of the Bantu verb, Myers (1992, 1995, 1998) argues for what has been termed the "inflectional stem hypothesis" whereby Bantu languages are said to have an INFL (Inflection) node comprising the prefixal material given in (6) starting from the subject marker up to but excluding the object marker. The rest of the material to the right of the INFL mode (i.e. the OM and the verb stem) have been independently characterized as forming a constituent called the Macrostem (cf. Hyman 1991, Goldsmith and Sabimana 1985, Mchombo 1999 and others) which also serves as a domain for some phonological processes which include aspects of tonal patterning (cf. Bresnan and Mchombo 1987, Goldsmith 1987, Goldsmith and Sabimana 1986, Hyman 1991) and some types of synthetic nominalization in languages like Kikuyu (cf. Mugane 1997).

The characterization of the morphological structure of the Bantu verb which argues for the INFL node has been challenged in various ways. We will not delve into any further illustrations of the alternative conceptions of the verb structure referred to here since that is outside the concerns of the present paper.

The view which will be adopted in this study is the one which generally recognizes the branching nature of the Bantu verb into two immediate constituents, namely a Macrostem as a right constituent comprising an OM, the verb root, extensions and the final vowel and a left constituent whose node dominates the prefixal elements (regardless of the designation of this node).

This structure is illustrated in the figure below:

(7)

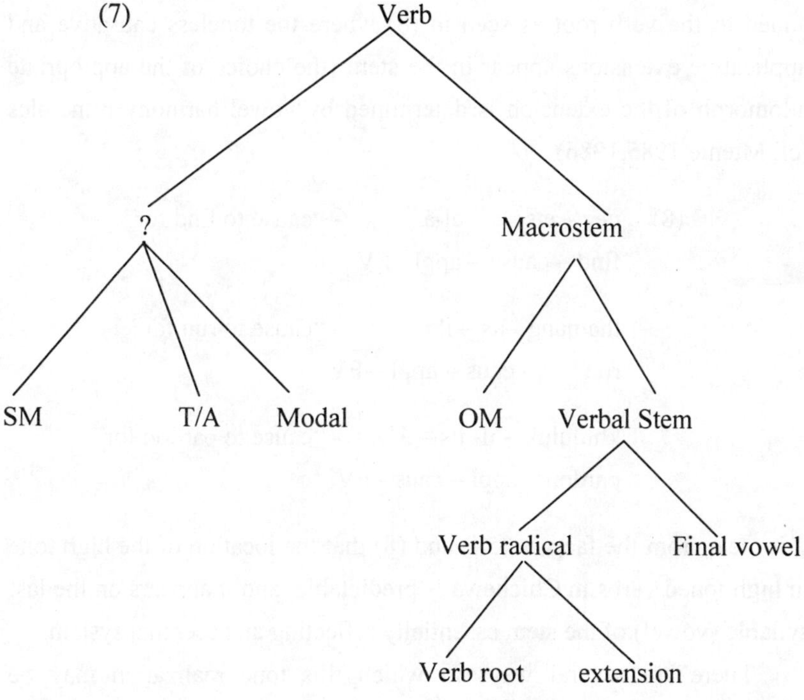

It will be shown later that this representation of the verb helps to account for certain aspects of Chichewa tonology.

In the meantime, let us return to the issue of how the high tone appears in verb stems as shown in (5).

2.2 Chichewa Tone and Verb Stems

The realization of a lexical high tone on the final vowel of the verb stem shown in (5ii) persists even when several derivational suffixes are added to the verb root as seen in (8) where the toneless causative and applicative extensions appear in the stem (the choice of the appropriate allomorph of the extension is determined by vowel harmony principles (cf. Mtenje 1985,1986)

(8) pez – ets – el-á - "cause to find for"
find – cause – appl - FV

thamang –its – ilá - "cause to run for"
run - caus – appl – FV

khululuk – il- its – á - "cause to pardon for"
pardon – appl – caus - FV

It is clear from the facts in (5ii) and (8) that the location of the high tone in high toned verbs in Chichewa is predictable, and it appears on the last syllable (vowel) of the stem essentially reflecting an accentual system.

There are several ways in which this tone realization may be accounted for. One possibility is to place a high (H) tone on all lexically H tone verb roots and then motivate a rule of H tone shift which will move that H to the farthest vowel in the verb stem (cf. Mtenje 1986, 1987). The other alternative, which we will adopt in this paper, is one which uses the motion of Alignment as articulated in recent theories like

Optimality Theory (cf. McCarthy and Prince 1993 a, b, Merchant 1995, Downing 1996, 1997 and others).

The tone shift approach which was argued for in Mtenje (1986, 1987) faces the problem of not making it clear as to why H tones have to target the final vowel for their realization. In other words, what is phonologically special about the final position (vowel) in orαer for it to attract the high tone? There is no readily available answer which can be provided through the analysis which uses tone shifting rules.

On the other hand, if we motivate an alignment account of the facts in (5ii) and (8), we can explain why the high tone always rests on the final vowel. It can be hypothesized (as suggested in Hyman and Mtenje 1994) that the H tone verb roots and high tone suffixes as shown in (9) below, subcategorize for a stem H right – aligned to the FV which essentially requires them to be H – toned on that final vowel.

The advantage of this approach lies in the fact that the persistent realization of H tone on the final vowel is derived from the general structure of the independently motivated theory of alignment. The allocation of H tone to FV is therefore not an arbitrary effect of tone shifting rules.

We now proceed to cases where the H tone on the final vowel of a toneless verb arises from a high toned extension. There are three such extensions namely, the stative passive, ík/ék, the intensive, íts/éts and the reversive morpheme – úk. Their tonal pattern is shown in (9) with the toneless verbs in (5i)

(9)	ph – ets – á	- "kill a lot"
	meny – ek –á	- "be beatable"
	thandiz-ik-á	- "be able to be helped"

kan-uk- á - "be separated"
fotokoz-ets-á - "explain a lot"

Like in (8) above, there is a high tone on the FV due to the presence of the high toned extensions (see Hyman and Mtenje 1999 for the non-etymological nature of such H- tones). The alignment solution also applies here. These extensions are subcategorized for stems H right-aligned to the FV thus explaining why there is always H tone on the FV of the verb when these extensions are attached.

We now present cases where tense markers appear to assign H tones to certain positions in the verb stem. Consider the data in (10) where the present habitual, infinitive, past habitual, remote past, simple past, recent past, future, near future and perfective tense markers are added to the toneless and H tone verbs given in (5).

(10) (i) <u>Toneless Verbs</u>

Infinitive–ndi – ku – fótókozer-a	- " I am explaining to "
Simple past–ndi – ná – fótokozer-a	- "I explained"
Recent past–ndi-na – fótókozer-a	- "I explained recently"
Remote past–ndí-náa-fotokozér-a	-"I explained sometime ago"
Present habitual–ndí-ma-fotokozér-a	-"I explain"
Past habitual–ndi-ma-fótókozer-a	- "I used to explain"
Near future–ndí-fótokozer-a	- "I will explain soon"
Distant future–ndí-dzá-fótokozer-a	- "I will explain in future"
Perfective–nda-fotokozer-a	- "I have explained"

These tensed forms show the following tone patterns in the verb stems:

(II) (i) Some tense markers place H to the vowel to their

immediate right (cf. Infinitive, recent past and past habitual tenses)

(ii) Some tense markers assign H to the penultimate vowel (cf. Present habitual and remote past tenses).

(iii) The initial vowel of the verb unit receives H in some tenses (cf. Remotepast, present habitual, near future and distant future tenses).

(iv) A high tone placed by a TM may spread (double) to the next vowel.

We will address first the case of H tone spreading (HTS) referred to in (II iv). The phenomenon of H tone spreading is very common in Bantu languages. The only variation is in the conditions which govern HTS in specific languages. For instance, and Chiyao, a Bantu language of Malawi, Tanzania and Mozambique and classified in the Guthrie 1967 71 system as belonging to zone P21 allows HTS to double H to any following vowel except when it is in a final position (cf. Mtenje 1993, Odden 1994, 1998, Ngunga 1997, Hyman and Ngunga 1994).

The Chichewa facts in (10) show that HTS applies in most of the cases there. For instance, the infinitive TM (-ku-) places H on the next vowel and that H is spread further to the next vowel. The nature of HTS and the conditions under which it applies in Chichewa are well documented in the literature (cf. Moto 1983, Mtenje 1986, Kanerva 1990 for instance). Specifically, it has been noted that HTS applies when the vowel to which the H may spread is followed by at least two syllables as shown in (12) where the infinitive TM is attached to the toneless verb roots "– on-a" (see) and "– yang'an-a" (look at).

(12) a) ku – ón – a - "to see".

b) ku – ón – el – a - "to watch".

c) ku – ón – él – el – a - "to watch passively".

d) ku – yáng'an – a - "to look at".

e) ku – yáng'án- il-a - "to look after".

In (12 c) and (12e), HTS spreads the H assigned by the TM to /ó/ and /yá/ respectively. The rule fails to apply in (12a), (12b) and (12d) because the two syllable condition is not satisfied.

There have been several proposals on how the condition on HTS can be insightfully stated within a theoretical framework. Moto (1983) and Mtenje (1986) merely stipulate that the rule requires two syllables to follow the vowel which receives the H tone while Karneva (1990) formulates the rule as "Non-final Doubling" with the condition that the vowel which receives the H is not part of a final bisyllabic foot. Karneva's formulation is given in (13) below.

(13) <u>Non – Final Doubling</u>

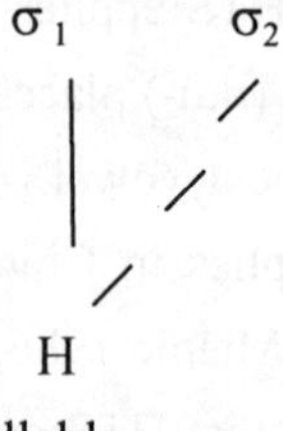

σ = Syllable

Condition: σ_2 is not in final bisyllabic foot.

While the above analyses adequately account for the facts, the question which remains is why should the final bysyllabic foot not permit H tone spreading? The formulations by Moto (1983), Mtenje (1986) and Kanerva appear to be mere stipulations since the condition under which HTS applies does not seem to follow from any general principle or theoretical structure.

I propose that the notion of extrametricality or extraprosodicity, which has been independently motivated to account for a host of other phonological facts, for example stress (cf. Hayes 1982) be invoked here to account for HTS in Chichewa.

The solution considers a bisyllabic foot which occurs before a pause to be extraprosodic and hence invisible to HTS. The rule will therefore not apply to any vowel which is in that position. We thus formulate prepausal bisyllabic foot extraprosodicity as in (14) and reformulate HTS as (15) following the condition in (14).

(14) <u>Prepausal Bisyllabic Foot Extraprosodicity</u>

$$\Sigma$$

$$\sigma_1 \quad \sigma_2 \longrightarrow [+\text{ extrap.}] \; / \; \underline{\qquad\qquad} \quad U]$$

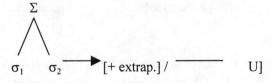

(where U means utterance-final Σ and stands for foot).

(15) <u>HTS</u>

H

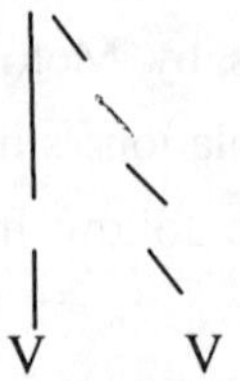

Mtenje (1993) following Odden's (1990) observations on Tanzanian Chiyao also proposes a similar analysis for HTS in Malawian Chiyao, the only difference being that while Chichewa regards a prepausal bisyllabic foot to be extraprosodic, in Chiyao it is a vowel which is extrametrical as shown in the data in (16) below.

(16) <u>Chiyao</u>

a) a–ka–táv-e	- "go and build"
b) a–ka–táv–é nyuúmba	- "go and build a house"
c) a-ga-téc-e	- "go and put (something) on fire place"
d)a-ga-téc-é méésí	- "go and put water on a fire place"

In (16 a) and (16 c), tone doubling fails to affect the final vowel but it does in (16 b) and (16 d) where those vowels are phrase medial.

In Mwera a Tanzanian Bantu language classified by Guthrie as P.22 and thus a closely related language to Chiyao, HTS applies even to pre-pausal vowels as seen in (17) (cf. Odden 1999). This suggests that there is no pre-pausal extraprosodicity in this language.

(17) <u>Mwera</u>

a) ku – lyá - "to eat"

b) ku – límá - "to cultivate"
c) ku – téléka - "to cook"
d) ku – lólá - "to see"
e) ku – pílíkana - "to hear"

The generalization of tone doubling in these related languages is therefore captured under the same theoretical apparatus hence predicting their variation as following from the way they fix parameters on which elements count as extraprosodic in those languages, a move which is consistent with the structure of Universal Grammar (UG).

We now address the issue of H tones placed by tense markers as shown in (10) particularly the cases where a high tone appears on penultimate vowels as in the present habitual and remote past tenses.

The phenomenon of morphologically triggered H tones is well established in Bantu languages of the interlacustrine region and those in the Southern African area (cf. Goldsmith 1987, Odden 1988, Mtenje 1986 among others).

Different analyses have been proposed to handle cases like those in (10) and they range from pure morphological conditions on tone placement to phonological solutions. In the former case, it is recognized as a simple effect of tense morphemes that they place H tones to various domains in the verb stem (cf. Goldsmith 1986 a, b, 1987, Odden 1988, 1996 for instance). In some phonological analyses, various tone movement rules have been invoked. For instance Mtenje (1986, 1987) motivates the notion of a tone lexicon (with tone melodies) where TMs which are marked as subcategorizing for specific tone melodies select appropriate tones. General rules of tone shift then place those tones in specific positions (e.g stem initial, stem-final, penultimate etc).

While both types of solutions have succeeded in capturing the relevant generalizations involving the realization of H tones in verb stems, what has not been adequately addressed is the question of why the tones are placed in those positions and not other possible environments. In other words, the analyses fall short of predicting the placement of H tones to positions like the penultimate vowel, final vowel or the vowel to the right of the TM as following from general principles of existing theoretical models.

I will argue in this paper that the analysis initially suggested in Hyman and Mtenje (1994) using domains in the verb stem is just as adequate as the recently articulated model of Optimality Theory (OT) by Myers and Carleton (1996).

In their account of Chichewa verbal tone, Myers and Carleton argue that H tones which are assigned to the vowel after TMs in the infinitive, recent past and past habitual tenses can be accounted for in OT through the interaction of three constraints. The first two constraints define the phonological domain "prosodic stem" or P stem (cf Inkelas 1989) which corresponds to the morphological stem or Mstem. The third constraint aligns tones with respect to this phonological domain. The constraints are shown in (18)

(18)

a) LX≈PR: ALIGN (Mstem–L, Pstem–L) & ALIGN (Mstem– R, Pstem – R)

b) Non- Finality: *Pstem

|

σ]∝

(∝ = Present hab., etc)

c) ALIGN – R: ALIGN (Hvstem – R, Pstem – R)

(Myers & Carleton 1996, P.44).

The claim here is that LX≈PR requires that Mstem coincides with a Pstem, being aligned with it at both edges. LX≈PR is dominated in the ranking of constraints by NON-FINALITY, which demands that the final syllable of the verb stem in certain tenses be left out of the Pstem domain. The Pstem thus coincides with the Mstem except in these cases where the final syllable is excluded from the Pstem. Align-R requires that the right edge of every tone belonging morphologically to a verb stem be aligned with the right edge of a Pstem. The right edge of a tone corresponds to the right edge of its rightmost tone – bearer. ALIGN – R is therefore satisfied if H is associated with the final syllable of the stem, and a violation is assessed for each tone-bearer that separates the tone from the end of the Pstem.

The constraints presented above would account for the cases of lexical H tones which appear on final syllables in (5ii) by aligning the right edge of the verb stems with the right edge of the Pstem. Since the NON-FINALITY constraint applies to a few instances of selected stems (e.g those with present habitual and remote past tense markers), it is not violated here and the right most tone-bearer which also coincides with the right most edge of the Pstem would be required to bear H tone according to ALIGN – R.

In the case of the tenses which bear penultimate H tones (e.g. the present habitual and the remote past in (10)), the H is predicted not to go on the right – most edge of the Pstem (FV) because that would violate NON – FINALITY which stipulates that the H may not be realized on that vowel. The LX≈PR constraint is violated in these cases because the penultimate syllable and not the right edge of the Mstem is stipulated to be the right - most edge of the Pstem in these stems and thus according to ALIGN – R, the right edge of the penultimate syllable is supposed to be the one to be aligned with H thus explaining why the penultimate and not the FV bears H tone. In these cases, a violation of LX≈PR is allowed but not NON-FINALITY which shows that the latter is more highly ranked than LX≈PR.

Myers and Carleton (1996) also account for the placement of H to vowels next to TMs in such tenses as the infinitive, the recent past and the past habitual by invoking the constraint ALIGN —L which stipulates that the left – most edge of the phonological word is aligned with H. The tone bearer to the immediate right of the TM would count as the left-most edge of a phonological word in cases like (ndi – ku [fótokozer-a] and the prediction therefore is that the vowel after the TM (ku) would be aligned with a high tone as seen in this example.

There are a few observations which we would like to make with regard to this analysis. First, although the notion of alignment is well-motivated in the literature and appears to clearly account for cases where H tones appear at the edge of certain morphological and/or phonological domains (e.g. the realization of lexical and extension H tones on the final vowel of the verb stems in (5ii) and (8)) the extension of this machinery to cases like those where penultimate rather final vowels are prominent (i.e. receive H tones as in the present habitual and remote past tenses) appears less appealing. In these instances, operations which assign prominence to the final tone-bearers appear not to notice them. That is, such elements do not count for purposes of determining stem-finality and therefore behave like extrasprosodic elements. The effect of constraints like NON-FINALITY is therefore essentiality equivalent to characterizing such elements as extraprosodic. Given the fact that the notion of extra-metricality (extraprosodicity) is independently motivated, the analysis which appeals to the constraint of NON-FINALITY appears to be simply an alternative account of the facts. What would be needed is to demonstrate that this particular case is more than an issue of extraprosodicity.

Second, the Myers and Carleton analysis which derives its constructs (e.g the Pstem, Mstem etc) from other independently proposed accounts (c.f. Inkelas 1989) does not clearly show the relationship between what is being termed as Pstem (which is synonymous with a morphological stem) and the characterization of the Bantu verb given in (7) especially the domain labelled Macrostem.

There is ample evidence to show that this domain (which comprises the OM and the verb stem) plays a crucial role in the realization of H tones in verbs. For instance, Hyman and Mtenje (1994) provide cases of Chichewa H tones in the tenses discussed in this paper where the presence or absence of H on the FV or penultimate vowel depends not only on morphological factors, but also on phonological factors that occur outside the stem itself – especially on whether OMs are themselves preceded by a high tone which has been assigned by a TM placing H to its right (e.g the infinitive) or by a prelinked H.

Consider the cases below where the OM mu and the aspectual

marker <u>ka</u> are used.

(19)

a) ndi-ku-mú-vúndikír-a - "I am covering him"
b) ndi-ku-mú-fótokozér-a - "I am explain to him"
c) ndi-ku-ká-fótokozér-a - "I am going to explain"
d) ndi-ku-mú-thámangír-a - "I am running after him"
e) ndi-ku-ká-thámangír-a - "I am going to run after"

In these cases, the OM/mu/and the aspectual marker /ka/ have the effect of assigning H to the penultimate vowel, and in high toned verbs, that H suppresses the final vowel H as seen in (19 d) and (19 e) where the FVs appear without H tones.

Now consider the cases in (20) where the same affixes are preceded by a tense marker which is underlyingly H toned, (<u>ná</u> of the simple past).

(20)

a) ndi-ná-mú-vundikir-a - "I covered him"
b) ndi-ná-mú-fotokozer-a - "I explained to him"
c) ndi-ná-ká-fótokozer-a - "I went and explained"
d) ndi-ná-mú-thamangir-á - "I ran after him"
e) ndi-ná-ká-thámangir-á - "I went and ran after"

The data in (20) shows that the same TM and Aspectual markers which assigned H tones to the penultimate vowels in (19) fail to do it in this case when they occur after a TM with a linked H tone. These facts clearly show that whether the OM or aspectual marker places H on the right edge of the Pstem as in (19) or fails to do so as in (20) does not only depend on considerations of right edge alignment. The factors which condition the placement of the H on the right edge of the Pstem fall outside the aligned stem itself. That is, it depends on whether an element preceding The TM has a pre-linked H or a high tone which goes on the next vowel. It is therefore not immediately clear how the stem alignment constraints proposed by Myers and Carleton (1996) would satisfactorily handle these facts.

There is also the problem of what happens when multiple morphs/features assign different H tones in the same verb (one going to the final vowel, the other to the penultimate vowel).

As illustrated in (21), in most cases the penultimate H overrides the final H. We use the lexically H toned verb root "khululuk-" with the present habitual tense, OM, and the intensive suffix to illustrate this point.

(21)

a) ndí-ma-khululukír-a - "I pardon"
b) ndí-ma-khululukir-íts-a - "I pardon a lot"
c) ndí-ma-mu-khululukír-a - "I pardon him/her"
d) ku-dzí-khúlulukír-a - "to pardon oneself"
e)ku-mú-khúlulukír-a - "to pardon him/her"

In these data, the verb "khululukira" which is lexically H toned fails to surface with H on the FV even in (21 b) where the intensive suffix /-its/, which is one of the H tone suffixes, would have been expected to place H on the FV. Instead, the grammatically assigned H tone on the penultimate (from the OMs /mu/ and /dzi/ and the present habitual tense) overrides the lexical H tone of the verb root and the intensive suffix.

Myers and Carleton (1996) handle these facts by using the same alignment constraints proposed to account for the other cases of stem tone assignment. Specifically, they argue that ALIGN-R places H on the right most edge of the Pstem and that this constraint is ranked more highly than Max – IO, a constraint which demands identity between inputs and outputs and would thus require that the H tones of the intensive suffix and the verb root in (22) appear on the surface.

H H

(22) khululukir-its-a - "pardon a lot"

Since the more highly ranked constraint ALIGN-R prefers the right edge of the Pstem to be aligned with H, the result is (23) with only one H at the right edge of the stem.

H

(23) [khululukir-its-a]

Unfortunately, Myers and Carleton only consider the example in (22) and do not discuss cases like those given in (21) where a grammatically assigned tone on the penultimate vowel competes with the lexical one on the FV. Such cases would require a demonstration of how the NON-FINALITY constraint would be ranked with respect to the other constraints. More interestingly, one would need an explanation as to why NON-FINALITY does not seem to be violated even in forms like (21 d & e) where that constraint is not relevant. That is, why should NON-FINALITY be more highly ranked even in forms in which it does not apply? The point here is that the alignment analysis does not clearly show why lexical H tones are suppressed by grammatical tones.

The other problem with the alignment analysis is with the facts observed in Hyman and Mtenje (1994) regarding the subjunctive forms in (24)

(24)

a) ndi-vundikir-é - "I should cover"
b) ndi-vundikiri-its-é - "I should cover a lot"
c) ndi-dzi-vúndíkir-é - "I should cover myself"
d) ndi-dzi-vúndíkir-its-é - "I should really cover myself"
e) ndi-dzi-thámáng-ir-its-é - "I should run after myself a lot'
f) ndi-dzi-thámáng-ir-é - "I should run after myself"
g) ndi-thamang-ir-é - " I should run after"

In all these cases, the lexical H tone overrides the penultimate H tone pattern shown in (21). The subjunctive mood assigns the overall tone pattern in which the final vowel must be H toned regardless of whether there is an OM (e.g. dzi) which would place an H on the penultimate vowel. This tone pattern goes against the observation of H suppression noted in (21) where the lexical H gives way to the grammatical H. These facts would be very problematic to handle within the alignment analysis since the same constraints that were shown to be highly ranked in (21) would have to be lowly ranked in (24), which is obviously untenable.

It is our conviction here that a simpler account is one which prunes the right-most H tone in the cases in (21) either through Meeussen's Rule (25) (as originally proposed by Kanerva 1990) or by invoking the OCP which would disallow two successive H tones within the Pstem. We can also adopt the proposal in Hyman and Mtenje (1994) that in such cases, the grammatical pattern simply overrides the lexical pattern.

(25) Meeussen's Rule

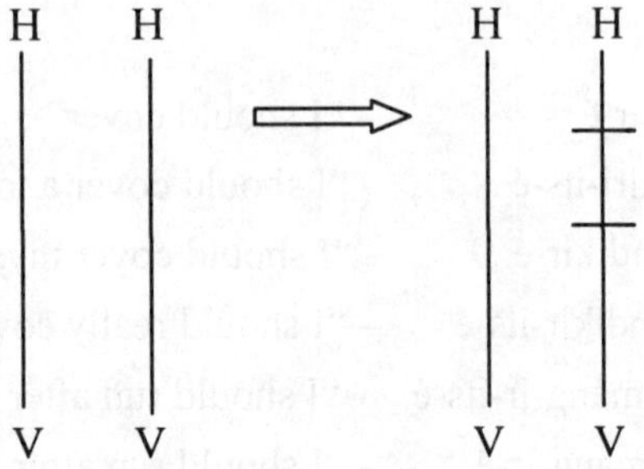

3.0 Conclusion

This paper has considered data on the assignment of H tones in various domains of the verbal structure of Chichewa. It has been shown that although the analysis of H tones assigned by morphological factors like TMs, OMs and aspectual markers seems to involve the notion of edge alignment, there are still residual aspects of Chichewa verbal tonology which are not straightforwardly handled by alignment-based theories only. Recourse to notions of extraprosodicity and verb structure domains such as the Macrostem may still play a crucial role in accounting for these facts.

Bibliography

Downing, L. (1996). "On the Prosodic Misalignment of Onsetless Syllables". Ms. University of British Columbia.

Downing, L. (1997). "Prosodic Misalignment and Reduplication". Ms. University of British Columbia.

Goldsmith, J. (1986). "Tone in KiHunde". Wiener Lingistische Gazette, Vol. 5. Institut für Sprachwissenschaft, University of Vienna.

Goldsmith, J. (1987). "Stem Tone Patterns of the interlacustrine Bantu Languages". In Odden, D. (ed.), *Current Approaches to African Linguistics.* Dordrecht: Foris Publications.

Goldsmith, J and F. Sabimana (1985). "The KiRundi Verb". Unpublished Paper, University of Chicago.

Guthrie, M. (1967-1971). *Comparative Bantu.* 4 Vols. Farnborough, Hants: Gregg.

Hayes, B. (1982). "Extrametricality and English Stress". *Linguistic Inquiry.* 13: 227-76.

Hyman, L. (1991). "Conceptual Issues in the Comparative Study of the Bantu Verb Stem". In Mufwene S. & L. Moshi (eds.). *Topics in African Linguistics*. Amsterdam/Philadelphia: John Benjamins Publishing Co.

Hyman, L. and A. Mtenje (1994). "Prosodic Morphology and Tone: The Case of Chichewa". Ms. University of California, Berkeley and University of Malawi.

Hyman, L. and A. Mtenje (1999). "Non-Etymological High Tones in the Chichewa Verb". *Malilime: Malawian Journal of Linguistics*.

No. 1, 121-156.

Hyman, L. and A. Ngunga (1994). "On the Non-Universality of Tonal Association 'conventions': Evidence from Ciyao". *Phonology* 11: 25-68.

Inkelas, S. (1989). "Prosodic Constituency in the Lexicon". Ph.D Dissertation. Stanford University.

Kanerva, J. (1990). *Focus and Phrasing in Chichewa Phonology*. New York: Garland.

Kulemeka, A. (1993a). "Bimoraicity in Monosyllabic Chichewa Ideophones". *Studies in the Linguistics Sciences*. Vol. 23, No. 1.

Kulemeka, A. (1993b). "The Status of the Ideophone in Chichewa". Ph.D Dissertation. Indiana University.

Kulemeka, A. (1996). "Determining the Grammatical Category of Chichewa Ideophones". *Linguistic Analysis* 26: 86-116.

Kulemeka, A. (1997). "Infl-less Clauses and Case Theory in Chichewa". Unpublished Paper, University of Malawi.

McCarthy, J and A. Prince (1993a). "Generalized Alignment". In Booij, G and Jaap Van Marle, (eds.). *Yearbook of Morphology*. Dordrecht: Kluwer, 79-153.

McCarthy, J. and A. Prince (1993b). "Prosodic Morphology I: Constraint Interaction and Satisfaction". Ms. University of Massachusetts, Amherst, and Rutgers University.

Mchombo, S. (1993). "On the Binding of the Reflexive and Reciprocal in Chichewa". In Mchombo, S. (ed.), *Theoretical Aspects of Bantu Grammar*. Stanford: Centre for the Study of Language and Information.

Mchombo, S. (1998). "Quantification and Verb Morphology: The Case of Reciprocals in African Languages". Unpublished Paper, University of California, Berkeley.

Mchombo, S. (1999). "Argument Structure and Verbal Morphology in Chichewa". *Malilime: Malawian Journal of Linguistics*. No. 1. 57-75.

Mchombo, S. and J. Bresnan (1987). "Topic, Pronoun and Agreement in Chichewa". *Language* 63(4): 741-782.

Merchant, J. (1995). "An Alignment Solution to Bracketing Paradoxes". *Phonology at Santa Cruz*, Vol. 4. University of Santa Cruz, Linguistic Research Centre.

Moto, F. (1983). "Aspects of Tone Assignment in Chichewa". Journal of Contemporary African Studies 4: 199-210.

Mtenje, A. (1985). "Arguments for an Autosegemental Analysis of Chichewa Vowel Harmony". Lingua 66: 21-52.

Mtenje, A. (1986). "Issues in the Non-Linear Phonology of Chichewa". Ph.D Dissertation. University College London.

Mtenje, A. (1987). "Tone Shift Principles in the Chichewa Verb: A Case for a Tone Lexicon". Lingua 72, 169-209.

Mtenje, A. (1993). "Verb Structure and Tone in Chiyao". In Mufwene, S. and L. Moshi, (eds.). Topics in African Linguistics. Amsterdam / Philadelphia. John Benjamins Publishing co.

Mugane, J. (1997). *A Paradigmatic Grammar of Gikuyu*. Stanford, CA: CSLI.

Myers, S. (1992). "The Morphology and Phonology of INFL in Bantu. Ms. University of Texas, Austin.

Myers, S. (1995). "The Phonological Word in Shona". In Katamba, F. (ed.). *Bantu Phonology and Morphology*. Lincom-Europa.

Myers, S. (1998). "AUX in Bantu Morphology and Phonology". In Hyman, L. and C. Kisseberth, (eds.). *Theoretical Aspects of Bantu Tone*. Stanford, CA: CSLI.

Myers, S. and T. Carleton (1996). "Tonal Transfer in Chichewa". *Phonology* 13, 39-72.

Odden, D. (1988). "Predictable Tone Systems in Bantu". In Hulst v.d. and N. Smith (eds.). *Studies on Pitch Accent*. Dordrecht: Foris Publications.

Odden, D. (1990). "Verbal Tone in Chiyao". Paper read at the 21st Annual Conference on African Linguistics, University of Georgia.

Odden, D. (1994). "The Origin of Leftward Tone Shift in Masasi Ciyao." In Moore, K., D. Peterson and C. Wentum (eds.). Proceedings of the Twentieth Annual Meeting of the Berkeley Linguistics Society, special session on historical issues in African Linguistics, 101-111, University of California, Berkeley.

Odden, D. (1996). *The Phonology and Morphology of Kimatuumbi*. Oxford: Clarendon Press.

Odden, D. (1998). "Principles of Tone Assignment in Tanzanian Yao. "In Hyman, L. and C. Kisseberth, (eds.). *Theoretical Aspects of Bantu Tone*, Stanford: CSLI, 265-314.

Odden, D. (1999). "A Sketch of Mwera Tonology". *Malilime: Malawian Journal of Linguistics*. No. 1, 76-99.

韓國的漢語教學概況

林淑珠*

壹、引　言

漢語教學可分爲中國境內的漢語教學和中國境外的漢語教學。中國境內的漢語教學，有對漢族本族人的漢語教學和對其他外族人的漢語教學；根據在周末的《周禮》和秦漢之初的《禮記》中所出現的「通譯」一辭，中國對外的漢語教學歷史，可推定早在兩千五、六百年前就已經開始；而外國人或外族人眞正大批到中國學習漢語的，根據《後漢書．儒林列傳》中「匈奴亦遣子入學」等的記載，可推算出應始於東漢初年。有關於在中國本土以外的漢語教學，推算最早是在公元一至十世紀時，因佛教傳入越南，爲了研讀佛經，越南人便開始了漢字和漢語的學習。亦即開始了在中國境外的漢語教學。十八、九世紀時，西方傳教士將漢語教學帶回意、法、德等歐洲國家，也開始了在歐洲的漢語教學。不過，最早由國家由政府

* 韓國京畿大學校中語中文學專攻教授。

正式設立講學機構正式傳授或教學漢語的，應是朝鮮半島上的高句麗國於公元372年時所設立的「太學」的漢語教學。

韓國與中國因地緣關係，兩國文化的交流源遠流長。韓國，亦可說是和中國進行國際或族際交流最早的，也是最了解中國的國家之一。從各種歷史文獻的記載來看，韓國過去曾在中國文學、中國歷史、中國哲學等等與中國有關的學術領域裡取得了不少令人矚目的卓越成就，亦曾出現過不少通曉漢語書面語的漢學家和不少訓練有素的漢語口語專家。但隨著時代與社會的變遷，和歷史上種種不幸的原因，兩國親如兄弟般的關係曾因此而中斷過很長的一段時間，彼此變得相當陌生。過去曾盛極一時的漢語教學，亦因此而呈一派蕭條景象。直到上個世紀末，隨著韓中兩國邦交的重建，漢語教學才似死灰復燃般的又活躍了起來。

本文主要在考察韓國在上個世紀各個歷史時期，特別是韓國解放後至今的漢語教學概況及其特點，並展望今後韓國在漢語教學上的發展，以加強韓中兩國在文化和學術上的交流。

貳、漢語教學的歷史長河

教育中國語最基本的需要是漢字與漢文，朝鮮半島上的民族是在什麼時候開始使用漢字、漢文的？漢字語、文又是在什麼時候傳入朝鮮半島的？至今還是個謎，其確切的時期尚不得而知。根據各種文獻的記載推算，朝鮮半島上的民族自三國時代初期起，在文化上即受到鄰國漢族人相當大的影響，在語言生活上也不例外。依據韓國《國史大事典》（李弘植編）與《韓國史》（震檀學會編）的記載，可獲知漢字語、文在衛滿朝鮮時期已傳入朝鮮半島。易言之，漢字語文最初傳到韓半島的時期應不晚於公元二世紀。固有韓國語和漢語原本是沒有親屬關係的兩種語言，故可推測當時在韓國應已有漢語的教學。例如，在高句麗的太學、新羅的國學等學術機構就已實施過漢語的教學。但當時的漢語教學可推測是以讀解文獻的閱讀爲主，並非口語的教學。口語教學應是在當時的國家統治機構設立負責翻譯的部門之後，爲培養口譯人才，才開始的。有關韓國古代國家外語口語教學的記錄，最早的資料始見於統一新羅時代後期，而有關韓國譯學制度方面的最初記錄則是《三國史記》的《弓裔傳》（林東錫，1989：3）。可引述如下：

> 孝恭王八年，天佑元年甲子，立國號為摩震，年號為武泰，始置廣評省……又置史台（掌習諸譯語）……

根據《高麗史》、《東國通鑑》、《東史綱目》等歷史文獻的記載，可知在高麗朝時代研究或翻譯漢語、契丹語、蒙古語、女眞語等外族語言的風氣已相當的盛行。到了高麗朝末期，國家並且設立了正式的譯學機構，當時爲了擴展對外關係，相當重視外語的教學與翻譯。當時能操用外語的人比較容易當官，甚至可當宰相（林東錫，1989：3）。國家通過科舉制度選拔外語人才，並設立通文館、吏學都監、漢文都監、司譯院等譯學機構，培養翻譯官。這則可推測當時已經採用了漢語的口語教材。唯，當時的教材已尋之不易，尤其是關於什麼時候開始使用，用了些什麼教材等的問題更難查考。現存最古的漢語口語教材是《老乞大》和《朴通事》，但有關這兩本書的成書年代和編寫人等的資料亦未盡詳細，只能根據書中，例如《老乞大》裡的「大哥你從哪裡來？」，「我從高麗王京來。」等句子來判斷此書是以描寫元朝當時的高麗人，在去中國的途中所經歷的和當時在元朝的生活與活動等的內容爲主的教材。

朝鮮朝時代爲了和漢、滿、蒙、倭等建立並維持圓滿的關係而特別重視翻譯官的培養，故在建國初期起就設立了頗具規模和高水平的譯學機構，用於實施具體且實用的外語教學。除設有司譯院和承文館之外，另設有四學（譯科）、漢吏科、吏文科等機構。鑒於當時主要的外交對象是中國，便把漢語列爲最重要的外語，把滿、蒙、倭等的語言當作次要的外語。當時的朝鮮朝不但因襲了高麗朝的譯學制度傳統，還進一步地將它補充完善。因此，朝鮮朝當時有關漢語教學教材的編寫和教學的方法應已達到了足以引人矚目的水平。最值得一提的是當時所使用的教材，除了古漢語的經書和法典以外，還有其他許多種教材。例如：會話教材有《老乞大》、《朴通事》、《伍倫全備記》等；語音教材有《華音啓蒙》、《四聲通解》等；詞典性質的工具書有《譯語指南》、《譯語類解》、《華語類抄》等。這些工具書和教材目前因爲在中國也很難找到與其相關的文獻資料，故顯得異常珍貴。

十五世紀中葉世宗大王時所創制的韓文字母－訓民正音－是漢語教材在編寫上的一大轉捩點。韓文字母是拼音文字，可以按照語音自由自在地記錄韓國的固有語言。在韓文字母創制以前的教材的注音法是直音法、讀若法、反切法，所以無法系統地記錄實際的音值，而口語的翻譯也只靠當時中國的古漢語。但韓文字母的創制則一舉突破了在注音和翻譯上的種種限制。隨著韓文的創制，《老乞大諺解》、《朴通事諺解》、《重刊老乞大諺解》、《朴通事新釋諺解》、《伍倫全備諺解》、《華音啓蒙諺解》等書則相繼問世。這些翻譯版或用韓文編寫的教材則不僅是在翻譯漢語上的進步，而且也給漢語語音和語法教學帶來了史無前例的革命性的發展。這些口語教材不但在語體上反映了當時漢語口語的面貌，在語音上也很逼眞地反映了當時漢語的語音系統及其現實的語音。同時這些教材也明顯地反映了當時從事漢語教學的人已經具有對比語言的概念。例如對朝鮮朝當時的漢語翻譯和在漢語教學歷史上最傑出的學者崔世珍氏在他的著作《翻譯老乞大朴通事》範例中，就曾介紹了他所用的國俗撰制法。所謂的國俗撰制法就是用韓文字母描寫漢語語音的一種方法。他很明確地區別開韓中兩種語言在音素與音節結構上的異同。他所運用的語言對比法並不只局限於在語音上，而且也運用在詞彙、語法、文化等方面的教學上，充分體現了語言對比分析的方法。

由文獻資料的記載，可推測朝鮮朝當時的漢語教學方法已很接近現在所謂的先進的外語教學方法。例如當時選拔翻譯官的科舉制度所採用的考試方法，即可列示如下（林東錫，1989：13）：

⑴臨文：主要測驗解釋經書的能力

⑵背講：測驗背誦口語體教材的能力

⑶臨講：測驗説明經書或法典的能力

⑷寫字：測驗用外國文字寫文章的能力

⑸翻語：測驗用外語説明法典的能力

⑹翻答：測驗用外語問答的能力

這些考試的方法可説是充分考慮到運用外語時，在各方面實際所需的能力。每位考生都必須具備現在所謂的聽、說、讀、寫全面性的各種技能。亦由此可推測當時的漢語教學是在已認識到必須重視聽、說、讀、寫各種技能全面性發展的基礎上進行的。

參、漢語教學的機構及其概況

1910年到1945年是韓國受日本帝國主義殖民統治的時期。在這期間，韓國因喪失了國家的主權，在擴大國際關係與推展國際事務中沒有主動的地位，所以除了民間小規模的往來之外，沒有機會進行官方的對外關係，韓中之間的關係也不例外。當時在韓國的外語教學即受到日本的對外關係及其政策的影響，例如當時因爲日本與德國有同盟而兩國關係最爲密切，故日本在韓國施行的外語教學也因此而以德語爲主，漢語就變成了冷門，只有極少數當時的商業高中把漢語當作第二外語授課。更由於當時的高等教育並不普及，在大學教育的課程裡，除了當時的京城帝國大學（即現今的國立漢城大學的前身）的法文學部在1926年曾開設支那文學與支那哲學等與漢語有關的專業之外，其他大學都未曾設置有有關漢語專業的課程。這個時期可謂是使韓國既有的漢語教學傳統瀕臨徹底滅絕的時期。

1945年8月日本投降，韓半島獲得解放。但是由於在意識形態上的對立，國家因此被分爲南北韓兩個部分。1948年在南側成立的大韓民國沒有跟中國大陸來往，只是跟臺灣保持了小規模的往來。尤其是1950年在韓戰爆發之後，韓國跟中國大陸就徹底斷絕了關係。總而言之，1945年韓半島獲得解放，1948年韓國獨立之後，至今在韓國的漢語教學概況，大體上可分爲：

⑴大學裡的漢語教學

⑵高等學校裡的漢語教學

⑶其他機構裡的漢語教學

等三個部分。以下就按其次序進入本稿的主題。

一、大學裡的漢語教學

1948年韓國獲得獨立後，國家恢復了主權，當時爲了拓展和建立對外的關係，因而相當重視外國語的教育。但由於當時韓國對外關係的主要伙伴是美國，所以當時的外國語教育也就以英文爲主，全國上下大興英語熱，而漢語卻被擱置一旁。這種現象一直到韓戰之後才有所改變。即韓國在經歷過韓國戰爭以後，才重新體認到學習漢語的重要性。在韓戰期間，因韓國曾跟中國人民志願軍打過仗，因此有許多人認爲不管是就國防或外交的視角而言，均有更進一步了解中國的必要，於是恢復教育中國語文的運動也就應運而生。當時要以軍中的漢語教學課程最具規模也最爲積極，很多優秀的軍人學生均選讀和演練與漢語有關的課程。在此之前，大學裡最早有正式漢語專業課程的，猶如上面所述的，是1926年於現今的國立漢城大學所開設的支那文學與支那哲學兩個專業。之後，一直到1954年，才又有韓國外國語大學在設校的同時也設立了中國語科，和1955年在成均館大學開設的中文科等兩個與漢語有關的專業課程。易言之，到1955年，在韓國設有有關漢語專業課程的大學才只有國立漢城大學、韓國外語大學和成均館大學等三所。

到了70年代，韓國即因爲中國在70年代初期起便開始與日本和美國等資本主義國家進行改善關係，而受到非常大的刺激與影響。當時的韓國爲針對和拓展未來的韓中關係，便積極地強調認識中國與具體學習中國語的重要性。這種形勢的變化也反映在中國語的教育上，例如高麗大學、檀國大學、淑明女子大學等在1972年便同時設立了中文系，翌年，1973年在延世大學也增設了中文科。到1980年，在韓國全國設有有關漢語專業的大學，根據韓國文教部（1991年起改稱爲教育部）的統計可列示如下：

表1

年度	1971	1972	1973	1974	1975	1976	1977	1978	1979	1980
大學數	3	6	7	7	8	9	9	10	17	30

如表1所示，到了1980年設有有關漢語專業科系的大學已達到30所，亦即在不到10年的時間內，設有有關漢語專業的大學就增加了10倍。在1970年以前設有研究所（研究生院）的大學只有國立漢城大學一所，但到了1980年時，已有成均館大學等七所大學。之後，各大學爲應運在這期間漢語本科生畢業人數的增多和現實社會對漢語人才的需求量，而陸續增設了與漢語專業有關的碩士和博士班的課程。之中，要以韓國外國語大學在1979年設立的「同時通譯大學院」（同步翻譯研究所）最爲引人注目。它是爲應付當時日益增加的國際會議及其他國際交流事務所需而成立的碩士課程研究所，其目的是爲培養同步翻譯的人才，漢語是主要的教學語種之一。現在該研究所的畢業生在國際交流的舞台上扮演著舉足輕重的角色。該研究所並且在2000年度增設了專業漢語博士班的課程，可說是在現代漢語

教學上又邁進了一大步。

在80年代初期，因中國採取改革開放的政策，韓中兩國得以重新開始往來。這種局面的轉變，無形之中加快了漢語教學發展的速度。尤其是韓中兩國在1992年8月建立外交關係恢復各方面的交流之後，在韓國掀起了一股前所未有的學習漢語的熱潮。在這期間韓國全國設有有關漢語專業的大學，根據教育部統計的資料可列示如下：

表2

年度	中國語科	中國語學 科	中國語中國學科	中語中文學科	中語學科	中國學科	中國語教育學科	合計
1981				38				38
1982				36		1	1	38
1983				41		1	3	45
1984				44		1	2	47
1985				40		5	2	47
1986				45		1	2	48
1987	5			40		2	2	49
1988	4			42	1	2	2	51
1989	4		1	46	1	3	2	57
1990	4		1	49	1	3	2	60
1991	4		1	50	1	4	1	61
1992	4	2	1	53	1	4	1	66
1993	4	2	1	55	1	4	1	68
1994	5	2	2	57	1	5	1	73
1995	6	5	2	60	1	6	1	81
1996	7	5	2	60	1	9	1	85

如上所述，在1981年以前，在各大學裡有關漢語專業的名稱，雖然已有中語中文科、中國語科、中國語教育學科之分，但根據韓國《文教部統計年報》的資料，在1981年以前並無此區分，把所有有關漢語專業的科系名稱統稱爲中語中文科。

1982年有大學設立了中國學科之後，因爲這門學科屬於社會科學類，所以統計資料便把這個新興的與漢語有關的專業和以往的語言專業、文學專業區別開來。一直到1987年的統計資料才按各個大學實際所使用的名稱，把與漢語有關的各個專業區分開來統計。如表2所示科系的名稱雖多達七種，但實際上可區分爲四大類，即除了中語中文科、中國語教育學科、中國學科之外，中國語科、中國語學科、中語學科、中國語中國學科等只不過是名稱上的不同，其實都是以語言爲主的漢語專業。

在這十五、六年的時間裡，開設漢語專業的大學又增加了47所，反映出韓國社會對漢語的需求量以及漢語專業有不斷增長的趨勢。同時猶如表2所示，也出現了與漢語有關的專業領域開始逐漸細分化的現象。這當然與社會分工的需求有關，同時也與各大學爲了加強競爭力的構想有著一定的關係。

在師資方面，一直到80年代，母語爲漢語的外籍教師並不多，即使有也都是來自臺灣或者是居住在韓國境內的華僑。但在1992年韓中建交之後，大陸的教師也開始到韓國講學，而且來的人數也不斷地增加，現在幾乎所有的大學都有以漢語爲母語的教師。其人數根據教育部的統計資料可以列示如下：

表3

年度	專科學校	大專院校	產業大學	合計（人）
1992	1（1，0）	11（8，2）		12（9，2）
1993	1（0，0）	13（8，4）		14（8，4）
1994	3（0，0）	15（8，3）		18（8，3）
1995	5（1，2）	27（9，9）		32（10，11）
1997	25（1，10）	48（8，16）		73（9，26）
1999	23（1，0）	54（7，15）	7（0，4）	84（8，30）
2000	26（1，25）	58（8，22）	10（0，6）	94（9，38）

（※括號內第一個數字是來自臺灣的教授人數，第二個數字是女性教授人數。）

這個時期在大學裡的漢語教學獲得史無前例的發展盛況。其發展的情形比起跟過去占有傳統優勢的英語、德語和法語尤為明顯突出。根據韓國教育部統計的資料，1981年設有有關漢語專業的大學才只有38所，而設有有關英語、德語和法語專業的大學就分別已有104所、53所和50所。但到1996年，根據教育部的統計資料，設有有關漢語專業的大學已增加到了81所，而設有有關英語、德語和法語專業的大學則分別是109所、61所和59所。而1995年之後，由於各大學開始陸續採用所謂的「學部制」，重新統合改編相關科系的組織與課程。其結果，在大學裡與漢語專業有關的科系名稱等，依據韓國教育部2000年度統計的最新資料至少可列示如下：

表4

年度	中國語科	中國語學科	中國語中國學科	中語中文學科	中語學科	中國學科	中國語教育學科	中國語文學專攻	中國中文專攻	中國學專攻	中國語專攻	中語中文日本學科群
2000	9	12	4	55	2	13	1	1	19	9	6	1

等共計有132所。這僅是在名稱上明示著有中國、中文等字樣的科系，若加上類如「韓國東洋語文學部」、「英中語文學部」、「外國語文學部」、「外國語學部」、「英語中文學科群」等等在實際上均設有漢語專業的大學的話，那就不只是上述的數目了！而有關設有英語、德語和法語專業的大學，則分別爲213所、78所和68所，設有日語專業的大學計有84所。可見除了英語之外，漢語是目前韓國大學外語專業中勢力最大的第二個外語。

1981年之後，隨著研究漢語風尙的潮流趨勢，與漢語專業有關的研究所也陸續地林立於許多大學裏，根據教育部的統計資料可列示如下：

表5

年度	'81	'82	'83	'84	'85	'86	'87	'88	'89	'90	'91	'92	'93	'94	'95	2000
大學數	9	12	13	15	18	18	18	19	20	21	22	22	23	23	24	53

如表5所示，1981年至1995年的15個年之間，開設碩士與博士或只有碩士課程的大學平均每年增加1所，1995年到2000年的5個年之間卻以非常的速度增加了兩倍以上。2000年度的53所之中，碩士課程占了38所，學生的人數計有碩士班365（女265）人，博士班149人（女92）人（2000年度韓國教育部的資料）。而爲了提高和充實

高等中學校裡的漢語教學師資，有關專業漢語教學的碩士課程也應運而生，即所謂的教育大學院（教學專業研究所，即教育研究所），在1981年公州大學首先開設了有關漢語教學專業的外國語教育學碩士課程之後，京畿大學和韓國外國語大學也相繼在1988年和1993年開設了有關漢語教學專業的碩士課程。這些專業漢語教學研究所的學生大多數是來自在職的高中教師和一部分準備當高中教師的漢語本科畢業生。目前設有教育研究所的大學已經有109所，其中大都設有漢語教學的專業。

設有有關漢語專業的大學除了上述的四年制大學之外，還有專門大學（專科學校）與放送通信大學（空中函授大學）的漢語專業。專科學校的專業比較重視實用性，學生修學的年限也比較短。1983年在第一所專科學校開設有關漢語的專業後，一直到1989年才開始有其他的專校跟上來開始陸續設立與漢語有關的專業，尤其是在1992年韓中建交之後，專門學校漢語專業課程的開設有如雨後春筍發展速度相當的快。專科學校的宗旨著重於培養實務人才，所以有關漢語專業的課程安排當然也就以口語的訓練爲主，通常是爲有關翻譯、觀光導遊等實務方面的技能訓練的課程。亦因此，在專科學校裡的有關漢語專業的科系名稱，一般都命名爲中國語科、觀光中國語通譯科、中國語通譯科等。根據2000年度韓國教育部最新的統計資料，在專科學校中設有漢語專業的共有14所，計有2040個學習漢語專業的學生。空中函授大學漢語專業的學生有16142人，其中女學生有10589人。空中函授大學（只有一所）學生的特色是年齡層比較高，而且幾乎都是在職的人員，修學年限一般爲五個年。

在上述各種大學教育機構裡，在有關中國語教育的授課內容上，過去幾乎都是偏重於文學的授予，少有有關語學方面的，特別是會話口語方面的課程，但現在則因現實社會所需，一反過去的傳統，在爲了易於就職的前提下，於是在課程的編制上幾乎都著重於在訓練漢語口語的會話課課程。有關文學等較爲專門性的理論課程等，則越來越少，有之亦不大受歡迎，幾都變成了冷門亦是不爭的事實。

二、高等學校裡的漢語教學

自1995年韓國教育部第一次正式把漢語科目列爲高中第二外語教育課程的科目公布之後，在高中的漢語教學就沒有間斷過。歷年來有關韓國高中漢語教學的概況，根據教育部統計的資料又可簡述如下：

1. 一般高中的漢語教學

一般高中原則上只教一到兩門第二外語，而過去大部分高中的第二外語通常是以德語、法語和日語爲主，所以這三種以外的第二外語很難得發展。但1980年代起，爲邁向國際化，爲面對時代現實性的需求，韓國教育部在公布「第五次高等學校教育課程」(適用期間爲1988~1995)時，正式規定在高中可以選讀德語、法語、中國語、日語、西班牙語等五種第二外國語。之後，在高中始興起了增選各種第二外語課程的熱潮。根據1992年教育部的資料，當時學習上述第二外語的學生人數如下：

表6

語種	德語	法語	中國語	日語	西班牙語	合計
學生數	567976	330122	61256	847447	9996	1816797
百分比	31.3	18.2	3.4	46.6	0.5	100

又根據1992年到1996年的統計資料，可獲知在高中裡學習日語的學生人數，大約是占在高中學習第二外語總人數的40%~50%，德語約占30%，法語占20%，中國語占4~5%，西班牙語則占0.5~1%，俄羅斯語占0.2%。而高中第二外語的授課教師人數（1995年的資料）則爲：日語教師有1561人占40%，德語教師有1289人占32.8%，法語教師有812人占20.7%，中國語教師有196人占5%，西班牙語教師有50人占1.3%，俄羅斯語教師只有10人占0.2%。設有第二外語課程的高中學校其數目可列示如下：

表7

語種	日語	德語	法語	中國語	西班牙語	俄羅斯語
校數	1009	693	481	141	32	5
百分比	43%	29.4%	20%	6%	1.4%	0.2%

以上是根據教育部1995年的統計資料所作的分析。俄羅斯語因是在1996年教育部公布「第六次高等學校教育課程」（適用期間爲1996~現今）時，才正式列入的第二外語科目，所以才只有5個學校10位教師。在高中第二外語科目的語種，當時因限於一個學校只能開設兩種，又因都由高中的校長全權決定，才會有上述極爲不均衡的現象

產生。目前由於大學入學考試除了英語外，不考其他的第二外語，所以在高中第二外語的教學，均只授2~4個學期（在高一或和高二）的課，漢語的教學課程也不例外。

根據教育部1997年度的統計資料，在1121所普通高中裡設有第二外語課程的有1103所，其中開設一種第二外語的有541所，開設兩種第二外語的有516所，開設三種第二外語的有46所。在771所產業高中裡開設有第二外語課程的有733所，其中開設一種第二外語的有603所，開設兩種第二外語的有123所，開設有三種第二外語的只有7所。其中各個語種的學生人數則可列示如下：

表8　一般高中

語種	日語	德語	法語	中國語	西班牙語	合計
學生數	301172	481213	295876	76810	17160	1172231
百分比	25.6	41.1	25.2	6.6	1.5	100

表9　產業高中

語種	日語	德語	法語	中國語	西班牙語	合計
學生數	489092	105831	27353	16457	2321	641054
百分比	76	17	4	2.6	0.4	100

2.外語高中的漢語教學

自1984年有「外國語高等學校」（即外語高中）成立之後，在韓國高中裡的漢語教學上起了很大的變化。外語高中是爲提拔和培養具有外語天資或才能的外語人才的一種特殊的高等學校，可視爲是升入大學外國語科系的基礎先修班，也是升入大學外國語科系的捷徑之一。外語高中是在一般高中教育的基礎課程上進行專門性外語教育的機構。在外語高中的學生按所專業的外語分班，猶如大學裡的專業科系，所不同的是例如同爲漢語的專業，在外語高中的漢語專業一般都是以漢語口語的訓練爲主。這樣的外語高中，在1984年才僅有兩所，後來隨著社會的需求而不斷地增加，到上個世紀末，即2000年爲止，根據教育部的統計，已增加到18所，在學的學生人數根據筆者的調查至少有103680人。

爲了邁向國際化與世界化時代的二十一世紀，外語的教授與學習顯得特別重要。韓國的教育部便在如此時代的使命下，1996年在公布「第六次高等學校教育課程」時，爲應運時代要求和所需，因而在教科書上做重新的規定與編纂，即除了重新編寫各個第二外語語種既有的兩套教科書，作爲一般高中的外語教學教材之外，另外再編訂一套屬於外語高中專用的教科書。這套外語高中專用的教科書分別有：

（1）讀解教材Ⅰ，Ⅱ
（2）會話教材Ⅰ，Ⅱ
（3）作文教材Ⅰ，Ⅱ
（4）文法教材Ⅰ，Ⅱ
（5）文化教材Ⅰ，Ⅱ
（6）聽力教材Ⅰ
（7）實務教材Ⅰ

等共計12本，都是專業性很強的教材。高中外語教材的編寫便如此地慎重其事，可見外語的教育與學習在韓國眞是非等閑之事，與漢語教學有關的教材的編寫當然也不例外。這只是由教育部負責雇請專家執筆，並經教育部所屬「高等學校外國語教育課程教科書審議會」審檢通過出版的公定教科書，之外，在一般的高中還可以選擇經由教育部審檢通過的一般出版社所出版的外國語教科書。

雖然教育部公布在外語高中裡，可以開設個別主修英語、德語、法語、日語、漢語、西語、俄語等七種外國語言課程的班級，但實際上眞正設有上述七種外語班級的外語高中，在十八所當中只有三所。一般的外語高中，若開設三個外語專業的，通常是選定英語、德語、法語等三個的專業；若是開設四個外語專業的話，就可能是英語、德語、法語、日語，或英語、德語、法語、漢語等的四個專業。不過，如前面所述，在1992年韓中邦交重建之後，因漢語在現實社會的所需量不斷地增加，修學漢語的人數亦是有增無減，並且曾以極快的速度超越了過去佔有非常優勢的英語、德語和法語。下表是教育部提供的1992年的資料，當時外語高中才僅有11所。

表10

語種	英語	德語	法語	日語	漢語	西語	俄語	合計
學生數	1876	1868	2246	2833	2521	973	197	12514
百分比	15	14.9	17.9	22.6	20.1	7.8	1.6	100

下表是1995年度外語高中（14所）一年級學生在學人數的資料。

表11

語種	英語	德語	法語	日語	漢語	西語	俄語	合計
學生數	1382	1100	876	832	1122	187	280	5779
百分比	23.9	19	15.3	14.4	19.4	3.2	4.8	100

三、其他機構裡的漢語教學

以上是正式教育機構，即學校裡的漢語教學概況。但隨著與日俱增的漢語需求量，也爲了提供給更多的人學習漢語的機會，於是各種特殊的教學形式便陸續出現。例如林立在大街小巷的漢語補習班的漢語教學，之外，還有無線電收音機的漢語教學、電視的漢語教學、中小企業大小公司在職人員培訓班的漢語教學、各大學裡附設的語言訓練班的漢語教學等等。

韓國的電視漢語教學始於1983年，目前負責電視漢語教學的是EBS教育電視臺，它的前身是KBS3（即韓國的公共電視台）。這個電視漢語的教學節目是以一年爲一個學習周期，以零爲起點，每年三月初開始到第二年的二月底結束，每周播放兩到三次，每次播講二十到二十五分鐘。節目的內容大體上由短劇的表演、教材的講解和練習部分組成。短劇是根據事先編好的劇本，由中國人或漢語專業本科生表演，講解是把短劇的對話部分分成單句，逐句作語音、詞彙、語法、文化等方面的解釋或說明之後，再作發音、造句等的練習。電視漢語講座的教學內容，通常以比較簡單、比較容易的對話爲主。這個電視漢語講座的講師通常是漢語專業的大學教授。除了這個以一般觀眾爲主要對象的電視漢語教學之外，還有針對高中學生的電視漢語教學講座。針對高中生的漢語教學，因爲是高中教育的基礎課程，所以在教學形式上、內容上都要比以一般觀眾爲主的內容要來得嚴謹和仔細，尤其是有關文法和詞彙的講解，要比前者更具系統性。講座的講師一般是現職外語高中漢語專業的教師，所採用的教材通常是由主講的講師負責執筆。

1980年代初期起，韓國就開始和中國進行貿易上的往來，於是在各企業和公家機關裡對懂漢語、能操用漢語的人才的需求量，就自然而然地增加。在1980年代的中期，從大學漢語專業本科畢業的人數已不敷現實社會裡對漢語人才的需求量，於是有些企業公司機構甚至公家機關便開始在內部就近辦起訓練和培養漢語人才的班來。學習的人員都是照常工作的職員，他們利用上班之前或下班之後的時間上課。在這些培訓班裡授課的教師先生，早期是各大學漢語專業研究所的畢業生或韓國本地的華僑，現在則以來自中國本土的朝鮮族教師居多。除此之外，還有選派職員到特定的漢語培訓班去接受爲期三到六個月甚至一年的漢語口語的訓練課程的。有些企業和機關並且還進一步選拔在培訓班裡成績優秀的職員，派他們到中國本土去作長期的進修。

肆、韓國漢語教學的特點及其問題點

一、特點

在教學活動中一般均易偏重於「教」方面的作業，而忽略在「學」方面的作業，這種偏向在以傳授知識爲主的教學活動中雖只起消極的作用，但在語言教學的活動中則深具積極的影響作用。因爲語言教學不是單純地在做知識的傳授活動，而是在培養一種能力的活動，授業者必須了解和掌握學習者的學習目的、學習方法、學習環境，還有學習者本身在學習外語上的素質等等，如此，才能有效地進行教學的活動，尤其是在外語的教學活動上。過去，一般的學習者通常都依靠書面的文字教材學習漢語，而且絕大多數是向韓國籍的教師先生學習的，因此，他們在實際演練聽和說漢語的機會上便顯得非常少。

韓國人因爲歷史文化淵源的關係，自古對漢字和漢文（古漢語的書面語）就有著相當程度的修養。在現代韓國的國語裡仍存在著相當多的漢字語詞，不管是採用韓文專用還是韓漢混用的方式書寫，在每一段文章，甚至於每一句話裡，均有或多或少的漢字語詞。任何韓國的國語詞典裡，漢字語詞在所揭載的全部詞彙中所占的比率一般都是超過50%，由此可見韓國人無論是在日常生活的口語中，或是在文字生活的書面語中，均少不了要使用漢字語詞而且還使用著相當多的漢字。一般高中畢業以上的人至少都學過由教育部指定的1800個常用漢字。亦因此，韓國人在學習現代漢語之前多半已認識或學會了不少漢字語詞的字和詞義。這是韓國人學習漢語的有利條件，但卻也是韓國人學習漢語的不利的條件。正遷移的有利條件主要是在詞彙的學習上，韓國人學習漢語詞彙的情形不像歐美學生那樣從零起點開始，對韓國的學生而言有相當部分的詞彙是他們早已熟悉的。比方說類如：父母、兄弟、家庭、學校、成績、國家、政府、外交、科學、戰爭、國防、地球、動物……等等，都是韓國語詞彙的一部分，不管是在形態上或是在意義上，均與漢語完全相同。又因爲漢字本身是表意性很強的文字，韓國的學生儘管遇到陌生的或是不相同的漢字語詞，也能用既有的有關漢字的素養類推出相當多的漢字語的詞義。例如：汽水、布鞋、皮鞋、鋼筆、房間、火鍋、火腿、電視、電影、電腦、超級市場……等等，雖不是韓國語的詞彙，但韓國的學生們卻能根據漢字的意義推測且進一步理解其意義。亦因此，有不少韓國的學生自以爲在漢語的閱讀理解上不會有很大的問題。

語言是爲人所用的，它的意義會隨著時間和空間的改變而改變，漢語也不例外。有不少漢語的漢字意義已因時而異、因地而異，這正是帶給韓國學生負遷移的主要原因之一。韓國自古以來便同時借用中國的漢字和漢語詞彙，借用後，在韓國國語裡則照借用時的意義使用，至今仍幾乎沒有反映字義和詞義在宗主國的中國已演變了的部分的例子。因此，有些字和詞在韓中兩國語的使用上也就日久天長而相差甚遠。這些字和詞就成爲正確理解和使用現代漢語的障礙。例如下列的同型語詞，就經常帶給學習漢語的韓國學生們困擾。

表12

詞例	韓語的意義
地方	鄉下
汽車	火車
合同	聯合
工夫	學習
新聞	報紙
內外	夫婦
放心	疏忽大意
給與	薪水
關心	感興趣
出口	出口處

其次是有關讀音方面的問題。漢字是典型的表意文字，形體和意義的結合很緊密，有教人容易捕捉其意義的特點，所以一般人主要是以視覺理解漢字，至於如何讀念漢字並不十分重視。歷來借用漢字的民族好像都如此，他們所重視的主要是漢字的形態和意義的結合，而非漢字字音的讀取。古代韓國所使用的吏讀是不完全依靠漢字讀音的，日本的訓讀也與漢字的字音毫無關係，如此獨創本國字音使用漢字的方法，雖不阻礙漢字的使用，但，一旦有了自己的一套讀音，就不再重視中國漢字在讀音上的變化，所以韓國在漢字的讀音上仍舊非常的保守。有關韓國漢字語音（讀音）的形成時期，一般推定是在公元六、七世紀時，韓國漢字讀音所反映的即是當時中國的語音系統，亦即中古的切韻系統，當初韓中兩國語的漢字讀音原本是有井然的對應關係的，但由於後來韓國沒有收容漢字在中國語音裡經過歷史演變後的讀音，因此，現在韓中兩國在漢字讀音的對應關係上不但顯得非常紊亂，而且兩國語的漢字讀音亦相差甚遠。

二、問題點

韓國的學生平時可以靠已有的漢字或漢文的知識去解釋漢字的語詞或漢語的句子。如此，便不知不覺地易於套用韓國語詞義的習慣，因而遇到類如上述所舉的同型語詞就很容易產生誤解。

其次是讀音的問題，對外國人而言，漢字的讀音是漢語發音的依據，學習讀音是說漢語的大前提。韓國的學生因有在視覺閱讀上的先天優勢，又因在理解文章大意上的能力比較強，這在無形中便使學生本身感到一種自己已經掌握了漢語的錯覺，因而忽略甚至不重視朗讀的練習。有些人還根據韓國的讀音去推測現代漢語的讀音，還有些人乾脆利用韓國的讀音去讀漢語的文章。結果，說的、讀的都是一口似是而非，教人啼笑皆非的漢語。

韓國的漢語教學在教學研究的作業上，長期以來是比較薄弱的一環。不少教授缺乏科學的精神和積極的態度，大都只憑經驗教學生，且一般都認爲教學漢語是件易如反掌的事情。這種現象與教授者的專業有很大的關係，他們大多數是早期在韓國完成大學的學業後，再繼續讀研究所或到臺灣留學的。當時絕大部分人主修的是古典文學，一般均忽略了現代漢語，也沒有研究語言學者，就更談不上語言教學。當今在外國的語言教學已有了長足的發展和相當的成就，繼語法翻譯法之後，已出現了所謂的聽說法、直接法、認知法、功能法等等教學的方法，而更多的新方法也在不斷地探索中。但韓國的漢語教學界並不積極地接受或應用這些曾已出現過的新進的在教學方法上的成果，只是沿用陳腐相因的語法翻譯法，甚至有的教授者對在教什麼的問題上也不做充分的認識。在他們所設計出來的大學教程中，文學所占的比重相當高，而且即使是文學通常也是以古典文學爲主，語言教學課程所占的比重均比較低。這似乎與他們在專業上既成的偏愛和在學習的經驗上有關。韓國人主修古典文學，可在已有的漢字、漢文的基礎上直接入門，不經過現代漢語也沒有問題。唯如此一來，就不能提供現代學生學習現代漢語的語言條件，無法讓學生們實事求是。大學的教程安排是急待解決的問題之一。語言教學本應該重視在聽、說、讀、寫四種技能上做全面性協調的發展的。但是歷年來韓國在漢語的教學上有個特別的偏向，即是不太重視有聲語言的教學。當然這裡頭有著種種的原由，例如上面所述的，韓國人在學習漢語之前已具有漢字、漢文的修養，而造成在學習上的怠惰等。

長期以來韓國在外語的教學上所採用的教學法是以語法翻譯爲主，既保守又死板地教學生閱讀方法以及有關的語法知識，而忽略訓練培養口語的表達能力。歷年來韓國的漢語教學也因因襲語法翻譯法，只著重於閱讀能力和傳授語法知識的教學。這種風氣直到今天也還沒有完全改變，再加上難有和中國人直接說話的機會，因此，韓國的學生普遍存在著讀和寫的能力要比聽和說的能力強的現象。這可由韓國學生參加HSK（漢語水平考試）的成績來證明這一點。一般韓國學生考HSK的成績是聽力理解部分的成績低於其他測試部分的成績，甚至有的學生即因爲沒有考到聽力理解部分應有的水平分數而落第的。

伍、結　語

以上除了考察韓國在漢語教學上的源流與傳統外，還根據韓國教育部30年來的教育統計資料和其他有關漢語教學的研究資料，就韓國在大學、高中等高等教育機構，和一般民間機構在漢語教學上的實況作了有限的分析。但從中亦可獲知韓國自古便是個非常重視與外國接觸的國家，是個非常重視外交進而重視外語的國家。漢語的教授與學習亦在如此環境之下，不僅未曾間斷過，且有日趨增長的局勢，由是我們可以預測在韓國的漢語教學工作，其前景將是樂觀美好而任重道遠的。

近幾年隨著韓中兩國日趨頻繁的交流往來，促使人們認識到培養有漢語口語交際能力人才的迫切性，也促使漢語教學界開始反思過去的漢語的教學條件和教學方法。1993年在一些有遠見的大學教授和高中的在職教師們的提倡下，爲了提高韓國在漢語教學上的質量和師資，終於成立了「中國語教育學會」，展開有關漢語教學的研究與進一步探索具有科學性的教學方法的活動。該會曾研討過有關發音教學、語法教學、聲調教學、造句偏誤分析、限制漢語詞序的音素、中國大陸與臺灣的語言差異和漢語的規範、漢語教學的國際交流、漢語教學所面臨的問題等。有些會員並且爲結合理論與實際，還積極地參與韓國教育部所指定的高等學校專用外國語教科書的編寫工作。

唯，在韓國的漢語教學工作上，筆者認爲除了上面所言及的教學課程的比重問題之外，至少有以下幾個不應再忽視的問題。首先是有關大學裡漢語教學教材的問題。在高中，因由教育部直接管轄並且由教育部負責編審教材的工作，所以在教材內容上的範圍、水平或難易度的要求，均有明確的標準和規定。但在大學裡的教材卻因爲自由選擇而顯得非常無頭緒且零亂，尤其是有關口語用的教材，更是紊亂不堪。絕大多數是抄印或複印自香港、臺灣或大陸的盜版教材，且這些教材並非整套的完整性的翻版，而是搓和式的版本，最近還有譯自日本的教材，出自韓國本土的教材非常稀少。在盜版的教材中，除了語彙（非慣用的普通話）的問題外，還有拼音上（字音音調等）的問題。近年來，漢語專業的大學畢業生，對專業的基本知識可謂是一知半解，這與授課的教材內容有著絕對的關係。若能借用或引進臺灣與大陸有權威性的對外漢語教學用的教材，甚至進一步地編纂一套適合於韓國大學生習取現代漢語的「基本教材」，可能是改進和提升韓國在漢語教學教材上最直接的好辦法。

其次是師資的問題。語言教學與其他的專業一樣，是一門很專業的學術活動。高中生與大學生的外語學習是成年人的學習活動，需要有系統、有內涵的訓練與傳授方能收效。原語教師的課程科目不應超過20%，應該要請臺灣或大陸有關當局支援派遣在對外漢語教學上訓練有素、學有專長的人員前來授課。否則，與其要一大批比手畫腳又無語言教學學專業知識的原語教師，不如借助學有專長的本國籍碩學傳授應有的基本專業的知識的好。

再其次是韓國人在學習漢語之前，因大都已具有或多或少的漢字語詞的修養，如何發揮這一優點助長學習者學習漢語的能力的同時，與如何克服這一特殊的會干擾學習者學習漢語的不利因素的問題，將是所有韓國的漢語教學者不應再忽視的課題。

The Parts of Speech in the Course of Chinese Grammar for Students of the Oriental Department

Professor, Sergiy Kostenko*

Abstract

This article is intended to demonstrate our experience concerning the general foundation for grammar of modern Chinese on which the Ukrainian students of the oriental department, planning to specialize in Chinese, can build their basic course and to give the students sufficient knowledge for their

---

* The teacher of Chinese language and literature, Kyiv Taras Shevchenko National University, Ukraine

purposes.

The material has been developed over the past 5 years from the moment when the oriental department of Kyiv National Taras Shevchenko University was established. According to this material students of Chinese language course normally begin their study on modern Chinese grammar, vocabulary, reading and speaking . It is therefore assumed that after the basic course students can already realize the distinction between the general structure of Indo-European languages and Chinese. Furthermore Ukrainian students attempt their first effort in Chinese study from the side.

But in this point we run the problem of great difficulty—how to characterize the part of speech in Chinese grammar. It is a well-known fact that this problem currently remains unsolvable not only for non-Chinese linguists but among the scholars in China also , taking into account the academic discussion about markers of the word-structure and the word-process in the sentence that was developed after famous Ma Jian-zhong's grammar "Ma shi wen tong" was published a century ago.

Our research involves further development of Chinese grammar theory in China, the theory which over the last decades has been recognized as urgently necessary for purposes of education both for

> secondary and high school language courses. And in connection with this statement we have used major results that have been obtained by Soviet sinologists interpreting achievements of Chinese grammarians from 1940-s until 1980-s.

This article is intended to demonstrate our experience concerning the general foundation for grammar of modern Chinese on which the Ukrainian students of the oriental department, planning to specialize in Chinese, can build their basic course and to give the students sufficient knowledge for their purposes.

The material has been developed over the past 5 years from the moment when the oriental department of Kyiv National Taras Shevchenko University was established. According to this material students of Chinese language course normally begin their study on modern Chinese grammar, vocabulary, reading and speaking. It is therefore assumed that after the basic course students can already realize the distinction between the general structure of Indo-European languages and Chinese. Furthermore Ukrainian students attempt their first effort in Chinese study from the side of the native language and the university course was adopted for Ukrainians whose mother tongue is one of the Slavonic languages with very developed system of affixation. Therefore for our students the category "parts of speech" is indispensable for study on Chinese grammar in its first stage.

But in this point we run the problem of great difficulty—how to characterize the parts of speech in Chinese grammar. It is a well-known fact that this problem currently remains unsolvable not only for non-

Chinese linguists but among the scholars in China also, taking into account the academic discussion about markers of the word-structure and the word-process in the sentence that was developed after famous Ma Jian-zhong's grammar "Ma shi wen tong" was published a century ago.

Our research involves further development of Chinese grammar theory in China, the theory that over the last decades has been recognized as urgently necessary for purposes of education both for secondary and high school language courses. And in connection with this statement we have used major results that have been obtained by Soviet Sinologists interpreting achievements of Chinese grammarians from 1940-s until 1980-s.

Morphological and syntactical levels of a language with its units and combination of the units like morpheme phrase, sentences traditionally make the subject of the Slavonic languages' grammar as well as Ukrainian grammar. Then approaching the problem of teaching Chinese grammar for the oriental department students we have come across Chinese words' comparative monosyllabism and amorphism phenomenon. For the purpose of avoiding wrong idea about formlessness of the words and furthermore about the absence of grammar in Chinese, the course of theoretical grammar for students studying Chinese language was supplied with conventional term "morpheme".

Taking into account that Chinese languages exhibit tendency to the word incorporation it is obvious that the task to differentiate the word from the phrase in Chinese is very important and very complicated also. Structural patterns even of disyllabic words usually coincide with correlative phrase patterns thus complicating analysis its grammar structure. There is advisability to distinguish the morpheme like language unit less than word that can represents the minimal part of the word, have the meaning but cannot by itself take part in syntactical relations. However it is necessary to pay attention to the difficulty of distinguishing lexical units in Chinese into morpheme and words, because nearly every morpheme can be monosyllabic word. So according to its syntactical independence we have divided all Chinese morpheme into four groups:❶

1. Morpheme of the first group has complete independence and can use freely in the isolated kind. They are capable also to represent it as components of the words.

2. Morpheme of the second class can be used only as components of the words, as they have no ability to the independent use. The presence of such elements in complex formation allows recognizing it as complex words. For example: *li* 'perfect', *ze* 'lake', *fan* 'sample', *jian* 'difficult', *min* 'people', *fan* 'to be spilled', *qian* 'to send', *xi* 'exercise', *hu* 'silly', *juan* 'timid' etc.

3. Morphemes of the third group represent function elements having wide compatibility. They are used in the certain position in a combination to significant elements. They can make out both word, and phrases. The affixes, measure words, place words belong to this group. The further development the morpheme of this group goes on a way its grammaticality and transformation in an affix. Similar process in a case *hua* 'change', *lao* 'old', *tou* 'head', etc.

4. Morpheme of the fourth group occupies intermediate place

---

❶ A.L.Semenas. Lexicology of modern Chinese language. Moscow, 1992. (in Russian).

between morpheme of the first and second group. They are used freely in the isolated form only in the certain limited circle of phrases, in which they are perceived as separate words. They can also act by components of complex words. For example: *wu* 'house','building', *fang* 'room', *yi* 'clothes', *jin* 'new', 'modern', *zhuo* 'table', *di* 'enemy', *po* 'mother - in – law' etc.

Given classification seems rather useful and practically applicable at the analysis grammatical structure of Chinese language. It is necessary to take into account, that the parts of speech can be expressed not only by the root morpheme itself, but also by combination of morpheme from different groups or combination roots and suffixes❷. Obviously it is possible to speak about the meaning of the structural pattern of the word and at last about concrete concept "part of speech" expressed by a word. Concepts of the certain categories of subjects are expressed by suffix-morpheme and function morpheme of nouns. Reduplication of a root morpheme can express the concept of the nominal part of speech also. The above-mentioned four groups' morphemes basically accompany the certain parts of speech. For example the verb is accompanied by grammatical concepts:

a) Aspect. (Ways of expression – suffixes, preposition-function morpheme, reduplication.)

b) Time. (Ways of expression – suffixes, preposition-function morpheme.)

c) Voice. (A way of expression – preposition-function

---

❷ N.N. Korotkov. Basic features of the morphological structure of Chinese language. Moscow, 1968. (in Russian).

morpheme.)

d) Orientation. (A way of expression – suffixes.)

The adjective is accompanied by grammatical concept of intensive form. A way of expression – reduplication. Grammatical concepts of the adjective and adverb can express by suffixes.

If we summarize now distribution of grammatical functions among formal structure of morpheme we can analyze Chinese sentence to identify all its meaningful units like subject, predicate, members of the sentence etc.

傳統與現代之間——論傳統文獻與現代方言的聯繫以「內外轉」爲例

程俊源*

摘要

漢語比之世界其他語言，從語文學的角度思考，其較爲優勢的地方，概在於其歷史上有著賡續不絕的傳統文獻，然而這些文獻對於現代的社會，是僅具有歷史價值亦或尚有其他？歷史文獻可否用之現代，而現代的音韻現象可否在歷史來源上得到解釋？我們嘗試將傳統文獻中「內外轉」，與現代方言作一聯繫，發現傳統文獻的分類，正

* 國立台灣師範大學國文研究所博士生，明志技術學院講師。

提示了現代方言的音韻變化的條件。例如：台灣閩南語的古陽聲韻的鼻輔音韻尾變化中，有分組的傾向，外轉鼻化而內轉則否，這個現象可以聯繫到粵語、晉語、吳語、徽語、西南官話……等漢語方言，並與侗台語系的語言有著類似的變化型式。而內轉非低元音的性質，使之有一增生-i介音的可能，並由之與外轉區別。以下分五小節論述之。

關鍵詞　內外轉　韻尾變化　重估　推鏈

壹、緒　說

漢語比之世界其他語言，從語文學的角度思考，其較為優勢的地方，概在於其歷史上有著賡續不絕的傳統文獻，然而這些文獻對於現代的社會，是僅具有歷史價值亦或尚有其他？歷史文獻可否用之現代，而現代的音韻現象可否在歷史來源上得到解釋？本文的工作正嘗試聯繫漢語輔音韻尾的變化與傳統文獻「內外轉」的關係。

從宏觀的角度出發，漢藏語系輔音韻尾的發展變化，無論是陽聲韻或入聲韻，總的趨勢傾向簡化（李敬忠1989、戴慶廈1992:28）❶，

---

❶ 這種變化趨勢在語言間似乎亦不乏其例，例如斯拉夫語在歷史上曾有過「開音律」的運作，因此在一定時期使閉音節有著往開音節演變的趨勢（金有景1983:48）。當然各語言間在特定的條件環境下，亦可能有增生韻尾的反向現象，例如增生鼻輔音韻尾，如台灣閩南語「墓」讀bɔŋ、「奶」讀lin；

台灣閩南語的鼻輔音韻尾變化亦如一般，屬白讀的某些語層中多可見輔音韻尾的弱化消失，進而促使韻母中元音鼻化，例如：「膽」來自古咸攝（*-m）今讀tã^2，「贏」屬古梗攝（*-ŋ）今讀ĩã^5，不過「鹹」仍讀kiam^5，「零星」讀lan^5-san^1，那麼這個語音演變的動力與動向，是屬個別語言層的獨特現象，亦即上述兩種歧異形式並不屬同語層，不服從同樣的規律，或者只是單純的弱化演變，抑或尚有條件可言？

當我們相信語言演變具規律性（regularity）時，那麼「類同可能變化同」（羅賓斯Robins:1986:386、徐通鏘1991:101），如此共時上語音形式的殊異，若回溯其源由，當中可能的原因，或者是來源上的異質差異；或者屬條件、規律遵從的殊途別離。那麼基於處理漢語的學術經驗，我們工作的方法原則，也許得先考慮到「韻」、「開合」、「等」、「攝」……等音類的歷史音韻線索，去尋求縱向上可能的解釋，因此我們擬依此先對台語的鼻化韻作一簡要的歷史考察，看看能否尋繹出有效的論斷依據。

序號	例字	古音條件	文	白
(1)	鬧	效$_{開二去效}$ 泥	nãũ^7	
(2)	耐	蟹$_{開一去代}$ 泥	naĩ^7	
(3)	馬	假$_{開二上馬}$ 明	mã^2	be^2

潮陽話的「五」讀ŋom、「虎」讀hom（張盛裕1982:139-40）。藏緬語中亦有增生韻尾的現象，例如：屬緬語群的浪速語，若干於歷史上並無輔音尾來源的詞，今讀卻增生了-k的塞音韻尾（戴慶廈1990:38-40），而屬嘉戎·獨龍語支的羌語現今豐富的輔音韻尾，卻多非與古有徵（劉光坤1984）。

(4)	磨	果合一平戈	明	mɔ̃^{5}	bua^{5}
(5)	霉	止開三平脂	明	mũĩ^{5}	
(6)	奴	遇合一平模	泥	nɔ̃^{5}	
(7)	矛	流開二上巧	明	mãũ^{5}	
(8)	單	山開一平寒	端	tan^{1}	tũã^{1}
(9)	半	山合一去換	幫	puan^{3}	pũã^{3}
(10)	影	梗開三上梗	影	iŋ^{2}	ĩã^{2}
(11)	硬	梗開二去映	疑	giŋ^{7}	ŋɛ̃^{7}
(12)	羊	宕開三平陽	以	iaŋ^{5}	ĩɔ̃^{5}
(13)	腔	江開二平江	溪		khĩɔ̃^{1}
(14)	藍	咸開一平談	來	lam^{5}	nã^{5}
(15)	添	咸開四平添	透	thiam^{1}	Thĩ^{1}

閩南語系中，大致上文讀層仍保留-m, -n, -ŋ，對當於古漢語系統，而鼻化韻則多見於白讀層（陳榮嵐、李熙泰1994:47-8），因此從上表顯示的台語鼻化韻，大致上我們可以觀察到（1）～（7）爲一組，（8）～（15）爲一組這樣的類分，共時的形式雖同樣具有呈顯出鼻化韻的一讀，但前組的鼻化韻音讀屬文讀層，歷史上來自古陰聲韻，今讀鼻化韻應是承自鼻音聲母的展延力量（nasal spreading），那麼這樣的鼻化韻並非來自於前述的弱化現象，也就不屬本文討論的目的，倒是後一組的白讀層中，聲母的來源並非鼻音聲母，而韻母則對應古陽聲韻，正合於鼻輔音尾弱化的形式，不過這樣的觀察仍甚一般，不具什麼解釋力，如果我們嘗試再跳高一層，往上尋繹外延較大，而更具概括力的音類，那麼可以見到這組中仍然有一定的共性存在，除（12）「羊」一例爲宕攝，屬傳統分類的「內轉」

外，其他都歸屬「外轉」，不過「宕攝」在羅常培（1933）的系統中卻是劃歸外轉，那麼這樣的觀察是否透顯出一定的意義，鼻輔音韻尾的弱化是否與「外轉」韻攝有所聯繫，文獻的依據能否由方言的現象中得到反映，如何切近地理解這些問題，本文擬從語言的縱向歷史（longitudinal）與橫向空間（latitudinal）的比較爲基礎作交叉聯貫的探討。

貳、文獻回顧與理論探討

一、「梵」與「漢」的歷史交涉

中國音韻學史上有過兩次外來的影響，觸發漢語研究的巨大質變，一是印度佛教的輸入，一是近代語言學的傳入。後者使傳統的「小學」脫離訓詁通經的範囿，有了獨立的學科生命，現時語言或方言的研究始得以受尊重並展開，其影響至今不衰。而前者乃介引了古印度的「聲明論」（śabda-vidyā）、「悉曇章」（siddham）等門有關研究分析音理的學問，僧家的流布與儒眾的慕習，中土的學者在浸漸目染下，終於也對其自家的漢語有了反省後的自覺，造成漢語音韻學的急速成長，四聲的體會，韻籍的編纂，到了唐末五代具科學音理分析的等韻圖表也應運而生。（竺家寧1995:275-6）

「等」、「攝」❷、「轉」、「內」、「外」……等的歷史音

---

❷ 「四等」等第的實際區別，從江永的《音學辨微·八辨等列》以來，「洪細說」爲多數學者遵從，不過李榮（1983a:1-2）指出這可能只是依北京一路的語音而設說的。在現代漢語方言中，金有景（1962,1980）報告的浙南

類區分，概是古等韻學家神襲釋家的術語運用與概念的表現。「轉」的稱呼源自梵文的parivarta，大致原是「乘轉」之意，引而爲轉讀、唱誦，進而爲字母與母音展轉輪流相拼，亦即用輔音拼元音，來拼讀出一個個切實的字音（羅常培1933:100、周祖謨1981:508、何九盈1985:123）。至於「內」、「外」的用法可能也是承自印度語音學的術語，「內」爲ābhyantara指聲音在口內、「外」爲bāhya指聲音在口外（Norman 1988:31）。那麼對於這些古印度的傳統學問，中國的等韻學家，面對諸如「內」、「外」或「轉」等，原始實際概念的承襲時，納習之後再轉爲對等韻圖表中的「內外轉圖」作實際的劃分，是否應即符合一致？（俞敏1984b:410）我們先回頭檢視這些漢語的文獻紀錄與歷來學者的研究成果。

二、「等列派」的歷史承襲

早期的韻圖如《韻鏡》、《通志·七音略》雖於圖首標注「內」、「外」，但並沒有對何謂「內外轉」多作說明，最早論述「內外轉」的，爲較晚期的韻圖如《四聲等子·辨內外轉例》與《切韻指掌圖·辨內外轉例》的說明。

吳語（作者自己的意見認爲應叫「越語」（金有景1983:51））義烏方言，四等元音開口度大於三等，金有景（1982）更明確地指出大部份的吳語區、閩語區多如此分別，四等並非尤細。閩方言的四等韻，在白話層中有些沒有-i-介音讀爲洪音（張光宇1990a、李如龍1984）。而「攝」的概念來自梵文parigraha，相當於漢語「概括」、「包括」的意思（俞敏1984a:293），是較晚期「併轉爲攝」的韻圖所用的術語，不過就概念上，早期韻圖的韻目序列及圖首所立的「內」、「外」標注等線索看，實已暗示著已有「攝」的概念了。（李新魁1981:129）。

《四聲等子·辨內外轉例》言：

內轉者，脣、舌、牙、喉四音更無第二等字，唯齒音方具足；外轉者，五音四等具足。今以「深、曾、止、宕、果、遇、流、通」括內轉六十七韻，「江、山、梗、假、效、蟹、咸、臻」括外轉一百三十九韻。

《切韻指掌圖·辨內外轉例》言：

內轉者，取脣、舌、牙、喉四音更無第二等字，唯齒音方具足；外轉者，五音四等具足。舊圖以「通、止、遇、果、宕、流、深、曾」八字括內轉六十七韻，「江、蟹、臻、山、效、假、咸、梗」八字括外轉一百三十九韻。

內轉	通	止	遇	果	宕	流	深	曾
外轉	江	蟹	臻	假	山	效	咸	梗

從釋例的詮釋上看，兩者所言除攝次排列的不同外，攝目一致，文字相異處也不多，我們可以整理成上表。由此大致上我們可以把握到兩個重點，即「標準」與「結果」。《等子》與《指掌圖》的作者認爲，內外轉分類的「標準」在於齒音二等字的行爲表現，如果脣、舌、牙、齒、喉五音四等都有字，就歸「外轉」。要是二等中只齒音有字，則歸爲「內轉」。運作這樣的準則，劃分的「結果」是「內轉」有八個攝共六十七個韻，「外轉」亦有八個攝共一百三十九個韻。若著眼於「結果」而回溯確認其「標準」的話，《等子》與《指掌圖》的說法仍不失爲有一定涵括力的外延定義。因此歷來

學者踵武法式，遵沿此說者多，例如明袁子讓、呂維祺、清熊士伯、方本恭、賈存仁；現代學者中董同龢（1949）、許世瑛（1966）、高明（1967）、杜其容（1968）、陳新雄（1974）、李新魁（1986）、孔仲溫（1987），雖其間確切的論據，各有依歸，不盡相同，或立足二等韻看問題，或基於三等韻看問題，但大體皆據等列之說以言，認為內外轉之別在於眞二等韻的有無，有眞二等韻謂之外轉，反之則為內轉，我們姑稱之為「等列派」❸。

《等子》的解釋成了傳統音韻學界對「內外轉」的基本看法，以韻攝中有無獨立的二等韻作區別的指標，這樣的描述性分類，無疑合於一定的現象，例如內轉恰為六十七韻，外轉恰為一百三十九韻，門法的解釋與韻圖相合，且大致上「內外轉」可以以二等韻的有無界說，具有一定的解釋力。只是循此「標準」是否眞能圓滿的得到所示的「結果」，王健庵（1989:80）歸納了幾點問題值得我們思考：

> 1.眞二等的有無，自可直接反映在圖表上，是否重要到需於圖首表示出如此帶有總括性的「內轉」「外轉」呢？
>
> 2.假二等之切下字須於三等求，故還可體會其為往內蒐尋，而眞二等即在本位，不需外找，則「外轉」一名是否得當，亦或只是對比於「內轉」的稱呼？
>
> 3.《韻鏡》第17、18、19、20圖即臻攝並無所謂眞二等韻，何以亦歸為「外轉」？而第26圖（效攝之一）只有四等並無

❸ 「等列派」與下文「韻腹屬性派」的命名歸類，依張日昇、張群顯（1992:306-7）的分類。

二等卻歸「外轉」？第27、28圖（果攝）沒有二等卻歸「內轉」？第29、30圖（假攝）卻分屬「內轉」、「外轉」？第13圖（蟹攝）有眞二等，《韻鏡》定爲「外轉」，《七音略》卻歸「內轉」？

4.如果說「脣舌牙喉四音更無第二等字，唯齒音方具足」即須有莊系借位的情形，始爲「內轉」圖，但第5、9、10、32、43圖並無莊二借位的情形，如何判斷其爲「內轉」？

以上第二、三點確值得人們思考，「版本」甚至「音系結構」的分配當然應當考量，但若仍然歧異無法完全解釋問題時，而我們又相信韻圖是反切的進一步發展，是 「切語之學所變而成（陳澧語）」（張世祿1984:83），爲方便古代文人士子使用的「查音表」（王力1981:85），那設若我們只是古代尋常士子，持《等子》或《指掌圖》所立的「標準」去尋音射標，卻不見得能得到合標準的「結果」，這樣相互的齟齬歧牾，古代士子要憑何推繹決斷？是否眞能憑圖索驥，不失驪黃呢？如有糾結時又如何斬絕？因此簡單的說我們的判斷在於「否證邏輯」（refutation），因爲上述的疑難在於，「標準」不能得到「結果」，「結果」否定了「標準」。或許我們可以有兩個面向的考慮，一是這樣的標準與結果根本非內外轉區分的眞諦；一是這樣的標準只能區別部份的現象，只有一定的解釋效力而已。因此《等子》之說雖爲最早的古文獻材料證據，但涵括度的限制顯示，或許其亦只是擺出了現象，並沒有說出「內」、「外」的眞正含義（俞敏1988:302）。那麼對於「內外轉」的眞正區別，學者另有深思。

三、「韻腹屬性派」的新創再造

古文獻上既然對所謂「內」、「外」並無確當的定義或判斷標準，後世學者自得試圖代為詮解，從宋人祝泌已把內外轉釋為外轉「氣出」、內轉「氣入」❹，至於何謂「氣出」？何謂「氣入」？語涉玄虛，莫得其旨（李新魁1986:250），不過已從發音上嘗試思考。清人江永以「內」、「外」即「斂」、「侈」❺，以開口度的大小反映內外，鄒漢勛、夏燮、日本《韻鏡》家大矢透等，多朝這方面理解，正式以音韻學的系統對立觀念，對內外轉作全面分解。逐類定性者，為羅常培（1933）的看法，概略的說，其以元音的高低類分「內外轉」－內轉高而外轉低，因此我們姑稱之為「韻腹屬性派」。

（一）羅常培（1933）－分辨高低，重定內外

由江永到日人大矢透等的開發緒端，以「外轉」為「侈」「內轉」為「弇」，羅氏繼續之，材料上以日本流傳的其餘韻圖本子相參校，並以高本漢的擬音作基礎，與現代語言學作接合，觀察內外轉在音系中的分布與表現的元音性質，進而改「臻」攝為「內」，

---

❹ 祝泌的《皇極經世解起數訣》「凡字之所謂諧韻者謂之聲，口中之氣所發也。有開口而氣出，合口而氣出成聲者謂之外轉；有口開、口合而氣入成聲者謂之內轉。」（引自李新魁1986:250）

❺ 江永的《古韻標準·第十二部總論》「二十一侵至二十九凡，詞家謂之閉口音，顧氏合為一部。愚謂：此九韻與眞至仙十四韻相似，當以音之侈弇分為兩部。神珙等韻分深攝為內轉，咸攝為外轉，是也。」（引自羅常培1933:92）

「果、宕」爲「外」，認爲「止、遇、通、流、臻、深、曾」七攝爲「內轉」，「果、假、蟹、效、山、咸、宕、江、梗」九攝爲「外轉」，內轉元音較後而高，後則舌縮，高則舌弇，外轉元音較前而低，前則舌舒，低則口侈。

羅氏此說貢獻在於提示出「內外轉」有音類上的區分，且此區分有音理可循，而非僅是排圖的運用、尋音的技巧而已，其開創之功實偉，使得歷來難以盡詮的「內外轉」，在音系中有了意義。

只是羅氏據以認定之音值，從高本漢而來，高氏的重建雖有一定信度，但畢竟屬擬構，由擬構出發再去判斷古音類上實有的區別，難免爲人想當然爾的引爲方法上詬病，如王力（1991:121）認爲「以後人的語音學觀點來解釋，說服力不強。」李新魁（1986:252）「以元音發音的侈弇來區分內外轉，實爲無據。……古人恐怕還不會達到如此精密的程度：按各個具體的元音發音的不同來區別內外轉。」再則羅氏移更傳統「內外轉」統轄的韻攝，使得羅氏的說法變得與古無徵，難免引來非難，如：董同龢（1948）、許世瑛（1966）。不過學術總是前進的，不同意見的激盪才有螺旋上升的可能，正如科學革命（scientific revolution）的本質，即是傳統典範（paradigm）的變遷。（孔恩Kuhn 1994:145）因此語言研究總是「擺事實，講道理」（李榮1983b:87），羅氏對「內外轉」的新假說（hypothesis），說出了道理，我們期待猶有新的方言事實繼之予以核證。

(二) 周法高（1968）—離析內外，論定長短

舊典範的危機與新理論的建構，表現的常是一種張力的持續（孔恩Kuhn 1994:§7），羅常培（1933）的看法，雖然悖於傳統，但亦引

起再來的學者，於深度與廣度上持續加溫。如果「內」、「外」的對立不是紙面上的區別，那麼這組關鍵性的對立，在中古音系的系統中也許與元音性質有關，而這樣的對立區別是否恰可在現世的漢語方言中得到反映，周法高（1968:11-2）指出廣州話的反映中，「外轉」諸攝呈長元音，「內轉」諸攝呈短元音，內外轉構成很鮮明的對比。如此從方言反映的證據，進而同意羅氏移改韻攝的歸類，將其擬構的區別標示如下（周法高1968:11, 1991:20）。

	-ø	-i	-u	-m/p	-n/t	-ŋ/k（不圓脣元音）	-ŋ/k（圓脣元音）
外轉	果假	蟹	效	咸	山	宕 梗	江
內轉	遇	止	流	深	臻	曾	通

羅文與周文的效應，引起了該有的回響，張日昇、張群顯（1992）並未滿足於以上只是定性的論述，而沒有明晰的音變描寫，因此進一步以珠江三角洲方言的調查報告爲基礎，對廣州話作更量化的分析，結論認爲內外轉應是一具結構意義的「自然類」（natural classes），正如傳統「清濁」、「陰陽」、「輕重」與「開合」……等爲對立的因子般，這些歷史音類往往是以一些偶值的（binary）參項（parameters）形成的一結構性對立，有一定的音理特徵表現。故藉著珠江三角洲方言調查資料的量化處理，聯繫了古內外轉的區別，由其研究數據上的顯示臻攝移入內轉，果宕移入外轉，加強了以元音長短區分內外轉的假設，證明了內外轉的區別有其音理上的系統色彩。

因此「內外轉」於中古時期共時靜態上應有一定的結構意義存在，而於歷時演變後也在現代方音中有所反映，故自羅常培（1933）以來，周法高（1968）、橋本萬太郎（1985-6, 1982）、薛鳳生（1985）、俞光中（1986）、張玉來（1988）、張日昇、張群顯（1992）、李存智（1992）、余迺永（1993）……等，都僅將《等子》的釋例列爲參考，而重在語音性質上的探討，並多尋方音以爲證，而非只是表面現象的認識。

當然「內外轉」代表了音系上的結構性對立，若僅是表現在粵語方言上作區別，從歸納邏輯（inductive）看，這樣的結論仍可能只是偶合，如果前述的假設屬實，我們期待其能含攝更多的方言，使我們更有信心確認這樣的理論概括。

代表古代傳統音韻學最高成就的等韻學，與現代語言學及方言學，立於漢語音韻學史上雖是不同思潮影響下的產物，能否作一整合性的學術交集，成一體相連的學問，正是本文研究的旨趣所在。那麼如上文的緒言所述，台語的陽聲韻鼻音韻尾的變化，亦可能反映「內外轉」的區別，但類型卻並不同於粵語的形式，如何判別這個問題，我們擬更大尺度的對漢語方言作廣域的比較，並審視「內外轉」在各個方言間反映的古今演變大齊。

參、現代漢語方言與內外轉

誠如李榮（1988:10）所言「方言的歷史比較研究如有文獻印證，猶如腳踏實地。」，亦即以古證今，則與古有徵，反之文獻的類分依據，若有方言的證實，亦得以今證古，與今徵實。因此對於「內外轉」縱向上我們探求方言的歷史演變規律，從結果追原因，橫向上我們對共時平面的語言特點進行比較，由歸納顯共相，在歷史與地理兩向的縱橫交叉發展，我們嘗試推繹其演變的肌理。

梅耶（Antoine Meillet 1992:4）「進行比較工作有兩種不同的方法：一是從比較中揭示普遍的規律，一是從比較中找出歷史的情況。」而我們卻是藉這兩種方法交互的運用，藉由前人已抽繹出的普遍規律或歸納的現象爲基礎，進行比較還原，尋繹語音的歷史狀況。

一、晉語的反映

（一）陝西晉語的清澗話

劉勛寧（1983a）討論了陝西清澗話古入聲的分派，與廣州話的入聲因長短元音而分調的情形有所對應，並與《切韻》音系的韻攝有所對應，下表是劉文爲兩地當中的入聲的對應情形的說明。

<table>
<tr><td rowspan="2"></td><td colspan="6">古入聲</td></tr>
<tr><td>清</td><td>次濁</td><td>全濁</td><td>清</td><td>次濁</td><td>全濁</td></tr>
<tr><td rowspan="2">廣州</td><td colspan="3">長</td><td colspan="3">短</td></tr>
<tr><td>下陰入</td><td colspan="2">陽入</td><td>上陰入</td><td colspan="2">陽入</td></tr>
<tr><td rowspan="2">清澗</td><td colspan="3">舒</td><td colspan="3">促</td></tr>
<tr><td colspan="2">上聲</td><td>陽平</td><td colspan="2">陰入</td><td>陽入</td></tr>
</table>

北方方言的官話系統大致已丟失入聲尾，不過江淮官話與晉語仍留有古入聲，清澗話今劃屬晉語區大包片❻，因此音系中仍有古入聲的痕跡，具體表現爲喉塞尾-ʔ，不過並非古入聲整飭系統地全體現爲-ʔ，發展速率上有遲速之別，部份雖仍收-ʔ，保持促聲，但一部份則完全併入開尾韻，歸入舒聲，而這兩類與廣州的對應，正在於讀開尾的對應廣州長音韻，收-ʔ尾的對應廣州短音韻。那麼這個橫向的空間比較，如果我們縱向對照歷史作立體的聯繫時，那麼這也正與「內外轉」有所對應。我們先將概念形式化表述如下：

廣州話古入聲		清澗話古入聲		歷史音類
長音韻	＝	開尾韻-ø	＝	外轉
短音韻	＝	入聲韻-ʔ	＝	內轉

正如橋本萬太郎（1985:33）所言「『音韻對應』的發現，在語言科學方面只不過是語言事實的整理與分類。作爲人類知識勞動的產物，是相當低級的。它只是研究的起點，絕不是終點，……」。因此經驗上我們認爲這樣的對應形式應該還可以作進一步的詮釋，還可以解釋什麼的。

❻ 劉勛寧（1988:2）本人認爲將清澗話的方言分區劃入晉語，不盡事實，如上述清澗話古入聲來源今並不全讀入聲，而有分組的趨勢呈兩大類分。不過我們的意見認爲方言分區時，除地理參數還有歷史、共時語音條件考量，雖清澗今讀不全保留古入聲，但卻有條件可說，外轉韻攝古入聲變讀舒聲，內轉韻攝古入聲仍在促聲，因此作爲以入聲爲晉語獨立的條件下(李榮1985, 1989a），清澗應屬其下的次方言，故依侯精一（1986:??）的意見清澗可歸入晉語大包片。

這個模式讓我們聯想到侗台語族，長短元音所引起的韻尾變化方式，長元音弱，韻尾失落；短元音強，韻尾保留。粵語與晉語無論從方言分群（subgrouping）或地理上的分區（areal classification）都是相隔甚遠的兩個次群，但卻有著這種深層的對應模式，當然兩語相互之間是否有移民直接的嫡傳遷帶，可以是個假設，但目前我們能夠掌握的資料畢竟有限❼，並無法就此成證或否證，而客觀上也不能明確地論證，它們是如語言接觸般的交互影響，若排除這些外緣因素時，毋寧只能推爲祖語的反映，暗示了祖語的性質。

薩丕爾（Sapir 1921:48）「兩種在歷史上有關的語言或方言，可能沒有任何共同的語音，但是它們的理想的語音系統，卻可以是同格局的。」粵語與晉語之間的聯繫若可以反映至歷史層面，那麼粵語的長短元音也許並不來自底層語言，長短元音也許正是古漢語的保留。如果這設想屬實，我們便不能只滿足於兩語言間的對應聯繫，爲何清濁並不以長短元音的形式呈現，理論上我們對此仍得有所辯證，馬學良、羅季光（1962:195-7）指出音系中元音雖然已將長短當成對立的主要特徵，但長短仍可能伴隨舌位等音質的差別，大致上長元音的舌位比短元音低❽，例如廣西興安勉語的a:：a實際爲A:：ɐ̆，且在歷史發展的過程中短元音不論原來舌位的高低、前後都易於央化爲-ə，例如：廣西靖西僮話。

---

❼ 參李新魁（1983）、葉國泉、羅康寧（1995）。

❽ 僅少數方言如僮語北部方言、黎語於高元音時例外，廣西龍勝、隆安僮話於中元音時例外，但都不太普遍（馬學良、羅季光1962:195-6）。

	靖西	武鳴
皮膚	nə̆ŋ	nă̆ŋ
飽	ʔə̆m	ʔĭm
淡	tsə̆t	ɕɯ̆t

因此長短成組的元音變化中，短元音與相應的長元音混同的語言甚少，短元音除易於央化外，大致上原長短對立的特徵轉變爲舌位高低的特徵（張均如1986:29）。那麼這裡的經驗可供我們回視清澗話是否依然如是，陝北清澗入聲韻的體現從共時的角度看，只有一組韻爲-əʔ，但從方言比較上看，卻與可能與山西忻州方言有所對應，忻州入聲韻有-aʔ, -ɔʔ, -əʔ三組，對應清澗的-a, -ɛ~ɤ, -əʔ 三組（王洪君1990:12），除-ɤ爲借入的文讀層可排除外（劉勛寧1983a），清澗的-a, -ɛ, -əʔ三個形式投射於歷史音類中，很可以說明問題，例如：

	深	臻	曾	通	咸	山	宕	江	梗
清澗	əʔ	əʔ	əʔ	əʔ	ɑ~iɛ	ɑ~iɛ	iɛ	iɛ	ɑ~iɛ

對應於廣州短元音韻的清澗古入聲韻，元音體現爲央元音-W，對應於廣州長元音韻的清澗古入聲韻，元音體現爲-a, -E等低元音，其他如壯侗語言等長短元音的變化情形如出一轍，因此如上述假使古漢語屬具元音長短對立的語言，因何清澗並不體現？於此我們已有理論上的詮釋之道，雖然古代可能具有長短元音的性質，但現今的漢語方言大多重估（reinterpretation）爲高低的對立，而粵語的體現正反映了古代的樣貌，而這在文獻上正是「內外轉」的眞正區別。我們將此經驗作一概念性的總結如下：

古音		今音		
內外轉	語音區分	廣州	其他漢語方言	
			元音	韻尾
外轉韻攝	長元音韻	長元音韻	低元音	輔音尾較易弱化
內轉韻攝	短元音韻	短元音韻	高元音	輔音尾較多保留

不過這樣的看法畢竟只聯繫兩地方言與運用民族語言的通則，仍究可能只是個暫時性假設，因此我們期望其他漢語的反映能依然如是，我們擬再宏觀的大範圍比較廣域的漢語方言，以對此問題增加量的信度與質的深入。

（二）其他晉語方言的反映

俞光中（1986:262）討論「內外轉」的性質時，從諸多漢語方言中觀察「內外轉」的區別在於開口度的大小差別，外轉開口大於內轉，不過其舉晉語晉中話的語例卻值得作進一步的說明：

	太原									
	市區	晉源	榆次	太谷	清徐	壽陽	交城	孝義	平遙	離山
外轉 咸山攝	E	æ̃	E	ε̃	E	E	ã	E	E	E
內轉 深臻攝	ãŋ uãŋ iãŋ yãŋ	ã uã iε yε̃	ã uã iãŋ yãŋ	ã uã iã yã	ã uã iε yε̃	ã uã iã yã	ə̃ uə̃ iε yε̃	ã uã iã yã	ã uã iã yã	ã uã iã yã
外轉 宕（江）攝	ɑ	o	ɑ	ɑ	ɑ	ɑ	ɑ	E	E	ɑ

上表中可以觀察出兩個重點，第一、變化分布與演變速率，晉語的陽聲韻尾變化，同於清澗入聲變化方式，外轉韻攝大致失去鼻音尾僅少數體現爲鼻化韻，而內轉韻攝雖亦享有演化上的效力，但速率上顯然遲於外轉，還表現爲鼻化韻，甚至仍有未變的形式。這個表現合於上述外轉韻易失去韻尾，而內轉反之，當然這並不表示內轉韻攝韻尾絕不弱化，而是速率的問題，因此音系中若發生韻尾弱化現象，外轉常走在前面，換言之我們可以判斷，音系中若內轉韻攝韻尾發生弱化現象，則外轉應早已發生，亦即內轉韻攝變化的時間蘊涵（imply）了外轉，與我們上文討論關於傣語長短元音的變化方式，短元音的變化蘊涵了長元音相同。

第二、另一個觀察的現象乍看卻不合於內轉韻攝元音高於外轉的看法，俞文雖沒有解釋，我們的看法是這現象應與晉語元音的大量極度的高化有關，並仍與演變的速率有關，晉語元音的高化主要集中在山、宕、梗等攝上(陳慶延1991:439)，我們舉王洪君(1987:20-30)關於山西聞喜方言白讀層的語例作說明。

	宕江		梗		咸山		果		曾通		深臻	
	古音	今音	古音	今音	古音	今音	古音	今音	古音	今音	古音	今音
開一	*ɑŋ	ə(uə)			*ɑp	iɛ	*ɑ	ə(uə)	*əŋ	ẽi	*ən	ẽi
開二	*ɔŋ	iə(ə)	*æŋ	iɛ			—	—	—	—	—	—
開三	*jaŋ	uə			*jɛp	iɛ	*jɑ	ia	*jəŋ	iẽi	*jən	iẽi
合一	*^{w}ɑŋ	uə					*uɑ	uə	*uŋ	uẽi	*uən	uẽi
合三	*j^{w}ɑŋ	yɛ(ə)			*j^{w}ɛp	yɛ	*j^{w}ɑ	ya	*juŋ	yẽi	*juən	yẽi

聞喜方言整個音系元音高化的情形十分明顯，外轉韻攝整體都已高化，而且推使了內轉韻攝移動，尤其宕江攝的行爲讀入古曾、深、臻等攝的元音形式，音系爲保持一定的區別，便跟著變化移動，因此我們可以看到一「推鏈」（push chain）的移動模式，宕江攝*ɑ→ə，逼使深臻曾通*ə→e，這鏈移的方式只於聞喜音系中判斷，並非全部的晉語都體現。不過內轉韻攝元音變化的行爲，顯然依然在外轉之後，例如曾、深攝雖已讀鼻化韻，但外轉諸攝則已完全讀開尾韻了，從變化行爲看上，外轉韻攝的變化應早於內轉。因此我們對上述晉中話內外轉的元音性質相反的情形嘗試地提出解釋，此應與山西方言元音高化的行爲有關。

二、吳語的鼻輔音韻尾現象

吳語的情形俞光中（1986:261）報告了今派上海話的情形，大致上變化的行爲符合一般的認識，外轉失落韻尾，內轉保留。

外轉	今派上海話	內 轉	今派上海話
咸攝	i, ø, E	深 攝	in, ən
山攝	i, ø, E	臻 攝	in, ən, yn
宕（江）攝	ã, ɑ̃	通 攝	oŋ
梗攝	yn, ən, ã, oŋ	曾 攝	in, ən, oŋ, ã（朋白讀一字）

若觀察擴大整個吳語區中陽聲韻的變化情形，「+」表鼻輔音韻韻尾仍保存，「–」表丟失鼻輔音韻尾，「±」表鼻化韻階段。（潘悟雲1994:392）

	通	鍾(脣)	曾	梗(脣)	臻	深	鍾	江	宕	梗(洪)	咸	山
縉雲	+	+	+	+	+	+	−	−	−	−	−	−
青田	+	+	+	+	+	+	−	−	−	−	−	−
溫州	+	+	+	+	+	+	−	−	−	−	−	−
天台	+	+	+	+	+	+	+	−	−	−	−	−
武義	+	+	+	+	+	+	+	+	+	−	−	−
永康	+	+	+	+	+	+	+	+	+	−	−	−
溫嶺	+	+	+	+	+	+	+	±	±	±	−	−
黃岩	+	+	+	+	+	+	+	±	±	±	−	−
寧波	+	+	+	+	+	+	+	±	±	±	−	−
湖州	+	+	+	+	+	+	+	±	±	±	−	−
上海	+	+	+	+	+	+	+	±	±	±	−	−
蘇州	+	+	+	+	+	+	+	±	±	±	−	−
紹興	+	+	+	+	+	+	+	±	±	±	±	±
定海	+	+	+	+	+	+	+	±	±	±	±	±
浦江	+	+	+	+	+	+	+	±	±	±	±	±
常州	+	+	+	+	+	+	+	+	+	+	±	±
金華	+	+	+	+	+	+	+	+	+	+	±	±
東陽	+	+	+	+	+	+	+	+	+	+	+	+
蘭溪	+	+	+	+	+	+	+	+	+	+	+	+

內外轉不同的對比行爲十分明顯，各方言間的音系發展雖呈顯了參差與不平衡，如東陽、蘭溪至今未變，維持古陽聲韻的傳統仍讀鼻音韻尾，但縉雲、青田、溫州則一馬當先，變化行爲甚至擴及

內轉的通攝鍾韻。但不論如何其蘊涵關係不變，從語料上的顯示，目前我們還沒有見到同一音系中，內轉已丟失輔音尾而外轉仍保留，內轉變化行爲快於外轉這樣類型的例子。因此總覽地看，吳語區的變化動向仍一致，且古內外轉分居的態勢劃然，若分攝的看，吳語區中咸山攝的變化最是神速，內轉韻攝則鍾韻最先有徵兆。

附帶再說浙南吳語義烏方言甚至亦有些許長短對立的痕跡，並與侗台語族有所對應，長音韻已轉讀開尾韻，而短元音韻則仍有喉塞-ʔ的特徵。（金有景1983:52）

	文	白
傷～心	swan˧	swa:˧
想	swan˦	swa:˦
良、糧	swan˩	swa:˩

	第7調（短）	第7'調（長）	第8調（短）	第8'調（長）
義烏	thiəʔ 踢（文）	thɐ:i 踢（白）	diəʔ 糴（白）	dɐ:i 糴（白）
壯語	nap 插	ta:p 塔	tap 蹬	ta:p 座（房子）
布依語	taʔ 舀	za:p 挑	kap 捉	ka:p 挾
么佬語	pak 北	pɐ:k 嘴	pak 蘿蔔	pa:k 雹子
毛難語	pak 北	ta:p 挑	dak 聾	da:k 骨頭

三、西南官話的咸山攝行為

吳語的語料顯示外轉韻攝中，咸山攝的變化速度最快，那麼其他的漢語方言是否亦如此？陳淵泉（Chan 1975）對現代方言的鼻化韻及聯繫近古代漢語（pre-modern Chinese）的資料分析指出，鼻化韻大量來自/-Vn/，且集中在低元音。那麼聯繫古韻攝便應在咸山了，張琨（1993）的歸納亦如此。因此我們嘗試再作一檢別，於一般的認知上，北方官話系統的輔音韻尾變化中，雖古入聲韻大多失去，但陽聲韻的變化行爲就顯得較不激烈，那麼其若也有失去鼻音韻尾的現象，便可供我們觀察其動向的肇始，我們舉楊時逢（1960:118-9）報導的四川西南官話爲例，看其內外諸攝的變化行爲。

	外轉韻攝	例字	成都	青神	隆昌	雲陽
咸	咸銜山刪（見系開）	減	tɕiɛn	tɕiɛ̃	tɕien	tɕiɛn
	談寒咸銜山刪（非見系開）、凡元	談	than	thã	than	than
	覃（端系）	貪	than	thã	than	than
	覃談寒（見系）	感	kan	kã	kan	kan
	桓（幫見系）	半	pan	pã	pan	pan
	桓（端系）	短	tuan	tuã	tuan	tuan
	仙（知系合）	船	tshuan	tshuã	tʂhuan	tshuan
	鹽仙（知系開）	陝	san	sã	ʂan	san
山	仙元仙（見系合）	倦	tɕyɛn	tɕyɛ̃	tɕhyen	tɕhyɛn
	仙（精組合）	全	tɕhyɛn	tɕhyɛ̃	tɕhyen	tɕhyɛn

	鹽嚴添仙元先（開、除知系）	險	ɕiɛn	ɕiẽ	ɕien	ɕiɛn
宕	唐、江（除見系）、陽（非莊組）	剛	kaŋ	kaŋ	kaŋ	kaŋ
	江（見系）	講	tɕiaŋ	tɕiaŋ	tɕiaŋ	tɕiaŋ
江	陽（端見系開）	香	ɕiaŋ	ɕiaŋ	ɕiaŋ	ɕiaŋ
	陽（知章組）	張	tsaŋ	tsaŋ	tʂaŋ	tsaŋ

	內轉韻攝	例字	成都	青神	隆昌	雲陽
	痕登（開、除幫組）	恨	xən	xən	xən	hən
	魂（幫見系）	門	mən	mən	mən	mən
臻	魂（見端系）	頓	tən	tən	tən	tən
	文（非組）	分	fən	fən	fən	huən
	諄（知系）	春	tshuən	tsuən	tʂhuən	tshuən
	諄文（見系）	均	tɕyin	tɕyin	tɕyin	tɕyin
	諄（精組）	旬	ɕyin	ɕyin	ɕyin	ɕyin
深	侵真欣（幫端見系）	稟	pin	pin	pin	pin
	蒸（端見系開）	陵	nin	nin	nin	nin
	清庚$_{三}$青（幫端見系開）	名	min	min	min	min
	侵臻（莊組）	森	sən	sən	sən	sən
	侵真（知章組）	沈	tshən	tshən	tʂhən	tshən
曾	蒸清（知章組）	徵	tsən	tsən	tʂən	tsən
	庚$_{二}$耕（開、除幫組）	冷	nən	nən	nən	nən
	登庚耕（幫$_{一二}$開、見$_{一三}$合）第一派	崩	pən	pən	pən	pən

梗	登庚耕（幫$_{一二}$開、見$_{一三}$合）第二派	朋	phoŋ	phoŋ	phoŋ	phoŋ
通	東冬鍾（幫系）	夢	moŋ	moŋ	moŋ	moŋ
	東冬（端系$_{一}$）	洞	toŋ	toŋ	toŋ	toŋ
	東冬（見系$_{一}$）	公	koŋ	koŋ	koŋ	koŋ
	東鍾（泥精組$_{三}$）	隆	noŋ	noŋ	noŋ	noŋ
	東鐘（知系$_{三}$）	中	tsoŋ	tsoŋ	tʂoŋ	tsoŋ
	東鐘（見系$_{三}$）	恭	koŋ	koŋ	koŋ	koŋ

音系之間與方言之間都可見到變化的遲速，表中「青神」一地僅外轉咸山攝讀鼻化元音，其餘則否，而青神爲楊時逢（1960:127-8）分區中第二區的代表，但同區中尙有變化更快的，「馬邊」一地已擴及宕攝。而四川的其餘地點則多仍保留鼻輔音尾的形式。李榮（1961:46）介紹《四川方言音系》的評論中，指出樂山、洪雅兩地「鹽」讀-ie韻，「泉」讀-ye韻，亦是咸山攝丟失韻尾的例子。

四、徽語的鼻輔音韻尾現象

徽語是個元音鼻化現象較爲普遍的的方言，-n、-ŋ尾也不對立（鄭張尚芳1986:8），歙縣、績溪表達了這樣的能力，各韻攝大體上都已鼻化或失去鼻輔音韻尾。因此我們藉之以觀察徽語其古陽聲韻的鼻化現象，仍以「+」表鼻輔音韻尾猶保存，「–」表丟失鼻輔音韻尾，「±」表鼻化韻，績溪語料取自趙日新（1989），其餘取自馬希寧（1997:123-48）。

	通	臻	深	曾	梗	江	宕	咸	山
歙縣	±	±	±	±	±、-	-	-	-	-
績溪	±	±	±	±	±	±	±	-	-
休寧	+	+、-	+	+、-	+、-	-	-	-	-
屯溪	+	+、-	+、-	+、-	+、-	-	-	-	-
黟縣	+	+、-	+、-	-	-	+	+	-	-
江灣	+	+、±	±	±	±	±	±	+、±	-
婺源	+	+	+	+、±	+、±、-	±	±	+、±	+、±

咸、山攝的變化速度仍是最快，通攝一般的速度則最慢，歙縣、績溪因鼻音尾已完全消失，故通攝鼻化，而梗攝從元音性質與變化的行爲上看，可以入外轉。

五、閩南語系的鼻輔音韻尾現象

如首段§6.0的緒言所述，台灣閩南語的鼻化元音現象，大致上的變化傾向可以與「內外轉」有所聯繫，文獻上王育德（1966）、余靄芹（1982:358-64）、李海雨（Lee 1994:226-235）都報告過閩南系語言的中古陽聲韻白讀層讀開尾韻，曾與中古的「內」、「外」有過密切的關係，因此我們以余靄芹（1982:358-64）所報告的閩南系廣東遂溪方言的文白現象中，將之與台語的鼻化韻作個比較。

	咸		山				宕（江）		梗			深	通
	膽	添	趕	箭	件	縣	章	腔	柄	聲	横	林	融
遂溪	ta		kua	tsi		kuai	tsio		pæ	sia	huɛ		
台語	tã	thĩ	kũã	tsĩ	kĩã	kũãĩ	tsĩõ	khĩõ	pɛ̃	sĩã	hũãĩ	nã	ĩõ

如果再計成音節鼻音的話，還可以得到如下的對應形式。

	蟹	宕（江）				臻		
	媒	湯	兩	狀	光	昏	頓	横
遂溪		tho	no	tso	kui	hui	tui	mui
台語	hm	thŋ	nŋ	tsŋ	kŋ	hŋ	tŋ	mŋ

一個音系中的語層疊置，可能包含了「時代」與「地域」兩個質素（張琨1985:108、張光宇1990c:191-2），反過來說分散各地的次方言間，便可能找到互相對應的層次，不過也因爲各次方言間「層次的不等性」所致，台語白讀鼻化韻與遂溪的對應便不盡然一致，上表的鼻化韻的對應中，台語內轉深攝的「林」、通攝的「融」亦讀鼻化韻，若觀察成音節鼻音的話，內轉臻攝亦應屬古陽聲韻鼻輔音尾的弱化形式，不過蟹合一明母的「媒」其韻母-m̩應是來自古明母，故並非本文所論述的現象，僅列以參考。

上表顯示的情形一如前面所討論過的其他語言，大致上內外轉的區別在於輔音韻尾弱化的與否，或說是快慢，台語的內轉中除了「曾攝」沒有鼻化韻其他都有，當然是否眞的沒有，亦或在歷史的發展中鼻化的形式因競爭失敗而消失，我們並說不得準，不過若聯繫入聲韻，曾攝的「食」唸tsiaʔ，這是舒促間的不平衡，漢語方言間大體上入聲韻的失落快於陽聲韻，因此從現象上看，台語的古陽聲韻的鼻化現象仍足以顯示出內外轉的分際。

而另外深攝的「林」、通攝的「融」，深攝尚有一例「今」讀kĩã，如「今仔日」kĩã-a^{2}-dzit^{8}，不過我們認為這是源自音節的合併（syllable contraction），即kĩã-a^{2}＜kin^{1}-na^{2}「今仔」，除此外於同攝中例子都不多，這個現象可以與上海話內轉曾攝的「朋」韻母讀-ã放一起思考（俞光中1986:261），我們初步的觀察認為此為「攝」與「攝」之間語音形式的重合，例如上海曾攝僅「朋」一例韻讀為-ã（其餘的形式為-in, -ən, -oŋ等），顯然讀入了梗攝的形式。

	通			江	
	合一	合三		開二	
	同	融	龍	講	腔
白讀	-aŋ	-ĩõ	-iŋ	-aŋ	-ĩõ
文讀	-ɔŋ	-iɔŋ	-iɔŋ	-ɔŋ	

	深		咸				
	開三		開一	開二	開三	開四	合三
	針	林	擔	斬	鹽	添	帆
白讀	-iam	-ã	-ã	-ã	-ĩ	-ĩ	-aŋ
文讀		-im	-am	-am	-iam	-iam	-uan

而反視台語的「林」與「融」其理應亦同此，深攝讀如咸攝，通攝平行宕江。不過這裡用「攝」的名稱概括，只是方便說，具體的聯繫，各有不同。通攝的「融」唸ĩ õ^{5}，同攝中並不見有同樣的語音形式，而由形式上看，「-ĩ õ」只見於宕江攝，可以視爲宕江攝的鑒別形式，那麼是通攝讀入宕江攝，還是宕江攝讀入通攝？從文獻出發的話，周祖謨（1982:9,15-6）的考定「江韻」在中國的六朝劉宋時代的韻文裡和通攝諸韻合用，梁代和北齊仍大部份和冬韻、鍾韻字合用，到北周陳隋之間，卻大多和宕攝合用了。因此江攝離開通攝而歸入宕攝是有一歷史的發展過程，通、江、宕三攝的關係，關鍵的韻攝在江攝，移動的是江攝，而通攝並不與宕攝交涉。台語的白讀層中，兩個階段都能見到痕跡，通、江在一起的如東$_{\text{通}}$＝江$_{\text{江}}$韻讀-aN，而宕江形式一致的如，羊$_{\text{宕}}$＝腔$_{\text{江}}$韻讀-ĩ õ，顯示了宕江已完成合流，形式上體現爲「-ĩ õ」。那麼通攝的「-ĩ õ」呢？可以有二向的認識，一者可能不是通攝的形式，亦即也許「 ĩ õ^{5} 」的本字不是「融」，如此通攝便不具「ĩ õ」的形式，台語表「融化」義的「ĩ õ^{5}」另有來源；二者若非不承認同源，便得進一步解釋，因爲從對應上看「ĩ õ^{5}」與「融」除韻母形式上同攝並不多見外，聲母與聲調都與「融」有所對應，「ĩ õ^{5}」應源自「融」，那麼如果承認同源的話，如何解釋這個形式，我們初步的看法這是通攝平行宕江的一種「創新」形式，亦即是通攝也開始走宕江的變化路數，往宕江靠近，至於起變的年代與原因如何？因爲例少我們尚說不得準。

至於深攝的「林」nã^{5}，只有一例相似的例子如「今」讀kĩã。深攝文讀-im與咸攝的-iam有別，但另一白讀如「針」tsiam低元音的形式讀如咸攝覃韻類的白讀如「含」kam^{5}，如此這低元音的形式是如何解釋，是「存古」抑或「創新」，當我們擴大視野時可以見到，深攝上古屬侵部，漢語上古的侵部和泰語的-am有所對應（邢公畹1998:9），例如：

	上古音	廣州	泰語	
金	*kjəm	> kam	：kham	金子

因此深攝後世大致上讀非低元音或短元音，同時也入內轉，方言間亦多如此體現，台語的「林」白讀讀nã[5]、「針」讀tsiam低元音的形式，也許正與泰語有所對應，因此形式上讀如咸攝，但性質應是「存古」的樣態，而-ã的體現，應是變化快於-iam層次的形式。

肆、內轉韻攝的音韻變化

當我們由外轉韻攝看到了輔音韻尾消失的動力，倒過來想內轉韻攝是否也有只符合於它自己的音韻變化，劉寶俊（1993b）報告了漢語方言中的「一等i介音」的現象，而這一現象大致上以內轉韻攝爲肇始處，音理在於「內轉」ə元音易增生介音，而若外轉韻攝也增生i介音時，其共時的元音性質必已變爲前元音，始有增生i介音的條件，因此總體上內轉韻攝增生i介音（glide-epenthesis）的現象早於外轉。

夏劍欽（1982:464）、張家良（1986:191）報告的湖南瀏陽方言：

	流開一		曾開一		臻開一		山開一	咸開一
	某	走	等	能	吞	很	肝	含
瀏陽	miau	tɕiau	tiĩ	liĩ	thiĩ	ɕiĩ	ciɛn	jiɛn

秦炯靈（1987:100）報告的湖北廣濟方言：

	流開一			
	鉤	狗	口	藕
廣濟	tɕiau	tɕiau	tɕhiau	ńiau

沈文玉（1990:218）、陳妹金（1990:218）報告的內蒙古包頭方言與江蘇蘇州昆山周莊鄉：

	流開一		咸開一		山開一	
	狗	口	干	敢	干	看
包頭	kiəu	khiəu	tiĩ	liĩ	thiĩ	ɕiĩ
周莊鄉	kiəu	khiəu				

一虛（1992:25）報告的甘肅武山方言：

	果開一		咸開一		山開一		宕開一	
	歌	荷	鴿	磕	割	渴	各	鶴
武山	kiɣ	xiɣ	kiɣ	khiɣ	kiɣ	khiɣ	kiɣ	xiɣ

劉寶俊（1993a:224）報告的湖北崇陽方言：

	流開一		曾開一		臻開一	
	偷	剖	騰	僧	吞	很
崇陽	thiɔ	phiɔ	thie	ɕie	thie	xie

日健（1994:400）報告的廣東客家話：

	流開一			
	某	樓	陡	奏
客話	miu	liu	tiu	tsiu

晉語中亦有此現象（語料來源轉引自張光宇1996:179）。

平遙	搓 tɕiE	左 tɕiE	哥 kiE	我 ŋiE	鵝 ŋiE	蛾 kiE
太谷	托 thie	羅 lie	哥 kie	我 ŋie	鵝 ŋie	河 xie
介休	多 tie	羅 lie	哥 kie	我 ŋie	鵝 ŋie	河 xie

而徽語績溪方言的流攝一等的主要元音已變爲-i-。（趙日新1989:126）

績溪	斗 ti	偷 thi	勾 ki	口 khi	走 thi	偶 ŋi	候 xi

李榮（1983a:1）指出吳語浙江溫嶺話「狗」tɕiɤ、「看」tɕhie，一等亦讀細音。當然這樣的判斷方式，與其說是聯繫內轉韻攝的歷史條件，毋寧說共時上的語音條件更恰當，不過其眞正的演變性質雖是共時元音性質使然，但內外轉的分類正在長短亦或低高，因此內轉韻攝元音的高位性質，正合於此一音變的產生條件，歷史的條

件正與共時的條件暗合，使得內轉韻攝在這項變化中，較爲快速普遍。

伍、結　論

音韻的變化方式常有一定的動向、目標與條件，當我們把握原則去作定性的分析時，語言的比較正可以供我們尋繹出其規律，「內外轉」的分判涉及到對整個語言發展動態的認識，台灣閩南語古陽聲韻的元音鼻化行爲，正同於其他的漢語方言，外轉傾向失落輔音韻尾而內轉則否。這樣的音變原理築基於由「元音強則韻尾弱，元音弱則韻尾強」的通則性了解，而這通則正是由漢藏、侗台等語族的語言事實中總結出音變的脈絡，並有漢語史上的材料作爲接合佐證。

我們雖核實了文獻上的內外轉的實際區分，但目的不在重建，而是在於對語言作進一步的透視與了解，語言是活活潑潑的生命體，不被規限的存在，因此語言常有其自身的性格取向，例如我們見到有的語言梗攝屬內轉，有的語言則入外轉，如果這些現象有幸得入文獻，卻可能因彼此的齟齬而使後人惑亂，例如羅常培（1933:102-3）將各版本韻圖的內外轉歸類作整理，便可見到當中互有參差，如何掌握差異，揣測問題，進而悟察音變的肌理，切實地理解詮釋問題，才是語言工作者的目的。

參考書目

一、專書

王　力（1981）《中國語言學史》山西人民出版社 1版 太原

王　力（1991）《漢語音韻》中華書局 1版 北京

孔　恩（1994）《科學革命的結構》程樹德、傅大為、王道還、錢永祥譯 遠流出版社 台北

李方桂（1980）《上古音研究》商務印書館 （1998） 1版3刷 北京

李新魁（1982）《韻鏡校證》中華書局 1版 北京

李存智（1991）《韻鏡集證及研究》東海大學中文所 碩士論文 台中

北大中文系（1989）《漢語方音字彙》文字改革出版社 2版1刷 北京

何九盈（1985）《中國古代語言學史》河南人民出版社 河南

俞　敏（1984a）《中國語文學論文選》光生館 株式會社 東京

徐通鏘（1991）《歷史語言學》商務印書館 （1996） 1版2刷 北京

袁家驊（1989）《漢語方言概要》文字改革出版社 2版3刷 北京

馬希寧（1986）《徽州方言語音現象初探》清華大學語言研究所 博士論文 新竹

高本漢（1915-26）《中國音韻學研究》趙元任、羅常培、李方桂合

譯（1940）商務印書館 北京
張光宇（1996）《閩客方言史稿》南天書局有限公司 初版1刷 台北
陳榮嵐、李熙泰（1994）《廈門方言》鷺江出版社 1版 廈門
楊秀芳（1982）《閩南語文白系統的研究》台灣大學中文所 博士論文 台北
楊時逢（1974）《湖南方言調查報告》中央研究院歷史語言研究所專刊66 台北
趙元任（1968）《語言問題》台灣商務印書館 （1982） 4版 台北
潘文國（1997）《韻圖考》華東師範大學出版社 1版2刷 上海
橋本萬太郎（1985）《語言地理類型學》余志鴻 譯 北京大學出版社 1版 北京
戴慶廈（1990）《藏緬語族語言研究》雲南民族出版社 1版 昆明
戴慶廈（1992）《漢語與少數民族語言關係概論》中央民族學院出版社 1版 北京
薩丕爾（1921）《語言論》陸卓元 譯 陸志韋 校 商務印書館 （1997）新2版4刷 北京
羅賓斯（1992）《普通語言概論》李振麟、胡偉民 譯 上海譯文出版社 1版 上海
Jerry Norman（1988）"*Chinese*" Cambridge Language Surveys, New York

二、期刊論文

一 虛（1992）〈中古開口一等韻字在今武山方言也有[i]介音〉《中

國語文》1:25 北京
日　健（1994）〈一等韻在客家方言也有齊齒呼〉《中國語文》5:400 北京
王洪君（1987）〈山西聞喜方言的白讀層與宋末西北方音〉《中國語文》1:24-33 北京
王洪君（1990）〈入聲韻在山西方言中的演變〉《語文研究》1:8-19 太原
王洪君（1991,2）〈陽聲韻在山西方言中的演變（上）（下）〉《語文研究》4:40-47,1:39-50 太原
王建庵（1989）〈論「內外轉」的眞義與《切韻》音系的性質〉《安徽大學學報》4:79-86
平田昌司（1995）〈日本吳音梗攝三四等字的音讀〉《中國東南方言比較研究叢書》（第一輯）122-133 上海教育出版社 上海
石　林、黃　勇（1996）〈漢藏語系語言鼻音韻尾的發展演變〉《民族語文》6:22-28 北京
田希誠（1996）〈咸山兩攝陽聲韻在山西方言中演變〉《語文新論》245-256 山西教育出版社
西田龍雄（1979）〈聲調的形式與語言變化〉《民族語文情報資料集》劉援朝譯（1984）3:183-192
何大安（1986）〈元音iu與介音iu－兼論漢語史的一個方面〉《王靜芝先生七十壽慶論文集》227-238 文史哲出版社 1版 台北
李　榮（1961）〈讀《四川方言音系》〉《中國語文》9:44-49, 43 北

京
李　榮（1983a）〈關於方言研究的幾點意見〉《方言》1:1-15 北京
李　榮（1983b）〈方言研究中的若干問題〉《方言》2:81-91 北京
李　榮（1985）〈官話方言的分區〉《方言》1:2-5 北京
李　榮（1988）〈渡江書十五音序〉《方言》1:7-11 北京
李　榮（1989a）〈漢語方言的分區〉《方言》4:241-259 北京
李　榮（1989b）〈南昌溫嶺婁底三處梗攝字的韻母〉《中國語文》6:416-424 北京
李　榮（1996）〈我國東南各省方言梗攝字的元音〉《方言》1:1-11 北京
李壬癸（1978）〈語言的區域特徵〉《屈萬里七秩榮慶論文集》475-489 聯經出版社 台北
李存智（1992）〈論《韻鏡》之撰作時代與所據韻書〉《中國文學研究》6:75-98 台北
李存智（1993）〈論內外轉〉《中國文學研究》7:129-144 台北
李行德（1985）〈廣州話元音的音値及長短對立〉《方言》1:28-38 北京
李如龍（1984）〈自閩方言證四等韻無-i-說〉《音韻學研究》1:414-422 中華書局 北京
李釗祥（1982）〈現代侗台語諸語言聲調和韻尾的對應規律〉《民族語文》4:48-58 北京
李敬忠（1989）〈試論漢藏語系輔音韻尾的過失趨勢〉《語言文字學》11:43-53人大複印報刊

李敬忠（1991）〈粵語中的百越語成份問題〉《學術論壇》5:65-72 廣西

李錦芳（1990a）〈論壯侗語對粵語的影響〉《貴州民族研究》4:60-65 貴陽

李敬忠（1990b）〈粵語中的壯侗語族語言底層初析〉《中央民族學院學報》6:71-76 北京

李新魁（1981）〈《韻鏡》研究〉《語言研究》1:125-166 武漢

李敬忠（1983）〈論廣州方言形式的歷史過程〉《李新魁自選集》（1993） 296-309 鄭州

李敬忠（1986）〈說內外轉〉《音韻學研究》2:249-256 中華書局 北京

余迺永（1993）〈再論《切韻》音－釋內外轉新說〉《語言研究》2:33-48 武漢

余靄芹（1982）〈遂溪方言的文白異讀〉《史語所集刊》53.2:353-366 台北

侯精一（1986）〈晉語分區（稿）〉《方言》4:??-?? 北京

俞　敏（1984b）〈等韻溯源〉《音韻學研究》1:402-413 中華書局 北京

俞　敏（1988）〈內外轉〉《中國大百科全書·語言文字分冊》301-302 中國大百科全書出版社

俞光中（1986）〈說內外轉〉《音韻學研究》2:257-263 中華書局 北京

杜其容（1968）〈釋內外轉名義〉《史語所集刊》40上:281-294 台北

沈文玉、陳妹金（1990）〈中古開口一等韻字今有[i]介音再補（一）（二）〉《中國語文》3:218

汪大年（1983）〈緬甸語中輔音韻尾的歷史演變〉《民族語文》2:41-50 北京

邢公畹（1998）〈「語義比較法」簡說〉《語言學論叢》20:7-15 商務印書館 北京

周法高（1968）〈論切韻音〉《中國音韻學論文集》（1984） 1-24 香港中文大學 香港

周法高（1991）〈讀〈韻鏡中韻圖之構成原理〉〉《東海學報》32:19-36 台中

周祖謨（1966）〈宋人等韻圖中「轉」字的來源〉《問學集》501-506 中華書局 北京

周祖謨（1982）〈齊梁陳隋詩文韻部研究〉《語言研究》2:6-17 武漢

孟伯迪（1982）〈輔音尾在漢藏系語言聲調體系中的重要性〉《語言研究論叢》2:37-63 天津

幸 之（1983）〈內外轉及其研究〉《江西師院學報》2:59-18

竺家寧（1995）〈佛教傳入與等韻圖的興起〉《音韻探索》275-290 學生書局 台北

金有景（1964）〈義烏話咸山兩攝三四等字的分別〉《中國語文》1:61 北京

金有景（1980）〈《義烏話咸山兩攝三四等字的分別》一文的補正〉《中國語文》5:352 北京

金有景（1982）〈關於浙江方言中咸山兩攝三四等字的分別〉《語

言研究》1:148-162 武漢
金有景（1983）〈民族語言研究與漢語研究〉《民族語文》6:47-56 北京
胡從曾（1989）〈論聲韻相依與「內外轉」〉《語言文字學》18-24 人大複印報刊資料 北京
夏劍欽（1982）〈中古開口一等韻字在瀏陽方言有[i]介音〉《中國語文》6:464 北京
馬學良、戴慶廈（1990）〈藏緬語族輔音韻尾的發展〉《藏緬語族語言研究》32-54 雲南民族
馬學良、羅季光（1962）〈《切韻》純四等韻的主要元音〉《中國語文》12:533-539 北京
馬學良、羅季光（1962）〈我國漢藏語系語言元音的長短〉《中國語文》5:193-211 北京
袁家驊（1981）〈漢藏語聲調的起源和演變〉《語文研究》2:2-7 太原
張　琨（1985）〈論比較閩方言〉《語言研究》1:107-138 武漢
張　琨（1993）〈漢語方言中鼻音韻尾的消失〉《漢語方言》23-63 學生書局 台北
張日昇、張群顯（1992）〈從現代方言看內外轉〉《中國境內語言暨語言學》1:305-322 台北
張世祿（1984）〈等韻學派系統的分析〉《張世祿語言史論文集》80-102 學林出版社 北京
張加良（1986）〈中古開口一等韻字今有[i]介音補例〉《中國語文》3:191 北京

張玉來（1988）〈內外轉補釋〉《語言文字學》3:31-38 人大複印報刊資料 北京

張光宇（1990a）〈《切韻》純四等韻的主要元音及其相關問題〉《切韻與方言》76-102 台北

張光宇（1990b）〈梗攝三四等字在漢語南方方言的發展〉《切韻與方言》103-116 商務印書館

張光宇（1990c）〈閩方言音韻層次的時代與地域〉《切韻與方言》175-199 商務印書館 台北

張均如（1987）〈記南寧心墟平話〉《方言》4:241-250 北京

張振興、張惠英（1997）〈廣州話音系的分析和處理〉《第五屆國際粵方言研討會》8-11 廣州

張盛裕（1982）〈潮陽聲母與《廣韻》聲母的比較（一）（二）（三）〉《方言》1:52-65,2:129-45,3:196-202

秦炯靈（1987）〈「鉤口藕」等字在廣濟方言的讀音〉《中國語文》2:100 北京

梁振仕（1986）〈《切韻》系統與南寧音系〉《音韻學研究》2:264-276 中華書局 北京

許世瑛（1966）〈評羅董兩先生釋內外轉之得失〉《淡江學報》5:1-15 台北

陳佩瑜（1990）〈粵方言與侗台語語音系統的比較〉《第二屆粵方言研討會》139-143 廣州

陳其光、田聯剛（1991）〈語言間的區域特徵〉《中國語言學報》4:212-230商務印書館 北京

陳振寰（1991）〈內外轉補釋〉《漢語言學國際學術研討會》11-13 武

漢

陳慶延（1991）〈山西西部方言白讀的元音高化〉《中國語文》6:1439 北京

葉國泉、羅寧康（1983）〈粵語源流考〉《語言研究》1:156-160 武漢

董同龢（1948）〈《切韻指掌圖》中的幾個問題〉《史語所集刊》17:195-212 台北

董同龢（1946）〈等韻門法通釋〉《史語所集刊》14:257-306 台北

趙日新（1989）〈安徽績溪方言音系特點〉《方言》2:125-135 北京

劉光坤（1984）〈羌語輔音韻尾研究〉《民族語文》4:39-47, 63 北京

劉叔新（1987）〈廣州話的長短元音問題〉《語言研究論叢》3:290-304 天津人民出版社 天津

劉勛寧（1983）〈古入聲在清澗話中的分化與廣州話的長短入〉《語言學論叢》10:61-76 北京

劉寶俊（1982a）〈湖北崇陽方言流、臻、曾開口一等字讀細音〉《中國語文》3:224 北京

劉寶俊（1993b）〈論現代漢語方言中的「一等i介音」現象〉《華中師範大學學報》1:73-77上海

歐陽覺亞（1979）〈聲調與音節的相互制約關係〉《中國語文》5:359-362 北京

潘悟雲（1994）〈吳語韻母系統的主體層次〉第三屆國際暨第十二屆全國聲韻學會論文集392-396

鄭張尚芳（1986）〈皖南方言的分區（稿）〉《方言》1:8-18 北京
鄭張尚芳（1988）〈上古韻母系統和四等、介音、聲調的發源問題〉《語言文字學》1:61-84
鄭張尚芳（1998）〈緩氣急氣爲元音長短解〉《語言研究》增刊487-493 武漢
橋本萬太郎（1982）〈西北方言和中古漢語的硬軟顎音韻尾〉《語文研究》4:19-33 太原
橋本萬太郎（1985,6）〈中古漢語的卷舌韻尾〉《語文研究》4:8-10, 1:61-65, 2:56-59 太原
賴惟勤（1958）〈中古の內・外〉《中國語學》3:11-13, 19 中國語學研究會 大阪
戴慶廈（1990）〈論語言關係〉《民族語文》2:- 北京
薛鳳生（1985）〈試論等韻學之原理與內外轉之含義〉《語言研究》1:38-53 武漢
鍾　奇（1997）〈廣州話的長短音在其他方言中的對應〉《第五屆粵方言研討會》28-31 廣州
羅美珍（1984）〈傣語長短元音和輔音韻尾的變化〉《民族語文》6:20-25 北京
羅美珍（1985）〈台語長短元音探源一得〉《語言論文集》139-145 商務印書館 北京
羅美珍（1988）〈對漢語和侗台語聲調起源的一種設想〉《民族語文》3:212-218 北京
羅常培（1933）〈釋內外轉〉《羅常培語言學論文選集》（1978）87-103 九思出版社 台北

楊時逢（1960）〈四川方言音韻特點及分區概說〉《民族學研究所》29:107-130 台北

A.梅耶（1992）〈歷史比較語言學中的比較方法〉《國外語言學論文選譯》1-85語文出版社 北京

A.G.奧德里古爾（1954）〈越南語聲調的起源〉《民族語文情報資料集》馮蒸 譯（1986）7:88-96

E.G. Pulleyblank（1970）"*Late Middle Chinese*" Asia Major 15:197-239

Fan Kui.Li（1980）"*Laryngeal features and Tone development*" Bulletin of the Institute of History and Philology, Academia Sinica 51.1;1-13

Contrastive Rhetoric in Chinese and English

Andy Kirkpatrick*

Abstract

In this paper excerpts from contemporary Mainland Chinese textbooks on rhetoric and composition will be summarised. The focus will be on the advice given to Chinese university students for the writing of *yilunwen* or argumentative texts. By summarising the advice given in these textbooks, it will be shown that the advice given to Chinese students in the construction of these texts and in the organisation of paragraphs is not significantly different from the advice given to English students.

* Professor of Language Education , School of Languages and Intercultural Education ,Curtin University of Technology, Perth, Australia

The paper will provide historical perspective by focusing on the work of Chen Kui,(ca 1170), described by Chinese scholars as one of the most important Chinese rhetoricians. It will be argued that a great deal of Chen Kui's advice as given in the *Wen Ze*, is striking in its similarity to advice given on rhetoric in both American and Chinese contemporary textbooks in rhetoric and composition.

The commonly expressed views by many Western scholars that Chinese writing styles differ significantly from 'Anglo' styles will therefore be challenged, while stressing that rhetorical styles within cultures are vastly complex and subject to change.

In conclusion, it will be suggested that a major difference between the way Chinese and English students construct argumentative texts may lie in a Chinese preference for inductive or what could be termed 'frame – main' reasoning, rather than in the adoption of culturally distinct rhetorical structures.

Keywords Contrastive Rhetoric Argumentative Texts Chinese Rhetoric

Scholars of contrastive rhetoric have, in the past three decades or so, engaged in a debate over the relative influence of the rhetorical structures of the first language on writing in a second language. This debate has been concentrated in American academe, coinciding with the increase in international students studying in America. The debate has therefore naturally focused on the writing in English of these international students. Kaplan (1966), in an article that could be said to have instigated the pedagogical significance of contrastive rhetoric, suggested that writers of different cultures use different paragraph structures, with English writers using a linear structure and oriental writers a circular structure. One aspect of this debate has concerned the writing in English of Chinese students, and some scholars have extended the concept of L1 interference to argue that Chinese students' writing in English shows the influence of traditional Chinese text structures, such as the so-called 8-legged essay (*ba gu wen*) and the 4-part *qi-cheng-zhuan-he* structure (Kaplan 1972, Scollon 1991). Others, however, have argued that it is unlikely that traditional text structures influence the contemporary writing styles in English of Chinese students (Kirkpatrick 1997, Cahill 1999). Other scholars have remained wary of any claims for first language interference, arguing that factors such as educational and cultural background are more important influences (Mohan and Lo 1985, Matalene 1985).

Within a broader framework where 'Asian' and 'Anglo' rhetorics have been compared, Oliver (1971) sums up an apparent difference between them by suggesting that the function of Anglo rhetoric is to promote the welfare of the individual while in Asia its function is to promote harmony. What is persuasive for Asian rhetoric(s) is, according to Oliver:

> 'Appeal to established authority buttressed by analogical reasoning which sought to clarify the unfamiliar through

comparison with the familiar' (1971, p. 263).

This difference in the goal of rhetoric becomes mirrored in differences in preferred rhetorical structures and method of argument. Anglo or North American rhetoric is seen to be somehow deductive, while 'Asian' rhetorics are seen to be somehow inductive (Tyler and Davies 1990, Samovar and Porter 1991).

In this paper, it will be argued that these claims are overgeneralisations. The modes of argument, even in classical Chinese rhetoric, are in fact diverse (Garrett 1983), and deductive reasoning has always existed alongside inductive reasoning (Mohan & Lo 1985, Kirkpatrick 1995). By presenting and describing the advice given in a selection of Mainland Chinese textbooks and handbooks on rhetoric and writing and relying almost entirely on primary Chinese sources, our aim is to show that Chinese rhetorical styles are extremely diverse and sensitive to audience and the context of situation (Scollon, Scollon, Kirkpatrick 2000).

The discussion here is restricted to a focus on the advice given to writers of argumentative texts *(yilunwen).* The discussion does not consider other genres, such as scientific or report writing.

The publication in recent years of a number of key histories of Chinese rhetoric (cf. Zeng 1984, Hu 1993, Yuan and Zong 1995, Zhou 1999) all serve to remind us how rich and complex the Chinese rhetorical tradition is. Hu, in his comparative study of English and Chinese rhetoric, stresses the historical richness of Chinese rhetoric by arguing that, when Western rhetoric was at an embryonic stage (i.e Aristotle), Chinese rhetoric had already reached a stage of maturity (*chengshu*) (1993, p. 23). It is important, therefore, that we do not lose sight of this when considering the advice given to writers of argumentative texts in contemporary Chinese textbooks. In particular, the debates between form and content, between straightforward clarity and frippery and obfuscation have continued for thousands of years (Pollard 1999). By summarising some key points in Chen Kui's *Wen Ze* later in the paper, the aim is both to highlight a key work in classical Chinese rhetoric and also to demonstrate that Chinese rhetoric has been concerned with issues surrounding compositional rules familiar in 'Anglo' rhetoric (see Nash 1992:pp. 6-9, for example)

The first current textbook to be considered is 'A Course in University Composition' by Wu Hanxiang (1999).

Wu classifies a number of text types as being representative of argumentative texts or *yilunwen.* These include texts based on abstract concepts, critiques, propositions, analyses based on reasoning and inference, and proofs. An argumentative text must contain all three of the essential components of such texts. These three essential components are: the thesis, the argument and the proof (*lundian, lunju, lunzheng*). Every Chinese textbook consulted for this chapter is unanimous on this point.

Wu's comments on the characteristics of the thesis or *lundian* place Chinese as a writer-responsible language, to use Hinds' (1987) terms. Hinds suggests that, in writer-responsible languages, the onus is on the writer to make the thesis clear to the reader. He gives English as a typical example of such a language. In contrast, he posits that reader-responsible languages place the onus on the reader to make out the thesis in complex texts, or where the thesis is implicit. He gives Japanese as a typical example of such a language. In the context of Chinese, Wu advises that the argument must be clear and explicit. In the debate between form and meaning, Wu's position is clear: 'facts conquer eloquence' (1999, p. 143). Importantly, a recently published composition guide for foreign students of Chinese (Zhu 1997) makes the same point: the language of an argumentative text needs to be exact and clear.

The material for the second essential component, the argument (*lunju*), can comprise what Wu calls a rational point of view, factual material and statistical evidence. Rational material includes arguments from classical writers, appeals to authority and scientific truths and axioms. It is interesting to note that scientific truths are placed alongside the classics and authority in this way. The *lunju* can be placed, according to Wu, either at the beginning or summed up at the end. We return to this positioning of the argument later in considering whether Chinese writers are advised to follow an inductive or deductive pattern when writing argumentative texts.

The third essential component of argumentative texts, the *lunzheng* or proof, must show that there is a necessarily true link between thesis and argument.

In his discussion on proof or evidence (*lunzheng*), Wu lists seven ways in which this can be provided. These are: using hard facts; using theory; using 'cause and effect' logic; using analogy and comparison; using contrast and comparison; using metaphor; using indirect or inferential proof.

Wu groups the first six together in saying that these all aim to establish directly the evidence for the thesis, while the seventh method, using indirect or inferential proof, works by exposing the falseness of any alternative propositions to the writer's own proposition. We need to be careful, however, not to confuse this advice for a 'direct' (*zhijie)* approach with a deductive approach. In fact, Wu, in advising how to use facts to present proof, says that this is an inductive method that proceeds from the specific to the general, or from individual components to the whole. However, many textbooks advocate the use of both the inductive and deductive approaches. For example, the composition guide for foreign students (Zhu 1997) lists seven ways of presenting proof in argumentative texts. The first listed is the inductive approach, the second is the deductive Both approaches, however, are classified as 'direct'. We might translate this as linear.

Similar advice concerning the presentation of argument is given in most textbooks on composition (cf. Zhang and Zeng 1995, Zhou and Liu 1996). For the purposes of this paper, the interesting point is that none of these seem in any way unusual or foreign. It is hard to see what particularly 'Chinese' rhetorical styles Chinese writers are using when they write in English if these textbooks accurately reflect the expected style of Chinese writing in this genre. Indeed, the influence of European and English rhetoric should not be overlooked. The May 4th movement of 1919 saw a flood of translations of European and English texts of a variety of different types and these translations had a stylistic influence on Chinese writing (Xie 1989, Gunn 1991). This was also the time when the vernacular (*bai hua)* style replaced the earlier classical style of *wenyan* and this change provides further evidence of the complexity and diversity of the Chinese rhetorical tradition.

To discuss specific rhetorical techniques, the first one that Wu considers is an explicit and direct technique. The *kai men jian shan* technique – literally 'opening the door to view the mountain' – aims to draw the reader's attention to the main point of the argument as quickly as possible. In Wu's terms: 'The crux is (of this technique is) ,by making the premise explicitly clear, the opponent will abandon their position and accept the writer's own' (1999, p. 227). That this explicit technique has long found favour in Chinese rhetoric is evidenced by the example Wu provides of this type of persuasive approach, as it comes from the Zuo Zhuan, which is an account of the Spring and Autumn Period between the 7th and 4th centuries BC. This explicit approach is also advised in other textbooks. Hu (1985) advises students to introduce the main point as soon as possible and to avoid deliberately being circuitous. In support of his position, he quotes the Song dynasty writer Li Yu's dictum that it is best for the idea to be established at the beginning of a text.

In considering ways of persuasively beginning an argumentative text, Wang and Yang (1988), also mention the *kaimen jian shan* technique first. The second and third techniques they mention are, respectively, to explain clearly the scope and point of the argument to come and to provide the background and author's motivation for the argument. Only the fourth technique *dangkai bimo quche ruti* - which literally means to adopt a tortuous and winding approach – holds any suggestion of a circuitous and indirect aspect of Chinese argument.

The example chosen to illustrate this latter technique is instructive, however. It is an article by Xie Yu, whose major aim is to expose illegal activities, but which, apparently obscurely, starts with a summary of a chapter from the popular Ming dynasty novel, the 'Water Margin'. However, as the authors themselves point out 'Although this is a circuitous way of approaching the main topic, ...it creates a thoughtful contrast and ingeniously strengthens…the main point' (Wang and Yang 1988, p. 78). Wu (1999) also discusses what he calls a circuitous (*yuhui*) technique in which the aim of the persuasive intent is only established or revealed at the end of the piece. However, this is the only 'circuitous' technique that he discusses.

Wang and Wu (1990), while allowing that genre type should determine how a piece should begin, in general terms advise that a beginning should attract and hold a reader's attention and be both relevant and clear. They also offer advice on how to end a text. The most common advice is to summarise or reiterate the main point. Rambling on too long or over-labouring the point is to be avoided. Other advice involves ending with a striking image.

The point to be highlighted here is that, while circuitous techniques are discussed in these textbooks, they are never presented as the normal or unmarked method of persuasion. The techniques invariably listed first are all explicit, direct and linear.

We now move from the advice given about argumentative texts as a whole to considering the advice given about the arrangement and structure of individual paragraphs. As earlier mentioned, it was Kaplan's claim (1966), later modified (1988), that different cultures structure paragraphs in different ways. 'Oriental' paragraphs were thought to be circular. Hao, however, (1983, p. 33ff.) has identified eleven different ways in which paragraphs can be organised and all of these are linear.

The first of these is the juxtaposition of co-ordinates, *bingjie guanxi*. His example shows the subject of the first sentence, 'Lao Shuan', in a co-ordinate relationship with the subject of the second, 'the people'.

> 'Lao Shuan lifted the teapot with one hand and then poured with the other; and listened with a smile. The people, seated jam-packed together, also listened respectfully' (1983, p. 33)

The second way of organising a paragraph is through sequencing, *chengjie guanxi*. Paragraphs that follow this pattern are, for example, chronologically sequenced and are straightforward. In the wider context of Chinese rhetoric, it is important to note that Chinese follows what Tai (1985) has called the Principle of Temporal Sequence (PTS), whereby, when two Chinese sentences are conjoined by certain temporal connectives, the action in the first sentence always takes place before the action in the second. As Tai points out, the essential strategy of Chinese grammar appears to be to knit together syntactic units according to some concrete conceptual principles. Tai (1993) has also listed five iconic motivations in Chinese grammar including the juxtaposition motivation where the 'subordinated phrase carries the background, and the main phrase the foreground' (1993:165), what we might call a 'frame – main' sequence. We shall return to this in the discussion of cause and effect organisational principles below.

Hao's third method of organising paragraphs is *dijin guanxi* and this is defined by the Dictionary of Rhetoric (Zhang, Hu, Zhang, Lin 1988) as a 'linguistic style that follows sequential ordering based on size, height, number, depth or weight' (1988:45). Interestingly, the dictionary says that it does not matter whether the writer proceeds from small to large or from large to small. The example the dictionary gives of this *dijin* ordering is:

> 'The forces of darkness are rampant both at home and abroad and have created devastating difficulties for the nation. This is not only the case in China, it is also the case in the East and it is also the case in the world' (1988, p. 45).

Hao's own example of this is more complex and Hao himself describes the development of this paragraph as increasing the depth of meaning sentence by sentence.

> 'Suddenly I had a strange feeling. His dusty retreating figure seemed larger at that instant. Indeed, the further he walked the larger he loomed, until I had to look up to him. At the same time he seemed gradually to be exerting a pressure on me, which threatened to overpower the small self under my fur-lined gown' (1983, p. 36).

The fourth organisational method identified by Hao is the *xuanze guanxi*, literally choosing relation. This is similar to the first method described earlier in that it involves the juxtaposition of co-ordinates, but in this case the co-ordinates stand as alternatives. Hao's example is:

> 'Do we stand at their head and lead them? Or do we stand behind them and gesticulate at them and criticise them? Or do we stand opposite them and oppose them'?(1983, p 37)

Hao's fifth method is the *jieshuo guanxi* where the function of the latter part of the paragraph is to provide an explanation or example of what has been expressed earlier. The rather prosaic example is:

> 'The topography of the desert regions is flat and the power of the winds is thus very strong. For example, the Xinjiang gorge, Toksun and Dabancheng in Xinjiang are all famous for being very windy' (1983, p. 38).

The sixth organisational principle that Hao identifies is the *zhuanzhe guanxi*, the transitional or contrastive relation.

It is Hao's seventh organisational principle, the *yinguo guanxi*, or the cause and effect relation, that, in my view, is of greatest significance for the organisation of text in Chinese. Following Tai (1985), Chinese is iconic where word order corresponds to thought flow 'in a genuinely natural way' (1985, p. 64). Certainly, the normal unmarked word order in complex cause and effect sentences in Chinese bears this out, as the normal order is for the so-called subordinate clause – the 'because' clause – to precede the so-called main clause – the 'therefore' or 'effect' clause. The iconic nature of Chinese allows the relationship between arguments to be implicitly expressed. In other words, the use of connectors is not essential when the argument follows natural order (Kirkpatrick 1993).

In English, the normal unmarked order of this complex sentence is the opposite. Main clause to subordinate clause is the usual order (Quirk, Greenbaum, Leech and Svartvik 1985, Prideaux 1989). For example, the complex sentence 'Because it was raining, the match was postponed' is in natural order in that the rain preceded the postponement. This is the unmarked order in Chinese. In contrast, the complex sentence 'The match was postponed because it was raining' is in unnatural or salient order. This, however, is the unmarked order in English. This, the natural order here is unmarked in Chinese but is marked in English. Of course, it is possible to say 'The match was postponed because it was raining' in Chinese and it is possible to say 'Because it was raining, the match was postponed' in English, but by doing so the speakers are deliberately altering the order for communicative effect, in order to lay extra stress on either the cause or the effect.

We could sum up the differences between Chinese and English here by saying that the correct translation into Chinese of the complex sentence 'The match was postponed because it was raining' requires the reversing of the English clause order to give the equivalent of 'Because it was raining the match was postponed'.

I have elsewhere argued that this 'because-therefore' or 'frame-main' sequence is a fundamental sequencing principle in Modern Standard Chinese (cf. Kirkpatrick 1991, 1993, 1996). This may be one reason why English speakers feel that Chinese argument is somehow circular or digressive, especially as, in Chinese, it is possible to construct a paragraph in which a chain or series of causes may precede the effect. For example, when asked why he was only a bystander rather than a playmaker at a particular incident, one speaker replies:

> 'Because, when I was at middle school, China was fine, the world was fine - and then the little red guards started - , and when I was at middle school I had already seen armed struggle and had taken part in small scale armed struggle, and also at that time I had lived with guns and tanks, I have had that experience in life (so) I possibly trivialise these things a little' (Kirkpatrick 1993, p. 437).

Here we have an example of a cause and effect paragraph in which several causes – when the speaker was at middle school the little red guards started and (because) he saw armed struggle and (because) he took part in small scale struggle and (because) he grew up with tanks and guns - precede the effect. The speaker does not explicitly signal the 'effect', and I have included 'so' in the translation in brackets.

I argue that this cause and effect relation, Hao's seventh, is crucial in cross-linguistic understanding in that the unmarked sequence in Chinese is opposite to the unmarked sequence in English. This preferred 'frame – main' sequence may lead to an associated preference for inductive over deductive reasoning, which, in turn, may provide a reason why Chinese argument has sometimes been considered circular or unable, in some way, to get to the point.

To return now to Hao's discussion, the eighth and ninth organising principles or logical relations that he identifies are the *jiaoshe* or hypothetical, and *tiaojian* or conditional respectively. These are straightforward and do not require exemplification. It should be stressed, however, that these logical relations of hypothesis and condition are indeed listed in most textbooks. Suggestions, therefore, that Chinese are unable to handle hypothetical situations (Bloom 1981) appear unfounded.

The tenth method of paragraph organisation identified by Hao is the *mudi guanxi* or purpose or 'in order to' type connection. Again, this is straightforward, and requires no exemplification.

His final method, the eleventh, is what he calls the *zongfen* or whole-part organisational principle. Interestingly, Hao argues that writers are free to choose from whole to part or from part to whole. This eleventh principle is closely linked to inductive and deductive methods of argument, with whole-part linked to deductive argument and part-whole to inductive. In his discussion on methods of argument, Wu Yingtian (1988) puts forward four types of reasoning or argument. These are, in the order that he describes them: inductive, where individual arguments lead to a conclusion or general statement; deductive, where a general statement is followed by individual arguments in support of it; a combination of these; and, finally individual or discrete arguments, whole in themselves, but which combine to form one overarching argument. However, in his summary of the organisational patterns of each of these four methods of argument, Wu reflects the natural word order of Chinese when he says:

> 'Because in real life cause precedes effect, therefore to place the reason at the front also accords with logic' (1988, p. 135).

To sum up this discussion of the advice given to writers on ways to organise paragraphs and arguments, there would appear to be very little advice here that appears uniquely Chinese. In fact, I would argue that the advice given here does not appear uniquely Chinese at all. For example, much of the advice given in a very popular textbook on academic writing in English (Oshima and Hogue 1991) echoes the advice given in the Chinese texts considered above. The structure of a paragraph should contain three parts: a topic sentence; supporting sentences; and a concluding sentence. An introductory paragraph has four purposes. 'It introduces the topic of the essay, it gives a general background to the topic, it often indicates the overall plan of the essay and it should arouse the reader's interest in the topic' (1991, p. 79). Common ideas of logical order in English are: 'chronological order, logical division of ideas, comparison and contrast and cause and effect' (1991, p. 48).

I have argued that a major point of difference lies in the iconic or natural word order of Chinese. This encourages, but does not require, Chinese writers to proceed from cause to effect and this, in turn, encourages, but does not require, Chinese writers to adopt inductive methods of argument. As we have seen, Chinese writers are free to adopt salient ordering and/or deductive methods of argument when they wish to stress or weight an argument in some way.

In summary, Chinese textbooks advise that argumentative texts are composed of three parts, the thesis, argument and the proof. They advise that both inductive and deductive forms of argument are possible. We argue that a fundamental principle of Chinese sequencing – the frame-main sequence – means that an inductive argument is more likely to be the preferred unmarked form. The textbooks advise that explicit and direct argument is persuasive, while allowing that 'circuitous' techniques can be used in certain circumstances. The textbooks also provide advice on ways to organise and construct paragraphs, all of which follow a linear pattern. Much of this advice will seem familiar to English teachers of argumentative writing.

To conclude this paper, a brief summary of the key points made by Chen Kui is the *Wen* Ze is given. The *Wen Ze* was written in 1170. It has been described by Zong Tinghu and Li Jinling (1998) as China's first specialist and systematic book on rhetoric. This is not to say that it is the first book that deals with aspects of rhetoric. There are several of these that predate the *Wen Ze*, with Liu Xie's (465-520AD) *Wen Xin Diao Long* probably being the most famous. However, the *Wen Ze* is commonly thought to be the first genuinely systematic account of Chinese rhetoric. I provide a brief summary of its main points as identified by Zong and Li because it provides a crucial historical context and demonstrates that the earliest concerns and debates within Chinese rhetoric concerning the rules of composition parallel concerns and debates in Western 'Anglo' rhetoric.

Literally, *Wen Ze* means something like 'rules for writing' and, as such, has some of the characteristics of a prescriptive text. As Zong and Li point out, Chen's purpose in writing the book was to summarise methods and rules for composition.

Zong and Li start by summarising the rhetorical principles that are elucidated in the *Wen Ze.* The first is that authors should take a natural and appropriate approach. Language must be in keeping with the times and contexts. There cannot be one rule for all texts. Stereotypes and inflexibility must be avoided. In this respect, the length of a sentence must be determined by the content of a text, and the rhymes must be natural and harmonious.

The second principle discussed is clarity. A text must make its meaning clear. The meaning of words must be explicit and transparent, and the context is important in achieving this.

The third principle is succinctness. One should use straightforward and concise language to describe events. The best writing technique is both succinct and clear. Simplicity is to be preferred to complexity.

The fourth rhetorical principle is to use popular and commonly understood language. Both poetry and prose should avoid abstruse terms. The language used should be easy for people to understand. Chen recognised the phenomenon of language change and urged authors to use contemporary language, not classical language that might be obscure or opaque.

The next section of Zong and Li's summary deals with Chen's treatment of what, in Chinese, is referred to as 'negative' rhetoric. Negative rhetoric concerns the structure of texts, rhetorical structures and the sequencing of argument as opposed to the use of rhetorical tropes and figures. These are components of 'positive' rhetoric.

Chen Kui argued that, historically, there were three different styles. The first comprised a two-part structure where the main point is discussed first and then the separate details. The second is the opposite to the first where a discussion of details leads to the bringing out of the essential points. The third style comprised a three-part structure, where the overall point is made first, then details are discussed and finally the overall point is restated. Chen provided examples of all three styles from classical texts such as the *Analects* and the *Zuo Zhuan*.

The second aspect of text structure that Zong and Li discuss concerns how to begin and how to end compositions and how to ensure texts cohere. In his discussion on narrative texts, Chen suggests two methods. The first involved making the inference first and then describing the events. The second involved describing the events first and then considering the inference or conclusion. Chen also pointed out, however, that contextual considerations were important in the arrangement of both narrative and argumentative texts.

Zong and Li now move to a discussion on 'positive' rhetoric as discussed in the *Wen Ze*. There is much on the use of metaphor in the *Wen Ze* and, as Zong and Li point out, Chen's classification of metaphors represents another major contribution of the *Wen Ze*. Zong and Li single out three aspects of Chen's treatment for particular mention.

First, in his classification, he gave a name, a definition and an example for each type and his influence on succeeding generations of scholars was immense. Second, although contemporary scholars no longer use some of his classifications, his system was most appropriate and suitable for Chinese. As Zong and Li point out, ChenWangdao in his seminal work 'An Introduction to Rhetoric' (Chen1922/1988), while using slightly different terms in his discussion of certain types of metaphor, was, in fact, in very close agreement with Chen Kui's position. Third, he was able to show how the characteristics of the language could be exploited and expressed through the use of metaphor.

Chen Kui's comments on the use of citation are of particular interest, given the conventional wisdom that argues that Chinese find it hard to take a critical stance (Bloch and Chi 1995). (For an alternative position see Kirkpatrick and Yan, in press). He suggests that there are two major uses of citation. The first is to provide evidence for an event and this use is subdivided into three. One can use quotes to provide evidence for an event; one can use quotes to provide evidence for two or more sub-events, which lead to a general event; and one can use quotes to prove the rightness of one's description of an event.

The second use of citation is to provide support for a particular opinion or argument. This second use is also sub-divided into three: one can use quotes from the classics to support one's own point of view; one can present one's own opinion and then use quotes to support it; and, crucially, it seems to me in the context of the debate about critical stance, one can critically analyse the opinions of others to show the rightness of one's own.

Zong and Li also briefly summarise Chen's treatment of rhetorical tropes such as *Dao Yu*, *Xu Zhong*, *Jiao Cuo* and *Tong Mu*. As Zong and Li point out, these techniques are still in use today, although they are referred to by different names. For example, we know *Xu Zhong* as *Di Jin* and *Tong Mu* as *Fan Fu*.

In his discussion on text styles, Chen Kui also established new ground. He understood that a text could comprise several different genres. No text was necessarily tied to a specific style or genre. He also understood that styles in certain chapters of different books could be similar. He distinguished between narrative and argumentative texts.

The final aspect of the *Wen Ze* that Zong and Li concerns its treatment of methods of analysis. The first method mentioned is the comparative method. This is considered to be one of the most popular methods of analysis in ancient China. In the *Wen Ze* itself, Zong and Li show that Chen uses both synchronic and diachronic methods of comparison.

The other method of analysis used in the *Wen* Ze and highlighted by Zong and Li is the inductive method. Chen collected a large data base and then carried out inductive classification by identifying the special characteristics of the material.

In summary, the *Wen Ze* is considered a key text in the history of Chinese rhetoric and, according to Zong and Li, its place in Chinese history is gradually becoming recognised. Although it was the product of its age, its influence extended over all following dynasties and its influence extended to Japan where scholars adopted Chen's classification of metaphors.

I hope this brief summary of some of the key points in the book helps to give a flavour of the book and shows that, in its insistence on the use of clear, succinct and popular language, its understanding that a single text can comprise several genres and of the dynamic and contextually dependent nature of style, its treatment of rhetorical structures and methods of analysis, it gives the lie to the commonly perceived Western notion that Chinese rhetoric is somehow uniquely Chinese and that the key characteristics of Chinese and Anglo rhetoric are fundamentally different. In other words, the argument is that contemporary treatments of Chinese rhetoric have their source in classical Chinese rhetoric and, while there are differences in the classical Chinese and Anglo traditions, their similarities, especially with regard to rules of composition, are more striking by their similarities than by their differences.

We conclude, therefore, by saying that, if the advice given in these Chinese textbooks is accurate and representative (and, while we should treat prescriptive advice with caution, we must also recognise that such advice is based on what is considered good style), then it is unlikely that infelicitous style in the English writing of Mainland Chinese students is caused by the transfer into English of uniquely Chinese writing styles. Rather, we argue that a Chinese preference for inductive or what I have called 'frame-to-main' rhetorical structures means that this preference is likely to occur in the English writing of Chinese students.

Bibliography

Bloch, J and L, Chi. 'A Comparison of the use of citations in Chinese and English academic discourse'. In Belcher, D and G, Braine (eds.), *Academic Writing in a Second Language: Essays on Research and Pedagogy*: 231-274) Norwood: N. J.: Ablex. 1995

Bloom, A. *The Linguistic Shaping of Thought: A Study in the Impact of Thinking in China and the West*. New Jersey: Lawrence Erlbaum. 1981

Cahill, D. Contrastive rhetoric, orientalism, and the Chinese second language writer. Unpublished PhD thesis, University of Illinois at Chicago.1999.

Chen Wangdao *Xiuci Xue Fafan*. Da Guang Chubanshe. 1922/88

Garrett, M. The 'Mo Tzu' and the 'Lu-Shih Ch'un-Ch'iu': A case study in Classical Chinese theory and practice of argument. Unpublished PhD thesis, University of California at Berkeley.1983.

Gunn, E. *Rewritiing Chinese: Style and Innovation in Twentieth Century Chinese Prose*. Stanford: Stanford University Press. 1991.

Hao Zhangliu. *Yuduan Zhishi*. Beijing: Beijing Publishing. 1983

Hinds, J. 'Reader versus writer responsibility: a new typology'. In U, Connor and R.B.Kaplan (eds.), *Writing Across Languages: Analysis of L2 Text.*_Reading, MA:Addison-Welsey. 1987

Hu Shuzhong. *Ying Han Xiuci Bijiao Yanjiu (Comparative Studies in English and Chinese Rhetoric*. Shanghai: Shanghai Foreign Languages and Education Press. 1993.

Hu Yushu *Daxue Xiezuo*. Shanghai: Fudan University Press.1985.

Kaplan, R.B. 'Cultural thought patterns in intercultural education' *Language Learning*. 16 (1), 1-20 1966

Kaplan, R.B. *The Anatomy of Rhetoric: Prolegemona to a Functional Theory of Rhetoric*. Philadelphia: Center for Curriculum Development. 1972.

Kaplan, R.B. 'Contrastive rhetoric and second language learning'. In A. Purves (ed.), *Writing Across Languages and Cultures*. Newbury Park: Sage.1988

Kirkpatrick, A. 'Information sequencing in Mandarin in letters of request.' *Anthropological Linguistics* 33(2), 1-20.1991

Kirkpatrick, A. 'Information sequencing in Modern Standard Chinese in a genre of extended spoken discourse'. *Text*. 13(3), 422-452.1993.

Kirkpatrick, A. 'Chinese rhetoric: methods of argument'. *Multilingua*14(3), 271-295.1995

Kirkpatrick, A. 'Topic-comment or Modifer-modified?' *Studies in Language* 20(1), 93-113.1996

Kirkpatrick, A. 'Traditional Chinese text structures and their influence on the writing in Chinese and English of contemporary Mainland Chinese students'. *Journal of Second Language Writing*. 6(3), 223-244.1997

Kirkpatrick, A and Yan Yonglin (in press). 'The Use of citation conventions and authorial voice in a genre of Chinese academic discourse In David C.S. Li (ed.) *Discourses in Search of Members. Festschrift in Honour of Ron Scollon*. Greenwood Press.

Matalene, C. 'Contrastive rhetoric: an American writing teacher in China'. *College English* 47(8), 789-808.1985

Mohan, B. and W, Lo.'Academic writing and Chinese students: transfer and developmental factors'. *TESOL Quarterly* 19, 513-534.1985

Nash, W. *Rhetoric: The Wit of Persuasion*. Oxford: Basil Blackwell.1992

Oliver, R.T. *Communication and Culture in Ancient India and China*. Syracuse: Syracuse University Press.1971

Oshima, A. and A, Hogue. *Writing Academic English*. New York: Addison-Wesley Publishing Company.1991

Pollard, D. (ed.). *The Chinese Essay*. Hong Kong: The Chinese University of Hong Kong.1999.

Prideaux, G. 'Text data as evidence for language processing principles: the grammar of ordered events'. *Language Sciences* 11(1), 27-42 1989

Quirk, R., S, Greenbaum, G, Leech, and J, Svartvik, J. *A Comprehensive Grammar of the English Language*. London: Longman.1985

Samovar, L.A. and R, Porter, R. *Communication Between Cultures*. Belmont, California: Wadworth.1991

Scollon, R.B. 'Eight legs and one elbow. Stance and structure in Chinese English compositions' Paper given at the second North American Conference on Adult and Adolescent Literacy. 1991

Scollon, R.B., S, Scollon, and A, Kirkpatrick. *Chinese-English Discourse: A Critical Appraisal* Beijing: Foreign Languages Teaching and Research Press.2000.

Tai, James. 'Temporal sequence and Chinese word order'. In J. Haiman (ed.), *Iconicity and Syntax. Amsterdam: John Benjamins*.1985

Tai, James. Iconicity: motivations in Chinese grammar. In Eid, Mushira and Iverson (eds.) *Principles and Prediction: The Analysis of Natural Language*. Amsterdam: John Benjamins.1993

Tyler, A. and C, Davies, C. 'Cross-linguistic communication missteps'. *Text* 10(4), 385-411.1990

Wang Guangzu and Yang Yinxu.. *Xiezuo*. Shanghai: East China Normal University Press.1988

Wang Kaifu and Wu Jilu. *Xiezuo*. Beijing: Beijing University Press.1990

Wu Hanxiang. *Daxue Xiezuo Jiaocheng*. Beijing: Scientific Press.1999

Wu Yingtian. *Wenzhang Jiegouxue*. Beijing: People's University Press.1988

Xie Yaoji. *Xiandai Hanyu Ouhua Yufa Gailun*. Hong Kong: Guangming Tushu Company.1989

Yuan Hui and Zong Tinghu. *Hanyu Xiucixue Shi*. Shanxi People's Publishing.1995

Zhang Huien and Zeng Xiangqin. *Wenzhang Xuejiaocheng*. Shanghai: Shanghai Education Press.1995

Zhang Dihua, Hu Yushu, Zhang Bin , and Lin Xiangmei (eds.) *Hanyu Yufa Xiuci Cidian*.Anhui Education Press.1986.

Zheng Ziyu. *Zhongguo Xiuci Shigao*. Shanghai Education Press.1984.

Zhou Zhenpu. *Zhongguo Xiuci Xueshi*. Beijing: The Commercial Press.1999

Zhou Zheng and Liu Guifu. *Zhongguo Xiandai Yingyong Xiezuo Da Cidian* Yanji: Yanbian University Press. 1996.

Zhu Bingyao. *Composition Guide for Foreign Students of Chinese*.Beijing: Sinolingua.1997

Zhu Zinan. *Zhongguo Wentixue Cidian*. Hunan Education Press.1988.

Zong Tingu and Li Jinling. *Zhongguo Xiucixue Tongshi. Vol 2. Sui, Tang, Wu Dai, Song, Jin, Yuan Juan* Guilin Jiaoyu Chubanshe.1998

Xie Baoqi. [illegible]. Hong Kong: [illegible] Tushu Company.1989

從詞彙的親疏關係探討語法結構及其在漢語教學上的應用

張皓得*

摘要

本文的研究目的在於透過辭彙的親疏關係模擬出語法結構，進而把這語法理論應用到外國人，特別是韓國人的漢語教學。

本文的主要研究方法是問卷調查的方法。首先分析問卷調查的結果，探討名詞、動詞、形容詞、能願動詞等諸詞類之間的親疏關係。第二，利用這些詞類之間的親疏關係探討詞序和語法結構，並且構擬出語法理論。最後，探討這些語法理論在漢語教學上的應用問題，即韓國人學漢語

* 韓國檀國大學校人文學部中語中文學專攻專任講師。

的問題、中樞詞語法（pivot grammar）以及第二語言習得的次序問題等。

關鍵詞　詞彙　親疏關係　語法結構　漢語教學　問卷調查

壹、序　論

據Kim（1985：343-345）❶所說，任何語言在詞與詞的搭配關

---

❶ 原文爲韓文，下面的譯文（中文）見張皓得（1999.5：117-118）。

언어표현이 심리구조를 반영해주는 네째번 예는 어순（語順）에서 볼 수 있다. 세계의 대부분 언어들은, 국어에서와 같이 주어-목적어-동사의 어순을 갖거나, 영어에서와 같이 주어-동사-목적어의 어순을 갖는다. 그런데 이러한 어순에 따르는 흥미로운 사실이 있다. 그것은 주어-목적어-동사의 어순을 가진 언어에서는 관계사절 같은 수식구가 명사 앞에 오고, 조동사는 본동사 뒤에 오는 반면에, 주어-동사-목적어의 어순을 가진 언어에서는 수식구가 명사 뒤에 오고, 조동사는 본동사 앞에 온다는 사실이다.……세계의 여러 언어를 살펴보면, 이러한 어순 관계가 우연적이 아니라 보편적인 것임을 알 수 있다. 그러면 왜 이러한 어순 관계가 필연적으로 성립되어야만 하는가? 목적어가 동사를 선행하는 언어에서 수식구가 명사에 후행하거나 조동사가 본동사에 선행할 수는 왜 없을까? 또 목적어가 동사를 후행하는 언어에서 조동사가 본동사를 후행하거나 수식구가 명사를 선행할 수는 왜 없을까?

이에 대한 대답은, 어떤 두 단위가 심리적으로 가까우면 그의 언어표현인 문장 안에서의 위치도 인접해서 나타나려는 경향, 즉 심리와 언어는 비례한다는 원리에서 찾아볼 수 있다. 만약 동사와 그 동작을 받는 목적어가 심리적으로 가까운 두 단위이고, 조동사와 본동사 또 명사와 그 수식구도 심리적으로 가까운 한 쌍의 단위들이라

係上都具有親疏關係，而且這種親疏關係充分反映語言表達上的心理結構。換句話說，詞彙的親疏關係不僅和人的心理結構或認知結

고 가정한다면 (이러한 가정은 합리적이고 타당한 가정이라고 할 수밖에 없는데) 그리고, 이 때문에 이들의 언어 표현도 두 단위들이 인접해서 문장에 나타나야만 된다고 한다면, 동사와 그 목적어, 조동사와 본동사 및 명사와 그 수식구의 세 쌍이, 어느 쌍도 갈림이 없이 각 쌍안의 두 단위가 모두 연접해서 나타날 수 있는 가능성은 다음의 두 경우 뿐이다.

(14.12)　(주어) 수식구 목적어명사 본동사 조동사
　　　　(주어) 조동사 본동사 목적어명사 수식구

譯文：第四，語序（word order）反映語言表達上的心理結構。世界上大部分語言，或具有「主語+賓語+動詞」的語序，如韓國話，或具有「主語+動詞+賓語」的語序，如英語，因而產生很有趣的現象，就是說，在具有「主語+賓語+動詞」語序的語言裡，修飾成分（如關係分句）出現在名詞前面，助動詞出現在主要動詞後面，而在具有「主語+動詞+賓語」語序的語言裡，修飾成分出現在名詞後面，助動詞出現在主要動詞前面。……如果我們察看世界的各種自然語言，我們可知這種語序不是偶然的現象，而是普遍的現象。那爲甚麼這種語序必定是可以成立的呢？在賓語出現在動詞前面的語言裡，爲甚麼不能把修飾語放在名詞後面，又不能把助動詞放在主要動詞前面呢？在賓語出現在動詞後面的語言裡，爲甚麼不能把助動詞放在主要動詞後面，又不能把修飾語放在名詞前面呢？

答案就是語言和心理具有正比例關係，也就是說，在心理上較相近的語言成分傾向於句子裡的位置也要相近。如果我們說動詞和受其動作的賓語是在心理上相近的兩個單位，而且助動詞和主要動詞、名詞和其修飾語也是在心理上相近的單位（我們不能說這種假設是不合理的，而且也是不妥當的），因此在語言表達上它們也要位於相近的位置，那動詞和賓語、助動詞和主要動詞以及名詞和修飾語可能出現的句式，只有兩種，如：a.（主語） 修飾語 賓語（名詞） 主要動詞 助動詞，b.（主語） 助動詞 主要動詞 賓語（名詞） 修飾語。

構即頭腦具有密切的關係，而且由此可擬出語法結構而說解語法結構的層次性和生成性。如果這一理論可以成立的話，筆者認爲這個理論可以應用到第二語言教學。基於這一觀點，筆者用問卷調查的方法驗證這一理論，進一步把這一理論應用於韓國人學漢語的方面，以求第二語言教學理論的改進和它的可行性。

就第二語言學習來說，母語的習得和第二語言的學習既有相同的地方，又有不同的地方❷。相同的地方也好，不同的地方也好，學習第二語言的人最關心的不外乎如下的三個方面，即「學得快」、「說得正確」以及「說得流利」。這三個目標中最主要的就是「學得快」，就是說如何把第二語言的內化期間縮短。那用甚麼方法來縮短第二語言的習得期間呢？要解決這個問題，首先要了解母語習得過程和第二語言習得過程的異同，然後根據這種異同掌握學習者的母語和由此產生的認知結構，再利用從詞彙親疏關係擬出的第二語言習得理論而把它應用到第二語言教學。

簡而言之，本文用問卷調查，把它分析、歸納而探討詞彙親疏關係、語法結構、認知結構以及語言心理等之間的關係。在這個研究的基礎上如何把這個理論應用於第二語言教學而達到語言學習的三個目標，即「學得快」、「說得正確」、「說得流利」，這就是本文研究的目的。

---

❷ 第一語言學習和第二語言學習與兒童母語學習和成人外語學習的異同問題，見《世界漢語教學》編輯部等編（1994），《語言學習理論研究》，北京：北京語言學院出版社，頁7-9。

貳、詞彙之間的親疏關係

對問卷調查做一個統計，探討詞彙之間的親疏關係和由此產生的種種問題。

本文所用的問卷調查分別如下：Q1大學中文系二年級學生（1998.8.26，簡稱Q1）、Q2大學東亞系二年級學生（1998.12.28，簡稱Q2）、Q3大學中文系四年級學生（1999.3.3，簡稱Q3）、Q4大學中文系四年級學生（1999.8.23，簡稱Q4）、Q5大學中文系三年級學生（1999.9.8，簡稱Q5）、Q6大學中文系三年級學生（夜間部，1999.9.8，簡稱Q6）、Q7大學中文系二年級學生（2001.3.2，簡稱Q7）和Q8大學中文系一年級學生（1998.8.31，簡稱Q8），一共有5所大學的中文系參加問卷調查。參與問卷調查者一共有184個人，一年級的學生有5個人，二年級的學生74個人，三年級的學生有49個人，四年級的學生有56個人。

現在就上面的次序來先做一個個案研究，然後把它綜合起來比較。首先主要著眼於各詞的出現次數，詳細地分析問卷調查表而探討它的特點。

Q1問卷調查表❸

詞類＼次數	動詞				名詞				形容詞				能願動詞				計
	吃	有	走	叫	學校	船	衣服	車子	小	高	漂亮	短	可以	不能	應該	肯	
動詞	0	0	4	2	1(2)	1(3)	3(2)	0(2)	0	0	0	0	0(1)	1(3)	0(3)	0(2)	12
	6				5(9)				0				1(9)				(18)
名詞	5(4)	0(2)	2	2(4)	7	1	1	5	4	0(3)	0(2)	1(1)	0	0	0	4	32
	9(10)				14				5(6)				4				(16)
形容詞	2	0	0	0	0	0	0	0	5	4	5	5	0	0	0	0	21
	2				0				19				0				
能願動詞	0	0	0	0	0	0	0	0	0	0	0	0	4	3	2	2	11
	0				0				0				11				
副詞	0(1)	1(6)	0(2)	0	0	0	0	0	0	0(2)	0(1)	0	1	0	0	0	2
	1(9)				0				0(3)				1				(12)
語氣詞	0	0	0(3)	0	0	0	0	0	0	0	0	0	0	0	0	0	0
	0(3)				0				0				0				(3)
量詞	0	0	0	0	0	0	0(1)	0	0	0	0	0	0	0	0	0	0
	0				0(1)				0				0				(1)
詞組	5	8	4	4	2	3	3	2	0	5	3	1	1	3	3	2	49
	21				10				9				9				
翻譯	7	8	8	9	9	10	9	6	7	9	9	10	11	10	7	3	132
	32				34				35				31				
無答	0	1	0	1	0	3	2	6	2	0	1	0	2	1	5	6	30
其他	0	1	1	1	0	1	1	0	1	1	1	2	0	1	2	2	15
計	19	19	19	19	19	19	19	19	19	19	19	19	19	19	19	19	304

❸　「（　）」裡的數字表「再把詞組裡出現的詞分析而得出的各詞的次數」。

Q1問卷調查一共有19個人（中文系二年級學生）參加，調查時間和地點分別爲1998年8月26日上午9點和人文館114號教室。此一調查的各項目只用漢語的詞彙提供，而沒有相應的韓文譯詞附加在問題之後面（參看附錄「問卷（一）」）。此一問卷一共有十六道題，分別爲四個動詞（吃、有、走、叫）、四個名詞（學校、船、衣服、車子）、四個形容詞（小、高、漂亮、短）和四個能願動詞（可以、不能、應該、肯）。其問題沒有次序來安排，以求參與者在不知不覺之中回答問卷。把Q1的問卷調查分析而得到一些結果，歸納如下幾點：第一，對動詞的回答當中，除了韓文譯詞以外，最多出現的就是「名詞」，其次是「動詞」，再來是「形容詞」。這種出現頻率表示，看到「動詞」時，最容易想到的就是「名詞」。第二，値得注意的就是「形容詞」出現在對動詞的回答中。「有、走、叫」等動詞沒有用「形容詞」回答，只有「吃」用「飽、好」等形容詞來回答。仔細看來，這兩個詞都是形容詞，可是在漢語語法結構的搭配上它們之間有緊密的關係，如「吃飽、吃得飽、好吃」等。這表示動詞「吃」和形容詞「飽」和「好」之間不僅有結構上的親近關係，也有語義網上的親密關係。可是從「好」和詞組中的「好吃」這兩個回答看，可知語法結構（syntactic structure）的搭配關係比語義網的結合關係還強。第三，對名詞「學校」的回答有「教學、北京大學、學生、大學、老師、高中」等詞，共出現7次。這些回答都是與「學校」在語義網上有關的詞彙，可說「名詞對名詞」的問答表示語義網的關係較強。在形容詞的項目裡「形容詞和形容詞的問答最多，對「小」的回答有「大」（5次），都是反義詞。對「高」的回答有「低」、「中」和「高興」，共4次出現，都是反義詞或近義詞。對「漂亮」

的回答有「美」、「好看」、「好」和「漂漂亮亮」，共出5次，都是近義詞。對「短」的回答有「長」，共出現5次，都是反義詞。除了「漂漂亮亮」兼具語法結構和語義網的關係以外，其他都表示語義網的關係，可知「形容詞和形容詞」的問答較容易出現在「相對」的語義關係網上。第四，對「能願動詞」的回答中「能願動詞」的出現最多，其次是名詞，可是名詞的回答只有在「肯」中出現，如「肯定（3次）」和「否定（1次）」。這「肯定」和「否定」可看做名詞，又可看做動詞，可是在韓文裡要用作動詞，後面要加動詞詞綴「하다」，因此把它歸屬於名詞，可是從漢語的角度來看，看做「動詞」應沒有問題。如此看來，在詞彙搭配關係和語義結合關係上與「能願動詞」具有密切關係的就是「動詞」和「能願動詞」。在這個「肯」的回答中，把它認爲是「能願動詞」而回答「不肯」、「肯去」的例子也出現2次，可是「肯定」、「否定」、「긍정❹」和「부정의 강조❺」的出現較多，換句話說，用由「肯」字組成的詞彙回答的共出現6次，問卷的回答不僅在語法結構的搭配關係或語義關係上聯想到另一個詞，而且也從語音的類推聯想另一個詞。由此可說，雖然語音的能產性比語義和語法還低，可是還是具有一定的功能。

---

❹ 「肯定」意。
❺ 「否定之強調」意。

Q2問卷調查表

詞類＼次數	動詞				名詞				形容詞				能願動詞				計
	吃	有	走	叫	學校	船	衣服	車子	小	高	漂亮	短	可以	不能	應該	肯	
動詞	0	6	0	0	2(2)	5(2)	3	4(1)	0	0	0	0	5(2)	0(4)	1(5)	2(4)	28
	6				14(5)				0				8(10)				(15)
名詞	22(2)	17(3)	17	22(2)	21	16	17	17	18	22(2)	22	20	12	17	13	14	287
	78(7)				71				82(2)				56				(9)
形容詞	1	0	0	0	1	1	3	1	3	1	0	2	0	0	0	0	13
	1				6				6				0				
能願動詞	0	0	0	0	0	0	0	0	0	0	0	0	1	0	0	1	2
	0				0				0				2				
副詞	0(1)	0	1	0	0	0	0	0	0(1)	0	0	0(1)	1	0	0	0	2
	1(1)				0				0(2)				1				(3)
語氣詞	0	0	0	0	0	0	0	0	0	0	0	0	0	0	0	0	0
	0				0				0				0				
量詞	0	0	0	0	0	0	0	0	0	0	0	0	0	0	0	0	0
	0				0				0				0				
詞組	2	3	4	2	2	2	1	1	1	2	0	1	2	4	5	4	36
	11				6				4				15				
翻譯	0	0	0	0	0	0	0	0	0	0	0	0	0	0	0	0	0
	0				0				0				0				
無答	2	0	4	2	0	3	3	3	4	1	5	3	5	5	4	3	47
其他	0	1	1	1	1	0	0	1	1	1	0	1	1	1	4	3	17
計	27	27	27	27	27	27	27	27	27	27	27	27	27	27	27	27	432

Q2問卷調查一共有27個人（東亞系二年級學生）參加，調查時間

和地點分別爲1998年12月28日上午10點和L1-109號教室。此一調查的各項目不僅用漢語的詞彙提供，還有相應的韓文譯詞附加在漢語詞彙的後面（參看附錄「問卷（二）」）。其特點如下：第一，對「動詞」的回答中，名詞最多，共出現78次，其次是動詞，出現6次。動詞「有」、「走」和「叫」的回答當中沒有用形容詞做答，可是對「吃」這個動詞的回答中，形容詞出現1次，如韓語「맛있다❻（好吃）」，從韓語的觀點來看，韓語「맛있다」是個形容詞，因此可說這表示語義關係的密切性。如果把它翻譯成漢語，就是「好吃」，即「副詞+動詞」的結構，因此可說這表示語法結構的密切性。第二，對名詞的回答中，名詞的出現最多，其次是動詞，再來是形容詞，可推測與名詞的親密度最強的是名詞，其次是動詞和形容詞。第三，對形容詞的回答中，動詞沒有出現，可看出無論在語法結構上或在語義關係上，形容詞和動詞的關係很疏遠，因此在語法結構上它們不能直接搭配。第四，對能願動詞的回答中，特別注意的就是名詞。這些回答中，名詞的出現最多，可是別的問卷調查表中出現得不多，這跟韓文有關。對「可以」的回答有「무엇이든、이야기、허락、허용、결석、노래、술❼」等，對「不能」的回答有「여행、노래、포기、정지、중국어、춤❽」等，對「應該」的回答有

---

❻ 「好吃」意，是個形容詞。

❼ 分別爲「任何事情」意、「故事」意、「許諾」的韓國漢字音、「許容」的韓國漢字音、「缺席」的韓國漢字音、「歌兒」意和「酒」意。

❽ 分別爲「旅行」的韓國漢字音、「歌兒」意、「抛棄」的韓國漢字音、「停止」的韓國漢字音、「中國語」的韓國漢字音和「舞」意。

「공부、참석、행복、중국어、노력、사랑❾」等，對「會」的回答有「운전、나、중국어、노래、말、외국어❿」等。這些回答都是名詞，可是在韓文裡把動詞詞綴「하다/hada/」放在這些詞後面，可以當動詞用，而且在問卷的韓文譯文裡已包括這種韓文動詞詞綴「하다/hada/」，因此名詞的出現頻率增多了。

Q3問卷調查表

詞類／次數	動詞				名詞				形容詞				能願動詞				計
	吃	有	走	叫	學校	船	衣服	車子	小	高	漂亮	短	可以	不能	應該	肯	
動詞	1	1	8	3	3(2)	1(4)	4(3)	4(3)	0	0	0	0	3(4)	7(5)	3(6)	11 (2)	49
	13				12(12)				0				24(17)				(29)
名詞	12 (5)	5(6)	3(2)	10 (5)	13 (3)	13	6	10	10	12 (1)	12 (2)	4(2)	0	0	1	1	112
	30(18)				42(3)				38(5)				2				(26)
形容詞	1	1	0	0	0	0	2	0	9	6	0	12	0	1	0	0	32
	2				2				27				1				
能願動詞	0	0	0	0	0	0	0	0	0	0	0	0	3	3(1)	0(1)	1	7
	0				0				0				7(2)				(2)
副詞	0(1)	0(6)	0	0	0	0	0	0	0	0	0(2)	0	0(5)	0	1(2)	0(1)	1
	0(7)				0				0(2)				1(8)				(17)

❾ 分別爲"「工夫」的韓國漢字音，「學習」、「念書」等意"、「參席」的韓國漢字音、「幸福」的韓國漢字音、「中國語」的韓國漢字音、「努力」的韓國漢字音和「愛」意。

❿ 分別爲"「運轉」的韓國漢字音，「開車」意"、「我」意、「中國語」的韓國漢字音、「歌兒」意、「話」意和「外國語」的韓國漢字音。

語氣詞	0	0	0(2)	0	0	0	0	0	0	0	0	0	0(1)	0	0	0	0
	0(2)				0				0				0(1)				(3)
量詞	0	0	0	0	0	0	0	0	0	0	0	0	0	0	0	0	0
	0				0				0				0				
詞組	6	12	6	5	5	4	3	3	0	1	4	2	10	6	9	4	80
	29				15				7				29				
翻譯	6	6	6	5	5	8	9	6	7	5	7	5	8	8	9	3	103
	23				28				24				28				
無答	0	1	2	3	0	0	1	3	0	2	1	2	1	0	2	2	20
其他	0	0	1(2)	0	0	0	1	0	0	0	2	1	1	1	1	4	12(2)
計	26	26	26	26	26	26	26	26	26	26	26	26	26	26	26	26	416

Q3問卷調查一共有26個人（某大學中文系四年級學生）參加，調查時間和地點分別爲1999年3月3日下午1點和第二人文館501號教室。此一調查的各項目只用漢語的詞彙提供，而沒有相應的韓文譯詞附加在漢語詞彙的後面（參看附錄「問卷(一)」）。其特點如下：第一，對動詞的回答中，名詞的出現最多，形容詞的出現僅2次，即「맛있다（好吃）」和「즐겁다（愉快）」，「맛있다（好吃）」、「즐겁다（愉快）」和「吃」、「有」在語義關係網上具有某些關係，這表示動詞和形容詞不是語法結構的搭配關係上而是在於語義網的關係上。第二，對名詞的回答中，名詞的出現最多，其次是動詞。第三，對形容詞的回答中，名詞的出現最多（38次），其次是形容詞（27次），可是動詞沒有出現，這表示形容詞對動詞的排斥性很強。用形容詞做答的例子大部分都是與形容詞具有「相反」意或「相似」意的形容詞。第四，對能願動詞的回答中，動詞的出現次數最多，

其次是能願動詞，名詞只有2次出現，即對「應該」的「金老師」和對「肯」的「可能性」。形容詞只有1次出現，即對「不能」的「싫다⓫」，這可能跟「不能」的概念有關。第五，在詞組的回答中，有語氣詞出現，如「可以嗎」，表示語法結構上的親密性。

Q4問卷調查表

詞類／次數	動詞				名詞				形容詞				能願動詞				計
	吃	有	走	叫	學校	船	衣服	車子	小	高	漂亮	短	可以	不能	應該	肯	
動詞	1	4	4	4	5	2(2)	5(1)	3(1)	0	0	0	0	6	6(2)	4(3)	0	44
	13				15(4)				0				16(5)				(9)
名詞	11(7)	5(3)	3(3)	7(4)	12	11	7(1)	12	8(1)	10(1)	12(1)	8(1)	0	0	0	0	106
	26(17)				42(1)				38(4)				0				(22)
形容詞	0	0	1	0	0	1	2(1)	1	7	4(1)	1	8	1	0	0	0	26
	1				4(1)				20(1)				1				(2)
能願動詞	0	0	0	0	0	0	0	0	0	0	0	0	3	2(1)	1	0	6
	0				0				0				6(1)				(1)
副詞	0	0(5)	0(1)	0	0	0	0	0	0	0	1(2)	0	1(3)	0	0(2)	0	2
	0(6)				0				1(2)				1(5)				(13)
語氣詞	0(1)	0(1)	0(2)	0	0	0	0	0	0	0	0	0	0	0	0	0	0
	0(4)				0				0				0				(4)
量詞	0	0	0	0	0	0	0	0	0	0	0	0	0	0	0	0	0
	0				0				0				0				

⓫ 「不喜歡」意。

詞組	9	9	7	4	1	2	3	1	0	2	3	1	3	3	5	0	53
	29				7				6				11				
翻譯	9	11	12	12	12	14	13	11	13	12	12	12	11	12	14	4	184
	44				50				49				41				
無答	0	0	0	2	0	0	0	0	0	0	1	0	0	1	3	2	9
其他	0(1)	1	3(1)	1	0(1)	0	0	2	2	2	0	1	5	6	3	24	50(3)
計	30	30	30	30	30	30	30	30	30	30	30	30	30	30	30	30	480

Q4問卷調查一共有30個人（某大學中文系四年級學生）參加，調查時間和地點分別爲1999年8月23日下午2點和人文館213號教室。此一調查的各項目只用漢語的詞彙提供，而沒有相應的韓文譯詞附加在漢語詞彙的後面（參看附錄「問卷（一）」）。其特點如下：第一，對動詞的回答中，名詞的出現次數最多（26次），其次是動詞（13次）。形容詞出現1次，如對「走」的回答「快」。這儘管與語義有關，可是它還跟語法結構有關，就是說在漢語裡「快」用作副詞而與動詞搭配，表示「快」主要跟「走」具有語法結構上的親密性。第二，對名詞的回答中，名詞的出現最多，其次是動詞，再來是形容詞。第三，對形容詞的回答中，名詞最多，其次是形容詞，動詞根本沒有出現，表示形容詞跟動詞不僅沒有語法結構上的響應，也沒有語義關係上的響應。第四，對能願動詞的回答中，動詞最多，其次是能願動詞，名詞沒有出現，表示能願動詞和名詞的關係很疏遠。在能願動詞對名詞的回答當中，Q4與Q1、Q2、Q3的分析結果不一樣，這可能是因爲Q4沒附有韓文譯詞的關係，而且做答者都是中文系4年級的學生，所以已掌握能願動詞的用法和語義。

Q5問卷調查表

詞類 / 次數	動詞				名詞				形容詞				能願動詞				計
	喝	有	去	買	宿舍	飛機	鞋子	車子	大	新	漂亮	長	會	能	應該	願意	
動詞	1	1	5	5	5(1)	2(2)	0	2	0	0	0	0	2(2)	0(2)	4(2)	2(1)	29
	12				9(3)				0				8(7)				(10)
名詞	14 (8)	9(7)	6(2)	12 (2)	7(1)	9	8(1)	10	10	13 (1)	12 (3)	11 (2)	1	0	0	2	124
	41(19)				34(2)				46(6)				3				(27)
形容詞	0	0	0	0	1	0	1(1)	0	4	3	2(1)	5	0	0	0	0	16
	0				2(1)				14(1)				0				(2)
能願動詞	0	0	0	0	0	0	0	0	0	0	0	0	0(2)	0(4)	1	0	1
	0				0				0				1(6)				(6)
副詞	0	1	0	0	0	0	0	0	0(1)	0	0	0	0	1	0(1)	0	2
	1				0				0(1)				1(1)				(2)
語氣詞	0	0	0(1)	0	0	0	0	0	0	0	0	0	0	0	0	0	0
	0(1)				0				0				0				
量詞	0	0	0	0	0	0	2	0	0	0	0	0	0	0	0	0	2
	0				2				0				0				
詞組	8	7	3	2	3	2	2	0	1	1	4	2	4	6	3	1	49
	20				7				8				14				
翻譯	2	4	4	2	8	5	7	2	3	6	5	2	0	3	8	3	64
	12				22				16				14				
無答	0	0	1	3	1	3	5	10	1	1	1	1	2	1	6	8	44
其他	1	4	7	2	1(1)	5	1	2	7	2	2	5	17	15	4	10	85(1)
計	26	26	26	26	26	26	26	26	26	26	26	26	26	26	26	26	416

Q5問卷調查一共有26個人（某大學中文系三年級學生）參加，調查時間和地點分別爲1999年9月8日上午10點和第二人文館508號教室。此一調查的各項目只用漢語的詞彙提供，而沒有相應的韓文譯詞附加在漢語詞彙的後面（參看附錄「問卷(三)」）。其特點如下：第一，對動詞的回答當中，名詞的出現次數最多（41次），其次是動詞（12次），可是形容詞沒有出現，由此可知動詞對形容詞的親密度很低。第二，對名詞的回答中，名詞的出現次數最多，其次是動詞，再來是形容詞，可知在語法結構上與名詞最密切的就是動詞。量詞也有2次出現，就是對名詞「鞋子」的回答「雙」，可知量詞和名詞在語法結構分佈上有一定的關係。第三，對形容詞的回答中，沒有出現動詞，由此可說形容詞和動詞的關係很疏遠，可是名詞的出現最多（46次），其次是形容詞（14次）。其中，形容詞分別有對「大」的「小」和「작다⓬」、對「新」的「久」、「jiu⓭」和「新鮮」、對「漂亮」的「美麗」和「shuài⓮」以及對「長」的「短」、「크다⓯」和「大」，可知都是由近義詞和反義詞回答出來。第四，對能願動詞的回答中，動詞的出現次數最多。名詞出現3次，但是它們都是受到語法結構分佈的影響而產生的，如「會」是由「我會」這個結構來的，對「願意」的「qián⓰」和「愛情」不是由能願動詞「願意」產生的，而是由動詞「願意」產生的。還有一個值得注

⓬ 「小」意。

⓭ 「舊」的漢語拼音。

⓮ 「帥」的漢語拼音。

⓯ 「大」意。

⓰ 「錢」的漢語拼音。

意的，如對「會」的回答「話」、「會話」、「회의[17]」、「會義」、「회식[18]」、「교수회[19]」、「一心會」、「huì」、「會計」、「堂」、「會館」、「學會」、「社會」等，都是由語音的類推而產生的。這表示語音也關涉到詞彙的聯想。

Q6問卷調查表

詞類＼次數	動詞				名詞				形容詞				能願動詞				計
	喝	有	去	買	宿舍	飛機	鞋子	車子	大	新	漂亮	長	會	能	應該	願意	
動詞	2	0	4(1)	2	4(3)	3(2)	0	2	0	0	0	0	0(4)	1(3)	3(5)	3(1)	24
	8(1)				9(5)				0				7(13)				(19)
名詞	14(3)	8(8)	6(6)	8(6)	5(1)	7	3(3)	4	9(3)	11(3)	10(2)	10(2)	2	0	0	3(3)	100
	36(23)				19(4)				40(10)				5(3)				(40)
形容詞	0	0	0	0	1	0	1	0(1)	2	2	3	2(2)	0	0	0	0	11
	0				2(1)				9(2)				0				(3)
能願動詞	0	0	0	0	0	0	0	0	0	0	0	0	1	2	1	0	4
	0				0				0				4				
副詞	0	1(2)	0	0	0	0	0	0	0(1)	0	0(2)	0(1)	0	0(1)	0	0	1
	1(2)				0				0(4)				0(1)				(7)
語氣詞	0	0	0(1)	0	0	0	0	0	0	0	0	0	0	0	0	0	0
	0(1)				0				0				0				(1)
量詞	0	0	0	0	0	0	1	1	0	0	0	0	0	0	0	0	2
	0				2				0				0				

[17] 「會議」的韓國漢字音。
[18] 「會食」的韓國漢字音，「聚餐」意。
[19] 「教授會」的韓國漢字音。

詞組	4	10	8	6	4	3	3	1	4	4	4	5	5	4	5	4	74
	28				11				17				18				
翻譯	2	2	3	2	5	4	4	2	5	3	3	4	2	6	4	1	52
	9				15				15				13				
無答	0	2	1	3	2	5	9	11	0	2	2	2	4	2	7	9	61
其他	1(1)	0	1	2	2	1(1)	2	2	3	1(1)	1	0	9(1)	8	3	3	39(4)
計	23	23	23	23	23	23	23	23	23	23	23	23	23	23	23	23	368

Q6問卷調查一共有23個人(某大學中文系三年級學生:夜間部)參加，調查時間和地點分別爲1999年9月8日下午8點半和自然館418號教室。此一調查的各項目只用漢語的詞彙提供，而沒有相應的韓文譯詞附加在漢語詞彙的後面（參看附錄「問卷(三)」）。其特點如下：第一，對動詞的回答中，最多出現的就是名詞（36次），其次是動詞（8次），再來是副詞（1次）。第二，對名詞的回答中，名詞的出現最多（19次），其次是動詞（9次），再來是形容詞（2次）。量詞出現2次，如對「鞋子」的「雙」和對「車子」的「輛」。第三，對形容詞的回答當中，名詞的出現最多（40次），其次是形容詞。跟前面的分析結果一樣，形容詞大都是「近義詞」或「反義詞」。動詞沒有出現，這表示形容詞和動詞在語詞的搭配和語義的關係上不融合。第四，對能願動詞的回答當中，動詞最多，其次是名詞，再來是能願動詞，可是名詞是由跟Q5同樣的原因而出現的，因此可說能願動詞與動詞最密切，其次是能願動詞和能願動詞。

Q7問卷調查表

詞類／次數	動詞				名詞				形容詞				能願動詞				計
	去	看	買	學習	爸爸	書	詞典	教室	多	白	好	快	要	會	想	不能	
動詞	8	3(3)	7	3(3)	0(3)	2	0(6)	1(4)	0(1)	0	1	1(6)	5 (11)	2 (11)	3(7)	5(6)	41
	21(6)				3(13)				2(7)				15(35)				(61)
名詞	7 (7)	11 (7)	12 (8)	14 (6)	20 (3)	21 (3)	19	20 (2)	3(1)	4(3)	2(7)	8(1)	0	0(1)	0	0(1)	141
	44(28)				80(8)				17(12)				0(2)				(50)
形容詞	0	0	0	0	0	0	1	0	10 (9)	13 (4)	1	5	0	0	0	0	30
	0				1				29(13)				0				(13)
能願動詞	0	0	0	0	0	0	0	0	0	0	0	0	0(2)	5	5	5	15
	0				0				0				15(2)				(2)
副詞	1(3)	0(1)	0	0	0	0	0	0	0(4)	0(1)	1 (13)	1(3)	0(3)	0(2)	0(1)	0	3
	1(4)				0				2(21)				0(6)				(31)
語氣詞	0	0	0	0	0	0	0	0	0	0	0(1)	0	0	0	0	0	0
	0				0				0(1)				0				(1)
量詞	0	0	0	0	0	0	0	0	0	0	0	0	0	0	0	0	0
	0				0				0				0				
詞組	11	11	8	9	6	3	6	6	14	8	21	10	16	14	8	8	159
	39				21				53				46				
翻譯	0	0	0	0	0	0	0	0	0	0	0	0	0	0	0	0	0
	0				0				0				0				
無答	0	2	0	1	2	1	1	0	0	1	1	2	3	0	6	5	25
其他	1(1)	1	1	1	0	1	1	1	1	2	1	1	4	7	6	5(1)	34(2)
計	28	28	28	28	28	28	28	28	28	28	28	28	28	28	28	28	448

Q7問卷調查一共有28個人（某大學中文系二年級學生）參加，調查時間和地點分別為2001年3月2日上午9點半和文學館506號教室。此一調查的各項目不僅用漢語的詞彙提供，還有相應的韓文譯詞附加在漢語詞彙的後面（參看附錄「問卷（四）」）。其特點如下：第一，對動詞的回答中，名詞的出現最多（44次），其次是動詞（21次），再來是副詞（1次）。第二，對名詞的回答中，名詞出現的次數最多（80次），其次是動詞（3次），再來是形容詞（1次）。第三，對形容詞的回答中，形容詞出現的次數最多，比名詞還多，這跟其他的問卷調查不一樣。對形容詞「多、白、好和快」的回答中，對「白」的回答最多，如「黑（12次）」和「검다⑳（1次），其次是對「多」的回答，如「少（9次）」和「小（1次）」，再來是對「快」的回答，如「늦다㉑（1次）」、「느리다㉒（2次）」和「慢（2次）」，對「好」的回答最少，只有1次，如「惡（1次）」。由此可知，形容詞和形容詞的關係都顯現在反義詞上，這表示同類詞類之間的關係在於語義網的關係上，而且出現次數的參差可能是跟形容詞本身所蘊含的語義傾向有關，就是說它們所蘊含的語義傾向於「確定反對（definite contrary）」還是傾向於「不定反對(indefinite contrary)」㉓。第四，對能願動詞的回答中，動詞的出現次數最多，其次是能願動詞。用詞組的回答當中，名詞出現2次，如「我會」和「我不能」。

---

⑳ 「黑」意。

㉑ 「遲」意。

㉒ 「慢」意。

㉓ 有關此術語的具體內容見張皓得（1999.5）和（1999.6）。

參、詞彙親疏和語法結構

一、詞彙親疏和語序

在此一節利用某個詞對某個詞的出現頻率探討詞彙親疏關係而擬出句子的主要成分在語法結構上的次序，即主要成分的語序。先分析動詞對其他詞之間的關係，如下：

Q1：名詞（9〔10〕）>副詞（1〔9〕）>動詞（6）>語氣詞（0〔3〕）>形容詞（2）

Q2：名詞（78〔7〕）>動詞（6）>副詞（1）〔1〕）>形容詞（1）

Q3：名詞（30〔18〕）>動詞（13）>副詞（0〔7〕）>語氣詞（0〔2〕）>形容詞（1）

Q4：名詞（26〔17〕）>動詞（13）>副詞（0〔6〕）>語氣詞（0〔4〕）>形容詞（1）

Q5：名詞（41〔19〕）>動詞（12）>副詞（1）>語氣詞（0〔1〕）

Q6：名詞（36〔23〕）>動詞（8〔1〕）〉副詞（1〔2〕）>語氣詞（0〔1〕）

Q7：名詞（44〔28〕）>動詞（21〔6〕）>副詞（1〔4〕）

Q8：名詞（12〔6〕）> 動詞（1）·形容詞（1）

上圖是動詞與其他詞之間的出現頻率表。從上面的問卷調查結果看，可知和動詞最親近的就是名詞，其次是動詞，再來是副詞·語氣詞·形容詞等。可是動詞和動詞不能看做組成句子的基本搭配因素，因爲句子基本上是從某個詞和另一個詞組合而形成的。基於這一條件，從詞彙搭配的優先關係來看，可能有下列兩種基本搭配關係，如：「動詞+名詞」、「名詞+動詞」。

Q1：名詞（14）>動詞（5〔9〕）>量詞（0〔1〕）

Q2：名詞（71）>動詞（14〔5〕）>形容詞（6）

Q3：名詞（42〔3〕）>動詞（12〔12〕）>形容詞（2）

Q4：名詞（42〔1〕）>動詞（15〔4〕）>形容詞（4〔1〕）

Q5：名詞（34〔2〕）>動詞（9〔3〕）>形容詞（2〔1〕）>量詞（2）

Q6：名詞（19〔4〕）>動詞（9〔5〕）>形容詞（2〔1〕）>量詞（2）

Q7：名詞（80〔8〕）>動詞（3〔13〕）>形容詞（1）

Q8：名詞（8〔1〕）>動詞（4〔2〕）>形容詞（1）·副詞（1）

上圖是名詞和其他詞的出現頻率表。與名詞最密切的就是名詞，其次是動詞，再來是形容詞·量詞等。從此可知，除掉同類詞類「名詞」，與名詞最密切的就是動詞，這是跟上面「動詞」一樣的結果，可以產生如下的搭配關係，如「名詞+動詞」和「動詞+名詞」。

Q1：形容詞（19）>名詞（5〔6〕）>副詞（0〔3〕）

Q2：名詞（82〔2〕）>形容詞（6）>副詞（0〔2〕）

Q3：名詞（38〔5〕）>形容詞（27）>副詞（0〔2〕）

Q4：名詞（38〔4〕）> 形容詞（20〔1〕）>副詞（1〔2〕）

Q5：名詞（46〔6〕）>形容詞（14〔1〕）>副詞（0〔1〕）

Q6：名詞（40〔10〕）>形容詞（9〔2〕）>副詞（0〔4〕）

Q7：形容詞（29〔13〕）>名詞（17〔12〕）>副詞（2〔21〕）>動詞（2〔7〕）>語氣詞（0〔1〕）

Q8：名詞（14〔1〕）>形容詞（1）

上圖是形容詞與其他詞之間的出現頻率表。形容詞和其他詞之間的關係，除了Q7以外，名詞的出現次數最多，其次是形容詞，再來是副詞等。從此擬出詞彙之間的搭配關係，就是「形容詞+名詞」和「名詞+形容詞」。

Q1：能願動詞（11）>動詞（1〔9〕）>名詞（4）>副詞（1）

Q2：名詞（56）>動詞（8〔10〕）>能願動詞（2）>副詞（1）

Q3：動詞（24〔17〕）>能願動詞（7〔2〕）>副詞（1〔8〕）>名詞（2）>形容詞（1）>語氣詞（0〔1〕）

Q4：動詞（16〔5〕）>能願動詞（6〔1〕）>副詞（1〔5〕）>形容詞（1）

Q5：動詞（8〔7〕）>能願動詞（1〔6〕）>名詞（3）>副詞（1〔1〕）

Q6：動詞（7〔13〕）>名詞（5〔3〕）>能願動詞（4）>副詞（0〔1〕）

Q7：動詞（15〔35〕）>能願動詞（15〔2〕）>副詞（0〔6〕）>名詞（0〔2〕）

Q8：動詞（4〔2〕）

上圖是能願動詞與其他詞之間的出現頻率表。能願動詞的調查結果比較複雜，而且看起來好像沒有甚麼規律可尋，可是這是由母語即韓語的影響而產生的，因此大體上可以說與能願動詞最密切的是動詞，其次是副詞。由此可擬出詞彙的搭配關係，即「動詞+能願動詞」和「能願動詞+動詞」。

綜合如上的分析，各詞類之間可以產生如下幾種詞彙搭配模式，「動詞+名詞」、「名詞+動詞」、「形容詞+名詞」、「名詞+形容詞」、「能願動詞+動詞」以及「動詞+能願動詞」。由此可說「動詞」和「名詞」的結合力最強，因此詞彙搭配關係應該在「動詞」和「名詞」關係的基礎上延伸到其他詞彙的關係上，如下：

(1)能願動詞+動詞+名詞+形容詞

(2)形容詞+名詞+動詞+能願動詞

如果把「形容詞」換成「修飾語」，上面的兩種詞彙搭配模式跟Kim所說相同，是一種具有普遍性的語序關係，可以說心理結構或認知結構和語法結構，特別是語序，具有很密切的關係。

二、詞彙親疏和語法結構之間的關係

下圖是問卷調查總表。先從同類詞類之間的關係來看，名詞和名詞的出現次數最多，一共有310次，其次是形容詞，共出現125次，再來是動詞，共出現81次，最後是能願動詞，共出現46次。如果詞組裡的資料也包括在內，其出現次數分別是329次（名詞）、142次（形容詞）、87次（動詞）和57次（能願動詞）。

問卷調查總表

詞類／次數	動詞（吃、有等）	名詞（學校、船等）	形容詞（小、高等）	能願動詞（可以，會等）	計
動詞	80(7)	71(53)	2(7)	83(98)	236(165)
名詞	276(128)	310(19)	280(46)	70(5)	936(198)
形容詞	7	18(3)	125(17)	2	152(20)
能願動詞	0	0	0	46(11)	46(11)
副詞	5(29)	1	3(35)	5(21)	14(85)
語氣詞	0(11)	0	0(1)	0	0(13)
量詞	0	4(1)	0	0	4(1)
翻譯	120	149	139	127	535
詞組	183	80	105	144	512
無答	31	74	38	100	243
其他	34(6)	29(3)	44(1)	159(2)	266(12)
計	736	736	736	736	2944 (505)

由此可窺見人們認知結構的一斑，就是說人的頭腦先從具體的概念擴展到抽象的概念，而且現實世界的關係優先於語言世界的關係或虛幼世界的關係。可是形容詞的出現次數比動詞還多，這怎麼說明呢？從前面的分析看，形容詞大都用它的「反義詞」或「近義詞」來做答，動詞也有類似的情況出現，如對「走」的回答「跑、來、

去」。由此可說有沒有「相反概念」或「相似概念」就決定同類詞彙之間的親疏關係，因此形容詞的出現頻率比動詞還高。總的來說，同類詞彙之間的親疏關係不是由語法結構的關係來決定的，就是由概念之間的關係來決定的，如具體概念的出現頻率大於抽象概念，而且「確定概念」的出現大於「不定概念」。

從異類詞類之間的出現次數來看，動詞和名詞的出現最多，一共出現347次（181次），其中動詞對名詞的出現次數爲276次（128次），而名詞對動詞的出現次數71次（53次）。名詞和形容詞的出現頻率佔第二，共出現298次（49次），其中形容詞對名詞的出現多達280次（46次），可是名詞對形容詞的出現僅有18次（3次）而已。這種現象表示哪些特點呢？答案就是較抽象的「動詞」和「形容詞」傾向於較具體的「名詞」。這表示具有抽象概念的「動詞」和「形容詞」對具有具體概念的「名詞」的依賴性比「名詞」對「動詞」或「形容詞」的依賴性更大。動詞和能願動詞的出現共有83次（98次）出現，其中能願動詞對動詞的出現83次（98次），動詞對能願動詞的出現連1次都沒有，由此可知動詞對能願動詞沒有依賴性，可是能願動詞對動詞的依賴性非常大。名詞和能願動詞的出現共有70次（5次），這由於母語和譯詞的影響而產生了這麼多的次數。可是能願動詞對名詞的出現連1次都沒有，這表示能願動詞和名詞之間根本沒有甚麼語法結構和語義網之間的關係。

能願動詞和形容詞的出現只有2次，其中能願動詞對形容詞的出現僅有2次，如對「不能」的「싫다（不喜歡）」和對「可以」的「좋다（好）」，形容詞對能願動詞沒有出現，由此可知能願動詞和形容詞沒有依賴性。

按照在問卷裡有沒有韓文譯文這個標準來比較其出現次數，問卷調查顯現出很重要的現象，譬如說Q1、Q3、Q4、Q5和Q6在問卷裡有韓文譯詞附加，所以在回答中「翻譯」項的出現頻率佔第一或第二，可是Q2、Q7和Q8沒有韓文譯詞附加，所以「翻譯」項連1次都沒有。由此可知我們看到外語詞彙時，頭腦的第一件任務就是把它翻譯成母語，這表示在第二語言學習中母語的影響非常深刻，如果不排除這種母語的影響，第二語言的內化受到干涉，學習過程非常慢。

最後，不管哪個詞對哪個詞的回答，就回答的總次數來看，名詞最多，共達到936（198）次之多，其次是動詞，共出現236（165）次，再來是形容詞，共出現152（20）次，其他分別是能願動詞（46（11）次）、副詞（14（85）次）、量詞（4（1）次）和語氣詞（0（13）次）。如上所說，名詞主要牽涉到語義（概念或意念）結構之間的關係，動詞和形容詞主要牽涉到語法結構之間的關係，由此可說在腦頭的認知過程中概念結構優先於語言結構，特別是語法結構，而且語法結構優先於語音結構。

如把「詞組」項裡出現的詞彙分析而歸納，動詞的出現次數比其他的詞多得很，由此可說動詞的結構生成性比其他詞更強。因此漢語教學應以動詞爲起點，以動詞爲重心。

綜合如上的分析，得出幾點詞彙親疏關係和語法結構之間關係的特點，如下：第一，從出現次數和分佈可知詞彙的親疏關係具有三種傾向：一、認知結構上的關係，即意念的親近性，二、語法結構上的關係，即分佈上的鄰接性，三、語音的關係，即語音的連接性。第二，同類詞類的出現表示它傾向於意念或概念的親近性，而是異類詞類的出現表示它傾向於結構分佈的親近性。第三，回答中「翻譯」項之多表示先學到的東西在認知結構上佔主導地位，這說明「以人為中心的，以我為中心的㉔」的公理，即「自我中心公理」㉕。

Q8問卷調查只有5個人（某大學中文系一年級學生）參加，調查時間和地點分別為1998年8月31日下午3點半和人文館501號教室。此一調查的各項目不僅用漢語的詞彙提供，還有相應的韓文譯詞附加在漢語詞彙的後面（參看附錄「問卷（五）」）。這個調查雖然只有5個人參加，而且都是學漢語不到半年的一年級學生，可是他們的回答也沒有跟其他的調查差異，由此可說詞彙親疏、語義網（意念結構）和語法結構之間具有很密切的關係，而且這是個具有普遍性的理論依據。

Q8問卷調查表

詞類／次數	動詞				名詞				形容詞				能願動詞				計
	吃	有	走	叫	學校	船	衣服	車子	小	高	漂亮	短	可以	不能	應該	肯	
動詞	0	1	0	0	1	1(1)	0	2(1)	0	0	0	0	1(1)	1(1)	2	0	9
	1				4(2)				0				4(2)				(4)
名詞	3(2)	3(1)	4(1)	2(2)	3	2	3(1)	0	4	3	3(1)	4	0	0	0	0	34
	12(6)				8(1)				14(1)				0				(8)

㉔ 「我們覺得任何語言的語義都是為了人類語言的功能（首先是交際的功能），以人為中心來反映現實的。利奇說：『人們用語言來劃分事物類別的方式，有時顯然是以人為中心的。』其實不是『有時』，是『總是』」。見賈彥德（19923.11：330）。

㉕ 見Kim, J. W.（1985：338）：“「me first」 principle”。

形容詞	0	0	0	1	0	0	0	1	1	0	0	0	0	0	0	0	3
	1				1				1				0				
能願動詞	0	0	0	0	0	0	0	0	0	0	0	0	0	0	0	0	0
	0				0				0				0				
副詞	0	0	0	0	1	0	0	0	0	0	0	0	0	0	0	0	1
	0				1				0				0				
語氣詞	0	0	0	0	0	0	0	0	0	0	0	0	0	0	0	0	0
	0				0				0				0				
量詞	0	0	0	0	0	0	0	0	0	0	0	0	0	0	0	0	0
	0				0				0				0				
詞組	2	1	1	2	0	1	1	1	0	0	1	0	1	1	0	0	12
	6				3				1				2				
翻譯	0	0	0	0	0	0	0	0	0	0	0	0	0	0	0	0	0
	0				0				0				0				
無答	0	0	0	0	0	0	0	0	0	1	0	1	1	1	1	2	7
其他	0	0	0	0	0	1	1	1	0	1	1	0	2	2	2	3	14
計	5	5	5	5	5	5	5	5	5	5	5	5	5	5	5	5	80

肆、結論——漢語教學的應用

本文透過對韓國學生的問卷調查探討了詞彙親疏和語法結構之間的關係以及其在漢語教學上的應用。

總而言之，在概念和語法結構上名詞的獨立性很強，動詞和形容詞依賴性很強，這表示在認知結構上名詞較容易掌握語法結構的關係，可是動詞和形容詞較難掌握語法結構的關係。這個世界是活生生的，因此表達這個世界的語言結構關係也是活生生的，這表示語言的表達跟時間的推移或流程具有密切的關係，由此可說語言的表達重心在於「述語」，即漢語的「動詞」和「形容詞」。基於上述觀點，韓國人的漢語學習先排除母語的干涉，如「翻譯」，而分析病句㉖產生的原因，然後以述語（動詞和形容詞）爲重心。任何學習都是從具體的概念開始的，而且抽象概念大部分也從具體中抽象出來，如「時間的認識來源於空間的關係㉗」。可是第二語言的學習者已在母語的習得過程中獲得了認知結構，並且在他們的學習過程中語言世界優先於實際世界，因此第二語言的學習應從「述語」著手，以「述語」爲重心。

㉖ 如：「幾點幾分中飯？、畢業檀國大學、去朋友、沒有吃飯的時間、她是漂亮」等。韓國學生的漢語語序偏誤見白恩姬（2001.11：337-345）。

㉗ 見劉文英（1979：23）：「但時間的長短、久暫本身卻看不見、摸不著，人們只能通過空間的變化見時間。例如，時間從早到晚，其具體表現也就是太陽東出西落的的空間變化。」

參考書目

《世界漢語教學》編輯部等(1994.06)，語言學習理論研究，北京：北京語言學院出版社。

Kim, J. W.（1985.08），言語—理論和應用，漢城：塔出版社。

賈彥德（1992.11），漢語語義學，北京：北京大學出版社。

戴慶廈主編（1997.08），第二語言（漢語）教學論集（第2集），北京：民族出版社。

呂必松著（1993.04），對外漢語教學研究，北京：北京語言學院出版社。

魯健驥（1999.07），對外漢語教學思考集，北京：北京語言文化大學出版社。

劉文英（1979），中國古代時空觀念的產生和發展，上海：上海人民出版社。

白恩姬（2000.11），韓國學生的漢語語序偏誤分析，漢城：《中國文學》（韓國國語文學會），頁337-345。

張起旺等主編（1999.05），漢外語言對比與偏誤分析論文集，北京：北京大學出版社。

張皓得（1999.5），《《祖堂集》否定詞之邏輯與語義研究》，臺北：國立政治大學中國文學研究所 博士論文。

張皓得（1999.6），矛盾、反對 그리고 「確定反對」와 「不確定反對」—現代中國語 否定詞　　語法理論，Seoul：《中語中文學》第24輯（韓國中語中文學會）。

趙金銘著（1997.05），漢語研究與對外漢語教學，北京：語文出版社。

靳洪剛（1997.02），語言獲得理論研究，北京：中國社會科學出版社。

附：

問卷（一）：Q1、Q3、Q4

一、看下列詞，第一次聯想到哪個詞就寫哪個詞。

⑴吃：	⑵學校：	⑶可（以）：	⑷小：
⑸船：	⑹不能：	⑺衣服：	⑻有：
⑼車子：	⑽高：	⑾漂亮：	⑿走：
⒀短：	⒁應該：	⒂叫：	⒃肯：

問卷（二）：Q2

一、看下列詞，第一次聯想到哪個詞就寫哪個詞！

⑴吃（먹다）： ⑵學校（학교）： ⑶可（以）（~해도 좋다）：

⑷小（작은，작다）： ⑸船（배）： ⑹不能（~할 수 없다）：

⑺衣服（옷，의복）： ⑻有（있다）： ⑼車子（차）：

⑽高（높은，높다）： ⑾ 漂亮（예쁜，예쁘다）：

⑿走（걷다，가다）： ⒀短（짧은，짧다）：

⒁應該（마땅히~해야 한다）： ⒂叫（부르다）：

⒃會（~할 수 있다）：

問卷（三）：Q5、Q6

一、看下列詞，第一次聯想到哪個詞就寫哪個詞！

(1)喝　：　(2)宿舍：　(3)會　：　(4)大：

(5)飛機：　(6)能　：　(7)鞋子：　(8)有：

(9)車子：　(10)新　：　(11)漂亮：　(12)去：

(13)長　：　(14)應該：　(15)買　：　(16)願意：

問卷（四）：Q7

一、看下列詞，第一次聯想到哪個詞就寫哪個詞！

(1)去（가다）：　(2)爸爸（아빠）：　(3)要（~하겠다）：

(4)多（많다）：　(5)書（책）：　(6)會（~할 수 있다）：

(7)詞典（사전）：　(8)看（보다）：　(9)教室（교실）：

(10)白（희다）：　(11)好（좋다）：　(12)買（사다）：

(13)快（빠르다）：　(14)想（~하고 싶다）：

(15)學習（공부하다）：　(16)不能（~할 수 없다）：

問卷（五）：Q8

一、看下列詞，第一次聯想到哪個詞就寫哪個詞！

(1)吃（먹다）：(2)學校（학교）：　(3)可（以）（ ~해도 좋다）：

(4)小（작다，작은）：　(5)船（배）：　(6)不能（불가능하다）：

(7)衣服（옷）：　(8)有（있다）：　(9)車子（자동차）：

(10)高（높은，높다）：　(11)漂亮（아름답다，예쁜）：

(12)走（가다）：　(13)短（짧다，짧은）：

⒁應該（마땅히~해야 한다）： ⒂叫（부르다）：

⒃肯（기꺼이 ~하다）：

唐蘭古文字研究方法初論

孫劍秋*

唐蘭字景蘭，浙江嘉興人。生於西元一九〇一年，卒於一九七九年，享壽七十九歲。唐蘭早年師事於唐文治，後又與羅振玉相往來，於是開始致力於金石文字和古史研究。一九三二年調故宮博物院工作，歷任研究員、學術委員會主任、副院長等職。唐蘭一生治學嚴謹、著作甚豐，已經出版的作品主要有：《中國文字學》、《古文字學導論》、《天壤閣甲骨文存》、《殷虛文字記》等書。

壹、緒　論

唐蘭任教北京大學，講授古文字學課程，即編寫《古文字學導論》，作爲講義。此書正是古文字學界第一部系統的理論性著作，文中對古文字的研究方法、漢字的起源，及構成理論都有具體的說明。在書中，他提出辨識古文字的四個方法：對照法、推勘法、偏旁分析法、歷史考證法。所謂對照法，即用同一個字在不同時代的

* 國立台北師範學院語教系副教授。

不同變體來加以比較。所謂推勘法，即用尋繹文義、推敲辭例以及協韻關係，推勘文字的正確性。這兩種方法，雖有一定的效果，但卻都有其局限。故唐先生又提出偏旁分析法：把已認識的古文字，分析做若干單體……偏旁，再將每個單體的各種字形，合在一起，看其變化。如此一來，祇要釋讀一個偏旁，則同一偏旁的字，也就逐漸可識了。由於從偏旁探討字群，須留意文字的演化過程，故唐先生又提出歷史考證法：即從歷史發展的角度，追溯文字演化、通轉、混同、訛變等過程，以發掘其中的規律。以下本文便逐條說明這四種方法：

貳、唐蘭的古文字研究方法

一、對照法

早期的古文字研究學家，都是以對照法開頭的。雖然古文字和近代文字有些差異，惟透過《說文解字》一書，庶可由齊通魯，由魯達道。唐先生說：

> 因爲周代的銅器文字和小篆相近，所以宋人所釋的文字，普通一些的，大致不差，這種最簡易的對照法，就是古文字學的起點。❶

到了清代由於可辨識的字增多，方法也不斷創新，於是對照的範圍，就不僅限於小篆了。如吳大澂、孫詒讓，便曾用各種古文字互相比

❶ 《古文字學導論》，頁165，山東齊魯書社，1981年。

較，羅振玉也常用隸書和古文字比較，都有不錯的見解與成績。❷

不過唐先生認爲近、現代學者，並未儘量利用這種方法來辨識古文，反而讓一些很容易便可認識的字，至今未被確認出來。他舉例說：

> 字，甲骨和銅器裡常見，向來沒有人認得。（有人釋作「癸」，非是。）假如我們去讀〈詛楚文〉，就可以知道是「巫咸」的「巫」字。《説文》作，反不如隸書比較相近。❸

既然字是容易辨認的字，何以歷來學者都不識呢？這是因爲古文字中常有變例，像反寫、倒寫、左右易置、上下易置等，其實都是同一個字。後人不察，於是易識的字，也難辨了。唐先生進一步提出說明：

> 反寫例在古文字裡最多，人字應作，而寫作；字變作。除了少數的例外，像（右）不可寫作（左）之外，凡是左右不平衡的字，幾乎沒有不可反寫的。❹

不僅獨體的文，有此現象，在合體的字中，還有把一邊或部分反寫的，例如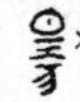（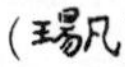）字寫成，便是。另外倒寫例（（）寫成）、左右易置例（即字）、上下易置例（即字），也很常見，祇是在辨識上要更留意，否則就是專家學者也會誤判。❺最後唐先生還指出，運用對照法時，要特別注意，不要把不同的

---

❷ 同❶，頁166。

❸ 同❶，頁167。

❹ 同❶，頁168。

❺ 同❹。

字扯在一起。對無法比較的字，就得用別種方法解決，千萬不可胡扯亂湊、穿鑿附會。

二、推勘法

有許多的文字，光靠比較對照的方式，無法辨識，但經由尋繹文義、辭例、協韻等方式，卻可進一步去認得它，這就是推勘法。唐先生舉例說：

> 劉原父、楊南仲一班人所釋的文字，在現在看來，雖多可笑。但是他們在古器物銘學開創的時期裡，已經建樹了不少功績。他們能把「十」字釋作「甲」，「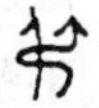」字釋作「叔」，就是很好的證明。他們根據成語，就把「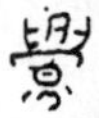壽」釋作「眉壽」；根據辭例，就把「又下國」讀作「奄有下國」；根據協韻，就把「高弘又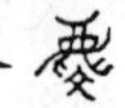」讀作「高弘有慶」，這都是應用推勘法而得的。❻

按：「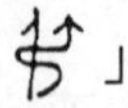」應釋作「弔」，「弔」字後世讀爲「叔」，所以就借爲「叔」字，二者之間是同音假借的關係。所以推勘法的使用，可能祇找出文字的部分讀音和意義。

唐先生舉例說明推勘法的運用：曹伯簋的「」，前人多誤釋爲「業」。唐先生則認爲當是「黹」字的變體。他舉休盤的「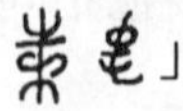」、宰辟父的「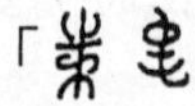」，說明二例皆釋作「黹屯」，也就是〈顧命〉篇的「黼純」。又依簋銘：「佳王九月初吉庚午，

---

❻ 同❶，頁171。

曾白悊聖元武，元武孔『黹』，克狄淮 尸，印燮湯，金錫行，具既卑方。」在本段銘文中，「午」、「武」爲韻，「黹」、「尸」爲韻，「湯」、「行」、「方」爲韻。亦可證明「」應釋作「黹」而不作「業」。

故知，運用此法若無深厚的國學根柢，與充足的小學知識，是難竟全功的。甚至有些字的辨識，還得靠後來地下出土文物，才得以推勘出來。如金文中的「」字，歷代學者均無確解，直到甲骨干支表的發現，才得以推勘出來，便是一例。

三、偏旁分析法

分析偏旁的方法，宋人已開始運用，惟成績尚未顯現。直到清代孫詒讓才推陳出新，將每一個待識字作精密的分析。唐先生敘述孫氏的方法：

> 他的方法是把已認識的古文字，分析做若干單體——就是偏旁。再把每一個單體的各種不同的形式集合起來，看牠們的變化，等到遇到大眾所不認識的字，也祇要把來分析做若干單體，假使每個單體都認識了，再合起來認識那一個字。這種方法雖未必便能認識難字，但由此認識的字，大抵總是顛撲不破的。❼

唐先生給孫詒讓的評價很高，他雖然對孫氏所釋的文字，仍有很多不滿意的地方，但他認爲這是因爲孫氏能運用的材料不足，而不是

❼ 同❶，頁180。

這方法不好，且孫氏也有疏忽的地方。所以他主張運用這方法時，最要緊是把偏旁認清楚，偏旁釋定了，就不要再任意改讀，如  字從爵形的 ，孫氏所釋原本正確，但偏將它讀作 ；鐔字從金覃聲，是很明顯的，但孫氏卻偏說是從牆省，不從覃，這便是以文字來徇自己的成見。所以運用此法，首先便是確定偏旁。其次運用若干偏旁所組合的單字，我們還得注意史料的問題。如果與這個字相關的史料殘缺亡佚，就得依同類文字的慣例和銘詞中的用法，由各方面加以推測。如無從推測，便應闕疑。所以運用此法，首要工作便在確定偏旁。唐先生再以「冎」字為例說：「在古文字裡從『冎』的字，以前是不認的。我推出了『』就是『冎』，於是下面諸字便可認識。」他推定「」釋作「過」（過伯）、「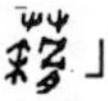」釋作「稽」（魚鼎匕）、「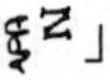」釋作「歄」（殷契佚存九〇五片）唐先生很自信的說，一般學者所認識的甲骨文字，不過一千多字。假使懂得用這方法整理，至少可使識字增加一倍以上。❽

四、歷史考證法

上一節所提出的偏旁分析法，可補對照法和推勘法的不足。因為有些文字可能是人名或地名，也可能古器物銘文殘缺無法句讀，或者器物銘文過於簡單等因素，於是便找不出對照的材料，也推測不出它們的意義來。然而祇要字形清晰，便可用偏旁分析法加以辨識。所以學界都認為這個方法是很科學的，畢竟它是根據全部可確然認識的字歸納整理而來。不過唐先生認為此一方法仍是有其缺

❽ 同❶，頁192。

陷。第一、這種方法很難運用到原始的單體文字。第二、偏旁分析得愈細密，問題也將叢生，畢竟文字不是一個時期發生的，也不是定形不變的。因此在作分析法時，同時也須注意文字的發生和演變史。唐先生稱這方法為「歷史的考證」。他說：

> 偏旁分析法研究橫的部分，歷史考證法研究縱的部分，而歷史考證法尤其重要。……前人釋錯的字，可以用分析偏旁的方法來校正，但有些字不能說是釋錯的，而分析出來的結果，卻完全不同。例如：「」字，舊釋「躲」。由金文的「射」作「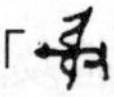」、「廟」作「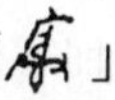」看來，似乎不會有問題，但就偏旁分析起來，字從矢從引，應當是「矤」字；又像「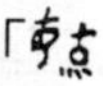」字，就偏旁分析起來，應當是從每從㐬的「毓」字，但在卜辭裡，卻一定得讀做「后」字。……近幾年來才明白研究文字，還要用考證歷史的方法，……漸漸發見了許多規律，由此，好些以前不能識或不敢識的文字，也都認識了。❾

唐先生自注說：「」字應識做「矤」，本是張弓發矢的意義，後來假借做「況也」的意義，而發矢一義的「矤」，卻誤成「躲」，因此分歧做二字。「矤」或「弞」字保留原來的字形，而「躲」或「射」字保留原來的意義。另外「毓」字本作「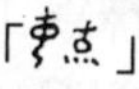」或作「」，後來「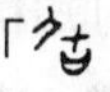」形被誤識為「居」字，因改寫作「」，又誤作「后」，於是便和「司」字的反文「后」相混。所以對於長時期固定字形的文字，才適合用偏旁分析法去分析；若對於有流變的文字，就得靠

❾ 同❶，頁198-201。

考證歷史的方法不可了。

參、以「周王㝬鐘」為例說明唐蘭在研究方法上的運用

「周王㝬鐘」著錄於《西清古鑑》、《積古齋鐘鼎彝器款識》、《攈古錄金文》，因銘文有「宗周寶鐘」一語，遂名曰「宗周鐘」，又因銘文中有「𠬝子乃遣閒來逆邵王」一語，而被定爲昭王之物。

唐先生則力排眾議，從器制、銘辭、文字、書體及銘辭中之史蹟五點，證明此鐘爲周厲王時器。首先就器制而言，周以前無鐘，周初未見有鐘。周鐘而有銘的最早爲虢弔旅鐘、克鐘、井人安鐘等，而時代也在厲、宣之時，則本鐘時代必不早於此。再就銘文字形而言，西周早期的貝字作、 等形，而本銘貝字作，是西周晚年才有的字形。由上可證，本鐘最早也在西周晚年。這是唐先生在推勘法上的運用。其次在對照法方面，金文中常見到㝬字，字形方面有 、、、 等等。在用法上則有二種，一是國名，如𣪘鼎、之㝬便是。二是人名，如㝬鼎、㝬弔簋，便是。宋代以來都把㝬，釋爲「琱」。徐同柏則釋爲「舒」。唐先生認爲㝬字從夫從害，害作、 等形，與舍作、形不同，可知釋作舒是錯的。再就偏旁分析法而論：孫詒讓認爲即㝬的省變，唐先生據此推斷季宮父簠中的，就有㝬的偏旁，而此字又作。進一步推論銅器之簠，銘中常有字，，從匚古聲，即瑚字。比對之下，則㝬可讀爲胡。接著進行歷史的考證：唐先生認爲金文中的㝬

國與淮夷有關，即胡國。毀鼎云：「師雝父徜道至于𫊣。」師雝父因淮夷來伐而戍古自，徜道至𫊣，則𫊣國必濱于淮夷。按：胡國首見於《左傳》襄公二十八年，而於定公十五年爲楚所滅。《漢書地理志》也記載：「汝南郡汝陰，本胡子國，其地在今安徽阜陽縣，處潁水之西，淮水之北。」正與淮夷相近，故斷定𫊣即春秋時的「胡」國。根據以上考證，唐先生推本器作者之𫊣，當讀爲胡。史書稱周厲王名胡，就此器器制、銘辭判斷，當在厲、宣時代。至於厲王名𫊣，何以寫作胡呢？唐先生認爲是𫊣字僻晦，後世史家因同音而假胡字來代替。

肆、結　語

古文字考釋方法是每一位想進入這領域的人，急欲尋找的鑰匙。歷來學者所提出的方法論點，也隨著出土資料的日漸豐富而精密起來。唐先生所提的四個方法，一方面總結前人經驗，一方面開啓後來學者門徑，確有其不可磨滅的地位。

伍、參考書目及期刊

1.唐蘭　增定本《古文字學導論》，齊魯書社，1981年1月。

2.唐蘭《西周青銅器銘文分代史徵》，中華書局，1981年5月。

3.唐蘭《殷虛文字記》，中華書局，1981年5月。

4.唐蘭《中國文字學》，上海書店，1991年12月。

5.唐蘭〈周王㝬鐘考〉《唐蘭先生金文論集》，紫禁城出版社，1995年10月，頁34-42。

6.唐蘭〈用青銅器銘文研究西周史〉《唐蘭先生金文論集》，紫禁城出版社，1995年10月，頁494-508。

7.唐蘭《天壤閣甲古文存及考釋》，不詳。

8.勞榦《書評古文字學導論》，中國文化研究所學報第3卷第1期，民國59年9月，頁217-222。

9.胡奇光《中國小學史》，上海人民出版社，1978年11月。

10.戚桂宴《厲王銅器斷代問題》，文物1981年11期，頁77-82。

11.殷煥先《古文字學導論讀後》，中國語文，1982年2期，頁139-141。

12.殷煥先《文字學的破與立——紀念唐立厂師》，語文研究1983年4期，頁1-10。

13.黃沛榮《大陸儒林傳三——唐蘭》，國文天地第3卷9期，1988年2月，頁66-71。

14.孫詒讓《古籀拾遺．古籀餘論》，北京中華書局，1989年9月。

緯書中「五帝受命圖」佚文考釋

黃復山*

摘要

緯書輯本爲學者研究讖緯的主要文獻。但是緯書輯本卻有許多問題，常造成學者論述時的困擾。若能將輯本佚文作全面分類，並參考相關文獻，一一爲之疏證，或可將讖緯眞實內容具體呈現出來。筆者有意從事於斯，除《尚書緯》已作全部失文之考釋外，將逐步以主題方式，漸次考釋輯本佚文。本篇論文即以「五帝受命圖」爲內容。

緯書所載的「五帝」有三種異說，本文以鄭玄所說的「黃帝、少昊、顓頊、帝嚳、唐堯、虞舜」爲準。經詳細蒐檢緯書輯本中言及「五帝受命圖」的佚文，僅見「黃帝、堯、舜」三位而已。

---

* 淡江大學中國文學系教授。

今以三帝受命圖之佚文七十七條，依內容類分爲八組，並作分欄排比，其中，黃帝、唐堯各三組，虞舜則有二組。黃帝所受，有鳳皇銜書、鱸魚（或作鯉魚）錄圖、黃龍負圖，唐堯則有赤龍負圖、五老告語、龍馬銜甲、玄龜負書，虞舜則僅有黃龍負圖而已。至於所描繪的圖書形制，則愈屬後世而愈爲詳盡。

所排比佚文凡四十一欄，由字句考校可知，輯本收錄佚文譌舛甚多，若未能細作疏證，實難通讀，這也是一般人認爲讖緯不足取的原因之一。將佚文作列欄排比之後，逐一爲之校勘，得以釐清甚多似難實易之文句；以此而言，若能將輯本佚文一一類分，並作排比疏證，則看似難解之讖文，必可逐漸得到正確的解讀。

細覈各組佚文所引用的篇名，實可釐清唐魏徵於《隋書·經籍志》中強分「七經緯」與「雜讖」之誤說。蓋此八組、七十七條佚文，頗爲孔穎達《五經正義》所取用，其中「七經緯」、《河圖》、《洛書》，皆與《孝經緯》、《論語讖》、《尚書中候》等「雜讖」並列，文句亦多所雷同。孔穎達與魏徵同時，又擅長於經學，應該不會大量取用與經義無關之「雜讖」來詮解正經。以此亦可證實：東漢圖讖之內容，本無「緯」醇粹、「讖」駁雜的差別也。

關鍵詞　緯書　圖讖　五帝　河圖　洛書　沈璧

東漢光武帝敕令朝臣編纂圖讖八十一卷並宣布於天下，漢末大儒鄭玄又為八十一卷作注，並矯稱為孔子親撰❶，以提昇其學術地位，使得後世學者翕然謂圖讖影響東漢經學深遠。惟隋代禁燬圖讖，使得後世只見殘篇零簡，因而內容益顯模糊難窺究竟，雖有明、清以來之十四種緯書輯本❷，而所收殘文仍屬散雜纂集，難見內容之完整體系。

近年來筆者從事讖緯文獻之基礎研究，深覺僅依輯本各緯篇擷取議論所需之佚文，以論述讖緯思想與內容，輒衍生論斷之盲點，因而逐步將輯本佚文依內容作全面之分類，期以略窺讖文之著重點所在。分類過程中藉用電腦作版面整理，因而發現將文義相類之讖文，以列欄方式編排比對，更可釐清讖文內容原意。一九九六年筆者已運用此法，全面類分黃奭《通緯·尚書緯》佚文三四一條，並與其餘九緯佚文相類者，作逐一比對，因而考釋出《尚書緯》之內容全貌。是以本篇論文亦採此方式，全面搜檢輯本中「五帝受命圖」佚文，以進而論述讖緯所言之受命思想。

以下所列舉佚文，以黃奭《通緯》為底本，並依原書各緯佚文條次逐一編碼；若見於安居香山《重修緯書集成》者，則於佚文編碼之前加英文字母「a」作為「安」字簡稱。❸

---

❶ 鄭玄謂：「孔子雖有聖德，不敢顯然改先王之法，以教授於世。若其所欲改，其陰書於緯藏之，以傳後王。」（〔唐〕孔穎達：《禮記正義·王制》（臺北：藝文印書館，1980年）卷12，頁6引）

❷ 詳見黃復山：〈陶宗儀《說郛》百卷本流行考及其讖緯佚文之文獻價值評議〉，《元代經學國際研討會論文集》（臺北：中研院文哲所，2000年10月），頁796。

❸ 黃奭：《通緯》(上海：上海古籍出版社，1993年)於每條佚文下皆一一注

壹、「五帝」略論

關於「五帝」所指，歷代說辭紛紜，漢末應劭《風俗通·皇霸篇》嘗列舉五書，謂：

> 《易傳》、《禮記》、《春秋》、《國語》、《太史公記》：「黃帝、顓頊、帝嚳、帝堯、帝舜，五帝也。」❹

東漢時，班固《白虎通》平議諸經傳注，於五帝說解，同於史遷：

> 五帝者，何謂也？《禮》曰：「黃帝、顓頊、帝嚳、帝堯、帝舜，五帝也。」《易》曰：「黃帝、堯、舜氏作。」❺

所引《禮》，同於《大戴禮·五帝德》、〈帝繫〉所舉。然而僞孔安國《尚書序》則不然，以爲：

> 伏犧、神農、黃帝之書謂之《三墳》，言大道也；少昊、顓頊、高辛、唐、虞之書謂之《五典》，言常道也。❻

僞孔顯然晉陞「黃帝」爲三皇，而以「少昊」代爲五帝之首。唐張

明典出何書，今以此作爲分條依準。安居《重修緯書集成》(東京都：明德出版社，1971~1991陸續刊行)則原本即以「○」「*」「△」等作爲分條符號。

❹ 王利器：《風俗通義校注》(臺北：明文書局，1982年)卷1，〈皇霸〉頁8。

❺ 〔清〕陳立：《白虎通疏證》(北京：中華書局，1994年)卷2，〈號〉頁52。

❻ 〔唐〕孔穎達：《尚書正義》(臺北：藝文印書館，1980年)卷1，〈尚書序〉頁3。

守節《史記正義・五帝本紀》列舉諸說，曰：

> 太史公依《世本》、《大戴禮》，以黃帝、顓頊、帝嚳、唐堯、虞舜爲五帝。譙周、應劭、宋均皆同。而孔安國《尚書序》、皇甫謐《帝王世紀》、孫氏注《世本》，並以伏犧、神農、黃帝爲三皇，少昊、顓頊、高辛、唐、虞爲五帝。❼

由此可知，五帝說辭略有兩種，一以「黃帝、顓頊、帝嚳、唐堯、虞舜」爲數，《史記・五帝本紀》可稱代表；一以「少昊、顓頊、高辛、唐、虞」爲數，僞孔《序》可稱代表。二說各以「黃帝」、「少昊」居首，是爲不同。

圖讖所言五帝，或同於《史記》，如《論語比考讖》：「黃帝師力牧，顓頊師籙圖，帝嚳師赤松子，帝堯師務成子，帝舜師尹壽。」❽又《樂動聲儀》、《樂協圖徵》皆依次述及「黃帝、顓頊、帝嚳、堯、舜」之樂名❾，皆無「少昊」，同於《史記》所舉。

又有同於僞孔《序》者，如孔穎達論五帝之次爲「少昊、顓頊、帝嚳、堯」，曰：

> 先儒舊說及譙周考史，皆以「顓頊、帝嚳」爲帝之身號，「高陽、高辛」皆國氏、土地之號。「高陽」次「少昊」，「高

---

❼ 〔漢〕司馬遷：《史記》（北京：中華書局，1982年）卷1，頁1，張守節《正義》。

❽ 〔明〕孫瑴：《古微書》（臺北：新文豐出版社影印《守山閣叢書》本，民國67年），卷25，頁216。

❾ 〔清〕黃奭：《通緯・樂動聲儀》卷2，頁10；《樂協圖徵》卷4，頁15。

> 辛」次「高陽」，「堯」承「高辛」之後。孔子之錄《尚書》，自堯爲始。史籍之說皇帝，其言不經，《大戴禮·五帝德》、司馬遷〈五帝紀〉皆言顓頊、帝嚳，代別一人。《春秋緯命歷序》：「顓頊傳九世、帝嚳傳八世。」典籍散亡，無以取信。❿

孔穎達《禮記正義》又謂：

> 《春秋命厤序》：「炎帝號曰大庭氏，傳八世，合五百二十歲。黃帝一曰帝軒轅，傳十世，二千五百二十歲。次曰帝宣，曰少昊，一曰金天氏，則窮桑氏，傳八世，五百歲。次曰顓頊，則高陽氏，傳二十世，三百五十歲。次是帝嚳，即高辛氏，傳十世，四百歲。」此鄭之所據也。其《大戴禮》、……司馬遷爲《史記》，依而用焉，皆鄭所不取。⓫

此處所言五帝之次，同於《易稽命徵》：

> 甲寅伏羲氏至無懷氏，五萬七千八百八十二年。神農五百四十年，黃帝一千五百二十年，少昊四百年，顓頊五百年，帝嚳三百五十年，堯一百年，舜五十年，禹四百三十一年，殷四百九十六年，周八百六十七年，秦五十年。已上六萬三千六百一十二年。庚戌年四百九十一年算。⓬

---

❿ 〔唐〕孔穎達：《春秋左傳正義》（臺北：藝文印書館，1980年）卷20，〈文公十八年傳〉頁14。

⓫ 〔唐〕孔穎達：《禮記正義》卷46，〈祭法〉頁3。

⓬ 〔清〕黃奭：《通緯·易稽命徵》卷6，頁46。

《稽命徵》之諸帝分次，可視作「伏犧、神農、黃帝」以及「少昊、顓頊、帝嚳、堯、舜」二組，同於僞孔《序》。

惟圖讖之五帝又或兼取「黃帝」、「少昊」，以「黃帝、少昊、顓頊、高辛、唐、虞」爲次，見於鄭玄注《尚書中候·敕省圖》。鄭注依《春秋運斗樞》說辭，謂：「德合五帝坐星者稱帝，則黃帝、金天氏、高陽氏、高辛氏、陶唐氏、有虞氏是也。實六人而五者，以其俱合五帝坐星也。」⓭其中「金天氏」即「少昊」，可見鄭氏將「黃帝、少昊」皆列入五帝之中。當時亦有學者質疑「五帝何以六人」？而爲鄭氏緩頰者則說以：「德協五帝座，不限多少，故六人亦名五帝。」然而孔穎達不從此說，謂：「豈可三皇數人，五帝數座。二文舛互，自相乖阻也。」惟孔氏亦知《尚書》僞孔《傳》不依讖緯立論，故鄭玄解經固不能以讖緯難僞孔《傳》：「知不爾者，孔君既不依緯，不可以緯難之。」⓮

五帝之指稱與人數既多紛歧，圖讖又或兼採無定準，因而本文所言「五帝」，姑以鄭玄所據之《春秋運斗樞》爲次，謂「黃帝、少昊、顓頊、帝嚳、唐堯、虞舜」。

⓭ 〔漢〕鄭玄：《尚書中候·敕省圖注》：「德合北辰者皆稱皇。《運斗樞》：伏犧、女媧、神農爲三皇也，德合五帝坐星者稱帝。則黃帝、金天氏、高陽氏、高辛氏、陶唐氏、有虞氏是也。實六人而五者，以其俱合五帝坐星也。」（〔清〕黃奭：《通緯·尚書緯》卷7，頁1。）是以孔穎達《尚書序正義》認爲：鄭玄注《尚書中候》，依《春秋運斗樞》說辭列敘五帝之數：「五帝坐：帝鴻、金天、高陽、高辛、唐、虞氏。」（《尚書正義》卷1，頁5）

⓮ 〔唐〕孔穎達：《尚書正義》卷1，〈尚書序〉頁5。

貳、「五帝受命圖」考釋

《河圖》、《洛書》由龍馬、玄龜所出，其象徵意涵深矣，乃帝王受命、施政，皆須具備循守之儀式，東漢讖緯中言之甚詳，如《尚書璇璣鈐》謂：「《河圖》命紀也，圖天地、帝王、終始、存亡之期，錄代之矩。」⓯《易是類謀》：「天心表際，悉如河洛命紀，通終命苞。」⓰《論語素王受命讖》：「河授圖，天下歸心。」⓱是以深究讖緯之漢末大儒鄭玄，亦於《六藝論》中云：「《河圖》、《洛書》皆天神言語，所以告教王者也。」⓲

詳蒐明、清緯書輯本所收佚文，「五帝受命圖」之說辭皆集中於「黃帝、唐堯、虞舜」三帝，至於「少昊、顓頊、帝嚳」實未尋見；更覈以《竹書紀年》、皇甫謐《帝王世紀》、沈約《宋書·符瑞志》、羅泌《路史·後紀》，言及五帝受命圖之載記，於「少昊」等三帝，僅有《易是類謀》言及「有白顓頊，帝紀世讖」一句⓳；

⓯ 〔唐〕李善：《文選注》（臺北：藝文印書館，1974年5月）卷36，〈策秀才文〉頁13。

⓰ 〔清〕黃奭：《通緯·易是類謀》卷7，頁11。

⓱ 〔唐〕李善：《文選注》卷27，〈短歌行〉頁18。

⓲ 〔唐〕孔穎達：《詩經正義》（臺北：藝文印書館，1980年）卷16之1，〈大雅·文王序〉頁1。

⓳ 緯書輯本中，未見「少昊、顓頊、帝嚳」受命圖的載記，僅有《易是類謀》收佚文一條，言及：「建世度者戲，重瞳之新定錄圖，有白顓項，帝紀世讖，別五符。」鄭玄注：「虙戲始作八卦，以爲後世軒轅黃帝之表；重瞳定錄圖，黃帝始受河圖而定錄，白帝顓項有爲世讖，別五帝之符。」（卷7，頁6）爲唯一述及顓項與符命之關係。

另有《左傳·昭公十七年》載：郯子稱其「高祖少皞摯之立也，鳳鳥適至，故紀於鳥」，雖有受命意涵，並非讖緯內容。是以本文祇得以「黃帝、唐堯、虞舜」三帝爲敘述對象。

(一)黃帝坐玄扈受鳳皇圖書

(1) 《春秋合誠圖》37：	(2) 《河圖祿運法》780：	(3) 《洛書錄運法》a146：	(4) 《春秋緯》11：	(5) 《春秋保乾圖》36	(6) 《春秋運斗樞》85：
黃帝遊元扈洛水上， 與大司馬容光， 左右輔周昌等百二十二人， 臨觀，鳳皇銜圖置帝前， 帝再拜受圖。	黃帝坐玄扈閣上， 與大司馬容光， 左右輔將周昌二十二人， 臨觀，鳳皇銜書。	黃帝坐玄扈閣上， 與大司馬容光， 左右輔將周昌二十二人， 臨觀鳳圖。	黃帝坐於扈閣， 鳳皇銜書至帝前， 其中得五始之文。	黃帝坐於扈閣， 鳳凰銜書至帝前， 其中得五始之文焉。	黃帝 與大司馬容光 觀，鳳皇銜圖，置黃帝前。

考文：

一 本組共分六欄，佚文六條，敘述「黃帝受鳳皇圖書」之事，內容頗爲相近，以⑴較爲完整。其中《春秋緯》四條、《河圖》、《洛書》各一條，應有相同來源。⑷⑸兩欄文字相同，當屬重複收錄，應刪其一。又，孔穎達《詩經·文王敘正義》引《元命包》云：「鳳皇銜圖置帝前，黃帝再拜受。」是則《春秋緯》除《合誠圖》、《保乾圖》、《運斗樞》外，《元命包》亦有此說，可見緯書初編，各篇之間互襲情況不少。

二 句首「玄扈」，⑴作「元扈」，乃避諱之故，⑷⑸缺「玄」字，當補。又，⑴之「遊」字，⑵至⑸皆作「坐」，查《河圖》第133條：「黃帝坐於玄扈之閣。」《說郛》引《春秋緯》云：「孔子坐元扈洛水之上，赤雀銜丹書隨至。」⑳皆爲「坐」字，則作「遊」者有誤。

三(1)(2)(3)之「與大司馬……臨觀」，(4)(5)缺載，而(6)則省作「與大司馬容光觀」。當以前三條爲是。(3)將「鳳皇銜圖」減省作「鳳圖」，以致斷句連上文作「臨觀鳳圖」，衡諸其它佚文，可校正其誤。又，「鳳皇銜圖」，(2)(3)(5)作「銜書」；「置帝前」，(4)(5)作「至帝前」，覈以(七)「帝舜黃龍書」所錄六條佚文皆作「置舜前」，則作「置」字爲是。

四、(1)《春秋合誠圖》「百二十二人」，《太平御覽·地部八》引作「百二十人」、《路史·後紀五》則引作「百二十二人」，(2)(3)又作「二十二人」。查今文《尚書》歐陽說：「天子三公，一曰司徒，二曰司馬，三曰司空。九卿、二十七大夫、八十一元士，凡百二十。」㉑可知臨觀群臣，連「大司馬容光」在內，當爲一百二十人。覈以(四)「帝堯赤龍圖」所言觀圖者皆爲「百二十」，《春秋元命包》第35條亦謂：「立三台以爲三公，北斗九星爲九卿，二十七大夫，內宿部衛之列八十一紀以爲元士，凡百二十官焉。」故應以「百二十」之數爲是。

釋義：

一本組敘述黃帝在洛水玄扈，受鳳皇圖書之事。臨觀其事者尚有大司馬、左右輔將等百餘人。參覈《河圖祿運法》第770條：「黃

---

⑳ 《說郛》一百二十卷本（上海：上海古籍出版社，1988年10月），弓5，頁231。

㉑ 〔隋〕虞世南：《北堂書鈔》（臺北：宏業書局，1974年10月）卷50，〈設官部二〉頁2引許愼《五經異義》。

帝即位，……宇內和平，未見鳳皇。乃召天老而問之」；《河圖稽命徵》第787條：「五十年秋七月庚申，天霧三日三夜，……天老曰：『……今鳳皇翔於東郊而樂之，大有嚴教以賜帝，帝勿犯也。』」梁沈約《竹書紀年箋》亦云：「黃帝服齋于中宮，坐于玄扈洛水之上，有鳳皇集。」㉒可知傳聞中，黃帝在玄扈洛水受鳳圖之時，在即位五十年秋天。

二玄扈在洛水之南，《山海經·中山經》：「陽虛之山多金，臨于玄扈之水。」《水經·洛水注》：「玄扈之水，出于玄扈之山……逕於陽虛之下。」《河圖玉版》第699條：「倉頡爲帝，南巡守，登陽虛之山，臨于玄扈洛汭之水，靈龜負書，丹甲青文，以授之帝。」可證玄扈爲傳說中名山，黃帝或於此處築閣，是以⑵至⑸之佚文皆有「閣」字，⑴欄佚文原引宋均注，亦謂：「玄扈，石室名也。」㉓

三⑷⑸欄「五始之文」云云，爲其它佚文所無者。考《禮記正義》引《春秋合誠圖》：「皇（黃）帝立五始，制以天道。」㉔而《春秋元命包》第1條言其內容較詳：「黃帝受圖有五始：元者，氣之始；春者，四時之始；王者，受命之始；正月者，政教之始；公即位者，一國之始。」何休《文謚例》亦謂：「五始者，『元年、春、王、正月、公即位』是也。」㉕可知「五始」乃《公羊》今文

㉒〔清〕徐文靖：《竹書紀年統箋》卷1，頁3。

㉓〔清〕黃奭：《通緯·春秋合誠圖》卷7，頁8。

㉔〔唐〕孔穎達：《禮記正義》卷53，〈中庸〉頁15。

㉕〔唐〕徐彥：《公羊傳注疏》（臺北：藝文印書館，1980年）卷1，〈莊公10年〉頁4引。

學中之「元、春、王、正月、公即位」。

(二)黃帝洛水受錄圖

(1)	(2)	(3)	(4)
《河圖挺佐輔》381： 黃帝修德立義，天下大治， 乃召天老而問焉：	《河圖祿運法》771： 黃帝曰：	《河圖》127： 黃帝云：	《河圖始開圖》375： 黃帝修德立義，天下大治， 乃召天老而問焉：
「余夢見兩龍挺白圖， 即帝以授余於河之都。 覺昧素喜，不知其理， 敢問於子。」	「余夢見兩龍挺白圖， 即帝以授余於河之都。」	「余夢見兩龍挺白圖， 即帝以授余於河之都。」	「余夢見兩龍挺白圖， 即帝以授余於河之都。」
天老曰： 「河出龍圖，雒出龜書， 紀帝錄，列聖人所紀姓號，興謀治平，然後鳳皇處之。今鳳皇以下三百六十日矣，古之圖紀， 天其授帝圖乎？」	天老曰： 「天其授帝圖乎，試齋以往視之。」	天老曰： 「天其授帝圖乎，試齋以往視之。」	《尙書中候握河紀》211 黃帝巡洛， 河出龍圖，洛出龜書， 曰：「赤文象字，以授軒轅。」 《尙書帝帝驗》136： 河龍圖出，洛龜書威， 赤文象字，以授軒轅。
黃帝乃祓齋七日，衣冠黃冕，駕黃龍之乘，載交龍之旗，天老、五聖皆從以遊河、洛之間， 求所夢見之處，弗得， 至於翠嬀之淵， 大鱸魚泝流而至， 乃問天老曰： 「見夫中河泝流者乎？」 曰：「見之。」 顧問五聖，皆曰莫見， 乃辭左右， 獨與天老跪而迎之， 五色畢具， 天老以授黃帝， 帝舒視之， 名曰《錄圖》。	黃帝乃齋 河、雒之間， 求相見者。 至於翠嬀泉， 大鱸魚折流而至， 乃問天老曰： 「見中河折溜者乎？」 「見之。」 與天老跪而授之， 魚汎白圖，蘭采、朱文， 以授黃帝， 帝舒視之， 名曰《籙圖》。	黃帝乃齋 河、洛之間， 求象見者 至於翠嬀泉， 大盧魚折溜而至， 乃問天老子： 「見中河折溜者乎？ 見之與？」 天老跪而受之， 魚汎白圖，蘭菜、朱文， 以授黃帝， 舒視之， 名曰《錄圖》。	

考文：

一 佚文分列四欄，共計六條，以第⑴欄《河圖挺佐輔》文句最全，第⑶欄《河圖》出自《初學記》，與第⑵欄《河圖祿運法》出自《清河郡本》，二者文句相同，當屬相同佚文。第⑷欄《河圖始開圖》出自120卷本《說郛》，實即⑴《挺佐輔》之首句。又⑷欄《中候握河紀》、《尚書帝命驗》所言「龍圖、龜書」文意，亦與《挺佐輔》相同。可知緯書初纂，此條文意即已散入各緯篇之中矣。

二 唐劉賡《稽瑞》引《河圖挺佐輔》，與第⑴欄文句略異，可供斠補之用，迻錄於下：

> 「黃帝五十四年，天老曰：『河出龍圖，雒出龜書，紀帝錄州，聖人所紀姓號，與謀治平，然後鳳皇處之。其授帝圖乎？』黃帝乃時祭，七日七夜，黃冠黃冕，駕黃乘，載之翟翟旗，天老、五聖皆從以遊河、洛之間，至翠嬀之淵，大鱸魚泝流而至，問天老曰：『見中流者也？』曰：『見之。』顧問五（經）〔更〕，皆〔未〕見，乃辟左右，獨與天老遊之，天老跪而授之，其包畢見，魚沉，帛圖蘭葉、朱文，以投黃帝。黃帝舒視之，名曰《錄圖》，告黃帝，後世傳代，謹藏勿泄，萬夫圖歡，以屬軒轅。」

三 斠覈⑴《挺佐輔》與⑵《祿運圖》、⑶《河圖》三文：

⑴欄「修德至問焉」、「覺昧至問於子」、「河出龍圖至古之圖紀」三段，皆爲⑵⑶所缺者。其中，「鳳皇以下」當作「鳳皇已下」。⑴欄「五聖」二見，⑵⑶皆無其語，而《稽瑞》引作「五更」，當

取《禮記·文王世子》「三老、五更」之成說。惟鄭玄注云：「三老、五更各一人也，皆年老更事致仕者也。……名以三五者，取象三辰、五星。」㉖然而「五聖」本有五人，固不可以「五更」一人代之也。是《稽瑞》此說有誤。實則讖緯只載帝堯時有「五老」致圖，未見黃帝時有「五聖」遊河，是以⑴欄說辭尚待考覈。

⑴欄「祓齋七日至以遊河洛」一段，⑵⑶省作「齋河洛」三字，惟句前多「試齋以往視之」，點明祓齋緣由；「求所夢見之處，弗得」，⑵改作「求相見者」⑶則譌「相」爲「象」作「象見」。

⑴欄言鱸魚「泝流」，⑵⑶則譌作「折流」、「折溜」，文意因而晦澀難解。此類文字譌衍以致文意難解之例，常見於讖緯佚文中。

⑴欄「日見之至獨與」，⑵⑶省作「見之與」，是以朱長圻增補《通緯》時，將⑶之「與」字誤屬上「之」字，因而斷爲問句「見之與？」惟校以⑴「日見之……獨與天老」云云，可信⑶爲朱長圻誤讀無疑。

⑴⑵欄之「天老曰」，⑶誤作「天老子」，是以朱長圻斷句作「乃問天老子：『見中河……？』」實則「天老」爲黃帝七輔之一，《論語摘輔象》a40條「天老受天籙，五聖受道級」可證。且讖緯佚文中亦未見名曰「天老子」者。

⑴「五色畢具」，⑵⑶作「魚汎白圖，蘭采、朱文」。覈以《稽瑞》、《唐類函》引文皆作「蘭葉」，可知意指魚圖之形似蘭葉，而⑶誤作「蘭菜」，⑵更循「菜」字改作「采」，皆非是。又，「魚汎白圖」，《初學記·地部中·河》、《事類賦·河》皆引作「魚汎白圖」，似較「汎」字合宜。

㉖ 〔唐〕孔穎達：《禮記正義》卷20，〈文王世子〉頁27。

四《河圖始開圖》第374條：「黃帝名軒轅，北斗神也，以雷精起，胸文曰『黃帝子，修德立義，天下大治』。」是則「修德立義，天下大治」八字乃黃帝胸前之符文，象徵其爲真命天子。

五此組佚文未見受命圖之年代，而劉賡《稽瑞》引作「黃帝五十四年」；皇甫謐《帝王世紀》、黃奭《通緯·河圖稽命徵》第787條，則作「五十年秋七月」。《竹書紀年》云：黃帝「五十七年庚申秋七月，鳳皇至，帝祭于洛水。」㉗

六皇甫謐《帝王世紀》謂：黃帝所得圖書，乃「今《河圖帝視萌篇》是也」。惟諸家輯本皆未將此組佚文視爲《帝視萌》；僅殷元正《緯書·河圖》收有《帝視萌》「侮天地者」佚文一條㉘，安居《重修本》從之，亦與此條《帝視萌》無關。

七與此組受命圖相類之佚文，尚有五條，表列於下，以爲參校之用：

《河圖祿運法》769： 天大霧三日，黃帝遊洛水之上，見大魚， 殺五牲以醮之，天乃大雨，七日七夜，魚流而得河圖。		《春秋緯》a8： 黃帝出游洛水之上，見大魚， 殺五牲以醮之，天乃大雨。
《河圖挺佐輔》383： 黃帝遊于洛，見鯉魚，長三丈， 青身無鱗，赤文成字。	《河圖祿運法》772： 黃帝遊於雒，見鯉魚，修三尺， 身青無鱗，首尾赤文成字。	《河圖》128： 黃帝遊於洛，見鯉魚，長三丈， 青身無鱗，赤文成字。

《河圖祿運法》769條，又見於梁沈約《竹書紀年箋》，文句較詳：

㉗〔清〕徐文靖：《竹書紀年統箋》（臺北：藝文印書館，1966年1月）卷1，頁4。

㉘〔清〕殷元正：《緯書·河圖帝視萌》，《緯書集成》（上海：上海古籍出版社，1994年6月）上冊，頁697。

「庚申，天霧三日三夜，晝昏……霧既降，游于洛水之上，見大魚，殺五牲以醮之，天乃甚雨，七日七夜，魚流于海，得圖書焉。」[29]

釋義：

一(1)欄所言最詳，蓋謂：黃帝夢兩龍持白圖，天老解說其徵兆曰：「鳳皇已至帝廷一年，天其將授帝命圖矣。」帝乃齋戒於河、洛間，並至嬀水，見大鱸魚遡流而至，授帝以蘭葉朱文之《錄圖》。

二「翠嬀」指翠綠之嬀水，似有二處。一爲黃帝所居嬀水，《史記·五帝本紀》「與炎帝戰於阪泉之野」，張守節《正義》引《括地志》云：「阪泉，今名黃帝泉，在嬀州懷戎縣東五十六里。出五里至涿鹿東北，與涿水合。又有涿鹿故城，在嬀州東南五十里，本黃帝所都也。」一爲帝舜所居處也，在今山西省永濟縣南，源出歷山，西流入黃河；《史記·五帝本紀》「舜飭下二女於嬀汭」，裴駰《集解》引孔安國曰：「舜所居嬀水之汭。」《尚書·堯典》「釐降二女于嬀汭，嬪于虞」，孔穎達《疏》：「嬀水在河東虞縣歷山西，西流至蒲坂縣，南入於河，舜居其旁。」可知黃帝之「嬀州」在涿鹿故城（當北緯40°、東經115°），與帝舜所居之「蒲坂嬀水」（北緯35°、東經110°）本屬兩地。再觀《龍魚河圖》第742條：「堯時與羣臣賢者，到翠嬀之淵，大龜負圖，來出授堯，堯勑臣下寫取，寫畢，龜還水中。」（《河圖挺佐輔》第384條文句與此相似），是則帝堯亦有翠嬀之行。可知讖文已將黃帝之「涿鹿嬀州」、帝舜之「河洛之間，翠嬀之淵」，混淆不分矣。

三此組所言之受命地點爲「河、洛之間，翠嬀之淵」，致圖者

---

[29] 〔清〕徐文靖：《竹書紀年統箋》卷1，頁5。

爲「大鱸魚」（惟首句黃帝夢中作「兩龍」），籙圖之形制爲「白圖、蘭葉、朱文（或作『五色畢具』）」。覈以⑴之天老所述龍、龜、鳳皇等祥瑞，以及「考文二」《稽瑞》所引讖文，則洛水所出，原本亦有「大魚、鯉魚」之「河圖」，與傳統習聞之「河出龍圖、洛出龜書」者不盡相同。

四第⑷欄《握河紀》「黃帝巡洛……」云云，謂黃帝所受者爲「龍圖、龜書」，並有「赤文」，與大魚所出之「白圖、蘭葉、朱文」，旨意應相似。

五「兩龍挺白圖」、「魚汎白圖」之「白圖」，疑爲「白龍挺河圖」之譌衍。《師曠紀》云：「黃帝時，有虬龍白前，身有鱗角，背有名字，出圖，史禁或以授黃帝。」[30]《師曠紀》早於讖緯之出，「白圖」云云或由此語衍成。「白魚」或爲河精，蓋夏禹嘗觀於河，亦見「長人，白面魚身」之河精，授其《河圖》，言治水之事[31]。

(三)黃帝受黃龍圖

(1)	(2)	(3)	(4)
《河圖挺佐輔》382： 天授元始，建帝號，黃龍負圖， 鱗甲成字，從雒中出，付 黃帝， 令侍臣寫， 以示天下。	《龍魚河圖》a548： 天授帝號，黃龍負圖， 麟甲光耀，從河出， 黃帝 命侍臣寫， 以示天下。	《龍魚河圖》738： 黃龍負圖， 鱗甲成字，從河中出，付 黃帝， 令侍臣圖寫， 以示天下。	《河圖》134： 黃龍負 鱗甲，成字，以授 黃帝， 帝令侍臣寫之， 以示天下。

---

[30] 〔唐〕劉賡輯：《稽瑞》，《叢書集成初編》（臺北：新文豐出版社，1983年），第43冊，頁498。

[31] 詳見黃復山：〈歷代《尚書》讖緯學述〉(輔仁大學中文研究所博士論文，1996年)，第三章，頁214。

考文：

一 四條佚文，以第(1)欄較爲完整，《藝文類聚·祥瑞部上·龍》引相同文字，而篇名作《龍魚河圖》；明孫瑴《古微書》始將此條收入《河圖挺佐輔》中，黃奭《通緯》從之，是爲第(1)欄之佚文，惟不見歷代文獻之佐證。考《太平御覽·皇王部四》依次引錄《河圖挺佐輔》「黃帝修德立義」與《龍魚河圖》此條「天授元始」佚文，疑孫瑴輯錄時，將《龍魚》佚文誤綴上條《挺佐輔》篇目，致有誤收情形。是以此條《挺佐輔》篇名應還原爲《龍魚河圖》。

二 第(1)欄與(3)同爲《龍魚河圖》佚文，惟缺首句七字；(2)出自喬松年《緯攟·龍魚河圖》，而《緯攟》該條又源出《藝文》、《御覽》，是與(1)相同。是以此組雖有佚文四條，其實僅有以(1)爲準之《龍魚河圖》一條也。(1)欄句首「天授元始建帝號」，(2)作「天授帝號」，(3)(4)則缺如，當爲類書引用時刪減之故。

三 「黃龍負圖，鱗甲成字」，(4)少一「圖」字，以致句讀誤作「黃龍負鱗甲，成字」，文意晦澀，難以解讀。又，第(2)欄「鱗」誤作「麟」，當改正；「成字」作「光耀」，旨意較爲含糊；「付黃帝」少一「付」字，斷句因而有。

四 「黃龍負圖」，(2)(3)皆作「從河中出」，獨(1)作「從雒中出」，異於「河龍圖、洛龜書」傳統說辭；是以(1)或因傳鈔致誤。然而前一組敘述「鳳皇銜圖（書）」於洛水，是出於洛者，有圖、有書，讖緯原本並無定制也。

釋義：

一 此組讖文應與上組「兩龍、鱸魚」文意相似，疑爲同一傳聞之異說。

二「元始」之義，《淮南子·天文篇》：「鎮星以甲寅元始建斗，歲鎮行一宿。」《漢書·律歷志上》：「元典暦始曰『元』，……是故元始有象，一也；春秋，二也；三統，三也；四時，四也；合而爲十，成五體。」可知「元始」與「改正朔，布王號於天下，受錄應河圖。」(《易乾鑿度》)、「王者必改正朔」(《易通卦驗》)等君王受命改曆之說辭有關。

(四)帝堯受赤龍、鳳皇圖

(1)	(2)	(3)	(4)	(5)
《春秋元命包》328： 唐帝遊河渚， 赤龍負圖以出， 圖赤色如錦狀， 赤玉爲柙， 白玉爲檢，黃珠爲泥， 元玉爲鑑，章曰： 「天皇大帝，合神置	《春秋元命包》231： 堯遊河渚， 赤龍負圖以出， 赤如綈狀，	《春秋元命包》230 堯坐中舟， 與太尉舜臨觀， 鳳皇負圖授。	《春秋合誠圖》46： 堯坐中舟， 與太尉舜臨觀， 鳳皇負圖，授堯圖， 以赤玉爲匣， 長三尺，廣八寸，厚三寸， 黃金檢，白玉繩， 封兩端，其章曰 「天赤帝符璽」五字。	《春秋運斗樞》86： 黃帝 得龍圖， 中有璽章，文曰： 「天皇符璽。」
署，天上帝孫，伊堯 龍潤滑，圖在唐典。」 右尉舜等 百二十臣 發視之，臧之大麓。	龍沒圖在， 與太尉舜等 百二十人， 發視之。		《春秋合誠圖》128： 赤龍負圖以出河見， 堯與太尉舜等 百二十臣集， 發藏之大麓。	《春秋運斗樞》88 赤龍負圖以出河見， 堯與太尉舜等 百二十人集， 發藏大麓。

考文：

一本組共分五欄、佚文七條，全屬《春秋緯》，其中《元命包》三條，《合誠圖》、《運斗樞》各二條，以第(1)欄328條《元命包》最爲完整，出自《開元占經·龍魚蟲蛇占》，所云「天皇至唐典」

爲其餘佚文皆無者；其中「右尉」一詞，(2)欄以下之佚文皆作「太尉」，《尙書中候・握河紀》亦謂「稷爲大司馬，舜爲大尉」，則知爲「太尉」之誤。

二第(2)欄第231條則爲黃奭《通緯》合併《玉海・祥瑞門》、《路史餘論・太尉》所引兩條佚文而成者，既同於328條，故應予刪除。

三(3)欄《元命包》第230條出自《詩・文王敘正義》、(4)欄《合誠圖》第46條出自《太平御覽・羽族部二》，與(3)欄230條皆以「堯坐中舟，鳳皇負圖」爲說，異於其餘二條之「堯遊河渚，赤龍負圖」，言「赤龍」者，又有《河圖表紀》a880條：「堯帝時，赤龍負圖，至爲大瑞，天下大喜。」出自《天文要錄》。以此可見，讖緯原文已將「龍、鳳」二瑞，賦諸唐堯所受圖矣。再者，安居本《河圖錄運法》a624條：「堯坐舟中，太尉舜，觀鳳凰。」同於《元命包》第230條，是則《春秋緯》與《河圖》內容並非截然可分。

四(4)欄《合誠圖》有46、128兩條，前46條爲黃奭取自《御覽・羽族部》，後128條則取自《古微書》，然而《古微書》將第128條重複收錄於《合誠圖》、《運斗樞》二篇中。略考128條「赤龍」云云典出《御覽・職官部・太尉》，篇名原作《春秋運斗樞》，其下又引《春秋合誠圖》「堯坐中舟」云云，實即第46條。以此可知《古微書》先將《御覽》「赤龍」引文收入《運斗樞》中，其後又誤取之合以「堯坐中舟」云云，置入《合誠圖》中，而黃奭則循《古微書》之誤兩收之。是以第128條應予刪除。

五第(5)欄《運斗樞》有86、88兩條，第88條出自《御覽・職官部・太尉》。第86條出自《路史後紀注・帝履癸》，所言璽章同於

(4)欄，惟改易負圖者爲「龍」，又歸諸於「黃帝」，可知讖文所言命符徵驗多所相襲。「天皇」依《路史注》當爲「天黃帝」，蓋以黃帝之德屬土、色黃，猶堯屬水、色赤，云「天赤帝」也。然而詳考緯書輯本，除此條外，絕未見錄黃帝得「天皇（天黃帝）符璽」字樣之龍圖璽章，是以此條之「黃帝」，疑爲世傳鈔致誤，並非其實也。

六末句言：眾臣集觀，發龍圖視之，並藏之於大麓。諸佚文皆有闕漏，惟(1)欄所言較明確。

釋義：

一本組讖文蓋言：唐堯與太尉舜等百二十臣遊於河，赤龍負圖致之，圖中文句謂堯有命圖。堯乃藏圖於大麓中。

二(1)欄所載之龍圖符文，典出帝堯感生神話，蓋《春秋合誠圖》曰：堯母慶都「年二十，寄伊長孺家，無夫，出觀三河之首，常有若神隨之者。有赤龍負圖出，慶都讀之，『赤受天運』，下有圖人，衣赤光，面八采，鬚長七尺二寸，兌上豐下，足履翼宿，署曰『赤帝起，成天寶』。即慶都之翼之野，奄然陰風雨，赤龍與慶都合婚，有娠，龍消不見，而乳堯。既乳，視堯如圖表。及堯有知，慶都以圖予堯。」所言「伊長孺家」、「赤龍與慶都合婚」，可作(1)欄「赤龍負圖」、「天上帝孫伊堯」之詮解。

三(1)之「白玉爲檢，黃珠爲泥，元玉爲鑑」，(4)作「黃金檢，白玉繩，封兩端」，第(六)組作「金泥玉檢」，覈以第(七)組「帝舜黃龍書」所述，似以「白玉檢，黃金繩，紫芝泥，封兩端」爲宜。安居本《春秋緯》a39條則作：「黃龍五采負圖、黃玉匣、黃泥繩縷、黃芝泥封。」字句略異。再者，檢，《說文》云：「書署也。」朱駿聲《說文通訓定聲》：「藏之而標題之，之謂檢，今字作簽。」實即書函也。蓋如漢代封禪禮儀，書字於白玉上，藏之匣中，更以黃金繩、紫芝泥爲封緘也。

(五)帝堯禪於舜，五老致《河圖》

(1) 《論語比考讖》81：	(2) 《論語比考讖》80：	(3) 《論語比考讖》79：	(4) 《論語比考讖》a6：	(5) 《尚書中候·運衡》：	(6) 《宋書·符瑞志》：
			乃以禪舜。又堯在位七十年，	234歸功於舜，	歸功於舜，
			將以天下禪舜，乃潔齊，	將以天下禪之，乃潔齊	將以天下禪之，乃潔齋
仲尼曰：吾聞		仲尼曰：吾聞	修壇場于河、洛，	修壇于河、雒之間，擇良日，	修壇場於河、雒，擇良日，
堯率舜等游首山，觀河渚，有五老遊河渚，	堯舜等昇首山，觀河渚，有五老游於河渚，	堯率舜等升首山，觀河渚，乃有五老遊渚，	率舜等，升首山，遵河渚，有五老游焉，蓋五星之精，	率舜等升首山，遵河渚，有五老遊焉，蓋五星之精也。	率舜等升首山，遵河渚。有五老游焉，蓋五星之精也。
一曰： 「河圖將來，告帝期。」	相謂曰： 「河圖將來，告帝期。」	五老曰： 「河圖將浮，	相謂： 「河圖將浮于是，	235相謂曰： 「河圖將來，告帝以期，	相謂曰： 「河圖將來，告帝以期，
二曰： 「河圖將來，告帝謀。」 三曰： 「河圖將來，告帝書。」 四曰： 「河圖將來，告帝圖。」					
五曰： 「河圖將來，告帝符。」	五老流星，上入昴。				
有頃，赤龍銜	有頃，赤龍負	龍銜玉苞，	龍銜玉苞，		

玉苞舒禮，刻版，題命可卷，金泥玉檢，封盛書威，曰：「知我者重童也。」	玉苞舒圖出，	刻版題命，可卷，金泥玉檢，封書成，知我者，重瞳黃姚視。」	刻木版，題命可卷，金泥玉檢，封書，威，知我者，重瞳黃姚。」	知我者，重瞳黃姚。」	知我者，重瞳黃姚。」
五老乃爲流星，上入昴。黃姚視之，龍沒圖在，		五老飛爲流星，上人昴。	視五老，飛爲流星，上入昴。	236五老因飛爲流星，上入昴。	五老因飛爲流星，上入昴。
堯等共發，曰：「帝當樞百，則禪于虞。」堯喟然曰：「咨汝舜，天之厤數在汝躬，允執其中。四海困窮，天祿永終。」乃以禪舜。	堯與大舜等共發，曰：「帝當樞百，則禪虞。」堯喟然歎曰：「咨爾舜，天之厤數在爾躬。」				

考文：

一本組約可以(1)~(3)爲一組，(4)~(6)爲一組。(1)欄所言最全，五老之告語，皆其餘佚文所缺者；惟句首「仲尼曰吾聞堯」六字，以(4)欄校之，若增「乃以禪舜至河洛」一段，說明游首山之故，文意似較齊全。

二依據梁沈約《宋書·符瑞志》五帝載事，適可呈顯讖緯所述第㈤、㈥兩組「堯禪位於舜」之傳聞始末，故分列原文爲此組(6)欄及下組(2)欄中，以利於讖文之校讀。由此亦可得知，讖緯原文或有其整體連貫性，惟以歷代傳鈔既久，因而凌散雜亂，難窺原貌。

三諸欄之校字：(1)欄出自《路史·餘論七》，「舒禮」爲「舒圖」之譌；「封盛書威」，(4)省減爲「封書威」，(3)因誤作「封書成」，以致違失本義。實則「書威」爲讖緯慣用詞，《春秋說題辭》47條、《尚書帝命驗》136條、《龍魚河圖》737條，皆有「河龍圖發，洛龜書威」之語。(2)欄「五老流星上入昴」，當改置於「舒圖出」之後，「老」字下又漏敓「飛爲」二字，文義因而不明。(3)欄「上人昴」，乃「上入昴」之誤。

四(3)欄「河圖將浮龍銜玉苞」，劉賡《稽瑞》引作「河圖將來告帝浮龍」，宋均注云：「浮龍，龍浮水也。」㉜然而覈以(1)欄「河圖將來告帝符。有頃，赤龍銜玉苞」，可知讖文實無「浮龍」之義，《稽瑞》將「告帝符有頃赤龍」譌漏作「告帝浮龍」，而(3)(4)亦誤「符」作「浮」，又敓「來告帝」三字，以致三條引文皆晦澀難解。由此可知，讖文傳鈔譌誤多矣，此條讖文於曹魏時已有漏敓，故宋均有如是臆解。

五句讀校正：(3)欄應作「五老曰：『河圖將⍁（浮）〔符〕。』〔有頃〕龍銜玉苞，……封書成，〔曰〕『知我……黃姚。』視五老……」。其中，「將⍁符」之間，缺五老告語一段；「龍銜至書成」校以(1)欄，可知並非五老告語，「視」字亦當屬之下句「五老」

㉜ 〔唐〕劉賡輯：《稽瑞》，《叢書集成初編》第43冊，頁488。

前。(5)(6)則因省減龍圖形制之說辭，故「相謂曰」以下皆可歸諸五老告語。

六「五老告語」除上述五組外，又有四條，逐錄於下：

《論語讖》a115：	《論語讖》73：	《論語讖》72：	《論語讖》68：
仲尼曰：吾聞堯舜等，遊於首陽山，觀黃河，休氣四塞，有五老，至帝前，	仲尼曰：吾聞堯率舜等遊首山，觀河渚，有五老遊河渚，	仲尼云：吾聞堯與舜同遊首山，觀河渚，有五老來見，	仲尼云：吾聞堯率舜等遊首山，觀河渚，
第一老人曰：「河圖將來，告帝期。」	一老曰：「河圖將來，告帝期。」	曰：「河圖將來，告帝圖書。」	一老曰：「河圖將來，告帝期。」
二老曰：「河圖持龜，告帝謀。」	二老曰：「河圖將來，告帝謀。」		
三老曰：「河圖將來，告帝圖。」	三老曰：「河圖將來，告帝書。」		
四老曰：「山川魚鱉，儔聖思。」	四老曰：「河圖將來，告帝圖。」		
五老曰：「河圖持龍，銜玉繩。」	五老曰：「河圖將來，告帝符。」		
	龍銜玉苞，金泥玉檢，封盛書，		
歌訖，飛爲流星，入昴。	五老飛爲流星，上入昴。	言訖，化作五星，飛入雲中而隱。	

a115條所言持龜、持龍、魚鱉等，皆異於(1)欄，可作爲考校之用；後三條則未出於(1)欄所言。是則本組佚文，總計九欄，實可以(1)、(5)爲代表，a115作考校之用，其餘六條皆可刪除矣。此亦緯書輯本重複收錄，或致引用困擾之例。

釋義：

一本組佚文所言情事，大致承前組而來，蓋謂：堯欲禪位於舜，乃修壇於河洛，五星之精乃化身爲五老，告以「重瞳黃姚」(帝舜)㉝將受符命；而赤龍亦銜命圖出河，堯與大臣發視之，圖命謂當禪于舜。堯乃以禪舜。

二(1)欄「赤龍銜玉苞，舒圖刻版，題命可卷」，實即「赤龍銜玉苞，圖可卷舒，版刻題命」，意即赤龍所銜之玉質包裹㉞，中有可捲舒之圖㉟，又有刻題唐堯名號㊱之玉版㊲。

㉝ 〔宋〕羅泌：《路史·後紀十一》「命之姚姓」，羅苹注曰：「《尚書帝命驗》：『姚氏縱華感樞。』縱，天縱；華，重華也。《論語撰考比》云：『重童黃姚。』黃其德也。」(《路史·後紀十一》頁4，臺北：臺灣中華書局，1970年4月) 可知「重瞳黃姚」即指舜也。

㉞ 〔清〕黃奭：《通緯·易乾鑿度》第91條，鄭玄注：「諸所爲物，皆成苞裹，元未分別。」又，《易是類謀》30條：「天心表際，悉如河洛命紀，通終命苞。」第19條：「予姬昌赤雀丹書也。演恢命，著紀元苞。」《春秋說題辭》47條：「河以通乾出天苞，雒以流坤吐地符。」皆是其義也。

㉟ 〔清〕黃奭：《通緯·論語比考讖》82條：「聖王御世，河龍負卷舒圖。」即言圖可舒捲。《尚書中候·立象》247條：「舜禮壇於河畔，……黃龍負卷舒圖，出水壇畔。」《孝經援神契》191條：「帝舜祇德，……黃龍負圖，卷舒至水畔，寘舜前。」安居本《春秋運斗樞》a8條：「圖玄色而綈狀，可舒卷。」

㊱ 「題命」爲「題名」之意，習見於讖緯中，如《河圖括地象》319：「天皇九翼，題名旋復。」《尚書中候·洛予命》284條：「湯沈璧于河，黑龜出，赤文題。」《春秋演孔圖》33條：「天子皆五帝之精寶，各有題敘，以次運相據。」《尚書璇璣鈐》137條：「《尚書》篇題號：尚者，上也。」安居本《尚書中候》a401：「魚長三尺，赤文有字，題曰：『下援右。』」

㊲ 「刻版」，(4)欄作「刻木版」，而緯書中多作「玉版」。如《春秋演孔圖》

(六)帝堯辛日祭河受圖

(1) 《尚書中候·握河紀》a467：	(2) 《宋書·符瑞志》：	(3) 《尚書中候·握河紀》	(4) 《尚書中候》a309：	(5) 《尚書中候》a313：	(6) 《尚書中候》a311
堯即政十七年，		214堯曰：「皇道帝德，非朕所專。」	堯時，	帝堯即位七十載，	
仲月甲日，	二月辛丑昧明，	脩壇河雒，仲月辛日昧明，帝立壇，磬折西向，禹進迎，舜、契陪位，稷辨護。		修壇河洛，仲月辛日，	仲月辛日，昧明，
	禮備，	215乃沈璧於河，禮備，		禮備，	禮備，
至于稷，	至於日昃，	至于日稷，		至於日稷，	至于稷，
沈璧于河，	榮光出河，	榮光出河，		榮光出河，	榮光出河，
	休氣四塞，	休氣四塞。			休氣四塞，
青雲起，	白雲起，	216白雲起，			白雲起，
回風搖落，	回風搖，	回風搖，			因風搖，
龍馬銜甲，	乃有龍馬銜甲，	龍馬銜甲，	龍馬銜甲，	龍馬銜甲，	
赤文綠色，	赤文綠色，	赤文綠地，	赤文綠色，	赤文綠色，	
自河而出，臨壇而止，	臨壇而止，	自河而出。	臨壇上，	臨壇	帝立壇，磬西向。
吐甲迴邅。	吐甲圖而去。			吐甲圖。	
甲似龜，	甲似龜背，	218甲似龜背，	甲似龜背，		
廣九尺，	廣九尺，	袤廣九尺。	廣袤九尺，		
	其圖以白玉爲檢，赤玉爲字，	219平上五色，	圓理平上，五色文，		
	泥以黃金，	上有列宿，	有列星之分，		
	約以青繩。	斗正之度，	斗正之度，		
	檢文曰：「闓	帝王籙紀，	帝王錄紀，		

11條：「丘作《春秋》，天授《演孔圖》，中有大玉刻一版。」《論語陰嬉讖》60條：「庚子之旦，金版剋書出地庭中，曰『臣族虐王禽』。」安居本《詩含神霧》a51條：「《詩》者，天地之心，刻之玉版，藏之金府。」

有文言虞、夏、商、周、秦、漢之事。 帝乃寫其文，藏之東序。	色授帝舜。」 言虞、夏、殷、周秦漢當授天命。 帝乃寫其言，藏于東序。 後二年二月仲辛， 率群臣沈璧于洛。 禮畢，退俟，至于下昃， 赤光起， 玄龜負書而出， 背甲赤文成字， 止于壇。 其書言當禪舜。 遂讓舜。	興亡之數。 帝乃寫其文，藏之東序。 《尚書中候·運衡》238： 退候至于下稷， 赤光起， 玄龜負書出， 背甲赤文成字， 止壇。 又沈璧於河， 黑龜出，赤文題。	興亡之數。		
			《尚書中候·運衡》239： 朕率羣臣， 沈璧於雒河， 退候至于下稷， 赤光起， 玄龜負書， 赤文成字。		

考文：

一本組共六欄、佚文11條（第(2)欄爲《宋書》，不計），依(2)欄《宋書·符瑞志》爲準，(3)欄六條佚文應可合爲一段，文意較爲完整。

二(1)欄「即政十七年」，考《竹書紀年》：「五十年帝遊于首山。……五十三年帝祭于洛。……七十年春正月，帝使四岳錫虞舜命。」㊳而十七年尚無載事。考《左傳正義》引《中候握河紀》云：

㊳ 〔清〕徐文靖：《竹書紀年統箋》卷2，頁5~6。

「堯即政七十年，鳳皇止庭。」[39]安居本《尚書中候》a325條亦謂：「帝堯即政七十載，德政清平，比隆伏羲，鳳皇巢於阿閣，驩林，景星出翼軫，朱草生郊，嘉禾孳連，甘露潤液，醴泉出山，修壇河洛，榮光出河，休氣四塞。」與此組文意相類，皆作「七十載」。觀《禮記正義》引熊氏云：「案《中候運衡》云：『年耆既艾。』注云：『七十曰艾。』言七十者，以時堯年七十，故以七十言之。」[40]可知讖文與注文所言之祭河年歲，皆指「堯即政七十」無疑。

三以(3)欄爲準，「皇道帝德，非朕所專」出於《周禮・師氏正義》，與「禹進迎至稷辨護」、「又沈璧至赤文題」，皆屬獨有而不見於其它佚文；其中末句「又沈璧至赤文題」，考諸《尚書中候・洛予命》284條：「湯沈璧于河，黑龜出，赤文題。」可證乃說商湯之事，此處應予刪除。又，《尚書中候・握河紀》217條：「堯勵德匪懈，萬民和欣，則〔河中龍馬銜甲，綠〕色，龜背廣袤九寸，五色，頷下有文，赤文似字。」以謂「頷下有文」，與佚文所云「字在背甲」者不同，可作參校。

四諸欄之校字：修壇時爲「仲月辛日」，(1)作「甲日」、(2)作「辛丑」，皆屬誤字。

(6)「帝立壇，磬西向」，依(3)所言，當補一「折」字，並改置「昧明」之下。蓋既修壇後，於吉時昧明，立壇西向，備禮祭河。「因風搖」，「因」蓋「回」之誤。

(5)「至於日稷」，「稷」或作「昃」；作「至于稷」者，蓋缺

---

[39] 〔唐〕孔穎達：《春秋左傳正義》（臺北：藝文印書館，1980年）卷48，〈昭公十七年傳〉頁5。

[40] 〔唐〕孔穎達：《禮記正義》卷1，〈曲禮上〉頁14。

一「日」字。

(3)「赤文綠地」，「地」疑爲「色」字之形誤。

(1)「自河而出，臨壇而止」，文意最全，其餘佚文於此句皆有闕漏。

(4)「甲似龜背，廣袤九尺」，其餘佚文此句皆有漏敓譌誤。

五(2)欄檢文所言之「闓色授」，當爲《河圖》篇名《闓苞授》之誤[41]。「闓」即「開」字，常見於讖緯佚文中，如「交通以闓舒」(《易是類謀》)、「闓德宣符德立題」（《春秋元命包》）、「元氣闓陽爲天」(《河圖括地象》)；作爲篇名，則見於李善《文選注》引《河圖闓苞受》：「（弟）〔帝〕感苗闘出應期。」[42]《後漢書·天文志》嘗說其篇名來原：「軒轅始受《河圖闘苞授》，規日月星辰之象，故星官之書自黃帝始。」[43]已將「闓」譌作「闘」字。

釋義：

一以(3)欄爲準，參以其餘佚文，可知此組讖文蓋謂：帝堯即位七十載，率群臣舜、禹、稷、契等，修壇於河洛，沈璧禮備，乃得龍馬所銜甲圖，甲上有文字，言虞舜迄於漢代之興亡情事，堯乃寫之藏東序。後二年，堯再率群臣沈璧於洛，玄龜負書出，書言當禪

---

[41] 詳見陳槃：《古讖緯研討及其書錄解題》(臺北：國立編譯館，1993年2月)，頁430~33。

[42] 〔唐〕李善：《文選注》卷43，〈與孫皓書〉頁8。按：「弟」當爲「帝」字之誤，黃奭《通緯·河圖闓苞授》第227條：「帝感苗裔出應期。」原注云：「《文選》……胡刻本作『弟』，誤。」（黃奭：《通緯·河圖緯》卷2，頁7）

[43] 〔劉宋〕范曄：《後漢書·志第十》（北京：中華書局，1982年），〈天文志〉頁3214。

位於舜。堯乃禪位於舜。各欄自起句迄「藏之東序」，爲言首次祭河之事；「後二年」迄至「止壇」、「讓舜」，則爲再祭河、行禪讓之事。

二祭河所以用「辛日」者，鄭玄注〈郊特牲〉「郊之用辛」云：「用辛日者，凡爲人君當齊戒自新耳。」[44]是以《春秋漢含孳》a4條亦謂：「天子受符，以辛日立號，帝宰奉圖，帝人共觀。」實則《白虎通》亦云：「《春秋傳》曰『以正月上辛』，《尙書》曰『丁巳，用牲于郊，牛二』。先甲三日，辛也；後甲三日，丁也。皆可接事昊天之日。」[45]可見「辛日」祭天，爲先秦以來禮制。

三(3)欄首句「皇道帝德，非朕所專」，此亦習見於讖緯之說辭也，如《尙書中候》a296條：「皇，道；帝，德。爲內外優劣，散則通也。」[46]《雒書》74條：「皇道缺，故帝者興。」《河圖》140條：「成帝德名堯。」孔穎達解云：「言皇天者，以尊稱名之，重其事也。道、德相對，則在身爲德，施行爲道。」[47]蓋即此語之意。可知唐堯蓋以「道、德」作爲「皇、帝」條件之判分，而自謙並無其長也。

四帝堯沈河之璧，刻有告天銘文，見《尙書中候·運衡》237

---

[44] 〔唐〕孔穎達：《禮記正義》卷26，〈郊特牲〉頁2。

[45] 〔劉宋〕范曄：《後漢書·志第四》，〈禮儀上〉頁3103，劉昭注引。

[46] 此條佚文引自〔唐〕孔穎達：《詩經正義》卷17之3，〈大雅·泂酌〉頁16。皮錫瑞《尚書中候疏證》（收入《尚書類聚初集》第三十三種，臺北：新文豐出版，1984年10月）謂：「『爲內外優劣散則通也』……九字，乃孔《疏》之語，《玉函山房輯本》連引，疑誤。」（頁8）其言可從。

[47] 〔唐〕孔穎達：《詩經正義》卷17之3，〈大雅·泂酌〉頁15。

條：「帝堯刻璧，率臣東沈于雒，書：『天子臣放勛，德薄，施行不元。』」可見此乃人帝與天帝溝通之方式。帝舜亦有沈璧之禮，與此相類，見《尚書中候·立象》247條：「舜禮壇於河畔，沈璧禮畢，至於下稷，榮光休至，黃龍負卷舒圖，出水壇畔，赤文綠錯。」（安居本《尚書中候·考河命》a486條同），文意與第(3)欄相類，僅易「龍馬」爲「黃龍」以符虞舜土德之色而已，其「卷舒圖」一詞亦見於第㈤組；是以《尚書中候》又合堯、舜二帝沈璧事爲一條，曰：「堯沈璧於洛，玄龜負書，背中赤文朱字，止壇。舜禮壇于河畔，沈璧，禮畢，至于下昃，黃龍負卷舒圖，出水壇畔。」❹❽皆迥然可見因襲之跡。然而第㈦組言帝舜受圖情事，又與此組頗有差異，或乃圖讖編纂之初，主事者雜取錯置所致。以此亦可推知，圖讖編纂之初，並無縝密之定規可言。

五禮壇時間「至于日稷」（或作：下稷、日昃、日昧、日跌）。「日稷」之意，《史記·天官書》分日出迄日入爲五段，云：「旦至食，爲麥；食至日昳，爲稷；昳至餔，爲黍；餔至下餔，爲菽；下餔至日入，爲麻。」❹❾鄭玄注《大傳》亦謂：「平旦至食時爲日之朝，隅中至日跌（昳）爲日之中，晡時至黃昬爲日之夕。」❺⓪是以顧頡剛云：「古人記時之法，平旦爲寅時，日出爲卯時，晞桑爲辰時，禺中爲巳時，日中爲午時，日昳爲未時，日晡爲申時，日入爲酉時，黃昏爲戌時。」❺❶可知「日稷」當爲今所云「下午一至三時」也。

---

❹❽ 〔劉宋〕范曄：《後漢書》卷82上，〈方術列傳〉頁2704，李賢注引。
❹❾ 〔漢〕司馬遷：《史記》卷27，〈天官書〉頁1340。
❺⓪ 〔劉宋〕范曄：《後漢書·志第十三》，〈五行一〉頁3267，劉昭注引。
❺❶ 顧洪編：《顧頡剛讀書筆記》，頁7046。

六(3)(4)欄「帝王籙紀，興亡之數」，習見於讖佚文，例如《春秋元命包》227條：「五悳之運，各象其類，興亡之名，應籙次相代。」《易乾鑿度》119條：「《易歷》曰：『陽紀天心，別序聖人，題錄興亡，州土名號，姓輔發符。』」《易通卦驗》27條：「興亡殊分，各有其祥。」皆以「錄記、興亡」爲聖王受命之徵。

七玄龜者，靈龜也，《雒書靈準聽》119條：「靈龜者，玄文五色，神靈之精也。上隆法天，下平象地，能見存亡，明於凶吉。王者不偏黨，尊耆老則出。」

(七)帝舜黃龍書

(1) 《春秋運斗樞》 a8：	(2) 《春秋運斗樞》 90~101：	(3) 《河圖祿運 法》774：	(4) 《河圖挺佐 輔》385：	(5) 《河圖》 141~142：	(6) 《河圖祿運 法》：
舜以太尉受號， 即位爲天子。	90舜以太尉受號， 91即位爲天子，	舜以太尉 即位，	舜以太尉 即位，	141舜以太尉 即位，	舜以太尉受號， 爲天子，
五年二月東巡 狩，	五年二月東巡 狩，				五年二月東巡 狩。
至於中月，	92至於中月。				至於中州。
與三公、諸侯 臨觀，	93與三公、諸侯 臨觀。	與三公等 臨觀，	與三公 臨河觀，	與三公 臨河觀，	與三公、諸侯 臨觀。
黃龍五采，	94黃龍五采，	黃龍五采，	黃龍五采，	黃龍五采，	黃龍五采，
負圖出，	負圖出，	負圖出，	負圖出，	負圖出，	負圖出，
置舜前。	置舜前。	置舜前，	置舜前，	置舜前，	置舜前。(《北 堂書鈔》引)
	95躄入水而前去。				
圖以黃玉爲匣 如櫃，	96圖以黃玉爲匣，	以黃玉爲匣，	以黃玉爲柙，	以黃玉爲柙，	
長三尺，廣八 寸，厚一寸，四 合而連，有戶、	長三尺，廣八 寸，厚一寸，四 合而連，有戶。				
白玉檢、	97白玉檢，	白玉爲檢，	白玉爲檢，	白玉爲檢，	
黃金繩，	黃金繩，	黃金爲繩，	黃金爲繩，	黃金爲繩，	《孝經援神

芝爲泥，封兩端，章曰「天黃帝符璽」五字，廣袤各三寸，深四分，鳥文。	紫芝爲泥，封兩端，章曰「天黃帝符璽五帝」。廣袤各三寸，深四寸，鳥文。	紫芝爲泥，章曰「天皇帝符璽」。	黃芝爲泥，章曰「天黃帝符璽」。	紫芝爲泥，章曰「天黃符璽」。	契》191 帝舜祗德，欽象有光，至於稷興，榮光迭至，
舜與大司空禹、臨侯望博等三十人集發，圖玄色而綈狀，可舒卷，	98舜與大司空禹、99臨侯望博三十人，100集發圖，元色而綈。	《春秋運斗樞》87：黃龍負圖出，置帝前，鳥文。	黃龍從雒水出，詣舜前，鱗甲成字，舜令寫之，寫竟，去。	142黃龍從雒水出，詣虞舜，鱗甲成字，舜命寫之。寫竟，去。	黃龍負圖，卷舒至水畔，賓舜前。舜與三公、大司空禹等三十人集發圖。
長三十二尺，廣九寸，中有七十二帝地形之制，天文官位度之差。	101長三十三尺，廣九寸，中有七十二帝地形之制，天文官位度之差。	《春秋運斗樞》89：黃龍從雒水出，諧虞舜，鱗甲成字，舜令寫之，寫竟，去。	《龍魚河圖》743：黃龍從雒水出，詣虞舜，鱗甲成字，令左右寫文，竟，龍去。		

考文：

一本組共分六欄、佚文二十二條，⑵欄雖由十二條組成，惟據⑴欄a8條之比對，可信爲完整之佚文無疑。佚文篇目有《春秋運斗樞》、《孝經援神契》、《河圖祿運法》、《河圖挺佐輔》、《龍魚河圖》五種；惟《洛書錄運法》a147條：「舜以大尉，受號，爲天子，五年二月，東巡狩，至于中州，與三公諸侯臨觀，黃龍五采，負圖出，置舜前也。」文句與此組相同，則篇目應數七種矣。然而a147條出處頗爲可疑，安居本自註出於《古微書》，而《古微書》此條又出自《北堂書鈔・三公》，原篇名實作《河圖祿運法》，安居本乃循《古微書》而誤也。是則輯本之篇目是否可信，實爲研究讖緯亟須釐清之問題也。

二(3)欄之二條，文字同於(4)(5)欄；而安居本《龍魚河圖》a554條：「舜以太尉，則與三公臨觀，黃龍五采，負圖出於舜前，金繩芝泥，章曰：『天皇帝璽。』」合併(4)欄《龍魚河圖》觀之，文義適同於(2)之《運斗樞》、(3)之《河圖祿運法》，以及(4)之《河圖挺佐輔》。可知圖讖初纂，此條讖文已分別編入《春秋運斗樞》、《龍魚河圖》、《河圖挺佐輔》、《河圖祿運法》等四篇矣。

三《春秋運斗樞》見於第(1)(2)(3)等三欄中，姑以(2)欄爲準，其餘各欄者皆屬重複收取，可予以刪除。《河圖》部分，則以(3)(4)欄爲準，(5)欄泛舉《河圖》篇名者可予刪除，(6)欄則作爲校正之用。

四諸欄之校字：(1)「如櫝」，劉賡《稽瑞》引作「如樍」[52]；「舜與」下，《稽瑞》多「三公」二字，同於(6)之《孝經援神契》191條；「天文官位度」，《稽瑞》引作「天文宮序，位列分度」，文意較明確。

(2)欄「深四寸」，《稽瑞》引《春秋合讖圖》作「深四分」，覈以(1)欄，則以「分」字爲是。「天皇帝」當爲「天黃帝」之同聲譌字。

(6)欄「至於中州」，(1)(2)欄「至於中月」，皆誤。覈以第(四)組「堯坐中舟」、《孝經鉤命決》「巡省中河」，可推知原文或謂：虞舜東巡狩，乘舟至於河中。歷代傳鈔之際，誤讀「舟」作「州」、或誤寫「舟」作「月」，因而衍生難解異文。

---

[52] 〔唐〕劉賡輯：《稽瑞》，《叢書集成初編》第43冊，頁488。又，下句所引皆同。

釋義：

一此組讖文，爲敘述虞舜受命圖之唯一完整載記。全文蓋謂：舜以太尉之職即位爲天子，五年二月巡狩，與三公、諸侯等至河，見黃龍負命圖而出，其形制云云（形容甚爲明確），舜即與群臣發圖，圖中詳言「七十二帝地形之制，天文宮序，位列分度之差」。

二圖匣之制，所以「四合而連，有戶」者，劉賡《稽瑞》云：「四合」，有揖道，相入也；「有戶」，言開閉也。[53]

三本組所言，文意多與前述各組有重合處，可作相互之參覈。

(八)帝舜禪於禹

(1)	(2)	(3)	(4)
《中候立象》252~257： 252在位十有四年， 奏鍾石笙筦，未罷， 而天大雷雨，疾風發 屋、伐木， 桴鼓播地， 鍾磬亂行， 舞人頓伏， 樂正狂走。	《宋書·符瑞志》： 舜在位十有四年， 奏鍾石笙筦，未罷， 而天大雷雨，疾風發 屋拔木， 桴鼓播地， 鍾磬亂行， 舞人頓伏， 樂正狂走。	《尚書大傳·虞夏傳》 維十有四祀， 鐘石笙筦變聲，樂未罷， 疾風發屋，天大雷雨。	《樂稽耀嘉》曰： 「禹將受位， 天意大變， 迅風靡木，雷雨晝 冥。」 （《白虎通·災變》引）
253舜乃擁權持衡而 笑曰：「明哉， 夫天下非一人之天下也， 亦見於鍾石笙筦乎？」	舜乃擁璿持衡而 笑曰：「明哉！ 夫天下非一人之天下也， 亦乃見于鍾石笙筦乎。」	帝沈首而 笑曰：「明哉， 非一人天下也， 乃見於鐘石。」	《呂氏春秋·貴公》： 天下非一人之天下也， 天下之天下也。
254乃薦禹於天， 行天子事。 於時和氣普應， 慶雲興焉， 若烟非烟，	乃薦禹於天， 使行天子事。 于時和氣普應， 慶雲興焉， 若煙非煙，		《史記·天官書》： 若煙非煙，

---

[53] 〔唐〕劉賡輯：《稽瑞》，《叢書集成初編》第43冊，頁488。

若雲非雲， 郁郁紛紛， 蕭索輪囷。	若雲非雲， 郁郁紛紛， 蕭索輪囷，		若雲非雲， 郁郁紛紛， 蕭索輪囷，
255白工相和而歌慶雲，	百工相和而歌慶雲。	時俊乂百工，相和而歌卿雲。	是謂卿雲。卿雲，喜氣也。(卷27，頁1339)
帝乃倡之曰：「慶雲爛兮，糺縵縵兮，日月光華，旦復旦兮。」	帝乃倡之曰：「慶雲爛兮，糾縵縵兮。日月光華，旦復旦兮。」	帝乃唱之曰：「卿雲爛兮，糺縵縵兮，日月光華，旦復旦兮。」	
256羣臣咸進，稽首曰：「明明上天，爛然星陳，日月光華，弘於一人。」	群臣咸進，稽首曰：「明明上天，爛然星陳。日月光華，弘予一人。」	八伯咸進，稽首曰：「明明上天，爛然星陳，日月光華，弘於一人。」	
257帝乃載歌曰： 「日月有常，星辰有行， 四時從經，萬姓允誠。 於予論樂，配天之靈， 遷於賢聖，莫不咸聽， 鼚乎鼓之，軒乎舞之， 精華以竭，褰裳去之。」	帝乃再歌曰： 「日月有常，星辰有行。 四時從經，萬姓允誠。 於予論樂，配天之靈。 遷于聖賢，莫不咸聽。 鼚乎鼓之，軒乎舞之。 精華以竭，褰裳去之。」	帝乃載歌，旋持衡曰： 「日月有常，星辰有行， 四時從經，萬姓允誠。 於予論樂，配天之靈， 遷於賢聖，莫不咸聽， 鼚乎鼓之，軒乎舞之， 菁華已竭，褰裳去之。」	
於時八風修通， 慶雲叢聚， 蟠龍奮迅於厥藏， 蛟魚踊躍於厥淵， 龜鼈咸出厥穴， 遷虞而事夏。	於是八風修通， 慶雲叢聚， 蟠龍奮迅於其藏， 蛟魚踊躍於其淵， 龜鱉咸出其穴， 遷虞而事夏。	於時八風循通， 卿雲藂藂， 蟠龍賁信於其藏， 蛟魚踴躍於其淵， 鱉鼈咸出於其穴， 遷虞而事夏也。 (陳壽祺《尚書大傳輯校一》頁13)	
舜乃設壇於河， 如堯所行。 至於下稷， 容光休至， 黃龍負圖，長三十二尺， 置於壇畔， 赤文綠錯， 其文曰： 「禪於夏后，天下康昌。」	舜乃設壇於河， 依堯故事。 至于下昃， 榮光休氣至， 黃龍負圖，長三十二尺，廣九尺， 出于壇畔， 赤文綠錯， 其文言： 當禪禹。		

考文：

一 (1)欄《中候立象》252~57等六條，黃奭《通緯》自註出於「清河郡本」，未見其前之輯本收錄。惟以文句與(2)梁沈約《宋書·符瑞志》幾乎相同，考《宋志》所載三皇、五帝、三代等帝王事蹟，實沈約取擷緯書而成者，由此可信此處讖緯原文當爲整段載記，而「清河郡本」來源雖無可查證，亦可知其自有依據也。

二 緯文內容覈以(3)欄《尚書大傳·虞夏傳》，可知讖文原本即是擷取經注而成，《大傳》所缺之「卿雲」，(4)欄之《史記·天官書》亦有文字相同之載錄，至於末段「舜乃設壇……天下安康」，亦似改易《中候運衡》238條、《春秋運斗樞》a8條而成者。可證《中候立象》之內容，當皆有所來源，並非漢代撰者編纂時憑空造生而得。

三 (4)欄《樂稽耀嘉》之言，覈以《尚書大傳》論述此事之佚文二條：「舜爲賓客，禹爲主人，百工相和而歌卿雲，於時八風循通，卿雲藂叢。」「舜時，卿雲見於時，百工和歌。舜歌曰：『卿雲爛兮糺縵縵。』或以雲爲出岫回薄而難名狀也。」[54]所言「禹爲主人」，可證秦漢經傳中，大雷雨確與舜禪位於禹有關。

釋義：

一 此組讖文以《中候立象》爲主，敘述帝舜即位十四載，上天乃出現舜將禪位於禹之徵驗，舜乃設壇於河，如堯所行，遂行禪讓之禮。《立象》讖文既襲取解說經義之《尚書大傳》，則爲《尚書

---

[54] 〔宋〕李昉：《太平御覽》卷8，〈天部八〉。第二條又見於卷571，〈樂部九〉所引。

中候》亦可「配經」之明證，是以《隋書・經籍志》所謂《尚書中候》非配經之「緯書」一語，並非實情也。

二「天下非一人之天下」一詞，除上引之《呂氏春秋》外，如《太公六韜・文韜序》、〈武韜・發啓〉皆嘗云：「天下非一人之天下，乃天下之天下也。」[55]此語亦見於銀雀山漢墓竹簡《六韜》中[56]，可見此乃先秦已有之觀念。《周書》亦引太公曰：「夫天下，非常一人之天下也；天下之國，非常一人之國也。莫常有之，惟有道者取之。」[57]至若西漢，劉向於成帝永始元年（前16）諫起延陵，云：「王者必通三統，明天命所授者博，非獨一姓也。」[58]《漢書・谷永傳》則載谷永成帝元延二年（前12）奏疏云：「天下乃天下之天下，非一人之天下也。」[59]可信此說實爲秦、漢文獻輒言之語。是以錢穆謂此說來自今文《公羊家》，云：「其先《公羊家》三統受命之說，本以解釋漢高之以平民爲天子，至漢德日衰，乃以警庸主，而轉爲新莽斬榛茆、除先道焉。」[60]

---

[55] 房中立主編：《姜太公全書》（北京：河苑出版社，1996年1月），頁149、179。

[56] 房中立主編：《姜太公全書》，頁81。

[57] 〔宋〕李昉：《太平御覽》卷84，〈皇王部九〉引《周書》。

[58] 顧洪編：《顧頡剛讀書筆記》（臺北：聯經出版事業公司，1990年1月），頁1261引。

[59] 〔漢〕班固：《漢書》卷85，〈谷永傳〉頁3466。

[60] 顧洪編：《顧頡剛讀書筆記》，頁1261引。

參、緯書所言「受命圖」之評議

詳細蒐檢黃奭《逸書考·通緯》有關五帝受命圖之佚文，輔以安居香山《重修本》增錄者，得佚文七十七條，涵蓋緯書七種、篇目十六（泛稱如《春秋緯》者不計），再依內容類分爲八組、四十一欄（詳【附表】），由逐條之考文、釋義中，可見緯書所載黃帝、堯、舜受命圖之詳情。以下更據讖文所言，參覈《五經正義》、正史傳注、及唐、宋類書所載有關文獻，析論緯書所言「受命圖」之意義。

(一)祭壇沈璧

帝王「受命圖」前，須先行「沈璧」之禮，其事起自先秦。《左傳·昭公二十四年》載：「冬，十月癸酉，王子朝用成周之寶珪于河。甲戌，津人得諸河上，陰不佞以溫人南侵，拘得玉者，取其玉，將賣之，則爲石。王定而獻之，與之東訾。」[61]《漢書·五行志》謂子朝欲簒位，乃沈寶珪冀獲神助：「王子鼂以成周之寶圭湛于河，幾以獲神助。甲戌，津人得之河上，陰不佞取將賣之，則爲石。是時王子鼂簒天子位，萬民不鄉，號令不從，故有玉變，近白祥也。癸酉入而甲戌出，神不享之驗云。玉化爲石，貴將爲賤也。後二年，子鼂犇楚而死。」[62]是王子朝欲藉「沈璧」禮儀而與天神相交通，惜天神不與其簒行，璧玉竟化爲石，子朝旋亦敗亡。可知「沈璧」

---

[61] 〔唐〕孔穎達：《春秋左傳正義》卷51，〈昭公二十四年傳〉頁3。

[62] 〔漢〕班固：《漢書》卷27，〈五行志中之上〉頁1399。

乃帝王告天祈福儀節之一，秦始皇亦嘗行之。

《史記》載：始皇三十六年秋，使者夜過華陰，有人持璧遮使者，曰：「今年祖龍死。」置璧而去。使者奉璧具以聞，使御者視璧，乃二十八年行渡江所沈璧也[63]。可知河神知始皇天命當絕，並不受其沈璧之禮而歸還之，是以傅玄〈潛通賦〉譏之曰：「嬴正沈璧以祈福兮，鬼告凶而命窮。」[64]此類沈璧古禮，傳至兩漢讖書中，乃溯及五帝、三代之帝王，除上文所述堯、舜禮壇沈璧之事以外，《孝經鉤命訣》第406條亦謂：「舜即位，巡省中河，錄圖授文，地在洛水傍。方堯禪舜，沈書日稷而赤光起；舜禪禹，沈璧堯壇，赤光又起；及湯觀洛，沈璧，三投，光不起矣。」是則堯、舜之外，夏禹、商湯亦有「祭壇沈璧」之事。檢閱緯書輯本，頗見諸帝王沈璧行禮儀節之佚文，略舉商湯、周武等事例如下：

(1)《尚書中候》a371：天乙在亳，諸鄰國襁負歸德，東觀於洛，習禮堯壇，降，三分沈璧，退立，榮光不起。黃魚雙躍，出濟于壇。黑烏以雄，隨魚亦止，化爲黑玉，赤勒曰：「玄精天乙，受神福，伐桀克。」三年，天下悉合。

(2)《尚書中候·合符后》321：武王觀于河，沈璧，禮畢，且退，至于日昧，榮光竝塞，河沈璧，青雲浮洛，赤龍臨壇，銜玄甲之圖，吐之而去。

(3)《尚書中候·摘雒戒》325：周公攝政七年，制禮作樂，周公歸政於成王，鸞鳳見，蓂莢生。周成王舉堯舜禮，沈璧

[63] 〔漢〕司馬遷：《史記》卷6，〈秦始皇本紀〉頁259。

[64] 〔唐〕孔穎達：《春秋左傳正義》卷44，〈昭公七年傳〉頁10。

于河，禮畢，王退俟，至于日昧，榮光竝出幕河，白雲起而青雲浮至，乃有青龍臨壇，銜玄甲之圖，吐之而去。成王觀於洛，沈璧禮畢，王退，有玄龜青純蒼光，背甲刻書，止躋于壇，赤文成字，周公視，三公視。

(4)《尚書攷靈耀》81：趙王政以白璧沈河，有黑公從河出，謂政曰：「祖龍來授天寶開。」中有尺二玉牘。

緯書所載「沈璧」事，除堯、舜外，實徧及於三王與周公、成王、秦穆公、秦始皇等。羅泌《路史·餘論》撰有「沈璧」專篇，除引述讖緯佚文外，又據皇甫謐《帝王世紀》、孫柔之《瑞應圖》、顧野王《符瑞圖》等，列述諸帝王之沈璧禮儀。是皆可知此一禮儀於古史傳聞中頗受重視也。

(二)受命圖

緯書所言，多於「沈璧」之後續以「受命圖」情事。惟「受命圖」傳說，蓋與「獲寶鼎」有關，其見於兩漢文獻者，如《史記》載：黃帝「萬國和，而鬼神、山川、封禪與爲多焉。獲寶鼎，迎日推筴」[65]，以黃帝獲寶鼎而顯功業；至若漢武帝亦有汾陰出寶鼎之瑞徵，齊人公孫卿曰：「今年得寶鼎，……獨有此鼎書。曰『漢興復當黃帝之時。漢之聖者在高祖之孫且曾孫也。』寶鼎出而與神通，封禪。」於是武帝乃「與公卿諸生議封禪」[66]。

「獲寶鼎」之外，亦有以《河圖》爲說者，《穆天子傳》尚載

---

[65] 〔漢〕司馬遷：《史記》卷1，〈五帝本紀〉頁6。

[66] 引文分別見於〔漢〕司馬遷：《史記》卷12，〈孝武本紀〉頁467、473。

其詳：「天子西征，至于陽紆之山，河伯馮夷之所都居，是惟河宗氏。天子乃沈珪璧禮焉。河伯乃與天子披圖視典，以觀天子之寶器，玉果、璿珠、銀燭、金膏等物，皆《河圖》所載。河伯以禮穆王。視圖，方乃導以西矣。」[67]穆王得河伯所致《河圖》，繪有寶器等圖，穆王乃藉以作西征之助。

及至圖讖大興，則以「受命圖」爲聖帝必行之禮，《春秋命歷序》第29條云：「《河圖》，帝王之階，圖載江河、山川、州界之分野。後堯壇於河，受龍圖，作《握河紀》；逮虞舜、夏、商，咸亦受焉。」《尚書帝命驗》第77條亦謂：「五百載，聖紀符，四千五百六十歲，精反初，握命，人起，河出圖，聖受思。」皆以《河圖》爲帝王受命之徵驗。至於受命圖之儀節，大抵雷同，以上文所述黃帝、堯、舜所受作爲比較：

---

[67] 〔清〕楊守敬：《水經注疏》（江蘇：江蘇古籍出版社，1989年6月）卷1，頁12。

<table>
<tr>
<td>第(一)組第(1)欄(黃帝)：
《春秋合誠圖》37：
黃帝遊元扈洛水上，

與大司馬容光，左右輔周昌等百二十二人，臨觀，
鳳皇銜圖置帝前，
帝再拜受圖。</td>
<td>第(四)組第(4)欄(帝堯)：
《春秋合誠圖》46：
堯

坐中舟，與太尉舜臨觀，

鳳皇負圖，授堯圖，
以赤玉爲匣，
長三尺，廣八寸，厚三寸，

黃金檢，白玉繩，封兩端，

其章曰「天赤帝符璽」五字。</td>
<td rowspan="2">第(七)組第(2)欄(帝舜)：
《春秋運斗樞》90～101：
舜以太尉受號，即位爲天子。五年二月東巡狩，
至於中月，與三公、諸侯臨觀，

黃龍五采，負圖出，置舜前。
圖以黃玉爲匣，
長三尺，廣八寸，厚一寸，
四合而連，有戶，
白玉檢、黃金繩，紫芝爲泥，封兩端，
章曰「天黃帝符璽」五(帝)[字]，
廣袤各三寸，深四(寸)[分]，鳥文。
舜與大司空禹、臨侯望博三十人集發，
圖玄色而綈，[狀可舒卷，]
長三十三尺，[廣九寸，]中有七十二帝地形之制，天文官位度之差。</td>
</tr>
<tr>
<td colspan="2">第（四）組第（4）欄（堯）：
《春秋合誠圖》128：赤龍負圖以出河，
見堯與太尉舜等百二十臣集，發藏之大麓。</td>
</tr>
</table>

所述受圖地點有「洛水」（黃帝）、「河」（堯），舜雖未明言，依第㈦組第⑶欄《春秋運斗樞》「黃龍從雒水出」，則同於黃帝。然而上文第㈥組述帝堯事，又有「沈璧于河」、「沈璧于洛」、「沈璧於雒河」、「脩壇河雒」等異辭；所致之圖書與靈物，黃帝得「鳳皇銜圖」、帝堯得「鳳皇負圖、赤龍負圖」、帝舜得「黃龍負圖」，惟考上文第㈡㈢組所言，黃帝又有「兩龍挺白圖」、「大鱸魚汎白圖」、「黃龍負圖」，第㈥組又言帝舜有「龍馬銜甲」、「玄龜負書」。是以孔穎達謂：「緯候之書言受命者，謂有黃龍、玄龜、白

魚、赤雀、負圖、銜書，以命人主。」㊳又舉文王時「赤雀銜書」事為例，云：

> 文王唯言赤雀，何得更有洛書？……文王所受，實赤鳥銜書，非洛而出，謂之洛書者，以其「河圖龍發，洛龜書感」，此為正也。故〔得〕圖者(謂)雖不從河，謂之《河圖》；書者雖非洛出，謂之《洛書》；所以統名焉。㊴

以為「河出圖、洛出書」乃其事之正則；若不計地望，得圖即稱「河圖」、得書即稱「洛書」者，則為稱其「統名」也。而鄭玄《六藝論》序列歷代帝王之瑞命事例，亦作類似之區分：

> 太平嘉瑞，圖書之出，必龜龍銜負焉。黃帝、堯、舜、周公，是其正也。若禹觀河見長人，皋陶於洛見黑公，湯登堯臺見黑鳥，至武王渡河白魚躍，文王赤雀止於户，秦穆公白雀集於車，是其變也。㊵

所言受圖帝王，由黃帝而下，及於秦穆公；其說以龍龜銜負（河龍出圖、洛龜出書）者為「正例」，若出自黑鳥、白魚、赤雀之類則稱「變例」。此一「正、變」原則，似可將緯書言受命之紛紜佚文作一明確釐清矣。

然而衡諸前文所述，若第㈠組黃帝得洛水鳳書、第㈡組黃帝得鱸魚白圖、第㈤組堯時五老致圖，皆非正例，當賦予統名焉，豈如

㊳　〔唐〕孔穎達：《尚書正義》卷11，〈泰誓上〉頁1。

㊴　〔唐〕孔穎達：《詩經正義》卷16之1，〈大雅·文王序〉頁4。

㊵　〔唐〕孔穎達：《詩經正義》卷16之1，〈大雅·文王序〉頁4。

鄭玄所云「黃帝、堯……是其正也」？再參覈緯書其餘帝王受命圖之佚文考論之，其所受是「圖」抑「書」，地點在「河」抑「洛」，負之者是「龍」、「龜」抑「鳳」，緯書原本即已淆亂，並無定準，亦絕未如後世「河龍出圖、洛龜出書」之明確，原不可以「正、變」之例曲說之也。

再者，黃帝等受命圖之時間，皆在即位之後：黃帝爲即位五十年，堯在位七十年，舜則即位五年。受圖之時，臨觀之群臣眾多，甚至踰百人之數。至若其儀式之進行皆在黃河、洛水之上；過程則大致依循下述模式：

⑴帝王率群臣臨觀河、雒，立壇行禮、沈璧。

⑵迨日稷之時，榮光起河，休氣四塞，有色祥雲降至。

⑶龍馬、鳳、龜、雀、魚等靈物，或負瑞圖而出、或有圖字在身，獻瑞後即沒水中或飛去。

⑷圖書之形制、顏色，皆與五行屬德有關，而圖文內容則敘述朝代興替之天命。

⑸帝王收藏圖文，或循圖書所言禪位於賢者。

圖書瑞應各與受命者之屬色相配，顧頡剛謂：帝王受命之時，當依其所屬五德之性，沿襲相生之「五德轉移說」或相勝之「三統說」，以定各帝王之符應，如黃帝土德、色黃，堯爲火德、色赤，舜德爲土、色黃，夏禹水德、色黑，商湯金德、色白，周則火德、色赤。[71]

然而觀乎緯書禮壇受命之佚文，則頗有錯置紊亂之處，以堯爲

---

[71] 顧頡剛：《中國上古史研究講義》(臺北：洪葉文化事業出版，1994年10月)，頁292。

例，或云得青雲、或得白雲，甲圖或爲龍馬所銜之赤文綠底、或爲黑龜背甲之赤文。一堯之瑞而有白、青、赤、黑四色。而湯德屬金、色白，禮壇時卻有白狼、黃魚、黑龜、黑烏、黑玉，其籙圖則赤文成字，亦爲一湯之瑞而有黃、黑、白、赤四色。周公致政禮壇，則有白雲、青雲、青龍、赤龍、玄龜青純蒼光、玄甲，火德色赤之周，其瑞乃有白、青、蒼、赤、玄等色。由此可知，緯書編制之思想，並非純然精密者。再覈光武帝建武三十二年（西元56）封禪泰山、徧祭群神時，所見祥瑞亦未與此類儀式有所聯結，則此類儀式之可行性，似待商榷。孔穎達於此，亦有所疑，惟惑於緯書之權威性，乃曲爲之解曰：

> 是天之所命，亦各隨人所尚，符命雖逐所尚，不必皆然，故天命禹觀河，見白面長人；《洛予命》云「湯觀於洛，沈璧而黑龜與之書，黃魚雙躍」；《泰誓》言武王伐紂而白魚入於王舟。是符命不皆逐正色也。[72]

至於所得之籙圖，帝堯時則龜背「上有列宿，斗正之度，帝王籙紀，興亡之數」，虞舜時則「赤文綠錯，其文曰：『禪於夏后，天下康昌。』」湯時則「赤勒曰：『玄精天乙，受神福命之，予伐桀命克，予商滅夏，天下服。』」文王之赤雀銜丹書則曰：「姬昌，蒼帝子，亡殷者紂也。」周公時則「其文言周世之事，五百之戒，與秦漢事」。所載皆明言改朝易代、帝王興亡之事。此類皆屬後世爲政治目的之附會，並無奇特之處，更無學術經說之價值也，故於東漢學者解釋

---

[72] 〔唐〕孔穎達：《禮記正義》卷6，〈檀弓〉頁12。

經義時，並未產生明顯影響。

(三)文字之考校

由於緯書輯本所收之佚文，未作詳細之比對考校，其字詞之譌舛，輒使解讀之際衍生無謂之誤會，觀上述八組、四十一欄引文中，其例斑斑可考。略舉數例爲證，第(二)組言及大鱸魚之「折溜、折流」，文意晦澀，考知實作「泝流」，則豁然可解。第(六)組(6)欄言堯「帝立壇，磬西向」，不知所指，覈以(3)欄，則知本作「磬折西向」，如《孝經右契》45條，謂孔子「制作《孝經》，道備，使七十人弟子，向北辰星而磬折，孔子絳單衣，向星而拜」，謂屈身如磬之曲折，以示敬意也。第(三)組(4)欄之《河圖》134條，引文缺一「圖」字，乃使朱長圻將「黃龍負圖，鱗甲成字」句讀爲「黃龍負鱗甲，成字」，至不可解讀。

又如第(五)組(1)欄「河圖將來告帝符」句，(3)(5)譌作「河圖將浮」，漏「來告帝」三字，又誤「符」爲「浮」字，以致無法句讀；(1)欄出自《路史·餘論七》，卻將《路史》之「舒圖」誤鈔爲「舒禮」，以致無法解讀其含義；所言「赤龍銜玉苞，舒圖刻版，題命可卷」，文意怪異，覈以相關文獻，則知其文可作「赤龍銜玉苞，圖可卷舒，版刻題命」，意即：赤龍所銜之玉質包裹，中有可捲舒之圖，又有刻題唐堯名號之玉版。

此類譌衍常見於讖緯佚文中，是亦可證：讖緯文義原本或屬明淺，既遞經傳鈔，譌舛字句乃益形增多，致令人有難以卒讀之憾。

今將佚文分欄編排，可使輯本散見各篇卷之佚文，聚爲一表，以明確比對文字之正誤，如第(二)組「黃帝受錄圖」佚文四條，分見於黃奭《通緯·河圖》卷之第127、375、381、771條四處，既經排比，文句之差慝乃明白可知。據此亦可校正學者引用相關讖文之斷句譌誤處，如饒宗頤〈敦煌本《瑞應圖》跋〉，引《河圖》一條：「昔者黃帝坐玄扈，雒上鳳皇銜書至堯坐中，河龍負圖而出聖人，沈河雒而游者有俊望也。」[73]據本文第(一)(四)組所述，斷句當作：「昔者黃帝坐玄扈雒〔水〕上，鳳皇銜書至。堯坐中〔舟〕，河龍負圖而出。聖人沈〔璧〕河雒，而游者有俊望也。」是亦可知，讖緯佚文並不難解，若得類聚相關佚文，則此類看似怪誕難曉之用詞，皆可一一考校釐清也。

(四)緯書輯本不盡可信

明、清緯書輯本之纂集，皆止於歷代類書、經史傳注等引有讖緯篇目者，其為零金碎玉，固難免也。各種輯本又有臆增、誤認、重複收錄，或鈔胥誤寫之譌舛處，其不可從信之例，不一而足。是以採用輯本，實須更作考量篩檢方是。

大概言之，使用輯本時應採用相關文獻以作校正，如皇甫謐《帝王世紀》、沈約《竹書紀年箋》、《宋書·符瑞志》、司馬貞《補史記三皇本紀》，於讖文多所引錄，甚或連篇累牘取擷讖文而成編，頗有助於凌散佚文之串聯。以上文所述，第(五)、(六)兩組敘述「堯禪位於舜」之傳聞，佚文(6)、(2)兩欄可為代表，然而歷代傳鈔既久，讖文內容凌散雜亂，難知其詳，惟參校《宋書·符瑞志》五帝載事，適可藉以編次讖緯佚文，因而呈顯原有文意之始末，甚有利於讖文

[73] 饒宗頤：〈敦煌本《瑞應圖》跋〉，《敦煌研究》1999年，第4期，頁153。

之校讀。由此亦可得知，讖緯原文或有其整體連貫性，既散入輯本之中，乃無法再現原貌。再如第㈡組㈠欄《河圖挺佐輔》佚文，與劉賡《稽瑞》所引有異，應可藉以校覈之用，而歷代輯本皆未見述及。

再者，輯本佚文之纂集太雜，同一佚文，輒因出於不同文獻而重複收錄，致使學者論述引用之際，徒增困擾。如第（五）組言五老致《河圖》事，黃奭《通緯・論語比考讖》及《論語讖》各收佚文三條，安居本收錄一條，文句皆不出黃奭本《論語比考讖》第81條所言，其餘六條取以校正81條字句後，皆可刪除，以免使學者偶或依據⑶⑷欄等譌舛文句，造成論證上之失誤。餘如第㈠組⑶⑷欄、第㈡組⑵⑶欄，亦屬此類。

三者，輯本佚文多取自各種類書、稗史，佚文因纂撰者率意增刪，遂與原文有所異同；若差異過大，輒使學者引用之際，衍生不實之論斷[74]，如第㈡組第⑴欄之《河圖挺佐輔》，逐錄自《太平御覽・皇王部四》，而清初殷元正《集緯・河圖挺佐輔》則考校出：宋、明文獻中《路史》、《玉海》、《唐類函》、《說郛》、《四書備考》、《西園史餘》等，亦載此條文之片段，字句各有異同，因作校勘十餘條以明其實，並謂：「此條諸書數數引見，大抵各以己意節錄，故詳畧不同如此。」[75]又如第㈠組言黃帝坐玄扈閣上，

---

[74] 此類誤說事例，散見於本人已發表之各篇讖緯論文中，如〈《五行大義》所引讖文考論〉即引證論述隋蕭吉率意刪改讖文字句，以致與原讖文旨意大異。

[75] 〔清〕殷元正：《集緯・河圖挺佐輔》，收入上海古籍出版社《緯書集成》上冊，頁696。

而《春秋緯》a17條（取自《說郛》）則作：「孔子坐元扈洛水之上，赤雀銜丹書隨至。」衡諸讖緯佚文，孔子行止絕未及於此處，顯然不可信從。

肆、結　語

緯書所言之「五帝」，依次為「黃帝、少昊、顓頊、帝嚳、唐堯、虞舜」六人，至若述及「受命圖」之佚文，僅見「黃帝、堯、舜」三人而已。詳細蒐檢三帝受命圖之佚文，依內容而作類分，並作分欄排比，凡得八組受圖佚文，其中，黃帝、唐堯各三組，虞舜則有二組。黃帝所受，有鳳皇銜書、鱸魚（或作鯉魚）錄圖、黃龍負圖，唐堯則有赤龍負圖、五老告語、龍馬銜甲、玄龜負書，虞舜則僅有黃龍負圖而已。至於所描繪之圖書形制，則愈屬後世而愈為詳盡。

所排比佚文凡四十一欄，由字句考校可知，輯本收錄佚文譌舛甚多，若未能細作疏證，實難通讀，此亦說者以謂讖緯不足取之一例也。由佚文之排比校勘，釐清甚多似難實易之文句，若能將輯本一一類分，並作排比疏證，則看似難解之讖文，必可漸次通解矣。

細覈各組佚文，實可釐清唐魏徵於《隋書・經籍志》中，強分「七經緯」與「雜讖」之誤。蓋八組佚文多見於《五經正義》所引述，《隋志》所謂之「七經緯」、《河圖》、《洛書》，頗與《孝經緯》、《論語讖》、《尚書中候》等「雜讖」並列，文句亦多所雷同。孔穎達與魏徵同時，又擅長於經學，固不致大量取用與經義無關之「雜讖」詮解正經。以此亦可證實，東漢圖讖之內容，本無

《隋志》或《四庫全書總目》所言：「緯」醇粹、「讖」駁雜之別異也。

【附表】黃帝、堯、舜「受命圖」佚文一覽表

(括號中數字，爲可作命圖事蹟旁證之佚文編碼)

		黃帝			帝堯			帝舜	
緯書	篇名＼8組 編碼↘	1.鳳皇圖書	2.鱸魚錄圖	3.黃龍圖	4.赤龍、鳳圖	5.五老河圖	6.龍馬龜書	7.黃龍書	8.黃龍圖
1春秋緯	合誠圖	37。			46。128。				
	保乾圖	36。							
	運斗樞	85。			86。88			a8。87。89~101	
	元命包				328。230。231				
	春秋緯	11。	(a8)						
2尚書緯	帝命驗		(136)						
	中候握河紀		(211)				a467。214~19。		
	中候運衡					234~235。	238。239。a309。a311。a313		
	中候立象								252~257。
3樂緯稽耀嘉									《白虎通》引
4孝經緯援神契								191。	
5論語讖	比考讖					79~81。a6。			
	論語讖					a115。68。72。73			
6河圖	祿運法	780。	771。(769；772)					774。《北堂書鈔》引。	
	挺佐輔		381。(383)	382				385。	
	始開圖		375。						
	龍魚河圖			a548。783				743。	
	河圖		127。(128)	134。				141~42。	
7洛書錄運法		a146。							

籤詩研究及其社會文化意涵

張罡茂 王曉雯 黃慧鳳 薛榕婷*

摘　要

籤詩是什麼時候產生的？產生之後的流傳情形又是如何？籤詩對於求籤者的意義如何？就這個課題而言，籤詩本身的內容、形式以及求籤行爲，也有必要作進一步的探討。從這個基礎上，去研究籤詩所具有的社會文化意涵，於是我們可以發現，籤詩的眞正價値並非在於是否能達成求籤者的祈求目的，也不是對內容精確性的要求。今時今日，我們應該調整看待籤詩的態度，使籤詩脫離迷信的層面，進入穩定人心的功能層面，也就是治療功能開發的可能性，這才是撰寫本文的主要關懷方向。

*　淡江大學中國文學系碩士班一年級。

關鍵詞　籤詩　求籤行為　社會文化意涵　治療意義

壹、引　論

在現代人忙碌的生活中，精神的負擔往往需要寄託、宣洩的管道，宗教信仰便是其中的一種。在現實生活的環境中，廟宇可說是隨處可見，當人們有了生活上的不如意時，便會去請求神明的指示，以期生活有所改變；即令無法改變，也能求個心安。這種功用，不論是小至地方僅容神像放置的小廟，或是大到還設有管理委員會的知名廟宇，都是一致的。籤詩對於求籤者的意義，傳統的觀念是「求」與「應」；有「求」，人人當然都希望「必應」。然而實際從籤詩的詩文去分析，便會發現，籤詩中所蘊含的意旨，其實有一個令人深思的意義；亦即，不論解籤者是誰，籤詩中可供解籤的空間，是相當寬廣的。這個意義，相對於它的社會文化意涵而言，正說明了籤詩的治療功用之可行。本文的撰寫目的，也正是藉由對籤詩以及求籤行為的研究，來詮釋它的治療意義，其實是與社會文化意涵不可二分的。

貳、籤詩之名義與源流

關於籤詩起源的問題，容肇祖於〈占卜的源流〉一文指出其產生的年代，至晚當於唐末五代。❶這裡所說的產生年代，猜測性質

---

❶ 詳見《容肇祖集》（山東：山東人民出版社，1989年），頁2-3。

相當濃厚；而且，若「產生」指的是籤詩出現的時間，則與「源流」有著極大的不同。所謂籤詩，王文亮以爲：

> 籤詩，以中國人最擅長、最熟悉的「詩」體型式來當成寺廟占卜的工具，可說把詩的一種隱喻深刻、意境無窮、寫實擬人的種種特質發揮淋漓盡致，且其具有「詩」體優美的含蓄性、柔纖性，讓得籤者即使抽到不佳的籤詩內容，也不至於太灰心。❷

這裡面除了談到一些關於籤詩形成的因素之外，還略爲揭示了「意義取向」的層面，亦即，創作籤詩者的「用心」如何？眞的只是傳達神意嗎？但這並非討論的重點，姑置不論。

「籤」字的歷朝釋義情形是這樣的。東漢許愼謂：

> 籤，驗也。一曰鋭也。貫也。從竹韱聲。❸

顯然許愼已把「籤」字當成占驗的文字解釋，且早就有以竹籤爲卜者。而梁顧野王《玉篇》則謂：

> 籤，竹籤，以卜者。❹

---

❷ 説參王文亮：《台灣地區舊廟籤詩文化之研究——以南部地區百年寺廟爲主》（臺南：國立台南師範學院鄉土文化研究所碩士論文，2000年6月），頁9。

❸ 參見許愼撰、段玉裁注、魯實先正補；《説文解字注》（臺北：黎明文化，1974年），頁198。

❹ 參見顧野王：《玉篇》（臺北：國立中央圖書館），頁215。

王文亮在他的著作中提及雖然歷經幾個朝代之變遷，以竹籤來占卜，仍是當時一種較爲流行的占卜方式。這種說法顯然是以當時除了竹籤之外，尚有別種形式的籤枝爲論。不過我們無法對這個說法提出確切的證據，同樣具有占卜功用的他項儀式，也許在當代與「竹籤」一樣流行，但工具不是「籤」，自然許慎在「籤」的條目下不會出現這種儀式的說明了。

籤詩被明確當成神意的表示，乃見於朱駿聲《說文通訓定聲》：

今俗爲神示占驗之文曰籤。❺

綜上所述，可以得知，籤被當成占驗工具已有相當長的時間，且占驗的標準是來自「神意」，占驗依憑的工具，民間一般稱之爲「籤」。

儘管如此，但「籤詩」一詞被正式文獻介紹引用，卻是稍後的事情了。清錢大昕於《十駕齋養新錄》謂：

籤詩：今神廟，皆有籤詩。占者以決休咎，其來久矣。❻

關於「籤詩」的定義，清徐珂謂；

神廟有削竹爲籤者，編列號數，貯於筒。祈禱時，持筒簸之，則籤落，驗其號數，以紙印成之詩語決休咎，謂之籤詩，並有解釋，又或印有藥方。❼

除了籤詩的定義之外，徐珂還提及了「求籤」的過程。與現今相較，

❺ 參見朱駿聲：《說文通訓定聲》（臺北：藝文印書館，1966年），頁493。
❻ 說參錢大昕：《十駕齋養新錄》（臺北：台灣中華書局，1966年），頁15。
❼ 參見徐珂編纂：《清稗類鈔·方伎類》（中華書局，1982年），第十冊。

雖簡略了些，但頗有相似之處。劉還月對求籤的過程如此描述：

> ……有事相求的善信自備牲禮、四果，甚至空手，只帶金和香，到廟中焚香禮神後，一一將自己的姓名、住所、年齡等像神明告知，再把求籤的目的向神明禱明（每籤僅限求一個問題），擲筊請示神明可否求一籤以獲指示，獲准後方可到籤筒中抽取一籤（如果是桌上式的小籤筒，則用雙手捧起籤筒，搖動籤枝至其中一枝特別突出或掉在地上爲準。），再持籤枝到神前請示是否是神明的旨意，若不是得重新再抽，如果沒錯的話，便可按籤枝上的號碼去取得同號的籤詩，再將籤重新放回籤筒中，叩謝過神明後，求籤便完成了。❽

近代學者對於籤詩的定義如下。謝金良以爲：

> 所謂籤詩，就是一種以古代韻律詩爲形式並僅供求籤占卜之用的特殊語言形式和術數形式，是一種兼有哲學和文學色彩的卜辭。❾

周榮杰則謂：

> 籤詩是以詩爲籤語的占卜工具，求籤的人可從詩中獲知吉凶。❿

---

❽ 説參劉還月：《台灣民間信仰小百科》（臺北：臺原出版社，1994年2月），廟祀卷，頁216。

❾ 説參謝金良：〈周易與籤詩的關係初探〉《世界宗教》，1997年，第四期，頁118。

❿ 説參周榮杰：〈占卜在台灣民間（下）〉《台南文化》，1991年，第三十一期，頁203。

至於求籤者的心情，只是獲知吉凶；或是明知不可盡信，而是求一個心安的憑藉，還需要以社會學、心理學、宗教學的理論，輔以實際的田野調查數據，也許才會有個較爲明確的解答。

丁煌對籤詩的看法是：

> 運籤俗稱靈籤、聖籤或籤詩，通常是以五言或七言四句的形式呈現。⓫

朱介凡則謂：

> 神籤以其具中國傳統詩的形式、韻味、俗皆稱詩籤。也謂聖籤、靈籤。看作爲神籤、詩籤，則因其屬於寺廟文化，與占卜、打卦有緊密的關聯。⓬

王文亮對於各家之說作了統整，以爲籤詩之定義如下：

> 籤詩又名神籤、靈籤、聖籤，屬於廟宇文化，流傳甚久，以竹籤、籤筒來占卜，並以模仿詩的題裁和語句形式來顯現神的啓示，告人吉凶之語，具有文學、宗教、人生哲學色彩，表現的俗雅皆通曉的民間詩體。⓭

對於籤詩的意義有了一定程度的了解，其次方可談源流的問

⓫ 參見丁煌：〈台南舊廟運籤的初步研究〉《台灣南部寺廟調查暨研究報告》，1997年，頁2。

⓬ 說參朱介凡：〈神籤探索起步〉《中國民族學通訊》，1993年，第三十期，頁1。

⓭ 同註❷。頁12。

題。因爲隨著定義的不同，很可能影響我們在尋找源頭的過程中，年代的確定上有了偏差。有關籤詩的發展情況及流傳情形，文獻中的記載也是零星的，僅能供作推想或猜測之參考。宋朝釋文瑩《玉壺清話》裡的一段文字描述，也許可以作爲我們推想的開端：

> 盧多遜相，生曹南，方幼，其父攜就雲陽道觀小學，時與群兒頌書廢壇上，有古籤一筒，競往抽取爲戲。時多遜尚未識字，得一籤歸示其父，詞曰：「身出中書堂，須因天水白，登仙五十二，終爲蓬海客」，父見頗喜，以爲吉籤，留籤於家。迨後作相，及其敗也，始因遣堂吏趙白，陰與秦王廷美連謀，事暴，遂南竄。是年五十二，卒於朱崖，籤中之語，一字不差。⓮

王文亮對於這段記載的看法是：

> 盧多遜爲後周顯德初進士，所以其年幼所抽之籤，應爲五代中期之事，又籤筒乃爲廢壇之古籤筒，年代已相當久遠，所抽之「詞」已然具備「詩」的粗略形式，而五代前的唐朝正是詩的顛峰、集大成的時期，所以才能造就有點像詩的籤詩型態，或許當時文人爲了要使唐詩與籤詩有所區別，而不要求籤詩嚴格依唐詩的押韻、對仗格式。所以，可肯定的一點，籤詩最遲應於唐末五代就出現了。⓯

⓮ 詳見《筆記小說大觀》（臺北：新興書局，1981年），二十九編，第五冊，頁1631。

⓯ 同註❷，頁12。

此外，明陶宗儀《說郛》卷四十五引宋張唐英《蜀檮杌》云：

> 衍親禱張惡子廟，抽籤，得「逆天者殃」四字，不悅。⑯

王衍抽籤之用心，未必出於個人信仰之故，也許有政治文飾的意味在內，但不論如何，一國之尊，也進行「抽籤」的活動，我們多少可以想見當時民眾參予「抽籤」，應該是不會受到太多的阻擾，起碼在政治層面是如此。宋陸放翁《劍南詩稿》卷四十七也有相關記載：

> 余出蜀日，嘗遣僧則華乞籤於射洪陸使君祠，使君以老杜詩爲籤，予得《遣興》五首中第二首。其言教戒甚至。退休暇日，因用韻賦五首……。⑰

文人詩句也成爲構成籤詩之一部份，顯然，籤詩的內容在取材上，已經有了更進一步的擴大。而宋代以後，籤詩的體式與流傳是更加完備、普遍了，王文亮在這一個部分有過詳細的論證，他說：

> 籤詩的產生不晚於唐末五代，而至宋朝時就已相當盛行的一種占卜方式。清朝時期，幾乎各神廟都備有靈籤供人求取。求籤人士，上至君王、官員、武將、詩人、理學家，下至一般老百姓，各階層都有。籤詩種類、名稱也包羅萬象，有取自名詩人之詩句、有文人自創、也有不知名人士的創作，來

---

⑯ 參見陶宗儀：《說郛》（臺北：商務印書館，1972年），卷四十五，頁2970。

⑰ 說詳陸游：《陸放翁全集》（臺北：中華書局，1966年），劍南詩稿卷第五冊之四十七，頁10。

源十分廣泛、複雜。寺廟中的籤詩種類更有由廟方自己決定及籤詩名稱不一定和主神一致的現象。籤詩的流傳範圍遍及全國的廟宇，連偏遠的海南島及台灣都極爲盛行，各地寺廟中，皆有籤詩供人求取，所以籤詩眞是影響中國人最大的占卜方式。⓲

以上所談，皆是涉及籤詩源流的考察。不過，所謂「源流」，這裡指的是籤詩產生的年代與其後之發展；所以，「流」的部分是沒有問題的，而「源」則可以有另外一個方向的考察。籤詩不會莫名其妙地突然出現，它的產生，一定得力於許許多多的他項外在因素助成；於是，我們可以說，籤詩源自於這些因素；或者反過來說，這些他項外在因素經過時間的改變，而成就了籤詩的產生。舉個例子來說，任何一種文學（除了口傳文學）都與文字脫離不了關係，所以，籤詩也是由文字組成，自然可以說籤詩是源於文字。這樣的說法不至於產生差錯，但意義不大，因爲籤詩與文字之間的同質性過於薄弱，在源頭的追尋上，缺乏考證的價值。再舉一例，甲骨文中關於占卜的記載，是人們對未知力量的請求，與籤詩一般；有卜辭，就如同籤詩本身的詩文。那麼，籤詩與甲骨文的卜辭有無關係呢？這種假設便值得我們進行考證了。雖然本文並未涵蓋這個層面，但由於論及籤詩之源流時，這個方向也有其可行性，故而附帶一提。另外，籤詩最早出現於哪間寺廟？創作者是誰？在什麼動機或背景下產生？這些都是可以繼續深入探究的課題。

⓲ 同註❷。頁16-17。

參、籤詩體例分析

（一）常見籤詩系統

目前臺灣地區擁有大小寺廟逾兩萬間，供奉神明豈止上百家，不同族群、各種不同宗教文化，形成社區部落的信仰中心。⓳然而寺廟之多、神明之多，並不代表籤詩的版本也如此繁多，相反地，絕大多數的寺廟籤詩實有其共同的系統源流。其中最爲常見的籤詩系統有二：一爲「日出便見風雲散」的六十甲子籤詩；一爲「巍巍獨步向雲間」的關聖帝君百首籤詩。這兩套系統的籤詩，無論在臺灣任何地區的寺廟裡皆可輕易地發現，可見其流傳之普遍。

另有「彩鳳呈祥瑞」之三十二首籤詩及「角聲三弄響」⓴之二十八首籤詩，亦爲被普遍使用的籤詩系統。

⓳ 董象：《台灣籤詩台灣史·序文（四）》（嘉義縣：財團法人嘉義縣文化基金會，1990年），頁7-8。

⓴ 本文所蒐集臺南市「臺灣首廟天壇」的二十八星宿籤詩，將「響」字寫成「向」字。據推斷，也許具有跟同音通假相同的意義，單就實用（書寫）層面而言比較方便，故在印製時便以筆畫較少的「向」字來替代筆畫繁複的「響」字。

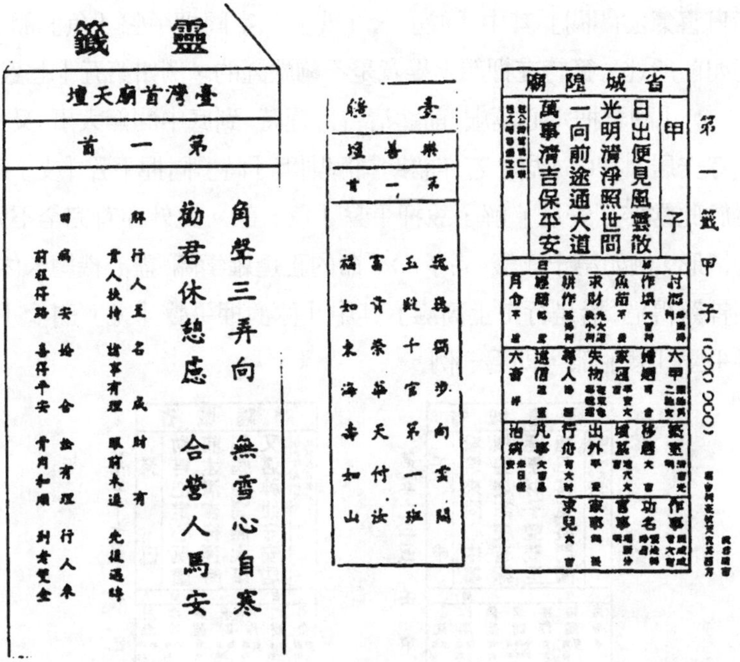

（二）詩文形式

籤詩詩文在字數上與古代詩歌中的「絕句」體相同，每首有四句，每句五言或七言，共分二十字與二十八字兩種格式。至於「絕句」體中嚴格要求的平仄與押韻情形，在籤詩行文中顯得寬泛許多，因此平仄是沒有定式的，用韻也是不夠嚴謹的。

關於籤詩押韻的情形，今就《增廣詩韻集成》加以檢驗之，我們可以發現在最通行的「日出便見風雲散」六十甲子籤詩系統中，有部分籤詩已符合「絕句」體二、四句押韻的要求，例如第五十三籤（壬申）：「看君來問心中事 積善之家慶有餘 運亨財子雙雙全指日喜氣溢門閭」其中「餘」、「閭」二字同押平聲「魚」韻。然而如前所述，籤詩在押韻上畢竟是不夠嚴謹的，例如第五十七籤（癸巳）：「勸君把定心莫虛 前途清吉得運時 到底中間無大事 又遇神仙守安居」其中「居」若作語助詞解則與「時」同押平聲「支」韻，然於此當作「安居」解，故押平聲「魚」韻。此外亦有完全不入韻的情形，例如第十三籤（丙子）：「命內正逢羅孛關 盡心機總未休 福問神難得過 恰是行舟上高灘」其中「休」押平聲「尤」韻，「灘」押平聲「寒」韻，即爲一例。

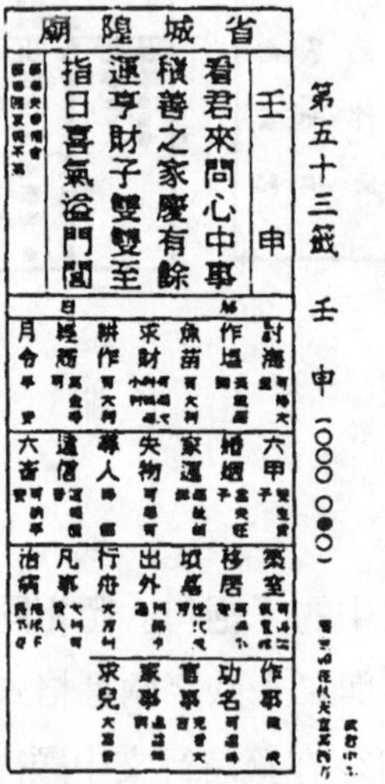
第五十三籤 壬申 (○○○ ○●○)
省城隍廟
壬申
看君來問心中事
積善之家慶有餘
運亨財子雙雙至
指日喜氣溢門閭
討海 作塭 魚苗 求財 耕作 經商 月令
六甲 婚姻 家運 失物 尋人 遠信 六畜
築室 移居 墳墓 出外 行舟 凡事 治病
作事 功名 官事 家事 求兒

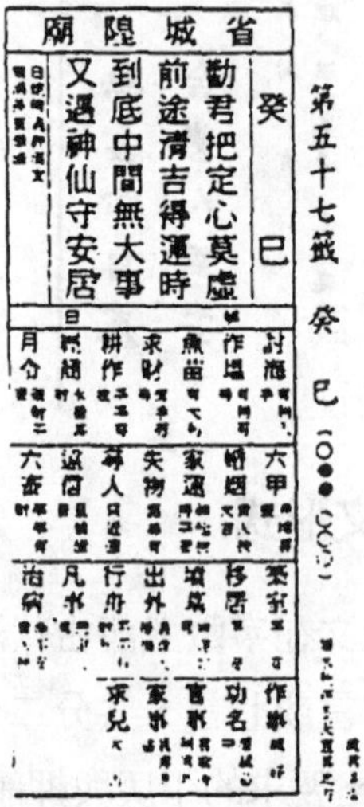
第五十七籤 癸巳 (○●● ○○○)
省城隍廟
癸巳
勸君把定心莫虛
前途清吉得運時
到底中間無大事
又遇神仙守安居
討海 作塭 魚苗 求財 耕作 經商 月令
六甲 婚姻 家運 失物 尋人 遠信 六畜
築室 移居 墳墓 出外 行舟 凡事 治病
作事 功名 官事 家事 求兒

從這個現象看來，籤詩創作者本身在創作時是有押韻的傾向，但是爲什麼又會產生押韻不嚴謹的現象呢？也許是籤詩的創作者並非「學有專精」的文人，所以在押韻上難免疏漏，又或者他們根本不在意押韻的完整性，想押就押。其次，也可能創作籤詩者雖是文人，但由於他們看待籤詩的態度比較不嚴謹，因此便以一種遊戲的心態來創作籤詩。以上所推論的原因僅是臆測，也許具可能性，卻不必有必然性，真正的原因，尚有待更進一步的考察。

（三）籤詩款式

本文所謂「籤詩款式」乃指除詩文本身以外的其他附屬結構，包含：版面大小、寺廟名稱、籤序形式、說解方式、歷史典故、占卦方式及捐印者等。

在款式上最可見出各寺廟籤詩之差異，因為即使來源自同一系統的籤詩，除主體詩文相同外，其他的附屬結構則或增或減，內容不盡相同。除此之外，各寺廟籤詩在版面的配置安排上亦各具特色。

茲就上述七項籤詩款式分別討論如下：

1.版面大小：

各寺廟籤詩的版面大小不一，茲就本文所蒐集之五間寺廟籤詩的版面大小列表如下：

寺廟名稱	籤詩系統	長度（公分	寬度（公分
省城隍廟	「日出便見風雲散」六十甲子籤詩	13.4	6
臺疆樂善壇	「巍巍獨步向雲間」關聖帝君百首籤詩	13.4	3.8
福德宮	「彩鳳呈祥瑞」三十二首籤詩	15.2	4.2
臺灣首廟天壇	「角聲三弄響」二十八首籤詩	21.2	8.8
淡水清水岩	「清風與明月」四十八首籤詩	19.5	5.4

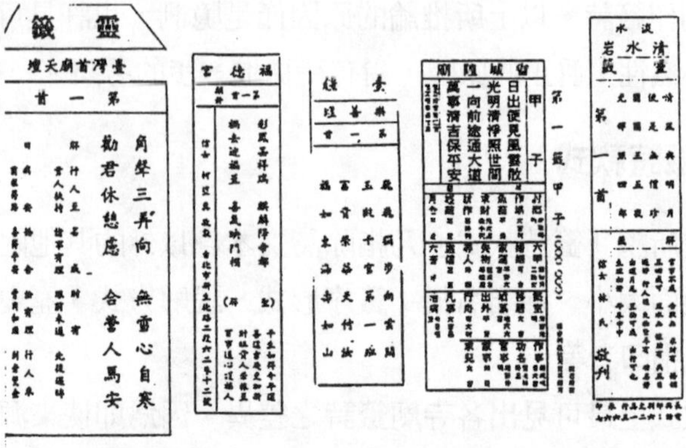

版面的大小有可能影響附屬結構呈現的多寡，如「臺疆樂善壇」由於版面過小，故除主體詩文外，附屬結構僅具備必要之「寺廟名稱」與「籤序形式」而已。但也並非必然如此，以臺灣首廟天壇之籤詩而言，其爲此中版面最大者，但與省城隍廟之籤詩相較，不僅「解曰」的分類說明較少，且亦無省城隍廟之籤詩中的「天干地支籤序」、「歷史典故」與「占卦方式」等附屬結構的呈現。

其次，籤詩數量的多寡，亦有可能影響版面的大小，首數愈多的籤詩，自然在紙張的印製上便會力求纖巧。以臺疆樂善壇之籤詩爲例，其寺廟規模小，擺放籤詩的空間也不大，爲容納百首籤詩，故版面便較其他寺廟籤詩爲小。

2.寺廟名稱：

寺廟的名稱通常列印於籤詩的上方，且常具供奉神明之名，例如「福德宮」奉「福德正神」、「省城隍廟」奉「省城隍爺」。此外，有的更進一步交代寺廟的地理位置，例如「淡水清水岩」位於臺北縣淡水鎮。

在每一首籤詩上，我們均可見寺廟名稱，故可知其爲一絕對必要的組成成分。對寺廟本身而言，可藉此傳播寺廟名聲，達到宣傳效果，例如臺南市的「臺灣首廟天壇」籤詩中標舉自身爲「臺灣首廟」，即在凸顯寺廟的地位。至於對求籤的信徒們而言，籤詩上印製的寺廟名稱則有助於在保存時方便記憶。

3.籤序形式

籤詩之排列乃依循著一定的順序，例如「角聲三弄響」之二十八首籤詩便是依照首句首字的二十八星宿之名排列而成。故其順序爲：角 亢 氐 房 心 尾 箕 斗 牛 女 虛 危 室 壁 奎 婁 胃 昴㉑ 畢 觜 參 井 鬼 柳 星 張 翼 軫。

既然籤詩在排列上有著一定的順序，因此每一首籤詩自然都有其代表的「籤號」，使求籤者藉以尋得所求的籤詩。而此「籤號」所呈現的形式主要有：數目籤序、天干籤序、地支籤序、天干地支籤序、筊序、星序、八卦序等七種類型。㉒

㉑ 臺南市臺灣首廟天壇的二十八星宿籤詩誤印「昴」字爲「昂」字，今予訂正。

㉒ 同註❷。頁37-38。

就本文所討論的五間寺廟籤詩來看，籤序的形式皆以數目來表示，例如「淡水清水岩」的「清風與明月」籤詩共四十八首，故籤號便從「第一首」標示到「第四十八首」。比較特別的是，「省城隍廟」的六十甲子籤詩除了有數目籤序外，另併以天干地支的籤序呈現，例如「第六十籤」下又標「癸亥」。

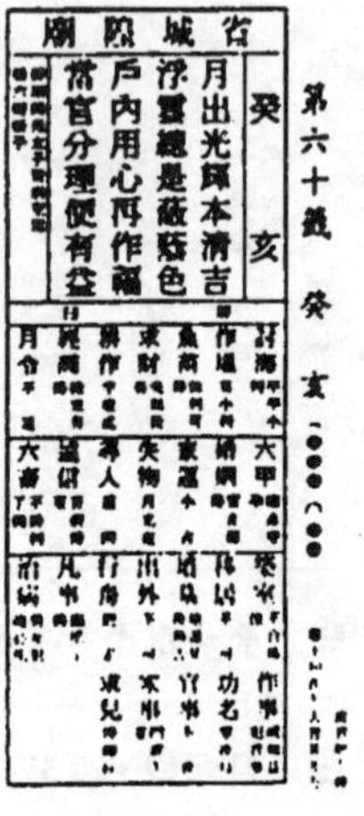

4.說解方式：

為使求籤者更易於瞭解詩文的涵義，有些寺廟便在籤詩上另附以解籤的文字，通常位於詩文的下方，以縮小字體呈現，稱「解日」、「聖解」或「解籤」。然亦有寫於詩文左方者，例如臺南市臺灣首廟天壇的籤詩。

說解的方式，最常見的仍是以分類來說明可能產生的結果，種類包羅萬象，有功名、婚姻、官司、生意、疾病、出行、求子等，皆爲因應民間之疑難與需要而設。

以本文所蒐集的五間寺廟籤詩相較，除「臺疆樂善壇」的關聖帝君百首籤詩沒有配置解籤文字外，其他四間寺廟在說解的分類上其實大同小異，只在種類多寡上稍有區別而已。茲列表說明如下：

寺廟名稱	籤詩系統	名稱	分類項目
省城隍廟	「日出便見風雲散」六十甲子籤詩	解曰	討海 作塭 魚苗 求財 耕作 經商 月令 六甲 婚姻 家運 失物 尋人 遠信 六畜 築室 移居 墳墓 出外 行舟 凡事 治病 作事 功名 官事 家事 求兒
福德宮	「彩鳳呈祥瑞」三十二首籤詩	聖解	求官 謀事 尋人 家宅 占訟 占病 出行 求財 六甲 交易 婚姻 考試 移徙 種禾 身家 生意 失物 行人
臺灣首廟天壇	「角聲三弄響」二十八首籤詩	解曰	行人 功名 求財 疾病 婚姻 訟事 六甲 時運
淡水清水岩	「清風與明月」四十八首籤詩	解籤	官事 告狀 婚姻 風水 求財 行人 疾病 出行 生理 置物 失物 耕田 合夥 功名 移居 六甲 年冬 求子

由上表可知解籤文字在分類上的同質性極高，如求財、求功名、問婚姻、占病情等在這四間寺廟籤詩中均可見，果眞人同此心，心同此理，求籤者欲詢問的疑惑總跳脫不出這些生活上的難題吧！

5.歷史典故：

部分寺廟會於籤詩上另附以典故一或二句，通常以小字縮寫於詩文左方，解籤時須從歷史故事或民間傳說加以推演，方能得出其中意涵。因此籤詩典故的功能與解籤文字一樣，旨在幫助求籤者能更深入地把握詩文所傳達的訊息。

因本文所討論的五間寺廟中僅「省城隍廟」的「日出便見風雲散」六十甲子籤詩中附有典故，因此在比較籤詩在典故配置意義上的差異性時，代表性是比較欠缺的。因此，本文於此著重的是典故對於籤詩的意義，或許使得籤詩的趣味性增加，較易爲一般民眾所接受也說不定。

以「省城隍廟」的「日出便見風雲散」六十甲子籤詩爲例，其中充滿了我們所熟知的小說或戲曲上的故事，令人倍感親切。例如第三十四籤（己未）的典故「曹操潼關遇馬超」㉓便是來自於通俗小說《三國演義》的故事。說的是馬超破曹軍，曹操經歷生死交關之際，終得以全身而退的故事：「……後人有詩曰：『潼關戰敗望風逃，孟德倉皇脫錦袍。劍割髭髯應喪膽，馬超聲價蓋天高。』曹操正走之間，背後一騎趕來。回頭視之，正是馬超。左右將校見超趕來，各自逃命，只撇下曹操。超厲聲大叫曰：『曹操休走！』操驚得馬鞭墜地。……山坡轉出一將，大叫：『勿傷吾主！曹洪在此！』輪刀縱馬，攔住馬超。操得命走脫。」㉔而就詩文本身觀之：「危

㉓ 省城隍廟的籤詩於此誤印「潼關」爲「關潼」，今予訂正。

㉔ 羅貫中：《三國演義》（臺南：利大出版社，1985年5月），第五十八回，頁383。

險高山行通盡 莫嫌此路有重重 若見蘭桂漸漸發 長蛇反轉變成龍」，其中亦正寓有轉危爲安、化險爲夷之意。因此我們可以發現，籤詩的典故往往能親切地體證詩文本身的意涵。

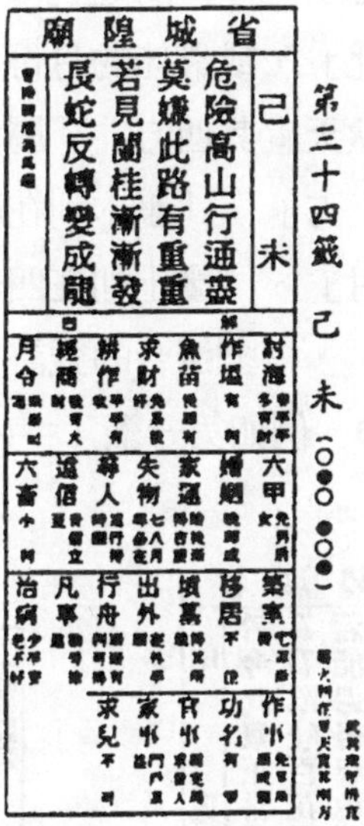

6.占卦方式：

占卦方式並不常見於籤詩款式，且常爲求籤民眾所忽略，可能因爲其中涉及占卜所需具備的專業涵養，因此不易爲人瞭解。根據王文亮的歸納可知占卦的方式有：金錢卦、八卦、風水卦與文字卦四種㉕。然而本文所欲討論的五組籤詩中，僅「省城隍廟」的籤詩呈現了八卦與風水卦兩種占卦方式，說明如下：

㉕ 同註❷。頁41-42。

⑴八卦：即以「●」與「○」兩種符號的組合來呈現八卦卦象，例如第一籤（甲子）的卦象為「○○○　○○○」，表「乾」卦；第二籤（甲寅）的卦象為「●○●　○●●」，表「蹇」卦。

⑵風水卦：是將五行「金木水火土」，搭配四季「春夏秋冬」，適宜的方位「東西南北」，或最佳的月份「三六九十二月」。有七種類型：「屬金利在秋天宜其西方」「屬水利在冬天宜其北方」、「屬火利在夏天宜其南方」、「屬木利在春天宜其東方」、「屬土利在四季三六九十二月」、「屬土利在四季四方皆宜」、「屬木利在春天三六九十二月」，搭配適合的籤詩，主要見於「日出便見風雲散」六十甲子籤詩㉖。例如第一籤（甲子）的風水卦為「屬金利在秋天宜其西方」。

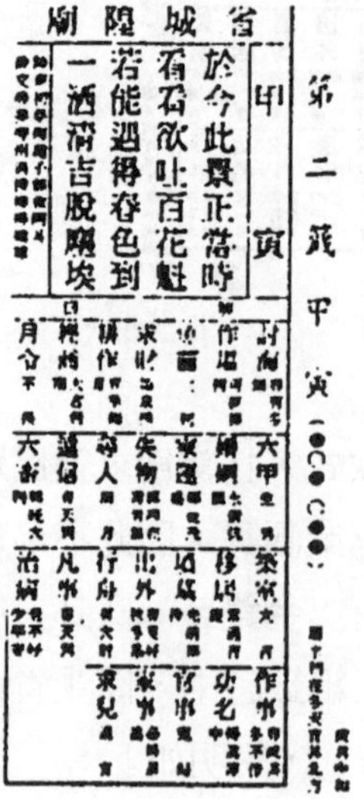
省城隍廟
第二籤 甲寅（●○● ○●●）
甲寅
於今此景正當時
看看欲吐百花魁
若能遇得春色到
一洒清吉脫塵埃

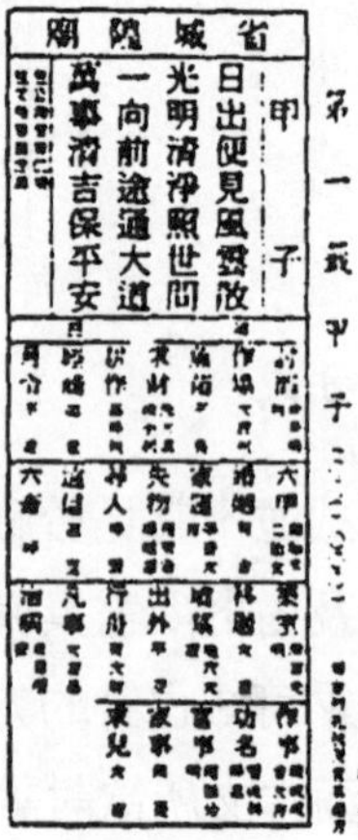
省城隍廟
第一籤 甲子
甲子
日出便見風雲散
光明清淨照世間
一向前途通大道
萬事清吉保平安

㉖　同註二。頁42。

7.捐印者：

部分籤詩會於左下方加印捐印者之名稱，一方面是信徒因抽到吉籤，順遂心願後，付印該籤以答謝神明。另一方面，捐印者有時會將自己的店名商號附上，例如「淡水清水岩」的籤詩左下欄印有「北投泰源商號　林郭綢　敬獻」，在早期廣告不如今日興盛流行的時候，這其實也是一種十分省錢省力的宣傳方式。另外，我們也可以作如此的思考，籤詩的印製也許是捐印者所「捐」，卻並不一定是捐印者所「印」，很可能捐印者只完成捐錢的程序，至於印製籤詩的大小事務則由廟方一手包辦。如此，則捐印者的姓名亦可能是廟方為感謝捐印者而加印的了。

肆、籤詩詩文之分析

這個部分主要是針對籤詩詩文本身作一類別區分與說明。素材的選取，則以淡水清水祖師廟、臺北福德宮、臺疆樂善堂、臺北市省城隍廟、臺灣首廟天壇等五間寺廟為對象。而所謂「詩文本身」，指的是籤詩詩句，不包含其它於籤紙上的附件，且以詩句內容的反映進行分類。根據這些原則進行分析比對，五間寺廟的籤詩共有主求財有無類、主求子有無類、主病痛有無類、主求功名有無類、主求事業有無類、主求婚姻有無類、主求衣食有無類、主求訴訟有無類、混合類、無主題類等十種內容方向。必須說明的是，類型本身並非只具備一種功用，也有可能具備兩種以上的功用，但只有一種主要的（籤詩詩句僅見的）功用；例如主求財有無類，也許具有求功名的作用，但求財是主要的功用。其次，所謂「混合類」，指的是一首籤詩於字面上傳達出兩種以上的功用。而「無主題類」，是相對於「有主題類」言，如主求財有無類、主求婚姻有無類、混合類，都算是有主題類；所謂「無主題」，是指從籤詩語句中無法得知其確切功用爲何，需得讀者本身自己做聯想，即使是對照解籤語句，有時還是不容易明白。

（一）淡水清水岩

含籤王，計有籤詩五十首。㉗其類別如下：

（1）主求財有無類：第三十二、四十八首屬此類。如第三十二首云「民樂共昇平　求財有倍榮　莫信他人語　須當自立成」，解籤亦云「求財吉」。

（2）主病痛有無類：第二十一、四十二首屬此類。如第二十一首云「斬草來燒丹　無緣似有緣　四時皆可服　百病免相干」，解籤亦云「病誠心拜佛服藥吉」。

㉗ 籤王包括籤王大吉、籤王總吉。按照王文亮的分類法，是不把籤頭籤尾或籤王給計算進去的。說詳王文亮：《台灣地區舊廟籤詩文化之研究——以南部地區百年寺廟爲主》（臺南：國立臺南師範學院鄉土文化研究所碩士論文，2000年6月）。

（3）主求功名有無類：第三十三、三十五、三十六首以及籤王大吉屬此類。如第三十六首云「聲許步龍門 誰知未化鯤 風雲來際會 牛馬共同弃」，解籤亦云「官事告狀無」。

（4）無主題類：第一至二十、二十二至三十一、三十四、 三十七至四十一、四十三、四十五至四十八首以及籤王總吉屬此類。如第三十四首云「閒舍霧重樓 望思上下虛 貪拿月中兔 失卻掌上珠」。

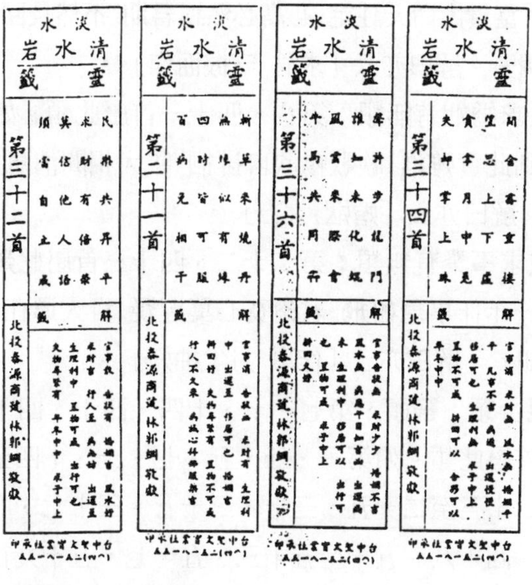

（二）臺北市省城隍廟

含籤頭，計籤詩六十一首。㉘其類別如下：

㉘ 不含籤頭則爲王文亮所言六十首籤詩之系統。

（1）主求功名有無類：第三十八、六十首屬此類。如第三十八首云「名顯有意在中央 不須祈禱心自安 看看早晚日過後 即時得意在其間」。解曰亦云「功名 眞可喜」。

（2）主病痛有無類：第三十六、五十六、五十八首屬此類。如第五十六首云「病中若得苦心勞 到底完全總未遭 去後不須回頭問 心中事務盡消磨」。解約亦云「治病 先兇後吉」。

（3）主求財有無類：第十九、二十七、三十二首屬此類。如第十九首云「富貴由命天註定 心高必然誤君期 不然且回依舊路 雲開月出自分明」。解曰亦云「求財 守機而作」。

（4）主求婚姻有無類：第八、四十一首屬此類。如第四十一首云「今行到此實難推 歌歌暢飲自排徊 雞犬相聞消息近 婚姻夙世結成雙」。解曰亦云「婚姻 大吉」。

（5）主求事業有無類：第二十二、四十三首屬此類。如第四十三首云「一年作事急如飛 君爾寬心莫遲疑 貴人還在千里外 音信月中漸漸知」。解曰亦云「作事 月半抽好」。

（6）混合類：籤頭、第七、十、十四、四十、四十五、四十六、五十三首屬此類。如第一、三、五、七、十、十四至十六、十八、二十、二十三至二十五、三十、三十五、三十七、四十、四十四至四十六、四十八、五十至五十三、五十七、五十九首以及籤頭屬此類。如第七首云「雲開月出正分明 不須進退問前程 婚姻皆由天註定 和合清吉萬事成」，「婚姻」與「前程」同時出現。

（7）無主題類：第二、四、六、九、十一至十三、十七、二十一、二十六、二十八、二十九、三十一、三十三、三十四、三十九、四十二、四十七、四十九、五十四、五十五首屬此類。如第四十九首云「言語雖多不可從 風雲靜處未行龍 暗中終得明消息 君爾何須問重重」。

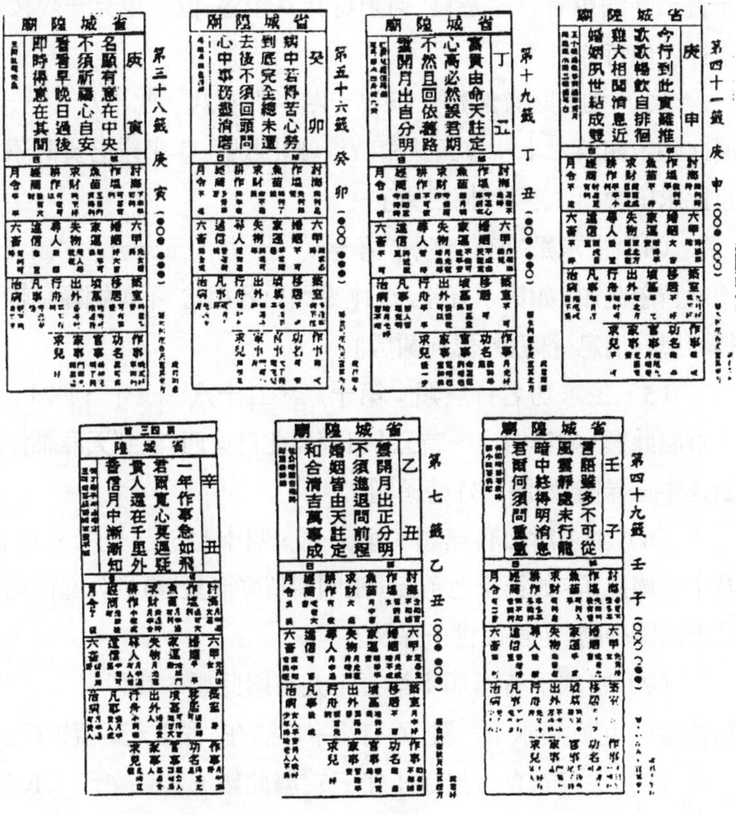

（三）臺北市臺疆樂善壇

計籤詩一百首。其類別如下：

（1）主求事業有無類：第八、十二、二十六、三十一、五十二、八十八、九十八首屬此類。如第八十八首云「從前作事總徒勞

纔見新春喜氣遭 百計營求都得意 更須守己莫心高」。

（2）主病痛有無類：第十、三十二、九十二首屬此類。如第十首云「病患時時命蹇衰 何須打瓦共鑽龜 直教重見一陽後 始可求神仗佛持」。

（3）主求財有無類：第二十四、六十八、七十八、八十六首屬此類。如第六十八首云「南販珍珠北販鹽 年來幾倍貨財添 勸君止此求田舍 心欲多時何日厭」。

（4）主求婚姻有無類：第十五、十九、三十五、六十七、七十一首屬此類。如第十五首云「兩家門戶各相當 不是姻緣莫較量 直待春風好消息 卻教琴瑟向蘭房」。

（5）主求功名有無類：第十六、二十八、三十、四十一、六十首屬此類。如第四十一首云「自南自北自東西 欲到天涯誰作梯 遇鼠逢牛三弄笛 好將名姓榜頭題」。

（6）主求訴訟有無類：第十七、四十七、五十六、七十七、八十首屬此類。如第十七首云「田園賣買好商量 事到公庭彼此傷 縱使機關圖得勝 定為後世子孫殃」。

（7）主求子有無類：第五十九首屬此類。其詩文云「門衰戶冷苦伶仃 可歎祈求不一靈 幸有祖宗庇陰在 香煙未斷續螟蛉」。

（8）主求衣食有無類：第三首屬此類。其詩文云「衣食自然生處有 勸君不用苦勞心 但能孝悌存忠信 福祿來成禍不侵」。

（9）混合類：第一、二、六、九、十一、十三、二十、二十三、三十六、三十八、四十四、四十六、五十四、五十五、五十八、七十二、七十五、七十九、八十一、八十二、九十一、九十五至九十七、一百首屬此類。如第一百首云「我本天仙雷雨師 吉凶禍福

我先知 至誠禱告皆靈驗 抽得終籤百事宜」。所謂「百事宜」，自然是包含所有的求籤目的在內。

（10）無主題類：第四至七、十四、十八、二十一、二十二、二十五、二十七、二十九、三十三、三十四、三十七、三十九、四十、四十二、四十三、四十五、四十八至五十一、五十三、五十七、六十一至六十六、六十九、七十、七十四、七十六、八十三至八十五、八十九、九十、九十三、九十四、九十九首屬此類。如第八十七首云「陰裏詳看怪爾曹 舟中敵國笑中刀 藩籬剖破渾無事 一種天生惜鳳毛」。

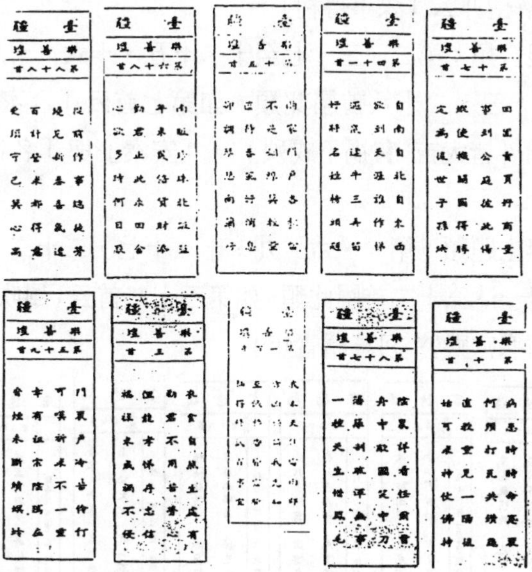

（四）臺北市福德宮

計籤詩三十二首。其類別如下：

（1）主求財有無類：第四、十一、十三、二十九首屬此類。如第十三首云「井底觀明月　見影不見形　錢財多失去　謹守得安甯」。

（2）主求病痛有無類：第五首屬此類。其詩文云「此卦按南力 災危不可當　公私不吉利　日下有小殃」。解聖亦云「占病修身」。

（3）主求功名有無類：第十二、三十首屬此類。如第十二首云「進取多隨意　寒儒衣錦歸　有人占此卦　凡事任意爲」。

（4）主求事業有無類：第十四、二十、二十六、二十七首屬此類。如第二十首云「根深枝葉茂　樹多格式高　經商無關節　蘭蕙出蓬嵩」。解聖亦云「謀事得利」。

（5）混合類：第二、三、七至十、十五、十六、十八、十九、二十一、二十三、二十八首屬此類。如第七首云「合家人安泰　名利兩興昌　出外皆大吉　有禍不成殃」。「安泰」與「名利」並存於詩文中。

（6）無主題類：第一、六、九、十、十七、二十二、二十四、二十五、三十一、三十二首屬此類。如第三十二首云「風吹雲散盡　朗月滿中天　廣寒宮殿啓　丹桂贈青年」。

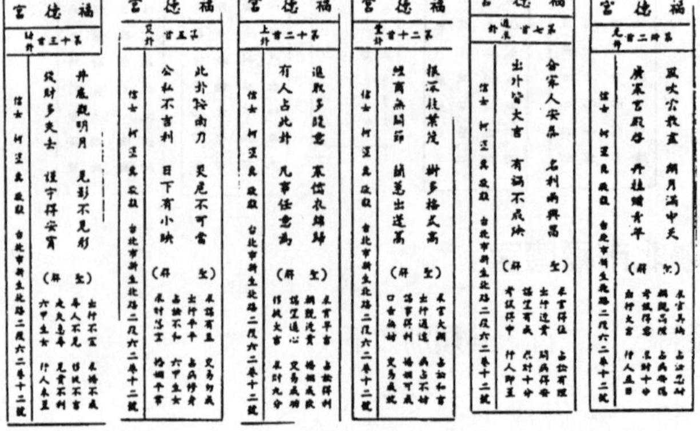

（五）臺南市臺灣首廟天壇

含首籤、籤尾，計籤詩三十首。㉙其類別如下：

（1）求病痛有無類：第一、十七、首屬此類。如第十七首云「胃肚脈和調　安身睡壹霄　任他兵馬動　我且亦無聊」。解曰亦云「病即安」。

（2）求婚姻有無類：第三、十、二十五首屬此類。如第三首云「氐頭偷舉眼　暗想好佳人　君與相談話　只恐不成親」。解曰亦云「婚不成」。

（3）求訴訟有無類：第八首屬此類。其詩文云「斗秤雖公平　恐他不至誠　兩邊交易了　到底亦相爭」。解曰亦云「訟和」。

（4）求子有無類：第四首屬此類。其詩文云「房中生瑞草　孕婦喜臨盆　合眷皆來慶　麒麟是子孫」。解曰亦云「孕生男」。

（5）混合類：第七、十一、十三、二十一、二十七首以及首籤屬此類。如第十一首云「虛心多感應　汝必用虔誠　所求皆稱遂　頗知有汝情」。所謂「所求皆稱遂」，自然是指各種祈求目的都能達到。

（6）無主題類：第二、五、六、九、十二、十四至十六、十八至二十、二十二至二十四、二十六、二十八首以及籤尾屬此類。如籤尾云「俗眼惟迷玉與金　誰知最貴是人身　此身不向今生度　更向何生度此身」。

㉙ 若不計首籤與籤尾，則屬於二十八首籤詩之系統。

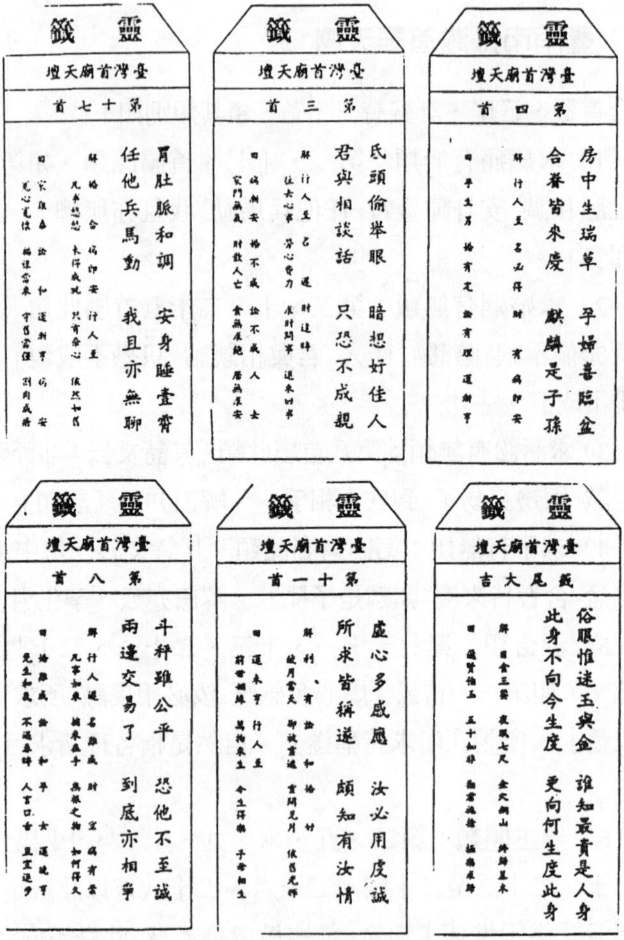
靈籤
臺灣首廟天壇
第四首
房中生瑞草 孕婦喜臨盆
合眷皆來慶 麒麟是子孫
靈籤
臺灣首廟天壇
第三首
氏頭偷举眼 暗想好佳人
君與相談話 只恐不成親
靈籤
臺灣首廟天壇
第十七首
胃肚脈和調 安身睡晝齊
任他兵馬動 我且亦無聊
靈籤
臺灣首廟天壇
籤尾大吉
俗眼惟迷玉與金 誰知最貴是人身
此身不向今生度 更向何生度此身
靈籤
臺灣首廟天壇
第十一首
虛心多感應 汝必用虔誠
所求皆稱遂 頗知有汝情
靈籤
臺灣首廟天壇
第八首
斗秤雖公平 恐他不至誠
兩邊交易了 到底亦相爭

從以上的籤詩類別，我們可以發現兩種現象：一是籤詩的內容反映出求籤者的需求，二是籤詩的類別中，混合類與無主題類是大宗。就第一種現象言，我們可以了解，不論是求財、求子，或是婚

姻、事業，求籤者賦予籤詩的期待通常是以現實生活考量爲優先的，從籤詩的內容中比較不容易看出精神層面的期盼。至於這些現實生活中的追求，爲何會透過籤詩這種工具來達成呢？人生不如意事十常八九，所以只好希冀未可知的力量；當然，求籤者本身明白籤詩的內容並未能眞正左右現實生活，只是圖個心安，也未嘗不可能；據此而論，則就求籤者而言，籤詩也具有精神寄託的作用。其次，就第二種現象言，混合類與無主題類的多數，又可從相應於其籤詩之解籤語句，發現一些有趣的事實。以無主題類籤詩爲例，如臺北市省城隍廟第二首籤詩云：「於今此景正當時　看看欲吐百花魁　若能遇得春色到　一洒清吉脫塵埃」，解日云：「討海　春有冬無」，一有一無，總是不至於令人太失望；又云：「月令　不畏」，「不畏」代表什麼呢？是月令佳，所以不畏；還是即使月令不佳，也「不要畏」呢？曖昧性十分濃厚，不管解籤者是誰，如何解籤，這其中實在是有很大的迴旋餘地。混合類籤詩的情況也是如此，不擬多做說明。這些情況也許正說明了一件事，雖然求籤者求籤，籤詩的內容不好表現出皆大歡喜的景象，但總是不至於讓人完全失望；而且，更重要的是，這些籤詩的內容往往具有「勸人努力，禍轉爲福」的正面意義，這種正面性的意義，於人心的治療功用，應該是今日我們在看待籤詩時，比之於準確性的有無，更需要去關照、開發的。有關於籤詩的治療意義，稍後的部分擬作進一步的討論。

伍、求籤行為分析

《禮記·曲禮上》「卜筮者，先聖王之所以使民信時日，敬鬼神，畏法令也；所以使民決嫌疑，定猶與也。故曰：疑而筮之，則弗非也；日而行事，則必踐之。」自古以來，占卜便是中國人與神明溝通的管道，藉以尋求指示或問題的解答。時至今日，我們還是經常在許多廟宇中看到民眾求神問卜，寺廟設有筊杯、籤筒、籤詩的情形也十分普遍。

（一）求籤的行為

每當遇到特殊情況，或突發事件時，往往取決於占卜來做爲處理的方式。在無法判斷或下決定時，占卜所的結果能夠提供做爲參考，以增強信心或者避免衝動的決定。這個流傳已久的決疑之法，至今仍有不少人採信並加以利用。

對於占卜所得的結果，各人面對的態度或許有些差異；有些人將占卜的結果視爲決斷事情的重要依據。會有求籤卜卦行爲的人，往往在心理上希望能得到幫助，獲得建議或暗示，處理決擇與迷惑、舉棋不定的情況，或者趨吉避凶。

一般求籤者，是到廟宇裡頭，手持筊杯在神像之前誠心默禱，將心中的疑慮說出，請問神明願不願意給予指示。擲筊於地，若接連三次都是一正一反，也就是所謂的聖筊；代表神明同意提供指引。此時才能至籤筒抽籤。可大把將籤桿抓起再鬆手使籤桿散落，取最突出的一枝。抽出後還須以擲筊的方式，取得神明的確認。如此即可依照籤桿上標示的編號檢索對應的籤詩。

（二）求籤者心態

求籤的規矩有心不誠則不靈，偏邪不占的說法。也就是說求籤時若抱持玩笑心理、不恭敬，所求之目的是爲賭博等不正當行爲，則求不出結果。一般的求籤者也都是抱持著虔敬的心理去求神問卜，對神明也有相當高的信任度。

62歲的果農郭先生㉚就表示，求籤問神已是生活中的一部分，許多事情都交由神明決定，包括水果成交的行情，乃至於是否要出趟遠門等等的問題，大約一個月就會去廟裡卜一次卦。對於神明的指示都奉爲圭臬，不會去違背。而對於神明指示的籤詩內容，郭先生多半會和身邊的親朋好友討論。郭先生還透露，有時候可以單單只用擲筊的方式求得解答，更爲便捷；當初總統大選，他早就知道陳水扁會當選，就是問神明的。郭先生只到固定的廟宇去求神問卜，長年下來的經驗，使他相當信任該廟，也有深刻的感情，覺得很親切，很親近。可是，難道從來沒有與事實不符，也就是不準的情形發生嗎？郭先生說，還是有的，不過很少。那就是因爲問的時間不對；神明也是要依照時間做指示，如果問的時機不對，當然就不準了。

對於郭先生而言，神明的指示幾乎可以視爲生活依歸，行事的準則，也有預知未來、事先預警的意義，已經像是生活習慣一般。求籤，能夠解決疑問，趨吉避凶，讓他的生活在神明全面的蔽佑下有安全感，感覺有保障。

40歲的食品批發商林太太㉛亦提供個人經驗；林太太也會求教

㉚ 2000年4月1日，嘉義縣月眉敵天宮。感覺上老一輩的人對於神明都有相當的依賴，因此嘗試以老人爲訪談對象。

㉛ 2000年4月4日，雲林縣水林七星宮。由於訪談須顧及不同的階層，又林太太態度和善，有利訪談的進行，因此與林太太作訪談。

於神明；特別是無法馬上解決的事情；包括家人身體不健康、小孩學業、事業、投資。每次回鄉下的時候都會求神問卜一番，對於求得的結果也是十分信任。關於籤詩的解讀，林太太通常交給廟公，或甚至再藉由乩童與神明溝通。若得到好的結果，自然十分高興，若結果並不是很吉利，則會再問原因，想辦法盡量克服，更努力讓情況轉變過來。事實上求籤許多年以來，求到不吉利的籤的機會並不多。林太太很信任常去的廟宇，不止一間。聽親朋好友說有哪裡的神明也很靈驗的話，也會去求看看，當作參考，但還是以常去的廟宇爲主。如果事情的發展與神明的指示不同，林太太會再去請教神明，爲什麼會是這樣。並不會影響對神明的信賴感，因爲也是長期累積下來的經驗，與廟公、乩童認識，感覺熟悉，建立了良好關係。

對林太太而言，求籤是解決問題，解答疑惑的重要方式，並且能夠給予強大的信心。另一方面，林太太也不是只依賴神明的說法，而不採取科學的行爲；身體不舒服還是會找醫生，投資還是會注意相關資訊。求神問卜可以說是再確認，使自己更有信心，更積極，並不是認爲有了神明的預告便完全交由命運發展，正所謂天助自助者。也不是奢望生活完全無憂無慮，但是在遇到困難或不順利的時候，得到解釋或安慰，便可以在心態上感到安心，而能夠較爲坦然的面對。

另一位25歲擔任中學公民課程的老師程小姐[32]則表示；其實她

---

[32] 2000年4月28日，台北縣淡水鎮關渡宮。除了長輩之外，年輕一輩的觀念亦值得留意，所以也做了相關的訪談。

並沒有求籤的習慣，經驗中都是陪同伴一起去廟裡的時候順便求求看。但是有時一開始沒有很專注、恭敬虔誠，擲筊的結果會很不順利，得不到神明應允的聖筊。所求不外乎個人的課業（因為剛畢業不久）、愛情、事業。求得的結果都是參考用；但還是會因為所呈現的吉、凶情形對心情產生影響。若是較負面的結果，通常會有較明顯的心理反映；情緒低落、有焦慮的傾向等等，感覺像是有不好的預兆。但若是正面，吉利的結果，卻不會非常高興，只視為有好的可能。也因為自己對不好的結果很在意，所以也不常求神問卜，沒有固定的求籤對象。籤詩通常也都拿給同伴看看而已，不會特意找廟公解籤。至於與實際情況不符合的話；事情往好的方向發展，則視為是當初自己太緊張；往壞的方向發展，也就算了，並不會特別掛在心上，反正本來就只是參考參考，不認為必然就是籤詩所說的情況。

以程小姐的情形來說，求籤只是偶發的事件，也不認為是解決疑難的辦法。但是在求籤的時候，心態還是非常恭敬，希望所求的神明能夠指引方向，提供解答。事實上程小姐也是在意求籤結果的，在信任的程度上似乎沒有郭先生、林太太那樣深刻，不過所求的結果既然會產生心態上的影響，這顯示了雖然求籤者不常求籤，求籤時也不完全依賴求籤的結果，籤詩的內容對求籤者心態而言，還是有一定的影響力。

（三）求籤過程中的神人關係與治療意義

一般來說，求籤者向神明提出問題，是因為有所疑惑，而這個疑惑造成困擾，影響生活。於是想要得到解決；求籤便是當事人選擇用以解決事情的辦法。以心理諮商的角度來觀察，這與治療的目的有相似性；

> 在理情行為治療法裡，採用的許多方法都是為了達到一個主要目標：「培養更實際的生活哲學，減少當事人的情緒困擾與自我挫敗行為。」其他重要的治療目標包括：減低因生活中的錯誤而責備自己或別人的傾向，以及教導當事人如何有效處理未來的困難。㉝

求籤者都有其尋求指示的對象，由於信任此對象給出的結果能發揮有效的幫助，解決問題。這個對象通常是神明，具有超越人類的能力，並且願意提供協助，保佑或改變某些狀況以使信徒消災解厄、化解疑慮。

人類學家認為宗教存在於人類社會之中所具備的功能有生存的功能、整合的功能與認知的功能。而其中生存的功能即是指藉由宗教信仰，提供人類在與大自然搏鬥而產生挫折與憂慮時，心理上的安慰與寄託，以產生生存的勇氣。㉞

> 占筮亦是提供給人們一些現成的儀式行為與信仰，一件具體而實用的心理工具，使人於急迫之際果斷地渡過危險關口，

㉝ GERALD COREY著、李茂興譯：《諮商與心理治療的理論與實務》（臺北：揚智文化，1999年7月），頁417。

㉞ 「人類在求生存的過程中，經常因為技術的欠缺、經驗的不足而產生種種困難與挫折，例如天災、人禍、疾病、傷亡等等。在面臨這種種困難與挫折，宗教都能適時給予人類某種助力，使人類得以有信心奮鬥生存下去。」李亦園：《信仰與文化》（臺北：巨流圖書公司，1978年8月），頁43。

> 它使人能夠進行重要的事功而有自信力，使人保持平衡的態度與精神的統一——不管在盛怒之下，是在怨恨難當，是在情迷顛倒，是在念灰思焦等等狀態之下，卜筮的功能在使人的精神上的樂觀儀式化，提高希望勝過恐懼之類的信仰。它似乎給人以更大價值，是自信力超過猶豫的價值，堅持與永恆超過動搖的價值，樂觀勝過悲觀的價值。㉟

求籤是一種卜筮的行爲，其對於民眾在心理上所產生的影響並非罕有。求籤者對於神明有信賴與信任感，藉由求籤產生與神明之間的對話，這種交流性的溝通方式，使得求籤者感覺到與神明的互動，進一步建立關係。在許多諮商輔導的治療法中，都可以找到相對應的論述來說明求籤者與神明之間的關係。

> 諮商歷程必須處理當事人認定重要而又願意討論與改變的個人問題，如此方會有療效。㊱
>
> 存在主義治安療者極重視與當事人間的關係。關係本身便非常重要，它不僅能促進移情作用；在治療情境中，人與人之間得以彼此會心的特質可刺激當事人積極地改變。㊲
>
> 在治療過程中，治療者需要三種個人特質或態度來形成治療關係的中心：1. 一致性或眞誠。2. 無條件的正面關懷與接納。

㉟ 章秋農：《周易占筮學·讀筮占技術研究》（浙江：浙江古籍出版社，1990年8月），頁28。

㊱ 同註㉝。頁179。

㊲ 同註㉝。頁231。

3.正確的同理心之了解。㊳

治療要具有療效，則諮商員與當事人之間應建立起融洽的關係。㊴

一些臨床及研究證據指出，即使在行爲取向的治療中，治療關係對改變行爲的過程仍有重要貢獻。㊵

治療關係的品質是認知治療法的基礎，成功的諮商要靠治療者某些令人喜愛的人格特質，例如，眞誠溫暖、正確的同理心、不批判的接納，以及與當事人建立信任與支持的關係。㊶

在求籤行爲中，神人關係佔有非常重要的關鍵；求籤即爲神人之間的溝通、互動。通過這個求籤者認爲有效的行爲，而處理問題，當中也包含了治療的意義。所謂的神人關係，著重的是求籤者對於神明的信賴感；相信神明會提供有效的訊息。對神明的信任越深厚，對所求的結果也越依賴。即使後來與事實不符，也發展出自己的一套說法來解釋。即使信賴程度有所不同，神明對求籤者有所影響是很肯定的，也就是治療意義的產生。

㊳ 同註㉝。頁258-259。

㊴ 同註㉝。頁339。

㊵ 同註㉝。頁372。

㊶ 同註㉝。頁440-441。

陸、籤詩的宗教意涵與社會文化意涵

（一）籤詩的宗教意涵

許愼《說文》：「宗，尊。祖廟也。從宀示。」會意字，宀表示有堂有室的深屋，示表神祉，所以「宗」表示有堂有室的深屋中有著神的存在，如同現在許多家庭在屋中安置祖先牌位，祭祀祖先一般。縱觀古今中外所有宗教，幾乎都離不開神或神性物的觀念；《說文》：「教，上所施、下所效也。」有著教化的意思，因此「宗」「教」二字結合成的複合字，也就脫離不了神對人的教化意義。

西洋哲學家柏拉圖說：「凡是人皆相信神的存在，神若不在，一切皆無」。面對生命的不確定性及對未來的恐懼，人藉由信仰神明，崇拜神明，以求得心靈的安定與寄託。於是換化宗教信仰爲種種實際的儀式行爲，也就是說神觀念之推展，必須藉由信眾可以共同感知和體認的感性物，必須要有外在化、物態化的表象媒介，因此，各種宗教幾乎都是把其信仰和崇奉的神聖觀念客觀化爲某種具有感性形態的象徵系統，例如佛教、道教、民間宗教之教徒藉由誦讀經書來了解神的精神世界，並藉由焚香膜拜以上達天聽，或以求籤方式來得知神的旨意，或以安太歲來祈求生活的平安等；基督徒以閱讀聖經來了解上帝的愛與恩典，並以禱告方式直接與上帝交通；天主教徒透過神父向上帝告解；回教徒定時南面膜拜阿拉眞主...等，諸如此類的宗教禮儀，把原爲自發而且分散的宗教行爲規範化、程式化，並附加上神聖的意義，構成人神的互動模式，無形中也凝聚了群眾的意識。

所以我們可以說，「宗教起源於精神的三種作用，意即知識、意志和感情㊷」（蔡元培1917），是宗教之所以長久存在於世的原因，縱觀歷史各朝代，僅管朝代更迭替換，一個政權替代另一政權，獨有宗教能在各種動盪中毅立不墜，保有一定的地位，且歷久不滅，由此可見宗教對於群眾的重要性。

是故宗教的功能是不容忽視的，它高居在社會上層建築的頂端，支配著廣大人群的精神世界，因此我們往往將宗教的神視爲萬物的主宰，權力的象徵，一如俗諺中所說：「舉頭三尺有神明」，我們一切活動，都有神在觀照，有神在宰控，使我們時時警誡自己、加強道德約束。

呂大吉對宗教有如此的定義：

> 宗教是關於超人間、超自然力量的一種社會意識，以及因此而對之表示信仰和崇拜的行爲，是綜合這種意識和行爲並使之規範化、體制化的社會文化體系。㊸

求籤行爲所呈顯的，正是信徒對超人間/超自然力量/神的信仰和崇拜，是一種世俗化了的宗教行爲，屬於宗教型態中的占卜範疇，有著民俗心理治療、諮商等社會功能。

中國古代，對於「徵兆」問題一向頗爲重視。先民力圖通過徵

㊷ 張春興主編：《中國心理學史》(臺北：東華書局，1996年8月第一版第一次印刷)，頁639。

㊸ 呂大吉：〈宗教是什麼？——宗教的本質、基本要素及其邏輯結論(下)〉《宗教哲學》第三卷第四期，1997年10月，頁38。

兆預測事情吉凶，開初主要是以自然物象爲徵兆，後來則對自然物象進行模擬或抽取，並以人工符號作爲其代表。這種人工符號有著擬兆意義。一如籤詩是在竹片上刻有文字或符號的卜具，藉由機率性的抽取，來爲人民解除疑惑。正如我們所理解的，寺廟是傳統心理治療的輔導機構，信徒們藉由求籤的行爲，虔誠的點燭上香、行跪拜禮，彷彿神明是最具權威的心理治療師，在告知患者己身的困惑後，期望神明能指點迷津，進行由下對上、由實入虛的情境，再捧起籤筒搖動，拿出最先跳出的那一支竹籤放在神桌上，擲筊取得神旨（聖杯），進行由上對下，由虛入實的儀式，最後取得籤文，完成虛實交涉，神人交感的儀式，而這一來一往的過程，正保留了宗教神人交通的宗教目的，信徒得經由籤詩，獲得心靈的安慰、支持、鼓勵與神明的指引，進而重新努力面對現實。

這裡我們舉一個臺灣考生的共通經驗，許多父母皆望子成龍、望女成鳳，在虔誠的信仰支持下，往往會在考前帶子女前往廟宇求籤祈福，若得上上籤則信心滿滿心情愉悅，若不幸求得下下籤，也仍有努力的可行性，所以一般而言，在籤詩詩文的模糊意涵中，一直存在著正面的意義導向，能讓極度需求援助的人民，有退路的空間，不致走向絕路。

然而在科學理性的引領下，宗教的心理治療，是不受精神醫學接受的，甚至被斥爲是「迷信」的行爲。但有趣的是，在大醫院裏，我們仍可見到祝禱室與佛堂等宗教的足跡，供病人及家屬宗教活動使用，由此可見宗教的對於病人心理治療是不容忽視的。

然而何以臺灣民間宗教有求籤行爲，而基督教等其他西洋傳入的宗教沒有求籤行爲呢?這是一個値得探討的問題，從教義來看，基督徒是禁止偶像崇拜的，嚴禁賭博性的行爲，所以是絕對不能與撒旦共舞、參與占卜等術數行爲的，因此不太可能有求籤行爲。而臺灣的民間宗教信仰則不同，即使從唐末五代至今，求籤行爲仍繼續保持其不墮的地位，這也許是東西方人在面對宗教信仰時有著不一樣的態度所致。

另外，若從籤詩的文類來看，《毛詩・大序》有言：

> 詩者，志之所之也。在心爲志，發言爲詩，情動於中而形於言，言之不足故嗟歎之，嗟歎之不足故永歌之，歌之不足，不知手之舞之足之蹈之也。情發於聲，聲成文謂之音。治世之音安以樂，其政和；亂世之音怨以怒，其政乖；亡國之音哀以思，其民困。故正得失，動天地，感鬼神，莫近於詩。[44]

所以籤詩在詩的基礎上，對於人民有正得失的作用。在早期不識字的信徒眼中，文字即是一種權威的象徵，甚至是人民崇拜的符碼，在東方世界的某些國家中，文字的書書寫是一種無可取代的神聖，顯示著至高無上的神秘，代表一種天啓、神的喻示、完美的型式。例如古印度對梵文的崇拜、中國靈符趨吉避凶等，相對於通俗文類更有著雅正的主流位階；而在宗教信仰的基礎上，籤詩本來就是作爲神明權威話語的替代物，人們生活不如意，有信仰的，自然可以請示神意，於是籤詩成爲解決生活困頓的神秘靈符。

但是隨著時代的進步推移，文盲已大幅減少，資訊科學知識掛

---

[44] 《毛詩正義・國風・周南》(中華書局，一九三六年)，第一卷，頁3。

帥的旗幟下，求籤的宗教行為已大幅下降。正如瞿海源所舉證的：

> 在兩次調查（按：1985與1990年）的原始百分比中，抽籤這個行為（按：相較其他算命、看風水、找乩童醫病、收驚、安胎神、牽亡、安太歲，刈香或進香、改運等宗教行為）是下降幅度最大的，即7%左右，在邏輯迴歸分析中，兩年的純淨差異也是顯著的。㊺

由此可見，籤詩所傳達的神意啓示，不再那麼神聖與受人重視，對於那些對年紀輕的高教育知識份子而言，部份認為那是父輩們念茲在茲的信仰，歸屬於民智未開的鄉野村夫，不適用於科技文明、講求理性的廿一世紀，若偶一求之，也只是藉上上籤的籤詩來安定心靈或增加自己的信心，對於下下籤的籤詩雖不免焦慮，仍抱持否定懷疑的態度，相信努力仍有所為。

（二）籤詩的社會文化意涵

在人民訴求的眾多宗教術數行為中，依調查取樣的統計結果，100位中有21.5位的人會選擇以抽籤的方式來解決生活的疑惑（但也許同時選擇了算命或收驚方式），雖然數字不能代表絕對的真實，但仍可窺探出求籤在宗教眾多術數中所佔的比重，有其存在的意義與實際需求性。

㊺ 瞿海源：《台灣宗教變遷的社會政治分析》(臺北，桂冠書局。1997年5月初版一刷)，頁161。

宗教行爲訴求術數的統計表[46]單位：%

算命	抽籤	看風水	安太歲	改運
33.1	21.5	8.9	27.2	6.1
收驚	找乩童醫病	進香	安胎神	牽亡
25.2	2.4	15.9	3.3	1.2

而籤詩的功能就王文亮所言有四大功能：一、宣傳倫理的功能。二、引導社會向善的功能：包含善惡報應的觀念、勸化世俗民心的觀念、治身修道的觀念。三、撫慰人心的功能。四、勸誘崇神敬天的功能。[47]所以籤詩的影響力可說是深入民間，甚至主導民心的。

因此若能了解民眾到寺廟求籤的動機與內容，往往就能看出信徒生活中的困頓與急待解惑之處，並反映出當下現實社會的種種現象。以下便舉例說明求籤者訴求的內容所反映的社會文化意涵。

1.從求功名來看：

在功名方面，考季的寺廟裡，除了一般定時祭祀的善男信女外，總會多一群祈求金榜題名的考生，他們會將准考證影本置放在神壇上，時時提醒神明記得他們准考證上的資料，使其在考場上作答能如有神助，並順利考上第一志願。而神壇上逐漸累積的准考證影本，正是逐漸增加的考生，是社會眾多莘莘學子中，對升學壓力感到不安的同學，他們或來廟裡求籤，或焚燒准考證影本給掌管人間諸事

---

[46] 同註[45]。頁122。

[47] 同註[2]，頁24-28。

的神明，最終目的就是期望功名得進。

但是教育的意義並不在考試的通過與否，重點應放在人文的教養上，否則社會投注數百億的教育經費，培育的將不僅是專業人才，更將會是高度智慧犯罪的專業人才。

2.從求財來看：

在財運方面也有一些特殊的現象，部份的求神者在股市行情、以及風靡一時的六合彩、大家樂之關注已超越對薪津的關心，而這些納財的方式多少含有賭博的性質，有很高的社會風險，細想之，這些人對於錢財的取得不再奉「一分耕耘，一分收獲。」爲圭臬，社會經濟價值觀大幅的改變，人們不願守著死錢，而寧可選擇投資來獲取可能意外得來的可觀財富。

3.從求姻緣來看：

在婚姻方面，古今皆期望能有好的姻緣，但過去的女子極少出門，只有被動的被選擇，所以希望天賜良緣；但現在的女子則不同，不僅打破拋頭露面的禁忌，還高唱「天空不要爲我掉眼淚，遇到好的男孩我一定去追」，因此不管求籤的結果如何，仍有積極主動權去追尋自己的幸福。

另外面對婚姻，現代人還多了項麻煩，社會的道德約束力日漸薄弱，外遇的情形不管抬面上、抬面下都屢見不鮮，面對婚姻的危機，也有不少人第一次求籤、算命，以求得心靈的暫時安慰與寄託。相較過去祈求良人在外平安的妻子，與現在唯恐丈夫出軌外遇的心態，仍令人覺得太不健康了。

4.從求身體健康來看：

然而隨著時代的進步，過去至廟裡乞求三餐溫飽、身體健康的人民，現在成為一個個終日努力減肥，乞求身材窈窕，但脂肪過高、營養過剩又缺乏運動的減肥族。由此可見，過去使用勞力的農業社會，至今已轉型為工業、資訊化的高科技社會，然而經濟的起飛與成長，帶給我們的並非完美的生活，過多的垃圾食物與科技文明，使社會充斥了人為的健身房、美體屋、塑身坊、減肥班、抽脂處、SPA等瘦一公斤要花費幾千或幾萬元的高消費商業機構，大眾對身體的訴求改變了，太多的「人為」取代了「自然」的生活型態，努力換來的並非是一個更健康的社會。

5.從求子嗣來看：

中國人有句話：「不孝有三，無後為大。」所以傳宗接代成為生活中極為重要的使命。在醫學不發達的年代或地區，婦女無法生育是一件很嚴重的事，因此不孕婦女往往會在無助的情況下，去廟裡求籤祈求神明的給予指示，因此有「買男兒」、「收養男兒」、「分子」、「乞子」等等籤解，這些如今看來有逾社會正義的舉動，正是重男輕女觀念導致的社會異象。

在臺灣網際網路發達的資訊社會，也不乏上網看運勢的求籤者，就連嘉義的寺廟中，也已有跟隨科技改由電腦解籤者。林林總總不勝枚舉，皆可看出求籤背後不停動盪變遷的社會文化形態，是會隨著時代變遷或地區的城鄉差異而不同的，總之，是以最能貼近民眾生活、反映社會文化現象的狀態繼續存在著。即使籤詩的上上籤、下下籤等具有吉凶程度不同的結果，只是模糊的指引，但無可諱言的，能給予民眾心靈安定的力量，使心靈有所寄託，讓我們在面對生活的困頓挫折時，多一個面對自己命運的方式、多一個心靈抒解的窗口。

柒、結　論

從文獻記載的現象看來，籤詩的出現不晚於唐末五代，而其後流傳的普遍；以至於今日，上廟祈求神明，再取得籤詩是極爲平常之事。就籤詩內容的多元性與曖昧性言，其實求籤者的目的是否能達成，以及其內容呈現的精確與否，對現代人來說已經不是那麼重要了；我們今日面對籤詩這樣一個「工具」，應該用更寬廣的角度去思考它。正因爲籤詩往往「多義」，於是乎更能符合現代人複雜的生活環境，與各種各樣的要求。在解籤的過程中，只要能把握住這個關鍵，籤詩一樣可以舊酒裝新瓶，一樣可以改善現代人的生活，減輕人們的精神負擔，而不再是一種迷信，一種傳統；不只是籤詩，我們生活中所面對的許多新舊之爭、過去與現在、現在與未來，應作如是觀。

參考書目

朱駿聲：《說文通訓定聲》（臺北：藝文印書館，1966年）。

錢大昕：《十駕齋養新錄》（臺北：臺灣中華書局，1966年）。

陸　游：《陸放翁全集》（臺北：中華書局，1966年）。

王夫之：《禮記章句（上）．曲禮上》（臺北：廣文書局，1967年7月）。

陶宗儀：《說郛》（臺北：商務印書館，1972年）。

許慎撰、段玉裁注、魯實先正補：《說文解字注》（臺北：黎明文化，1974年）。

李亦園：《信仰與文化》（臺北：巨流圖書公司，1978年8月）。

《筆記小說大觀》（臺北：新興書局，1981年），二十九編，第五冊。

王世禎編：《迷信在中國》（臺北 星光出版社，1981年12月）。

徐珂編纂：《清粺類鈔》（中華書局，1982年），第十冊。

羅貫中：《三國演義》（臺南：利大出版社，1985年5月）。

林孟平：《輔導與心理治療》（臺北：五南圖書出版公司，1988年5月）。

《容肇祖集》（山東：山東人民出版社，1989年）。

章秋農：《周易占筮學》（浙江：浙江古籍出版社，1990年8月）。

周榮杰：〈占卜在台灣民間（下）〉《台南文化》，1991年，第三十一期。

游乾桂：《民俗文學心理學》（臺北 桂冠圖書公司，1992年11月）。

朱介凡：〈神籤探索起步〉《中國民族學通訊》，1993年，第三十期。

陳仲庚主編、黃月霞台灣版審訂：《心理治療與諮商》（臺北：五南圖書出版公司1993年6月）。

劉還月：《台灣民間信仰小百科》（臺北：臺原出版社，1994年2月）。

張春興主編：《中國心理學史》（臺北：東華書局，1996年8月）。

謝金良：〈周易與籤詩的關係初探〉《世界宗教》，1997年，第四期。

丁煌：《台灣南部寺廟調查暨研究報告》，1997年。

瞿海源：《臺灣宗教變遷的社會政治分析》(臺北，桂冠書局，1997年5月)。

呂大吉：〈宗教是什麼？—宗教的本質、基本要素及其邏輯結論（下）〉《宗教哲學》，1997年10月，第三卷，第四期。

GERALD COREY著、李茂興譯：《諮商與心理治療的理論與實務》（臺北：揚智文化，1999年7月）。

王文亮：《台灣地區舊廟籤詩文化之研究——以南部地區百年寺廟爲主》（臺南：國立台南師範學院鄉土文化研究所碩士論文，2000年6月）。

陳清和：《台灣籤詩台灣史》（嘉義縣：財團法人嘉義縣文化基金會，2000年12月）。

顧野王：《玉篇》（臺北：國立中央圖書館）。

淡水福佑宮籤詩研究

許蔓玲 蔡佳芳 黃雅雯*

摘 要

本文希望透過對籤詩的細部分析，以了解淡水福佑宮籤詩所蘊涵之意義，而更在探討的過程中，藉由籤詩勾勒出人們所關心之問題，使我們了解到籤詩不僅是一種解答人們心中疑惑的一種工具，其背後更負有一種文化上的價值意義。

關鍵詞 淡水 福佑宮 寺廟 籤詩

壹、前 言

寺廟在台灣人的生活中一直佔有舉足輕重的地位，人們到廟裡

* 淡江大學中國文學系碩士班一年級。

祈求國泰民安、神明保佑，求神問卜、抽籤擲杯的行爲也從不間斷，廟裡時常可見青煙繚繞、香火鼎盛的情況。人們之所以會到廟裡祈福，常常是因爲生活不如意、或是心靈遭受到困頓。

在所有祈求神明保佑或幫助的行爲中，以抽籤最常爲人們使用。抽籤是先向神明禱告，之後將裝有竹籤的籤筒抖動以使竹籤掉落，然後依據竹籤的編號尋得同號數的籤詩。求得籤詩是抽籤的目的，籤詩上有籤詩詩文、典故、貴人方位和所求項目等訊息，人們希望可以透過籤詩的說明，獲得讓生活改善的指引，使困頓的心靈得到幫助和紓解。由以上看來，籤詩實具有工具和價值的意義。

由於淡水地處靠海，信仰以媽祖爲主，福佑宮內供奉媽祖，又因福佑宮乃是清代移民進入臺北盆地的重要位置，因此，福佑宮深具研究之意義。故而本文即以淡水福佑宮之籤詩爲研究對象，本研究的籤詩是取自淡水福佑宮的六十首籤詩，研究方式是將六十首籤詩作一個全面性的關照，先將籤詩的內容，包括籤詩詩文、典故、籤解項目等分別羅列，再加以統合討論，以發掘其相應與相連結的關係。

貳、福佑宮歷史沿革簡介

淡水福佑宮位於淡水鎮民安里中正路200號，是淡水現存最古的寺廟，爲三級古蹟，所供奉的主神是天上聖母，左右兩側則配祀觀音佛祖及水仙尊王（大禹）。「根據《淡水廳志》上的記載與廟中石作的落款年代，可以確知其興建年代爲清嘉慶元年（1796年）；但是，連橫《臺灣通史》記載：『福佑宮在縣轄滬尾街，乾隆間建，

祀天上聖母。』應意指乾隆年間已建有簡陋草間祀奉媽祖，至嘉慶元年才建成正式的廟宇。」❶

媽祖信仰及媽祖廟是臺灣清代移民社會背景下最重要的民間文化特色，幾乎每座城鎮都有祖廟，媽祖從護海神轉變爲民間所敬仰的全能之神，內陸不靠海的聚落亦出現不少的媽祖廟。「相傳中法戰爭時，福佑宮的媽祖曾顯神力助戰，經奏請光緒皇帝御賜『翌天昭佑』的匾額，至今仍懸掛在正殿。」❷

淡水河是清代移民進入臺北盆地的門戶要津，隨著墾拓事業的進展，淡水河流域開始有聚落與市街出現。福佑宮所在位置古稱「公館口」，爲當時淡水兩條主要街道—崎仔頂（今重建街）、滬尾街的交點，也是崎仔頂的起點。因此，福佑宮的出現與淡水的聚落發展有著密不可分的關係。

「從福佑宮內石柱與石垛的捐獻者落款，可知捐建者涵蓋了泉州之三邑人、同安人、安溪人，漳州之南靖人、龍溪人、興化人，汀州人及粵東人。在前殿的右側內牆，有一極具歷史價値的石碑，高約90公分，寬約45公分，碑名爲『望高樓碑誌』，爲嘉慶元年（1796年）所立，望高樓是臺灣最早的燈塔，位於淡水河口北岸沙崙西北

---

❶ http：//webca.moi.gov.tw，此網站名爲「古蹟資訊網」，由內政部委託中華民國建築學會製作。

❷ http：//www.taiwanculture.org.tw，此網站名爲「台灣鄉情研究淡水站」，由淡水鄉土研究會製作，該網站提供了「鄉土資訊網路」、「鄉情采風視窗」、「鄉情社區支線」、「鄉情論壇」、「鄉情兒童視窗」、「鄉情教學視窗」、「三芝鄉情視窗」、「鄉土研究會議」等八項內容，每一項之下又有其他小目，以備查詢相關資料。

岬」❸，它的出現說明了淡水河口北岸取得主要港口地位來臨了。

「福佑宮的建築格局爲兩殿兩廊式，但在前殿之後有拜亭，亦可稱爲戲亭。兩殿面寬三間，前殿上迴廊不用龍柱，僅用八角石柱，只有正殿用龍柱，使得它的前殿不及正殿來得豪華，這是較早期廟宇正統的做法，石柱上都雕有各種動物的各種各樣的動作和表情。殿宇正脊上有著『雙龍搶珠』的剪黏圖案，但不論是這兩條龍或其下的各種人馬都是細瘦形的，無法顯示出雄偉豪邁之氣勢，可見此屋簷必定是後來才修建的。牆上石雕風格樸拙，渾厚中兼有細膩之趣。神像雕塑藝術水準極高，尤其鎮殿媽祖及千里眼、順風耳，塑法高明，姿態及面部表情俱優。」❹

參、籤　序

淡水福佑宮之籤詩共有六十首，其排列順序是以天干：甲、乙、丙、丁、戊、己、庚、辛、壬、癸；地支：子、丑、寅、卯、辰、巳、午、未、申、酉、戌、亥兩組交互搭配而成❺，如下所示：

第一籤　　甲子

❸ 同註❶。

❹ http://www.simps.tyc.edu.tw/~learn35/index.htm，此網站名爲「悠遊淡水—淡水史蹟導覽」，由魔女工作室所製作，此網站除了福佑宮的介紹外，尚有鄞山寺、龍山寺、禮拜堂、祖師廟、清水街、重建街、偕醫館、淡江中學、紅毛城、牛津學堂等淡水古蹟的介紹，且附有淡水的老照片以資參考對照。

❺ 請參照附錄一。

第二籤　　甲寅
第三籤　　甲辰
第四籤　　甲午
第五籤　　甲申
第六籤　　甲戌
第七籤　　乙丑
第八籤　　乙卯
……

肆、籤詩詩文

一、形式分析

其籤詩詩句的字數爲七字一句，共二十八字的規律排列形式。依籤詩詩文之形式而言，與七言絕句之近體詩相同，對照籤詩詩文與七言絕句之格律要求❻，發現在六十首籤詩詩文中，合於格律者僅十七首，可知籤詩詩文並不強調格律。

以下舉例說明之：

1.七絕平起格平聲韻定式（首句用韻爲正格，不用韻爲偏格）

（1）第三甲辰—正格

勸君把定心莫虛（用韻—上平六魚）
天註衣祿自有餘（用韻—上平六魚）

❻ 許清雲編：《古典詩韻易檢》，文津出版社有限公司，民82年10月初版，頁206。

和合重重長吉慶
時來終過得明珠（用韻—上平七虞；古通上平六魚）

（2）第三十六己亥—偏格
福如東海壽如山（不用韻—上平十五刪）
君汝何須嘆苦難（用韻—上平十四寒）
命內自然逢大吉
祈保分明得自安（用韻—上平十四寒）

2.七絕仄起格平聲韻定式（首句用韻爲正格，不用韻爲偏格）

（1）第二十六戊寅—正格
選出牡丹第一枝（用韻—上平四支）
勸君折枝莫遲疑（用韻—上平四支）
世間若問相知處
萬事逢春正及時（用韻—上平四支）

（2）第三十三己巳—偏格
欲去長江水闊茫（不用韻—下平七陽）
行舟把定未遭風（用韻—上平一東）
戶內用心再作福
且看魚水得相逢（用韻—上平二冬；古通上平一東）

二、內容分析

1.詩文顯示之運程等級與概略意旨

雖然籤詩本身並未標明上、中、下等的運程等級，但實際上仍可由籤詩詩文中分辨出來。如：

「日出便見風雲散　光明清靜照世間
一向前途通大道　萬事清吉保平安」—第一甲子

「生平富貴成祿位　君家門户定光輝
此中必定無損失　夫妻百歲喜相隨」—第四十庚午

上兩支較佳的籤詩通常顯示求籤者的運途非常光明燦爛，功名、財富、家庭等各方面都呈現很好的狀況。

「勸君把定心莫虛　天註衣祿自有餘
和合重重常吉慶　時來終過得明珠」—第三甲辰

「月出光輝四海明　前途祿位見太平
浮雲掃退終無事　可保禍患不臨身」—第二十四丁亥

這類籤詩則常常顯示出求籤者不錯的運勢 — 求籤者目前雖然遇到一些困難，但很快地這段厄運就會過去，將來的前途仍然是非常順利的。且因此勸諭求籤者要把持住自己的心神，不需要太過憂慮。

「舊恨重重未改爲　家中禍患不臨身
須當謹防宜作福　龍蛇交會得和合」—第十七丙申

「東西南北不堪行　前途此事正可當
勸君把定莫煩惱　家門自有保安康」—第五十一壬辰

像這兩支籤詩則顯示出求籤者不太好的運程 — 求籤者目前遇到了很大的困難，境況窘迫，因此提醒求籤者需要小心謹慎且最好多作善事；但亦不需太過煩惱，因爲困難終究會過去，未來終將會轉危爲安。

「花開結子一半枯　可惜今年汝虛度
漸漸日落西山去　勸君不用向前途」—第十乙未

「前途功名未得意　只恐命內有交加
兩家必定防損失　勸君把定莫咨差」—第二十丁卯

此類等級的籤詩往往顯示出求籤者的運途很不順利，在各方面都不會有好的收穫，或者甚至遇到很大的困難，因此勸解求籤者要固守本分、謹防損失，而不要太過感嘆。

籤詩詩文乃顯示出求籤者的概略情況，而爲了讓百姓更了解籤詩意旨，通常會再配合詩文旁附的典故一起解釋，並且在告訴求籤者其大略情形之外，更讓求籤者依其心中所求之事，參照詩文下方的「解籤項」來作更詳細、深入的諭示。

2.特定用詞

在籤詩詩文中，有一些用詞是常常被使用而反覆出現的，這類特定的用詞除了是詩文用以象徵、比喻求籤者的運勢之外，有的用詞更標示出籤詩內涵的宗教思想與教化勸諭，另外，更有反映出大眾求籤心理的特定詞彙。因此，本文在這個章節中將這些特定用詞加以概略的分類、解析。

（1）用以比喻或象徵的特定用詞

甲、日月風雲類：

此類用詞尤其以「月」之運用最爲常見，如：

「功名得意與君顯　前途富貴喜安然
若遇明月一輪現　十五團圓照滿天」－第四十六辛未

「陰世作事未和同　雲遮月色正朦朧
心中意欲前途去　只恐命內運未通」－第四十八辛亥

「雲開月出看分明　不須進退問前程
婚姻皆由天注定　和合清吉萬事成」－第七乙丑

另外，「日」、「風雨」、「風霜」等亦爲籤詩中常用以比喻之詞。以下分別舉例：

「日出便見風雲散　光明清靜照世間
一向前途通大道　萬事清吉保平安」－第一甲子

「風雲致雨落洋洋　天災時氣必有傷
命內此事難和合　更逢一足出外鄉」－第六甲戌

「枯木可惜未逢春　如今且守暗中存
寬心等待風霜退　還君依舊作乾坤」－第二十九戊申

乙、動物類：

「龍虎相會在深山　君家何須背後看

不知此去相愛悟　他日與我卻無干」—第九乙巳

「舊恨重重未改為　家中禍患不臨身
須當謹防宜作福　龍蛇交會得和合」—第十七丙申

「晨雞漸漸見分明　凡事且看子丑寅
雲開月出照天下　郎君即便見太平」—第十一乙酉

「欲去長江水闊茫　行舟把定未遭風
户內用心再作福　且看魚水得相逢」—第卅三己巳

丙、植物類：

（甲）花卉：

「財中漸漸見分明　花開花謝結子成
寬心且看月中桂　郎君即便見太平」—第十四丙寅

「選出牡丹第一枝　勸君折取莫遲疑
世間若問相知處　萬事逢春正及時」—第二十六戊寅

「危險高山行過盡　莫嫌此路難重重
若見蘭桂漸漸發　長蛇反轉變成龍」—第卅四己未

（乙）草木：

「綠柳蒼蒼正當時　任君此去作乾坤
花果結實無殘謝　福祿自有慶家門」—第卅一己丑

「枯木可惜未逢春　如今且守暗中存

寬心等待風霜退　還君依舊作乾坤」—第二十九戊申

（丙）禾稻：

「禾稻且看結成完　此事必定兩相連
回到家中寬心座　妻兒鼓舞樂團圓」—第八乙卯

丁、季節類：

「於今此景正當時　且看欲吐百花魁
若能過得春色到　一洒清吉脫塵埃」—第二甲寅

「選出牡丹第一枝　勸君折取莫遲疑
世間若問相知處　萬事逢春正及時」—第二十六戊寅

戊、江浪行舟類：

「風恬浪靜可行舟　恰是中秋一輪月
凡事不須多憂愁　福祿自有慶家門」—第四甲午

「命中正逢羅孛關　用盡心機總未休
作福問神難得過　恰似行舟上高灘」—第十三丙子

「長江風浪漸漸靜　於今得進且安寧
必有貴人相扶助　凶事脫出見太平」—第十二乙亥

己、山水行路類：

「危險高山行過盡　莫慊此路難重重
若見蘭桂漸漸發　長蛇反轉變成龍」—第卅四己未

「一重江山一重水　誰知此去路又難
任他改救終不過　是非終久未必安」－第四十二庚戌

庚、化鐵成金類：

「佛前發誓無異心　且看前途得好音
此物原來本是鐵　也能變化得成金」－第五十壬寅

「龍虎相交在門前　此事必定兩相連
黃金忽然變成鐵　何用作福問神仙」－第卅二己卯

此類用以比喻、象徵的特定用詞都是自然界的事物或大眾日常熟知的狀況，非常淺白易懂，使得一般百姓很容易就可以瞭解籤詩所說的是什麼。此外，比喻、象徵的文學筆法也顯示出籤詩其「詩」的性質。

（2）顯示宗教思想與教化作用的特定用詞

在歸納籤詩較常出現的特定用詞時，這一類詞語往往顯示出籤詩其中蘊含的宗教思想，以及其用以勸導人民的教化主張。如：

甲、神仙類：

「只恐前途明有變　勸君作急可宜先
且守長江無大事　命逢太白守身邊」－第五甲申

「勸君把定心莫虛　前途清吉得安時
到底中間無大事　又遇神仙守安居」－第五十七癸巳

乙、佛法類：

「十方佛法有靈中　大難禍患不相同
紅日當空常照耀　還有貴人到家堂」－第二十一丁巳

「佛前發誓無異心　且看前途得好音
此物原來本是鐵　也能變化得成金」－第五十壬寅

「孤燈寂寂夜沈沈　萬事清吉萬事成
若逢陰中有善果　燒得好香達神明」－第五十四壬戌

丙、陰世、陽世類：

「不須作福不須求　用盡心機總未休
陽世不知陰世事　官法如爐不自由」－第十六丙午

「陰世作事未和同　雲遮月色正朦朧
心中意欲前途去　只恐命內運未通」－第四十八辛亥

丁、命運類：

「勸君把定心莫虛　天註衣祿自有餘
和合重重常吉慶　時來終過得明珠」－第三甲辰

「富貴由命天注定　心高然必誤君期
不然且回依舊路　雲開月出見分明」－第十九丁丑

「陰世作事未和同　雲遮月色正朦朧

心中意欲前途去　只恐命內運未通」—第四十八辛亥

戊、貴人 類：

「君問中間此言因　看看祿馬共前程
求得貴人多得利　和合自有兩分明」—第十八丙戌

「長江風浪漸漸靜　於今得進且安寧
必有貴人相扶助　凶事脫出見太平」—第十二乙亥

由此類佛、道教思想融合，而又肯定命運、命中貴人的用詞，可看出中國民間宗教的融會性；而且道教根本上即是包容、繼承中國古代文化的宗教，正如同朱越利《道教問答》中所指出的：所謂道教，……重複地、複合地吸收了儒家的神道和祭祀的儀禮與思想，吸收了老莊道家的「玄」和「眞」的形而上學，並吸收了佛教的業報輪迴和解脫，乃至濟度眾生的教理、儀禮等，……。[7]

籤詩中經常用以勸喻人民的用詞，有下面兩種：

己、作福類：

「命中正逢羅孛關　用盡心機總未休
作福問神難得過　恰似行舟上高灘」—第十三丙子

「欲去長江水闊茫　行舟把定未遭風
戶內用心再作福　且看魚水得相逢」—第卅三己巳

---

[7] 詳見朱越利：《道教問答》（台北：貫雅文化，1990年），頁1-2。

「有心作福莫遲疑　求名清吉正當時
此事必定成會合　財寶自然喜相隨」－第五十九癸酉

庚、心機、懸念類：

「不須作福不須求　用盡心機總未休
陽世不知陰世事　官法如爐不自由」－第十六丙午

「此事何須用心機　前途變怪自然知
且看此去得和合　漸漸脫出見太平」－第卅五己酉

「功名事業本由天　不須掛念意懸懸
若問中間遲與速　風雲際會在眼前」－第五十二壬午

可見籤詩中包含了勸導人民爲善作福，且凡事不要太用心計較的宗教教化意涵。

(3) 反映大眾求籤心理的特定用詞

這一類反映大眾求籤心理的用詞，又可以分爲反映求籤原因、欲想願望，以及反映大眾最關切的問題三種。以下分別舉例說明：

甲、「分明」---反映大衆求籤原因：

「晨雞漸漸見分明　凡事且看子丑寅
雲開月出照天下　郎君即便見太平」－第十一乙酉

「雲開月出看分明　不須進退問前程

婚姻皆由天注定　和合清吉萬事成」—第七乙丑

「君問中間此言因　看看祿馬共前程

求得貴人多得利　和合自有兩分明」—第十八丙戌

籤詩中常常會出現「分明」二字，告知迷惘的求籤者其運程將會漸漸明朗化，且靜心等待運勢的發展。由此可知，求籤的人常常是心中有所疑問、困惑，苦於不得解，因此前來尋求神明的指示。

乙「清吉」等吉祥詞---反映大衆心中願望：

「日出便見風雲散　光明清靜照世間

一向前途通大道　萬事清吉保平安」—第一甲子

「君問中間此言因　看看祿馬共前程

求得貴人多得利　和合自有兩分明」—第十八丙戌

「月出光輝四海明　前途祿位見太平

浮雲掃退終無事　可保禍患不臨身」—第二十四丁亥

「君汝寬心且自由　門庭清吉家無憂

財寶自然終吉利　凡事無傷不用求」—第二十七戊辰

另有眾多類似語，如「吉慶」、「福祿」、「太平」等等，可見大眾心中最想獲得的，其實就是吉祥平安，所以籤詩中也以此類用語告知求籤者其稱心如意的運途。

丙、籤詩指涉---反映大衆最關切之問題：

籤詩中所指涉的方向，通常也就是百姓最常詢問、最想獲得解答的事項，因此這類用詞往往能夠反映出人民最關切的問題。而籤詩詩文除了告知人民普遍想詢問的整體運勢外，也有一些特定指涉的事項，以下分別舉例：

（甲）整體運勢：籤詩詩文大多指涉求籤者的整體運程，故於詩文中常常出現「萬事」、「凡事」、「百事」等詞語。如：

「日出便見風雲散　光明清靜照世間
一向前途通大道　萬事清吉保平安」－第一甲子

「風恬浪靜可行舟　恰是中秋一輪月
凡事不須多憂愁　福祿自有慶家門」－第四甲午

「太公家業八十成　月出光輝四海明
命中自然逢大吉　茅屋中間百事亨」－第二十二丁未

除此之外，也常有特定所指的項目，例如功名、婚姻、家人狀況等等，可見求籤者通常最特定想要求知的問題爲何。以下分別列舉：

（乙）前程、功名：

「君問中間此言因　看看祿馬共前程
求得貴人多得利　和合自有兩分明」－第十八丙戌

「前途功名未得意　只恐命內有交加
兩家必定防損失　勸君把定莫咨差」－第二十丁卯

「功名得意與君顯　前途富貴喜安然
若遇明月一輪現　十五團圓照滿天」—第四十六辛未

（丙）財寶：

「財中漸漸見分明　花開花謝結子成
寬心且看月中桂　郎君即便見太平」—第十四丙寅

「君汝寬心且自由　門庭清吉家無憂
財寶自然終吉利　凡事無傷不用求」—第二十七戊辰

「有心作福莫遲疑　求名清吉正當時
此事必定成會合　財寶自然喜相隨」—第五十九癸酉

（丁）婚姻：

「雲開月出看分明　不須進退問前程
婚姻皆由天注定　和合清吉萬事成」—第七乙丑

「生平富貴成祿位　君家門户定光輝
此中必定無損失　夫妻百歲喜相隨」—第四十庚午

（戊）家人：

「禾稻且看結成完　此事必定兩相連
回到家中寬心座　妻兒鼓舞樂團圓」—第八乙卯

「風雲致雨落洋洋　天災時氣必有傷
命内此事難和合　更逢一足出外鄉」—第六甲戌

（己）病況：

「蛇身意欲變成龍　只恐命内運未通
久病且寬莫心勞　言語雖多不可從」—第五十八癸未

由此類特定指涉的用詞，除了能夠看出求籤者最關切的問題外，還能與解籤項目相互呼應，因爲這些特定事項都包含在解籤項目中，可知解籤項目也是因應於求籤大眾的求籤心理所設計出來的。

伍、籤解項目

此處所謂之籤解項目是指有明確名稱，且每一項目之下有解釋的籤解，其

籤解項目共有十五項：

生意	婚姻	運途
合夥	功名	疾病
轉業	移居	失物
求財	出外	詞訟
置物	耕作	風水

歸納以上之籤解項目，可分爲以下幾類：

1·事業：

包括生意、合夥、轉業、求財與耕作。生意、合夥、轉業、求財皆是對於自身事業的考量，而耕作對於農業社會的農民來說，也可算是事業的一種，故而將此四項歸納爲事業一類。

2·婚姻：

包括了現在可不可以結婚，兩人適不適合結婚，以及結婚之狀

況如何。

3.運途：

此乃人之運勢，也就是時機的問題。

4.功名：

與運途不同的是，運途可概括人之各方面，功名則針對人是否可以通過考試而言。

5、健康：說明生病的痊癒狀況。

6、遷移：包括移居與出外。

7、官司：詞訟。

8、找尋失物：失物。

9、風水：包括風水與置物。

由籤解項目可以看出大眾所關懷之處，多半與自身之生活相關，欲藉由寺廟所求之籤詩，以了解自身之遭遇；籤詩詩文亦因應大眾之需求，針對個人可能面臨之問題提供解答，故有事業、婚姻、運途、功名、健康、遷移、官司、找尋失物與風水等項目，而同性質之項目若分得欲細，則可知大眾所最爲關切之事爲何，若從以上歸納之籤解項目而言，即可了解關於自身事業之種種問題，是最爲要緊之事。

籤解項目旁有「請看所求事項　餘者不取」等字，此指以文字註明如何看解籤詩之語，意思是說依據求籤者所求之事，對照籤詩上之籤解項目，即可求得解答，至於其他之籤解項目便可不需加以參考，例如要問運途如何，只需對照所求之籤詩上之運途一項，其他的婚姻、詞訟、疾病等其他籤解項目，可不加理會。

陸、籤詩典故

籤詩詩文的左方即是籤詩的典故❽。每首籤詩典故都不相同，仔細查看，可發現典故都有其來由，有出自於正史史事、小說或戲曲等家喻戶曉的故事。典故附於籤詩詩文旁，對於整首籤詩包括籤詩詩文來說，或多或少都有其代表性的意義。因此以下的部分，即將籤詩的典故的情形加以展示，並尋其典故的由來。

以下以表格的方式將籤詩上的典故加以展示，並說明籤詩典故之出處。展示方式爲依典故出處加以分類排列，「」乃籤詩上所寫之典故；（　）中數字表示此爲福佑宮籤詩的第幾首：

1.史書

出處	典故
漢書	「朱買臣未出身」（50）
宋史	「高求楊戩當權」（11）、「朱弁回家」（8）、「朱壽昌辭官尋母」（21）

2.小說

出處	典故
《前後七國誌》	「孫臏學法」（57）

❽ 同註❺。

《封神演義》	「渭水河釣魚武吉打死人」（15）、「姜太公送飯爲武吉掩卦」（23）、「文王拖車」（22）
《三國演義》	「趙子龍突圍救阿斗」（4）、「曹操賜關公贈金銀」（14）、「關公過五關斬六將」（29）、「劉備入東吳進贅」（33）、「三請孔明」（38）
《隋唐演義》	「秦瓊受災」（10）、「秦瓊就李煙搬家」（18）
《楊家將演義》	「趙匡胤楊龍公保駕」（12）、「趙匡胤困河東」（51）、「孟良焦讚救宗寶」（24）、「楊文廣困柳州城」（28）、「楊文廣封王」（32）、「楊戩得病」（56）、「孟良焦讚救楊宗寶」（60）
《孔子演義》	「孔子答小兒」（39）
《征東·征西·掃北》	「薛丁山著飛刀」（20）、「薛丁山請樊梨花」（30）、「薛仁貴困白虎關父子不相會」（45）、「羅通掃北戰銅人」（31）、「李世民落海灘」（36）、「尉遲恭掛帥征東」（7）
《薛剛反唐》	「薛蛟薛葵過房州得繡球」（2）、「薛剛大鬧花燈驚死聖駕跌死太子」（17）、「崔文德胡鳳嬌到家空成姻緣」（3）、「胡鳳嬌觀音寺抽籤」（25）、「崔文德請胡鳳嬌」（27）
《水滸傳》	「武松殺嫂上梁山」（34）、「武松殺嫂」（49）
《西遊記》	「三藏披火孩兒燒」（13）、「李世民遊地府」（16）
《包青天傳奇》	「包拯審張世眞」（1）

《警世通言》	「王寶釧求佛嫁良緣」（54）
《白兔記》	「劉智遠戰雞精」（6）、「三元會喜夫妻相會」（40）、「劉永做官蔭妻兒」（47）
《孟姜女萬里尋集》	「孟姜女哭長城」（42）
《陳三五娘》	「洪益春留傘」（44）
《七世夫妻》	「山伯英台劉圭拖木屐」（41）
《八仙傳奇》	「韓文公過秦嶺凍霜雪」（5）

3.民間傳說故事戲曲

出處	典故
傳說	「三嬸報喜蘇秦眞不第」（43）、「蘇秦假不第」（53）
戲曲	「正德君戲李鳳姐」（37）、「江中立遇永樂君對答詩詞」（46）
戲曲	「郭華醉酒誤佳期」（55）
戲曲	「龍虎相會」（9）
皮影戲	「范丹未出身丹妻殺九夫」（19）
地方戲	「吳漢殺妻爲母救主」（35）
神明故事	「上帝公收龜蛇」（52）
	「楊龍婆王懷女二路元帥」（26）、「蜻蜓飛入蛛知網」（48）、「袁達逃入招國關」（58）、「鳥精亂宋朝」（59）

柒、綜合討論

先討論籤詩詩文與典故間之關係，再兼論籤解項目、貴人方位是否亦有其聯繫之處。籤詩詩文與典故大多有其相關之處，互不相關者較少；對比籤解項目時，可以發現從詩文以及典故，並無法完全解釋籤解項目；而貴人方位，亦無法從籤詩詩文以及典故中，得到確切的解答，以下舉例說明之。

1.「於今此景正當時　　且看欲吐百花魁

若能過得春色到　　一洒清吉脱塵埃」—第二甲寅

其典故為「薛蛟薛葵過房州得繡球」，敘述薛蛟薛葵來到房州，見到盧陵王正為了公主招駙馬事宜而舉辦拋繡球招親的活動，兩兄弟一起接住安陽公主的繡球，並把繡球撕成兩半，一人一半，兩人並且爭鬧不休，廬陵王見狀，只得請兩位到王府協調，協調結果是將安陽許配一人，安陽公主的妹妹端楊公主許配給另一人，因而兩兄弟一起成就好姻緣。

此一典故中，薛蛟薛葵兄弟因為接住繡球而成為駙馬，詩文中也透露出要把握時機，便得以從平民變成有地位的人，因此詩文與典故間完全相關；而其籤解項目在各方面多為正面之評語，如：可（轉業、婚姻、移居、風水）、平（生意、合夥、耕作、詞訟）、得（功名）、有（求財）、近（運途），亦可與籤詩詩文集典故相呼應，但是卻無法說明為何疾病一項為險，失物一項為緊尋；在貴人方位的部分，言貴人北方，但是從籤詩詩文與典故中，皆無法得到印證。

2.「風恬浪靜可行舟　　恰是中秋一輪月
凡是不須多憂慮　　福祿自有慶家門」—第四甲午

其典故爲「趙子龍突圍救阿斗」，敘述劉備火燒博望坡後，曹操親領大軍追擊劉備，劉備帶著家眷奔向湖北江陵。正當來到當陽時，被曹操大軍追至，劉備及糜甘二夫人和阿斗被亂軍衝散，正當劉備人馬被曹操大軍圍住時，情況十分危急，趙雲見狀，爲了救劉備等人，於是單槍匹馬衝入陣中，趙雲見糜夫人受傷不能行走，於是請她上馬，糜夫人不肯，將阿斗託交趙雲，遂投井而死。趙雲懷抱著阿斗，斬將突圍。

此一典故中，劉備一家有趙雲相助，故無後顧之憂，與詩文相互參照，亦可得知事情自然可以順利達成，不須太過擔憂，因此籤詩詩文與典故間完全相關；籤解項目在各方面多爲正面之評語，如：平（生意、合夥、置物）、可（婚姻、移居、出外、耕作）、在（失物），亦可與籤詩詩文相呼應，但是無法說明何以轉業爲不可，求財爲淡，運途爲未，詞訟爲緩安，風水爲不可；在貴人方位的部分，其言貴人西方，亦無法從籤詩詩文與典故中得到印證。

3.「一重江水一重山　　誰知此去路又難
任他改救終不過　　是非終久未必安」—第四十二庚戌

其典故爲「孟姜女哭長城」，敘述秦朝女子孟姜女，正當與夫婿成親而未過甜蜜生活之時，官兵便前來徵調夫婿范喜良以充工修築長城。孟姜女與夫別後，思念夫君便開始千里尋夫的旅程。期間雖然經歷許多困苦，孟姜女仍不辭艱難，終於到了長城。無奈在長城時，孟姜女尋夫卻怎樣也尋不著，幾經詢問之後才知夫婿已死長城之下。孟姜女悲痛不已，一哭卻哭倒長城，於是其夫婿的軀體就也出現於哭倒的長城石堆中。

此一典故顯示出孟姜女之夫婿一去不返，任孟姜女如何哭喊也無法改變事實，詩文也與典故相應，傳達出不祥之徵兆，可知籤詩詩文與典故間爲完全相關；其籤解項目多爲負面之評語，如：不可（合夥、置物、婚姻、移居、出外、詞訟、風水）、微（求財）、未（運途、疾病）、難（失物），但是無法解釋何以生意、轉業與耕作皆爲平；在貴人方位的部分，言貴人西方，亦無法從籤詩詩文與典故中得到印證。

4.「只恐前途明有變　　勸君作急可宜先
且守長江無大事　　命逢太白守身邊」—第五甲申

其典故爲「韓文公過秦嶺凍霜雪」，描寫韓文公欲過秦嶺訪師學道，因正逢嚴冬之際而風雪大降，無法順利前行，韓湘子得知因而前往掃雪，韓文公便可順利前進，直到秦嶺，之後學道而道成，終於長生不老，逍遙於世外桃源之境，先祖渡歸天庭。說明韓愈得韓湘子的點化，因而頓悟，表示處世能得神助。

從典故中，可以得知韓文公因有韓湘子相助，故得以成行學道，詩文中亦寫到有仙人相助，與典故相互呼應，但詩文中提到「只恐前途明有變」與「且守長江無大事」，從典故中並不能完全解釋，因此籤詩詩文與典故間僅有部分相關；其籤解項目多爲負面之評語，如：不可（生意、合夥、轉業、置物、移居）、無（求財、功名）、未（運途）、難（失物、詞訟）、不宜（婚姻、風水），僅有出外與耕作爲平，從籤詩詩文與典故中，並無法得到完整之說明；在貴人方位的部分，其言貴人北方，而典故中提到韓文公遇到韓湘子，可以得到印證。

5.「舊恨重重未改爲　　家中禍患不臨身
須當謹防宜作福　　龍蛇交會得和合」一第十七丙申

其典故爲「薛剛大鬧花燈驚死聖駕跌死太子」，描寫薛剛於元宵節時到街上看花燈，但是時辰尚早花燈未點亮，便先上酒樓吃酒，高宗武后與皇子們亦到街上賞燈，三更時分人潮愈來愈多，此時薛剛已酒醉，便在人群中胡撞亂打，造成多人死傷。高宗大驚，傳旨速拿正法，七皇子領內侍查問，內侍拿棒奔向薛剛，薛剛抓起內侍，將內侍之腿分爲兩半，混亂間七殿下被擠推在地，薛剛不論是誰，提腳便踢，不巧踢中七殿下腎囊，登時氣絕。唐高宗大驚因而摔下樓，跌壞了身，不幸救治不癒，在不久後駕崩。薛丁山一家於是被武則天打入大牢。

詩文中言事事須多加謹慎，與典故內容有關聯之處，但是典故中薛丁山一家因薛剛而打入大牢，詩文卻寫爲「家中禍患不臨身」與「龍蛇交會得和合」，皆無法解釋，因此籤詩詩文與典故間僅有部分相關；其籤解項目亦多呈現負面之評語，如：不可（生意、合夥、轉業、置物、婚姻、移居、出外、詞訟、風水）、淡（求財）、無（功名）、未（運途）、凶（疾病）、難（失物），僅有在耕作一項爲平；在貴人方位的部分，其言貴人南方，從籤詩詩文與典故中，並無法得到印證。

6.「枯木可惜未逢春　　如今且守暗中存
　寬心等待風霜退　　還君依舊作乾坤」—第二十九戊申

其典故爲「關公過五關斬六將」，描寫關羽得知劉皇叔在河北表紹，便帶著嫂嫂去找他，但是曹操的各關卡守將卻百般阻擋，於是關羽便一路過關斬將。五關是東嶺關、洛陽、沂水關、滎陽關、華州，六將是孔秀、韓福、孟坦、卞喜、王植、秦琪。

詩文中呈現面臨困境，只要耐心等待，便可風平浪靜，但是典故中，一樣面臨困境，卻是因關羽積極的付出行動，殺出重圍，情勢才得以扭轉，與詩文並不完全相應，因此籤詩詩文與典故間僅有部分相關；但是籤解項目卻多呈現負面的評語，如：不可（生意、合夥、轉業、置物、婚姻、移居、出外、風水）、淡（求財）、未（運途）、難（失物），僅有耕作與詞訟爲平，疾病爲安，從籤詩詩文與典故中無法得到完整之說明；在貴人方位的部分，其言貴人四方，亦無法從籤詩詩文與典故中得到印證。

7.「勸君把定心莫虛　　天註衣祿自有餘
　和合重重長吉慶　　時來中過得明珠」—第三甲辰

其典故爲「崔文德胡鳳嬌到家空成姻緣」，敘述崔文德欲娶表妹胡鳳嬌爲妻，然表妹已許配良人，崔文德仍緊追不捨，胡鳳嬌於是茶飯皆絕，滴水不沾，鳳嬌將死，怨氣直衝斗牛，玉帝聞之，即差太白金星帶一粒仙丹是夜投入鳳嬌腹中，鳳嬌立時神清氣爽，吃飯如前，文德自此不再提起此事。但崔文德仍向親友宣稱已與鳳嬌定了親，鳳嬌爲求全名節，遂躍身一跳，跳入江心而投水自盡了，最後仍被救起。

典故中，崔文德用盡心機，皆爲枉然；胡鳳嬌也因崔文德之心機，而受盡折磨，詩文中卻處處呈現出只要耐心等待，便可水到渠成，由此可知，籤詩詩文與典故間完全不相關；籤解項目多呈現負面之評語，如：不可（轉業、置物、移居、出外）、微（求財）、無（功名）、未（運途）、險（疾病）、難（詞訟）、不宜（風水），但是在生意、合夥、婚姻與耕作等項目皆爲可，並無法從籤詩詩文與典故中得到說明；在貴人方位的部分，其言貴人南方，而典故中提到胡鳳嬌有太白金星相救，可以得到印證。

捌、解籤本

福佑宮內附有解籤本以供民眾查尋籤詩說明，然經查對解籤本之籤詩詩文雖相同，然而卻與福佑宮內以供求籤之籤詩形式、籤解內容有所不同❾，解籤本之籤解項目如下所示：

討海	經商	失物	墳墓	作事
作塭	月令	尋人	出外	功名
魚苗	六甲	遠信	行舟	官事
求財	婚姻	六畜	凡事	家事
耕作	家運	築室	治病	求兒

與福佑宮之籤詩相同者，有求財、耕作、婚姻、失物、出外、

❾ 請參見附錄二。

功名；相似者，有經商（生意）、治病（疾病）、官事（詞訟）❿。可以得知解籤本之籤解項目較為豐富與詳細，在此不加討論，僅為參考。

玖、結　語

從以上的討論我們可以發現：籤詩中標列有籤序、籤詩詩文、典故、貴人方向、籤解項目等。其中籤詩的順序是依照天干地支排列，籤詩詩文的格律則不如近體詩嚴謹，而詩文內容富有含義，另外，典故有其來源、情節與意含，貴人方位則可指示出貴人所在的方向，籤解項目眾多且告知人們僅看所求項目，餘者不取；統合來看，籤詩詩文、典故與籤解項目間，大多有其相應性與關聯性存在。

籤詩詩文依據不同的觀點有不同的詮解，而典故則多是人們熟悉的故事。在典故出處方面，有某些典故無法尋獲出處，而尋得出處者，亦或有多個出處的情況發生，因此哪個故事才是典故的原型，在時間有限與能力不足的情況下，實有尋找與辨別的困難。此是本篇論文的不圓滿之處，在此後本研究會謀求補充與改進。

籤詩的內容多樣，希望對於籤詩的探討，能夠使民眾對籤詩有進一步的認識，在人們生活遭受困頓時，能藉由籤詩找到指引，規劃生活的方向，進而在心靈上獲得安頓。本研究以淡水福佑宮籤詩為探討對象，是籤詩研究的起點，期許往後擴大寺廟籤詩研究的區域與對籤詩作更深入的探究。

---

❿　（　）中之文字代表福佑宮籤詩之籤解項目。

參考書目

一、史書

陳培桂《淡水廳志》，臺北：臺灣銀行，臺灣文獻叢刊172種，1963年。

連橫《臺灣通史》，上海：商務印書館，1974年。

范咸等修《重修臺灣府志》，北京：中華書局，1985年。

二、韻書

許清雲編《古典詩韻易檢》，臺北：文津出版公司，1993年。

三、近人著作

鍾華操《臺灣地區神明的由來》，臺中市：臺灣省文獻委員會，民67年（1978）9月。

戴炎輝《清代臺灣的鄉治》，臺北：聯經出版社，1979年。

彭吉梅《臺北縣古績巡禮》，板橋：臺北縣立文化中心，1988年。

滬尾文教促進會淡水研究室編《淡水大事紀》，臺北：謝德錫出版，1988年。

朱越利《道教問答》，臺北：貫雅文化公司，1990年。

周明德《海天雜文》，板橋：臺北縣立文化中心，1994年。

楊仁江《臺閔地區第三級古蹟檔案圖說》，臺北：內政部，1995年。

李乾朗《淡水福佑宮調查研究》，臺北：臺北縣政府，1996年。

李明憲《南無觀世音菩薩天上聖母：六十甲子籤詩解》，高雄市：

人生，1997。

四、期刊論文

溫振華〈寺廟與鄉土史—以淡水福佑宮與鄞山寺爲例〉，《北縣文化》49卷，板橋：北縣文化中心，1996年6月。

鄭志明〈台灣媽祖祭典的現象分析〉，《宗教哲學》3卷1期，1997年1月。

王文亮《台灣地區舊廟籤詩文化之研究—以南部地區百年寺廟爲主》，國立台南師範學院鄉土文化研究所碩士論文，民89年（2000）6月。

五、研討會論文集

林瑤棋主編《兩岸學者論媽祖》，臺中市：臺灣省各姓氏淵源研究學會，1998。

附錄一：淡水福佑宮籤詩

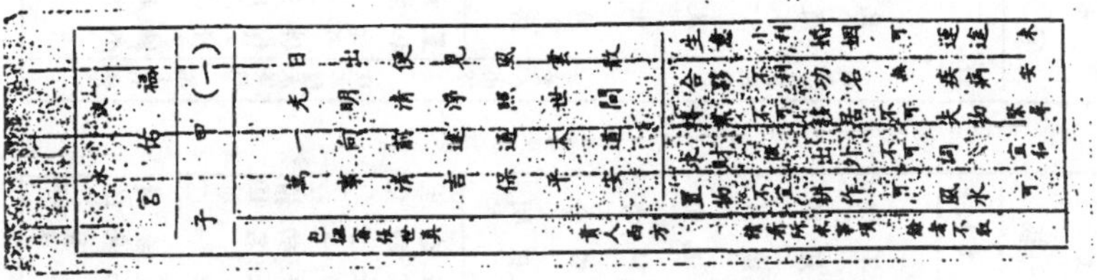

淡水福佑宮 甲子（一）

日出便見風雲散
光明清淨照世間
一向前途通大道
萬事清吉保平安

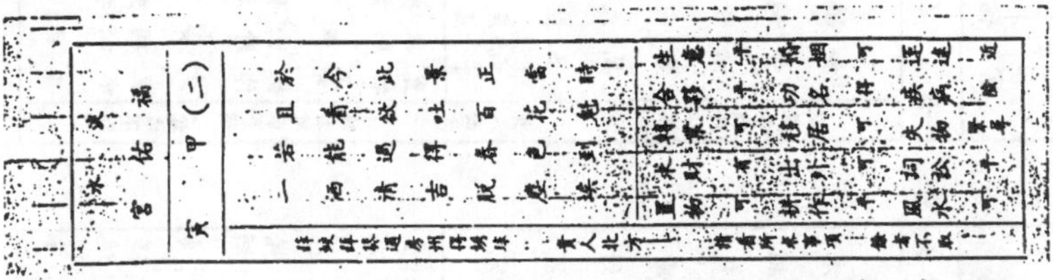

淡水福佑宮 甲寅（二）

於今此事正當時
且看欲吐百花魁
若能遇得春色到
一洒清吉脫塵埃

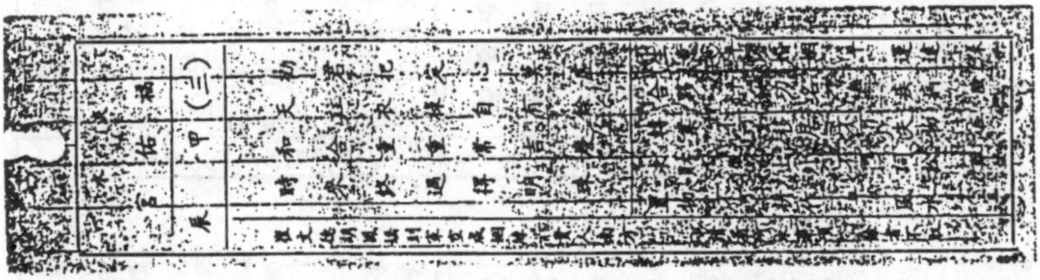

淡水福佑宮 甲辰（三）

勸君把定心莫虛
天註姻緣自有餘
和合重重常吉慶
時來終遇得明珠

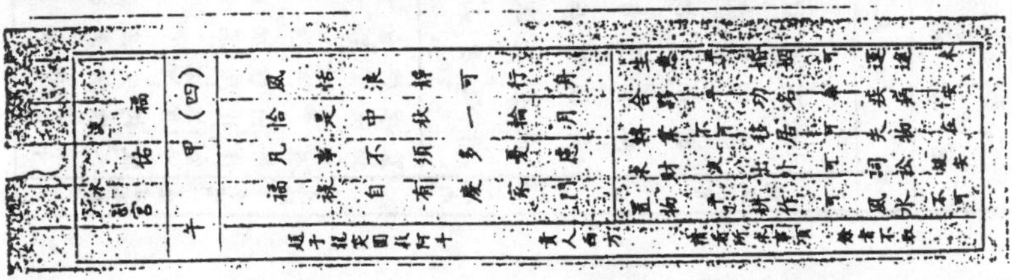

淡水福佑宮 甲午（四）

風恬浪靜可行舟
恰是中秋一輪月
凡事不須多憂慮
福祿自有慶家門

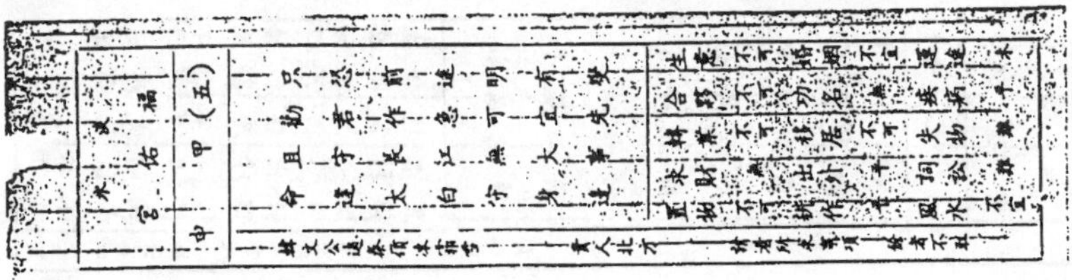

淡水福佑宮 甲申（五）

只恐前途明有變
勸君作急可宜先
且守長江無大事
命逢太白守身邊

福佑宮 淡水

甲（六） 戌

風雲致雨落洋洋
天災時氣必有傷
命內此事難和合
更逢一足出外鄉

劉智遠戰瓜精　貴人南方

生意 財空　婚姻 不宜　運途 深
合夥 不可　功名 無　疾病 險
轉業 可　移居 不可　失物 難
求財 微　出外 不可　詞訟 不可
置物 不可　耕作 平　風水 可

請看所求事項　餘者不取

福佑宮 淡水

乙（七） 丑

雲開月出看分明
不須進退問前程
婚姻皆由天註定
和合清吉萬事成

尉遲恭掛帥征東　貴人西方

生意 平　婚姻 平　運途 深
合夥 不宜　功名 無　疾病 險安
轉業 不可　移居 吉　失物 難
求財 微　出外 不可　詞訟 難
置物 不可　耕作 平　風水 平

請看所求事項　餘者不取

福佑宮 淡水

乙（八） 卯

禾稻且看結成完
此事必定兩相連
回到家中寬心坐
妻兒鼓舞樂團圓

朱弁回家　貴人北方

生意 平　婚姻 吉　運途 未
合夥 不可　功名 難　疾病 拖
轉業 不可　移居 吉　失物 在
求財 淡　出外 可　詞訟 不可
置物 可　耕作 平　風水 可

請看所求事項　餘者不取

福佑宮 淡水

乙（九） 巳

龍虎相會在深山
君家何須背後看
不知此去相愛悟
他日與我卻無干

龍虎相會　貴人南方

生意 不可　婚姻 不可　運途 深
合夥 不可　功名 無　疾病 難
轉業 不可　移居 不可　失物 南方
求財 無　出外 不可　詞訟 不可
置物 不可　耕作 秋平　風水 不可

請看所求事項　餘者不取

福佑宮 淡水

乙（十） 未

花開結子一半枯
可惜今年汝虛度
漸漸日落西山去
勸君不用向前途

秦瓊受災　貴人西方

生意 財空　婚姻 不可　運途 深
合夥 不可　功名 無　疾病 險
轉業 不可　移居 不可　失物 難
求財 空　出外 不可　詞訟 不可
置物 不可　耕作 平　風水 不可

請看所求事項　餘者不取

淡水福佑宮

酉 乙(一十)

晨雞漸漸見分明
凡事且看子丑寅
雲開月出照天下
郎君即便見太平

高求拾戲宮鞋

貴人北方

生意	可	婚姻	吉	運途	近
合夥	不宜	功名	得	疾病	安
轉業	可	移居	吉	失物	北方
求財	有	出外	可	詞訟	宜和
置物	平	耕作	平	風水	平

請看所求事項　餘者不取

淡水福佑宮

亥 乙(二十)

長江風浪漸漸靜
于今得進可安寧
必有貴人相扶助
凶事脫出見太平

趙匡胤楊化公保駕

貴人南方

生意	平	婚姻	宜	運途	近
合夥	平	功名	得	疾病	安
轉業	可	移居	吉	失物	緊尋
求財	平	出外	不可	詞訟	和吉
置物	可	耕作	平	風水	不可

請看所求事項　餘者不取

淡水福佑宮

子 丙(三十)

命中正逢羅孛關
用盡心機總未休
作福問神難得過
恰似行舟上高灘

三藏被火孩兒燒

貴人北方

生意	不利	婚姻	不宜	運途	深
合夥	不宜	功名	無	疾病	久
轉業	不可	移居	不可	失物	難
求財	[illegible]	出外	不可	詞訟	難
置物	不可	耕作	平	風水	不可

請看所求事項　餘者不取

淡水福佑宮

寅 丙(四十)

財中漸漸見分明
花開花謝結子成
寬心且看月中桂
郎君即便見太平

曹操賜關公贈金銀

貴人南方

生意	平	婚姻	吉	運途	未
合夥	宜	功名	虛	疾病	平
轉業	不可	移居	可	失物	南方
求財	難	出外	不可	詞訟	宜和
置物	可	耕作	平	風水	不可

請看所求事項　餘者不取

淡水福佑宮

辰 丙(五十)

八十原來是太公
看看晚景扶文王
目下緊急休相鬧
勸君且守待運通

渭水河釣魚武吉打死人

貴人四方

生意	財宜	婚姻	不可	運途	未
合夥	不可	功名	無	疾病	險
轉業	不可	移居	不可	失物	難
求財	淡	出外	不可	詞訟	可和
置物	不可	耕作	平	風水	不可

請看所求事項　餘者不取

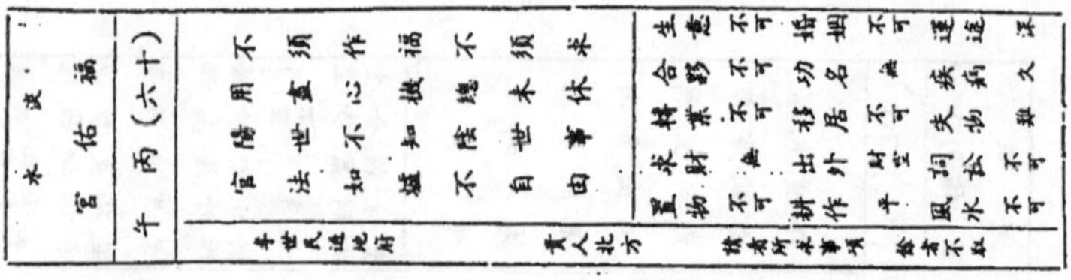

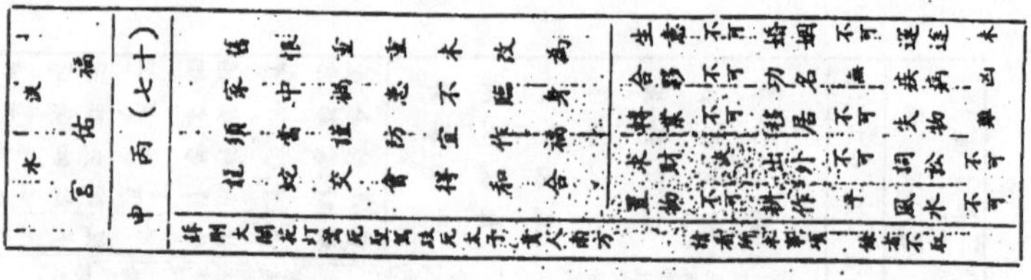

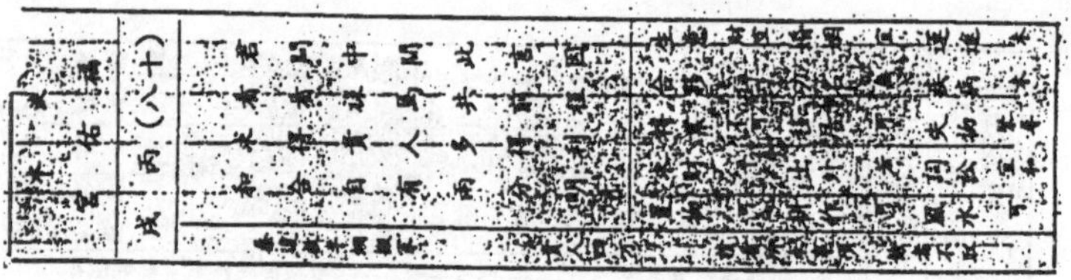

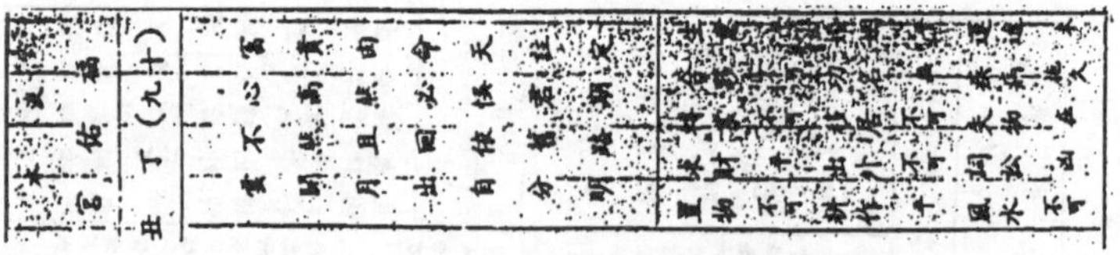

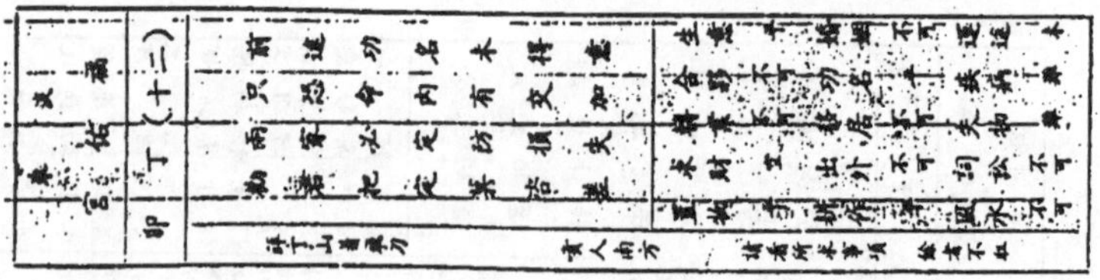

淡水福佑宮

丁（廿一）巳

十方佛法有靈中
大難禍患不相同
紅日當空常照耀
還有貴人到家堂

朱壽昌辭官尋母

貴人四方

生意 平	婚姻 宜	運途 通
合夥 平	功名 平	疾病 拖
轉業 平	移居 可	失物 難
求財 平	出外 可	詞訟 平
置物 可	耕作 可	風水 可

請看所求事項　餘者不取

淡水福佑宮

丁（廿二）未

太公家業八十成
月出光輝四海明
命內自然逢大吉
茅屋中間百事亨

文王拖車

貴人北方

生意 可	婚姻 吉	運途 通
合夥 可	功名 遂	疾病 安
轉業 可	移居 吉	失物 難
求財 初平	出外 可	詞訟 可
置物 可	耕作 可	風水 可

請看所求事項　餘者不取

淡水福佑宮

丁（廿三）酉

欲去長江水濶芒
前途未遇運未通
如今絲綸常在手
只恐魚水不相逢

姜太公近飯為武吉擔卦

貴人南方

生意 不可	婚姻 不可	運途 未
合夥 不可	功名 難	疾病 險
轉業 不可	移居 不可	失物 難
求財 無	出外 不可	詞訟 可宜
置物 不可	耕作 救平	風水 不可

請看所求事項　餘者不取

淡水福佑宮

丁（廿四）亥

月出光輝四海明
前途祿位見太平
浮雲掃退終無事
可保禍患不臨身

孟良焦贊救宋寶

貴人四方

生意 可	婚姻 吉	運途 未
合夥 不可	功名 難	疾病 險
轉業 可	移居 平	失物 難
求財 未平	出外 平	詞訟 和吉
置物 可	耕作 平	風水 平

請看所求事項　餘者不取

淡水福佑宮

戊（廿五）子

總是前途莫心勞
求神問聖枉是多
看看難犬日過後
不須作福事如何

胡威婚觀音寺抽籤

貴人南方

生意 平	婚姻 不可	運途 未
合夥 可	功名 無	疾病 安
轉業 平	移居 不可	失物 難
求財 平	出外 不可	詞訟 宜和
置物 可	耕作 可	風水 平

請看所求事項　餘者不取

福佑宮 淡水	戊（廿六）	寅

選出牡丹第一枝
勸君折取莫遲疑
世間若問相知處
萬事逢春正及時

插花娶王使女二路元帥　貴人四方

生意 吉	婚姻 吉	運途 近
合夥 可	功名 有	疾病 凶
轉業 可	移居 吉	失物 難
求財 有	出外 可	詞訟 宜和
置物 可	耕作 可	風水 平

請看所求事項，餘者不取

福佑宮 淡水	戊（廿七）	辰

君汝寬心且自由
門庭清吉家無憂
財寶自然終吉利
凡事無傷不用求

程文德請胡風緣　貴人東方

生意 平	婚姻 平	運途 未
合夥 可	功名 失	疾病 安
轉業 可	移居 不可	失物 在
求財 平	出外 不可	詞訟 和
置物 不可	耕作 平	風水 平

請看所求事項，餘者不取

福佑宮 淡水	戊（廿八）	午

于今此景正當時
虎落平洋被犬欺
世間凡事何難定
千山萬水也遲疑

楊文廣困柳州城　貴人南方

生意 不利	婚姻 不可	運途 深
合夥 不可	功名 難	疾病 危
轉業 不可	移居 不可	失物 難
求財 可	出外 不可	詞訟 不可
置物 可	耕作 平	風水 不可

請看所求事項，餘者不取

福佑宮 淡水	戊（廿九）	申

枯木可惜未逢春
如今且守暗中存
寬心等待風霜退
還君依舊作乾坤

關公過五關斬六將　貴人四方

生意 不可	婚姻 不可	運途 未
合夥 不可	功名 平	疾病 安
轉業 不可	移居 不可	失物 難
求財 淡	出外 不可	詞訟 平
置物 不可	耕作 平	風水 不可

請看所求事項，餘者不取

福佑宮 淡水	戊（三十）	戌

漸漸看此月中和
過後須防未得高
改變顏色前途去
凡事必定見重勞

薛丁山請樊梨花　貴人東方

生意 平	婚姻 可	運途 未
合夥 平	功名 難	疾病 平
轉業 不可	移居 可	失物 平
求財 用心	出外 不可	詞訟 不可
置物 平	耕作 平	風水 不可

請看所求事項，餘者不取

淡水福佑宮
乙（三一） 丑

綠柳蒼蒼正當時
任君此去作乾坤
花果結實無殘謝
福祿自有慶家門

羅通掃北戰綱人
貴人南方

生意可 婚姻吉 運途近
合夥可 功名得 疾病小安
轉業可 移居吉 失物無
求財有 出外不可 詞訟平
置物可 耕作平 風水不可

請看所求事項，餘者不取

淡水福佑宮
乙（三二） 卯

龍虎相交在門前
此事必定兩相連
黃金忽然變成鐵
何用作福問神仙

楊文廣封王
貴人四方

生意小利 婚姻平 運途未
合夥不可 功名無 疾病平
轉業可 移居不可 失物空
求財微 出外不可 詞訟不可
置物不可 耕作淡 風水不可

請看所求事項，餘者不取

淡水福佑宮
乙（三三） 巳

欲去長江水濶茫
行舟把定未遭風
戶內用心再作福
且看魚水得相逢

劉備入東吳進贅
貴人東方

生意平 婚姻不可 運途未
合夥成不可 功名遠 疾病久安
轉業可 移居不可 失物平
求財有 出外不可 詞訟宜和
置物平 耕作平 風水平

請看所求事項，餘者不取

淡水福佑宮
乙（三四） 未

危險高山行過盡
莫嫌此路難重重
若見蘭桂漸漸發
長蛇反轉變成龍

武松殺嫂上梁山
貴人南方

生意不可 婚姻吉 運途未
合夥不可 功名無 疾病平
轉業不可 移居可 失物難
求財平 出外不可 詞訟可
置物平 耕作平 風水不可

請看所求事項，餘者不取

淡水福佑宮
乙（三五） 酉

此事何須用心機
前途變怪自然知
且看此去得和合
漸漸脫出見太平

吳漢殺妻為母救主
貴人四方

生意不可 婚姻宜 運途未
合夥不可 功名得 疾病安
轉業不可 移居不可 失物難
求財四方 出外可 詞訟可
置物不可 耕作可 風水不可

請看所求事項，餘者不取

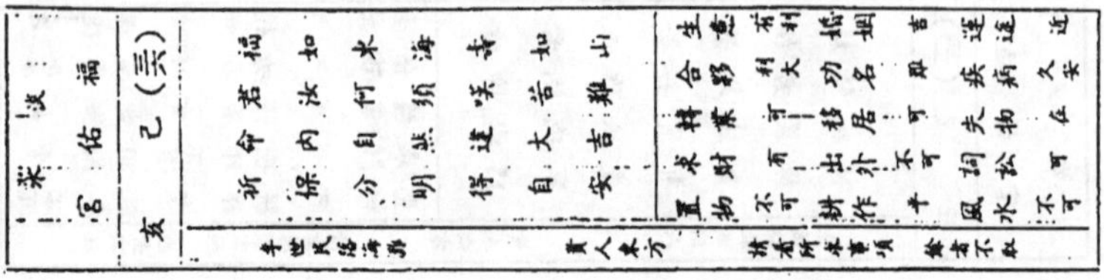

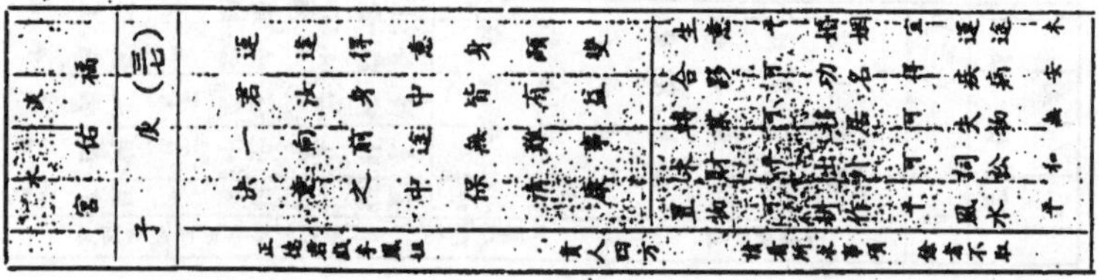

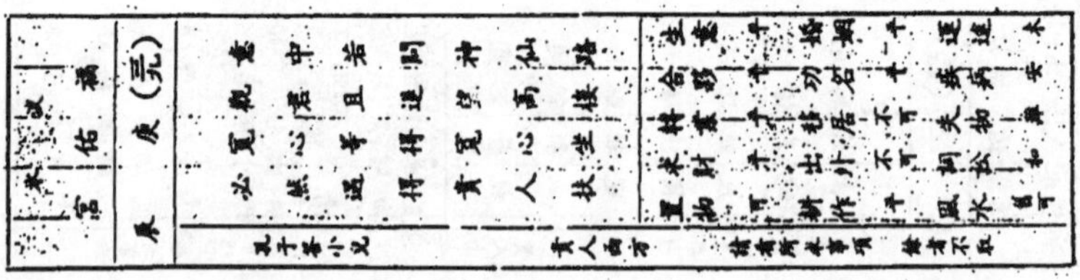

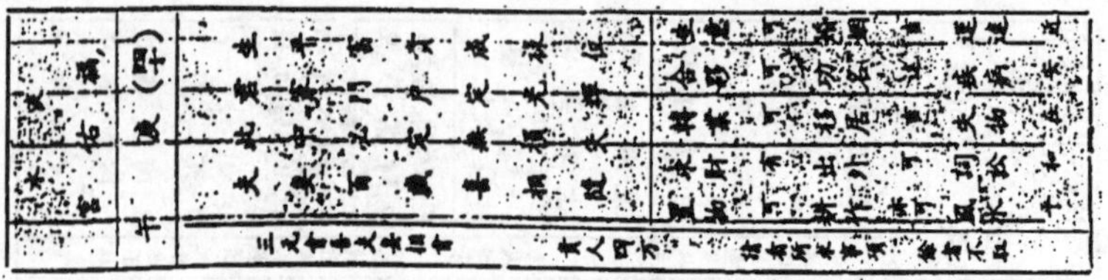

淡水福佑宮

庚（四一）申

今行到此實難推
歌歌暢飲自排徊
雞犬相聞消息近
婚姻夙世結成双

三伯英台對坐化木屐

貴人東方

生意 平	婚姻 吉	運途 未
合夥 可	功名 得	疾病 安
轉業 可	移居 吉	失物 在
求財 平	出外 可	詞訟 可
置物 可	耕作 可	風水 可

請看所求事項，餘者不取

淡水福佑宮

庚（四二）戌

一重江水一重山
誰知此去路又難
任他改救終不過
是非終久未必安

孟姜女哭長城

貴人西方

生意 平	婚姻 不可	運途 未
合夥 不可	功名 無	疾病 未
轉業 平	移居 不可	失物 難
求財 微	出外 不可	詞訟 不可
置物 不可	耕作 平	風水 不可

請看所求事項，餘者不取

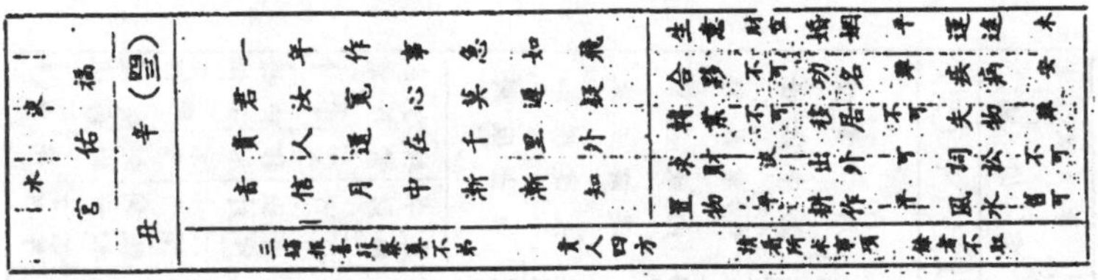

淡水福佑宮

辛（四三）丑

一年作事急如飛
君汝寬心莫遲疑
貴人遠在千里外
音信月中漸漸知

三婿拜壽蘇秦真不弟

貴人四方

生意 財空	婚姻 平	運途 未
合夥 不可	功名 難	疾病 安
轉業 不可	移居 不可	失物 難
求財 淡	出外 可	詞訟 不可
置物 平	耕作 平	風水 留可

請看所求事項，餘者不取

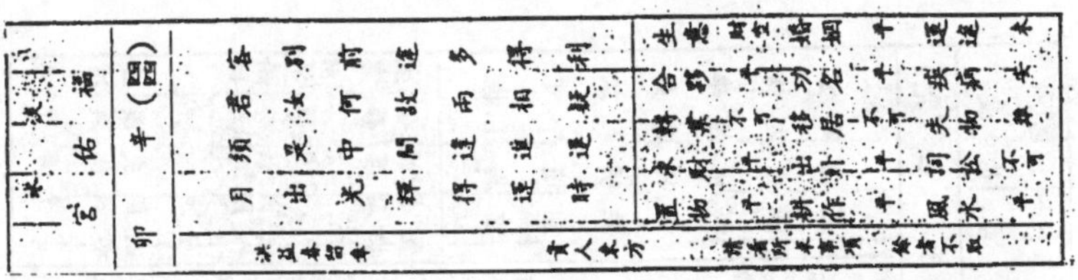

淡水福佑宮

辛（四四）卯

客到前途多得利
君汝何故兩相疑
須是中間逢進退
月出光輝得運時

洪益春留傘

貴人東方

生意 財空	婚姻 平	運途 未
合夥 平	功名 平	疾病 安
轉業 不可	移居 不可	失物 難
求財 平	出外 平	詞訟 不可
置物 平	耕作 平	風水 平

請看所求事項，餘者不取

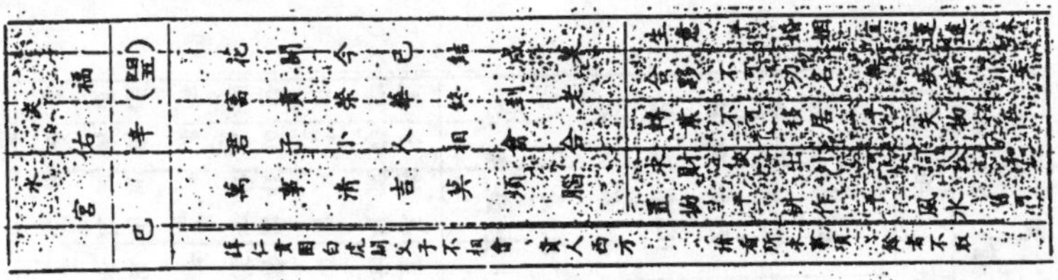

淡水福佑宮

辛（四五）巳

花開今已結成果
富貴榮華終到老
君子小人相會合
萬事清吉莫煩腦

薛仁貴困白虎關父子不相會

貴人西方

生意 平	婚姻 宜	運途 未
合夥 不可	功名 無	疾病 小安
轉業 不可	移居 平	失物 在
求財 淡	出外 [illegible]	詞訟 [illegible]
置物 平	耕作 平	風水 留可

請看所求事項，餘者不取

淡水 福佑宮

辛（四六） 未

功名得意與君顯
前途富貴喜安然
若遇明月一輪現
十五團圓照滿天

江中立退水淋君對答詩詞　貴人四方

生意 吉	合夥 可	轉業 可	求財 有	置物 可	
婚姻 宜	功名 不遂	移居 可	出外 可	耕作 平	請看所求事項
運途 近	疾病 安	失物 在	詞訟 和	風水 平	餘者不取

淡水 福佑宮

辛（四七） 酉

君汝何須問聖跡
自己心中皆有益
于今且看月中旬
凶事脫出化成吉

劉永做官淸安兄　貴人東方

生意 平	合夥 小利	轉業 不可	求財 平	置物 平	
婚姻 宜	功名 遂	移居 不可	出外 可	耕作 平	請看所求事項
運途 未	疾病 欲	失物 難	詞訟 和	風水 不可	餘者不取

淡水 福佑宮

辛（四八） 亥

陰世作事未和同
雲遮月色正朦朧
心中意欲前途去
只恐命內運未通

蜻蜓飛入蛛蜘網　貴人西方

生意 平	合夥 不可	轉業 不可	求財 平	置物 不可	
婚姻 不可	功名 難	移居 不可	出外 不可	耕作 不可	請看所求事項
運途 未	疾病 凶	失物 難	詞訟 不可	風水 不可	餘者不取

淡水 福佑宮

壬（四九） 子

言語雖多不可從
風雲靜處未行龍
暗中終得明消息
君汝何須問重重

武松殺嫂　貴人東方

生意 財寶	合夥 不可	轉業 不可	求財 平	置物 不可	
婚姻 可	功名 平	移居 平	出外 平	耕作 平	請看所求事項
運途 未	疾病 平	失物 難	詞訟 平	風水 不可	餘者不取

淡水 福佑宮

壬（五十） 寅

佛前發誓無異心
且看前途得好音
此物原來本是鐵
也能變化得成金

朱買臣未出身　貴人西方

生意 平	合夥 不可	轉業 可	求財 平	置物 可	
婚姻 宜	功名 未	移居 平	出外 不可	耕作 平	請看所求事項
運途 未	疾病 安	失物 難	詞訟 不可	風水 不可	餘者不取

淡水福佑宮

壬(五一) 辰

東西南北不堪行
前途此事正可當
勸君把定莫煩惱
家門自有保安康

趙匡胤回河東

貴人北方

請看所求事項

生意 平	婚姻 可	運途 未
合夥 可	功名 未	疾病 安
轉業 可	移居 可	失物 在
求財 平	出外 可	詞訟 和
置物 可	耕作 平	風水 皆好

餘者不取

淡水福佑宮

壬(五二) 午

功名事業本由天
不須掛念意懸懸
若問中間遲與速
風雲際會在眼前

上帝公收龜蛇

貴人東方

請看所求事項

生意 財空	婚姻 不可	運途 深
合夥 不可	功名 無	疾病 險
轉業 不可	移居 平	失物 難
求財 淡	出外 平	詞訟 不可
置物 不可	耕作 不可	風水 不可

餘者不取

淡水福佑宮

壬(五三) 申

君來求問心中事
積善之家慶有餘
運亨財丁双双至
指日喜氣溢門閭

蘇秦假不第

貴人西方

請看所求事項

生意 平	婚姻 平	運途 近
合夥 平	功名 必達	疾病 久
轉業 平	移居 可	失物 難
求財 平	出外 平	詞訟 平
置物 可	耕作 平	風水 可

餘者不取

淡水福佑宮

壬(五四) 戌

孤燈寂寂夜沉沉
萬事清吉萬事成
若逢陰中有善果
燒得好香達神明

王寶釧求佛牽良緣

貴人北方

請看所求事項

生意 平	婚姻 吉	運途 未
合夥 可	功名 無	疾病 安
轉業 可	移居 可	失物 難
求財 平	出外 平	詞訟 宜和
置物 可	耕作 平	風水 皆好

餘者不取

淡水福佑宮

壬(五五) 丑

須知進退總虛言
看看發暗未必全
珠玉深在逆變更
心中但得枉徒然

郭華所為誤佳期

貴人東方

請看所求事項

生意 財空	婚姻 不可	運途 未
合夥 不可	功名 無	疾病 險
轉業 不可	移居 不可	失物 難
求財 微	出外 不可	詞訟 不可
置物 不可	耕作 平	風水 不可

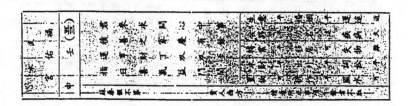

餘者不取

淡水 福佑宮

（三六） 癸卯

病中若得苦心勞
到底完全總未遑
去往不須回頭問
心中事務盡消磨

楊戩得病　貴人西方

生意 不可	婚姻 不可	運途 深
合夥 不可	功名 難	疾病 難
轉業 不可	移居 不可	失物 難
求財 宜	出外 不可	詞訟 不可
置物 不可	耕作 平	風水 不可

請者所求事項　餘者不取

淡水 福佑宮

（三七） 癸巳

勸君把定心莫虛
前途清吉得安時
到底中間無大事
又遇神仙守安居

孫臏學法　貴人北方

生意 不可	婚姻 平	運途 未
合夥 不可	功名 難	疾病 安
轉業 不可	移居 平	失物 在
求財 淡	出外 可	詞訟 平
置物 平	耕作 不可	風水 平

請者所求事項　餘者不取

淡水 福佑宮

（三八） 癸未

蛇身意欲變成龍
只恐命內運未通
久病且寬莫心勞
言語雖多不可從

[illegible]　貴人東方

生意 財空	婚姻 不可	運途 未
合夥 難	功名 難	疾病 久安
轉業 不可	移居 不可	失物 在
求財 淡	出外 [illegible]	詞訟 平
置物 不可	耕作 平	風水 不可

請者所求事項　餘者不取

淡水 福佑宮

（三九） 癸酉

有心作福莫遲疑
求名清吉正當時
此事必能成會合
財寶自然喜相隨

烏精亂宋朝　貴人西方

生意 平	婚姻 宜	運途 通
合夥 平	功名 進	疾病 安
轉業 平	移居 可	失物 難
求財 淡	出外 可	詞訟 平
置物 可	耕作 平	風水 平

請者所求事項　餘者不取

淡水 福佑宮

（六十） 癸亥

月出光輝本清吉
浮雲總是蔽陰色
戶內用心再作福
當官分理便有益

[illegible]　貴人北方

生意 財空	婚姻 不可	運途 深
合夥 不可	功名 遲	疾病 凶
轉業 不可	移居 可	失物 難
求財 淡	出外 不可	詞訟 和
置物 可	耕作 平	風水 不可

請者所求事項　餘者不取

附錄二：淡水福佑宮解籤本例示

第四十二籤　庚　戌　（○●○　○○●）

庚　戌

一重江水一重山
誰知此去路又難
任他改求終不過
是非終久未得安

討海　作塭　魚苗　求財　耕作　經商　月令
六甲　婚姻　家運　失物　尋人　遠信　六畜
築室　移居　墳墓　出外　行舟　凡事　治病
作事　功名　官事　家事　求兒

〔解說〕這件事恐怕很難很難，有重重的阻礙，不是輕易可以衝破的。正是過了一重江水，又有一重山，此去道路崎嶇不平，實在難走。任你有甚麼改變，也不能挽救，是非終究要發生。

抽到此籤，表示氣運閉塞不通，艱難困苦重重，進退維谷。此時應堅定立場，確守正道，容忍自重，以等待時運的好轉。

此籤問求財，毛病百出，終致虧失，暫時罷手以待有利時機。問功名，遇到阻礙，尚須充實自己。問婚姻，阻礙重重，如無真正愛情，及早另找對象。問訴訟，嚴重的麻煩，且拖延時間，罷手爲妙。問疾病，嚴重危險，用心治療或有奇蹟。

第四十三籤　辛　丑　（●○●　○○●）

辛　丑

一年作事急如飛
君爾寬心莫遲疑
貴人還在千里外
音信月中漸漸知

討海　作塭　魚苗　求財　耕作　經商　月令
六甲　婚姻　家運　失物　尋人　遠信　六畜
築宅　移居　墳墓　出外　行舟　凡事　治病
作事　功名　官事　家事　求兒

〔解說〕做事要從容不迫，要果斷，莫遲疑，過去一年，你做事太心急，現在應該寬寬心，不要再遲疑了─你會有貴人來幫助的，不過，目前還在千里外。你所希望的消息，大概在月中會慢慢知道的。

此籤乃明示當事人，做事太急躁，或太猶豫，都是「過」與「不及」，應該避免的，才不會招致失敗。過去的讓它過去吧，現在起好好從容不迫，並且勇敢果斷地去下決定吧。也許過去因爲沒有貴人幫助，做事不盡理想，雖然目前仍然沒有貴人，但靠自己努力，總會有好消息來的。

問求財，目前尚欠理想，但將來很有財利。問功名，尚須充實自己，才有希望。問婚姻，只要努力，終會成功。曾有人抽到此籤，問尋人，余曰：「月中有信息。」後果然。乃應第四句「音信月中漸漸知」。

國家圖書館出版品預行編目資料

與世界接軌—漢語文化學—
第一屆淡江大學全球姊妹校漢語文化學學術會議論文集

盧國屏主編. – 初版. – 臺北市：臺灣學生，
2002[民 91]
面；公分
含參考書目

ISBN 957-15-1134-X(精裝)
ISBN 957-15-1135-8 (平裝)

1. 中國語言 – 論文，講詞等

802.07 91010377

與世界接軌—漢語文化學—
第一屆淡江大學全球姊妹校漢語文化學學術會議論文集

主編者：盧國屏
出版者：臺灣學生書局
發行人：孫善治
發行所：臺灣學生書局
臺北市和平東路一段一九八號
郵政劃撥帳號：00024668
電話：(02)23634156
傳眞：(02)23636334
E-mail：student.book@msa.hinet.net
http：//studentbook.web66.com.tw
本書局登記證字號：行政院新聞局局版北市業字第玖捌壹號
印刷所：宏輝彩色印刷公司
中和市永和路三六三巷四二號
電話：(02)22268853

定價：精裝新臺幣七一〇元
平裝新臺幣六三〇元

西元二〇〇二年七月初版

80288

ISBN 957-15-1134-X(精裝)
ISBN 957-15-1135-8 (平裝)